二・二六 天皇裕仁と北一輝

矢部俊彦

元就出版社

「二・二六」天皇裕仁と北一輝——目次

はてしなき議論の後の
冷めたるココアのひと匙を啜りて
そのうすにがき舌触りに
われは知る
テロリストの
かなしき、かなしき心を

石川啄木「呼子と口笛」より

「二・二六」天皇裕仁と北一輝

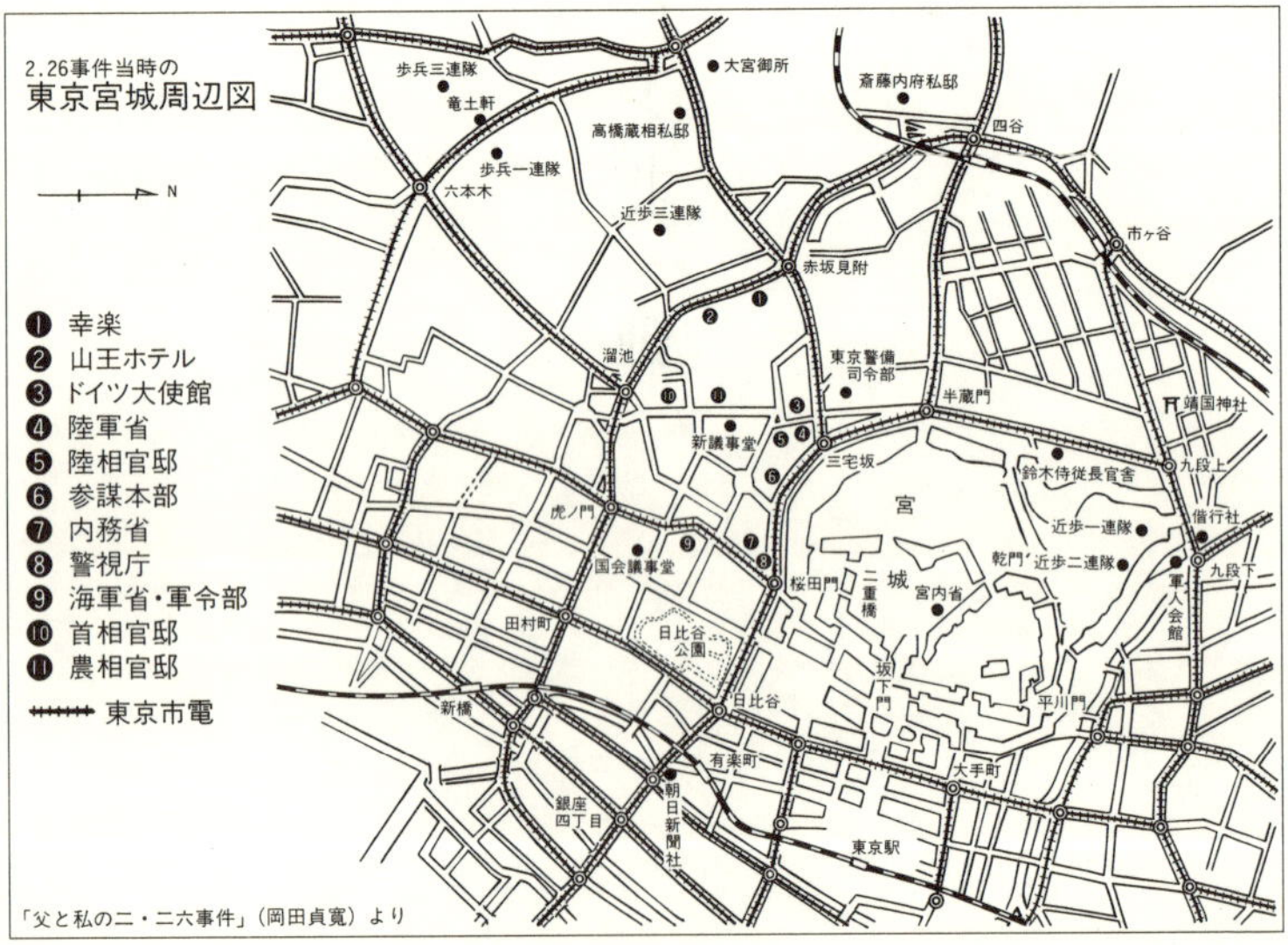

「父と私の二・二六事件」（岡田貞寛）より

第一章　始動

一

　麻布歩兵三連隊の正門の両側に、ふたりの衛兵が起立している。門柱左の衛兵詰所の屋根と、門柱右側の赤いポストの頭上に、昨夜降った雪が、まだ融けずに載っている。

　時折、強く吹く寒風で、演習の号令や小銃の発射音が、雪を載せた白い塀の内側から、唸る電線の響音の間隙を縫って大きく聴こえる。よく見ると、正門前の道路は、残雪が、兵たちの軍靴や車のタイヤの跡で無惨な色に変色している。連隊塀の角にある電柱に、『国体明徴―機関説排撃』と印刷された政友会の選挙ポスターが貼ってある。その上半分が垂れ下がり、強風にもてあそばれているように震えている。

　人通りの少ない通りに、割烹着姿の女がひとり、買物籠を下げ、寒そうに背中を丸めて、連隊前の道をうつむいて通ったが、ちょっと疲れたのか、衛兵の前で立ち止まる。やがて腰を延ばすと、また雪下駄を履いた足元に目をやり、ぎこちなげに足を運んで、貝数横丁に向かって通り過ぎて行った。しかし、正門の衛兵は瞬《また》き一つせず、真っ直ぐ前方を見つめているが、その顔は、寒気の作用で頬が赤く染まって見えた。

　ここの麻布歩兵三連隊は、通称『歩三』と呼ばれ、近くにある『歩一』と共に、革新将校運動の本拠地と噂されていた。今年の一月十日には、千三百九十一名が、初年兵として、東京下町と埼玉県の一部の徴募区から集められていた。歩兵第二旅団長の工藤義雄少将が、明日の二月二十一日に、満州派遣に備えて、この連隊に視察に来る予定になっている。そのため、軍靴で汚れた営庭では、入隊して一ヵ月を過ごした初年兵たちは、満州の厳しい気候に備えて、体力づくりに連日、激しい演習が繰り返されていた。

　第六中隊を率いる安藤輝三大尉は、北支に駐屯する紅軍に対応すべく、百五十名を挙げて、行軍と射撃の演習に汗を絞っていた。行軍演習は、初年兵たちにとって意外に辛い軍務であったが、兵としての規律と体力をつける手っとりばやい最良の方法であった。背嚢《はいのう》の帯革が慣れない両肩に食い込んでくる。全身から吹き出した汗は、各部の傷口を刺激し、上から背筋を通って下着を濡らす。

靴擦れが頭の芯を痛め続け、声をかけ、歩調を合わせて行軍する兵たちの顔は、前の兵の跳ね上げた泥でどの顔も泥だらけである。吐く息は熱く、体全体から吹き出た汗とともに、隊列にまとわりつく白い湯気となって、立ちのぼって見える。

コンクリート造りでハイカラな兵舎の裏側にも、寒風に吹かれる中に、射撃演習をしている一団が見える。隊列を前にした下士官がひとり、銃を持ち、全員に判るように自分の近くに呼んで引鉄《ひきがね》の引き方と呼吸の止め方のタイミングを実演して見せる。兵たちの真剣な視線が、教官の構えた銃と目と引鉄に集中する。

ひと通り説明を終えた教官は、号令をかけ、兵たちを整列し直すと、慣れた手付きで弾倉から実弾を取り出し、兵のひとりに、装塡した銃を渡す。名前を呼ばれた兵は、緊張してオドオドして見える。教官は遠くに見える標的に向かって撃つように命じた。銃を持った兵は、恐るおそる銃を構える。初年兵たちは、厳しい教官の顔色を窺《うかが》っては緊張した面持ちで、銃を構えた兵の覚束ない動作に不安気な視線を投げる。緊迫した雰囲気の中でやっと引金がひかれた。発射音が轟《とどろ》き、銃弾は標的から遠く外れて飛んだ。撃ち終わった兵の視線は、弾玉の行く末を追い、外れた弾跡を確認してうつむいた。

「よし、戻れ」

教官は、そんな兵に労《いたわ》りの含んだ号令をかけた。隊列に戻った兵は、直ちに姿勢を正したが、その顔付きには、実弾の手応えと発射音のすさまじさを味わったあとの昂ぶりが現われていた。

第十中隊付きの新井勲中尉は、将校室を出ると、大股で営庭に足を向けた。午前中、行軍演習を兼ねて小石川に実弾演習に、営門を出ていった初年兵たちが、もうそろそろ戻ってくる頃だと、指揮台付近のいつもの場所で待った。新井の目に、兵舎のそばの欅《けやき》の樹影で背中を見せて佇《たたず》んでいる安藤大尉の姿が映った。安藤はこの頃、ひどく思いつめた表情を見せるようになってきたが、本当に大丈夫なのだろうか。

新井は数日前、麻布竜土軒での会合からの帰り道に、安藤と約束した言葉を思い出した。その日は半年前、真夏の白昼に陸軍省内で軍務局長の永田鉄山少将を斬殺し、軍法会議にかけられている相沢三郎中佐の何度目かの公判の報告会があった。竜土軒の二階の奥の日本間には、歩三ばかりでなく歩一からも、青年将校たちが集まっていた。安藤と士官学校で同期で、中途退学した渋川善助が正面に座り、皆に向かって公判資料を読みあげていた。

「ことによると、次回の公判に、証人として真崎甚三郎大将が出廷するかもしれない」

　顔を起こしてそう報告した渋川のうれし気な発言に、その夜出席した将校たちは、相沢事件の持つ意味の重要性に気づいて、会場内にざわめきと溜息がもれた。

「これから法廷では、相沢精神の本質について、本格的な論争に入っていくつもりです」

　ただひとり和服姿の渋川は、最後にそう言って席を立ち、公判内容を論評した機関誌を将校たちに配って、その日の報告会は閉会となった。

　相沢公判は、皇道派に属する青年将校たちが、統制派の幕僚たちとの決戦場に仕立てるべくもくろんだ公判廷で、軍上層部の幕僚はもちろん、重臣や政界、財界の腐敗ぶりを徹底的に国民の前に暴露させ、ひいては現状打破の気運を国中に盛り上げ、ゆくゆくは「昭和維新の断行」の足がかりにしようとするものであった。相沢中佐の心情に思いを馳せた将校たちは、次々に席から立ち上がり、部屋を出ると、外套の襟を立てて、おのおの街灯に照らされ、寒気に満ちた戸外に散っていった。

　元主計大尉の磯部浅一、元歩兵大尉の村中孝次、歩一の栗原安秀中尉、それに歩三の安藤と新井が、いつものように居残って議論になった。「非公開になってはどうにもならん。これからは戦術を変更しなければ」と渋川が弱気の発言をした言葉じりをとらえ、栗原がいきなり、

「だから言っただろう。公判闘争だけでは生ぬるいのだ。俺は公判なぞあてにせぬ、俺は自分流でやる。歩一魂《ほいちだましい》を俺が見せてやる」

　と、前の席に座っている磯部に吐き捨てるようにいい、自分の席を蹴って、荒々しく部屋を出ていった。下の中央ホールで電球の明かりを暗くして、後片づけを始めたウェートレスが、前をあわただしく通り過ぎる栗原中尉の後ろ姿を、訝《いぶか》し気に見送っていた。

「栗原はああ言うが、俺はまだ時期尚早だと思う」

　そう言った安藤の顔を、すでに蹶起《けっき》意志を固めていた磯部が、噛みつかんばかりに睨みつけ、

「貴様、まだそんなことを考えているのか」

　と、握り拳をテーブルに叩きつけて難詰した。

「俺は貴様たちのような地方人とは違う。俺たちは陛下の軍隊を動かすのだ。これは統帥権の問題だ」

　そう答えた安藤の顔に、苦渋の色がにじんだ。磯部は、安藤に差別されたように、隣りに座っている村中と同様、軍籍を剝奪された地方人であった。

　それは、二年前のことであった。統制派に属する陸軍省の片倉衷少佐は、磯部と村中たち皇道派の青年将校を「蹶起計画あり」と密告した。軍当局はさっそく、軍規

を乱す者だとふたりを軍法会議にかけ、不穏な計画の事実を発見すべく、全力を注いだ。しかし、軍当局はその証拠となるカケラさえ、見つけることが出来なかった。

根も葉もない容疑をかけられ、そのうえ、不当な扱いを受けたふたりは、怒り心頭に発して、周囲の仲間が止めるのも聞かず、「粛軍ニ関スル意見書」を、「所謂《いわゆる》十月事件ニ関スル手記」と共に書き上げ、政界や財界へと、広い範囲に配布した。この文書は、軍内部の恥部を暴露し、自分たちの正しい国体観や維新観を述べて、広く国家刷新を訴えたものである。

磯部と村中に批判された軍部は当時、とんでもない計画を実行しようとしていた。その計画とは、軍が腐敗した政党内閣を打倒して軍事政権を樹立しようとするものだ。具体的には、軍上層部が自主的に空から爆撃機で襲撃し、開会中の首相以下の全閣僚を一挙に葬り去り、首都にある主要な政府機関や警察機関、報道機関をおさえ、荒木貞夫中将を首相兼陸相とする新内閣をつくろうというもので、この謀議に加わった民間人にも、閣僚のポストが用意されていたのである。

磯部と村中が暴露した文書を読んだ政界や財界ではパニックが起こり、その波紋は政界の隅々までに及んだ。青年将校運動は、軍事政権の樹立を狙う統制派を中心とする軍上層部や幕僚たちが、料亭での酒を飲んでの乱痴気騒ぎや、なかには、「天皇に短刀をつきつけてもやるのだ」と暴言を吐く態度に絶望し、ひたすら絶対純粋性にこだわる将校独特の運動に方向展開していった。軍当局は、暴露文書を配布した罪により、当時野砲第一連隊一等主計であった磯部と陸大学生であった村中大尉を免官、軍籍剝奪し、軍から追放した。

特に磯部は、その直情径行の烈しい性格から、その後、何をしでかすかわからぬ、檻《おり》を出て野に放たれた「手負いの虎」と呼ばれ、憲兵当局では、常に磯部の日常の行動の監視に力点をおいていたのである。そんな磯部が、安藤に地方人と差別されて言葉につまった。

「安藤大尉、帰ろう」

新井は機を見て、仲裁に入った。新井はいつもの議論に、またかとうんざりしていたのである。その集会からの帰り道に、「歩三は蹶起に参加するのはよそう」と言い切った安藤の温厚な笑顔を、新井中尉は思い起こしていた。

歩三の連隊長室では、連隊長の渋谷三郎大佐が第一師団管下の幹部会議から帰って来ていた。硝子戸越しに営庭での演習を眺める渋谷の背中で、ストーブの火が音をたてて燃えていた。今年転任して来た渋谷大佐は、背後で扉をノックする音を聞いた。

「よし」

連隊付きの宮沢斉四郎少佐が姿を現わした。

「連隊長、明日の旅団長閣下の視察準備はすべて完了しました」

具体的に日程を報告する宮沢に、渋谷大佐は満足気にうなずいて、窓際からゆっくりとストーブの前に歩み寄り、宮沢を温かいストーブのそばへ呼んだ。

「北支における国民党の軍事情を聞いて来た。今後、毛沢東の共産軍の行動は予想がつかず、不気味になってくるそうだ。また、第一師団の満州派遣の狙いも、これから動き出す金日成の共産ゲリラに対処したものだと説明を受けたが……ところで、彼らの方の動きはどうだ？」

渋谷大佐は、営庭で演習中の隊列を顋《あご》でしゃくって訊《たず》ねた。渋谷連隊長は幹部会議の席上、議長の堀丈夫第一師団長から、「青年将校の日常の行動については、充分な注意を払うように」と、特別に言葉をかけられていたからである。

「憲兵隊本部から電話で、第七中隊付きの常盤少尉が警視庁前で突撃演習を行なったと、警視総監が堀師団長に抗議したと伝えてきましたが」

「幹部会議の席で、師団長から聞いたが」

「私は、突撃演習は、これからの満州派遣にそなえての、兵士たちの戦闘準備の任務に必要な夜間演習であると応じたら、それにしては兵の中には二階まで登った者もいると訴えられ、ここにきて将校たちの動きも活発化してきている、歩三のそちらは大丈夫だとは思うがと、ひどく嫌味を言われました」

五・一五事件以来、警視庁と憲兵隊との関係は悪くなっていた。

「うむ」渋谷は、宮沢の話に渋い顔をした。

「昨晩も、竜土軒で相沢公判の報告会があったそうだな」

「はい、新井中尉にそれとなく、将校たちの様子を聞き出してはいますが、今のところ、連隊長の心配しておいでのような動きは、見受けられません」

「そうか。将校たちは、真崎大将閣下が相沢公判に近く出廷するかもしれないと、皆ひどく興奮している。特に安藤大尉や新井中尉の行動や発言には充分注意してくれ。彼らには特に自重してほしいのだ」

「よく承知しております」

「満州派遣の日まで、何事も起こらなければよいが……」

「相沢公判の進展状況が気になってきましたね」

「早く判決を下して決着をつけねば、第二の相沢事件が起こらないとは断言できない」

そう言い、渋谷大佐は自分の大机の前に戻った。机左にある書類箱の中に通知書が届いている。それは人事異動に関する文書だった。渋谷は眼鏡を掛けてそれに目を通す。宮沢は書類を見つめる連隊長の動作から、話は終わったと判断し、静かに敬礼をして部屋を出ていった。

営庭では、演習中の第六中隊全員に集合がかけられ、初年兵たちが駆け足で指揮台前に集まった。安藤中隊長が兵たちに訓示する声が、寒風に千切れて聴こえてきた。

「我々は天皇陛下の軍人であって、上官個人の部下ではない。だからもし、上官が真に国体論を把握していない職業軍人であったならば、諸君はその命令に服従しなくてよいぞ。諸君の上に立つ者は、国体観に透徹し、その上、人格見識ともに立派で尊敬できる軍人でなければならないのだ。諸君が上官の命令に従うのは、それが陛下の御意志に従うものであるからで、これは単なる制度上の上官だからではないということを胆に命じてほしい」

激しい演習のあとの荒い息使いを鎮め、安藤中隊長の顔に視線を向ける兵たちの表情は、昏《くら》い営庭では、もはやさだかではない。

「きょうは衆議院議員選挙の投票日であるが、選挙とは本来、国家社会をよくする立派な政治家を選ぶことにあった。しかし、世界恐慌の影響をもろに被った日本の現在の農村の疲弊と労働者の窮状は、財閥からの大金授受や党利党略に明け暮れて私利私欲を貪《むさぼ》る堕落した今の政党政治家たちの力では、もはや如何ともし難い状況になっている。凶作と不景気で、東北地方の農家では、明日の食い物にも困り、欠食児童は数万をかぞえ、そのため娘を身売りに出す家が絶えないそうだ。農家の飢餓は日本軍隊の危機でもある。この日本を覆うこんな暗雲を、われわれ軍人の力で除去しなければ、『百年河清を俟《ま》つ』ではいつまで待っても、わが日本は決して良くならないのだ」

兵舎の窓には、すでに電灯の灯《とも》った部屋が幾つか見え始めたが、安藤の訓示は続いている。

「わが第六中隊は、かつて秩父宮殿下が中隊長をしておられた由緒ある中隊である。この伝統ある中隊の名を辱《はずか》しめないよう、諸君は毎日の厳しい演習に励んでもらいたい。これからどんなことが起ころうとも、国体を真に理解する私の命令は、天皇陛下の御命令だと思い、兵として立派に努めを果たしてほしい。頼むぞ。では、今日の演習はこれで終わる」

安藤大尉は訓示を終え、指揮台を下りた。営庭から「必死三昧」の額のかかった自室に戻った安藤は、上衣を脱いで袖をまくり上げる。机の前にはストーブがあり、その上には盛んに湯気をあげている薬罐がある。安藤はそれを取り上げて流し場の洗面器に熱湯を注いだ。湯気が面前で立ち登る。安藤は眼鏡をはずし、湯気で曇った鏡を、濡らした掌で拭きとる。鏡の向こうにここ数日間、悩み続けて疲れた目がこちらを見つめている。安藤は熱い手拭で、冷えた顔と手を拭きながら、今朝、

「初年兵教育は、貴様にまかせておけば安心だ。連隊長も、貴様には大いに期待しておられる」

と、上官の伊集院少佐に大隊長室に呼びつけられて誉められ、ちょっと間をおいたあと、

「秩父宮殿下に迷惑をかけるようなことはするな」

とつけくわえた時の不安気な表情を思い起こしていた。

顔を拭き終えた安藤は椅子に座ると、机の上にある書類を整理する。それは父や母から初年兵たちへ宛てた葉書や手紙の束だが、それらに目を通しながら、農民や労働者、商店主にせよ、皆、生活上のさまざまの難問を抱えた兵たちの実態に触れ、安藤は暗然としたものであり、それも年ごとに酷くなっていく。秩父宮殿下が第六中隊長であった当時、安藤は何度もそんな兵たちの家庭の貧困ぶりについて報告したことがある。そのとき殿下は、

「兄貴は庶民の生活実態が全然、判ってない。いや理解しようとしないのだ」と陛下の態度に不満を語ったが、そんな秩父宮の心情を西田税《みつぎ》に伝えると、

「北先生は、昆虫採集に熱中する学者天皇では、とても西欧の植民地主義に対応できない。インドも支那も英国に喰い荒らされた。次は日本を狙っている。元老や重臣たちが語る英国の民主主義なるものに洗脳された陛下には、日本の将来を託すことは出来ぬ。庶民の中に自らすんで入っていかれ、庶民の実態をよく知る秩父宮殿下にこそ期待したいと話した。北先生は陛下より、軍務に励む殿下の方により多く期待されているようだ」

と、西田さんはよく話してくれたが……。

突然、目前の電話が鳴った。

「西田だが、今晩、何時ごろ来るかな」

約束していた西田税からの催促の電話である。

「すぐ出ます。六時までには伺えると思います」

「わかった、夕飯の支度をして待っている」

安藤は外出用の外套に着替え、部屋の電灯を消して外に出た。天井の電球が薄暗い廊下を照らし、靴音が、静かな廊下にコツコツと響いていた。

二

安藤は足早に営門を出た。外套の襟を立てて円タクの

姿をさがすが、車はなかなか来ない。何度も腕時計を見る安藤の様子を、ふたりの男が、道路の向かい側の電柱の影に隠れて凝視していた。後ろの路地裏に自動車を停めている。彼らは赤坂地区の警備を任された憲兵たちである。

「えらく時間を気にしているが、今晩もまた会合だろうか？」

憲兵隊本部では一昨日の夜、栗原宅で会合があったのを察知していた。

「またか？」背の高い男が渋い表情をした。将校たちが警戒を強め、会合場所を料亭から自宅に移したため、襖越しに激論をかわす彼らの言葉の断片を摑むのが困難になり、上官への報告書が書きにくくなっていたからである。

「今晩は新井と一緒ではないが……」

今度は背の低い方の男が囁《ささや》いた。憲兵のふたりは、最近の安藤の動きに、腑に落ちない点があるのに気づいていた。道が急に明るくなる。ヘッドライトを照らした円タクが、手をあげた安藤の前で停まった。憲兵は路地裏の車に急いで飛び乗り、渋谷方面に向かう安藤の円タクの後を追った。

「千駄ヶ谷方面に向かっている。今晩は栗原の家ではない。西田の家の方角ではないか」

「安藤は最近、西田に会っていたか」

「いや、西田係からはなにも聞いてはいないが」

憲兵たちは話し合っている。

円タクの中では安藤が目を閉じて、栗原宅での会合で決められた事項を、隣りの第七中隊長の野中四郎大尉に報告した時のことを思い起こしていた。あの穏健で慎重な野中までが自分の知らぬ間に、蹶起《けっき》の覚悟を決めてしまった。彼が参加するとなれば、もう反対する者は自分だけになる。安藤は、いつの間にか自分がのっぴきならない立場に置かれていることに衝撃を受けていた。

仲間から孤立して、不安定な心理状態に陥っていた昨夜、西田から安藤に、ひさしぶりに電話がかかってきた。西田は、渋川や村中たちと相沢公判に取り組んでいて、常日頃から「蹶起は時期尚早だ」と、蹶起に逸《はや》る将校たちの気持ちを抑えてきていた。だから安藤は、今の自分の心情を話せば、西田はきっと自分の気持ちを理解してくれ、あわよくば、蹶起に逸る仲間たちを、以前のように鎮静させてくれるはずだ。そう考えると安藤は、はやく西田に会って話がしたいと思った。

車が青山通りを左折すると、ライトの光の中に、明治神宮の森が浮かび上がった。

「また雪ですね」運転手は、後ろの座席に黙って座っている将校に声をかける。

「雪か」安藤は、急に声をかけられて目を開けた。雪片が闇の中から、フロント硝子めがけて打ちかかっている。

「これでは本降りになりますね。明日は商売あがったりです」

運転手は愚痴を言った。車は安藤に教えられては何度も細い路地を曲がる。やっと西田の家の前に停まった。垣根越しに硝子窓から灯りが漏れている。安藤は門を入って玄関の前に立った時、相沢三郎中佐のことを思い出した。確かあの時は去年の夏だったはずだ。雪は降っていないし、今のように夜ではなかった。八月のむし暑い朝だった。福山歩兵第四十一連隊付きから台湾歩兵第一連隊付きへ転任になった相沢さんは、永田鉄山を斬るために、この玄関を出て陸軍省の軍務局長室へ向かったのだ。その時の相沢さんの心境は、どんなものだったのだろうか。

安藤は玄関に佇《たたず》むと、敷石の上に音もなく舞い落ちる雪が融けるのを眺めていた。やっと我に返ると、外套の雪を脱いだ手袋で叩き落とし、玄関の硝子戸を叩く。しばらくして、戸の向こう側で人影がうごいた。

「安藤さんかしら」女の声である。

「僕です」

「ちょっと待って」

錠をはずす音がして硝子戸が開く。割烹着姿の西田の妻の初子が顔を出した。

「遅くなりました」

安藤は初子に敬礼した。

「どうぞ、主人が奥の部屋で待っています。あら、また雪になったのね」

初子は、安藤の外套の両肩に雪片が載っているのを見て、寒そうに首を縮めて空を見上げた。初子は安藤を中に入れると硝子戸を閉めた。西田が佐藤初子と結婚したのは、大正十五年の二月であった。初子の祖先は水戸藩の下級武士で本所に住んでいた。初子が神田の洋食店で働いていた時、たまたま客として入ってきた西田と気が合って、付き合うようになった。税が二十六、初子が二十一の時であった。

安藤は長靴を脱いで上にあがり、廊下を通って奥の部屋の障子を開けた。西田はドテラを着て炬燵《こたつ》に入り、ラジオの選挙放送を聞いていた。

「やあ、待っていたぞ。外は寒かったろう。オイ、そんなところにつっ立ってないで、ここにきてあたれよ」

西田は立ち上がると、簞笥の上にあるラジオのスイッチを切って言った。炬燵の上には湯気の立ちのぼっている土鍋があり、髭《ひげ》のある顔を見せている西田の背後には、北から贈られた大机がある。その上に、今まで書き続けていたと思われる公判関係の原稿用紙が数枚、開いたまま載っている。

「毎日、どうしている」

西田は日焼けしているが、どこか疲れ気味に見える安藤の顔を観察し、いたわるように訊《き》く。

「初年兵相手に、射撃演習に精を出しています」

「この寒い中、それは大変だな」

「満州の僻地にくらべれば」

「そうだな。どうだ、少し飲まんか」

西田は射撃演習と聞いて、ギクリとした。

「では少し」

西田は、酒に強くない安藤の鼻先に杯をつき出す。安藤は数杯、杯を受けてもう顔を赤くした。障子窓から隣りの屋根が見え、また雪が積もり始めた。西田はポツリポツリ公判の進展ぶりを報告した後、

「ところで安藤、君を今晩、ここへ呼んだのは……」

やっと西田は、本題を切り出す。

「最近の君たちの様子を、君本人の口から聞きたいと思ってね」

西田は、安藤が話しやすいように安藤から視線を外し、土鍋の中に牛肉を箸で挟んで入れる。安藤は西田の仕草を見ながら、言うべきか言わぬべきか迷っている。仲間のなかで、西田を革命ブローカーだと警戒したり、毛嫌いする者がいないわけではないからである。とくに栗原などは、「蹶起には民間人は加えない」と、西田を意識して主張していた。

「公判に熱中していた村中が、近頃、さっぱり姿を見せないのだ」

安藤は、黙って箸を動かしている。

「それにこの頃、憲兵が、家のまわりをうろつくようになったが……」

「…………」

「俺の知らないうちに、君たちはいったい何を計画しているのだ」

しかし安藤は答えない。ただ黙って箸を動かしている。西田は、なかなか話にのらない安藤の態度を見て、なぜ今晩ここに安藤を呼んだのか、その経緯を語り始める。

「四、五日前、歩一の山口ワン太から電話で、栗原と磯部が本気で仲間を煽動している。危なっかしいので、一度、彼らの気持ちを探《さぐ》ってみてくれんかと連絡してきた。それで急先鋒だという栗原を、ここへ呼んでみたのだ」

「…………」

「軍服でやってきた栗原は、どうせ満州で死ぬのなら、国内で祖国の維新のために死ぬ方がよいから蹶起する、と言い、反対する俺に向かって、自分たちが蹶起したとしても、軍人でないあなたにはまったく関係はない、と俺の意見を少しも聞こうとしないのだ」

　西田は、土鍋をつつきながら話しつづける。

「そうは言っても、これまでの経緯もある。たとえ君たち軍人だけで蹶起したとしても、世間はかならず俺を煽動者の一人と見る。公判も始まったばかりで、まだその時期でもないのだから、もう一度考え直してくれんか、と訴えたら、栗原は何と言ったと思う」

「…………？」

　安藤は、西田の強い視線を受ける。

「自分では勝手に決められない。磯部に会ってよく相談してみてくれ、と言い残して、帰ってしまった」

　西田は一息つき、黙って聞いている安藤に、もっと飲めとすすめ、自分の盃にもついだ。

「どうも今までの栗原の態度とは違うと思い、さっそく磯部を呼んで、それとなく探りを入れてみた」

「磯部さん、何と言っていましたか」

　安藤は、やっと口を挟んだ。

「ウン、磯部は、あなたの力を入れている相沢公判闘争では、永久に革命はできない。私はコレで行きます、と右腕をまくって叩くと、帰っていったよ」

「…………」

「その磯部が話のなかで、安藤の話を聞いてやってくれと何度も繰り返すので、それで君を今晩ここへ呼んだのだ」

　西田は話し終わると、安藤の返事を待った。安藤はちょっと座り直すと、やっと重い口を開いた。

「公判に奔走している西田さんを尻目に、自分たちは何度も会合を持ちました」

「…………」

「一昨日の会合は栗原の家で、そこで自分は皆に、今の西田さんと同意見を述べて、今はその時期ではない、今蹶起しても、成功は覚束ないと訴えたのです」

　西田は、安藤の意見に大きくうなずいて賛意を示した。

「その夜の会合の報告のためにその夜、週番司令室にいる野中に会いに行きました。自分を待っていた野中は、私が皆に時期尚早だといったことにたいして、急に怒り出し、貴様はまだそんなことを考えているのか、今やらないで誰がやるというのだ、今われわれが起たなければ、今度はわれわれに天誅が下るぞと言い、どうだ、自分の週番中に一緒に起とうではないか、と私に強要しました。謹厳実直、無口でおとなしい野中が、あんな確信にみちた言葉を吐いたのを、今まで聞いたことがありません。私は野中の心境の変化に、大変驚かされました」

西田は野中大尉とは面識がない。安藤にとって、この隣りの中隊の先輩の一言はよほどこたえていると思った。

「私がそれでもなお反対すると、野中はこう言い切ったのです」

安藤はここで一息つき、西田の顔色を見た。西田は箸を置き、食べるのを止めた。

「貴様があくまでも反対するのであれば、貴様の命を奪ってでも、蹶起するつもりだと……」

安藤はやっと言うと、うつむいた。西田は自分が相沢公判に熱中している間に、事態はもうそこまでいってしまったのか、安藤は今、にっちもさっちもいかず、必死の思いで重圧に耐えている、ここでもし安藤が折れたら、仲間たちは雪崩《なだれ》をうって一気に蹶起に走るだろう……そう実感し、突っ込んで安藤に聞くことにした。

「蹶起したとして、そのあとのことが、君たちには充分準備が出来ているのか」

「その点を、私も心配しているのです」

「つめてないのか」

「…………」

「それでは駄目だ。成功の見込みのない計画は、たとえ君がひとりだけになっても、最後の最後まで反対しなければいけない」

「しかし西田さん、今日まで、われわれが何かを始めようとすると、あなたが押さえるという形がよくありました。しかし、今度の状態はこれまでの様子とは全然ちがいます」

「…………」

「もしもあなたが無理にも、押さえでもすれば、彼らはあなたを撃ってでも前進するという事態が起きないとも限りません」

西田はうなずいた。以前、大川周明の門人、長勇少佐が、十月事件の計画を宮内省の役人に売ったと、発覚の原因を西田になすりつけたことがあった。怒り狂った長は、酔って、裏切り者と叫びながら短刀をかざし、西田の家に襲撃してきたのだ。十月事件のときは、北一輝と大川周明の犬猿の仲の間柄が原因で発覚したもので、その主因はお互いの主導権争いであって、西田に責任はなかった。

「そういえば、十月事件の後だった。藤井斉大尉が、共産系十九路軍の指揮下にあり、抗日運動が渦まいていた上海に行く直前、今の君と同じように出征を目前にして、後顧の憂いを断ちたいと、蹶起の相談に、私に会いにきたことがあった。藤井は本当にいい奴だった」

「…………」

「その時もやはり、まだその時期ではないと、計画を思い止まらせたのだが……」

そう言うと、西田は遠くを見るような目付きをした。

「君も知っての通り、その後、空母加賀から出撃した藤井は、上海付近の空中戦で戦死してしまった。奴は本当に死なすに惜しい男だった」

「菅波大尉から、藤井さんのことはよく聞いていました」

「安藤君」

「…………」

「私は一度、五・一五事件で川崎長光に撃たれ、死にそこなった男だ。だから、死ぬことは少しも恐れていないつもりだ。私は反対だが、かりに君が蹶起に追い込まれ、私がそれに連座したとしても、私はそれを天命だと思い、甘受しよう」

「…………」

「しかし、これは君にとっては重大な問題だ。あとに悔いが残らぬよう、充分熟慮して、行動を誤たぬようにしてほしい」

西田は安藤の心を励ました。

三

安藤が帰った後、西田は障子窓から雪が降っているのを眺めていた。もう彼らは、自分の力ではどうにもならない遠いところへ行ってしまった。数日前に栗原と磯部と話し合った時は、まだそれほどせっぱつまった感じは受けなかった。またかと思い、彼らの話を聞いていた。しかし、今夜はちがった。

西田は彼らを思い、ひとり取り残された淋しさを感じていた。初子は西田の心情を知るよしもなく、台所で食器を洗っている。西田は座布団を枕にして、何度も安藤の言葉を反芻《はんすう》しては、これからどうしたものかと思案した。書きかけていた公判原稿は、すでに西田の頭から抜けていた。柱時計を見ると、八時を少しまわっている。

「そうだ。北先生に話しておこう」

千駄ヶ谷の西田の家から、中野桃園町にある北一輝の家まで、いくらもかからない。西田は起き上がると、台所にいる初子を呼んで、

「これから、北先生の家に行ってくる」

と告げた。初子は濡れた両手を前掛けで拭き、洋服箪

筥から背広と外套を取り出してきて、西田の後ろから着せた。

「今夜は遅くなる。机の上を整理しておいてくれ」

西田は首に襟巻をまき、玄関の硝子戸を開けた。家の中に冷たい風と雪片が吹き込む。西田は外套の襟を立てて傘を拡げた。帰っていった安藤の足跡が、門から表通りに続いている。西田はその足跡をたどりながら、千駄ヶ谷の駅に向かう。

西田が北と行動を共にするようになってから、すでに十数年が経った。それにしては西田はまだ、北の思想や性格を理解したと言い切れる確信がもてないでいる。特に近頃の北は思想的な話題を嫌い、薩摩雄次を自宅に呼んでは応接間で、もっぱら政界の裏話にうち興じていることが多かった。

正月気分の抜けた今年の一月二十一日火曜日、第六十八回帝国議会が再開された。衆議院第一党の政友会は、国体明徴問題で、直ちに岡田内閣に不信任案を採択すべく画策していた。しかし、政府側はその上程を許さず、首相、外相、蔵相と順に演説し、終了すると即座に、衆議院解散を宣言し、総選挙の投票日を二月二十日に決めた。政治家になることを望んでいる薩摩は、政友会の小川平吉の応援のため今、小川の選挙区の長野に出向いていた。一切の政治問題は派閥抗争の中で解釈される政治の世界が西田は嫌いで、政治のことは薩摩にまかせ、自分はもっぱら相沢公判に没頭していたのである。北は政友会の派閥抗争のまとめ役として重宝されていた。今晩は薩摩ぬきでじっくり話し込める。西田にとって、北宅への訪問は久しぶりのことであった。

千駄ヶ谷の駅に着くと、ホームには安藤の姿はない。電球に照らされる中を、雪が音もなく降り続いているばかりである。轟音が近づいた。やがて電車の輪郭が、雪の中から浮かび上がった。強い光の中で粉雪が渦を巻いた。ドアが開き、ホームにこぼれ出た通勤客が寒気で身を縮め、改札口に向かって足を運んでいく。西田は空いた座席に腰をおろし、目を閉じて規則的な電車の振動に身を任せた。

西田の瞼の裏に、また安藤の思いつめた顔が浮かんだ。安藤が、栗原や磯部の蹶起計画に巻き込まれるのは、もう時間の問題だ。あれほど相沢公判に熱心だった村中が、急に姿を見せなくなったとき、自分はなぜ、もっと早くそのことに気づいて、すぐに蹶起中止の措置を講じておかなかったのか、今になっては悔やまれてならない。彼らは自分の知らない場所で重大な密談を進行させていたのだ。

以前、東京衛戍《えいじゅ》刑務所の相沢中佐に面会にいったとき、実弾射撃の音が高い格子窓から聞こえていた。その面会室で自分は、「青年将校の一部が、何か事を起こすかもしれないので、充分注意してくれ」と相沢さんに言われた。しかし、公判は順調に進んでいたし、亀川宅での公判対策の会合に、積極的に参加しては、今後の作戦を熱心に練ったりしていた。自分もときどき講師として招かれたりしたが、それほど切迫した雰囲気は感じられなかった。だからその時は、「心配しないで、彼らのことは私に任せておいて下さい」と、相沢さんを励まして帰ってきた。だが、相沢さんは、あそこで誰から、そんな感触を得たのだろうか。

村中は意見を聞くために、よく相沢さんに面会にいくと言っていたが、村中は相沢さんに、何を相談していたのだろうか。前に一度、村中が「もしも弁護士側が求める証人が拒否されることがあれば、あるいは仲間の一部が飛び出すかもしれない」と言っていたことがあった。村中が、栗原や磯部らの会合に参加していたのはむろん承知していたが、公判闘争に熱中していて、彼らの動きに注意するのを怠ってしまった。公判に必要な資料集めに没頭してしまい、栗原や磯部と顔を合わす機会がほとんどなかった。近衛師団長の橋本虎之助中将が証人に出廷した二月十二日から非公開になり、その日から村中は顔を見せなくなった。村中が挫折感を持ったのは、非公開になったのを統制派の巻き返しと考えたからだ。

そのうえ、仲間たちが皆、満州に飛ばされたら、軍籍を剝奪された村中は、二年間というものを、仲間のいない東京で無為に過ごさなければならなくなる。村中は、先の見え始めた公判闘争にあせり始めたのだ。磯部だってそうだ。村中に相沢公判の失望感を訴えられ、「それみたことか」と冷笑したにちがいない。無職で時間を持てあました村中は、相沢公判を通して、統制派の不正をばらし、追い落としを企てようと、西田の助手として手伝っていたのだ。その村中が蹶起派に移れば、栗原と磯部の計画は、いきおい現実味を帯びてくる。勢いを得た彼らは、最後の砦になった安藤にたいして波状攻撃をかけ、参加するように迫ってきた……。

西田は、乗っている電車が、どんどん深い闇の底に沈んでいくような錯覚におそわれた。今起《た》っても、こちらに勝算はない。中止させねば……。いくら考えても、この結論しか得られなかった。やがて窓外は明るくなる。西田は我に返ると、席を立った。

北邸の小門を押した時、背後のどこかで人影が動いた。西田は素知らぬ顔で中庭に入った。右手に書生が寝泊まりする部屋があり、その硝子窓から灯が漏れている。犬が吠えた。中のひとりが格子戸を開けた。西田が声をかけると、男は頭を下げて戸を閉めた。雪の積もった敷石を踏んで、灯《あか》りの漏れている玄関に向かった。二階を見上げると、降りしきる雪片を通して、北の部屋の灯りが見える。

西田は女中に応接間に通された。女中はすぐに部屋を暖めながら、北は二階の仏間で読経中だと西田に告げ、熱い茶を置くと、「しばらくお待ち下さい」と言い、部屋を出ていった。

西田は茶を飲んで待った。柱時計の時を刻む音が大きく聞こえる。そんな中、読経する北の声が微かに聴こえてきた。西田は椅子から腰を上げ、硝子戸越しに庭を眺めた。数千数万の雪片が、絶え間なく黒松や葉の落ちた楓や桜の小枝に舞い降りては消えて行く。桐の庭下駄が敷石の隅にきちんと揃えてある。その黒い鼻緒の上にも、雪片がわずかに舞い落ちていた。雪が降っても、積もるだけの条件がなければ消えてしまうはずだが、今度はどうだろうか。これまでの経緯《いきさつ》を思い出しながら西田は、自分の息で白く曇った硝子の被膜に「蹶起」と書いてすぐ消した。それから今度は応接間の外に出た。

薄暗い廊下は冷たい。階段の下に立った。階段の上から、法華経を読誦《どくじゅ》する北の張りのある声が聴こえてきた。西田は同期の宮本や片山に連れられ、北とはじめて会った時のことを思い出した。北は支那大陸から帰ったばかりで、支那の現状を熱っぽく語ってくれた。

欧米帝国主義は、インドを植民地化した後で、血のしたたる牙を支那に向け、隙さえあればと狙いを定めている。支那が欧米の餌食になれば、粟つぶほどの日本は、次の餌食となって、ひとたまりもなく喰い千切られてしまう。あの支那大陸に、永年にわたって我が身を置くと、それが痛いほど身にしみて判るのだ。日本は支那と手を結んで、全アジアを、欧米の勢力から解放しなければならない重大な使命を負っている。それには、今の日本を大改革しなければ駄目だ。ところが、革命が必要だと叫ぶと、ひとは左翼流儀の階級闘争を考えてしまう。しかし、そうではない。西洋の理論は、東洋の日本に根付くはずがない。西欧流の闘争理論では、日本は欧米やソ連の餌食になるだけだ。それで自分は法案をつくった。自分は天皇の徳と力による日本の変革に、自分の命をかけるつもりである、と。

西田は北の、日本をひとりで背負って立つ気概に「ここに日本男児あり」と深い感銘を受けたのである。北は雄弁をふるった後、自分と友人を後ろに座らせて、あのお経を聴かせてくれた。あの頃は士官学校の卒業が迫っていた。そうだ、あれからもう十五年も経ってしまったのか。西田は読経する北の声を聴きながら、北と深く係わってきた歳月の出来事を思い起こしていた。

「西田さんかい」

障子の向こうから突然、声がした。北の妻の鈴だった。

「夜分遅く失礼しています」

西田の声を聞くと、鈴は乱れた髪をなでつけ、寝間着の襟を整えてから障子を開けた。西田は、いくぶん腫れぼったい鈴の顔を見た。

「風邪ですか」

「そう、ずうっと風邪で寝込んでいるの。また雪かい。どうりで寒くなったと思ったよ。今夜も冷え込みそうね。最近、初子さんの顔を見ないけれど、元気でいるのかしら」

「はい、今度、見舞いに寄こします」

「そうしてよ。初子さんにはあげるものがあるの。支那からの土産よ。それにお給料もね」

「いつも済みません」

「いいえ、それでうちの人に何か相談?」

鈴は、憂いの深い西田の表情に心配して言う。

「将校たちの動きが妙なので、心配でちょっと」

「そうなの。最近うちの人、耳が遠くなったって。俺はもう歳かなあ、なんて元気がないのよ。近くまた支那に行くつもりなのにねえ」

「先生はお幾つに」

「五十四よ、まだねえ」

三十六歳の西田は、迂闊だったと、あらためて北の齢を数えた。

「まあゆっくりしていらっしゃい。もうそろそろ終わる時間だわ」

時計を見て鈴はそう言い、北の声に耳を澄ませて階段をのぼっていく、しばらくすると、太鼓の音が絶えた。

仏間では正座した明るい茶色の支那服姿の北が、経文を赤い経机の上に折り畳んだ。鈴は北の背後から耳元に、そっと唇を近づけて言う。

「さきほどから、西田さんが見えています」

「そうか」

北は階段を降りながら、相沢公判が思うように進まないため、何か自分に相談に来たのか、それにしては遅く来たものだ、と西田の訪問を意外に思った。北は応接間に入ると、西田の前の椅子に深々と腰をおろした。

「待たせて済まなかった」

北はテーブルの上の煙草をとって火をつけ、深く吸った。北には、まだ読誦していた余韻が残っている。煙を吐くと、一呼吸おいて、体を椅子の背にもたれる。そして心配深げな西田の顔を凝視した。

「どうした?」

北の右目は、あらぬ方向を見ている。義眼なのである。

「さきほど、安藤より重大な話を聞きましたので、すぐにやってきました」

西田は、北の自分を正視している目をみつめて言った。

北は安藤の話だと聞いて、意外そうな表情をした。

「それで?」

「私の知らぬ間に、磯部たちが極秘裡に蹶起計画を進めてしまっていたのです」

北は「またか」という顔付きをした。しかし、西田の今までとは違った意気込みを感じて、それではと椅子に座り直し、

「くわしく話をしてみてくれ」

と言い、西田の言葉を待った。

「相沢中佐の公判のあった日の晩は、いつも村中や渋川たちが、将校たちを竜土軒に集めて報告会を開いているのですが、時々、私も呼ばれて出席していました。だから、彼らがどう考えているのかとか、その場の雰囲気までもよく承知しているつもりでした。山口や村中たちと亀川哲也の家で、公判の打ち合わせをした時、村中がたしか『もし弁護人が要求する証人が出廷できなくなれば、ひょっとすると、磯部か栗原が独断専行するかもしれない』と、私の耳にそっと耳打ちしたことがあったのですが、でも公判はこちらの希望どおり順調に進行していましたし、こちら側の望む大物がつぎつぎに証人喚問に出る手筈になっていたので、私はそれほど気にとめて考えることはありませんでした」

「……………」

「ところが数日前、突然、山口ワンタから電話があって、栗原と磯部の言動がどうもおかしいから、奴らに会ってて話を聞いてみてくれんかと言うのです。栗原は例のヤルゾヤルゾといつもの調子で、『また始まったか』という感じだし、私の方は公判資料を山と抱えて忙しく、それどころではなかったのですが、山口があんまりムキになって訴えるので、それではと私は重い腰をあげて栗原に、家に遊びに来ないか、と電話でさそったのです。ところが『あなたにはもう会いたくない』と、私の誘いに乗ってこないのです」

「栗原が」

北は家に来たとき、過激な発言をして人を驚かす栗原をたしなめたことがあった。

「それからしばらくして、栗原の方から電話をかけてよこしました」

「うむ」それまで黙って西田の話を聞いていた北は、この時、少し話に興味を持ったのか、組んでいた腕をはずすと、右の掌で頬から顎へ何度も撫でまわした。西田はその癖を見て、手応えを感じた。

「たぶん栗原は、亀川の家からだったのではないかと思います。受話器から、山口のほか、亀川らしい話し声が聞こえていましたから」

北はうなずいた。

「その時も、是非来いと誘うと、そんなに言うのなら、明日にでも時間をつくって伺いましょう、と栗原はしぶしぶ答えました。電話の後ろで山口に、行け行け、と強要されたからなのか、そんな感じの栗原の返事でした」

「…………」

「翌日の夕方、栗原は軍服のままやってきました。栗原が言うには、営外演習で公判中の師団司令部の前を通るたびに兵士たちに、『歩調をとれ、相沢中佐殿に対して敬礼。頭、左ッ』と命令して敬礼をさせている。また公判が開かれる日は、俺が教官になって実弾射撃をやらせ、発射音を相沢さんに聞かせてエールを送っている。俺は相沢さんには本当に済まないと思っている。俺は相沢さんと男の約束をしたのだ。相沢さんに続いて俺もやると。西田さん、今度の計画は民間人をいっさい参加させず、歩一を中心に仲間内だけでやる。だから、あなたにはまったく関係ないことだ、と素気《そっけ》なく言い張るのです。埼玉青年挺身隊事件のときのように、私にこれまで何度も中止されてきた栗原にしてみれば、予防線を張ったつもりなのでしょうが、しかしそうは言っても、栗原たちが動いたとなれば、軍当局は私たちが裏で煽動していると疑うと思います。そこで私は栗原に、非公開になって公判が思うようにいかなくなったのは統制派の陰謀だと、蹶起に逸る君たちの気持ちはよく判る。だが、俺も努力して真崎大将閣下を、証人喚問に出廷させるように申請するつもりだ。それに選挙の結果から、国民の考えをよく検討してみてからでも決して遅くはない、と忠告したのですが、栗原は、また始まったという顔付きをして、もうこれ以上話し合っても仕方がないと思ったのでしょう、帰り際に、夜間演習で首相官邸に向けて軽機を据えながら立ち小便をしてやった、なかなか壮快な気分だったと、へらず口を言い、七時過ぎにさっさと引き揚げていきました」

「うむ」

「どうも栗原の態度が、山口が気づかうように、確かに、今までとは違うと思い、今度は磯部を翌日に呼んで、様子を聞いてみたのです。磯部の話では、すでに真崎大将や川島陸相に直接会い、蹶起したとしても、軍上層部では、決して蹶起部隊を弾圧することはないはず、という感触を確かに得ているようでした」

北は、頬を強くこすった。北は去年の暮れ、磯部がひとりでこの部屋にやってきた時のことを思い出していた。

磯部は、雑多な人と雑談を避けて、妄念の断離に努めています。そのために、毎朝早く起きて明治神宮へ参拝することと、先生の『国体論』の精読と浄書を日課にしてきました、と言い、先生の中国革命の教訓とは何ですか、と真剣な表情で訊ねたので、革命とは、計画をたてて出来るものではない、指揮をとることはそれは難しいものだぞ、と応えておいた。そこで北の方から、主計君と、陸大学生の村中と、士官学校区隊長の片岡と、一人として実兵を持たぬものが、軍隊を率いて事を起こすという疑いは、軍事常識のある者から言えば、おかしな話である、私はすぐデッチあげだと判ったよと言うと、磯部はただ笑っていた。磯部は十一月事件の体験で、革命家としてのお墨付きを得たかったのだろう、と思ったものだった。

「去年の暮れに磯部が、ひとりでひょっこり来たよ」

「ひとりで。磯部は何と」

「毎朝、神宮に参拝しているそうだ」

「参拝ですか」

「私の受けた感じでは、それほどせっぱつまった感じはなかったが」

「磯部の奴、先生に会った後、真崎や川島に会い、きっと何かの感触を得て、『これはやれる』と確信を持ったに違いありません。私が会った感じでは、磯部は仲間の誰よりも、本気で取り組んでいるようです。彼は彼なりに懸命に根回しに奔走しています。磯部の行動力に感服しましたので、みんなの意志は、蹶起一本に固まったのか、と聞いてみると、『宮城占拠』と『兵の使用』の点で、議論の余地がまだ残っているが、かならず結論を出すつもりだ。今、問題になっているのは、安藤の、参加への決断です、と打ち開け、公判闘争では、いつまで経っても維新の実現は出来ない、と私の意見を聞こうとせず、『俺は武力専門でいく。俺はどこまでも実力解決主義だ。その実力は軍隊を中心に考えている。だから、軍人でないあなたには決して迷惑をかけないつもりです』と訴え、忙し気に帰っていきました」

「それで、安藤を呼んだのだな」

「ええ、栗原は歩一を中心にやると言っていましたが、歩三の安藤が動けば大部隊に膨らむ。安藤は慎重な男だ、軽薄な行動は起こすまい、とは思いましたが、今晩、安藤を自宅に呼んでみたのです」

「うむ」北は腕を軽く組み、目を閉じて、西田の次の言葉を待った。

「普段寡黙で謹厳な野中大尉が、『貴様が蹶起を押さえるのであれば、貴様を斬ってでも俺はやる』と訴えられたのがこたえたようです。安藤は、仲間たちから孤立している自分に気づいて動転しているようです。私のカンでは、安藤が決断を下すのは、もう時間の問題のような気がします」

話し終わると、西田は、冷めてしまった茶をやっと口に運んだ。

「あまりに急な話の進展ぶりだが、亀川という男はどんな人物だ？」

北は、ふっと目を開けて言う。

西田は、亀川哲也の素性は詳しく知らない。彼とは、相沢事件の弁護人と特別弁護人捜しに協力してもらって以来のつき合いだ。彼は、政友会の大物、久原房之助の秘書をしており、真崎大将をはじめ、陸海軍の皇道派の人物たちには、特別顔の広い男である、と歩一の山口大尉から聞いていた。

「公判の始まる前、先生に話したことぐらいしか知りません。亀川については、私より山口の方が、よく知っているはずです」

田中義一首相が失脚したとき、小川平吉が政友会総裁の候補に挙げられた。北は久原と相談して、小川の総裁擁立運動に一緒に参加した。北はその時から、久原の巧みな手口を裏側から観察し、熟知していた。

久原のことだ、亀川なる男を使って軍部に取り入り、相沢公判を利用して将校たちに近づき、満州派遣であせる将校たちの蹶起意志を煽って追いたてる。乱を好む久原らしいお膳立てではないか。北は久原のこれまでの数々の策謀を思い浮かべ、潤沢な資金をバックに次期総裁を狙う久原の、薄笑いした金縁の眼鏡の奥にある小さな、鋭く光る目を頭に描いた。久原は最近では、自派の岡本を使い、反対派の鈴木総裁の片腕鳩山一郎が樺太工業から五万円をもらった一件を議会で暴露させて、鳩山を追い落としたりしていた。これまで北は、政友会の内紛が起きるたびに、調停役として深く係わってきていた。

西田は、北の力を借りて、成功の望みのない蹶起計画を、どうすれば中止できるか、そのことばかりを考えていた。

「満州派遣が、彼らの蹶起心理を煽っているようだが、今から満州行きを中止させられないだろうか」

北は言った。

北は、長征を完了し、延安に入った中国共産軍の動きと対応するため、日本軍の河北進出が必要であり、そのための第一師団の渡満だと聞いていたが、真の目的は、西田の話から、皇道派将校たちの追放にあったと納得していた。西田も北にそう言われ、戸山学校教官から朝鮮羅南の歩兵七十三連隊に配属された大蔵栄一大尉が、羅南に戻る前日、第一師団長で相沢公判の裁判長だった柳川平助中将から、「わしは台湾に配属されるが、わしがいない間、将校たちが暴走しないよう、よろしく頼んだぞ」と肩を叩かれた、と話していたのを思い出した。

そうだ、部隊の移動に手をふれることがなくても、青年将校たちに人望がある柳川を、配属先の台湾から東京に、呼び戻すことが出来ないか。西田はその策に思い至ると、北に言った。

「柳川中将を呼び戻すことができれば、蹶起に逸る彼らの気持ちを鎮めてくれるかもしれません」

「柳川しかいないか」

「近く、人事異動があると聞いています。山口に頼めば、本庄侍従武官長の力添えで、あるいは可能かもしれません。とにかく、山口に会って頼んでみるつもりです」

「うむ」北は、西田の意見は、あまりアテにはならんと思った。

「ところで、君の話では、軍隊を動かすようだが、彼らはどの程度のことを考えているのだ？」

北は一番知りたい点を聞く。

「栗原は、自分の中隊を使用する決心のようです。磯部の話だと、栗原はもう、銃火器の準備を整えているとか」

「磯部や村中らは、栗原の行動を、どう考えているのかね」

「磯部の方は、栗原の自主判断にまかせている、というより、もっと積極的に賛意を表明しています。ただ村中は、まだ軍使用に自信がないようです」

軍を追放された磯部と村中が、隊付きの栗原と組んで部隊を動かすということは、軍の統帥権に、どんな重大な事態を引き起こすか。西田は理論家の村中が、躊躇する心境を無理もない、と思っている。

「総指揮者は誰かね」

北が突然、言った。西田は即答が出来ない。まだ彼らの実態が不明なのだ。さあ誰だろう。西田は考え込んだ。村中か、いや磯部だろうか。しかし、ふたりは予備役まで剝奪され、今は完全に民間人だ。軍服のない民間人の命令を、兵は受け入れるであろうか。たとえ自分が、栗原の兵に命令したとしても、兵の誰も、決して従わないはずだ。となれば、現役兵の栗原になる。栗原か、確かに栗原は、他の誰よりも蹶起意志は強い。しかし、栗原には安藤のような、部下をまとめあげる人望がない。

西田は答えに迷った。そう言えば、以前、磯部が、かりに蹶起するような時は、総指揮官は置かず、集団指導体制をとるつもりだ、と言っていたのを思い出した。

「最高指揮官は置かない……と聞いております」

西田は自信なげに答えた。

「何、置かない？」

「ええ」西田は具体的な話は聞かされていない。だから、北に突っ込まれると、あやふやにしか答えられない。

「明日、村中を呼びますので、彼からそのへんのことを聞き出してみて下さい」

北は、西田の動揺する心を感じとって、強い視線をあてて、そらさない。

「もう、これは時の勢いでしょうか。彼らは私の反対意見を無視してでも、蹶起するつもりです。下手に中止に動きでもしたら、かえって私の身が危険にさらされると思われます」

西田は、内心の動揺を悟られまいとするように、無理にでも笑顔を作った。北は、西田の話をすべて信じたわけではない。西田の話は、直接将校の言葉ではない。当然、不明な点もある。彼らは本気で蹶起しようというのである。それなりの勝算あってのことだ。西田は直接、本人の村中を、明日ここに寄こすと言った。よし、村中の口からそれを聞き出してみるか。北はそう思った。

「それではこれで」

西田は腰をあげ、

「明日、山口に会い、柳川を東京に呼び戻すことができるか相談してみます。真崎大将の出廷準備も大切ですので、公判の方も目を離すつもりもありませんので」

と言って帰っていった。

四

西田が帰ったあと、北はひとりでウィスキーの瓶を傾けた。

「遅い、気づくのが遅かった。今度はこちらの知らぬ間に、足元に火がついた」

北はグラスを手でもてあそびながら呟《つぶや》いた。西田の話では、橋本欣五郎や大川周明は、陰で画策していないようだが、久原の秘書の亀川が、将校たちの間を走り回っているようだ。久原か、そうだ久原だ。奴は皇道派内閣づくりを意図して、青年将校たちを将棋の駒にして動かすつもりなのだ。何事にも第一人者でないと気がすまない北には、亀川の動き方が気になってならない。いつの間にか久原の触手が伸び、青年将校たちの後ろで策動している一端がチラついて見え、何か自分が大切にしているものが汚されたようで気分が悪い。

それにしても、と北は考える。なぜ亀川と山口が、西田に、栗原や磯部を中止させるように仕向けたのか。山口は西田を止め男にして、血気盛んな栗原と磯部を押さえ込もうと考えたのだろうが、あの男は、亀川の思惑や背後関係には、とんと無頓着なのが困る。別格、別格、と仲間うちに奉られて、お坊っちゃんだから、裏と表の両側を見定める目を持っていないのだ。山口はまあいいとしても、問題は亀川だ。山口や栗原から将校たちの蹶起意志を察知し、反対する安藤の現在の立場や心境を承知しているはずだ。いや待て、だからこそ亀川は西田を、そういうお膳立てのところへ持っていったのかもしれぬ。その安藤が動けば、当然、秩父宮を味方につけて、西田と俺を、決定的に蹶起に巻き込むことが出来ると……。

北は久原の真意はどこにあるのか、もう一度考え直そうと思った。しかし、今晩はひどく疲れをおぼえた。弟の昤吉への選挙応援と、風邪で寝込んだ妻鈴のため、電話の応対などの雑事に追われたからである。時計の針はすでに十二時を過ぎている。外は雪明かりで白く、見ると、しきりに雪が降っている。北は煙草を灰皿にもみ消して立ち上がり、仄暗い階段を上がって、二階の自分の寝室に行く。途中、酔いが回ったのか、軽い眩暈《めまい》におそわれた。手すりを握りしめて体を支える。「これは時の勢いだ」そう言った西田の言葉を思い出し、ゆっくり階段を登りながら、北は「このような計画は、成功しようが失敗しようが、これからもつぎつぎと生まれてくる。たとえ久原が、陰でどんな策謀をめぐらせようとしてもだ」と呟いた。

やっと階段を登り切った時、北の頭の中で、巨大な歯車のようなものが、重々しく、周章《あわ》てて止めようとしても止まらぬ、ある確かさをもって動き始めた。その音は、どこか深い地の底から響いてくるような重々しいものに感じられた。北が床に入った時、門の方で番犬が吠えたてていた。満鉄の嶋野三郎が、満州から贈ってよこした大型のグレートデンの雌雄二匹で、一匹でも譲ってくれと、中野正剛がうらやんだ犬である。北は大きなものならどんなものでも好きで、この二匹の犬は、客の良し悪を鳴き方で区別する番犬として重宝していた。

降る雪の中、ふたりの男が、二階の北の部屋の灯りが消えたのを見つめていた。北の犬が吠えたので、あちこちの犬が呼応し、遠くで吠えている。最終電車の響きが、北の枕元に、遠くから微かに伝わってくる。北はその響きを聴きながら、やがて闇の底に沈んでいった。

その夜、北は奇妙な夢を見た。そこは佐渡の両津港かもしれない。数十隻の小さな漁船が、見覚えのある桟橋で、波に揺れている。波止場に目をやると、人影はない。汽笛の音も、鷗の鳴き声も、波の音さえも、物音一つ聴こえてこない。青空をたっぷり吸い込んだ海の色が目に染《し》み、遠く続く水平線から入江の方角へ視線を移すと、見慣れぬ小さな漁船が一隻、静かに港内に入ってきた。

北は目を凝らした。波止場で揺れ始めた漁船とは違っている。支那の港でよく見かけたジャンク船だ。北はさらに目を凝らした。両眼が使えるのか、不思議に遠近がしっかりしている。よく見ると、甲板にかつての革命の同志、宋教仁が無表情な顔で乗っている。死んだはずなのに天から降りて来たのか。歓声をあげ、北は宋に向かって盛んに手を振った。しかし、宋は振り向きもせず、ひたすらじっと遠くを睨んで動かない。どこかの夜店で見た菊人形のようだ。風がなくなった。宋の乗った船は、港内の中央で止まってしまった。風が吹き出すのを待ったが、なかなか吹きそうにない。北は仕方なく、海に飛び込み、宋の船に向かって泳ぎだした。子供の頃以来、久し振りの泳ぎで、海水は冷たくて気分がよかった。今は真夏なのだ。北は泳ぎながらそう思った。

どれだけ泳ぎ続けたのだろう、深い海の底が見通せる海面をひき裂くように泳いで、やっと船にたどりついた北は、力をふりしぼり、疲れた体を船上に乗せた。船内を捜したが誰もいないようだ。北は、ひとり甲板の手すりを握って立つ宋の後ろ姿を見つけた。北は宋の隣りに立った。しかし宋は黙ったまま、水平線を見つめている。北はそんな宋に、「この船はどこに行くのか。自分を迎えに来たのか」と訊《き》いた。宋は何の反応も見せない。ただ長く伸びた頬ひげを海風に靡《なび》かせながら、また動き始めた船の甲板で、眼窩《がんか》の深い横顔を見せるだけである。

北は宋の言葉を聞こうと、両腕をつかんで揺すった。宋はそれでも北に揺すられるまま、島流しにあった俊寛のように目だけは水平線の彼方を見つめ続けている。北は宋の瞳の中に何が映っているのか、訝《いぶか》し気に覗《のぞ》き込んだが、宋の瞳には、どこまでも青い水平線だけが映っているだけだった。ふたりが乗った船は、帆に海風をたっぷり受けて、沖合いに舳先《へさき》を向ける。北はどんどん遠くなっていく後方の入江を眺めた。港の家並みが小さく群がって見え、それが白い波頭に見え隠れして浮かんでいる。

急に前方に島影が浮かび上がった。それが突然、無数の細かい硝子の破片に強い光が当たったように、黄金色に輝いて海面に飛び散った。北は光の中で、腕を日除けにし、眩《まぶ》し気に周辺を見まわした。鷗が数百羽、海面を波紋のように拡大しつづける光の響きの中で、鳴き叫んでは、船を囲むように舞っていた。全身に光を浴びた船は、海面を押し拡げて、沖へ沖へと航跡を残して進む。北はどこへ行くのか、不安と期待で胸が脹《ふく》れあがった。

船はやがて大きく揺れはじめる。天空がにわかに曇ってきた。今まで前方に輝いていた島影は闇に溶け始め、忽然と視界から消えた。うねりが高くなり、甲板の北はよろけて、マストにしがみつき、空を見上げた。大粒の雨が北の顔に落ちて、甲板を激しく叩き始めた。激しく軋《きし》む音が、船体のあちこちから聞こえ、甲板を叩く雨音と響き合う。宋の姿が消えた。北は船室や甲板を捜し回るが、宋の姿はどこにもなかった。捜し疲れてマストにしがみついていると、いつか波も沈まり、雨もやんだ。雲が早い速度で流れ、やがて亀裂ができ、その裂け目から光が一筋、光線となって甲板の上に落ちて輝いた。

北は、光が満ち溢れる裂け目の奥を覗こうとした。誰かが、光の中を消え去っていく後ろ姿が見えたように思った。その時、背後に人の気配を感じ、北は振り返った。そこには伜《せがれ》の大輝が、頼りなげに立っている。北は驚いて大輝の腕をつかみ、「宋はどこだ」と聞いた。大輝はただ白痴のように、頭を左右に振り、北の手を振り離そうともがくだけである。北は強くつかんだ手をゆるめ、今度は幼児に言い聞かせるように、お前はなぜここにいるのか訊いた。大輝は涙で濡れた目をこすっては、赤子のように泣くばかりである。北は大輝を抱き上げると、船の進む方角を眺め、どこへ行こうとしているのか考える。船は果てしない大海に、速度を上げて進んで行く。北はうなされ、寝汗をかいて目を醒《さ》ました。

「夢か、不思議な夢だ」

北は光の漏れる雨戸を開けた。宋が夢を利用して、自分を常世《とこよ》に迎えに来たのだろうか。朝日が部屋の隅々まで射し込んでいる。昨夜の雪が、庭の樹木にたっぷり覆い被さり、それが朝日に反射している。北は眩し気に目を細めて眺めた。それから煙草に火をつけ、愛用の椅子に腰を下ろした。雪が瓦屋根に分厚く積もってやわらかく輝いている。雀が数羽、どこからか戯《たわむ》れながら飛んできた。北の前の松の小枝に舞い下り、雪を落として囀《さえず》っている。

下の広い庭の隅で、女中のひとりが、洗い終わった洗濯物を、こぼれ落とさんばかりにバケツにつめ込んで運ぶと、物干し竿を拭いた。北が昨夜着ていた支那服をバケツから取り上げ、拭き取った竿にそれを広げた。洗濯物を次々に広げながら、女中は誰かと盛んに言葉を交わしては、笑い合っている。北の目には、女中の話相手が誰なのか、出張った屋根に遮《さえぎ》られて見えないが、先週見た映画の話をしているようだ。

あちこちから、雪が融ける音が聴こえ、周辺に懐かしさが漂っているように感じ、北は椅子に横になって目をつぶった。頬に日射しの暖かさを感じ、北は力いっぱい背伸びをした。瞼の裏に、故郷の両津港が浮かんだ。浜辺で波と戯れている幼い頃の自分の姿が見える。夕陽で細かく輝く海面の上を、本土に向かう遊覧船が黒くゆらゆらと浮かんでいる。汽笛が数回、長く尾を曳いて聴こえる。船が通り過ぎるたびに、海面に浮かぶ夕陽が大きく崩れ、高波が足元に打ち寄せる。キラメキ揺れる海面を背にして、佐渡の子供たちは、静かにおとずれる黄昏《たそがれ》の中をいつまでも、足跡を流し去る波と戯れていた。

今でもあの同じ波が、あの砂浜に打ち寄せているのだろうか。俺は今日まで足跡を残さずに生きのびてきた。今もあの頃の波が打ち寄せているのだろうか。

北は明治の中期に、日本社会党の結成に参加した。大逆事件にかかわって追っ手から逃げるように中国に渡り、宋教仁と共に辛亥革命に加わった。かつての仲間の幸徳秋水や大杉栄は無政府主義に走って殺され、片山潜や堺利彦は労働者階級の組織化の中で今でも頑張っているが、自分は、嫌いな天皇のいる日本に、自分を偽って生き続けている。

階段を誰かが上がってくる足音がした。洗濯物を干し終わった女中が、北の部屋の布団を片付けに上がってきた。北は立ち上がり、中廊下の向かい側の書斎に入った。裏庭にのぞむ窓に向かって、机と椅子がある。その両側に書棚があり、ぎっしり専門書で埋まっている。北は机の上にある「神仏言集」と名づけた分厚い日記帖を拡げた。庭のどこかで、けたたましく百舌鳥《もず》の叫び声がした。その声を聞きながら、北は昨夜見た夢を書き始めた。

宋が夢を利用して、俺に何を伝えに来たのだろう。今、俺が危険な立場にいる、充分に注意しろ、と言いたかったのだろうか、それに一言も口をきかなかったのはなぜだろう。危ない日本を脱出して、もっと安全な国に逃げようと、夢の中に現われたのか。近いうち、支那に渡航する計画はあるが。それに、光の中に去った人物、あれは誰だろう、秩父宮か裕仁か。北は自分に問い、夢の持つ意味を、仏の国からのメッセージとして、解き明かそうと熟考している。そうだ、一度大輝と話し合わねばならぬかと、夢で見た大輝を思い出して考えた。

日課の読経を終えて北は階段を下り、茶の間の障子を開けた。鈴が食卓の前で、北が降りてくるのを待っている。茶簞笥の上のラジオが、選挙速報を伝えている。

「風邪の方はどうだ」

北は、自分の座布団に座ると言った。

「ええ、寝てばかりはいられません。西田さんが見えたけれど、昨夜は遅かったのですか」

「ああ、またひと騒動、起きそうだ。大輝はどうした」

北は、自分の前に空いた座布団を見ていった。

「期末試験で忙しく、もう学校へ出かけましたよ」

「そうか。最近、私を避けているようだが」

「そう言えば、お父さんと話し込む姿を見なくなりましたね」

日大の工学部に通う大輝は、もう二十三。父の存在を、うっとうしく感じる年頃になったのにちがいない。北は、書棚の奥に隠していた「法案」が、なぜなくなったのかと、考えていた。それは数日前のことだった。北は中野署の大橋秀雄特高主任と話し合った結果、訪問者を調べたり、尾行をつけたりしなければ、いつでも協力して会うという約束の「紳士協定」を結んだ。その後、さっそくやってきた大橋を相手に北は、応接間で、相沢公判の進展ぶりや、陸軍の派閥の争いや、最近の将校運動の動向などを熱心に話し合った。大橋は、満足して帰る頃合に「是非、『日本改造法案大綱』を内密に譲ってほしい」と懇願した。北はすぐに書斎に上がって捜したのだが、見つからなかった。北はその時初めて、書棚から法案が消えたのに気づいた。

そうだ、あれは相沢公判が始まる前後だった。大輝が、公判の報告にやってきていた西田と、下の応接間で、相沢事件の意味について、大きな声で議論を戦わせていた。上官を殺害した相沢中佐が正しいと主張する西田の考えが、大輝にはどうしても理解が出来ない。西田はそんな大輝に、永田鉄山の悪行を次々に並べて説得していた。そんな大輝の話し振りをきき、北は、大輝はまだ子供だと思っていたが、俺の書いた「法案」に興味を持ったとしても、少しもおかしくない年頃になった、と思った。北の頭に、書棚の奥から、そっと一冊の本を抜き出した大輝の姿が浮かんだ。

「母さん、あの本が書棚から消えたよ」

鈴は箸を止めて、北の顔を見た

「西田さんが持っていったのではないの」

「いいや、西田でないと言っていた。お前でないのなら、大輝にちがいない」

北は鈴の目を見つめる。鈴は呆然とする。鈴は中国の戦乱の中で、一歳二ヵ月だった大輝を抱き上げた時のことを思い出した。なんと軽かったことか。わずかな食物しか食べなかった大輝は、北と鈴の実子ではなかった。病弱のため、骨と皮ばかりに痩せ衰えた譚老人の孫で、中国名を「英生」といった。

「自分は革命帝国の法案を考えた。この法案は秋毫《しゅうごう》も冷静厳粛を紊《みだ》されてはならない。而《しか》も自分は閑《のど》かなる書斎の代わりに、この全世界から起こり、全支那に渦巻く排日運動の鬨《とき》の声の中に身を縛られていた。一冊の参考書を許されざる代わりに、御前の主張に依りて戈《ほこ》を執り御前の本国に依りて殺されたるものの瞑目せざるを見よとして、参戦軍に銃殺されたる同志の忘れ片身を与えられた。附紐の附いた日本の単衣を着て、小さい下駄をはいて父よ父よと慕い抱かれる。而も涙の眼を転ずれば、ヴェランダの下は、見渡す限り此の児の同胞が故国日本を怒り憎しみて叫び狂う群衆の大怒濤である」

大正十五年一月出版の『日本改造法案大綱』の序文には、この一節が記されてあった。鈴の目に涙が溢れてこぼれ落ちた。


「いつかは知れる。黙って見守ってやりなさい」

北は鈴が、割烹着の裾でそっと涙を拭くのを見て、強い口調で言った。

「大輝の部屋にあるかしら」

「よしなさい。大輝はもう二十三、立派な大人だ」

鈴は北との間に幾度、子供をつくりたいと望んだことか、酷貧に甘んじていた生活状態で、自分の健康にも自信がもてなかった北は、鈴に強く訴えられるたびに、

「大輝が、自分の本当の子ではないと知ったとき、どんな辛い思いを味わうか。それを思うと胸が痛む。自分の欲を犠牲にすれば、うまくおさまるのだ」と戒めては、自分の子を作るのを許さなかった。北は、同志の宋教仁を暗殺した軍閥政府の陰謀にいきどおり、その張本人の袁世凱を罵倒し、孫文までも論難し、その激しさから国外に追放された。

中国の革命の前途に挫折を覚えた北は、日本に帰ると、これまでの中国への情熱を、全部、大輝に転化させたといっても過言ではない。鈴も大輝を上品な人間に育てようと、躾《しつけ》や礼儀作法には特に厳しく育ててきたが、そんな大輝を真心をもって扱うと、北は涙を流さんばかりに喜び、どんな機嫌が悪いときでも、その顔に微笑が浮かんできた。北にとっては、大輝が泣くのは「支那全土が

泣き叫ぶ」のとまったく同じことであった。鈴は、北のそんな態度を目撃するたびに、北は大輝に何かを賭けているると、考えざるをえなかった。それは何であるのか、鈴にはわからなかったが。

五

北は食事を終えると、

「大輝に話がある。帰ったら、私の部屋に来るように言いなさい」

と、まだ泣いている鈴に言って、鈴から逃げるように、玄関に向かった。痔もちで悩む北が一度、ひどい喀血をしてからは、健康を維持するため、散歩は大切な日課のひとつになった。門を出ると、書生の赤沢泰助がいつもの通り北の後ろに従った。

「昨夜はひどく雪が降りましたね」

赤沢は周囲に気を配り、北の歩調に合わせて言った。表通りは町内の人々が雪かきをした後で、歩き易かった。

「雪は故郷の佐渡を思い出すよ」

北はそう言った。歩きながら、北は今晩、伜の大輝に、どう話を切り出したものかと考えながら、雪を被った両側の生垣に沿って、いつもの道順を、杖をついて歩く。長い道を曲がったとき、太陽が、高い家の奥から姿を現わした。その瞬間、北が強い日射しを避けた眼蓋《まぶた》の裏に、譚老人の懐かしい顔が浮かび、散策中の北に語り始める。北は足を止めた。

「北君、わしの話をきいてくれ。東洋の将来を考えると、一国では平和の維持は長続きはしない。日本と支那が、共存共栄する道を模索すべきだ。どうか日支両国の繁栄のため、そして東洋永遠の平和のため、孫の大輝を他日の有用の材としてくれ」

北は放心した表情で立ち止まったまま、譚老人の声に耳を澄ませた。赤沢は北を、怪訝な顔で眺めている。

「北君、大輝に出生の秘密を知られたとて、恐れる必要はない。大輝は法案の序文を読んではいない。そんな心配より、大輝の将来を間違いのないように、よろしく頼んだぞ」

そう言うと、譚老人の憂いに満ちた顔は、北の頭から忽然と消えた。譚を北は実の父のように慕っていた。北は自分の名を何度も呼ばれて、我に返った。我に返ると北は、重い荷物が急に背中からなくなったような開放感をもった。やがてふたりは、屋根ばかりが矢鱈《やたら》に大きい二天門の下を潜り、古い寺の境内に入った。あまり広くない境内の正面に本堂があり、その左手には、御神水が湧き出たといわれのある浄行堂がある。反対の右手には小さな御水屋が見え、その屋根の積雪に朝日が反射して輝いている。

　北は、雪を除いた敷石を踏んで本堂の前に立ち、手を合わせて目を閉じた。譚の顔が消えた瞼の裏に、今度は、記憶の底から引き出してきて、譚の顔に手を合わせた。江戸譚老人は微笑《ほほえ》みを浮かべた顔で瞼に浮かんでいた。江戸中期に建立されたというこの寺には、小さな池が、本堂と右側の釈迦堂をつなぐ渡り廊下の間から見える。

　北は何を思ったのか、足を早めてその渡り廊下の下を潜って、氷の張った池の前に立った。そして杖の先で足元をつつき、雪の下から手頃な大きさの玉石を捜している。赤沢は何を始めるのかと、黙って北の仕草を見ている。北は拾い上げた石を、凍った池に投げた。石は氷の上を小さな高い音をたてて滑って、向こう岸の手前で止まった。

「思いのほか、氷は厚い」

　北は、手をかざして朝日を見上げた。

「やっぱり、強い光を借りねば、氷は破れんか」

　北は中国政府から追放されて、日本に戻る決意をした時、革命の主体を誰にするか考えあぐねた。宋教仁に匹敵する人物を捜したが、見あたらない。そこで北は、てっとりばやく、皇太子の裕仁をその主体に置くこととし、自分はその補佐にまわることとして「法案」を書き上げた。それでもまだその決意は揺れ動いて、このように、石を投げる行動を起こすのである。大逆事件に加わり、中国大陸に逃亡した北にとって、日本の天皇は、なんとしても手強い存在であった。

「先生、今、何をされたのですか」

　赤沢は、不思議そうに北の顔を見た。

「芝居で見た、丸橋忠彌の真似だ」

　北は苦笑して答えた。

「江戸城の濠に、石を投げて深さを測ろうとした、あの話ですか」

「そうだ」

　北は日本に帰ってすぐ、当時皇太子だった裕仁に法華経を献上し、自分と裕仁との距離を調べた。当時の大正天皇は、原敬首相が「陛下は、御自分が病気であるという自覚がない」と清浦伯爵にこぼしたように、天皇の側近たちは、大正天皇が、国民の前でふるまう姿を、その舞台裏で、ハラハラしながら見守っていたのである。革命家を自負する北にとって、そのような大正天皇は眼中になかった。そこで、さんざん考えたすえ、「法案」ではなく「法華経」を「献上者、新潟県佐渡郡湊町、北一輝」とし「右皇太子殿下へ献上」と書いて「大乗妙法蓮華経七冊」を出願していた。

しばらくして宮中より北へ、

「献上願出ノ趣ヲ以テ伝献相成ニ付、御披露致候比段申進候也」と、東宮大夫男爵の浜尾新を通して、東宮御学問所幹事の小笠原長生から、受領書を受け取ったのであるが……北にとって、自分の思想を実現する手段として天皇が必要であった。ただし、裕仁でなければいけないと言うのではないのだ。

「その噂を松平伊豆守に聞き咎《とが》められ、それが原因で由井正雪の陰謀が発覚した。たしかそうでしたね、先生」

赤沢は得意になって言った。北は、今度は裕仁を「法案」を認めざるを得ない状況に追い込むのだ、と思った。

北と赤沢は、いつの間にか、役者談義に熱中していた。北は歌舞伎の勧進帖が好きで、赤沢は活動写真の丹下左膳に夢中であった。

「えっ、去年急死した丹下左膳の作者が」

「本当だ。林不忘の本名は長谷川海太郎だ。別名、牧逸馬、谷譲次とも言い、三つの名前を使い分けている。佐渡中学で俺の先生だった人の息子だよ。先生の話によると、息子によく俺の噂を伝えていたらしい。先生は未亡人の家の処分を、俺に相談してきたが、先生には新年に際し、丹下左膳の続画なきは寂しく存じ候と、賀状を出したよ。丹下左膳は、俺がモデルと言っていた」

北は見える方の目をつぶって、左肩をむき出し、杖を刀替りに身構えて見得《みえ》をきる。丹下左膳は昭和八年から大阪毎日新聞と東京日日新聞に連載されていたのである。

「似ている、似ている。先生が丹下で私はちょび安だ」

赤沢ははしゃいだ。ふたりは帰り道、話に熱中していた。北邸の正門の前に、さっきから二人の男が、屋敷内の様子を窺《うかが》っていた。中野署の特高係である。

「よし今度、君の好きな活動写真を見に行こう」

北は赤沢と約束すると、屋敷内に入っていく。特高係は、門の中に消えようとする姿を目で追う。

「あれが北一輝ですか」

と、転任してきたばかりの若い刑事が訊く。

「そうだ、よく見ておけ」

年配の目の鋭い刑事が、雪が融け、乾いた後ろの壁にもたれて、煙草に火をつけながら言った。

「どんな男ですか?」

「主義者だ」

「主義者？　それにしては、豪勢な邸宅に住んでいますね」

若い刑事は驚いて、高いコンクリート塀を見上げた。

主義者は生活苦を背負った労働者だと、勝手に決めつけていたのだ。

「敷地は千数百坪、洋館の二階建てで、庭は一面芝生、その向こうには山あり谷ありという邸宅だ。持ち主は満州に出張して留守で、その間、北が借りたものだ、と上司の大橋さんが言っていた。それでも、女中三人と運転手一人だからな。生活費はどこから得ているのか」

「不思議だな。それで北という男、毎日、何をしているのです」

「午前中はお経を読み、午後からしか人には会わぬらしい」

「お経？」

「現役の軍人は夕方から二、三人、日曜日には士官学校の生徒が五、六人でやってきて、食事をして帰ってゆく。前の大久保の家に住んでいた時は、中野正剛、永井柳太郎、久原房之助、森恪たちが出入りしていた。しかし、ここに引っ越して来てから来客は、俺たちの張り込みを嫌って少なくなった。来客があると、奥さんに気を使ってすぐ料理屋に連れて行くようだが、特に軍人たちは嫌がるらしいから」

「坊主ではないのですか」

「どうも坊主ではないようだ。普段、家では支那服を着ているが、軍隊を動かそうと、何事か企《たくら》んでいる」

「軍人でない男が、どうして天皇陛下の軍隊を動かそうとするのですか。そんな大それたことが、実際できるのですか」

「…………？」

「そう言う人間は、五・一五事件で、もういなくなったのではないですか？」

「どうも、そうではないようだ。大川周明が動けなくなった今、自由な身で生き残りは北だけだと聞いている」

「…………？」

「二つの派閥が、陸軍部内でいがみ合っているのを知っているだろう」

「統制派と皇道派ですか？」

「そうだ。その争いの結果、あの相沢事件が起きたのだ。あの皇道派の相沢中佐に、統制派の軍務局長の永田鉄山を斬るように煽動したのが、北だとも、真崎大将だともいわれているのだ」

「それなら、どうしてあの男を逮捕しないのですか」

「それが、なかなか尻尾を出さないのだ。奴は、改造法案を書き上げて、青年将校たちを蹶起へ焚きつけ、あとはもっぱら西田にまかせ、自分は毎日、読経三昧だ」

「日蓮気取りですね、それで改造法案とはどんなものですか」

「それが発禁本で、われわれの手に入らず、こちらも困っているのだ」

「発禁ですか」

「そうだ。かりに手には入ったとしても、内容はほとんど××（伏せ字）で、北自身の存在同様、まったく理解しにくいのだ」

「でも、少しぐらいは」

「天皇陛下の下で、全国に戒厳令を布告し、憲法を停止して、日本国家を改造するものらしい」

「天皇大権を利用する」

「その通り。大橋主任が、北から直接聞いた話だと、青年将校による武力手段はとらない。幕僚どもは中央にいるが、こちらは全国に部隊を持っている。隊付き将校だな。それでもう少しすれば、戦わずして天下はこちらのものになる。その時期は、それほど遠いことではない、と語っていたそうだ」

特高のふたりは、いつまでも張り込みを続けていた。

六

夜おそく、北の家から自宅に帰った西田は、安藤の言葉が気になって、なかなか寝つかれなかった。柱時計が七時を告げた時、村中孝次に電話をした。西田は玄関の薄明かりの中で、寒さに震えながら受話器を握っている。

「オイ、俺だ、西田だ」

「ああ、西田さん」

やっと起きてきたのか、村中の声は、ひどく眠たげに聞こえる。

「君たちの計画は、栗原と磯部から全部、聞いたぞ。君は公判廷に姿をみせないので心配していたが、本気でやる気か？」

村中は、西田が公判の打ち合わせで電話をかけてきたのかと思っていたが、予期に反して蹶起計画を切り出したので、一瞬、返事につまった。

西田はしばらく返事を待った。なかなか村中の声が聞けない。西田は仕方がないので、自分の方からしゃべった。

「昨夜、北先生に会って、君たちのことを話してきたよ。先生はな、君たちは成功の望みがあって蹶起するのだろうから、その具体的な話を聞きたい、とおっしゃっていたぞ」

村中はなおも黙っている。

「村中、北先生はな、浪人の身で生活基盤の弱い君や磯部のことを、一番心配しているのだ。なあ村中、君の心情を俺に聞かせてくれ。君は直接行動は絶対にとらず言論闘争でいく、天皇機関説論者を、徹底的に打ちのめすよい機会だと、公判にあれほど熱心だったではないか」

「西田さん、もう駄目です。相沢公判に、これから先、希望が持てなくなりました。もうわれわれが蹶起する以外、相沢精神を生かす方法はありません」

村中はやっと答えた。

「最初こそ、順調に進んでいた公判も、裁判長柳川中将が台湾に飛ばされ、統制派の橋本虎之助中将が、証人喚問に出廷する段になって、急に非公開裁判になってしまいました。これは統制派の陰謀だ。相沢中佐の、上官を殺害した行為だけを問題にして、その動機や目的を闇に葬り去ろうとしている、とこれから先行きを不安がる仲間が増えてきました」

「…………」

「西田さん、そうでしょう。私だってそう思います。公判が非公開では、相沢さんの皇道精神を、広く国民に、どう伝えればいいのですか」

「しかし、だからと言って、決して打つ手がないわけではないだろう」

「いいえ、私も何か打開策はないかと考えていたとき、こともあろうに、あの亀川が、弁護人控室で、『こうなっては、統制派と皇道派の争いを中止させるしかない。それには相沢中佐を精神異常者だと判定させて、公訴を却下させる必要がある』と、鵜沢弁護人を説得しているのを聞いてしまったのです」

「…………」

「亀川は、真崎大将を教育総監辞任に追い込んだ林大将と、裏取引を積極的に推し進めているらしいのです」

村中の言う話は、西田は今、初めて耳にしたわけではない。公判が始まる前、亀川が宝亭での打ち合わせ会の席上で、しきりに口にしていたのを、西田は覚えていた。

「私が磯部にこの話を伝えると、相沢中佐の人柄を敬愛する彼は、亀川は俺たちを気違い扱いする気かと憤慨して、私に、公判闘争など、そんな生ぬるい方法はやめろ。今、俺は栗原と一緒に、蹶起計画を練っている。貴様も参加せぬか、とその時初めて打ち開けられました。私は決心しました。私は彼らとやるつもりです。絶対に相沢さんの精神を葬り去るわけにはいきません」

「判った、君の心境はよく判った。ところで、君と一緒によく行動していた渋川はどうした。最近、会わなくなったが」

「渋川も非公開には憤慨し、『俺は、農村の苦しい現実に目を閉じることは出来ない。俺は東北の農民たちを組織して蓆旗《むしろばた》を立て、水戸街道を大挙して上京し、東京の蹶起軍と合流して、その勢いで君側の奸賊たちを、血祭りに上げてやるんだ』と……」

東北出身の渋川善助は、西田によく「陛下は百姓に死ねとはおっしゃってはいないはずだ。零細な自作農民はこの不況のため、収穫した米は半値以下の上、一年で倍の借金は返済が出来ず、担保の田畑はすぐ競売され、それでも間に合わないと、泣き泣き娘を売って支払いにあてる。この百姓たちの苦しみが、陛下に少しも届かないのは、天皇の側近たちが、邪魔しているからだ」と訴えていた。

「君たちが、そこまで追いつめられていたとは気づかなかった。とにかく、北先生はひどく心配している。一度、先生に会って、君たちの具体的な計画案を話してくれないか。先生は革命の実体験者だ。きっと良い意見を言ってくれるはずだ」

「わかりました。今日、私は磯部と会う約束があるので、その後で先生のお宅に伺って良いでしょうか」

「それでもよい。頼むぞ」

西田はそれだけを言うと、受話器をおいた。

自分は公判にかまけて、仲間たちの気持ちを理解することを怠ってしまった、と西田は悔やんで、頭をかかえた。これまでは、地方から上京した将校たちは、自分の家に来れば、将校運動の現状が判ると判断し、かならずやってきては自分の話をきき、一晩泊まって帰っていくのだが、最近では、誰も姿を見せず、磯部や村中の家に行くように変わっていたのに、気をとめていなかった。彼らは自分の知らぬ間に、蹶起に向かって一つ一つ着実に、計画を具体化している。こちらも早く手を打たねば。西田は村中との約束を、すぐに北に連絡すると、今度は淀橋区百人町の山口の自宅に電話をかけた。

「何だ、西田さんか」

しばらくして、風邪気味で鼻のつまった山口の声が聞こえた。

「昨夜、安藤を呼んで話をきいた。ひどく悩んでいたよ。栗原と磯部は本気だな」

「そうだろう、危なっかしくて見ちゃおれん」

「彼らに会うように薦《すす》められなかったら、俺は完全に取り残されていたよ。危ないところだった。ありがとう」

「それはよかった」

「それで頼みがあるのだ。今日、君に会えんか。重要な話があるのだ」

「電話では駄目か。俺は毎日、派遣準備で忙しいのだが」

「緊急だ、是非会いたい」

西田は語気を強めた。

「うん、よし、俺の方も君に話したいことがある。こっちに来てくれないか。風邪気味で休むことにする」

山口の返事を聞くと、西田は急いで、山口の家を訪れた。床に臥《ふ》していた山口は、西田の顔を見ると、布団から半分、身体を起こし、

「毎日心配で眠れぬ夜がつづき、疲労が重なり、風邪をひいてしまったよ」

と、顔に疲労の色をにじませ、充血気味の目で咳をしながら言った。

「この調子だと、もう時間の問題だ。なんとか中止させるよい方法はないか」

そう言い西田は、山口の枕元に座り込む。

山口一太郎大尉は陸士三十三期、元第十六師団長山口勝中将の長男で、本庄繁侍従武官長の一人娘の芳江と結婚し、技術将校として東大工学部に籍を置いていたが、革新将校の暴れん坊を押さえようと、自ら歩一連隊に乗り込んだ。しかしそれが、いつの間にか、ミイラ取りがミイラになってしまい、今では青年将校運動の渦中にあって、皇道派の仲間たちから「別格」として扱われるようになっていた。山口は、何か問題が発生すると、舅の線を利用して軍の上層部に働きかけ、栗原や亀川を誘っては、倒閣運動にと、青年将校たちの希望を叶えるように工作するのが常だった。

「しかし、今度ばかりは違う。彼らの目の色が極端に変わった」

山口は、栗原や磯部の言動から、蹶起意志は固い、もう押さえ切れない、と半ば悟っていた。

「俺に、具体的な計画内容を教えてくれない。まったく手の打ちようがない」

五・一五事件の判決では、一人の死刑者も出なかった。仲間たちの心の根底に、自分たちの憂国至純の行為は、法の制裁を越えるものだという考えがある。それが将校たちを蹶起へと衝き動かしている、と山口は考えている。

「昨夜、安藤を呼んで話を聞いたあと、北先生のところへ相談に行ってきた」

「何か言っていたか」

「突然の話だから、俺の話を、半信半疑で聞いていたよ」

「そうだろうな。それで君は、これからどう動くつもりだ」

「もちろん、中止に動くつもりだ。そこで君に相談なのだが、君のおやじの力で、柳川中将を台湾からこちらに、

呼び戻せないか」

「…………」

「でなかったら、第一師団の渡満を、他師団に交代できないか」

「うん、第一師団の渡満命令は、対ソ連の南進に備えてとか、対中国への備えであると、適当な理由をつけて説明していたが、今になって考えてみると、これはていのよい皇道派仲間の追い出しの何ものでもないな」

山口は、苦渋の色を目元に浮かべた。

「定期異動が、二十五日に発表になるそうだ。今度の異動も、皇道派の一掃を、統制派が狙っているとの噂も耳にしている。永田鉄山殺害のしっぺ返しだな。むずかしいとは思うが、親爺に頼んでみよう」

山口はそう言い、掛け布団をめくって立ち上がり、電話をかけに、階段を下りていった。

本庄繁大将は六十歳、関東軍司令官から満州事変後、陸軍大将となり、荒木大将に侍従武官長に推薦された。陸士九期の卒業で、同期には真崎甚三郎や荒木貞夫大将がいる。陸大では荒木と一緒の軍力組であった。

西田は山口が戻ってくる間、隣りの書斎を覗《のぞ》いた。壁には銃砲分解の青写真が、額に入れて掛けてある。洋書の詰まった書棚には、模型の航空機や戦艦が、所狭しと載っている。山口はこれまで、三十七ミリ対戦車砲の設計、九二式重機関銃の改造、二十ミリ対空機関砲の設計などを手がけてきた。山口は銃砲の着弾距離の測定器では、かなりの技術者で、二重映像合致式のレンズ距離計では、いくつかの開発があった。そのたびに、日本光学や日本鋼管や萱場製作所から、小遣銭をもらっていた。

西田はそんな山口の科学的知識に裏付けられた話をきくのが好きだった。日本の仮想敵国は、当時米ソの順になっていたが、西田は最近、山口から、ソ連の来年度の国家予算の実態を解説してもらったこともある。

その分析は、参謀本部が行なったもので、山口の説明によると、ソ連の赤軍は、日独の対ソ軍事協定に対抗するため、全兵力を九十四万から百三十万に増員して、正規軍の対民兵比率を飛躍的に引き上げ、すべて戦時編成として陸海空ともに装備の質的向上を急いだものと、その意図を結論づけた。そうなると、ソ連と日本の戦力比率は一対三になり、今までの対ソ連戦略を変更する必要が出てきた。

そこで新任早々の石原莞爾参謀本部課長は、海軍の軍令部作戦課長福留繁と協力して「新国防方針」を作成した。それは、「ソ連が極東に使用し得る兵力を保有させ、かつその在極東兵力に劣らざる兵力を、北満に配属させる」という主張にもとづいて作成したもので、陸軍は、所要兵力を「常備六十個師団と一千五十個中隊と航空機を基幹」とさせ、海軍は、所要兵力を、「戦艦十二、空母十の最新最鋭」であるべきだと打ち出した。

この立案の裏付けとなる経済上の諸要素について考察した石原は、重要産業の五ヵ年計画を作成中なのだと言う。当然、これからは兵器の技術部門に多額の予算が使われるだろうと、山口は目を輝かして、西田に語ってくれたのだった。昭和十一年の年は、ワシントン条約失効につづいて、昭和五年に調印されたロンドン軍縮条約期限の切れる年で、建艦競争再開が予想され、太平洋の膨大なアメリカ海軍力と北方のソ連極東軍が、これから日本の脅威になると考えられていた。だから、第一師団の渡満も、その一環だと考えれば、それなりに納得もいくのだが……。山口はまだ上がってこない。

西田は四年前、五・一五事件当日の夕方、陸軍側の実行者を抑えた黒幕とされ、血盟団の川崎長光に銃で撃たれ、血塗《まみ》れになった自分の姿を思い浮かべた。あの時、かつぎ込まれた順天堂病院で、歩三の安藤や歩一の香田清貞大尉らが、北先生とはじめて出会ったわけだが、それから将校たちは、先生に議論をふっかけようと仲間を誘っては、混濁の世を悲憤慷慨したものだ。それはよいとしても、また中止に動いたら、今度こそ、俺は仲間の誰かに完全に殺される……。

西田の耳に、階段を上がってくる足音が聞こえた。山口が落胆した表情で、部屋に戻ってきた。

「やっぱり、今からではもう遅いと言っていた」

山口はそう言い、前の敷布団の上に座った。

「親爺は妙なことを言っていたぞ。俺に、連中の動きを教えろというのだ。なんでも福本とかいう憲兵隊の特高課長が、宮中の武官長室までできて、なぜ俺が、週番司令に自分から進んでなったのか、根掘り葉掘り聞いて帰ったそうだ」

「貴様、週番司令になったのか、自分の方から」

西田は驚いて、山口の顔を見た。

週番司令とは、土曜日の正午から翌週の土曜日の正午まで勤務し、連隊長をはじめ将校が帰宅する夜は、衛兵の指揮、監督をし、兵の営門出動の可否の権限をもっている。週番司令の夜間の権限は、絶大なのである。

「栗原が是非やってくれ、と頼むので、来週は日高大尉の順番であったが、断わりきれず、俺が代わりに引き受けた。今、親爺には、何の意図もないから、心配しないようにと話しておいたが、納得させるまで、時間がかかったよ」

「ヤツらは来週中にやるつもりなのだろうか?……しかし、憲兵もなかなか抜け目がないなあ、貴様の週番司令の件、どの線から摑んだのだろう?」

西田は、険しい顔をして考え込んだ。

「油断ならぬのは、憲兵や特高だけではない。奇妙な話だが、統制派の一部が革新将校を蹶起に煽って、蹶起後に一網打尽にする計画を練っているという風評もある」

山口は訴える。その意見書は、昭和九年の一月五日に実際に作成され、それは「政治的非常事件勃発ニ対スル対策要綱」といった。参謀本部と陸軍省の若い大尉クラスが中心になり、座長には片倉衷少佐が推薦されていた。会の目的は、事件が起きた場合、軍の対応とその警備対策であり、もし戒厳令を下した場合の措置など、細目にわたって研究し尽くしたものであった。

西田は苦慮した。片倉たちは、磯部や村中たちを罠にはめたかつての十一月二十日の事件のように、皇道派将校を、デッチ上げてでも追いつめ、仲間たちが蹶起《けっき》したら、これを徹底的に叩きつぶした後、欧米やソ連などの脅威から、軍備の近代化の必要を痛感する統制派を中心に、国家総動員計画を、一挙に成就させようとする狙いがあるのだ。軍当局は、国をあげての総力戦のために統制経済体制をひいて、政治、経済、文化はすべて国防のために再編させるべきで、そのためにも早急に、優秀な官僚たちと手を結ぶ必要にせまられていた。軍内の派閥を解消して一本化し、青年将校運動の封殺を片倉に任せて、ひたすら国家総動員計画案をすすめようとした軍務局長の永田鉄山を、相沢中佐が斬殺した。

しかし、その計画案を何とか完成させようと、邪魔をする革新将校を軍部から除去すべく、陸軍省の片倉衷少佐や参謀本部の辻政信大尉らは、統制派の仲間たちを料亭に集めては、皇道派将校に対抗して、会合を重ねていた。幕僚の彼らには、皇道派将校たちの国内改革を求めることより、国外の脅威を優先的に考え、国軍の近代化を強調し、理想的な軍備を整えるには、現在の国家予算ではどうしても金がたりないと、皇道派将校が批判する財閥や政界や官界の協力を求め、その必要を熱望した。そのため、将校運動の弾圧をすすめ、憲兵隊本部に手を回しては、青年将校の行動の一部始終を、秘密裏に告発させていた。

「いつだったか、あの片倉に酒を誘われ、手を貸してくれ、貴様からいろいろ話を聞きたい、と袖を引っぱられたことがあった。満州で本庄のオヤジの部下だった関係で、俺に声をかけたのだろう。当然俺は断わったがね」

山口は、苦笑いをして言った。

「とにかく、今から中止できないならば、彼らの成功を祈って、上部工作をしてやるしかない」

「うん、そういえば山口、貴様、亀川を信用しているようだが、あの男に何でも喋《しゃべ》って大丈夫なのか」

山口は、西田の言葉に、意外だという顔付きをした。

「亀川が、何かしたのか？」

「相沢中佐を心神異常にして、公訴却下させようと、林大将の家に出入りしているそうじゃないか。温厚な村中が、そのことでひどく怒っていたぞ」

「亀川さんが林のところへ？　それは知らなかったな」

「そうだろう、亀川が真に信頼できる人間ならば、そのことで、かならず貴様に相談があったはずだ」

「よく訪ねてきていたので、気軽に付き合ってきたのだが……」

「貴様に相談しないということは、裏の人間の指示で、奴は動いていると考えられる」

山口は、何か面倒な問題が起きると、亀川と相談しては、共に行動してきた。川島義之陸相の力を利用して岡田内閣を倒そうと、政友会総裁の鈴木喜三郎のところへ、亀川と掛け合いに行ったのも、つい最近のことである。

山口には、亀川とウマが合うところが合ったのだ。

「仲間の命がかかっている。これから亀川と口を聞くときには、充分に気をつけてくれ。奴の口から、どこへ流れ出すか判らんから」

西田の忠告に、山口は渋々だが、うなずいた。

「俺は小笠原長生閣下の線から上に当たるが、貴様の方は本庄閣下の線で頼む」

「うむ……それで」

山口は、何かいいかけて躊躇した。

「何だ、どうした」

「殿下は協力してくれるだろうか？」

「秩父宮殿下か。俺が頼むのか」

「そうだ」

西田は首を横に振った。無理だ、今からでは遅すぎる、と思う。

西田は、中央幼年学校の生徒だった頃、フランス語の授業で、秩父宮と同じ教室で同席した。感激した西田は、殿下に声をかける機会を得ようと、何度か努力をした。やっと殿下の学友の口添えを得て、西田は、校舎の裏で殿下と言葉を交わした。殿下は、広島幼年学校の在学中、自分の成績が全国で一番だったのを覚えていてくれ、「君は体の具合がよくないようだが、充分注意をするように」と、西田にねぎらいの言葉をかけてくれた。その後、羅南の騎兵二十七連隊に配属が決まった西田が、秩父宮に会い、お別れを伝えると、殿下は、皇室の紋章のついたカフスボタン一組と足袋一足、それに下着一組を、副官の曽根田安晴を通して個人的に贈ってくれ、「これからも、連絡を保つように」とのお言葉をたまわった。

西田はそんな秩父宮に、北の『改造法案』を献上し、その主旨を解説すると、殿下は嫌な顔を見せず、西田の話を熱心に聞いてくれた。その後十数年ぶりに、大久保の北宅の応接間で再会したとき、殿下は、自分と初めて言葉を交わした時を覚えておられ、「あのとき、君からもらった『法案』は侍従に取り上げられてしまった」と言って笑われた。歩三の第六中隊長であった殿下が、副官の安藤輝三中尉にすすめられ、その時初めて法案全部に目を通したと話され、前に座っていた北に対しては、「あれは大変、立派なものです」と盛んに褒めておられた。

そして殿下は、五・一五事件の後、兄の裕仁天皇に、「法案の方が明治憲法より良いように思う」と訴えたら、兄は「あれは明治憲法の即時停止をうたっている。それは明治天皇の訓制せられたものを破壊するに等しいものだ。断じて不可なり」と怒られてしまった。また殿下は、「国外の動きが不穏になりつつあるのに、クラゲの研究ばかりに熱中し、政治を重臣や側近にすべて任せて大丈夫なのですか、と兄に訴えたら、『自分は軍人が嫌いだ』と言い、弟である自分の悪口を、西園寺公や枢密院議長の一木喜徳郎にいいふらしました」と、西田にこっそり打ち明けてくれた。

殿下は自ら体験する皇族間の不条理、宮廷官僚の不都合なことなど、いちいち指摘され、宮中のなかより、自分たち庶民の話に、熱心に耳を傾けてくれた。そんな殿下を、西田は敬愛していた。殿下が、参謀本部から弘前第三十一連隊に転任になった原因は、殿下の言動が、日に日に過激になられ、皇位争奪につながる兄弟喧嘩を恐れた天皇の側近たちが、陸軍大臣に訴えた結果だと、西田は判断していた。

「駄目か、非常時だぞ」

山口は押してゆく。西田はもう一度、首を横に振った。軍人でもない自分の力で、どうにもなるものでもない。どうしても頼みたいというのであれば、現役軍人の安藤大尉に頼むしかない。しかし安藤は、まだ蹶起を固めてはいない。でも、かりに安藤が、蹶起部隊に参加する事態になったとしても、決して安藤は殿下に連絡はしないのではないか。安藤とはそういう男だ。西田は、永く付き合ってきた安藤の性格を、そう読んでいた。

それにしても栗原は、自分の機関銃隊を動かそうと、戦略を練っているが、歩三の安藤が動けば、安藤の第六中隊だけでなく、歩兵三連隊全部を動員できるはずだ。そうなるとこれは大部隊だ。磯部は当然、そんな安藤の立場を知り、安藤の説得に全力を投入するだろう。西田は蹶起意志が、ある一点に向かって、着々と凝固していくような思いにとらわれて、得体の知れない戦慄に襲われた。

「危ないなあ」

西田はやっと応えた。山口は苦渋する西田の表情を、じっと見つめていた。

七

散歩から帰った北は、自室に戻ると、窓際の椅子に腰を下ろした。前のテーブルの上には、「選挙速報」と見出しがおどっている今朝の新聞が、折り畳んで載っている。窓から、さっきの男たちが、塀の外の太い電柱の影で、しきりに話し込んでいる。近頃、大橋の顔を見ていない。選挙の後始末に追われて忙しいのか、今度、彼に会ったら、おい、あれは紳士協定違反だぞ、と嫌味のひとつも言ってやるか、と北は考えている。

北は新聞を拡げ、選挙記事を目で追い、故郷の佐渡から立候補をした早稲田大学教授の弟昤吉のことを想っていた。今朝の新聞の速報では、当落はまだ判らない。昤吉から、「どうしても代議士なりたい」と何度も相談を受けた北は、昤吉の熱意に負けて、三井や政党人など方々から掻き集めた金を、選挙資金のたしにと持たせ、選挙区である佐渡の有力者には、推薦状を幾通も書いては送ってやった。昤吉の奴、昨夜は興奮して眠れなかったにちがいない。

選挙といえば、中野正剛はどうしているか。数日前、中野から、「今、選挙で忙しいので、当落が決まって落ち着いたら、支那での土産話を持って伺う。その時にゆっくり酒でも飲もう」と電話で連絡してきた。北は中野に、国民党政府の外交部長になった張群へ書簡を持たせ、その返事を待っていた。北は、「対支投資に於ける日米財団の提唱」という建白書を書いており、日支の同盟を提唱し、米国の財力を加えて、日支及び日米間を、絶対平和に置くことを主張し、たまたま二十年来の盟友張群が、外交部長の地位についたのと、中野が支那に行く機会があったので、中野に頼んだのである。

北は常々、日本は世界を相手にし得る国ではない。また中国を敵とすれば、かならず米国と争わねばならなくなる。そうならないためには、日米共同基金をつくり、日米共同で中国を開発すべきである。だから、ロシアと結んで北支那攻略を国策としようと考える統制派を嫌い、日本は支那と組んでロシアを討つべきだ。そのためには、日支と日米間の絶対平和が必要だと、確信をもって主張していた。

だから昨夜、西田から、青年将校たちのせっぱつまった心情を聞かされるまで、北の目は、今、中国大陸に起こりつつある新しい政治的な動きに注がれていた。中国大陸に次第に大きく成長するソ連の影響力に注目し、日本はもっとはっきり支那と結んでソ連に対すべきだ、という難問に取り組んでいた。そのためには米国と財団をつくり、ソ連を牽制すべきなのに、日本国内では、あいもかわらず、中国へその場限りの短期的な利権を求めて中国を敵に回すような、様々な意見が横行していた。

目先の利権を、一時しのぎで求めるのではなく、もっと遠大な計画を立てて対支外交を考えなければ、ソ連の影響力の前に、日本はひとたまりもなく蹴ちらされてしまう。支那に対し、英国に伍して中国侵略を露骨に示せば、やがては米国とぶつかり、それにソ連が米国に加担し、ただちに日本は亡国になり下がるのだ。どの道、日本の生きる道は、支那との友好関係を軸にして考えるしか方法がないのだ。それにはまず、対支関係を一本化することだ。北はできるだけ早く、自分の考えを軍部や外務省や経済界の要路に説き、日本の外交に影響を与えなければと、広田弘毅外相や、重光葵《まもる》外務次官と長い時間をかけて協議をし、危機意識をもつべく訴えてきた。今日、世界のどこかで起きる事件は、即、我が日本に影響を受ける世界同時性の中にあるのに、島国根性の抜けない外務省の役人では、我が日本の安全を任せられないと、彼らと話して、北はつくづく思っていた。

それにしても、いつになったら永年抱きつづけてきた夢が実現できるのか。辛亥革命の嵐の中で、北は宋教仁と、日支平和の将来の夢を語り合った。だがその夢は、宋の暗殺により消えてしまった。今ある夢は、その微かな残光である。その残光の中に、かつて敬愛した譚の孫大輝と「法案」があった。あれから何年が過ぎ去ったのか。今ではかつての同志、黄興、孫文、宋もこの世にはなく、ただ張群ひとりだけが、旧い仲間たちの遺志を継いでいる。その張は中野正剛に、支那の将来について、いったい何を語ったのだろう。北は、中野の当落がはっきりしたら、支那の現状にくわしい実川時治郎と三人で、最近の支那事情を、心ゆくまで語り明かしたい、と老酒《ラオチユウ》を用意して待っていたのである。

北は短くなった煙草を灰皿に揉み消し、椅子から立ち上がると、受話器をとってダイヤルを回した。

「あら先生、おひさしぶりです。永らく御無沙汰しております」

「やまと新聞」主宰者の岩田富美夫の妻愛子の愛嬌ある声である。

「岩田君は？」

「巣鴨の実家の病院に入院しています。経過は順調なので、先生にも連絡しないで……」

岩田のことだ、重病であったら、かならず通知を寄こすはずだ。それほど大した症状でもあるまい。北はそう思った。

「急用なのだが」

「ちょっと待って下さい」

愛子は、豊島区西巣鴨にある木村病院の電話番号を読み上げた。

北は、岩田とは、辛亥革命のさなか、上海で知り合って以来のつき合いで、西田税に出会う前は、もっぱら岩田と行動を共にしてきた。その頃の北は、財閥の大物に無理に面会を求め、天下国家を論じ、降参料をとって、その金で子分たちを養っていた。「そこで托鉢料を」とタイミングを計って手を出す時、顔ばかりでなく体全体が赤くなる。しかし、俺はこの相手からではなく、国家から金をもらっているると、自分にいいきかせるのだ、と笑って言った。また北は、稼いだ金はパッと使い、次の日、裸一貫になっても、少しも気にしない。もしも貧困に自分が生まれたら、他人の愛にすがって屈辱的に生きるより、盗賊となって掠奪しても生きようと思う男である。

岩田は以前、遊び金がほしくなると、よく二階の北に向けて、一階の真下から、銃を何発も撃っては催促した。千駄ヶ谷の家の天井は、岩田が撃った拳銃の弾痕の穴だらけであった。革命には暴力が必要だと考える北は、こんな岩田の無鉄砲さをこよなく愛し、〝良血派〟の山県有朋を暗殺に追い回させたように、宮中某大事件の時は岩田の行動力を、精一杯に利用したが、そんな岩田に、「子供に出生の秘密をバラすぞ」と、弱みを握られ、困ったりもした。しかしその後、西田が北の前に現われると、軍隊を背景にした西田の存在を重要視し、岩田を独り立ちさせようと、資金を与えて会社を持たせ、自分の手元から離していたのである。

北はさっそく、岩田の入院している病院に電話をかけた。

「病気だってな、愛ちゃんから聞いたよ。どうした？」

「選挙の応援で疲れました」

北は、元気そうな岩田の声を聞いて安心した。

「さっき、ここに刑事が来て、美濃部達吉が襲われた件で、いろいろ犯人の背後関係を調べていきました」

福岡大統社工業塾の社員、小田十壮（二十八）は、天皇機関説を嫌い、吉祥寺に住む美濃部達吉に斬奸状を突きつけ、逃げようとする美濃部を、ピストルで撃ったもので、その一発が右足関節に命中し、全治三週間の重傷を負わせたものである。

岩田は、特高から聞かされた話をしながら、先生は今時分、何の目的で電話をかけてきたのか。今度は弟の昤吉さんの選挙のことなどを聞きながら、それとなく探りを入れたが、どうもちがうようだ。北は岩田の話に乗ってこないのだ。そこで岩田は、相沢公判で改たな進展があったのかと思い直して聞いてみた。

「ああ公判か、あれはすべて西田にまかせてある。近く真崎が出廷すると、西田が報告にきたよ」

選挙でも公判でも、美濃部事件でもない。では、先生の用件は何なのか。ついに岩田は黙ってしまった。

「……じつはマルがほしい」

北はやっと言った。

「マル……」

なんだ金か。先生にしてはずいぶん遠慮していると、岩田は納得した。

「どのぐらいですか」

「うん、とりあえず、両手」

「それはまた、大金ですね」

岩田は、北が一万円もの金を何に使うのかと考えた。まったくあてがないわけではない。しかし今は、選挙が終わったばかりである。代議士たちはたいがい、手持ちの金を使い果たしてないはずだ。岩田は、すぐ集めるのは難しいと思ったが、

「なんとか心当たりに声をかけて、聞いてみましょう」

と、持っていそうな代議士たちの顔を幾人か思い浮かべながら答えた。

「用意でき次第、持ってきてくれ」

安藤たちは何をしでかすか判らぬが、これから金は必要になるかもしれない。岩田のことだ、半分の五千円も集められれば上出来だ。北はそう考えながら、受話器を置いた。

八

新宿駅の繁華街から、少しはずれた路地の片隅に、人目にはあまりつかない小さな喫茶店があった。その店は

最近、村中と磯部が打ち合わせに使っている。まだ憲兵には知られていない秘密の場所である。店内には村中の好きなショパンの曲が流れ、窓際の席には、村中がひとり、「第一師団の満州派遣内定」と、陸軍省からの発表をのせている新聞を拡げている。新宿ハウスに同宿していた村中と磯部は、去年の十月三十一日、別居を希望し、磯部は千駄ヶ谷五丁目八九七番地に移転した。敷金三ヵ月分と家賃の二十六円は、仲間の大蔵栄一大尉たちからの醵金で支払われていた。村中は、西園寺を殺《や》る手筈になった豊橋教導学校の対馬勝雄中尉や竹嶌継夫中尉らに打ち合わせに行った磯部が、その報告に戻ってくるのを待っていた。

店の扉が開いた。寒そうに体を縮めて、磯部が入ってきた。窓際で新聞を読んでいる村中を見つけると、外套を脱いで、村中の前の席に腰を下ろした。

「こっちも雪だったのか」

磯部は手袋を脱ぎ、店内を見わたした。

「豊橋の方はどうだった?」

「対馬も竹嶌も、やる気は充分で安心した」

磯部は歯切れのよい返事をすると、カウンターの方に手をあげてコーヒーを一つ頼み、煙草に火をつける。

「兵を使用することについて、彼らに反対する素振りはなかったか?」

村中は声を落として、磯部の耳元で訊《き》いた。

「板垣徹中尉が、まだ躊躇していた。対馬がかならず説得してみせると言っていたが……」

自信なげな磯部の言葉で、村中の顔色は曇った。村中には、板垣の悩む気持ちはよく判る。村中も、理論家を自負するだけに、統帥権を犯す部隊の動員について、まだ心底から解決できないでいた。だから磯部のようにひらき直れず、落ち着かないのである。磯部はコーヒーを受け取り、ボーイがいなくなるのを見はからってから、

「あの坐漁荘の図面を奴らに見せたら、歓声をあげ、よく描けていると、驚いていたよ」

と、村中の心配をふき飛ばそうと、勇気づける。西園寺公が中国の柳宗元の「群漁者に一人坐漁する者あり」という一句から名前をとった別荘の「坐漁荘」は、敷地三百坪、建坪面積百坪弱の和風二階建て、階下南向き八畳三間が主人の居間、その他に応接用の洋室、書斎、女中部屋、浴室、書庫、二階は十畳、八畳、五畳の三間、別棟に石造りの倉庫一棟、執事室、使丁部屋、それに警護の警察官詰所があった。

この図面は、磯部が西園寺を自分で殺るつもりで、幾度も偵察しては、西田や薩摩雄次に手伝ってもらい、や

っと完成させた、手垢のついた見取図である。

「それはよかった。しかし、教導学校には小銃や軽機関銃は供えてあるだろうが、肝心の実弾は、調達が難しいだろう」

「心配するな、ちゃんと栗原に、弾薬箱を運ぶ手筈をしてきたよ」

「そうか」

村中は、隙あれば頭をもたげてくる不安な感情を、もてあましている。

「今朝、西田さんから電話があったよ」

「西田さんから？」

「うん、朝早く、何の電話だと思ったら、北先生に、俺たちの具体的な計画案を、説明してほしい、と言っていた。それに昨夜、西田さんの家に安藤が相談に行き、だいぶ長い間、話し込んで帰ったらしい。西田さんが心配していたから」

「遅くまでか、安藤が」

磯部は村中の話を聞き、西田は蹶起中止のために、北先生の力を借りようと考えていると思ったが、そんなことより、安藤が西田と長い時間、何事かを話し合った、という方に心をひかれた。安藤は思いのほか悩んでいる。西田さんも、俺たちは本気だ、とやっと気づいたようだ。

「村中、それで北先生に何を話すつもりだ？」

村中が北先生に、蹶起を思いとどまるように説得されはしないか、磯部は心配して聞いた。

「統帥権について、聞いてみるつもりだ」

「統帥権、そんなものは俺たちが蹶起した後、陛下がどうおっしゃるかで決まる。蹶起もしない前に、ああだこうだと議論しても始まらんぞ」

「しかし、磯部」

「また始まった。まあいい、理論家の貴様が悩む気持ちは、判らなくはない。だが、北先生に会う前に山口に会い、栗原の中隊が正門を出るのを黙認するよう、説得しなければならん」

磯部はそう言うと、歩一の山口に電話を掛けに立った。村中は、周囲を気にしながら受話器を耳にあてている磯部の後ろ姿を眺めて、あいかわらず、度胸のよい男だ、と苦笑した。磯部と村中は、ここまでくるまで、「宮城占拠」と、統帥権にかかわる「兵の使用」について、何度も激論していた。村中の腹は、統帥権を干犯しないためには、襲撃直後、すかさず血刀を提げて宮中に参内し、恐れ多いが陛下に平伏拝謁し、蹶起の目的を奉願する、というものである。

この村中の意見に、磯部は反論した。では誰が天皇に奉願するのか。貴様に出来るか。気が狂ったら話は別だが、いよいよとなったら良心が許さないだろう。陛下に、至尊強要といわれるのは恐いし、自分の身を殺してでも出来ぬ相談だ。当然、誰もやる者は出ない。それより真崎や川島陸相や村上軍事課長を抱き込む方が手っ取り早い。もし仲間の誰かが天皇に奉願し、拒絶反応を示されたら、そんな天皇を説得するのに時間がかかるし、それを知った真崎や川島らの軍の上層部が、俺たちを応援するのを躊躇するだろうし、蹶起した仲間たちの団結心もゆらいでくる。

以前よく山口ワンタが、「陛下は統制派には怒りを感じ、皇道派には同情をもっている」と磯部に打ち開けて話していた。おじの本庄からの又聞きだったが、当然、磯部は、陛下はきっと重臣や側近の態度に、御不満を抱いているはずと決め込んでいた。だから、もし陛下が拒絶反応を示したらと言う村中の主張に、磯部は、絶対にそんなことはないと反論し、もし村中の言う通りになったら、陛下を脅してでも幽閉し、大詔渙発を強要して、宮城を完全制圧する覚悟は持っていたが、中橋の主張する「四つの門を閉鎖して宮城を手中にする」という無難な作戦に変更したことにより、磯部と村中は、お互いに歩み寄り、また行動を共にするようになったのである。

「別格は風邪で休んで、自宅にいるぞ」

磯部は、戻ってくるなり言った。

「すぐ行こう。山口の家でなら、じっくり話し込める」

磯部の言葉に、村中はうなずいて席を立った。

「安藤は、やっぱり蹶起に加わらないのか」

村中は、雪が融けて歩きにくい道を、大股に歩きながら磯部に言った。

「安藤は俺と正反対、熟慮型の男だからな」

磯部は、なんとか安藤を説得したいと考えている。あわよくば、殿下も味方に出来るのだ。

「あきらめるか」

村中の呟くような言葉に磯部は答えず、ひたすら無言で、足を急がせる。ふたりは裏通りを抜けて、人影もまばらな新宿駅に着いた。中央線のホームに出ると、村中はホームの陽当たりの良い場所に磯部を呼んだ。

「安藤はなあ、野中に言われた言葉をひどく気にしているらしい。野中が、俺たちが今やらなければ、俺たちに天誅《てんちゅう》が下る、と安藤に言ったらしいのだ」

「ふうん……明日にでも、俺が安藤を説得してみるか」

「安藤は、貴様にまかすよ」

村中は、自信あり気な磯部の顔を見て、この男なら、安藤を説得できるかもしれないと思った。

「歩一の週番司令が別格の山口、歩三の安藤となれば、機会はこの一週間をおいてほかにには絶対にない。これは天の啓示だ。よし、これからは安藤の説得に全力を尽くすぞ」

そう言い切った磯部の言葉には、力がみなぎっていた。電車がホームへ入ってきた。空いた席がない。ふたりは扉付近の吊革につかまった。

「山口に会ったあと、森伝の家に寄ってみるつもりだ。頼みたいことがある」

磯部は、窓外を眺めたまま言った。

「森伝?」

その男を村中は知らない。

「心配するな。外部に秘密を漏らす人物ではない。川島陸相や真崎大将、それに久原房之助らを、よく知っている男だ」

磯部は、弁解するように言った。「老壮会」で大川らと一緒だった森伝は、はじめ清浦奎吾の側近だったが、清浦の没落後、田中義一に変わり、田中の死後は、久原房之助に移っていた。村中は、磯部が前々から、やたら自分の知らぬ人物と上部工作だと、忙し気に飛び回る態度に、不満を抱いていた。統帥権を干犯した君側の奸さえ除けば、天皇はおのずと目ざめる、と純粋に信じる村中の腹には、真崎大将がいた。真崎大将なら、間違いなく、俺たちの気持ちを理解してくれるはずだ。いざという時には、かならずこちらの思うとおりに動いてくれる。そう確信していた。

村中には磯部と違って、蹶起を出来るだけ純粋行為の中においた上で、天皇の純粋意志を得たいとの思いがある。不純なものは出来るかぎり、放棄したいのだ。だが、磯部の方は違う。川島や真崎などの軍上層部の連中に、直接に会って得た感触では、もう一つ納得がいかない。川島からは酒を、真崎からは金を貰《もら》ってはみたものの、どうも弱くて、安心が出来ないのだ。だからもう一度、森が秘書をしていてよく知っている重臣のひとり、元首相だった清浦奎吾から、もしも我々が蹶起したら、陛下に自分たちの心情を伝奏してくれるよう要請し、その承諾を得ていた。

村中と磯部が描く理想的な蹶起《けっき》とは、自分たちだけで独断的に決行したのではなく、その背後には暗に、真崎大将や荒木大将はむろんのこと、川島陸相ら軍上層部の了解を得てのもので、かならずしも、叛乱という大それた行為ではないと思わせたいし、それがそのまま維新政権の実現につながる行動のあり様であった。だから、自分たちは大権私議に気をつけて、誰もが熱望する「昭和維新」が実現できる、公の行動を起こそうというもので、決してこの成功によって、地位や名誉を得ようと希望するものではない、と自負したいのである。そうでなければ、かつて批判していた十月事件の幕僚たちと同じものになってしまうのだ。

うとうとしていた山口は、階段の下で、妻の芳江が誰かと話している声が聴こえたので、そっと耳を澄ませた。きき覚えのある声である。

「ああ磯部と、もうひとりは村中だ」

山口はうなずいた。

やがて、乱調気味に階段を上がってくる音が近づき、

「別格、起きてますか?」

磯部の声である。

「大きな足音をたてて、起きているかはないもんだ。起きとるぞ」

障子が開いた。

「ここにいるのが、よく判ったな」

磯部と村中の、いつもの顔が現われた。

「体の具合はどうですか?」

村中が、枕元に座ってから言った。

「ただの風邪だ。二人お揃いで、何の相談だ」

山口は布団の上に起き上がる。真剣な目つきのふたりの顔を見た。

「重要な相談です」

磯部が、村中の隣りに座って言った。

「こわいね。さっき西田がきて、今、帰ったところだ。途中で会わなかったか」

「ええ、何の相談に?」

村中と磯部はお互いに顔を見合わせ、それから訊いた。

「貴様たちの頭の熱を冷やす方法はないかと、周章ててやってきたよ」

「やっぱりそうか」

磯部は、膝を叩いてニヤニヤ笑った。

「西田がな、安藤が蹶起を決めるのは、もう時間の問題だ、と言っていたぞ」

「本当ですか」

磯部は、安藤を押さえているのは西田だと思っていたが、その西田が、安藤の決断は時間の問題だと言っていたという。磯部は、山口の熱っぽい目を見た。それから慎重に山口の気持ちをさぐるように、

「俺たちが、歩一の部隊を動かしたらどうします」

と訊いた。それきた。山口は身構えた。山口の顔付きはきびしくなった。もう止められまい、と悟ってはいるが、こう正面から単刀直入に突っ込まれては、ごまかす

わけにはいかない。

「よし、俺は週番司令室で酒を飲み、何も知らなかったことにする」

磯部は山口の返事を聞き、ホッとしてから笑った。

「そのあとはどうします」

今度は村中が訊く。たたみかけてくる難問に、苦悩の色が山口の目に走る。山口の口元が歪んだ。

「よし、残留部隊を率いてどこかへ移動させよう」

山口は答えた。

明日から歩一の週番司令になる。夜から未明へ、すべては山口の指揮下にはいる。ふたりにとって最大の難関だった部隊の出動が、山口の二言で見事に氷解した。山口の好意ある返事に、ふたりはどう礼を言ったらよいかわからない。胸に込み上げてくるものがあった。ふたりの山口をみつめる目に、涙が滲んできた。

「どうだ。俺に貴様たちの計画を聞かせてくれないか」

山口は唇をふるわせ、涙で濡れたふたりの目を見比べた。村中は涙をぬぐってうなずくと、内ポケットから、宮城周辺の地図を取り出し、山口の布団の上に拡げた。

「蹶起日は今、決定しました。山口週番司令になる来週中です」

「おいおい」村中の言葉に、山口はテレ笑いをする。

さあ、村中が地図を指差して説明をしようとした、その時、下から誰かが階段を上がってくる足音がした。三人は周章てて顔を見合わせる。突然に障子が開いた。

「何だ、西田派の重鎮のお二人か。俺より先にお見舞いか」

山口と同期で戸山学校の柴有時大尉の視線が、びっくりして見上げる三人の強い視線とぶつかった。村中があわてて隠した地図の一部が、敷布団の下から見える。

「突然、声もかけないで障子を開けて、びっくりするではないか」

山口は柴だと判ると、咎めるように声を出した。

「貴様、また何か企んでいるな。そんなことより軍務に励んだらどうだ」

柴はずけずけと言う。

「何しに来た。用事はなんだ」

山口は柴を睨みつける。

「風邪で倒れたと聞いて、心配して飛んで来たのに、それは挨拶だな」

「すまん」山口は柴の言葉に、言い過ぎたと気づき、素直にすぐ謝った。

「思ったより、顔色はいいじゃないか」

柴は立ったまま、笑顔に戻った山口の顔を、無遠慮に見つめた。それでも自分の存在が迷惑なのか、山口は困った顔でいる。柴は軍帽を手でもてあそびながら、村中と磯部の顔を見やった。部屋には、三人のかもし出す、妙にぎこちない雰囲気がある。これは相沢公判の打ち合わせではない。もっと緊迫するものを感じて、真崎出廷の噂話を持ち出そうと思ったが止めた。

「山口、俺は招かれざる客のようだ」

柴の言葉にも、ふたりは黙ってうつむいている。山口は座れともいわない。

「判った。何の相談か知らんが、邪魔してすまなかった」

その場に居たたまれなくなった柴は、部屋を出ると、階段の途中から、

「派遣準備で忙しいはずだ。早く風邪を治せよ。またくるぞ」

と山口に言い、周章《あわ》てて見送りに立った芳江への挨拶も、そこそこに帰っていった。

「俺たちの計画に気づいたかな」

磯部は、玄関の戸の閉まる音を確かめると、村中に言った。

「大丈夫だよ」

山口は隠した地図を、布団の上に拡げた。三人は改めて座り直し、地図の上に身を乗り出す。地図は宮城を中央に、麹町区永田町の首相官邸、四谷区仲町の斎藤実内大臣私邸、赤坂表町の高橋是清蔵相私邸、麹町三番町の鈴木貫太郎侍従長私邸、麹町区外桜田の後藤内務大臣官邸などには、赤鉛筆の跡が、幾本も書き込まれてある。村中が地図の上に指をおくと、山口と磯部は、その位置をみつめた。

九

亀川哲也は、まだ新築したばかりの屋敷の門前に立った。松陰神社に近いこの周辺には、軍人が住む屋敷が多い。真新しい表札には「真崎」とある。ベルを押した。硝子戸の開く音がして、下駄の音が近づいてくる。亀川はその音を聞きながら服装を整えた。小門がひらき、玄関までつづく敷石が見えた。小門から身をかがめて現われた女に、亀川は丁寧に頭を下げる。自分の名を告げ、満井佐吉特別弁護人からの紹介状を手渡した。そして、

「閣下に、『相沢公判の件で相談に来た』とおっしゃって下さい」

と言った。女は紹介状を受け取り、また門を潜って奥に消えた。

統制派に寝返った林陸相らによって、前年七月、教育

総監を罷免された真崎の動向は、相沢公判の一つの焦点であると目されていた。革新将校たちは、この真崎の発言に期待するところ大であったが、当の真崎は、三井や三菱から数十万円を引き出して、機関説反対運動をしているという怪文書による批難や、身近に何事かを策して接近をはかる政治浪人の訪問などに極度に警戒的で、とりわけテロを恐れ、はじめての訪問者には、めったに会おうとしなかった。

玄関をあがって、すぐ右手の応接間では六十一歳の真崎大将が和服姿で、ゆったりと肘掛け椅子に座っていた。女中に案内されて亀川が入ってくると、真崎は吸いかけの煙草を灰皿に置いて、渡された名刺を手にとり、立っている亀川に、自分の前にある椅子を手で示した。名刺には、特別弁護人助手と書かれ、もうひとつその左側に、久原房之助秘書、とも書き加えられてある。亀川は、緊張気味な面持ちで話しはじめる。

「すでに満井特別弁護人より連絡済みかと思いますが、第八回公判で、閣下を証人として上申することにしました」

「その話は満井より、電話で知らされておる」

真崎は、鋭い視線を亀川に向けた。

「公判が非公開になってから、相沢中佐の上官殺害行為だけが強調され始め、そのため先行きを不安がる将校たちの中に、『これで相沢中佐の死刑は確定した』と断定する者が増え、また不穏な行動をとる者が蠢動し始めました。私はそんな将校たちの動きに危険なものを感じて、何か阻止するよい方法はないものかと考え抜き、一つの案として、天皇陛下の恩赦を受けるよう、提案をしました。林大将も、この提案に同意をしてくれましたが、陸軍の反対にあい、よい結果はでませんでした」

「………」

「そこで、裁判をこちらの有利なまま、相沢中佐を無罪に持ってゆくには、もう統制派と皇道派を仲直りさせ、両派を握手させるしかないと考えました。このまま進行すれば、泥仕合いになり、国民にたいして軍の信用は失墜し、兵役を嫌がる人々が増え、日本の軍隊は崩壊しかねません。そこで私は、こう考えました。相沢被告は、犯行時には精神異常状態であった、と鑑定させて公訴棄却とし、免訴できないかと……」

真崎は黙って、亀川の真意をさぐるように聞いている。亀川は一息ついて、真崎の反応をうかがっている。

「私はそう思いつくとさっそく、鵜沢博士と林大将に会い、この案を説明して訴え、賛同していただけるよう、お願い致しました。林大将は、『それはなかなかよい案だ。自分は反対せぬが、ほかの参議官連中はどう判断するか判らんので、海軍側の河合大将と奈良大将が、君の案を採用し、その上で、参議官連中をまとめていただければ好都合である。すぐに、両大将にあたってみてくれ』といわれました」

　真崎は、亀川の話に興味を持ったのか、話の先をうながすように、亀川を見た。

「私は林大将に紹介状を書いていただき、すぐに河合と奈良両大将のお宅を訪問いたしました。両大将は、私の案を聞くと、相沢中佐を精神異常者だと診断したら、決して青年将校たちは黙っていまい。きっと激怒して、どんな事態が惹《ひ》き起こされるか判らない。わしはとても責任はもてん、と反対されました」

　真崎はうなずいた。

「こうなっては、閣下に証人として出廷していただき、閣下の口から、教育総監罷免の経緯を明らかにしていただくことしか、今の劣勢を挽回する手段は残されてはおりません」

　真崎は、亀川の劣勢という言葉に、少し抵抗を感じていた。この公判が始まる前、真崎は村中孝次から出廷を要請されていて、応諾したが、荒木大将と林前陸相のふたりからは、真崎を罷免に追い込んだ参謀総長の閑院宮と天皇との関係をよく知っており、総監更迭はやむを得なかったと考え、出廷するのは不利だから止めた方がよい、と真崎に意見を述べ、総長に閑院宮をもってきた自分の、人事の失敗であった、と謝っていた。それでも真崎は憤懣やるかたなく、言うべきことを言わなければ気がすまぬと、出廷を決めていたのである。この男をどう扱うべきなのか。真崎は、政界や軍部の裏側で暗躍する亀川と名のる人物を、胡散《うさん》臭げに眺めて考えている。

　この頃、陸軍省では「陸軍パンフレット」なるものを全国に配布していた。「国防の本義と其強化の提唱」と題されたパンフレットで、これは、皇道派の教典である北の法案に対抗する意味も含んでいた。その主旨は、国防と軍隊の本分を「対外戦争」であると位置づけ、皇道派の「国内改革」を優先すべきだという意見に反撥し、近辺諸国、特に強大化するソ連の軍事力に対応すべく、旧兵器の近代化を推し進めるため、財閥の潤沢な資金力に眼をつけ、軍事予算の増強を急務とする、国外問題に主力をおくものであった。そのためには、軍部は、主導的立場を強化し、政界、財界、官界から全国民までも巻き込む、一致団結した「国家総動員体制」を、今こそ確立すべき秋《とき》がきていると主張していた。

　荒木、真崎ら皇道派の勢力が弱まった陸軍省では、軍務局長の永田鉄山を中心に、武藤章や東條英機ら若手の統制派幕僚が、その後、勢力を拡大しつつあった。永田たちは、クーデターに訴えなくても、軍部を代表して、統制派の考えを各界に押し進める政治力を持ちはじめていた。彼らは、重臣たちを暗殺するのは自分たちではなく、皇道派青年将校たちだと、テロを恐れる重臣たちや、軍事予算からの兵器の受注をあてにする財閥に接近し、北一輝の影響を受け、反財閥、国家改新、東北農民の救済、昭和維新をめざす過激な青年将校に依拠する皇道派を排除して、青年将校たちの矛先を国内から国外の対外戦争に向けさせようと考慮し、派閥抗争の激しい軍部内に、秩序を取り戻そうと躍起になっていたのである。

荒木から皇道派の総帥にバトンタッチされた真崎は、それまで親友であった林大将の裏切りにあい、閑院宮によって教育総監を罷免された。そしてその内幕を村中たちから知らされた相沢中佐は、統制派の中心人物であった永田鉄山少将を、白昼、陸軍省の軍務局長室で斬殺した。その公判廷で、今度は自分が統制派に一矢酬《むく》いることができるか、将校たちから期待を集められている真崎は、亀川の前で、堅い表情を崩さない。

教育畑に専念してきた真崎と、三長官のポストの一つを、他派閥に盗られまいと荒木は相談し、宇垣派の牙城である参謀本部に、閑院宮を参謀総長にさせ、その下の次長として真崎を乗り込ませた。当時、参謀本部では、支那大陸で、満州事変後の、現地でのいざこざが頻繁に起こって、その対応に追われていた。当然真崎は、その処理をせねばならず、上海事変や熱河討伐の対応では、その解決に当たって総長の閑院宮との間に、何度も感情的な行き違いが生じた。そんななか、上奏を受ける天皇との関係も、ギクシャクしてしまったのである。

「真崎閣下、閣下がよくご存じの教育総監の罷免の経緯と三月事件、十月事件、それに三井の池田成彬と永田鉄山の深いつながり、などを暴露し、その証言をして下されば、統制派の財閥にすり寄り、日本の大半を占め、貧困に苦しむ農民を切り捨てようとする、反国体的な行為や陰謀が、国民の前で明らかになり、彼らの壊滅は必至です。天皇だって、そんな軍部の行為をお認めになれば、きっとこちらの意見に賛成してくれると思います。それには、閣下の勇気あるお力添えが、どうしても必要です。それでなければ、こちらの勝ち目はありません」

亀川は訴える。

三月事件とは、桜会の橋本欣五郎中佐が、陸相の宇垣一成大将をかつごうとしたクーデター計画で、小磯国昭軍務局長が、当時軍事課長であった永田鉄山に命じて、クーデター作戦計画案をつくらせたものである。その計画案が、金庫の中にしまわれていたのを、永田の後任の山下奉文によって発見され、のち真崎の追放後、軍事参議官会同での席上、荒木によって提出されて、大問題になったものだった。亀川は、力をこめて真崎に食い込もうとしたが、真崎は簡単につけ入らせない。

「そうもいくまい。林や橋本の証言が非公開に変わったのも、軍の重大な機密事項に触れるからだ」

陸軍軍法会議法の定めるところにより、真崎は、勅許を得なければ、軍の秘密を暴露することはできないのである。陸軍軍法会議法の第二百三十四条は、

「公務員又ハ公務員タリシ者ノ知得タル事実ニ付本人又ハ当該公務所ヨリ職務上ノ秘密ニ関スルモノトナルコトヲ申立ツルトキハ当該監督官庁ノ承諾アルニ非ザレバ証人トシテ之ヲ訊問スルコトヲ得ズ。但シ当該監督官庁ハ帝国ノ安寧ヲ害スル場合ヲ除ク外承諾ヲ拒ムコトヲ得ズ。

国務大臣、宮内大臣、内大臣、枢密院議長、同副議長、同顧問官、会計検査院長、元帥、参謀総長、海軍軍令部長、教育総監若クハ軍参議官、又ハ此等ノ職ニ在リシ者前項ノ申立ヲ受ストキハ勅許ヲ得ルニ非ザレバ証人トシテ之ヲ問スルコトヲ得ズ」

と規定してある。真崎は、亀川がこの条項を破ってまで発言してくれと、自分に強制しているとは思えない。今、青年将校たちの中に、非公開は統制派の陰謀だと訴え、直接行動に出ようといきまく者が、ここにきて増え始めているのを、真崎は人づてに聞いている。この男は、そうした動きを背景に、自分が、統制派の連中に、重大な事実を暴露するぞ、と揺さぶりをかけ、そこで相手と公訴却下を協議し、和解にもっていけたら、と考えているのだろうか。勅許を得るまでもないことだ。

真崎は内心、亀川の意図にうなずけるところもなくはない。しかし、目の前にいる亀川とかいうこの男と、その背後にいる久原房之助代議士にまだ信用できないものを感じて、なかなかこの男の話に乗りきれない。もう少しはっきり読みとらなければ、安心して動けない。真崎は熟慮のすえ、即答するのをやめた。

「よく考えてみよう。何はともあれ、許可の申請は、どのみち、しておかねばなるまい」

権威ある証言にするには、天皇の勅許を得るのが安全であり、かつ至当でもある。真崎はそう思い至ると、心にゆとりが出てきた。

亀川は、真崎の慎重な返事を聞き、なかなか煮え切らぬ男だ、と心の中で舌打ちした。

「閣下の一言で、青年将校たちは暴走し、あるいは……」

亀川は真崎の気をひくように、言葉を切って真崎の目を見つめる。真崎は目をしばたたいた。

「あるいは兵を動員して、事を起こすかもしれません」

亀川は思い切って言った。煮え切らぬ真崎の態度に強い刺激を与えて、その反応を見たかったのだ。真崎は、「部隊が動く」という言葉に、内心、顔色を変えた。自分が重大な立場に押しやられたのに、おもわず動揺した心を、相手にさとられまいと視線を外し、直ちに返事をしようとする。が、これという言葉が思いつかない。やっと返事を待っている亀川に視線を戻すと、

「あの磯部は、今、何をしているかね」

と言った。亀川は見事にはぐらかされたと思った。決して腹を見せない真崎に、亀川は匙を投げる思いだった。

「最近、磯部とは会っていません。以前は村中とよく一緒に、公判の資料集めに飛び回っていましたが、近頃では村中と別れ、ひとりで動き回っているようです」

不満の滲んだ口調だった。真崎は、十一月事件で免官され、その後予備役まで剝奪された磯部をあわれに思い、森伝に、そんな磯部の世話を頼んでいた。だから磯部が、森の自宅に話し込みに来れば逐次、その時の話の内容を、森から報告を受けていた。数日前、磯部がきて、牧野の居場所と、清浦への上奏の件を頼まれたと、電話で知らせてきた。去年の暮れ、磯部がひとりで自宅にきて、金をせびったので、森を通して五百円ほど与えていた。しかし選挙で忙しかったのか、ここしばらく森から連絡もなかったので、心配していたのである。

真崎は、磯部の行動力に計り知れない危惧を感じていた。いつだったか、磯部が、火急の用件があるので、是非御引見を得たい、と家に駆け込んできた。その時、真崎は、興奮した磯部の態度を見て、これは公判の話ではない、と直観し、何を言い出すかわからぬ危険なものを磯部から感じ、即座に、「何事か起きるなら、何も言ってくれるな」と、相手が言い出す前に、口を封じた。

統制派の謀略に巻き込まれて軍を追放され、今にも激発しようとする磯部の行動力が、いまになってみると、ひどく危険なものに思われてきた。磯部は、口舌の徒ではない。何か思い切った賭けを、平気でやる男だ。真崎はそう危惧した。だから亀川の「部隊が動く」と言う脅し文句に、さすがの真崎も、肝を冷やしたのであった。

亀川は真崎のはっきりした返事を期待して来たのだが、容易に本心を言わぬ真崎に苛立ち、久原先生は、次期総理に真崎を考えて、秘密裏に根回しに動き始めたようだが、そんな器ではなさそうだ。それより、同じ皇道派の柳川平助中将の方が、人物が大きい、と考え直していた。

第二章　妖雲

十

　北は書斎で、西田や渋川が創刊した「大眼目」という機関誌に目を通していた。その誌面には、法廷での相沢被告の陳述や、検事と弁護人の応酬などが記述されている。相沢が殺った直後の状況が記述された個所に目を通した時、以前、安田善次郎を暗殺した朝日平吾が、そのとき身につけていた血染めの服が送られてきたが、包みを開けたとき嗅いだかび臭いにおいを思い出した。それは凄惨な状況を目前に、突発的に視覚化した。

　白昼夢から醒めた北は、読み進むのをやめ、部屋を出て、陽が当たって暖かくなった硝子戸の際にある椅子に腰を下ろした。庭を見下ろすと、降った雪はおおかた融けているが、それでも塀の裏や欅の下で、陽の届かない場所に、わずかばかり白く残っているだけだった。いつのまにか北は、相沢中佐と自宅で初めて会った日のことを思い出していた。西田にともなわれて訪ねてきた相沢は、応接間できちっと正座し、いかにも緊張していた。

　北が相沢の前に座ると、赤ら顔で頭の禿げた偉丈夫な相沢は、西田の自己紹介もそこそこに、東北訛《なまり》のつよい言葉で、政党の腐敗ぶりや財閥の増上慢を憤慨し、東北農民の飢饉を憂え、「国家の革新は、軍人のように、一身を犠牲にするものでなければできないと思います」と、訥々と熱弁をふるった。西田の紹介によると、相沢が、青森第五連隊の大隊長であった時、同連隊にいた大岸頼好中尉と親交を結び、それが縁で、仲間の維新陣営に入ってきたということだった。

「そうだ。捨て身と勇気を必要とするから、君たち軍人がそれを担うのにもっともふさわしいと思う」

　北がそう答えると、相沢は少年のように顔を紅潮させてうなずいた。

「私は陸軍省の軍務局政策班長の池田純久中佐に会い、軍中央部には、革新を断行する決意が、本当にあるのかと訊きました。すると池田中佐は、軍中央部は、現在の政治の腐敗に目を覆っているのではないし、決して国家革新に無関心でおるわけでもない。いや君たちに負けぬほどの熱意をもっている。その方法については、目下、鋭意研究している、と言いました」

　北は黙って、相沢の話に耳を傾けていた。当時、池田中佐のような高級幕僚たちは、理論的にも行動的にも、北の法案に対抗できる政策がなく、維新運動を批判できぬコンプレックスを持っていた。ただ広義国防においては、単なる軍備の充実だけでは駄目で、皇道派の主張する、国内の政治経済を大幅に改革する必要性も感じてあせっていた。

「私が、軍中央部は誰が中心なのか、自分は永田鉄山軍務局長と聞いているが、それは本当か、と訪ねると、池田中佐は、軍の組織から言えばそうだ、と答えました。そこで、軍中央部が、それだけの熱意を持っているのなら、自分は命を捨ててでもその下働きを勤めたいと言いました。すると池田中佐は、いやそれは困る、軍中央部は、組織の力で革新を断行するつもりで、今計画を練っている。それが『陸軍パンフレット』だ。君たちはよくこれを読んで、軍中央部が何を考えているのか、よく理解してほしい。軍は組織である。だから個人個人が勝手に策動すると、軍の力はかえってマイナスになる。それに君たちが軍内部に、横断的な組織をつくるのもよくない。軍人は上官の命令に服従し、外からの政治問題に関与してはならぬのだ。その意味から、隊付き将校は政治から手を引き、本来の職務に専念してもらいたい、といい、君たちが、あくまで政治問題に取り組みたいと望むのであれば、軍籍から身を引き、野に下って思う存分、自由に活躍するがよい、と挑発的に言い放しました。そこで私は、北先生の『法案』をとりあげると、あれは煽動的で所論は飛躍し独善的である、軍にとっては害あって益はひとつもない、とけんもほろろに批判しました」

北は、自分が牧野内大臣を脅したり、三井の番頭の池田成彬から巨額の金を引き出したりする一方で、法案を通して青年将校の革命熱を煽り、秩父宮を担いで、何か得体の知れぬ野望を抱いている人物として、各界から、半ば恐れられ、半ば疎《うと》ましく思われていることを知っている。

だが、北は、中国での革命の実体験から、三月事件や十月事件の一部始終から、出世と自己保身に敏感な佐官以上の軍人には、青年将校のような体を張って行動を起こす情熱がなく、口舌の輩ばかりであり、何の期待も持っていない。また軍の国防国家が、統制派の幕僚たちの手で強行されることは、北の「法案」に盛り込んだ国家改造の構想とは、その内容とも方法ともまったく異なっていた。いや異なっているのではなく、法案の持つ将校たちへの強い影響力に恐怖を抱いた軍中央部が、法案に対抗して作成したものこそ、「陸軍パンフレット」だったのである。

このパンフレットは、国策研究会をブレーンとする統制派の池田純久中佐の手で作成され、満井中佐が潤色したものに、永田軍務局長が点検し承認を与え、林陸相の決裁を受けて公表されたものである。だから、池田が語っている内容は、まさに青年将校たちが幕僚ファッショと激しく排撃している、まさにそのものであった。しかし、永田が中心となって作成したパンフレットは、北の法案に対抗するだけの理由で書き上げられたものでもなかった。海軍のワシントン軍縮条約の期限切れを控え、そのまま継続して国の予算を切りつめ、破綻している国内経済をたて直す方に使うか、それとも条約を脱退し、対米英関係を悪化させても、海軍の軍備拡張を優先させるべきか。それは海軍ばかりでなく、陸軍においてさえ、ソ連軍の南進への対応をも迫られていたからである。

軍備拡張を主張する軍中央部は、国内改革を叫ぶ青年将校たちへ、軍部の方針をはっきり示し、維新運動を中止させ、軍内部の秩序を取り戻そうと考えたのである。重臣たちの支持を得た永田鉄山は、国家総動員を達成させるために、財閥の潤沢な資金と技術が必要であると接近を計った。しかし皇道派の総帥の真崎は、あいかわらず軍内部において、派閥的行動をとっている。見るにみかねた永田鉄山は、重臣や政界までも味方につけて、というよりも尻を叩いて、真崎の追い落としを断行した。ただそのやり方が強引で、そのうえ露骨であったため、恨みを持った相沢に斬殺されたのである。

北はそのパンフレットを読んだ時、法案を書いた自分への挑戦状だと思った。真崎が罷免されたとき、今度はその矛先が自分の方へ向かってくる。永田の策謀の手が、真崎を落とし、磯部と村中を落とし、やがて西田と自分に進んでくる。北は、そんな嫌な予感を感じていた。

それからしばらくして、相沢中佐が、今度はひとりでやってきた。

「先生、私の上官に、池田中佐とまったく違った考え方をする樋口季一郎という大佐がおります。彼は福山四十一連隊長で、皇道派精神に富み、法華経にも造詣が深く、私が尊敬する立派な人物です。しかし樋口大佐も、民間人が、軍人を使嗾《しそう》し、革新運動を企てるのは、軍の統帥を乱すのでいけない、と先生の法案に対して批判的なのです。是非一度でよいのです。樋口大佐に会って、よく説得してやって下さい」

樋口と何度も議論を繰り返しては噛み合わずに、平行線をたどったのであろう。相沢中佐は北に、ムキになって頼むのだった。北は相沢の懇望に、断わり切れず、相沢に付き添われて、樋口とかいう田園調布の大佐の実家に出向いた。その日は特に暑かった。北と相沢は、障子を取り払った、風通しのよい部屋に案内され、団扇《うちわ》を渡された。それでも汗は額から首筋に流れていた。

腰を下ろした縁側では、軒下で風鈴が、さかんに風に吹かれて鳴っていた。やがて台所から割ってきた西瓜を、自分で運んできた樋口は、「こう暑いのではかなわん」と言って褌一つになり、座っている自分たちにも裸になるようにすすめた。話をするうちに判ってきたことだが、樋口という男はきっちり、軍という鋳型にはめられて出来上がった軍人だった。そのとき樋口とどんな話をしたか、今では少しも思い出せない。ただ盆栽棚のある縁側で、団扇をさかんに使いながら、蟬しぐれに耳を傾けていた。傍らでは相沢が、自分と樋口との世間話を、かしこまって聞いていた。北は小一時間で腰を上げた。

その帰り道、相沢は例の朴訥とした口吻《くちぶり》で、「樋口大佐と話した感想はどうですか」と真剣に聞いてきたので、「日蓮の経を拝み、太鼓を叩いていれば、国家は自ずと救われると本気で思っている憐れな男だ」と答えた。相沢はびっくりして自分の顔をみつめていた。それ以後、相沢は樋口のことは一言も話さなくなった。大岸頼好大尉と大蔵栄一大尉と連れだってやってきては、よく応接間で、彼らと議論をしているのを、北は目撃していた。北は議論を戦わせている相沢の様子を見て、年齢や顔や体つきに似合わない、少年のように一途で純真な感性が、突然、顔や仕草に現われるのに、気づいていた。

相沢が永田鉄山を斬ったと聞かされた時、北は、全身に稲妻が走ったように驚いた。相沢に殺された永田は、朝飯会の会員で、宮中の重臣や側近たちと親しく、そのうえ財閥からは賄賂をもらっている統制派の中心人物であると、将校たちがさかんに噂をしていたのは知っていたが、その永田を、身近にいた相沢が殺害したとは、思いも寄らぬ出来事であった。時代の変革期には、相沢中佐のような人物が、突然出現するものなのか。永田を殺ったのは自己の意志ではなく、神の意志に従って行動したと、相沢は心底、信じ切っているようだ。「自分の行為は、人間天皇はお許しにならぬかもしれませんが、神たる陛下はお許しになります」といい、相沢は永田を殺った後、転勤発令があった台湾へ出発するつもりだったというのだ。

「薩摩さんが、お見えになりました」

北は女中の声で、現実に立ち戻った。

真っ黒に雪焼けした薩摩雄次が、北の前に姿を見せた。

「いや、大変でした。さすがに信州は雪国ですね。石川県の故郷を思い出しました。毎日、雪との格闘でした」

薩摩は小川平吉の応援のため、選挙区の長野から、今朝上野駅に着くと、自分の家に帰らずに、北の家に報告に立ち寄ったのである。

「まだ汽車に揺られているようです」

長旅から戻った薩摩は、そう言うと北の前に座った。

「ごくろう」

北は話し相手が戻ってきたと、頼もし気に薩摩の顔をみつめた。北と薩摩との付き合いは古い。政友会の小川平吉が逓信大臣のとき、大臣控室で、偶然出会って以来、今では家族ぐるみの交際で、車で一緒に温泉旅行に出かけることもある。西田は軍部に、薩摩は政界にくわしく、北はこの二人から、細かい情報を得ては重宝に使っていたのである。最近、薩摩から、「代議士になりたい」と打ち明けられた。「君はまだまだ若い。もう少し勉強してからでも、決して遅くはない」と代議士になるのを諦《あきら》めさせ、小川の応援に長野に出向かせた。

「選挙区の様子はどうだった」

「今回の選挙は、前回とはどうも様子が違いました。小川先生より、民政党の長老の北原が、一歩抜いているようです」

「そうか」北は、薩摩の話にうなずいた。

政友会では、総選挙が起きるたびに内紛が生じ、北はその調整役に回ったが、党総裁は即首相への道に通じるため、その地位は重要であった。小川平吉は、田中義一首相の死後、政友会で総裁の筆頭候補にあげられた時があったが、それを恨みにもった誰かに、鉄道疑獄事件を起こされて、無念にも失脚させられた。小川の鉄道大臣在任中に、北海道鉄道、東大阪電気鉄道、博多湾鉄道などの買収や認可に際し、業者より約二百万円を収賄したというものであった。北はその小川に、面会のため刑務所まで通い、法華経を差し入れて、励ましてやったりした。政友会では、五・一五事件で犬養毅首相が暗殺され、次期総裁選が起きたとき、床次竹二郎が犬養の後を引き継いだ。その床次が突然、病死すると、内務省出身の鈴木喜三郎が総裁の椅子におさまった。しかし、未だに内紛の火種は絶えず、くすぶり続けている。

犬養首相暗殺後、次期首相に、多数党の鈴木政友会総裁が予定されたが、軍部が鈴木を嫌い、その代案として、元検事総長であった平沼騏一郎枢密院副議長の擁立運動が起きたことがあった。そのとき北は、森恪とふたりで、積極的にこの運動に参加した。森は、支那浪人の北を、中国事情にくわしい男だと気に入り、東方会議で自分の懐刀として重宝に指示を仰ぎ、かつて勤めていた三井の番頭の有賀に、「北は国宝級の男だ」と賞賛し、紹介してやったりした。

　平沼の擁立運動は、平沼を、神がかりの右翼と感情的に毛嫌いする元老の西園寺公望が、次期元老を狙う牧野伸顕内大臣と相談し、斎藤実海軍大将を総理にすべく天皇に上奏したため、森と北の目的は頓挫した。斎藤内閣が誕生すると、絶対多数を占める政友会では、国会は議会政治である以上、議会に根を下ろしていない内閣は問題であると、新官僚の伊沢多喜男が組織参謀になって成立した斎藤内閣を批判し、是が非でも斎藤内閣を倒して、政友会内閣をつくろうとの動きが活発化してきた。

　北も、元老や重臣の好みによって首相が決められたことに激しい怒りを覚え、それからは天皇と元老、重臣との間に、楔《くさび》を打ち込むことに熱中した。西園寺に嫌われて、総理の椅子を棒に振った平沼は、憲法問題に関して天皇を補佐する枢密院議長の椅子さえも、また西園寺に反対され、怒り心頭にきた。平沼はその恨みを晴らすべく、帝人事件を裏で画策したのである。斎藤が首相になったことによって、政友会と西園寺たちの関係は、険悪になっていた。

「他候補の選挙地盤で演説中に、先生は鉄道事件で野次られ、時々、演壇上で、立ち往生する時がありました。あんな弱気な先生の姿を見たのは初めてです」

　薩摩はそんな話をしたが、急に思い出したように、

「そう言えば、先生の選挙地盤の諏訪湖で、近衛連隊が、湖上演習しているのに、出くわしました」と言った。

　薩摩は、湖辺の小学校の二階から、遠く白一色の山々を眺望する眼下に、うっすらと光った諏訪湖の水面を思い浮かべた。

「選挙演説の会場に、なかなか村民がやって来ないので、その理由を聞くと、兵隊さんが湖に集まって、これから何かする予定だと言うのです。そのうち実弾射撃の音が、雪山や谷にこだまして、校舎の窓硝子をふるわせ始めました。会場に来ていた村民はみんな、腰を上げ、ぞろぞろ湖に向かうのです」

「先生の困惑した顔が浮かんでくるな」

　北は、国民の関心は、腐敗する政界から、すでに離れてしまっている。軍部は、満州事変を境に、完全に政界の上位に立ってしまった。国民は政治家よりも軍人に、何かしてくれると、期待をもっている。この分では、小川の当選も危ないものだ、と考えていた。

「ところで、弟の昤吉さんから、戦況の連絡はありませんでしたか」

　薩摩は聞いた。北は黙って、昤吉からの手紙を、薩摩の前においた。手紙には、田辺熊一と松井郡治が当選圏

に入ったようで、残りの一議席を山本（梯）と争っている。今の情勢では、山本の方が幾分有利、自分は苦戦を強いられている、としたためられていた。

「吟吉さん、苦労しているようですね。山本と一騎打ちですか」

「間違っても、愚人島の政治家なんてなるなと言ってやったのに、馬鹿なやつだ。そのうち落選したと、泣き言を言ってくるさ」

自分は、いずれは代議士に、と薩摩は思っている。北は、羨《うらや》ましげに自分を見て言う薩摩の顔を見て言った。

「昨夜、小泉と鈴木総裁が苦戦している、と秘書の原田から電話で知らせてきました」

「長野の君のところへか」

「ええ」

北は薩摩の口吻から、政友会は、議席数を、思っているより減らさせる、これからは難しい立場に追い込まれるにちがいないと思った。

「薩摩君、ここに来る途中で、何か気にかからなかったかね」

「えっ」薩摩は怪訝な顔をした。

「選挙が終わってから、また刑事が家の周辺をうろつき始めたよ」

「気がつきませんでした。中野署とは、紳士協定を結んだのでしょう。もう、その協定は破棄されたのですか」

「いや、また青年将校が、活発に動き始めたのだ」

「先生、もうこの辺で軍人とは手を切り、政友会の内紛の調整役に、おさまったらどうです」

薩摩は北に進言した。小川平吉の関係から政友会に顔をつないだ北は、森恪に気に入られて、その政治的才覚を認められ、平沼の総理への擁立運動で総指揮をとり、鈴木と久原が政友会総裁を争ったときは、その調整役として、両者から金をもらっていた。

「西田君にバトンタッチしたいのだが、なかなか独り立ちしてくれなくてね」

北はそう言い、そろそろ村中が来る頃だと、時間が気になり始めていた。

十一

歩三第六中隊の兵舎では、小石川の射撃演習から戻った初年兵たちが、夕飯を終えると、消灯までのわずかばかりの自分の時間を惜しむように、思い思いの過ごし方をしていた。

「なぜ俺たちは、くそ寒い満州に行くのか知ってるか」

ひとりの兵が、隣りの寝台で本を読んでいる兵に、そっと話しかけた。

「…………？」

「教えてやろう。革新将校を日本から追い出すためさ」

「追い出す？」

「そうさ。この連隊はな、革新将校たちの巣なのさ。特に安藤中隊長はその頭領で、今に何か起こそうと企んでいる」

「何かって？」

「五月事件のように、えらい人を殺すのさ」

「本当か。どこでそんなことを知ったのだ」

気弱そうな兵は、びっくりした顔で、話しかけてきた兵の顔を、見返した。

「外出許可の出た日にさ。営門を出ると、後をつけてくる男がいるのさ。その男が俺を手招きして、連隊内の雰囲気を聞くのさ。普段、安藤大尉はどんなことを言っているか、中隊長は毎日変わったことはしていないか。いろいろさぐってくるのさ」

「そいつ角袖か」

「そうよ。貴様、よく知ってるな。私服の憲兵さ。奴は言ったよ、俺は憲兵だ。安藤大尉に変な動きがあったら、すぐにここに知らせてくれ。このことは、他の者には絶対にしゃべるなよ、とすごまれたんだ」

「あんないい中隊長が、見張られているとは驚きだな」

「紛失物をすぐ報告すると、即座に員数横丁の店から買ってきてくれる。本当によい中隊長なのになあ」

「…………」

「変だと思わんか」

「何か起きるのだろうか」

ふたりは顔を見合わせた。突然、戸が荒々しく開いた。中の兵たちは、戸口の方を見た。

「石廊下に集まれ」

上等兵が、声を張り上げて命令する。

「また集会か」

話しかけた兵は、舌打ちして、上の寝台から飛び下りた。ふたりは緊張して整列した。全員の番号を確認した上等兵は、初年兵たちに向かって、

「君側の奸を討つとは、どんな意味だ」

と声を荒げる。誰も手をあげない。

「おい、貴様、言ってみろ」

突然、指名された兵は、一歩前へ出ると、直立不動の姿勢で、

「宮城周辺に立ち込めた妖雲を、兵の力で斬り散らし、大内山に、輝く太陽が現われることです」

と、紙芝居の筋を思い出して言った。

「よし、その通り」

上等兵は、満足気にうなずいた。第六中隊で行なわれる初年兵の精神訓話は、その材料に、「大眼目」や「核心」や「皇魂」が使われていた。

安藤大尉に呼ばれた坂井直中尉は、中隊長室の扉を叩いた。

「よし、入れ」

安藤は、見ていた書類を、机の脇に片づけると、眼前に立つ坂井に顔を向けた。

「兵たちは蹶起《けっき》をどう考えているのだろうか」

「今、ここへ来る途中、石廊下で集会が開かれていました。そこで、毎週金曜日、上等兵が兵を集めて精神訓話をやっています」

歩三では、隣りの中隊の野中が、常盤少尉に夜間演習を命じ、警視庁襲撃の予行演習をさせ、その時の軍上層部の反応を調査したのを聞き知っていたが、安藤には、今ひとつ、蹶起に踏み出す勇気が、沸き上がってこないのである。兵士は、上官の命令が正しいかどうか判断することは厳に禁じられている。それだけに、将校たちにとって兵士たちに命令することは、重大な責任をともなうのである。歩一では、丹生誠忠中尉が、兵たちに、五・一五事件の感想文を書かせ、彼らの心情がどんなものか、調べていた。

安藤に訴えられた坂井中尉は、部屋を出てすぐ、前島上等兵を連れて、戻ってきた。

「よし」安藤は坂井を帰すと、前に立った前島に、椅子に腰かけるように言った。

「吸うか？」

前島は身を堅くして礼を言い、霜焼けの手を出して煙草を一本抜き取った。

「両親は元気か？」

安藤は、前島の身上調書を、頭に思い浮かべて訊ねる。

「はい……いいえ」

前島は口ごもって言うと、安藤の目を見た。

「どうした？」

「は、はい、実は父は失業中で……母は内職のやり過ぎで体をこわし、家で寝ています」

前島は父親が毎日、酒ばかり飲んでいるとは言えない。

「それでは両親の面倒は、お前の兄がみているのだな」

「はい、それが……本来ならば兄がみるはずなのですが……工場がこの不景気で倒産して、借金を背負い込んだもので……」

「どうした？」

「下の妹が、芸者になりました」

安藤は、東京の近隣に住む多くの兵たちの多くが、日曜日ごとに家に帰り、月に貯めた六円六十銭のお金を、家族に渡したり、夕方になるまで、家業の手伝いをして、帰隊するのを知っている。安藤はこれまで、除隊した何人かの兵士たちの家族の面倒をみてきた。時には、俸給の半分まで使って、妻の房子をあきれさせたり、困らせたりした。当時、大尉の給料は百五十円、兵たちの給料は毎週一円五十銭をもらっていた。むろん、現役兵の家族も援助したかったが、安藤は私兵を養っている、とのそしりを受けぬとも限らないのだ。

どの兵も、話を聞いてみれば、皆、同じような窮状にあった。地方では、もっとひどい話を聞いている。だがしょせん、大尉の薄給では、どうなるものでもない。前島が、家族の様子を少しずつ話すのを、暗然とした思いで、安藤は聞いていた。

「来週から、俺が週番司令になる。貴様、当番兵になってくれ」

安藤は、前島上等兵に命令した。

「はい」

「よし、こんな天気が続き、初年兵は毎日の演習で、浴場は泥状になっているはずだ。気がついたら、どんどん新湯を入れかえてやってくれ。それに、食事は全部食べているか、中に残す兵はいないか。残飯は、くず箱にどの程度あるか。また消灯時には、充分睡眠がとれるように心を配り、何かあったら、直ぐに俺に報告してくれ」

「はい」

「よし、退《さが》ってよい」

安藤は命じた。

「中隊長どの」

前島は退出しようとして、扉の前で立ち止まり、しばらくためらったあとで、思いきって言った。

「自分は、中隊長殿が、革新運動に一生懸命であるのを知っております。中隊長がもし……もし何かを決行されるときは、この前島も、お供させて下さい。お願い致します」

安藤は、机の上においた両手の指を固く組み合わせ、前島が出ていった扉をじっと見つめていた。

十二

北邸の応接間では、北は村中と向かい合っていた。村中はいつも西田と一緒にいるのだが、今日はひとりで、いくぶん固くなっているようだ。北を「和尚」と呼んで、物怖じしない磯部とちがい、村中には正座して、膝を崩さないところがある。

「西田君から、話は聞いている」

北は穏やかに言った。

「決めたようだね」

「はい」

北は村中の返事をきき、うなずくと、ゆっくり椅子の背にもたれた。

「十八日、栗原の家で……。今週中に蹶起することに決めました」

「うむ」

「歩一、歩三、近歩三、それに千葉や所沢、豊橋からも、同志が参加します。歩三の安藤はなお未定ですが、栗原の機関銃隊を中心に兵を動員します。西園寺公望と牧野伸顕、岡田首相と鈴木侍従長、この四人はかならず殺るつもりです」

「それから？」

北の催促に、村中は息を飲む。それから北の動かない方の眼をみつめる。

「四人を血祭りにあげたあと、私と磯部が陸相官邸に行き、蹶起の趣意書を読み上げて川島陸相を説得し、陸相と共に宮城内に入り、天皇の御前に出て、私たちの行動の真意を訴えたいと思います」

「うむ」北は村中の行動計画を反芻しているのか、しばらく目を閉じている。

「もし陛下に、君たちの真意が伝わらなかったらどうする」

「すぐ、その場で腹をくくる覚悟です」

村中の顔は青白く見えた。

「うむ」北は腕を組んだ。腹を切るか。腹を切ればよいというものではあるまい。そんなことで中断するより、村中の真意が大御心と一致するまで、君側の奸を討伐し続けなければなるまいが、どうだろう。それでも駄目なら、ウソでも自分たちで大詔を出せばよいのだが、そこまで村中たちに望むのは無理なのか。天皇絶対と教育されてきた軍人では、道徳と信仰にしばられて、それは出来ないだろうし、国民の賛意を得るのも難しくなる。北は考えている。

「私はこれ以上、天皇を強要することは、断じて出来ません」

「では、宮城はどうするのかね」

「……そこまでは、まだ決めておりません」

「決めていない？」

「磯部は、宮城内に部隊を入れ、四つの門を閉鎖して、占拠するつもりですが、仲間の中に反対する者がいて、計画が一つにまとまらないのです」

村中も畏れ多くて、磯部のように、容易にそこまで踏み込めない。北は宮城を占拠した後、天皇が蹶起の真意を認めないときは、たとえ剣で恫喝してでも、大詔渙発させるべきであり、それが出来ないならば、幽閉させればよい。宮城を占拠すれば、天皇個人の意志はもはや問題ではなくなるのだ、と考えていた。

今の天皇は、天皇機関説を擁護していると秩父宮から聞いている。だとすれば、天皇は、自分の命をかけてまで、革命をも、昭和維新にも反対しようと主張はしまい。刃をつきつけられれば、将校たちの命令に屈して、大詔渙発を発するはずだ。さすれば、天皇みずからの決断ではなく、自分が天皇をしてその大権を行使せしめて自分の法案を実現化すればよい。重臣や側近が享受していた立場で、自分が行使すればよいのだ。北は天皇大権の行使を、秩父宮にしてもらおうと考えていたのだが……。

しかし村中たちには、そんな手段は思いもよらぬことだろう。村中は、陛下と国民を壟断する元老、重臣を倒し、地主、財閥、官僚、幕僚を粛正し、天皇親政の実現をめざして蹶起するのだ。それは、決して政権を奪取するのではない。それは大権を私議する不純な考えだ。クーデターではないのだ。かりに磯部の考える宮城の門を閉鎖するにしても、それは君側の奸を、天皇に近づけないためで、絶対に天皇を奪取するのではないと考えている。村中は自分の純粋行為とすべての価値の根源である天皇の純粋性とを直結して、その間のものをすべて不純と考え、天皇親政の実を上げ、天皇制下の直接民主主義に似たものを過激に追い求めていたのである。

「…………」

北は、また目を閉じた。

彼らがせいぜい踏み込めるのは、四つの門の閉鎖までであろう。それから先を、彼らに要求するのは無理というものだ。だとすれば、彼らの蹶起は、成功はおぼつかない。だが、村中は本気のようだ。いや磯部も栗原も今度は本気だ。天皇をおどしてでも、元老、重臣や中央幕僚どもの咽喉《のど》元にドスを突きつけることの出来るのは、磯部ぐらいではないか。国民の大半の金が、財閥と地主の懐や、他国からの侵略におののく軍部に流れる。餓死であえぐ農村から売られてきた娘たちは、都会でエログロナンセンスの風潮を生み出し、そんな女たちの部屋で、つかの間のウサを晴らす男たちも、明日の米の飯にありつけるか判らぬ娼婦たちと同じ境遇をもっているのだ。

そんな人たちの心情を代弁して蹶起しようとする村中

たちの意見を、羽二重の布団で日頃から、ぬくもってい る裕仁天皇に、理解させようとしても、通じる理由がないのである。天皇の国民へのイメージは、元老や重臣たちの語る言葉からしか、出来上がっていない。九割の国民の飢餓の苦しみより、身近な一握りの重臣や側近たちの利益の方が天皇にとって大切なのである。九割の国民の苦しみは、天皇にとって何か遠い話のように思えているはずだ。北は、自分が蹶起を指揮するのであれば、という想念を抱いた。定職がなく、仲間たちが満州に行ってしまったらと、後の生活をおそれる村中たちが蹶起に巻き込まれるのを避けたい。だが、無理にでも止めれば、こちらの命も危ない、とも感じていた。

「先生」村中は顔を上げ、真剣な表情で、北に言った。

「どうした」

「私には、まだ統帥権の問題が、頭の中で整理できていません。われわれが部隊を動かすことは、本当に大御心《おおみこころ》に添うことなのでしょうか。まだ蹶起を決めかねている安藤は、もしも陛下が、元老、重臣を斬ることを望んでおられると信じることが出来れば、自分は陛下の手足となって、ためらいもなく、部隊を率いて起つ、と言いました。私も……」

天皇の意志、天皇親政、そして天皇との一体化を望む彼らは、ひたすら、それを求めてやまない。いま村中は、天皇のために起つことを決意しながら、しかも、天皇の軍隊を使用しての蹶起が、天皇の統帥権を犯すものではないかと悩んで、自分に答えを求めてくる。

北は、ロンドン条約に対して、軍令部の許可なく調印した政府を攻撃するのに「統帥権干犯」という言葉を、頭からひねり出した。それ以来、北は、青年将校たちから、統帥権問題の権威だと思われてきた。青年将校たちは、仲間を誘いあっては、西田を通じて、あるいは直接に、北の話を聴きたがった。彼らは、国民の窮乏の原因は、元老や重臣、それに財閥の金にたかり、貧困にあえぐ国民の生活実態に、決して目や心を向けようとしない政治家の無策にあると信じて、その原因を直接天皇に訴えることが出来ない自分たちの真情を、北に訴え、明治憲法に替えて、北の『日本改造法案大綱』に彼らの天皇親政の実現する日を、夢見たのである。

天皇大権によって憲法を停止し、日本全土を戒厳令下におき、軍隊の力で、腐敗した議会、政党、財閥、官僚の悪弊を断つ。私有財産を制限して、貧富の差をなくす。一君万民、陛下の赤子として平等な社会に生きるのだ。北の「法案」にいう軍隊、それは、自分たち憂国至誠の青年将校と兵たちのものであって、軍部、すなわち中央幕僚たちのものなどではなかった。こうして彼らは、白馬にまたがった天皇を中心に、天皇旗を供奉《ぐぶ》して従う、革新青年将校団である自分たちの姿をイメージしながら、いつかどこかで、北を天皇と同一人物視するかのような幻想にとらえられ、北がヨシとすることは、当然天皇もヨシ、とするというような錯覚にとらわれていた。

しかし、北にはもとより、そういう幻想はない。中国で革命を実体験し、鉄砲玉や権謀術数の世界をくぐり抜けてきた北にとって、天皇は神聖にして犯すべからざる存在とは、さらさら考えてはいない。ただの一人の人間にすぎない裕仁に、恋闕《れんけつ》の心情などはなく、裕仁の結婚式には、豪華絢爛な枕絵を献上した北である。だから、天皇大権をもってする戒厳令下の国家改造という北の「法案」こそ、じつは端的な、天皇機関説なのだ。ただ重臣や側近たちのそれではなく、北の場合は、民衆側に身を置いた機関説ではあったのだが。自分たちの夢を追う青年将校たちには、それは思いもよらぬことであった。

日本は天皇や国体を楯にとれば、どんな非合理な処分も大手を振ってまかり通る国である。権力に対する抵抗力がことのほか弱く、「天皇」という観念にすっかり呪《じゅ》縛《ばく》されている日本人の中で、北だけは反逆的な心情を失ってはいない。だから北の法案は、はなはだ窮屈な天皇制国家の中における一点の光明のような人間主義の叫びがあった。明治憲法発布以後、天皇制の政治機構的分析を、国民が回避してきた中で、北だけは、個人の自由の拡大と国家の発展とを結びつけ、そのうえ両者を対峙させ、天皇制による呪縛からは解放された精神によって独自に考察してきたため、統帥権の持つ真の意味がよく判るのである。それゆえ北の真意は、青年将校とは異なる。

袁世凱の息子の家庭教師をした男の唱える民本主義など頭にない北は、大正デモクラシーから昭和の動乱期に入り、近頃では相沢事件の公判を契機に、国体明徴―粛軍―昭和維新への道を、一気に突き進みはじめた彼らとは、自分の革命構想とあきらかに相容れない。それでも北は、青年将校の自分への誤解をとこうとはしないばかりでなく、自分への、彼らの宗教的な信仰を、増幅させるようにさえ振舞ったのである。

若くして『国体論及び純正社会主義』の大著をもって彗星の如く学界に登場し、マルクスの再現だと熱狂され、その後、大逆事件に巻き込まれると、国外逃亡、中国革命同盟会員として孫文の清朝打倒の革命に協力、武昌蜂起後、大陸に渡って宗教仁らと戦火をくぐって奔走する。隻眼、支那服、法華経の熱烈な信者、重臣を脅《おど》し、政界、財界への不気味な睨みをきかせる。北の存在感は圧倒的で、それでいて何やら謎めいており、直情径行の青年将校たちにとっては、自分たちの指導を仰ぐカリスマ的人物と受けとるのは、自然の成り行きだった。

　青年将校たちの中には、そうした北の影響力に懐疑的なグループも、少数派ではあったが生じていた。北の「法案」を読むと、「何か悪魔的な傲《おご》りの匂ひ」がある。北の革命構想には、天皇の革命への意志の有無を、はじめから度外視し、国家改造のため、いきなり天皇に「大権」の行使を提起している。このやり方は天皇への献身ではなく、臣下の意志を強要するものであると批判した。なかでも大岸頼好大尉は、北の「法案」の中には、天皇を使用価値としてだけ取り扱う、天皇機関説の思想が、根底にあるのではないか、と批判的な目を向け、あくまで天皇の神格化と、自分たちが軍人である独自性に立って、皇国維新憲法をつくるのだ、と仲間たちに語りかけたのも、そうした動きのひとつであった。

　大岸は、海軍艦隊派と陸軍皇道派の提携強化によって近衛文麿か平沼騏一郎を首班とする暫定内閣を成立させ、合法的に革新政策を実施させようとの考えをあたためてもいた。その大岸は北の、皇室財産は国家が没収するという条文と、革命の主体を在郷軍人とするという条文は、絶対に認めないと訴え、特に在郷軍人会は、その幹部がほとんど在郷の旦那衆で、多くが地主階級の同調者であって、決して革新勢力にはなり得ないのだ、と主張していた。その大岸は、北の法案を、一点一角も修正することなく金科玉条とすると断定する磯部と、しばしば激論した。大岸の批判に対して磯部は、北先生の思想は、我々日本の歴史哲学、そして国体の永遠の真実だ、と応酬したのである。

　だが、とにかくいま北は、自分を信じてやってきた村中に、自分に求めているものを与えてやらねばならない、と思った。北は、自分の法案をバイブルとして、日本の革命を実現しようという村中たちさえ、自分の思想とはまったく裏腹の「国体明徴運動」に雪崩れ込んでしまったのに頭をかかえ込んだりしたが、しかし、彼らと自分との距離がどうあろうと、彼らはいま、個人のテロ行為ではなく、軍隊を使用しての直接行動に踏み切ろうとしている。北は、自分の王国である法案の中に入ってくる者たちに、生きる手だてを与えなければならない。

　北は、心の底に埋もれていた革命家の火が燃え始めるのを感じていた。北には、革命家としての自負があった。その裏付けは、中国での実体験であり、広東蜂起の失敗から得た、「革命の主体を、民衆から軍隊に置きかえた戦略」を不動の信念としたもので、ソヴィエトの指図を受けたり、ヒトラーの真似をしたり、マルクスの本にこう書かれているという議論には熱中しても、さて実行は、と決断を迫ると尻込みして逃げ出す馬鹿馬鹿しい口舌の輩には、当然、なんの興味も示さなかった。

「それでは、お伺いをたててみよう」

北は寝室の鈴に声をかけ、村中を連れて階段をのぼり、薄暗い仏間の襖《ふすま》を開けた。部屋の正面に大きな仏壇があり、中に裕仁でなく明治天皇睦仁の銅像が安置されている。初めて入った村中の鼻孔を、仏間にこもった強い線香のにおいが刺激する。北は赤経机の前に正座すると、村中に座布団をすすめた。そして村中を自分のうしろに座らせ、正面に向きなおると、背筋を延ばして姿勢を正した。鈴が遅れて入ってきて、北の脇に侍して座った。

鈴が座ったのを見届けてから、北は、睦仁の銅像に頭を下げ、経机の上にある経文を開けた。そして胸の前で数珠をゆっくり揉み始め、静かに目を閉じた。線香の細長い煙が、一筋かすかに震えながら、天井にたちのぼっている。その煙は、北が大きな仕草をするたびに、ゆらいで崩れた。村中は、これから始まろうとしている儀式に、戸惑いながらも、重々しい雰囲気に同化していくように、正面の天皇の像をみつめた。

北は声を出して読経をはじめた。その声は、最初は小さくかすれていたが、やがて声量を増し、バチを握った手に力が加わってくる。太鼓の音は次第に、日本海の荒岩に打ち寄せる大波のように、部屋いっぱいに反響し、村中には、北の声を煽っているように聴こえた。いつのまにか、北の声が、村中の体全体に、大きく共鳴しはじめていた。村中は目を見張った。北と一緒に読経していた鈴が、奇妙に体を揺り動かし始めたのだ。北は精神を一点に集中させて、絞り出すように声を張りあげている。北の額に汗が浮かんで光っている。村中は、仏間でくり拡げられている得体の知れぬ世界にのめり込まれながらも、不思議に不安な気分が消えていくのに気づいていた。村中はこの時、安んじて北の世界に、心身ともに置いていた。

読経は最高潮に向かっていく。北は痙攣していく鈴の心を煽り立てるように、太鼓を打ちつづけた。どのくらい、太鼓を打ちつづけたのだろうか。突然、鈴はこらえ切れないかのように、高く鋭い声をあげ、わけのわからぬ言葉を口走りはじめた。それを見た北は、読経をピタリと止めた。鈴の目は、熱に浮かされたようにうつろにさ迷い、後ろの村中には、鈴が何を口走っているのかわからない。北は仏壇の正面を向いたまま、鈴の譫言《うわごと》のような声に、じっと聴き入っている。そして時折、数珠を静かに揉み、合掌する。

村中は、鈴と北の不思議な言動を、息をつめて凝視しつづけた。鈴の言葉を、北はやっと読みといたのか、力を抜くと、また今度はゆっくりと太鼓を打ち始めた。その響きの中に、興奮した鈴の心を和らげようとする北のいたわりがこめられていた。我に返った村中は、膝の上で固く握っていた手の指を開いた。掌に汗が滲んでいた。

太鼓の音は止んだ。北は読経の声を落とし、目を閉じて数珠をまさぐっている。やがて北は、小さな声で気合いを発し、それから仏壇に深々と頭を下げ、振り向いてから村中に一礼した。北は経机の抽出《ひきだし》から筆墨と紙を取り出し、「御稜威尊シ兵馬大権ノ干犯者ヲ討ツハ大権名分自ヅト明カナリ、他ハ枝葉末節ニ過ギズ」と雄渾な筆致で一気に書き、うやうやしく村中の前に拡げた。その時、北は、「神は国民に結論を与えて説明を避く」と言った。

村中は黙って、その霊告を何度もくり返して読んだ。精神界を彷徨《さまよ》う村中を、政治の世界に誘う北の作意がそこにあった。ふたりの間に、精神と政治の小さなせめぎ合いがあった。北は、村中の顔から、苦悩の色が消えていくのを眺め、青年将校たちが重臣ブロックを倒すことと、己れの法案の現実化とを、どう結びつけたらよいかを考えた。まだ宋教仁のような人物は出現していないと、北は思った。

十三

磯部は、山口の家を村中と一緒に引き揚げたあと、北の家に向かう村中と新宿で別れ、淀橋区諏訪町にある森伝の家に足を向けた。

「よう、君か、よく来たな。まあ上がってくれ」

森は、玄関に人なつっこい笑顔で立っている磯部の姿を見て、手招きしながら声をかけた。

磯部は、森と妙にウマが合った。田中義一や久原の秘書として、政界の裏事情に通じた森を、磯部は真崎大将と川島陸相をつなぐ重要な人物だと判断していた。磯部は奥の書斎に通された。

「どうした。毎日退屈しているだろう」

森は、行動力をもてあましているように見える元将校に椅子をすすめながら、いたわるように言った。

「結構、忙しい思いをしています」

「真崎が、君と村中の今後の生活を心配して、復帰させてやる方法はないか、川島に相談しているらしいぞ」

会うと自分に気遣ってくれる森に、磯部の胸は熱くなる。浪人の身になった磯部と村中は、同志の青年将校たちから集めた援助金を、香田大尉から受け取り、それを生活費の足しにしていたが、薄給の彼らからのカンパでは、世帯持ちのふたりにとって、僅かな額であった。森は真崎に紹介されて磯部に会い、真崎に頼まれて五百円を集めて渡した。

「あれは真実をついているよ。俺は各方面に配布させてもらったよ」

磯部は森に、「粛軍ニ関スル意見書」の内容を誉められてうれしくなった。それからは磯部は軍部の立場から、森は政界の立場から、よくふたりは議論をたたかわせた。森は、政党を基盤にした挙国一致内閣は、今の岡田内閣で終わりになると主張し、多数政党からでなく重臣会議で決められた岡田首相は、議会制度の否定であり、国民の支持はなく、すぐ辞めなければならぬと不満を語り、磯部も森の意見に賛意を示したが、国防問題と外交問題ではなかなか、両者は一致点を見いだせなかった。

磯部は語った。真の軍人は、政治家の俗説や便宜論にこびたり、自分の信念を曲げることなく、毅然として国防の安全を期することが、本務であり、財閥の金に群がる政治家の腐敗ぶりには、憤りを感じざるを得ず、窮乏にあえぐ民衆の生活には目もくれずに放置する政治家たちでは、民意を反映した政党政治は死語になると主張した。

森も、政治家を蔑視したり、敵視する磯部の気持ちは、判らなくはないが、満州事変以後、政治家たちの綱紀問題の噂はどれも聞くにたえず、官僚たちの中に、政治家の要望に耳を傾けるよりも、軍部からの政策に期待する新官僚たちが増えてきているのに気づいていた。特に西園寺公の秘書の原田も、政治家には日本を任せられぬと不安を感じ、重臣たちの意を汲み、新官僚の後藤や軍部の永田たちと組んで〝朝飯会〟を開き、知恵や情報を交換して岡田内閣を陰で支えようとしていた。しかし、政友会に深い関係をもち、皇道派の軍人に知人が多い森には、統制派の軍人永田鉄山が手なづけた後藤文夫らの力量を認めざるを得ぬ。そんな永田が殺されて、新官僚たちの行方はどうなるのであろうか。そんなことを考えている森の前に、元将校の磯部が現われたのである。

磯部は、北一輝の「法案」をいつも懐に入れて持ち歩き、「この法案は認識の書では決してなく、行動と実践のための書である」と初対面の森にも言って、大事そうに表紙をなでていた。日本をひとりで背負って立つ北の気概に圧倒されている磯部にとってみれば、本当の天皇は北であると錯覚するぐらいであった。いや、なぜ北が天皇でないのか不思議に思うくらいであった。そんな磯部の態度を見て、森は、磯部も西田と同じ道を進んで行くのではないか、と考えていた。

そんな森に磯部は、無理に頼み込み、森に連れていってもらう形で、渋谷区永住町に住む陸相川島義之の家を訪問したことがあった。そのとき、若い奥さんが現われたのには驚いた。娘さんですかと聞くと、妻でまだ再婚したばかりだと川島は応えて、盛んにテレていた。磯部は、奥さんが応接間から消えたとき、単刀直入に、

「三月の定期異動で、渡辺錠太郎教育総監の更迭を考えてもらいたい。天皇機関説を主張する者が、教育現場のボスの席に座っては、全国の将校や兵たちに示しがつかない」

と、将校を代表して訴えた。すると川島は、閑院宮参謀総長と近い渡辺を敵にまわすのを恐れて、

「自分では出来ない。君たちの力で辞めさせればよいではないか」と逃げた。そこで磯部は、

「このままでは、何か起きるかわかりません。それでもよいのですか」と強く迫ると、

「まあまあ、そう言うな。陸相は、困っておられるよ」

と森は、磯部の腕をひっぱり、

「磯部君は、青年将校たちの怒りをなだめるのに、大変苦慮している。私もいつも磯部君を引き止めようと努力しているが、それもここに来て、むずかしくなってきた。大臣も、ここらでうんと腕に力こぶを入れて努力して下さい」

と川島に釘をさした。すると川島は、あいまいな表情をしてから、

「うん、うん」とうなずいた。そこで森は、

「万一の場合は、大臣、よろしくご尽力をたのみます」

と、突っ込んだ言い方をして、川島の反応を見た。

「なんとか、手を打ってみよう」

川島は自信なげに応えていた。

「では」と森と磯部が腰を上げて帰ろうとしたとき、川島は、ふたりを玄関に待たせ、

「〈雄叫《おたけび》〉という酒だ。一本あげよう。自重してやりたまえ」

と、わざわざ箱詰の銘酒を持ってきたのだった……。

「今日は忙しそうですね」

磯部は、森の机の上にある書きかけの原稿の束を見やりながら言った。

「いや、疲れて骨休みでもしようかと思っていたところだ。ちょうど君の声がした。どうだ、飲んでみるか。君が来たら、飲もうと思ってな」

そう言って微笑を浮かべた森は、磯部に、川島から土産にもらった〈雄叫〉の酒を、机の下から取り出した。

森は、真崎と川島から、磯部の言動には充分注意するよう命じられていた。川島は、林銑十郎大将の後、陸相に就任するとすぐ、危険な磯部を、革新将校たちと隔離させるべく、真崎のすすめもあって、私設私書の今井兼清を使い、海外留学させようと、西田と北に工作したが、海外から学ぶものがない、と断わられていた。

森は、その話を川島から打ち開けられ、北からきっと磯部と村中に金が流れているにちがいないと考えていた。そんな経緯を知っている森は、蹶起した場合、真崎を首班に推すよう、清浦伯爵からの上奏を、磯部から頼まれていたが、数日前にも磯部に、牧野前内大臣の所在を訊かれ、はは あ、磯部は本気でやる気だ、とピンとくるものがあった。森は、磯部を口舌の徒でなく、胆のすわった男だと感じていたからだ。

「牧野は、西園寺公と仲が悪くなっていた薩摩派の清浦を、斎藤首相のあとに推薦して断わられ、重臣会議のあり方にひどく不満であったよ」

と森が話すと、

「内大臣を辞めて、牧野は今、どこで何をしているのですか」

磯部が、相手に悟られぬように聞いた。森は磯部の下心を見逃がさない。青年将校たちが君側の奸の筆頭に牧野の名をあげているのを、東京憲兵隊の警務課長の森木五郎少佐からよく聞かされていた。その時、「よく調べておこう」と返事をしていたのだが、磯部は、今日、それを聞きにきたのだろうかと思っている。

「君たちの動きが活発になってきて、真崎御大は、ひどく心配している。あまり年寄りを困らせるものではないぞ」

森はさりげなく笑顔をつくって、磯部を見やる。

「今日は何しに来た。カネか」

「いいえ、約束していた牧野の居所が知りたくて」

「ああ、牧野か」

森はうなずき、わざと無造作に言う。

「牧野は、湯河原の伊藤屋別館にいるよ。君は見なかったか。二、三日前の人事消息欄の新聞記事に出ていたぞ」

森の目は、鋭く磯部の反応を見ている。磯部はそれを意識しながら、素知らぬ顔をしていたが、内心、躍り上がらんばかりであった。

「何を書いているのですか」

なぜ、牧野の居所を知りたいのか。理由を聞かれる前に話題をそらせ、磯部はとぼけた。

「そろそろ選挙の結果が出る。政友会の施政方針をまとめているのさ。書き終えたら、すぐ久原のところへ持っていくつもりだ」

森は口元をほころばせたが、磯部の態度に手応えを感じている。

「政友会の議席数は増えますか」

「いや、むずかしいな。粛正選挙だったからなあ。もし病気中の鈴木総裁が落選でもしたら、反鈴木派がまた内紛を引き起こすことになる」

「総裁の鈴木が、落選するのですか」

「情報によると、危ないらしい」

「久原先生は」

「先生は、まず落選することはないよ。もし落選したら、政友会はなくなるよ。政友会は久原先生の資金で維持しているからだ。何、鈴木が落選したら、うん、先生は清浦伯爵の内閣実現を図るだろう。久原先生は、まだ総選には立たんなあ。鈴木派は、もし宇垣か清浦が総理になりでもしたら、分裂させる覚悟でいるだろう。鈴木自身は、昔の親分の平沼総理の実現に動くだろうが、平沼ではかならず元老の西公や重臣の排撃をくらうだろう」

磯部は、森の政界の裏話を、感心して聞いている。

「五・一五事件が起きてから、総理も大臣も、元老や重臣たちが決めるようになってしまった。久原先生は、自分がなかなか大臣になれないのは、自分が重臣連中に睨まれているからだと思っている。元老や重臣たちを嫌うのは、君たちと同様、久原先生も同じさ。しかし、その元老や重臣に評判のよい宇垣が、政友会の総裁になり、総理の席を得ようとしても、今度は、軍部の支持を得られずに、かならず失敗するよ。宇垣が上にいると、幕僚たちは思うように動けなくなるからな。選挙の結果が出れば、その辺のことがはっきり判ってくるさ。それより相沢公判はどうなっている。私はなあ、磯部君、相沢さんの一直線に、それも白昼、堂々と正面から殺った潔さ、それに人心の虚をついている。相沢さんという人は、何かつかんでいる信念の人だな」

「相沢さんの行動は、皇道精神そのものです」

「そうか、うん。ところで先日、真崎に会ったら、近く出廷することになるかもしれん、と言っていたが……」

「御大、何か言っていましたか」

磯部は、真剣な目付きで森の顔をみつめた。森は酒の入ったコップを持ったまま、ちょっと考え込んでいる。

「将校たちが蹶起するかせんかは、法廷でのわしの発言ひとつにかかっている、と悩んでいたよ」

森は磯部の度胸をためそうと、慎重に煽ったが、磯部は森の言葉を聞き、仲間たちの心が、真崎の御大に通じていると満足した。

十四

久原房之助は、地元山口の選挙区から、芝白金の自邸に帰宅した。久原は山口の資産家の家に生まれ、親戚には大阪藤田組の藤田伝三郎がいるし、日産コンツェルンの鮎川義介は義弟である。房之助は日立の銅山を買ったあと、欧州大戦の軍需景気で大儲《もう》けをし、日立製作所や久原商事をつくった。同郷の田中義一に政治資金を献じて政界入りし、逓信大臣の椅子を得た。田中総理の死後も、日立コンツェルンからの潤沢な資金で、当選四回を果たし、政友会の反主流派の派閥を維持している。

久原は、第六十八回の帝国議会において、美濃部論争で政友会の支持がなく、そのうえ陸軍と新官僚の合作である岡田内閣の態度を不満として、内閣不信任案を出すべく計画した。内閣の総辞職より国会解散を希望する岡田総理に対して、強引に総辞職で退陣に追いこめれば、新内閣の首班人事に、自分があわよくば割り込めると読んだのである。その秘策として、青年将校が一中隊を率い、陸相の川島を、直ちに事務室に監禁すべく手を打った。岡田総理が国会解散の内閣決定の際に、陸相の署名が出来なければ、岡田は辞職をせざるを得なくなると読んだのだ。しかし、国会解散に、陸相の署名は必要がないと、あとで判り、計画は中止された。結局、政友会の不信任案は今年の一月二十二日に予定通り提出、国会を通過した後、岡田首相はすぐ国会解散を宣言し、二月二十日の総選挙を公布したのである。

選挙の争点は「虚偽の連立内閣打倒」が政友会で、「我々が求めるものは議会制か、それともファシズムか」が民政党であり、ちなみに、国民同盟は「国防外交の一元化」、昭和会は「挙国一致を破るものを葬れ」、社会大衆党は「まず国内改革を断行せよ」というスローガンだった。しかし、今回の選挙は岡田内閣を支える軍部や新官僚たちが〝選挙の粛正〟を徹底する目的を持って、腐敗する政党をより弱体化させる狙いを前面に出していた。その方法とは、買収供応の腐敗の監視に重点をおくことであった。今晩は、その結果がでる開票日である。

久原は風呂からあがると、応接間の肘掛け椅子に太り気味の体をくつろがせた。絹豆腐のように白く上気した頬はピンク色になり、金縁の眼鏡の中の目は、小さく鋭い光を放っている。洋服は内でも外でも着ることはなく、いつも羽織袴、白足袋、フェルト草履である。暖炉では薪が音をたてて燃えている。秘書が久原の前にやってきて、地元の選挙区でせり合った対立候補の票や、山條派、望月派、床次派、総裁の鈴木派など他派閥の票の動向を報告した。久原の周辺には、奇態な子分ばかりが集まっていた。津雲国利、西方利馬、親分の森恪が死んで行き場のなくなった岡本一己、田子一民、島田俊雄、藤井、木下、芳沢、津崎、長島、川村等々で、政友会の総裁は鈴木喜三郎なのだが、鈴木は名誉総裁のようなもので、事実上の総裁は久原房之助だと陰口を言う者も多かった。

久原は葉巻を吸いながら、報告にいちいちうなずき、

「そうか。今回の選挙は、買収や供応などにとくに厳しかったからなあ。あからさまの政党つぶしだ。政友会の議席数はだいぶ減るか」

と呟き、政友会の凋落《ちょうらく》後の派閥関係の新たな変動を考え、自派の党内の位置付けを確認していた。報告を終えて部屋を出た秘書が、すぐ笑顔で部屋にかけ込んできた。

「当選です。今、電話で連絡がありました」

「何票だ」

「一万九千七百九十九票、トップは二万九千四百二十一の中立系の西川真一です」

「二万票はいかんが、まあよい。新しい情報が入ったら、すぐ知らせてくれ。俺は寝室に行く」

その声は、男にしては非常にやさしい声であるが、相手次第で、鋭く強い声にも変化する余裕のある声色で、久原は不満気に言って背を向けた。そして長い廊下を通り、別棟に渡って、灯りの漏れている寝室の障子を開けた。妻の清子が、鏡台に向かって髪を梳《す》いている。

「今日はお疲れになったでしょう」

「当選したと、今、連絡があった」

久原は、内庭の見える縁側の椅子に腰掛けて、目蓋を指でつよく押しながら言った。

「よかった……お目出とうございます」

本妻の清子は、夜化粧の手を休めずに、鏡の中の久原に向かって言った。その時、椅子の向こうから、

「旦那様、亀川という方が、是非会いたいとお見えになっていますが」

女中が声をかけた。

「亀川が来た?」

久原は生あくびをした。山口から帰ったらすぐ、青年将校たちの動向を聞く約束を、亀川としていたのだが、今晩はさすがに疲れている。

「今日は駄目だ。明日にしてくれ。そう伝えてくれ」

久原は、また椅子に横たわり、目を閉じた。

「それが……」

女中は困ったような声でいった。その声に、亀川の強い意志が久原に伝わって聞こえた。

「よし判った。隣りの部屋に通してくれ」

久原は立ち上がった。

亀川は沖縄県宮古群平良町の出身で、家族は妻と五人の子供を抱え、女中一人を使っていた。家は歩三と真向かいの麻布竜土町六十七番地にあった。年は四十六歳であった。数年前、森恪の子分だった代議士の田子一民の紹介で、久原の屋敷を初めて訪れ、その時、久原と経済政策について徹底的に議論した。それ以来、月に何度か久原邸を訪れては、軍内部の消息に疎《うと》い久原に、荒木大将や柳川中将など、主に皇道派の情報を伝えていた。最近では相沢事件にもぐり込み、相沢公判に関連しての青年将校たちの意見や動向を、逐一報告していた。

久原は、陸軍新聞班発行の「国防の本義と其強化の提唱」を読んで、軍部の具体的な政党議会に対する挑戦であると実感し、もう軍部の動きは無視できないと悟って、逆に軍部を利用すべきだと、考え方を変えていた。だから、久原は、そんな亀川の行動力を信用し、これまで橋本欣五郎から得ていたのを止めてまで、亀川を、ありふれた政治浪人とは別扱いをして重宝に利用していた。亀川は、森恪の寵愛を受けていたが、森恪の死後、田子と一緒に久原の派閥に合流したのである。

「夜分、お疲れのところ、申しわけありません」

亀川は、丁重に頭を下げて挨拶した。

「今、帰ってきたところだ」

「ご当選、お目出とうございます。鈴木総裁は危ないようですね」

「鈴木か。奴は落ちるよ。最大多数の政友会総裁が総理になれずに、斎藤や岡田に盗《と》られてしまうなどと、重臣たちにさんざん馬鹿にされるから、選挙民にまで見放されるのだ。鈴木が総裁だと、政友会の恥になる」

「鈴木総裁が落選にでもなれば、政友会総裁の椅子が、今度こそ、先生にまわってくるのではありませんか」

当時、政友会の幹部とは、久原のほか、岡田邦輔、望月圭介、小川郷太郎、山本悌二郎、山本条太郎、三上忠造、鳩山一郎、前田米蔵、川村竹治、芳沢謙吉、島田俊雄、秋田清たちであった。

亀川は、玄関先で、東京第七区ですでに一万七千七百六十三の得票を得て当選している久原派参謀の津雲国利から聞いた話を、さっそく使って当選の祝いを言った。津雲は当選の挨拶に来ていたのである。

「用件は何だね？」

「じつは……家の引っ越しなどで、思いがけない金がかかりまして……」

亀川は、久原の顔色をさぐるような目付きでバツ悪げに、また頭を下げた。

「いくら必要なのだ」

「はい……五千円ほど」

久原は不機嫌に腕を組んで思案した。選挙が終わったいま、遊び金はないが、兜町には怪文書や流言蜚語が飛び交っている。それを利用して一儲けすれば、それぐらいの金ならすぐできる。軍需産業でのし上がった久原は、経済を混乱させ、変動を大きくさせ、株で儲ける乱世を好む人物であった。亀川はそれだけの情報を持って来たのかどうか。

「今はまとまった金はない。日を改めて来てくれんか」

「いつ伺えばよいでしょうか」

亀川は食いさがった。

「明日は忙しいな。明後日にしてくれ」

久原は立ったまま、亀川に背を向けかけた。

「あの、将校たちの動きがおかしいようですが……」

亀川のもったいぶった言葉に、久原は、またか、という気がしないでもない。選挙区に帰る前、亀川から「投票日が危ないかもしれぬ」と聞き、そのつもりで、軍需産業株を二十万株ほど動かしてみたが、それらしい動きがなかったのが業腹《ごうはら》だったのである。

「わかっている。歩一の中隊が、首相官邸襲撃の夜間演習をやったそうじゃないか」

久原はそう言って、部屋を出ようとした。

「今日、問題の真崎のところへ行ってきました」

亀川は、そう言えば久原の足が止まると読んだように、言葉を継いだ。はたして、久原は、亀川の話に反応らしいものを見せ、「うむ」と、聞こうという表情で、亀川に向かい合って腰を下ろした。

「奴とどんな話をした」

「はい、永田鉄山と十月事件の関係、三月事件、それに教育総監罷免の真相を、真崎大将に、公判廷で暴露するように頼みましたら、真崎は、自分もそうしたいのだが、統制派の罠が恐いので、やはり勅許を得てからやりたいと……」

「やらんか」

久原は、わずかに落胆した表情をみせた。久原はこれまで、次期政権を獲得するために、三井や三菱に接近し、民政党にも近い統制派の軍人よりも、青年将校を味方につけた皇道派軍人に人脈を得た方が得策だと考え、政府の英米追従の軟弱方針を攻撃し、国体明徴問題が起きると、岡田首相を追及して、「皇道経済、皇道経済とは」

と盛んにぶっていた。三井、三菱の既成財閥が満州に入ることを軍部が拒否したため、新興財閥の久原は、義弟の鮎川が、満州重工業株式会社の責任者として、経営をまかされたものの、資本がたらず、かといって、三井や三菱に懇請するのを潔しとせず、三井、三菱に反駁していたのがその理由である。

「真崎は我々が思っているより、胆力がない男のようですね。かつての田中義一大将とは比べものにならないでしょう」

「うむ」

「同じ皇道派でも、柳川平助中将の方が、使い道がありますよ」

「まあよい。それより、もしもの場合を考えて、相沢の公訴取り下げの段取りは、鵜沢と間違いなく打ち合わせてあるな」

久原の言う鵜沢とは、鵜沢聡明のことであり、自分の派閥に属す代議士で、西園寺公の顧問弁護士でもあり、相沢公判の特別弁護人でもあった。

「それは大丈夫です。ぬかりはありません」

「そうか、それで、さっきの話だが、将校たちの動きというのは?」

久原は、なにか新しい情報が聞けるのかと、亀川を見やった。

「彼らは、私の意見を、相沢精神を抹殺するものだと強く反対しています。ひょっとすると、思いがけないくらい近いところで、奴らは蹶起するかもしれません」

「うむ。度胸のある将校がひとりでもおれば、あるいはな」

そうは言ったが、久原は、これは本当に危ないかもしれぬ、と思った。

「それで、奴らは上層部に工作の手は打っているのか」

「………?」

「どうだ。蹶起後に、鵜沢を使って、真崎を首班に奏請するよう、西園寺公に上奏を依頼させる工作を考えたらどうだ」

久原の話を聞いて、亀川はハッとした。

「それなら、西園寺襲撃を中止させねば」

亀川は呟いた。

「何、西園寺公を殺るつもりか」

久原は唖然とした。将校たちはなんと馬鹿な考えをする。一直線ではあっても、暴走というものだ。

「それはまずい。西園寺を殺すと、陛下を敵にまわすことになるぞ。駄目だ。中止させることはできないか」

「無理です。彼らの計画に、軍人でない私が口を挟むことはできません」

久原は、国本社を通じての平沼騏一郎と真崎の関係を断ち、青年将校が支持する真崎をこちら側に引き入れたい。それには平沼と対立関係にある西園寺公を利用して、真崎を首班に上奏してもらうことだ。相沢公判で窮地に立つ真崎には、亀川を利用して接近し、青年将校の襲撃目標になっている西園寺には、鵜沢を利用して蹶起の動向を内通して恩を売り、こちら側の思惑に役立ってもらおうという計算である。

「西園寺の担当は、栗原か磯部でしょう。先生がどうしても中止させたいというのでしたら、このふたりを説得してみますが……」

亀川は、久原の顔色を読みとって言う。

「ほかに誰を殺る？　まさか、この俺は入ってないだろうな」

「岡田、牧野、斎藤……この三人は確実でしょう。重臣たちの幹部ですから」

「うむ」

「歩一の栗原が部隊の指揮をとり、村中と磯部が上部工作を担当する。……しかし彼らには、蹶起後の組閣人事などという構想はないようです。それは不純なことと考えていますから」

「不純か。そんなことで、事が彼らの思惑通りに運んでくれるかね」

「蹶起後、軍の上層部がどう動くかが、彼らの一番の関心事ですが、磯部が、真崎や川島陸相に直接に会って得た感触では、自分たちを弾圧することはまずありえない、と判断したようです。村中も、川島なら威《おど》しをかければ、かならず自分たちの思い通りに動くと考えています」

「なるほど」

「それに、磯部は最後の切り札として、歩三の安藤大尉の参加を望んでいます。安藤が動けば、あるいは秩父宮もと考えているのでしょう」

蹶起する時は連絡に来い、部隊を率いて応援に行く、と秩父宮が安藤大尉に言ったとかいう噂は、亀川の口より、久原の耳にも入っていた。

「それで、安藤は動きそうか」

「今のところはなんともいえません。しかし、秩父宮はともかく、もし安藤が動けば、歩三全部が動く可能性はでてきます」

「そうなると、どのくらいの兵力になるのだ」

「歩一と歩三と合わせれば、千四、五百名にふくらむと思います」

「五・一五事件の比ではないな」

久原は、人にめったに見せない猛禽類を思わせる鋭い目を光らせて嗤《わら》った。

「俺から鵜沢によく話しておく。そのかわり西園寺の方は、彼らの計画からはずすように努めてくれ」

亀川が帰った後、久原は動員数が千名を越えると聞き、ひどく興奮した面持ちで寝室に戻った。枕元の灯りが、清子の寝顔を柔らかく照らしていた。久原が清子の隣りにそっと体を横たえたとき、枕元の電話が鳴った。この電話番号を知っている者は少ない。受話器を取り上げた久原の耳に、

「久原さん、ひさし振りです」

と、聞き覚えのある声が聴こえてきた。

「北さん、大久保から中野に引っ越したそうですね」

久原は、北はまたどこからか得た情報を持ち込んできたのか、と思いながら挨拶した。

「五百円程度の支那浪人の身では、とてもとても、そちらほどのお屋敷にはかないませんが」

北は以前、久原から揶揄《やゆ》された言葉を使って笑った。久原と鈴木が総裁選を争った時、北は調停役として何がしかの金を久原から貰《もら》っていた。その久原に、当選したそうでと、北はお世辞を言った。久原は疲れているが、仕方なく相手になって、

「小川平吉からは、当落の連絡はありましたか？」と訊いた。

「民政党からの情報では、票の伸びがよいとの連絡が入っています。とすると、この分では政友会が大幅に減ることになる。どうも鈴木総裁が危ないと聞いていますが、久原さん、まさかあなたが根まわしを企《たくら》んでのことではないでしょうな」

久原は、統帥権干犯の表看板を武器に、議会政治の首根っ子を抑えている、長年つき合ってもどこか得体の知れぬ北の、独特な裏側の読みに耳を傾ける気になっている。

「かりに予想に反して、政友会の議席数を増やしたら、岡田は辞めるだろうか？」

「さあ、どうだろう」

「西園寺の腹ひとつだろうが、次期元老の筆頭だった牧野伸顕は、青年将校に暗殺されるのをこわがり、元老になる野心を捨ててどこかへ隠居してしまった。西園寺はもう齢で、もう辞めたいと、自分の後継者を欲しがっている。自分の次の元老に育てるつもりで、次期総理に近衛を奏上するかもしれない」

「近衛文麿か」

「西園寺は、取り巻き連中に、『自分はもう齢で体も弱

って責任もとれず、始終、政治に注目し続けるのも苦痛だ』と、愚痴をいっているそうだ」

「なるほど、誰からの情報です」

久原は感心して訊《き》いた。北はそれには答えない。北は民政党の中島から、近衛は、鈴木と久原をのけて政友会と民政党を一緒にして挙国一致内閣を狙っている、と打ち開けられていた。久原は西園寺からも、近衛からも疎まれているのだ。

「犬養が暗殺されて、次期総理が多数議席を持つ政友会総裁がなるべきなのに、斎藤実が挙げられると知った時、私が、平沼と鈴木総裁と相談のうえ、対立候補として近衛文麿を担いで動いていたのは知っていたでしょう。その時、近衛は私に、『北さん、西園寺公は自分を、五摂家の筆頭として丁重に扱ってくれ、貴族院議長から内大臣、首相、それから元老へと、私の将来へのレールを敷いてくれている。でも西公の考えの中心は、議会主義と英米本位の自由主義で、自分の考えと充分違っているので困っている。以前、私が中央公論で発表した〝英米本位の平和主義を排す〟を西公が読んで、もてる国へのもたざる国の戦争権を正当化するもので、軍部を喜ばせるばかりでなく、資源の乏しい日本にとって、その考えは非常に危険だと批判されて、どうも評判が悪いのです』と話してくれた。そして、近衛は、統制派の『陸軍パンフレット』を読んで見たが、あれはアカの思想ですね、と訴えてきた。そこで私は近衛に言ってやったよ。やっと重臣の中に、私の思想を理解できる人物が登場してきた。これから先が楽しみになったとね。近衛は、私の本を良く読むと言っていたが、あれは近衛自身のものでなく、私の思想の受け売りだよ」

「ほう」久原は、また北流のウソかまことか、自慢話がはじまったと思った。

「そこで久原さん、ただはっきり言えることは、あなたの希望する政界の動きは起こりそうにないということです。西公は、『政友会は久原一派を除けば、比較的よくなるのだが』と周囲のものに嘆いているそうだし、鈴木総裁が落選したとしても、あなたを総裁にしようと私は動くつもりはない。今のあなたの力では、政友会の内紛を、自力でまとめ上げる術がないし、かりに間違って、あなたが次期総裁の椅子に座ることが出来たとしても、西公が陛下に奏上する権利をもっている限り、あなたの総理の目はない」

「永田鉄山が、十月十一日事件で、村中と磯部をつかまえたのは、その背後にいるあなたの逮捕が、本当の狙いだと聞いていますが」

久原も負けてはいない。北の挑発にこう言い返した。

「あなたには、政友会をまとめ上げる力は、残念だがないな。かりにあったとしても、総理は元老や重臣たちの好みで決められているのは、あなたのよく知っているとおりです」

元老や重臣たちに評判の悪い久原は、北に何度も馬鹿にされて、不機嫌になってきた。

「あなたが、森恪ゆずりの一国一党論をぶったとしても、民政党からも、元老や重臣たちの援護も、軍部からの応援も得られないでしょうな」

久原は、自分が政友会を内部から解党させ、それに応じて民政党も解党させる、そして全国一党にまとめて軍部内閣に協力しよう、それには皇道派の軍人がよい、と以前から、この一国一党論をぶっていた。久原のその真の狙いは、政党解散から入閣の入選まで、自分が主導権をとって、政界に君臨することにあった。十月事件では、北の方は荒木内閣の法相に推薦されていた。その、北は自分に何が言いたいのだろうか。

「北先生、真崎大将は総理になれますか」

久原は、真崎の名を口にして斬り返す。

北の高笑いが、受話器の向こうから響いてくる。図星だ、と久原は思った。北は先手をとったということか。

「真崎が近く証人喚問に出廷するのはご存知でしょう」

笑いやめた北が訊いた。

「お宅の目明しの亀川君とかが、将校たちの動きについて何か言ってなかったですか」

「いや、別に……」

「……………?」

久原には、北が考え込んでいるように思えた。

「そのうち、あなたが総裁になるのに都合のよい情報が入ったら、そちらに送りましょう」

北は笑ってそう言うと、電話を切った。

久原は北が、なぜ金銭の話のまったくない電話をかけてきたのか考えている。亀川が言ったように、何かが動き出しているのは確実なようだ。自分はすでに真崎には手を打ったのに、北はいまのところまだ気づいてはいないようだ。亀川は思いのほか、よく動き回っているな。亀川からの情報の方が、西田から北への情報より早くて確かなようだ。久原はそう考えて満足すると、夜具を引き上げた。

十五

四谷見附からちょっと奥まった荒木町の静かな一角に、

「春元」という、粋な料亭があった。その門の前に、黒塗りの乗用車が一台、ゆっくり停まった。中から支那服姿の北が下りてきた。案内の仲居は仄暗い廊下を何回も曲がり、奥深い場所にあるいつもの部屋の前に、北を案内して膝をつき、襖に手をかけた。襖が開くと、部屋の中からこちらを向く、髪をはやした西田の待ちくたびれた表情を見た北は、うなずいてから部屋に入った。

「今日、山口に会ってきました」

上座にすわった北が背筋をのばすと、西田はさっそく言った。

「ちょっと待ってくれ」

北は、趣味の煙草を一服吸った。

「山口は何といっていた」

北は意気込む西田に、間合いをとってから話すようにうながした。

「山口は風邪で休んでいました。そこで電話を切って、山口の家に飛んで行き、すぐに柳川の異動の件をお願いすると、山口は電話で本庄に相談してくれました」

「うむ」

「昨年十二月の定期異動で、軍事参議官と師団長級の大異動があった関係で、今回の人事異動は、大将や中将級の異動はないそうです」

「というと、旅団長や連隊長級に相当する範囲の異動だけか」

「ええ、それに歩一と歩三の異動は、相沢公判の最中のため、今回は特別に行なわないとのことです」

「やはり、柳川中将を台湾から東京に呼び戻すのはむずかしいか」

北は、第一師団の満州派遣を中止させたり、延期させたりすることが、簡単に出来るとは思っていないが、それを駄目だったと言って気落ちしている西田を見やって、内心では笑っていた。

「そう落胆するな。まあ飲め」

北は、杯を西田の口先に突き出すと、西田はうわの空でその杯をうけた。西田は、磯部たちの蹶起を中止させる手だてはほかになにかないかと考えて悲観している。それならば西田にとって、蹶起すべき機の熟した時とは、一体どのような時であり、そしてその時はいつ来ると考えているのだろうか。相沢公判を通しての皇道精神やら国家革新やらの訴えなのか。

「万が一、彼らが蹶起したら、山口は私に、本庄大将を通じて、天皇への上奏を図《はか》ってみると約束しました」

「そうか」

「山口と会ったあと、その足で小笠原中将の家に行きました。小笠原閣下は、将校が蹶起した場合、陸軍の現状を収拾するには、誰が一番かと訊かれましたので、私は真崎大将か、柳川中将が適任であると答えました」

そうか、西田は小笠原を通じて、海軍側から軍令部長の伏見宮殿下より、天皇への働きかけを期待しているのだろう。やるがよい。だが、事が起きた場合、事態収拾に奔走しなければならないのは、部隊を率いての蹶起に直面した軍上層部の連中たちだろう。彼らをして右往左往せしめよだ。俺は高見の見物だな。真の主役は俺だ。俺がここにおるのを忘れてくれるなよ。北は、そう思っていた。

「先生、彼らの一挙に成算ありとお考えになりますか」

西田は北の顔をじっとみつめて、返事を待った。

ロンドン軍縮条約の締結問題で、帝国議会が紛糾した際、時の浜口内閣は、この決定権は、軍部にあるのか、議会にあるのか大いに迷い、美濃部博士に憲法上の解釈を依頼した。天皇機関説の論者の美濃部は、「海軍軍縮は政治問題である。だから、軍令部の意志に左右される必要はない」と返答し、迷いを断った浜口総理は、紛糾する議会の正常な回復をうながすために、博士の意見の採用を決意し、即座に調印に踏み切った。政府と軍部のいい争いの最中に北は、帝国憲法の第十二条を楯にとって「統帥権干犯」なる一語をひねり出し、内閣組織は天皇大権にもとづいてのものであって、本来、議会政治はわが国体とは相容れないのだと、政府攻撃の矢を放ったのだ。

北の造語した「統帥権干犯」の一語で、政治家たちは皆、金縛りにあったように身動きが出来なくなった。民政党の永井柳太郎は、「これは内閣の一大事だ」とばかり、北邸に馳せ参じ、「統帥権干犯の看板を下ろしてくれ。少なくとも不敬攻撃の矢表に立たせないでくれ」と懇望を繰り返したりした。そのとき北は笑って、

「俺のすることは、少しあくどすぎるかもしれん。しかし、軍縮で職を失った将校たちの身になってみてくれ。こんなことをしていると、大変なことになるぞ」

と答えていた。北は、日本が欧米列強に馬鹿にされている。それもこれも、統帥権をもつ天皇がだらしがないからだ、と天皇に喝を入れるつもりで、思いついた言葉である。北の法案の主体は、作成した当初は裕仁であったが、西田が秩父宮に親しいのを利用し、裕仁から秩父宮に替え、もし日本に外国の侵略の危機が迫ったら、裕仁を暗殺してでも、秩父宮を天皇にさせ、侵略者を追い出し、法案を実現させたい、というものだった。

西田は、「統帥権干犯」という一語は、北が天皇の立

場に代わって考えなければ、絶対に生まれない発想だと思った。西田にとって、北は瞠目すべき時勢の洞察者であり、予言者でもあった。だから、北の言葉を片唾をのんで待った。

「成功すると彼らが自分で決めて起つ以上、私は何も言うことは出来ない。ただ傍観するほかあるまい。しかし、君が座視するに忍びないと考えるのであれば、側面から援助すればよい。私にできることは、彼らの意志が無駄にならぬよう、ただひたすらお祈りするばかりだ」

西田は、心強い具体的な指示を期待したが、アテがはずれたと思い、力なく眼前の料理に箸を動かした。

「今日、村中君がきたよ。兵を動かすのが統帥権の干犯になるかどうか、私に判断を求めてきた」

「それで、先生は？」

「うん。仏にお伺いを立てると、兵馬大権ノ干犯者ヲ討ツハ大義名分自ヅト明カナリ、他ハ枝葉末節ニ過ギズ、とお告げに出た」

北は、さらりと言ってのけた。一日中歩き回って疲れた西田は、酔うのが早い。

「今日は疲れました。では、これで」

西田は腰を上げげた。

北はゆっくり、西田の後から玄関まで送って出た。

「ところで、安藤はどうした？」

靴を履き終えて立ち上がった西田は、今日は安藤に会っていない、と答えた。安藤が参加すれば秩父宮が、と言いかけて、西田はなぜか、その後の言葉をのみ込んだ。

秩父宮殿下が、

「改造法案を兄の裕仁に見せて、軍人が共産主義化するのを、この法案が阻止してくれたと訴えると、兄は、自分には伊藤が作った帝国憲法がある、と叱った」

と北に話したときの秩父宮の顔の表情を、西田は思い浮かべた。北も秩父宮から、その言葉を聞いたとき初めて悟ったのだ。法案の主体は裕仁でなく秩父宮であると。だから日本が風雲急を告げ、存亡の危機には、きっと日本国家は学者肌の裕仁より秩父宮を必要とする秋《とき》がくる。その時、自分は秩父宮を擁立して生命を掛けようと心に決めていたのだ。だが、今がそんな秋だと思えない。まだ秩父宮を必要とする時代ではないのだ。だから北は、この蹶起を、とりあえず、傍観することに決めたのである。しかし西田は、天皇が彼らの蹶起を知ると、どう考え、どういう態度にでるのか、どうしても判らず、何か不安で、安心できる強力なものに縋《すが》りたいと思った。

「上部工作は慎重にな」

北は、ふらつく西田に念を押すように言うと、真崎はいま、一体、何を考えているか、一度、直接、さぐりを入れてみるかと考えた。

「俺は、ここで人に会う約束がある」

北は、玄関を出て行く西田に声をかけると、またもとの部屋に戻り、酒を飲み直しながら、平沼の来るのを待った。

元検事総長であった平沼は、シーメンス事件で十万円を収賄した海軍大将の斎藤実の事実をもみ消し、身の栄達をはかってきた。平沼は山本権兵衛と斎藤実海軍大臣の収賄容疑について、「疑うべき証拠はない」といって山本を助けたので、その恩を感じていた山本は、平沼を第二次山本内閣の司法大臣として、停年で引退しないうちに政治家に転身させてやったのである。しかし、枢密院議長の椅子がほしい平沼は、西園寺公に邪魔をされ、その腹いせに、帝人事件を仕掛けて、西園寺の息のかかった斎藤内閣にゆさぶりを掛け、次期首班の椅子を狙ったのである。

「俺は、重臣たちの悪徳はよく知っておる」

平沼はそう言っては、重臣たちをふるえ上がらせていた。北はかつての敵で、大逆事件の時、司法省民刑局長として、この事件を手がけ、中心的な役割を果たした、平沼が語る、重臣や側近たちの暴露話を聞くのが好きだった。今晩は誰の悪事の裏話を、聞かせてくれるのか、北はそう思うと、もう心がワクワクしてくるのだった。

十六

森の家を出た磯部は、世田谷上馬にある安藤の家に向かった。外はもう暗く冷たい風が、ワサワサと樹々の枝を揺さぶっている。酒をしこたま飲んだ磯部は、外套の襟を立てて道を急いだ。安藤の説得成功で、蹶起の段取りは終了する。決断するまで、誰だって迷うものだ。まして安藤は輪をかけて慎重な男だ。この俺でさえ、どれほど悩み抜いたことか。磯部の目には、あの竜土軒で、「俺たちが部隊を動かすのだ。これは統帥権の問題だ。兵を持たない身軽な貴様らには、難問を抱えたこの俺の苦しみは判るまい」そう訴えた安藤の苦渋に歪んだ顔の表情が、まざまざとよみがえるのだ。

しかし、安藤がウンと言ってくれれば、歩三全部が動員できる。そのうえ、秩父宮殿下も味方にできるのだ。磯部はもうそう考えるだけで、心臓は高鳴るのだった。

磯部は最初、ごく内輪の仲間たちだけでやるつもりで、安藤の参加は、それほど希望していたわけではなかった。ところが、急にここにきて、栗原と中橋が、自分の中隊の使用に次々に同意してくれた。栗原の歩一と中橋の近歩三の部隊の動員が、急に具体化してきたのだ。さらに今日になって、今週から歩一の週番司令になる山口大尉の黙認を取りつけることも出来た。そのうえ、牧野伸顕の居場所もわかったのだ。蹶起日もすでに今週中と決まった。それも安藤の週番司令中ではないか。時機逸すべからず。この時こそ強引に安藤を説得する最大のチャンスではないか。俺が心をこめて説得すれば、安藤はかならず参加してくれるはずだ。

磯部ははやる心を抑えて、安藤の家の軒灯に照らされた玄関の前に立った。時計をのぞくと、針はすでに十時を回っていた。

「やっぱり来たか」

玄関の硝子戸を開けた安藤は、軒灯の下に立っている磯部を見て言った。

「遅くにすまない」

磯部はそう言ったが、その顔はちっともすまなそうな顔付きではない。

「何、かまわん。今晩はひとりか」

「ああ、村中は途中で別れた。今、村中は北先生の家だ。今晩は俺ひとりだよ」

磯部はさっさと靴を脱ぎ、安藤よりさきにあがり込む。安藤はまた磯部と議論かと思いながら、磯部を茶の間に通した。隣りの部屋では、妻の房子が子供を寝かせたあと、安藤の週番司令期間中の下着を用意していた。安藤は、隣りの房子に、磯部が来たことを知らせ、熱い茶を持ってくるように命じた。

「今夜は是非にも、貴様を説得しようとやってきた。覚悟してくれ」

磯部は炬燵に足を入れると、すぐに切り出した。これまでの安藤の考えは、相沢公判で重臣層、政財界、軍閥の腐敗を世人に知らせ、騒然とした中で、機を見て実力行使に出るというものであった。

「食事は？」

「森伝の家で食ってきた。その森が、牧野は湯河原の伊藤屋別館にいると教えてくれたよ」

磯部は、単刀直入に襲撃話の核心にふれてくる。

「そうか、よくわかったな」

「さっそく、渋川に偵察にいくように頼むつもりだ」

「渋川さんにか」

「そうだ」

「渋川は、明日の公判で忙しくないのか」

「あんなもの、アテにはできん」

磯部は吐き捨てるように言った。

「渋川を参加させるのか」

安藤は、民間人は誰も参加させないと聞いていたので、驚いたように磯部の顔を見つめた。

「そのつもりだ」

「西田さんは、承知か」

「まだ相談してないが、渋川自身はその気でいる」

「うむ」安藤は、心を支えている突っかい棒が、ひとつひとつはずされていく感じがして、なんとか磯部のペースに巻き込まれないようにふん張っていた。だが、すでに反対しているのが自分だけだと思い知らされ、今おかれている立場がどうにも居ごこちが悪くなってきた。

「奸賊の筆頭の牧野は、河野大尉が担当する」

革命とは暗殺をもって始まると、日頃から断言する磯部は、きっぱりと言った。「俺は議論ばかりに熱心で、実行力がなく、胆のない人間は嫌いだ」と、磯部はよく言っていた。

障子が開いた。房子がお茶を持って入ってきた。

「お食事は」

房子は磯部に訊く。

「よそで食べて来たそうだ。房子は先に休んでなさい」

安藤は磯部の代わりに答えた。ふたりの様子から、房子は大切な話をしているにちがいないと判断し、磯部に丁寧に会釈して、静かに部屋を引き上げていった。

「なあ、安藤。貴様がなぜ参加を渋るのか、ここへ来るまでずっと考えつづけてきた」

「…………」

「俺たちは、兵を私に用いるのではない。尊皇討奸の義軍だ。蹶起は、かならずや大御心に添う行為だと、俺は信じている」

安藤は、磯部の言わんとすることはよく判っている。磯部は衆をたのんで事を行なおうとする人間ではない。相沢中佐のように、単独で決行して、その行動が充分に有効だと考えれば、彼はなんの躊躇もなくそうするであろう。

捨石主義の磯部は、相沢中佐に誰よりもはげしく共感しながら、今、その熱情を軍隊を動かしての蹶起に注いでいるのである。

「自分が本当に天皇を信じていれば、当然、行動に移さなければならんのだ。これは自己再確認の行動なのだ。そうではないか、なあ安藤」

「待ってくれ。ちょっと声を小さくしてくれ」

安藤は、何も知らない房子に気を遣《つか》った。

「すまん、安藤。俺が吉田松陰が好きなのを知ってるな。その松陰が、こんなことを言っている。『相手側の状況や周囲の情勢ではなく、己が充実し、今ならやれると思った時、その時が時機だ』と。俺もそう思うよ。俺は気持ちが落ち着くまで雑多な人とつまらん雑談をさけ、妄念の断離につとめたのだ。すっきりと透き通った心をもって毎朝早く起き、明治神宮に参拝することと、北先生の『国体論』の精読と浄書を日課としてきたのだ。そうしている間に、俺の腹の中に、何物か堅い決意の中心が出来て、それがだんだん脹らんで、不動の確信に変わったのだ。今の俺にはなんの躊躇もない。なあ安藤、俺たちと共に起《た》ってくれ」

安藤は以前、鈴木貫太郎侍従長を訪問した時のことを磯部に話した。安藤はその時、侍従長に、東北を中心とする農村の疲弊を訥々と語り、兵たちが後顧の憂いなく国防枢要の地である満州に赴くために国内改革を訴えたのである。安藤の話をじっと聞いていた鈴木侍従長は、

「君たちのような若い将校を、そこまで思いつめさせた現在の政治に、確かに重大な欠陥があることは認めよう。その責任は、今の政治家にあるのであって、我々軍人にあるのではない。しかし、軍人は政治の問題にかかわってはいかんのだ。ところでさきほどの話だが、いやしくも戦場において、後顧の憂いがあって戦えないという兵に君たちが教育しているならば、その国が滅びてもやむをえないな」

と安藤に諭《さと》すように言ったのだった。あとで安藤は、侍従長夫人が幼年時の秩父宮の教育係であったのを知らされて、侍従長に対して、特別に敬愛の念と親しみを持ったのである。そんな話を安藤が磯部に話すと、

「しかし安藤、高名な人物を暗殺するのは、惰眠をむさぼる日本を目覚めさせ、諸々の危険を自覚させるために、絶対に必要なことなのだ」

磯部は、安藤のそんな思いに釘を刺した。安藤と磯部は、夜も更《ふ》けるのも忘れて、長い間、話し込んだ。心の底の部分では、蹶起をするか、しないか、ふたりは綱引きをしているのだ。やがて話題がなくなってくると、磯部は思い出したように言った。

「今日、山口の家に行ってきた。ワン太の奴、風邪で寝込んでなあ。村中とふたりで見舞いにいってきたよ」

「風邪か？」

「うん。そのワン太がなあ、俺たちの兵が出動するのを黙認してくれる、と約束してくれたよ」

安藤は、兵を使用する覚悟を決めた仲間の動きに胸を衝かれた。

「歩一だけだと成否は五分五分だが、歩三の貴様が参加してくれれば、勝利はまず九分九厘、こちらのものだ」

磯部は、安藤が加われば、歩三の部隊を背景に宮城占拠を考えている。安藤は、磯部が山口と同様に歩三の出動も黙認してくれと、遠回しに言っているのかと、ちらっと考えたが、磯部にはそんな考えは毛頭なかった。

「いや、じつはなあ安藤、今、蹶起しなければ仲間の同志的結束が崩れやしないかと、そんなことも心配しているのだ。俺らしくもないぞ、と言われそうだが、貴様も知ってのとおり、第一師団の満州派遣は目前だし、栗原や河野に転勤の噂も出てきているのだ。そこで今、貴様と山口の週番司令になるこの一週間が、俺たちにとって、千載一遇の好機なのだ。この秋を逸したら、これまでせっかく固めてきた決意に迷いが生じる者も出てこないとも限らんのだが」

いつもの意気込んだ調子とはちがって、しんみりとした口調が、安藤の心を揺さぶった。

「村中は、相沢公判も状況が不利になってきそうだと不安がっているし、そうなったら中央の幕僚どもが俺たちを、今度こそかならず徹底的に弾圧してくるだろう。安藤、俺はなあ、起つべき時機を逸して、志を同じくする仲間を失うに忍びないのだ」

磯部は、安藤と顔を見合わせた。

「俺はかならずやるつもりだが、蹶起の成否は、貴様の参加ひとつにかかっている。なあ決意してくれ。貴様は決して仲間たちを見殺しにはすまい」

ふたりの間に長い沈黙がつづいた。安藤の耳には、柱時計の振子の音がせかせるように強く響いている。安藤は沈黙の重みに耐え切れない。いつまでも磯部の気を引いては悪いと考え、組んでいた腕をはずし、ホッと息を吐いて肩の力を抜いた。そして、安藤の方から折れて、

「磯部、俺は疲れたよ。すまんが、あと一晩考えさせてくれ」

と言った。磯部は安藤の言葉から、少なからず手応えを感じとり、うなずいてゆっくり腰を上げた。

「明日の晩、栗原の家でみんなが集まるんだ」

「竜土軒ではないのか」

「憲兵たちの目が厳しくなったので、栗原の家の方が安全だと判断したんだ」

「そうなのか」

「そこで、いよいよ蹶起日を決めるつもりだ。出席者には傍観者は誰もいないぞ。みんな蹶起の中心になる者たちだ。俺たちがA会合と呼んでいる。貴様も参加させたいよ」

「…………」

「その前に、もう一度会おう」

安藤は炬燵から出ず、立ち上がった磯部を目で見送った。

「奥さん、遅くまで申しわけありません」

磯部は、いつのまにか起きて来た房子から、玄関で靴ベラを受け取ってから言った。

「いいえ、大切なご相談だったのでしょう。主人は、満州の派遣準備で毎晩遅いのです。今晩なんて、まだ序ノ口です」

何も知らない房子の笑顔だった。

「奥さん、明日、また来ます」

磯部は手袋をした手で、割烹着姿の房子に敬礼すると、外套の襟を立てて帰っていった。

「いつも元気のよい人ですね」

房子は玄関の硝子戸の錠をかけ、茶の間に戻ると、まだ炬燵に座っていた安藤に言った。

「あいつはエライよ。俺と違って胆がすわっている。ああして日本の将来を心配し、夜遅くまで走り回っている。決して誰にでも出来ることではない。奴を思うと、自分が恥ずかしくなってくる」

安藤はそう房子に言い、それから隣りの寝室に寝ている子供の寝顔をのぞき込む。長男の輝雄と生まれたばかりの日出雄は、自分を頼り切って、ひたすら寝息をたてている。

「まだお寝《やす》みにはならないのですか」

房子は、炬燵の上を片付けながら言った。

「もうしばらく起きていたい。明日はふじ枝の病院に寄るので、下着の用意をたのむ」

安藤は炬燵を出て、自分の部屋に入る。机に正座して抽出《ひきだし》から封筒を取り出した。それは、イギリスに留学していた秩父宮殿下からもらった十通の手紙であった。安藤は、それを机の上に拡げてゆっくり読み始めた。

十七

安藤はさすがに眠れない。何度も起きては便所に向かった。三回目に通ったとき、玄関の硝子戸に人影があるのに気がついた。

「磯部だ」

見覚えある帽子の輪郭で磯部とすぐ判った。

「この寒いのに、徹夜するつもりだろうか」

てっきり家へ帰ったものと考えていた安藤は、磯部の執念を感じた。

「よし、根くらべだ」

安藤は、磯部を家に入れずに彼と対決する決心をした。

安藤と磯部は真冬の深夜に、無言の中で本当の綱引きを始めていた。夜はしんしんと更けていくが、磯部の影は、ついに硝子戸から消えることはなかった。

小さな庭に面した縁側に、冬の朝日が射して明るい。房子は下の子の日出雄を抱きかかえて、暖かい縁側にきた。日出雄は手足をバタバタさせて、光の中で無心に声を出して喜んでいる。下に降ろすと、房子はむき出しの両足を伸ばし、ふくらはぎを何度もさする。商家の娘であった房子は、まだ軍人の生活に馴染《なじ》めないところがあったが、今日までただひたすら、安藤を信じて従順についてきた。

「満州は、ここから遠いのでしょう」

食事をすませた安藤が縁側にやってきて、指先で白く盛り上がった頬をつつくのを見ながら、房子は言った。

「なに、三日もあれば行けるところさ」

「でも、二年間は戻れないのでしょう」

「休暇をとれば、いつでも戻れるさ」

房子がおむつを替え終えると、安藤は愛児を両腕で高くかかえ上げた。日出雄は澄んだ高い声で笑った。

「一度ぐらいは、この子の顔を見に戻って下さいな。ねえ、日出雄ちゃん」

房子は小さな頬に頬ずりをした。玄関の方で声がする。安藤は、磯部の心意気に報いようと、すでに覚悟を決めていた。

「ずいぶん早いな」

安藤は、昨夜のままの服装の磯部を見た。

「飛んできたよ」

磯部は笑って言った。

「磯部、俺はやる。安心してくれ。俺はやるよ。約束するよ」

安藤は房子がいる縁側の方を気にしながら、抑えた声で言った。

「ありがとう」

「ただし、条件がある。秩父宮殿下には絶対に連絡しないと約束してくれ」

「…………」

「殿下がどう行動されるかは、殿下の意志にまかせてほしいのだ」

「わかった。君の言うとおりにしよう」

磯部は大きくうなずいた。そして、安藤を玄関の外に連れ出すと、安藤の腕を摑んで、何度も「ありがとう。ありがとう」と繰り返した。その日に涙がにじみ、唇がこきざみに震えていた。

「これで成功は間違いなしだ。今夜、栗原の家で蹶起日を決めるが、そのとき君の参加をみんなに報告しよう。みんな感激するな」

「歩三は、これから野中と段取りを組まねばならぬが、今から間に合うか」

安藤は、決断が遅れ、みんなに迷惑をかけたかと心配して訊いた。

「大丈夫だ。明日、貴様の週番司令室で、歩三の分を練ろう。それまで、野中とよく打ち合わせておいてくれ」

「磯部、ちょっと上がっていかんか」

安藤は、徹夜した磯部を労《いたわ》るつもりで言った。

「これから渋川に会う。湯河原にいる牧野の偵察に行ってもらわなければ、間に合わないのだ」

磯部は、安藤の参加を一刻も早く、仲間たちに知らせたかった。

「では頼む」

そう言って帰っていく磯部の後ろ姿には、徹夜した疲れなど微塵もなく、活気が満ち溢れて見えた。

安藤は磯部を見送った後、軍服に着替えようとして、まだ縁側で日出雄をあやしている房子を呼んだ。長男の輝雄が目をこすり、のそのそ起きてきて、日出雄の顔をのぞき込んでいる。

「はい、これをふじ枝さんにお願いします」

房子は返事をすると、日出雄をあやしながら、隣りの部屋から昨夜用意した包みを持ってきた。

「うん、今日から一週間は戻れない。自分の下着は、毎日当番兵に持たせる」

安藤は房子から風呂敷包みを受け取った。妹のふじ枝の病状は、あまりかんばしくはなかった。ふじ枝は安藤家と親戚筋にあたる日本画家落合朗風に師事し、秋の青竜展に出品する椿の日本画を制作中であった。秩父宮殿下が妹の絵の才能を惜しんでくれて、このまま病院に埋もれさせてはもったいないと仰せいただいたが……。

週番司令の安藤は、房子に当分会えなくなる、何か気のきいた言葉をかけたいと思いながら、玄関で長靴を履いた。輝雄は、膝をついた房子に寄り添って立っている。言葉がなかなか浮かんでこない。安藤は言葉が思いつかないままで立ち上がると、日出雄を抱いている房子に敬礼した。目と目が合った。輝雄は安藤の顔を見上げている。房子は安藤の目が、いつもと違って何かを訴えているように感じた。安藤は房子の目が問いかける色を浮かべたのに、ちょっと狼狽した。

「行ってくる。あとを頼む」

安藤は、風呂敷包みをかかえたまま玄関の硝子戸を開けた。房子は日出雄に頬をすり寄せながら、安藤の見せた表情の意味を考えていた。

十八

西田は受話器を置いた。

「安藤が参加を決意した」と言った磯部の弾《はず》んだ言葉が、まだ大丈夫だという余地を残していた西田に、重い一撃を加えた。立っている両足が萎《な》えた。ついに最後の砦が陥ちたか……。西田は安藤の心境を、痛々しく思いやった。とうとう磯部が導火線に点火したのだ。火はパチパチ音を発して、ひたすら蹶起に向かって疾《はし》り始めた。

西田はあわただしく、全国に散っている仲間たちの顔を思い浮かべた。羅南の大蔵栄一大尉、鹿児島の菅波三郎大尉、和歌山の大岸頼好大尉、青森の末松太平大尉、善通寺の小川三郎大尉たちである。今すぐに彼らに連絡し、全国同時蹶起を図ってみようかと、西田はあせった。革新将校たちにとって大岸、菅波、大蔵、末松らが蹶起した時こそ、全国の革新青年将校の最後の決戦であって、この機会が到来するまで自重するのが、西田を中心とする有力将校の合言葉だったからである。

しかし、今からでは彼らと賛否を説う時間がない。起つなら、どうして北先生や自分を参画させ、全国の同志たちと連携して、蹶起の時機を決めなかったのだ。

西田は、すぐに歩一の山口に電話をした。

「なにい、安藤が決意したって」

驚愕した山口の声が、西田の耳朶《じだ》を打った。

「連中は間違いなく、俺の週番司令期間中に起つ気だ」

昨日見舞に来た村中と磯部の顔を思い出した山口は、そう呟くと、急に足が震えだした。安藤と俺は今週から週番司令になる。だとすると、歩一ばかりでなく歩三も、完全に彼らの手の内になる。どうしようか。山口は茫然として受話器をおいた。やっと我に返ると、部屋を出て確認のために機関銃隊の栗原中尉の部屋の戸を開けた。

「別格、どうしたのですか」

栗原は、あわてて入ってきた山口を見て、椅子から立ち上がった。

「おい栗原、安藤が参加するって本当か」

栗原は、山口のあわてている理由がわかると、笑って言った。

「さっき、磯部から連絡がありました。別格、いよいよ維新到来です」

「歩一と歩三の合同か」

「もちろんです」

「どのくらい兵を連れ出すつもりだ」

「それより別格、黙認の件、磯部から聞きました。俺からもよろしくお願い致します」

栗原は最敬礼をする。自分の知らないところで、着々と蹶起準備が始まっている。山口は、加速度を増すその圧力にめまいを感じた。

「わかった。わかった」

山口は重い足取りで自分の部屋に戻った。どっかりと椅子に座り、襟のホックを外して大きく溜息をついた。

十九

竜土軒で昼食をすませた亀川哲也は、楊枝を噛みながら、第一師団司令部内にある公判廷に戻ってきた。公判廷のにわか造りの控室は簡単なもので、中はそれほど広くはない。椅子と机が並べられてあり、事件関係者があちこち三々五々と固まっては雑談している。弁護人の鵜沢聡明博士と特別弁護人の陸大教官満井佐吉中佐が、仙台輪王寺の福定無外和尚と談笑している姿が、亀川の目に入った。亀川は三人に近づいて声をかけた。満井は振り向いて亀川と認めると、自分の傍《かたわ》らの空席に座るように手招きした。

「私たちは、これから真崎大将を証人に申請するつもりだが、君は昨日、真崎に会ったのだろう。どんな様子だった？」

満井は亀川が椅子に座ると、さっそく訊いた。鵜沢も、亀川の返事を期待して待った。

「出廷はするが、勅許がなければ、暴露発言はしない、と言っていました」

「やはりそうか。それで勅許は申請するつもりなのか」

「申請はするが、いつ許可されるかわからぬと、真崎は慎重な態度でした」

「そうか、期待が出来ぬか」

満井は無念そうに舌打ちした。鵜沢と和尚は、顔を見合わせた。

「いつもの連中の顔が見えないが」

亀川は、西田や渋川の顔をさがした。いつもなら、満井が渡す午前中の公判記録を写しとっているはずの渋川が、今日はどこにもいないのだ。

「なに、そのうちに姿を見せるよ」

満井は、亀川に公判記録を渡しながら言った。

午後の開廷の時間が迫っている。人びとが控室を出始めた。

「来ないなあ。あれだけ熱心だったのに……。奴らは何か企《たくら》んでいる。危機が切迫している気がする」

亀川は入口を睨んで言う。

「馬鹿な、無茶をすると、せっかく盛り上げてきた裁判がぶち壊しになってしまうぞ」

満井は初公判が始まる以前から、青年将校たちの動きに危惧を感じていた。だからこそ法廷において、自分は爆弾を抱いて、この公判に臨んでいると陳述していたのである。それは、軍上層部への揺さぶりであると同時に、正直な彼自身の不安の現われでもあった。だから満井は、鵜沢と相談しては、自宅に歩一の香田大尉や村中や渋川たちを呼び、彼らの仲間たちに連絡を頼んでは、軽挙妄動を戒めてきたのである。

「さあ、行こう」

鵜沢は開廷のベルに誘われて立ち上がり、机の上の公判資料を抱え込むと、満井をうながした。亀川は、鵜沢と一緒に控室を出ていく満井中佐に会釈を交わしながら、それでもなおも気になり、

「やはりおかしい。きっと何か企んでいる……」

と、姿を見せない西田の行く先を考えている。

「よし」亀川はやっと椅子から立ち上がると、入口にある電話の受話器を握って、西田の家にかけた。電話口に西田が出ずに妻の初子が出た。西田はいるかと訊くと、初子は、西田は今朝早く、磯部の電話で、あわてて出かけたと告げた。亀川は初子の話から、西田にやっぱり何かあったと思った。今日は真崎大将の証人申請の重要な日であるというのに、西田はここに姿を見せずに、いったいどこへ、何をしに行っているのだ。そうか、歩一の山口のところか。亀川は、今度は歩一の電話番号を告げた。

「亀川さんか」

「私だ」

亀川は、山口から何かを探り出そうと、注意深く言葉を選んで話そうとする。

「西田が来ないのだが……。西田の行く先に心当たりはないか……」

「……安藤が折れたらしい」

山口はつい口を滑らせた。

「安藤が、か」

そうか、そうだったのか。西田が来なかった理由は、これだったのか。

「西田から聞いたのか」

亀川がせき込んで訊く。

「うん。それで、すぐに栗原に確認をとった」

「間違いはないのだな」

「確かだ。栗原によろしく、と念を押されてしまった」

「よろしくだって。まさか君も参加するのじゃないだろうな」

「いや、中止させたいのだ」

「それを聞き、安心した。それで、誰が安藤を説得したのだ」

「西田は、磯部だと言っていた」

「やっぱり磯部か……うむ……。それで君は、これからどうするつもりだ」

「なんとか中止させたいが、もう運命だとあきらめている。西田とも話し合ったのだが、結局、彼らの行為が無駄にならぬよう、上部工作をしてやることにした。今の俺にはそれしかできない」

「君に、あてがあるのか」

亀川は、自分の入れるスキをうかがっている。

「具体化してないが、考えてはいる」

山口は、警戒するように言葉を濁した。

「西園寺を殺るつもりか」

久原と約束した亀川は、あせっている。受話器を握った手が、汗ばんできた。

「その件で磯部が、豊橋の教導学校へ出向いたらしい」

「豊橋？」

「うん。豊橋の誰かが、西園寺を殺るらしい。磯部の同期がいるのだろうか？」

山口は言った。磯部は確か、興津の坐魚荘の見取図を持っていたのを思い出した。自分に見取図をチラッと見せた時の、得意気な磯部の顔が目に浮かんだ。

「山口、西園寺を中止させる方法はないのか」

「中止させたいのか？」

「なんとしても」

「そいつは無理だ。彼らの計画に口出しはできん。ヘタをすれば殺されかねないぞ。なぜ、そんなことを訊くのです」

亀川は山口に訊かれ、こちらの思惑を知られぬように、用心深く声をひそめた。

「彼らは安藤の参加で、天皇への工作に秩父宮の上奏を考えていると思うが、秩父宮より元老の西園寺の方が、説得力があると思わないか？」

「………」

山口は、亀川が急に何をいい出すのか、いぶかしがった。あるいは、亀川の裏にいる久原の入れ知恵かとも思った。政治家の強引に割り込んでくるその嗅覚の鋭さに驚いた。

「あなたがどうしても中止させたいのなら、磯部を説得すれば、あるいは何とかなるかもしれない」

「よく判った。磯部に会いたい」

亀川は食いついて離さない。さすがである。

「なかなかつかまらんよ。それより、西田さんに会ったらどうです。安藤が参加となれば、彼らに対する西田の発言力は強くなるはずだ」

山口が西田に相談しろと言ったとき、亀川は、ムラムラと西田への対抗的な感情が沸いてきた。今まで情報は、西田より自分の方が多く握っていると自惚《うぬぼ》れていた。将校たちを料亭に誘っては、相沢公判をいいことに、彼らから蹶起の情報を聞き出してきたのである。しかし、ここに来て、情報を提供してきた栗原が、どこからかスポンサーを得たのか、自分に対して妙によそよそしくなっていた。本来なら栗原の方から、安藤の参加を通報してきてもよいはずなのだが。

それにしても、もしも山口が知らせてくれなかったら……。亀川はそう考えると、もう面子を捨てても、情報をつかんでおかなければ、バスに乗りおくれてしまうと悟った。

亀川は受話器を置いて部屋を見回した。誰もいないのでホッとした。夢中になって喋《しゃべ》っていた自分に気づいて、バツ悪気に部屋を出て行った。法廷の部屋の前を通りすぎ、ためらうことなく、久原の家に向かった。

二十

「今日は、どなたもお留守ですか」

庭先の自動車も、運転手の姿もなく、女中も奥さんも出て来ないので、不思議に思い、西田は言った。

「昤吉が当選したお祝いの挨拶に、今さっき、鈴が大輝を連れて出かけたようだ」

「それはお目出とうございます」

西田は、お祝いの挨拶をそこそこにして、いきなり切り出した。

「安藤がついに蹶起に踏み切りました」

「…………」

北は、黙って書きかけのペンを置いた。西田が駆け込んでくるまで、日課の「国体論及び純正社会主義論」の修正作業を続けていたのであった。北は分厚い本を静かに閉じると、書斎を出て、陽当たりのよい縁側にある椅子にゆっくりと腰を下ろした。

「先生、やっぱり黙って、座視するしかないのでしょうか」

北は真剣な西田の問いに答えずに、窓の外に視線を向けた。桜の樹の小枝に、堅く小さな蕾《つぼみ》が沢山ついており、寒気の中で震えて見える。安藤は遂に追いつめられたか。

「安藤は何か言っていたか」

「鈴木侍従長は自分が殺《や》る。上部工作は磯部にまかせる。ただ」

「ただ」

「ただ秩父宮には連絡しないでくれと」

「…………」

北は法案の実現化を、秩父宮に託していた。学者肌の裕仁では、きっと日本が行き詰まるときが来る。その日はそんな遠い先ではない。そのときは、裕仁を暗殺してでも、秩父宮を天皇にさせたいと考えていた。この考えは北独自のものではなく、神兵隊事件での策謀者は、裕仁を秩父宮と交替させ、東久邇宮を改造内閣の首班にと考えていた。

北が何も言わないので、西田が話し続ける。

「これで、歩一と歩三の部隊が動くことになります。大部隊です。五・一五事件の比ではありません」

「…………」

「蹶起日は今晩、栗原の家に集まって決めるそうです。決定したら、磯部か村中が、私の家に知らせることになっています」

北は、黙ったまま腕を組んで目を閉じた。また、大きな歯車が確かな手応えでゆっくり動き出した。俺の法案に手と足が出たか。目を閉じた瞼の裏側に、武装した中隊を率いて大きな屋敷の門前に立ち、憑《つ》かれたような目付きで兵を指揮する安藤の顔が浮かんだ。

「西田君、君はこれからどうするつもりだ」

北はやっと目を開けると、立ったままの西田を見上げて言った。

「先生、今の話は聞かなかったことにして下さい。これからの情報もすべて、他の人にはしゃべらないで下さい」

「…………？」

「失敗したときの場合を考えて、先生に絶対に迷惑をかけないように、磯部と約束したのです」

「…………」

「磯部にとって先生は、天皇と同じ存在なのです」

「…………」

「私はこれから公判に出向きます。新しい情報が入り次第、すぐ連絡します」

西田はそう言い、あわただしく階段を下りていった。

ひとりになった北は考えた。安藤は、秩父宮には事前には絶対に連絡しないでくれと言った。東京での蹶起を聞いた秩父宮は、どうするだろうか。黙認するのか。混乱が長びいて収拾されなかったら、弘前から上京するのではないか。それでは裕仁はどうするだろうか。側近や重臣が殺られた後の相談相手は誰であろう。蹶起部隊の中心人物の名を捜して、村中と磯部の名を見つければ、背後に真崎大将がいると考えようし、歩三部隊の中に安藤大尉が指揮していると判れば、裕仁は弟の秩父宮の姿を思い浮かべて当然だ。

とすれば法案を通して、自分や西田が蹶起に立ち入っていると考えるであろう。西田はさっき、もし失敗した場合を考えて、自分に知らせなかったことにすると言ったが、どうころんでも、対岸の火では、ことがすみそうではない。裕仁は、蹶起の背後で指揮をとる真の相手を、真崎とみるか、自分とみるか。北は煙草をくわえ、何か打つ手はないかと考えながら庭を眺めていた。

「よし」北はやっと決心がついたのか、煙草の火を灰皿に揉み消すと、部屋の隅にある受話器を持ち、真崎の自宅の電話番号を告げる。北だと知らせて、相手とつながるのを待つ。待っている間、窓硝子に冬蠅が一匹、外に出ようと鈍くもがいている。やっと真崎が、電話口に出た。

「これは北先生、お噂はかねがね伺っております」

「じつは、ご相談申し上げたいことがあるのです」

時が時である。真崎はしばらく間をおいてから、用心深く答えた。

「何でしょうか」

これまで真崎は、北を魔物だからと、自分から遠ざけていた。

「将校たちの動きが最近、とみに不穏になってきているのをご存知ですね」

「…………」

「そのことでさっき、西田がおよその情況を説明して帰っていきました」

北は時々、言葉を切って、真崎の手応えをさぐりながら話す。真崎には恐れている秘密があった。相沢中佐に、もし永田鉄山を殺ったら、あとのことは俺が面倒を見てやる、と約束していた。北はその秘密を知って、自分を脅迫するのではないかと、息をひそめて警戒していたのである。

しかし、今の話では、相沢との密約の暴露の電話ではなさそうだ。となると、この男、いったい何を言い出すつもりなのであろう。真崎は耳をそばだて、得体の知れない男の次の言葉を待った。

「もし彼らが蹶起した場合……」

「…………」

「成功の鍵は、陛下の手中にあるわけですが……」

北は、真崎が陛下を暗殺しないまでも威嚇《いかく》できれば、事態はよい方向に展開するかもしれないのだが、果たして真崎は中国の黎元洪大将になれるだろうか。そう思いながら、度胸をためそうとかまをかける。

「その鍵を陛下から、あなたは奪う度胸がありますか」

「そんな」

真崎は、あやうく受話器を落としそうになった。

「それは大権私議というものだ。私はそのような、いや、北先生、それは危険な考えだ」

軍内部に二つの派閥があるように、宮中内においても西園寺に対抗する勢力が生まれつつあった。革新主義者の平沼一派である。平沼は近衛を味方につけ、秩父宮も仲間に入れて西園寺勢力に攻め込もうとしていた。皇道派の頭領の真崎は、国本社を通じて、その平沼一派の重鎮なのであった。

「…………」

北は、真崎の返事を聞いてがっかりした。裕仁を幽閉してでも、秩父宮を天皇にして、裕仁の息のかかった元老、重臣、側近たちを追い払い、法案に基づいた国家に日本を改造しようと本音を話そうと思ったが、信頼に足る男ではない。胆が小さいぞ。

北はそこで、真崎がどう動くかを知ろうと、さらにさぐりを入れて聞く。

「陛下は、蹶起した将校たちを、自分たちだけの意志で、単独で行動に踏み切ったとは考えないでしょうね」

北の威圧的な声であった。

「…………」

「当然、背後に誰かがかくれて、将校たちを煽動していると考える」

「…………?」

「そこで、まず考えるのは、皇道派の領袖の真崎閣下、あなたです」

北に自分の名前を挙げられたとき、不機嫌な表情をした裕仁の顔を思い出し、いやな気分になった。

「私にはよくわからぬが……彼らの煽動者は北先生だと、もっぱらの世評を聞いておりますが」

「政友会の久原は、あなたを首班とした皇道派の内閣を意図しているのではありませんか」

「…………」

「すでに閣僚人事に入っていると聞いております。もう私の出る幕がないので、私は蹶起から手を引くつもりです」

真崎は、北が逃げたと思った。それにくらべて自分は逃げられず、追いつめられた立場におかれていることに気づく。蹶起将校たちの行動は、皇道派の頭領としての自分を、一挙に権力の中枢の位置に押し上げてくれるが、しかしもしも失敗した場合も考慮して、脱出路もつくっておきたい。もう少し様子を見ておきたいので、久原のお膳立てに、全面的に乗るわけにはいかない。ただ平沼男爵には、どこまでの話をしておけばよいのか。

「将校たちを、あのように育ててきたのは、北先生、あなたではないのですか」

「いいえ、ちがいます。あなたは私を暴力団か、一介の政治浪人だと思っているかもしれませんが、しかし私は、支那の革命を実体験してきたつもりです。橋本欣五郎や、大川周明のような口舌の輩とは、まったくちがうのです。私は真の革命家を自負しています」

「…………」

「私は陛下を神だなどと考えたことはなく、国民の中のひとりに過ぎないと思っています。将校たちとは天皇観がまったく違うのです。だから彼らの中で、私の思想を本当に理解しているものは、誰もいないと思います。私は彼らを育ててきたつもりはありません」

　真崎は、北が話している間、北が電話をかけてきた理由をさぐろうとした。

「そこで、皇道派のボスとしてのあなたに頼みたい」

　やっと北の話が、本題に入ってきた。

「西田の話によると、将校たちの代表が、蹶起行動を認めてもらうように、川島陸相にお願いして、天皇に帷幄《いあく》上奏してもらうつもりのようです。天皇に直接、大詔渙発を強要することは『大権私議』になることを恐れているのです」

「うむ」

「そこであなたは、海軍側にも協力を得るべく加藤寛治大将を通じ、皇道派に同情的な伏見宮殿下に、軍令部長として陛下に、帷幄上奏を頼んでもらいたい」

「伏見宮に？」

「そうです。陸軍を代表して川島に、海軍を代表して伏見宮に、それぞれ帷幄上奏していただくのです。そして真崎閣下には、盟友の荒木閣下とふたりで、軍事参議官会議を開いて、軍上層部の意見を、蹶起軍の強力を武器にして、一本にまとめてしまうのです」

「なるほど、それはできるが」

「将校たちの蹶起計画では、議会を閉鎖して閣議は開かれぬようにする。そして敵対する者たちは、宮城の四つの門を全部遮断して、外から宮城内に入れぬように計画しております」

「彼らは、陛下の周辺を味方で固めてしまうつもりか」

「おっしゃる通り、陛下はあなたの手中にある」

北は、磯部や村中が、蹶起の同志将校たちの間でさえ、どの程度、周到な計画と一致した実行の決意を確かめているのかという、内心の不安は気ぶりにもみせず、真崎を押していく。いや、磯部や村中たちの器量では、真崎をその気にさせる手管《てくだ》はない、と思っての北の親心なのである。

軍の統帥権は、天皇に直属しているとはいっても、戦争体験のない天皇が、実際に判断して命令を下すわけではない。陸軍は陸相と参謀総長、海軍は海相と軍令部長を中心とした軍部が決めたことを、天皇がそのまま許可する形式になっている。だから岡田首相が殺られ、天皇の相談相手の元老、西園寺公望や内大臣斎藤実、侍従長鈴木貫太郎がいなくなれば、天皇は当然、無批判に、川島陸相や伏見宮軍令部長の上奏を裁可せざるを得なくなる。たとえ天皇であっても、公的手続をふんだ決定には、個人的私意を、絶対に及ぼしてはならないのが天皇機関説である。この機能を逆手にとるのである。そのためには宮城占拠が絶対条件になる。

北は、その点に狙いを定めているように真崎には思える。

「私は二十五日、相沢公判に出廷しなければならない。他の方まで頭がまわらない。もうしばらく考えたい」

真崎は、慎重に即答するのを避ける。

「事態は切迫しているのですよ」

「北先生は、彼らが何日蹶起するか、知っておるのですか」

「いいえ」

「私にはよく判らないことがあります」

真崎は、北の追及をかわして反問する。

「…………？」

「北先生と将校たちの関係です」

「その件は、先ほどはっきり伝えたはずです」

「そうではありません。この話は、将校たちが望んでいるのかと……」

「もちろん、あなたと私だけの話です」

「…………？」

真崎は黙った。

「よく考えて、正しい判断をしてから行動して下さい」

真崎は北の言葉に、鋭い刃が光ったように感じた。有無を言わせず、言ったとおりにやらなければ、あなたの命をいただくぞ、とでも言っているように思ったのである。電話は冷たく切れた。

第三章　前夜

二十一

　駒場の住宅街は、退職した軍人たちが集まって出来た偕行社住宅の町である。栗原中尉の家はその中にある。

　街灯にぼんやり照らされた栗原の家の塀の影に、ふたりの男が、だいぶ前から壁に貼りつくように佇《たたず》んでいる。寒そうに栗原の家の様子を窺《うかが》っては、舞い落ちる粉雪の中で、背中を丸めていた。暗闇の奥から、軍服を着た背の高い男が、街灯の光の中に現われ、雪道に長い影を落として、栗原と表札のかかった門の中へ足跡を残して入っていった。

「奴は河野大尉だな」

　ひとりの男が言うと、街灯の光に向けて時計を覗いた。つづいて、また二つの影が光の中に浮かんで門の中に消えた。

「これで中橋、河野、そして村中と磯部、いつもの強力メンバーだな」

「待てよ、安藤がいないぞ。お前、見たか」

「安藤大尉か。安藤は今晩から週番司令のはずだ」

「そうか、それでは外出は出来ないわけか。うむ。だとすると、歩三からは誰も出席していないことになる。それなら、たいした打ち合わせではないな」

「まあいい。来週から応援部隊が来る。完全な張り込みはそれからだ」

　ここへ来て、会合場所は竜土軒から将校の自宅に変更してきており、重要な話し合いに入ってきていると察知はできても、その内容は判りにくくなっていた。だから、出席者の人物から推測するよりなかった。東京憲兵隊本部では、さしせまっている一部将校の不穏な動きや情報にそなえるべく、横浜や宇都宮や金沢から、五十名の応援を求めた警備計画を具体化させている。

「連中は本当に蹶《けっ》起《き》するつもりなのだろうか」

「上司の話では、たれ込みの量が急に増えている。これまでと違った変化が起きているのは確かなようだ。嵐の前の静けさのようなものが感じられる。何かが起きる」

　そう言った男は、見上げていた二階のカーテンが揺れ、その隙間から灯りが漏れたのに気づいて、鋭い視線を向けた。

　栗原の屋敷の、それほど広くない応接間では、安藤の参加によって歩三の全中隊の動員が可能になったと言う磯部の報告に、皆から、おもわず歓声があがった。

「だが磯部、それだけの兵を動かすにしても、これからの準備で間に合うのか。遅すぎやしないか」

近歩三の中橋が、不安な面持ちで言った。

「心配するには及ばん。森田はどうか判らんが、歩三には野中も坂井もいる。今頃、安藤は皆と一緒に週番司令室で、動員計画を練っているはずだ」

磯部は、皆の不安を打ち消すように言下に答える。二階の灯りが消えたのを、憲兵たちは見た。栗原が自室を出て階段を下りる。皆のいる応接間に和服姿の栗原が現われる。

栗原は磯部の横の空いた椅子に腰を下ろした。それを待って村中が、

「今晩は蹶起日と討奸の目標人物を最終的に決めたい」

と改まった口調で言った。

三月事件は宇垣大将を総理とすることを目標とし、十月事件は荒木大将を総理にすることを意図したもので、その達成には、軍部を中心に民間も加担して計画されていた。今度意図する蹶起では、その考えは天皇大権を私議するものとして毛嫌いし、破壊者と建設者とは、まったく任務を異にするものとした。だから、自分たちの破壊行為のあとは、聖旨により、適当な人物が、自分たちの理想に近い政治の革新を行なうもの、との大筋の仲間内の同意は得ていた。

「その前にひとつだけ注意しておきたい」

栗原が言う。

「埼玉挺身隊事件では、俺と中橋はえらい目に合ったので、この計画はすべて口頭だけで申し合わせ、後日の証拠になるようなメモや文書は、いっさい残さないようにしてほしい」

栗原の発言に、皆はうなずいた。

「まず蹶起日だが」

村中が皆の顔を見回す。

「二十五日の真崎の出廷日はどうだ」

「朝か、夜か」

栗原が村中に訊く。

「二十五日は、確かに蹶起の真意を国民に知らせるにはわかりやすいが、しかし憲兵たちは当然、この日を重点に厳しく警戒して、人員を各要所に配置してくるはずだ。裏をかく意味で、二十六日はどうか」

磯部はそう訴え、椅子から立ち上がると、通りに面した窓に近づく。そして村中を呼び、カーテンを僅かに開けて、硝子戸の曇りを掌で拭った。

「あれだからな」

物蔭に、男たちがひそむ気配があるようだった。

「山口大尉と安藤大尉の週番司令明けの二十九日朝までは、今夜を除けば七日間しかないが、俺の中隊の衛門交代が二十六日早朝です。この日に、蹶起日を決めませんか」

中橋が、磯部と事前に打ち合わせたとおりに言った。

中橋は日頃からよく、宮城を占拠し、変事に驚いて参内する元老、重臣連中を機関銃で薙《な》ぎ倒すのだ、と過激な言葉を吐いていた。

「中橋、貴様、宮城を占拠するつもりか」

河野大尉が、強い視線を中橋の目に向ける。

「俺は占拠とは言っていない。君側の奸を陛下に近づけないための一つの手段だ」

中橋は河野の発言にひるんだ。

「まあまあ冷静にしろ。いずれにしても、二十四、二十五、二十六日、の三日に絞れるな。二十七、二十八、二十九はいいな」

磯部は大きな声を出して、ふたりに割って入った。今、仲間割れはまずいのだ。予想通りに河野が反対してきたので、磯部は渋い顔をした。

「みんなの意見はバラバラのようだが、まだ安藤の意見を聞いていない。安藤は今朝、参加を決めたばかりだから、できれば一日でも遅いほうが、十分な準備ができると思うのだが」

村中が言った。

「いいだろう。俺の二十四日はおりる。二十五か六か、安藤の週番司令室で決めよう。それでいいな」

河野は皆に同意を求める。中橋はうなずき、栗原も村中と磯部に向かってうなずいた。

「それでは次に、誰を殺《や》るかだが」

進行係の村中が言う。

岡田の首班指名は、元老の西園寺が牧野伸顕と鈴木侍従長、湯浅倉平宮内大臣と諮《はか》り、その上で、斎藤実、若槻礼次郎、清浦奎吾に枢密院議長の一木喜徳郎を加えた重臣会議で決められた。彼らにとって、これらの人物たちが君側の奸たちであり、当面の襲撃目標の候補である。

「よし、牧野は俺が殺る」

河野がしょっぱなに言った。河野は、牧野だけはこの手で、と前々から決めていた。将校たちにとって、天皇を真似しているとしか思えないような、東京駅での牧野の尊大な態度に反撥し、批判する者が多く、君側の奸の具体的イメージに、牧野をまず始めに思い浮かべるのが常であった。牧野が東京駅に入ると、常時七、八名の警官が、直立不動挙手の最敬礼をもって、停車から発車まで立ち尽くしている。乗客たちは目を見張って、どこの宮様だとささやき合うのであった。

「奴は今、どこにいる」

「牧野は河野にまかせる。牧野は伊豆の湯河原の伊藤屋にいるよ。西田さんが五・一五事件で撃たれて、療養に使って、よく知っているそうだ」

「西田さんが」

「うん。明日、渋川に確認してもらうことになっている。君にも現場をあたってもらわねばならないが、そのときは頼むよ」

磯部は河野に言う。

「よし、牧野は河野大尉に決定だ。磯部と渋川から、細かいことは聞いて、よく検討してもらいたい」

「判った」

「誰を河野につけるかだが、栗原、貴様の方にあてがある、といっていたな」

村中は、隊付きでない河野のために、心配して栗原に聞く。

「うん。まかせてくれ」

河野と親友の栗原が、もちろんだと胸を張った。

村中はつづいて磯部に、西園寺の段取りの確認をすると、磯部は、

「豊橋の対馬が、兵を使用することに悩んでいる仲間がいると訴えていたが……。でも、東京の情報が的確につかめれば大丈夫、興津は間違いなくやるぞ」

と皆に報告する。

「まかせてくれ。弾薬は俺が明日、運ぶことになっている。こっちの段取りは、間違いなく伝えるよ」

と栗原が胸を叩いて訴え、気合いを入れて言い添える。

「岡田総理は俺が殺る。土曜日以外は官邸にいるのをつきとめている。二十五日でも二十六日のどっちでもよい。首相官邸を占拠したら、そこが組閣本部だ」

村中は頼もし気に、栗原の気負った顔を見やった。

「それはいかん。我々は維新内閣が出来るまで官邸占拠はつづけるが、栗原、大権の私議はいかんぞ」

栗原は、顔面を紅潮させて何か言いかけると、磯部がそれを抑えて、

「俺は安藤から、鈴木侍従長を殺らせてくれと頼まれたぞ。一度会って、邸内を知っている」

「なに、安藤が鈴木を？」

皆がおもわず顔を見合わせた。やっと蹶起に踏み切った安藤は、あえて個人的に親しい鈴木侍従長を、自分の手で斃《たお》そうと決意したのだろう。安藤の心情をそう汲み

とった皆は黙った。

参加将校への連絡をどうするかと打ち合わせに入った座の中で、磯部だけは、元老、重臣のほかに、斬殺すべき中央幕僚たちのリストを、頭の中でひとり反芻している。林銑十郎、石原莞爾、片倉衷、武藤章……こいつらをここに持ち出すと、果たして全員異議なしで決定できるだろうか。

「俺と磯部は、陸相官邸に乗り込む。そして川島を説得し、川島から陛下へ、われわれの蹶起の主旨を上奏していただく。われわれの至誠が天聴に達するかどうかは、この一点にかかっている。そうだな、磯部」

村中が自分へ呼びかけた声に、磯部はわれに返った。

「そうだ。村中の言う通りだ」

とうなずいて、また皆の論議の脈絡の中に戻っていった。

「俺と村中だけ、というわけにはいくまい。ここが一番肝心なところだ。村中、やっぱり香田大尉に来てもらおう」

「判った。俺が説得してみる」

「頼む。それに、歩一からもう一中隊、栗原、こちらにまわせるか？」

「丹生の中隊で、どうですか？」

栗原は即答する。

「よし、それから、歩三の野中大尉から渡されたものだが……」

村中はそう言い、ポケットから紙を取り出して皆の前に拡げ、

「夕方、ここに来る前に歩三に寄って、本人から受け取った。さっそく読んでみたが、野中さんの人格がよく出た、なかなか立派なもので、この座で披露したい」

村中が、ゆっくり声を出して読みはじめた。

「……彼ノ倫敦《ロンドン》会議ニ於テ一度統帥権ヲ犯シ奉リ又再ビ我ガ陸軍ニ於テソノ不逞ヲ敢テス。民主僭上ノ兇逆徒輩濫リニ事大排外神命ヲ畏レザルニ至ッテハ怒髪天ヲ衝カントス。我一介ノ武弁所謂《いわゆる》上層圏ノ機微ヲ知ル由ナシ。即チ法ニ隠レテ私ヲ営ミ殊ニ畏クモ至上ヲ挟ミテ天下ニ号令セントスルモ此々皆然ラザルナシ。皇軍遂ニ私兵化サレントスルカ。嗚呼《ああ》遂ニ赤子御稜威《みいつ》ヲ仰グ能ハザルカ。久シク職ヲ帝都ノ軍隊ニ奉ジ一意軍ノ健全ヲ翹ジテ他念ナカリシガソノ十全徹底ハ一意ニ大死一途ニ出ルモノナキニ決着セリ。我生来軟骨滔天ノ気乏シ。然レドモ苟《いやしく》モ一剣奉公ノ士絶体絶命ニ及ンデヤ茲ニ閃発セザルヲ得ズ。或ハ逆賊ノ名ヲ冠セラルトモ遂ニ天壌無窮ヲ確信シテ瞑セン。我ガ師団ハ日露征戦以来三十有余年戦歴ニ塗《まみ》レズ

其間他師団ノ将兵ハ幾度カ其ノ碧血ヲ濺《そそ》イデ一君ニ捧ゲ奉エリ。近クハ満州、上海事変ニ於テ国内不臣ノ罪ヲ鮮血ヲ以テ償エルモノ我ガ戦士ナリ。我等荏苒《じんぜん》年久シク帝都ニ屯シテ彼等ノ英霊眠ル地へ赴カンカ英霊ニ答ヘル辞ナキナリ。我レ狂カ愚カ知ラズ一路遂ニ奔騰スルノミ。

昭和十一年二月十九日

於週番司令室　陸軍歩兵大尉　野中四郎」

読み終えると、村中は、ふたたびそれを丁寧に折り畳んだ。

「これを参考にして、蹶起趣意書を書いてくれと頼まれたのだが……」

「判った。よし、趣意書は名文家の村中に頼もう。みんな、異議ないな」

磯部は手ばやくまとめる。村中はテーブルに地図を拡げる。皆がそれに注目する。襲撃場所と通り道、占拠地点と立哨線、現時点で動員可能な兵力の配置などの合意を求めて緊張する声がとびかい、行きかい、ぶつかっては短い火花を散らせる。地図上のあちこちに何本もの指が走り、時々、抑えた笑い声も混じって時が過ぎてゆく。帰り道が遠い河野が、腕時計を見て立ち上がる。それに気づいた村中が、

「今夜の会合は、これでひとまず終わりとしよう。明日は歩三の動員可能な兵力数を再確認してから、高橋蔵相と渡辺教育総監を目標対象に加えるかどうかを決めよう。各自は、それぞれ自分の担当部署を、細部にわたってよく検討しておいてほしい」

と伝えた。一足先に所沢に引き上げる河野を送るようにして村中が、河野を追って玄関まで出てきた。

「湯河原の確認を頼むぞ」

河野は、長靴を履きながら村中にいう。

「安心しろ」

村中がうなずいて送り出す。河野が部屋を出た後、磯部は中橋を部屋の隅に呼んだ。

「宮城占拠をぜひ、君に頼みたいが、安藤が何中隊、動員可能かで、高橋蔵相の方も頼むかもしれん。今から覚悟しておいてくれ」

「高橋もか」

「そうだ。宮城占拠は、皆には言えない。河野は反対だし、この計画を他に知らせたら、もっと反対するものも出てくるだろう」

「…………」

「この作戦は、俺、村中、安藤、野中、それに貴様のほかは秘密にした」

「…………」

「判ったな。今晩、作戦をまとめる。貴様の方もよく考えておくように」

「判りました」

中橋は大きくうなずき、女に逢う約束があるといって、緊張した面持ちで帰っていった。最後に村中と磯部が残った。

「蹶起日だが、やっぱり二十六日がいい」

磯部が、そっと村中に語りかける。

「安藤に充分余裕を持たせて準備させたいし、高橋も渡辺も林大将も殺りたい。それに中橋の計画も重要だ。俺は明日、中橋と案を練ってみるつもりだ」

「そうか。よし、二十六日にきめるか」

村中は以前から論争を重ねてきて、磯部の腹のうちはよく承知している。先刻の河野と中橋のやり合いを思い浮かべたが、そのことについては何もいわなかった。

「香田には明日会いに行くつもりだが、どうかな。彼は参加してくれるだろうか」

村中は、磯部だけには内心の不安を正直に見せる。磯部は励ますように言う。

「貴様が誘えば、香田は嫌だとは言わんさ」

応接間の扉が開いた。栗原が外套に着替えて部屋に戻ってきた。

「これから歩一へ出かけます。車を呼びましたので、そこまで一緒にどうですか」

「これから歩一へ？」

「明日、豊橋に行きますから、その件で」

弾薬のこともあるのだろう、と磯部はうなずいてから、栗原に言った。

「今も村中と話したのだが、蹶起日は二十六日でいい。豊橋で対馬に会ったら、そう念を押しといてくれ」

「わかりました。それから西園寺の件なのですが……」

栗原は、磯部と村中の顔を交互に見て言う。

「きょう、別格が俺の部屋に来て、西園寺を殺るのはやめろ。陛下を敵にまわすことになると、うるさく言うのですが、どうします？」

「なに、西園寺をやめろだと、国家主要の三悪人のひとりではないか。西園寺を殺らないで、何が君側の奸だ」

彼らの言う三悪人とは、西公、牧野、渡辺の三人のことである。磯部は、栗原を睨みつける。

「いや、だからさっき、言おう言おうと思っていたのですが、ちょっとまずい気がして……」

「当たり前だ。誰の指し金だ？」

村中が思案深げに訊く。

「……亀川さんです」

「亀川？」

「まずいな、情報が外に洩れるぞ」

磯部は、険しい表情で村中を見る。

「でも、亀川は顔が広い。これまでも役に立っていたではありませんか」

と栗原は、村中に同意を求める。

「西田さんは、亀川を、どう判断しているようでしたか？」

「亀川には思想がないので、西田さんは軽蔑しているんじゃないか」

村中は苦々しそうに答えた。

「豊橋には、ひょっとすると西園寺公は中止の線もあると匂わせておきますか？」

「馬鹿を言え」

磯部と栗原は、言い合いながら部屋を出た。門の方で、車の音がした。雪は降りつづいていた。

二十二

西田は、座布団を二つ折りにしたのを枕にして炬燵に入ったまま、天井を見上げていた。

さっき、是非相談したい、と電話をしてきた亀川がやってくるのを待っている。妻の初子は、夕食の支度で買物に出ていた。外で車の音がした。西田は目を開けた。一瞬、眠ったようだった。

「来たな」

西田は起き上がった。玄関に立つと、

「安藤がやるんだって」

亀川は、玄関に出てきた西田の顔を見るなり、すぐに訊いた。

「山口より聞いた。間違いなく、近いうちに一騒動が起きますなあ」

「どうでしょう」

西田は軽く受け流して答えたが、それにしても、もう一度、山口に注意しておかなくてはなるまい、と苦い表情に変わった。

「ところで西田さん、公判の控室に姿を見せませんでしたが、何かあったのですか？」

部屋にあがった亀川は、さっさと炬燵に足を入れながら、西田の顔色をうかがう。

「遅くなったが、行きましたよ」

「そうですか。渋川さんも来ないので、これは何かあるなと思いましてね」

西田は苦笑いをした。

「真崎出廷が二十五日と決まった。これでいよいよ公判もヤマ場にさしかかったわけですな」

亀川がさぐりを入れる。西田はごまかし笑いをするしかない。蹶起は二十五日に決まったのではないか、と亀川は事実を知ろうとする。

「安藤が参加を決意したとなると、いよいよ蹶起というわけですか。西田さん」

「うーん。山口の話では、俺の週番司令期間が危ないと言ってはいましたが、果たしてどんなものですか」

「北先生は、どうなんですか」

亀川は鋭く切り込んでくる。

「民間人を参加させぬ方針であるなら、座視するしかない、と」

「座視する?」

亀川は西田の顔色を読もうとした。亀川は、地方にいる青年将校の一部に、北の法案の思想は、わが国体観念とは相容れない、と北や西田との絶縁を求める動きもあるのを、うすうす知っている。だが、北がどれだけ将校たちの計画に関与しているのか、いまはそれが知りたいのだ。

「ところで、相談とは何です?」

西田は亀川をうながす。

「うん、じつは西園寺襲撃の中止の件なのだが、どうだ。駄目か」

「…………」

「西園寺の担当は誰なのです」

「さあ、お友だちの栗原に聞いてみたらどうです。私より、よく知っているはずでしょう」

西田は皮肉を言った。

「奴は最近、急に口が堅くなって……」

亀川は苦笑いをして、煙草を灰皿の中に揉み消した。

「じつは真崎出廷のあと、鵜沢を公訴却下申請のために、真崎の証言内容を検討してから、鵜沢を興津の西園寺のところへ出向かせる手筈になっている。西園寺を中止させて、真崎を首班に上奏できるよう、この機会を最大限に利用すればどうかと思うのだが」

「西園寺に真崎を?」

西田は、思わず「馬鹿な」と言いかけて口をつぐんだ。待てよ、亀川には自分の知らない筋の情報や読みがあって、まったく荒唐無稽なことを口走っているわけではないようだ。万が一にも、少しでも可能性のあることを、頭から叩き潰すことはない。

「西園寺がどうなっているか、私には判らぬが、磯部に会って聞いてみたらどうです」

「山口もそう言っていた。しかし、磯部はどこを走り回っているのか、なかなかつかまらないし、西田さんなら、なんとか磯部に話してもらえないかと思いましてね。それに北先生からも……」

「私から話をしてもよいですが、北先生の方は、その話には、おそらく興味を示さないでしょう」

西田はそう言いながら、亀川がいうように西園寺襲撃を中止させ、逆に西園寺をこちら側に引き込んで動かすことが出来るなら、あるいは蹶起は成功するかもしれないと考えていた。だが、西園寺が真崎首班を上奏するとはやはり考えられず、迂闊に亀川の話には乗れない。

「北先生は本当に動かない？　毎日これなのですか？」

亀川は、法華の題目太鼓を叩く手振りをして、じっと西田の反応をみつめるのに、西田はうなずきながら、自身も北の真意が完全に理解できているとはいえないのだ。あるいは北先生は、青年将校たちの蹶起動機の純粋性に、思いがけない局面の展開の可能性をでも見ようとしているのかと思い悩んだ。

亀川の方も、大衆の虚無的なル・サンチマンを揺さぶる力のようなものを持った北が、首班を狙う久原とはまったく違う反応を示しているらしい意味を、どうとらえようかと考えあぐねていた。

二十三

森伝は久原邸の門を入った。玄関に立っている森の前に、パイプをくわえた久原が、和服姿で、奥から現われ、「よお」と声をかけた。

「きたよ」

森はさっさと奥の応接室に向かい、久原は森の後ろからゆっくりついてゆく。

「当選、おめでとう。地元でだいぶ撒《ま》いてきたんでしょう。噂によると、二十万を党本部に出し、十万を選挙資金に使ったと聞きましたが」

「神戸の金貸しの乾新兵衛から借りたのよ」

久原は上機嫌で冗談を言って笑い、森が座った前のソファーに腰を下ろした。

「なにせ、久原先生が政友会に入党して以来、政治資金は一桁上がったと」

「そう見えるかね。じつはすってんてんだ」

「そうですか。ところで、鈴木のおやじ、ついに落ちましたな」

煙草に火をつけながら、森は久原の顔色を盗み見している。

「重臣たちに馬鹿にされて、総理になれないから落ちてしまうのさ」

「最下位当選の民政党の野田武夫と、おやじとの票差が約千四百」

「うん」

「原因は、トップの社会大衆党の片山哲が、予想外に票を取り過ぎた、ということですか」

「まったくだ。そのうえ、我が党は粛正を意識しながらの選挙運動になってしまい、その活動がへんに萎縮してしまったからだろう」

　無産政党の当選者は二十人以上、改選前の何倍にもなりそうだ。とくに加藤勘十は五万四千票をこえ、全国最高点をとったと、新聞紙上を賑わせているが、森はその記事に、大して心配していない。

「噂によると、三位当選の川口義久が、次点のおやじに票を譲りたいと言っているそうですね」

　鈴木と師弟関係にある川口のその主張に、反鈴木派の政友会幹部十七名が、極力反対している。そこで森は、この十七名の中心人物が久原なのかもしれないと思っている。

「我が党と民政党との差が三十一議席と、大差がついてしまった。その原因は、我が党は国体明徴運動に没頭してしまい、選挙準備がおろそかになってしまったのに反し、民政党は勢力挽回のために、だいぶ前より用意をおこたらなかったためだと思うが、しかし原因がどうあろうが、当然この責任は党総裁にある。さっそく政友会選挙委員会を開いて、総裁落選後の善後策を協議しよう。三緑亭で、一席もうけなければならんな」

「先生の考えは」

「もちろん、鈴木総裁には引退してもらわなくては、けじめがつかん」

　鈴木の後任を狙う久原は、パイプの煙に目を細めた。

「そうなると後任は誰か、ということですが、もし床次竹二郎が生きていたら、当然後任を狙うか、あるいは政友会を二分してでも、新党樹立に邁進したでしょうな」

　森は渋い顔をした久原を見た。

「久原先生は総裁候補の有力メンバーですが……」

　森は一度、磯部たちと示し合わせて岡田内閣の倒閣運動を指揮し、久原を次期首相への足がかりにしようと努力したことがあった。

「俺は総裁になるつもりはない。じつは午前中に鈴木総裁の家に、落選の善後策を検討するために訪問したのだが」

「どうでしたか」

「うん、鈴木派の支持を得ようとしたが、子分の鳩山一郎を、明鏡止水事件で、さんざん苛《いじ》めたと言って反撥し、総裁選ではこちらの味方にまわらんと怒っていたよ。やっぱり鈴木派を抱き込めなくては、総裁は」

「むずかしいですか。となると、山本条太郎は病院に入院中、鳩山一郎は鈴木派を背負って出ようにも、あの事件で鳴りをひそめて静観というところ。といって前田米蔵にお呼びがかかっても、自分から腰を上げるとは考えられん。あの岡崎長老をかつごうにも、相当の御老体だ。さて、政友会の総裁はどうなるのですかね」

森は、総裁候補者の名前を一人ひとり挙げては、いちいち久原の反応を見ている。

「党は、総裁後任を外部からと考えている」

久原が渋い顔で言った。宇垣一成と平沼騏一郎である。本来ならば自分が総裁への最短距離にいるのに、党を自分の思い通りに動かせないことにじりじりしている。

「一人ともなかなかの大物ですね」

「富田と岡崎が宇垣をかつごうと熱心だし、平沼はかつて子分の鈴木の推薦で、他の派閥の連中も、いやいや納得したが」

「でも多難な政友会を引き受けて、何も好きこのんで苦労することはない。政友会の総裁になったからと言って、かならず総理になれるとは限らない。そんなことでなく首班の道を考える方が、宇垣らしいではありませんか」

「うむ」

「平沼にしても、今さら落ち目の政友会に入って、一苦労してみようという気はないはず。本人は枢密院議長になりたかったのに、西園寺に反対されて副議長の椅子の居ごこちが非常に悪いようで、帝人事件を起こして、不満の鬱憤を晴らしている。その彼は、総理の椅子を狙うより、自分を嫌う御老体の西園寺公の死ぬのを待っているフシが見られる」

「なるほど」

久原は森の話に耳を傾けている。久原には、彼らを阻むために真崎が使えるという読みがあるのだが、その真崎の裏に、平沼がいるのが気になっていた。もし青年将校の動向をうまく利用して真崎を総理にさせたとしても、平沼に総裁として政友会を握っておられたら、大臣の椅子のひとつも回ってこなくなる。久原は逓信大臣になってすぐ、阿片密売問題で国会で批判され洗礼を受けた。元検事総長平沼の、融通のきかない法律一点ばりの性格で、手かげんを知らぬ人間が総裁では、蛇に睨まれた蛙と同じで、久原は党内で身動き一つ出来なくなる。

久原は酒が入るとよく、まともな商売をしては金はもうからんよ、俺はヤクザを知っている。金は戦争でもうけるものよと、法螺《ほら》を吹く。

「きのう、磯部が訪ねてきましたよ」

鈴木総裁後の党内事情を、ひとしきり点検するように雑談していた森は、急に話題を転じた。

「磯部は、牧野の所在を訊いて帰りましたよ」

「教えたのか」

「ええ」森は笑って久原の顔を見た。

「彼らは本気ですよ。私はそう思いますね」

「………」

「政友会は、ゴタゴタをつづけている場合ではないですよ。総裁の椅子の取り合いより、連中を利用して、先生持論の一国一党論の実施をはかるべき時ではないかと思いますがね」

一国一党論は最初、予算問題や外交方針にまで口を出すようになった軍部の横暴ぶりを押さえるために、民政党と政友会が一緒になって解党し、一つの新党を作り、議会と立憲政治を守ろうとして民政党の安達と久原が協力して押し進めていたものだった。だが、そのうちに、台頭する軍部の力を無視できず、久原はまったく逆の、軍部を支えるための一国一党論に変貌させていった。

「選挙運動で山口に帰った時、萩の蓮正寺の田中大将の墓に手を合わせてきたよ。真崎大将は、田中大将に匹敵する人物かどうか。俺が新党を作って頑張っても、真崎がうまく立ちまわってくれなければ、どうにもならん。君はどう思う」

久原がそう言ったとき、女中が部屋に入ってきて、亀川からの電話を告げた。

「ちょっと待ってくれ」

久原は立ち上がり、部屋の隅の受話器を取り上げた。急《せ》き込んだ亀川の声が聴こえた。

「重要な話があります。すぐに伺いたいのですが」

「いいだろう。例のものは用意しておいたよ」

久原はそう伝え、受話器を戻すと、また元のソファーに座った。

「亀川が新しい情報を持ってくるそうだ」

「躍起は早いですよ。これは私のカンですが」

「しかし、奴の情報はあてにならんよ。この前も連中が何かしでかすというので、株を動かしてみたが、サッパリだった」

久原は口ではそう言いながら、確実に何かが始まったことを感じている。

「では私はこれで。他に寄るところがあるので、原稿はここにおいておきます」

近頃では「陸軍パンフレット」の影響なのか、金の動きに敏感な財界人や官僚たちが、しきりと軍の一部に接近しようと、コネを求めて動き回っている。森はその仲介役で、やたらに忙しくなってきていたのである。

「今度、ゆっくり一杯やろう」

久原は、立ち上がった森に声をかけた。

森が帰って小一時間ほどして、亀川がやってきた。

「約束の金だ」

久原は札束を無造作に、テーブルの上に置いた。亀川は中味を調べもせずに、それを鞄の中に入れた。

「西園寺中止のこと、西田が磯部を説得すると約束しました」

「それで北は？」

「時の勢いだから、止めても止まるものではないと、目下動かずに傍観する覚悟のようです」

「動かない。おじけづいたのか」

そう言ったあと、久原は、昨夜かかってきた北の電話の意味を考えている。

「先生」亀川は重大な情報を伝えるときの癖で、声を落として言った。

「…………？」

「ついに安藤大尉は、決意したそうです。これは五月事件の規模どころではありません」

「うむ。で、連中はいつ頃、動きそうなのだ」

「それが、まだ決まってないようです」

「真崎の出廷が二十五日だったな。二十五日ではないのか」

「充分考えられますが、確実なところは、まだわかりません」

久原は、亀川の推す柳川の方がよいと思うが、とりあえずは蹶起派将校たちの推す真崎でもいい、と考えている。大臣の経験もない真崎には残念だが、組閣能力はない。となれば、事後の構想は、俺か北かのどちらかであろう。なに、北はたかが支那浪人ではないか。久原はそう思って内心で嗤《わら》った。あの男には、一種の霊感力のようなものがあるのか、一部の青年将校は、北に対して絶対の信頼を寄せているようだ。歩三の安藤という男が参加したとすれば、北の将校たちに対する影響力は絶大になるというが、しかし北の思想を危険視し、反撥している者も少なくないとも聞いている。

それに、あの法華経にとり憑かれている男と、天皇主義の若い将校たちの間にいる西田税という男には、それほど政治的な能力はなさそうだ。久原は、政治面で主導権を握ることに自信を持っていた。蹶起派の将校たちが重臣たちや軍人たちを殺害し、上や下へと混乱する中で、元老の西園寺に恩を売って、真崎首班の上奏さえ成功すれば、真崎を裏であやつれる人間が組閣も指導できるのだ。青年将校たちには、北と一緒に、国体がどうのと理念でも唱えていてもらえばよい。真崎は平沼の国本社に出入りしているようだが、平沼と俺と、いったいどちらが頼りになるかだ。

「俺は田中大将が総理の時、外務大臣になりたくて、帝国政府特派遣海外経済調査委員としてドイツとソヴィエトに出かけ、欧州第一級の人物たちと会見を持ってきた。特にソヴィエトのスターリンには、日支ソ三国の間に全然武装を持たぬ大緩衝国家を設けることを提案した。三国はお互いに干渉せず、協力により安全を保障し、東亜の安定の基礎とするものだと話すと、これはいい話だと興味を持ってくれたが、支那の張作霖は、皇帝気取りで反対しやがった。そのうち満州事変が起き、日本が満州の大緩衝国を奪ってしまったが」

「外務大臣をお望みですか」

「いや、俺は商工大臣でもよい。亀川、お前には内閣書記官長の椅子をやろう」

久原は上機嫌に笑った。岡田内閣発足の時に政友会では、久原が党内をまとめて、閣僚の送り込みを拒否することに決めた。多数党の政友会の総裁が総理になれないことに腹を立てての決断だった。それなのに、大臣病にとりつかれた山崎達之輔が農相に、床次竹二郎が逓相に、内田信也は鉄相に入閣してしまった。怒った政友会では、この三人を政友会から除名にして、岡田内閣にゆさぶりをかけた。岡田はその対抗策として、鈴木総裁を、副総理格として入閣で抱き込み、政友会の支持をたくみにとり入っていた。そんな中で久原は、派閥の長として厳しい立場に立たされて、これまでなかなか、大臣の椅子を得るまでにはいかなかったのだ。

久原は思った。もう軍人ぬきの政治はない。要は、彼らをどう利用して、自分の思うがままに動かすかだ。ゆくゆくは俺が政友会と民政党を解党して、新党を設立するつもりだ。俺が首班になるのも、そう遠いことではない。久原は入閣を条件に、鵜沢聡明に西園寺への上奏を働きかける成否に思いをめぐらせていた。

二十四

中橋中尉は、栗原宅の会合から帰るとその足で、赤坂芸者の落合きみ子に逢った。きみ子は、その夜、お座敷を終え、外に待たせた中橋と市ヶ谷駅に近い中橋のアパートに泊まった。日曜日、きみ子は中橋より先に目をさますと、カーテンを左右に寄せて硝子窓を開けた。

「わあ、雪だわ、素敵」

きみ子は、陽光がまぶしくて目を伏せた。雀のさえずりが盛んに聴こえる。昨夜から一晩中降り続いた雪は、見慣れた周辺の景色を一変させた。きみ子は寝ている基明の背中を、布団の上から揺さぶる。

「ねえ、見てよ」

「………」

きみ子は、なかなか起きない基明を見て、思い切り掛け布団を剝ぎとった。パジャマを着た中橋が布団の中で背を丸めて縮まっていたが、窓から流れ込む寒気が部屋を満たし始めたため、仕方なく起きあがった。

「ほら、奇麗でしょ」

きみ子は、寒がる基明の腕を、無理矢理にひっぱった。

中橋が外をのぞくと、普通見慣れていた山茶花の生垣や、形のよい庭木や、枝ぶりの良い赤松、それに通りの向こう側にある小さな紅鳥居も、純白の雪に覆われて、まったく違った世界を創り出している。

「汚れた世界は、純白が清めたようだ」

「そう、神秘的な感じもするわ」

「しかし、赤い……」

基明は、次の言葉を飲み込んだ。

「何、しかし、どうしたの。赤い何？」

きみ子は、基明の言葉の続きを引き出そうと顔を覗く。

中橋の脳裏に、雪の上に飛び散った赤い血の色が鮮明に浮かんできて、おもわず口をついて出てしまったのである。基明はきみ子に、血の色だとは言えない。言えば、きみ子に蹶起の決意を話さなければならなくなる。その血は上官の門間少佐のものか、それとも高橋蔵相のものか、自分にも判らない。

「白い雪に赤い何を持ってきたら、お目出たいものに変わるだろうか？」

基明はうまく逃げた。

「南天の実、それとも千両の実かしら」

きみ子は言った。

「寒いな、窓を閉めよう」

基明は新聞受けから持ってきた朝刊をお膳の上に拡げ、ラジオのスイッチをひねった。ラジオは天気予報を伝えている。拡げた朝刊の両面には、第十九回総選挙の当選者の顔写真と経歴が、選挙区別ごとに載っていた。中橋は、その一人ひとりを眺めながら、白いエプロンのきみ子が、かいがいしく台所で野菜を刻む音を聞いている。当選した男たちが、自分たちの計画している蹶起と、どんな関係があるのかと思うと、なにかおかしい気がする。「コンコンコン」アパートの階段をあがってくる足音がする。足音は自分の部屋の前で停まった。誰かが戸をたたく。

「俺だ、磯部だ」

戸を開けると、磯部が襟巻を首に巻きつけ、白い息を吐きながら立っていた。

「ちょっと話したいことがある」

磯部はそう言い、台所のきみ子にちらっと警戒の色を浮かべた。きみ子は磯部の目と合うと、頭を下げた。

「ちょっと重要な話なので外で……。すぐ戻らせますから、彼を少し貸して下さい」

磯部は心配げなきみ子に言ってから、中橋を外に連れ出した。きみ子は、外套を肩から羽織って磯部の後ろから階段を下りてゆく基明の姿を、不安げに見送った。基明は去年、青年将校運動に深入りして満州に飛ばされ、今年やっと、元の近衛の歩三に戻ってきた。これからは毎日、身近で会えると思っていたのに、また仲間が基明を誘いに来た。今度こそ、自分の手の届かない遠くに行ってしまうのではないか。

昨夜、自分の胸に顔を埋めるようにして、「俺の血の中には、叛乱者の血が流れている。曽祖父は藤一郎と言い、明治七年に佐賀の乱に参画して、処刑されているのだ。俺も何かをしでかして、曽祖父と同じように死ぬかもしれない。俺はいつでも、体を血で染めてもいいよう、外套の裏地を赤にしたのだ。仲間たちは、そんな俺をキザな奴だと冷やかすが、俺は死をいつでも意識して生きてきたのに、誰も俺の美意識を認めてくれないのだ」と、自分の乳房を母親のもののようにいとおしんでは睫《まつげ》毛をぬらし、甘えた声で囁《ささや》いた言葉のひとつひとつを、基明の体温や頭髪の癖と一緒に、きみ子は思い起こしていた。

中橋と磯部は、狭い路地の陽当たりのよい場所をみつけて立ちどまった。雪が融けて流れる音が、あちこちから聴こえている。

二十六日早朝、中橋の近歩三の第七中隊は、宮城守衛の控兵当番にあたっていた。控兵の職務とは、不測の事態が生じた場合、守衛隊司令官の要請によって、衛兵所へ赴援隊として駆けつけることになっていた。守衛隊司令官は、二十五日の午前十時からは、第三大隊長の門間建太郎少佐である。中橋の作戦とは、連隊の週番司令に無断で控兵を引率して行動を開始し、門間少佐の守衛する正門衛兵所を抑えるつもりなのだ。

「君の主張するとおり、蹶起日を二十六日の午前五時と決めたよ」

周囲を見まわし、どこにもひとのいないのを確認してから、磯部は言った。

「宮城占拠は、貴様と歩三の安藤と野中の三人で担当する。他の者には誰にもしゃべってはいない。判ったな」

「何名、動員できますか？」

「うん、四個中隊を予定している。もし貴様の方に兵が足りないと言うのなら、安藤と野中の中隊の一部を、貴様の中隊に加えよう。安藤隊が麴町の鈴木を殺ったあと、そっちへ回すつもりだ。どうだ。門を閉鎖するには、各一中隊はどうしても必要だろう」

「判りました。問題は、門間少佐をどう処理するかですが……」

「なんだそんなことか。迷うことはない。銃を突きつけ、もし抵抗したら、その場で撃ち殺すのだ」

磯部は即座に答えた。

「坂下門を占拠したら……」

「すぐ警視庁の屋上に向かって手旗信号を送ってくれ」

「…………？」

「それを合図に、野中隊が入城する段どりにする」

中橋は、自分の役割を、緊張した面持ちで聴いている。

「今晩、安藤の動員数によっては、ダルマさんを殺るかどうか決める。その場合は貴様の中隊が適任だ。宮城の部隊と二分せねばならぬかもしれぬが、頼むぞ」

「やっぱり高橋蔵相も……」

「そうだ。高橋のほか、渡辺と林も予定しているが、まだ決定してはいない。貴様の方は覚悟しておいてくれ」

「うむ」

磯部は、蒼くなった中橋の肩をたたき、もう一度、

「頼むぞ」といい、忙し気にさっさと、雪道を市ヶ谷駅の方へ戻っていった。

「あのひと、磯部さんだったわね」

中橋の後ろで、急にきみ子の声がした。

「ああ」

「あのひと、何しに来たの。また例の運動なの？」

「いや違うよ。第一師団の満州派遣の問題で、俺に相談に来たのさ」

「でも、磯部さん、確か軍人をおやめになったひとでしょ。そのひとが、こんなに朝早くになぜ、満州派遣に関係があるの……」

「あなた、また満州に戻されるようなことを企んでいるのではないでしょうね」

「…………」

中橋に返事がない。きみ子は嘘をつく基明に、どうしても自分の入り込めない世界があるのを感じながら、部

屋の戸を閉めると、基明の背中にそっと頬を寄せた。その背中は、小刻みに震えていた。きみ子は基明が遠くに去らないように、しっかりと抱きついた。

銀座にショッピングに行こうと誘ってくれたのに、基明は青山一丁目の停留所で市電から急におりたので、きみ子は不満だった。

「こんな淋しい場所に、なんで降りなければならないの」

きみ子はそう言って、口をとがらせた。

「ちょっと用があるんだ」

「だってこれじゃ、雪道をどうして歩けばいいの。着物が汚れるじゃないの」

きみ子は、裾をたくし上げて足元に気を配った。

ふたりは、赤坂見附の方向に歩いていく。やがて、表町の高橋蔵相私邸の高い塀のところまでやってきた。

「ダルマさんは、ずいぶん大きな屋敷に住んでいるのだな」

「ああ、高橋大蔵大臣でしょ。一度、お座敷で会ったことがあるわ」

「ついでだ、よく見ておくか。ちょっとここで待っててくれ。すぐ戻る」

中橋はさり気なく言い、屋敷の裏手の方へ歩いて行く。


高橋は政友会の長老で、原敬の暗殺後に首相となり、その経済的手腕と人間味とで国民に愛されていた。だが、将校たちには軍事予算を削減する張本人であると睨まれていた。

「なるほど」中橋は、襲撃が決まった場合の兵の配置を考えながら、うなずいている。

「なんで、こんなところで降ろして……。足袋が汚れてしまったじゃないの」

きみ子は不機嫌な顔で、基明の後ろ姿をにらみ、仕方なく待った。

「こうよ」

戻ってきた中橋に、きみ子は体をよじり、雪で汚れた白足袋を見せた。

「わかった、わかったよ。円タクを拾うよ」

中橋はきみ子に謝った。女連れの方が怪しまれないと連れ出したのだが、やっぱりうまくなかったと苦笑した。

中橋は車を停め、運転手に銀座の方へ出るように命じた。

中橋が以前、栗原の誘いに応じて参加しようとした行動案は、同志を軍人よりも民間人に頼ったため、実行に到らずに失敗した。中橋は証拠不充分で処分はまぬがれたが、要注意人物として満州に飛ばされた。今度は軍人だけでやるべきだ。しかし、中橋はまだその満州から近歩三に戻ったばかりで、将校や下士官を、完全に味方に掌握できていないのだ。でも、今になってそんな弱音は言ってはいられない。さきゆき不安ではあるが、この絶好の時期を逸することは許されない。今度こそ成功させねばならない。

中橋は、桜田門近くで迫ってくる警視庁の建物にじっと目を注いだ。以前、映画で観た井伊大老が斬殺された桜田門外の変の情景が、頭に浮かびあがった。

二十五

村中は、吉祥寺に住む香田清貞大尉の家に向かった。東京の郊外のこのあたりは農家が多い。雪道は歩きにくかった。香田は陸士三十七期、村中と同期で付き合いは長い。村中は五・一五事件のシンパとみられて、陸士の区隊長として東京で自由に革新運動に没頭していたが、旭川の第七師団の歩兵第二十六連隊に飛ばされた。それでも村中は、革新運動を続けたい一心で陸大に入った。陸大にいれば、三年間は間違いなく東京にいることが保証されるからである。村中と行動を供にしてきた磯部とて同じであった。磯部は朝鮮の歩兵第八十連隊付き中尉から主計課を志願したが、その理由も、陸軍経理学校に入学していれば、遠い朝鮮から東京に戻れるからであった。

そんな村中は、香田とは同じ革新運動を通じてふたりとも性格もよく似ていたので、自然に仲が良くなった。歩一にいた香田は、前年の十二月に、連隊付きから佐藤第一旅団長付き副官に転じた。その佐藤旅団長が相沢公判の裁判長となったので、香田は佐藤を通して、判士側の意向を察知しては弁護人側に連絡したり、村中を呼び出しては伝えたりしていた。

「何だ、貴様か」

子供たちと遊んでいた香田は、玄関の戸を開けて入ってきた村中を見ていった。

「あっ、おじちゃんだ」

まだ三歳になったばかりの清美が、香田の背後から顔を出して、澄んだ声をあげた。

「重要な話がある。いいか」

清美に笑顔を見せた後、村中は香田に目を向けた。

「なんだ、なんの話だ。恐いな」

香田は、村中の物腰から、真崎の出廷の話でなく、いつになく緊張したものを感じた。

「とにかく、あがらんか」

香田は、清美を庭に出すと言った。

「いや、ここでよい」

「そうか」

「じつは昨夜、栗原の家で、蹶起日を決めたよ」

「蹶起日？」

「うん、二十六日の午前五時だ。歩一の栗原と歩三の安藤が中心で行動し、総勢千五百の兵力の動員を予定している」

村中は単刀直入に切り出し、具体的に計画を簡潔に説明する。

「もう、そこまで決めてしまったのか」

いちずな性格の村中のことだ。いつかはこうなると覚悟はしていたが、こんなに早くなろうとは意外だ、と香田は驚いた。それも未発に終わった栗原のときとは違い、今度は本格的な兵力が動員されるという。

「承知した、参加する。貴様の頼みでは断わるわけにはいかん。それで俺の仕事は何だ」

村中は、香田の好意ある言葉を聞き、胸を熱くする。

「貴様は隊付きでないので、磯部と俺と一緒に、陸相官邸に説得に行こう。蹶起趣意書を読み上げて、陸相に帷幄上奏を要請してもらう」

「わかった。それで、趣意書はできているのか」

「これは、野中が書いたものだが」

村中は、ポケットから紙片を出して渡す。

香田は慎重に読んだ。

「なるほど、なかなかの名文だ。しかし……」

香田が言いかけると、村中は、

「野中が俺に、これを参考にして、書いてくれと頼まれた」と伝える。

「そうか」

「うん、俺は天皇は、元老や重臣や側近たちやお偉い方たちのものでなく、我々国民の天皇でなければ、日本国は亡びてしまうと訴えるつもりだ」

「そうだ」

香田はうなずいた。それから何か言いかけて、ためらった。昨年の暮れから、第一師団の満州派遣が持ち上がってから、旅団副官の香田はそれ以後、ずっと派遣の準備に追われていた。だから、仲間たちの会合には出られず、村中たちの革新運動からは、半分足を洗ったような形であった。それでも村中が、時おり立ち寄っていたが、蹶起については、ほとんど話題にしてこなかった。

村中は反対に、磯部は仲間を集めては何か企んでいるが、自分はあくまでも相沢公判の法廷闘争で行くよ、と言っていたが、これまで村中は、何事にも慎重で、そのうえ厳格な性格であり、充分に信頼できる男だと思っていた。その村中が、なぜ急変したのか。香田には村中の心変わりが、主だった仲間が満州へ行くために、あせったうえでの蹶起だとは、思えなかったのである。

「村中、貴様が蹶起に踏み切った理由を聞かせてくれるか」

「最大の原因といえば、相沢中佐を狂人扱いをして、公訴棄却をはかろうと動き始める者が出て来たからだ」

「そんな奴がいるのか、誰だ」

「亀川という政友会の久原代議士の秘書だ。山口や栗原の家に頻繁に出入りしており、政界や統制派の連中ともつながっていて、仲間たちを政治的駆け引きに利用しようと、いつも何か企んでいる男だ」

「ふうん。もうそんな連中が動き回り始めているのか」

「政治ゴロだけではない。俺たちの周囲には、憲兵の目が光っている。この頃では、とくに厳しくなっている。磯部や栗原は監視が露骨で、このままだと、身動きができなくなりそうなのだ」

「なるほど、そうだったのか」

「今晩、安藤の週番司令室に集まる。かならず参加してくれ。来るのは磯部、野中、それに貴様と俺だよ」

「栗原は？」

「ああ栗原か、奴は豊橋の仲間に弾薬箱を運んでいる。今頃は列車の中だ」

「豊橋」

「そうだ、西園寺を担当する教導学校の対馬にな。ま、くわしいことは、今晩話し合おう。俺たちは貴様のくるのを待っているぞ」

村中は香田に姿勢を正して敬礼し、帰っていった。覚悟を決めた香田は、二階の自分の部屋に戻った。部屋の窓から、下の庭で清美がぎこちなく大きな雪だるまを作っているのを見下ろしていた。と門が開いて、妻が買物から帰ってきた。背中には生まれたばかりの茂雄をおぶって、しゃがんで雪いじりをしている清美に何か話しかけている。この平穏な日常の風景が、これからどう変わっていくのか、香田はそう思うと息苦しくなり、大きく深呼吸をした。自分でも緊張しているのがわかった。

二十六

「安藤は、ずいぶん悩んだろうな」

西田は、村中が自分の前に座ると、すぐに声をかけた。

「なにせ、歩三全部を連れ出す覚悟ですから」

村中はそう答えて、今夜、磯部や香田といっしょに、歩三の安藤の部屋に集まることになっていることを告げ、昨夜、栗原の家で打ち合せた襲撃目標と占拠地点を、地図を拡げてひとつひとつ指で差し示しながら説明した。

村中が話し終えると、西田は地図から顔をあげてうなずき、そして改めていった。

「蹶起後の上奏文のことだが、用意はできているのか」

「いえ、まだです。一応私が書くことになっていますが、宮廷文は書いたことがなく、自信がありません」

「君の『粛軍ニ関スル意見書』、あれは大変立派なものだった。北先生もほめていたよ。ついに君の弟子ができたなともいっていた。大丈夫だ、君の腕なら書ける」

西田は、やがて自分の歩んできた道を辿ると思われる村中を励ました。

「それより、陛下の前にひざまずいて、直訴したい気持ちです」

「北先生に注意されたはずだ。正統な手続きを踏んで、あとは大権私議をせずに、ひたすら陛下の御言葉を待つのだ」

西田は、黙っている村中の顔をみつめた。

「書けなかったら、私のところへ持ってきなさい」

「手伝っていただけますか」

村中は西田の言葉に、安堵した笑顔を見せた。

「よし、先生に伝えておこう」

村中は、天皇と将校たちの接点を作り出す重大な上奏文の作成に、一日悩み続けて、西田の家まで来てしまったが、西田に相談してよかったと思いながら、帰り道を急いだ。

西田は、将校たちから情報を得るとすぐ、なんども北宅に出向いて報告していたが、安藤の悩みを聞かされてからは、毎日欠かさずに出向いていた。今日も北邸の応接間で、西田は北と差し向いに座っていた。

「それで？」

北は、説明を終えた西田に、促《うなが》すような目を向けた。

「村中は反対のようですが、磯部は中橋と宮城占拠の打ち合わせをしているそうです」

「他の連中はどうなのだ」

「せっかくここまでまとめてきて、内部分裂しかねないので、反対意見の河野大尉とも突っこんだ議論は出来なかったようです。磯部の方は、腹では占拠をねらっているようで、団結が崩れるギリギリの線をさぐっているように思います」

「磯部はよくやっている」と北は思った。

「最後まで磯部がみんなを引っ張っていけばよいのだが……」

「近衛歩兵三連隊の中橋中尉が、衛門交代の機会を利用して守衛隊司令を拘束し、その後、四つの門を閉鎖する。近歩三の約半分をこれにあてて、外からの参内者を一歩も通さないようにする……」

「……」

「そのあと歩三を中心に約七百名。これを以上増やすと逆効果になる、と……」

西田は、北の反応を見ながら話した。

「安藤は承知したのか？」

「同期の磯部が説得するはずです」

西田の返事を聞き、北は目を閉じた。

「蹶起日まで、あと三日か。外部に漏れぬよう、これからは充分に注意しなければならぬ」

「それに、西園寺の件ですが」

「うむ、どうした」

「磯部と栗原に意見のくい違いがあり、まだ今のところはなんとも」

北は、西園寺殺害を中止したとしても、久原の思惑どおりに西園寺が、真崎を首班に上奏する保証は何もないと考えている。西園寺公は八十七歳、もはや天下に野心もないはずだ。それに最近では、憲法に規定されていない元老職が、内閣の組織者を推薦することに消極的になってきていると聞いている。重臣会議を設置したのも、元老が首班を決めるのは自ら議会主義を否定していることに胸を痛めての結果で、重臣会議を尊重して、ここを通った意見を天皇に上奏するように替えてもいた。

西園寺は、自分が主体として考えて上奏するには、すでに体力が衰えすぎている。中国と日本の共存を考える北にとって、欧米に従って中国侵入をたくらむ西園寺の存在が、自分の理想を打ち壊す張本人のように思えるし、天皇の意志を左右できる元老職の西園寺の立場に、羨望まで覚えてしまう。なにせ天皇の意志を左右できる人物が、日本の最大の権力者なのである。

「西園寺を中止するならば、牧野伸顕だけはかならず殺ってくれ。次期元老は牧野だ。牧野にはひどい目にあっている。それで他にもあがっているのか」

「第二次目標の人物も検討しているようです。天誅の候補に上がっている人物は、一木喜徳郎、後藤文夫、伊沢多喜男、池田成彬……」

北は、池田成彬の名を聞いて目を光らせた。

「そんなに増やさぬ方がよくないか」

北は思慮深げに言った。西田は、北が蹶起が成功した時の場合を考えて、あるいは池田の財力をあてにしているのかもしれないと思った。西田は、北が決して積極的には自分の意見をいわず、計画にも指導をしようともせぬ態度に、何か物たりなさを感じているが、それも齢のせいか、とも思った。いっぽう北の方は、安藤が蹶起後、中央幕僚の出方を見てから、弘前の秩父宮から天皇に上奏してもらうことを考えているようだと西田が語るのを、寂然とした思いで聞いている。安藤は、秩父宮はかならず自分の味方になってくれる。たとえ蹶起に失敗しても、土壇場では決して仲間たちを見殺しにはしないと信じているのだろう。

北には、激動する支那大陸で、情で動く日本人には絶対に通用しない、情け無用の革命と陰謀の渦中に、何度も身を置いて生き抜いてきたという自負がある。皇帝が追われて共和制に変わり、共和制がまた専制者と軍閥を生み、内戦に明け暮れる世界を、北は目のあたりに体験してきたのである。そんな北だから、兵を動かすクーデターに天皇への至誠赤心があれば、事後のことは成るといった青年将校たちの単純で、あまりに他力本願の蹶起計画を知って深い溜息をついた。策のない方が、あるいは成功するかもしれない。だが、策がなければ、所詮は成功したとしても宮廷改革までだ。

「西田君、私と行動を共にして何年になるかな」

北は穏やかな口調で訊いた。西田は、あのときは陸士在学中だったから、もう十五年になると、思い起こす。

「士林荘、天剣党創立から九年たちました」

「そうか」

北はうなずき、遠くを見る目付きになった。陸士三十四期の西田は、大正十四年六月に肋膜炎を患って軍務を退き、しばらく大川周明たちの行地社に出入りしていた。北が宮内省怪文書事件で、牧野と後藤を恐喝して行地社が分裂した際に、西田は大川から離れて北一輝に従った。そして昭和二年の夏、代々木の自宅を士林荘と名乗って、北の法案の現実をめざし、尉官級の青年将校を、全国から同志として獲得しようと努めた。大川らが佐官級以上の幕僚と結んで国家改造計画を進めようとするのに対して、北の『日本改造法案大綱』で若い将校と接触したのである。

西田が全国の連隊の約七十名に配布した「天剣党規約」という文書は、不穏文書として憲兵隊によって押収され、結局、結成されるまでには至らなかった。しかし、これをきっかけにして、陸士時代の後輩と結びつき、やがて青年将校たちと北一輝とを繋《つな》ぐ糸の役割をはたしたのである。北が政界の不正をとりあげて怪文書をつくり、恐喝まがいの降参料をとったり、宮中某重大事件や山林払い下げ事件にからんで、三井の池田あたりから巨額の資金を得ていることに、西田はいつかなじんできている。

本来、北が事件を起こしてきた意図は、金融資本―宮中側近―司法当局―既成政党各派が相互に癒着しつつ、上層特権階級を形成し、国民全体の利益を計らず、天皇の名を使い、勝手気儘に自己利害のみを追及し、腐敗堕落した内大臣牧野とこれに連なる薩閥を弾劾し、上層階級の権力の内部をひっかき回して対立を起こさせ、分裂させたかったのである。そして自分の思想で洗脳し、日本の革命に導こうとしたのだ。

だが、西田には「改造法案」に心酔して「天剣党大綱」を書いた当時のような熱気は今はない。西田には、北の本当のところが、この頃になって、かえってわからなくなってきている。今度の磯部や安藤たちの蹶起計画に、北はいったい何を望み、何を危惧しているのか、いまひとつ釈然としないのだ。自分はかつて「天剣党大綱」に、

「天子皇室ヨリ国家改革ノ錦旗節力ヲ賜フト考フルカ如キハ妄想ナリ」

と書いたが、いま起とうとしている彼らは、その「妄想」をこそ願望しているのではないか。自分のなかにも、それがあるのを否定できない。北は、そういう自分とも、青年将校たちとも違っている。その違いとは、いったい何なのか。西田は、それをはっきりさせたい。

「先生の天皇観ですが……」

西田は北の顔を凝視した。幼年学校出身の西田は、子供の頃から「天皇絶対」と教育されてきた。いやそれ以前に、自分の「税」という名前も、父が陛下に「貢」という意味でつけたものであった。西田は今まで、ずっと北にたいして抱きつづけてきた疑問に決着をつけたい、と思った。北は、西田の強い視線を意識しながら、さりげなく、それでも西田の反応を気にして、

「日本には天皇はいらない」

と言った。天皇は、本来あるべき理念として存在し、それは現天皇を意味しない。あるべき天皇からはずれた現天皇は、もはや天皇ではない。北は現天皇をあるべき国民の天皇としていない要因を除去する対象として、重臣や軍閥を考えて将校たちに教えてきた。だから北は、はっきりと、本当は日本が存亡の危機に直面したら、現天皇を暗殺しても、日本国家を守りたいと言い、仰天した西田の顔を見たいと思ったが止めた。

北の日頃の国体論者らしい言説と若き日の大作『国体論』との矛盾を鋭くついて、西田が一度言ったことがあった。その時、北は「あれは青二才の頃のものだから」と応えていた。それでも、多年の疑問を両断する一語を求めた西田は、かえって収拾のつかぬ混乱の中に突き落

とされて狼狽した。今まさに天皇との一体化を求めて青年将校たちは、この国に天皇親政を求めて蹶起しようとしている。それなのに北は、日本には天皇がいらないと言った。西田は北が時おり、天皇をひどく憎んだ言葉を吐くのを、きっと裏返しの恋闕の心情であろうと考えてきたが、それも不確かに思えた。

「天皇は全国民と共に、国家改造の根基を定めんがために天皇大権の発動によりて三年間憲法を停止し、両院を解散し全国に戒厳令を布く」

自分は天皇親率の軍隊の青年将校たちに、この国家改造の担い手を求めて、彼らに『改造法案大綱』を与えてきた。だが、北の夢と彼らの抱く夢は同じであると見えて、じつは似ても似つかぬ貌《かたち》をいずれは露呈するのではないか。そして両者の中間で自分は今、いったい誰のために、何のために……。

「宮中という密室化され、国民から隔離された世界で、ひたすら自分の権威を維持しようとする天皇には、自立した意志はない。人間が神を演じるほど滑稽なものはないのだ。天皇の意志は、天皇大権を利用する元老や重臣たちによって形成されているのだ。私は一度だって、天皇を神だなどと思ったことはない」

西田は北が、遠くで笑っているように感じた。

「天皇より国家が優先する。主権の存在は、『天皇』ではなく『国家』にあるのだ」

今、自分の前にいる北は、ひどく饒舌だった。

「元老や重臣たちは、その真実をよく知っているし、体験してもいるのだ。法案を刊行する際、『天皇ハ親ニ範ヲ示シテ皇室所有ノ土地山林株券等ヲ国家ニ下附ス』と規定した条文を、奴らに削除されてしまったがね。元老や重臣たちは、天皇の権威を最大限に発揮させればさせるほど、天皇の利用価値はその分だけ上がっていくのさ。俺がかつて牧野伸顕をゆすったのは、奴が天皇大権を最大限に利用している『虎の威を貸る狐』の典型的な男だからだ。しかしそれよりも、牧野をゆすることにより、皇室管理の財産内容も判るかとも思ったのだ。牧野は皇室の金を盗んで知らん顔の半兵衛の盗人だぞ。俺はそう言う意味で、平沼と共に重臣たちに一番恐れられている男だと思う」

北が牧野を恐喝すると、牧野陣営から陸軍士官学校を中退した藤井虎雄が五千円の大金を包んで北の家に持ってきた。北はやっぱりそうかと思った。何も後ろ暗いことがないならば、金を持ってくるはずがないからである。この宮中の内廷費と機密費は数百万円ほどあり、宮内大臣が勝手に使用していた。この裏金を知る長州の山県や薩摩の牧野は、必要に応じて、時の宮内大臣よりそのつど利用していた。特に大正期、自分の子分の桂太郎を宮内大臣に送り込んだ山県は、その桂から多額の金を流用していたのである。

「平沼も」

「そうだ。俺は時たま、平沼に会って重臣たちの悪徳の裏側を教えてもらった。たとえばシーメンス事件だが、当時海軍大臣だった斎藤実は三万トンの戦艦金剛の金額二千五百五十万円を三千万円で計上し、四百五十万円をコミッションとしてシーメンス社より受けとり、そのうちの十万円を収賄して私邸をたてた男だ。その時、検事総長だった平沼は、その事実を公《おおや》けにせず、もみ消しを図ったのだ。その理由がわかるか」

「さあ」

「平沼には、薩摩の海軍への遠慮もあったろうが、腐敗に対しては眼をつぶり、この事実をネタに、自分の身の栄達をはかったのだ」

「…………」

「国民に、重臣たちの具体的な裏側を暴露させれば、民衆は、きっと俺の法案の内容に共感してくれるはずなのだ。十五銀行をゆすったのも、皇室の財産管理の弱点を暴露されるのを、宮内大臣に恐れさせたかったからだ」

宮内省は、独自の銀行「十五銀行」を持っていたのである。西田は、黙って北の話を聞いている。

「明治維新の政府を財政的に支えたのは、誰もが日本国民の税金だと思っているだろう。しかしそれはちがう。三井、島田、小野の豪商たちだ。昭和の今に至るまで、政府と財閥の腐れ縁は、切れることなく続いているぞ。財閥によるドル買いがそうだ。三井は一億五千万円、住友、三菱で各七〜八千万円、その他の銀行を含めると約四億円儲《もう》けた。百円で四十九ドルだった対米為替レートは、四十一・二五ドルに急落し、その分、国家的損失が財閥に流入したことになるのだ。日本は国民のものではなく、財閥のものだと理解しなければ駄目だ。第一次大戦後は、特に船会社や造船、製鉄をもつ財閥の利益は、天文学的な数字に脹れあがった。三井の池田をゆすってみて、やっと判ったことだがね」

北は得意気に笑った。そして続けて言う。

「もう一度断言する。天皇は国家の一分子として、他の分子たる国民と等しく国家機関である。だから国家主体の本体は国民であって、決して天皇ではない。軍隊は天皇の所有物ではなく、当然、国家のものなのだ。その天皇が密室化された宮中の中で、重臣たちにとりかこまれているのが天皇制だ。欧米主義や議会制度を尊重している西園寺は、その元老としての存在自体が、自由と平等を基本とする議会制度そのものを否定しているのを知らない自己矛盾のなかに生きているのだ。俺はそんな宮中を改造したい。華族制度は廃止し、当然、貴族院は必要がなくなる。元老や重臣を経済的に支えている宮中を改革さえすれば、国家はずっと国民の手元に近づいてくるはずだ」

　西田は北の言葉についてゆけず、北の論理を追うのを止めた。

「将校たちは、どうすればよいのですか」

　北の話が終わると、西田はやっと言った。

「そうだな、まず将校たちは国会を閉鎖させ、天皇に恐怖心を起こさせずに、うまく川島陸相に帷幄上奏させることが出来れば、手続き上は成功といえるだろう。しかし、革命とは順逆不二の法門だ。何が起きるか、その場にならねばわからぬものだ。土壇場になって、あてにならぬものや僥倖にすがることなく、あくまで果断に、事にあたらねばならぬ」

　北は強い口調でいった。西田は、北が言う「アテ」とは何をさすのか考えた。真崎か、秩父宮か、それとも北自身か、いや天皇だろうか。西田がこの点を聞こうかと思ったとき、

「西田君、ひさしぶりだ。読誦しよう」

　北は西田を誘い、立ち上がった。西田は訊くのを止めて、北の後ろから階段をのぼり、仏間の襖をあけた。西田は北の後ろに座ると、今後の自分の行く末を考えていた。自分も北先生と同じ道を歩んで行くのだろうか。村中や磯部も、やはり自分の歩んできた道を辿るのだろうか。北はやがて法華経を読み始めた。西田は北の背中を見詰めながら、先生自身は仏にすがって生きているのだろうかと思った。

二十七

　小石川の水道端に、大森一声が主宰する直心道場がある。磯部は、その道場の近くにある賛天寮という一軒家に寝泊まりしている渋川善助に会いに行った。粗末な玄関の硝子戸をあけると、薄暗い部屋の隅で、渋川が机に向かって原稿を書いていた。

「磯部さんか」

「たのみがある」

　磯部は声をかけると、すぐに部屋にあがりこむ。

「すぐに牧野の偵察に行ってもらいたいのだ」

「居所がわかったのか」

渋川はそういいながら、火鉢を磯部の前にもってきた。

「湯河原だよ。湯河原の伊藤屋別館だ」

「伊藤屋か。そこはたしか、撃たれた西田さんが療養所に使った旅館ではないか。よく調べたな。で、いつ殺るつもりだ」

「君には悪かったが、昨夜、栗原の家で仲間が集まって、決めさせてもらった」

「…………」

「二十六日の早朝五時だ」

「二十六日か。急だな」

磯部が来るまで渋川は、相沢公判の橋本虎之助中将の証言を、「大眼目」に書き写していた。その渋川が、磯部に突然、蹶起日を告げられて、さすがに驚いた。

「あと三日か」

「うん。それにきのう、安藤を説得させたよ。安藤と山口の週番司令、それに中橋の衛兵交代。この日にすべての条件がそろった。これはまさに天の啓示だ」

「君が説得したのか。安藤さんがねえ」

渋川は、磯部の得意気な顔を見て言った。

「でも、軍隊だけの蹶起で、成功の目途があるのか」

これまで渋川は、軍隊の蹶起は、農民が蜂起する蓆旗と呼応すべきであると考えていた。それは、法案の解釈で磯部と激論した大岸頼好大尉のいう兵農一体、すなわち兵農分離亡国論の具体化であり、実践化でもあった。しかし、その大岸は、和歌山の連隊に配属されて会えず、同じ仲間の親しい末松太平大尉もまた、青森の連隊に配属されている。渋川は、相沢事件が突発してからは、西田と村中と三人で公判闘争に取り組んでいた。農民からの視点が欠けていると、大岸は、北の法案を批判し、北の法案を信ずる西田と合わずに対立していたが、士官候補生の当時から、西田の国家革新運動に近づいた渋川の運動歴には、充分に年季が入っている。

士官学校を上官と衝突して中途退校した渋川は、東北農村の大飢饉を眼前にみて憤慨し、明大時代の友人中橋照夫や朝倉七郎と共に山形農民青年同盟に出入りするようになり、近年では末松大尉のいる青森に行っては、農民運動家の竹内俊吉や淡谷悠蔵らと何度か会っては議論を争った。とあるとき、渋川が淡谷に訴えたことがある。

「あなたが先頭に立って農民大衆を率い、東京に向けて飢餓行進を始めて下さい。警察がかならず出動すると思います。その時を見はからって、末松大尉が一隊を率いて農民と警察との間に入り、農民のこの運動は、警察の力では鎮圧できないと訴えて、軍が警察隊の襲撃から守らせます。途中、岩手、秋田、山形から同じ方法で飢餓行進に農民が参加し始め、集団は、雪ダルマ式に大きく脹らんで行進を続けるという作戦です。行進途中では、さまざまな妨害が起きると思いますが、それらの妨害は、私たちがうまく処理します。飢餓行進が途切れずに東京に入れば大成功ですが、かりに入れなかったとしても、こうした運動が実際に起きたという事実が、財閥や政府には大きな衝撃を与えることができると思います」

淡谷は渋川の意見を聞き、錦旗を振りかざした革命構想に狙われている、との危機意識を持った。渋川は淡谷に断言した。

「圧政のもとで呻吟する圧倒的多数の人間の解放のために、一握りの重臣や財閥どもを暗殺することは正義であり、ただそれを黙認することは、合法的で組織的な殺人と同じ不正義である」と。

渋川はまた、秩父宮が弘前三十一連隊に配属されたと聞くと、東北農民の飢餓行進に秩父宮の同情と支持を得れば、財閥政府に対して決定的な打撃を与えることが出来ると考えて、この計画を、安藤から殿下に話してほしいと頼んだ。すると安藤は、「壬申の乱にはできんよ」と、渋川のたっての頼みを断わったが、その噂だけは青年将校たちの間に拡まっていった。

渋川の性分は、農民たちの苦しみを黙って見ていられないのだ。渋川と磯部とは、非常によく似た直情径行の激しい運動家なのである。渋川の、軍隊だけの蹶起で成功の目途はあるのかという問いに、磯部は答えた。

「ある。宮城を占拠して、陸相の帷幄《いあく》上奏をやるのだ」

「宮城を占拠するつもりか」

「ああ、そのつもりだ。それに、真崎御大に会って、蹶起後の軍上層部の感触をさぐったが、俺は御大から五百円ほど貰《もら》ったよ」

「真崎大将に会ったのか」

「当然だよ」

得意然として、磯部はいった。

「秩父宮には連絡しないのか」

「安藤が俺に、駄目だと言った」

「そうか。……それで大岸や末松には？」

「連絡しないし、頼まない。今からでは情報が外に漏れる可能性もでてくるからな。東京組だけでやるつもりだ。君からも彼らに知らせないでくれ。むろん、彼らには蹶起後に連絡をとるつもりだ」

磯部はきっぱりと言った。

軍務と軍隊教育を重視し、農民と軍隊を一体化して革命を実践しようとする大岸派に対して、磯部の方は、軍隊組織を革命のためにまるごと利用することを考えている。これは磯部にとって、北の「法案」の精神の実践化であった。

「動員兵力は約一千五百、安藤の歩三部隊がほとんどだ。これだけ動員すれば、農民の援助は必要ないだろう」

磯部は笑っていった。渋川は仕方なく苦笑した。

「わかった。湯河原へは、この『大眼目』の原稿を書き終えたら、すぐ行くことにする」

「すまん」

「カムフラージュのために、女房を連れて行くか」

渋川は度胸をきめると、磯部の方に腕を差しのべ、手を握り合った。

二十八

山下奉文少将は、四谷の自宅の応接間のソファーに腰をおろして、柱時計を睨んだ。朝早く、これから訪ねたいと、歩三の安藤と野中から電話があったのである。かつて歩三の連隊長で、現在は陸軍省の調査部長である山下は、林陸相による露骨な皇道派追い落とし人事により、荒木と真崎が閑職の軍事参議官に、柳川平助中将が第一師団長から台湾軍司令官へと飛ばされたあと、ただひとり中央部に残った皇道派将校たちの頼みになる味方であった。だから青年将校たちは、幾人かと声を掛け合っては山下の家を訪問し、山下を相手に、口々に悲憤慷慨し、

「山下閣下殿、ガマンがなりませぬ。蹶起すべきだ」と訴えていた。山下はそんな将校たちに調子を合わせて聞いていたが、「抜くぞ、抜くぞ」と叫びながら、結局は最後まで刀を抜けない腰抜け侍と同じだと判断して、

「統帥権干犯者は、戒厳令を布告してから片っ端から斬るんだなあ。貴様らによい案があるのなら、垢抜けたヤツを持ってこい。そうしたら、俺は一肌でも二肌でも脱いでやるぞ」

と、半分からかい気味に煽ってきた。山下の家は、将校たちの不満を解消するガス抜きの場所であったのだ。

約束どおり安藤と野中が軍服姿で、女中に案内されて部屋に入ってきた。

「おう来たか。派遣準備は出来たか。満州は寒いぞ」

歩三の連隊長の時、ふたりの上官であった山下は、自分の前のソファーに座らせると、用件は何だ、さあどこからでも来い、とでもいうように、分厚い胸の前に和服姿の腕を組んだ。

安藤と野中は最初、これから行く満州の現地の状況や、初年兵の今年の特長や訓練の様子を報告し、山下に助言を求めたり、相沢公判の進展振りに不満な仲間が多いと

の話をした。安藤の話に、山下はしきりにうなずいていたが、腹の中では、こんな話をしに来たはずではない。ふたりは何の目的でわざわざ俺のところに来たのかと、考えながら聞いていた。安藤のひとしきり雑談を交えた報告が途切れると、安藤の隣りに座っていた野中が覚悟を決めたのか、安藤の目を見てから姿勢を改めた。暗黙の承認を得たいのである。

「閣下、お読み下さい」

眉がキリッとしまり、鼻筋の通った如何にも男らしく、滅多に冗談もいわぬ野中が、週番司令室で書き上げた蹶起決意書を、山下の前に置いた。山下はそれを手にとって読み始め、すぐにきびしい顔付きになった。読み進むにつれて、山下の顔に赤味がさしてきた。今まで見せていた高慢な表情は消えていた。

「我レ狂カ愚カ知ラズ。一路遂ニ奔騰スルノミ……」

山下は最後の行を読み終えると、紙片をテーブルの上に置き、前のふたりの顔を見ずに黙って腕を組んで考え込んだ。度胸のないやつらだと思っていたが、こやつらは本気だ。本当に刀を抜く気だ。これはいい加減な返事は出来ぬぞ。これは俺の一存ではどうにもならぬ。真崎の御大にも、香椎警備司令官にも、話をしとかんといかん……。

安藤と野中は、緊張して考え込む山下の言葉を待った。山下はやっと立ち上がる。二階の書斎から万年筆をとってきて、野中の決意書に何かを書き込み始めた。何を始めたのかと、安藤と野中は顔を見合わせた。そして、うつむいて書き込んでいる山下の手元の動きを覗《のぞ》き込んだ。閣下は蹶起を肯定している。安藤は数日前に磯部と一緒に来て会ったときの山下の態度と比較し、慎重になったと判断してそう思った。山下は書き終えると、その決意書を野中の前に戻した。野中は、書き込まれた個所に目を注いだ。安藤も横から覗き込む。

「ただ神命神威の大御心を阻止する兇徒不信の跳梁目に余るを感得せざるを得ず」

野中は新たに書き込まれたその個所を指で差す。安藤は震える心で、山下の筆蹟を見つめた。ふたりには意味がわからない。もう一度、顔を見合わせた。

天皇親政を冀望《きぼう》するわれわれを妨げる輩の跳梁が目に余るから除け。すなわち君側の奸を斬れ、ということか。まさかわれわれを大御心を阻止する兇徒不信の徒だというのではあるまい……。

野中はその意味を聞こうとするが、山下はただ凝然として天井を睨み、質問を拒否して沈黙を守り通そうとしている。三人の間に時間だけが重苦しく過ぎていく。野中は、もはやこれ以上ここにいても埒があかない、と思った。安藤も、いつもの磊落《らいらく》な山下に似ず、言質《げんち》を与えまいと、かたくなに身構える慎重な態度に不安を覚えた。それでも、蹶起に支援を与えてくれぬまでも、弾圧まではしないはずだと判断していた。野中は決意書を折り畳み、ポケットにしまい込むと安藤の膝を叩いた。ふたりは一緒に立ち上がった。山下は目をつぶったままで身動きしない。

「閣下、われわれはこれで失礼します。あとのことは、どうかよろしくお願いします」

安藤と野中はそう言って、山下に敬礼した。山下はやっと目を開けると、

「もう帰るのか。あまり面倒なことは起こすなよ」

と言って、ふたりの顔を見上げた。その目は醒めた目付きだった。山下は組んでいた腕を解き、両膝に手を置いて立ち上がる。玄関で靴を履《は》き終わった安藤と野中は、もう一度敬礼する。

「ご苦労だった」

山下は、蹶起日は近いはずだ。その日はいつだと考えながら、ぶっきらぼうに答礼した。もう普段の顔の表情に戻っている。ふたりは山下の顔を見て、その表情に、何かを読みとることはできなかった。野中は玄関の戸を閉め、門を出たときに、

「どうだった」と安藤に訊いた。

「うむ……肯定していると考えていいんじゃないか」

安藤は歩きながら答えた。

「俺もそうは思うのだが」

野中は、自分自身に言い聞かせるように呟いたが、平素はずいぶん思い切ったことを言ってのけるのに、いざという時になってひどく慎重な、はっきり物を言わぬ山下の態度に、すっきりしないものを覚えた。安藤も、歩三の連隊長当時の山下が、物の判断の識別が鋭く、また大事を判断したあとの応対がたのもしく、質問はつねに核心をつき、緻密であったのに、さっきの物言わぬ山下の態度を見て、今まで見せなかった影の部分を垣間見たような気がした。ふたりは釈然としないまま、雪融け道を場所を選びながら、麻布の歩三連隊に戻っていった。

山下は、野中と安藤が帰ったのを見届けると、すぐ香椎浩平警備司令官の自宅に電話をした。安藤たちが蹶起したとなれば、直ちに戒厳令を布告しなければならぬ。当然に警備司令官が戒厳司令官になるのだ。

「今、歩三の将校ふたりが、蹶起決意書を見せにきた。奴らはかならずやる。統制派の連中が標的だろう。そこで至急、戒厳令の手続きについて研究しておいてくれ」

山下は先手を打った。三月事件の時、桜会の佐藤幸徳少佐は、三井本社を訪れ、有賀長文より二十万円の寄付を依頼した。国から得られない軍事予算として、「国家的目的」のためにと要求したものである。これに見習い、山下はどこから金を得ようかと思案した。それから親分の真崎の自宅に電話をし、川島陸相を懐柔して全軍に向け、告示文の作成準備に、すぐに取り組み始める。ただ蹶起日だけは不明であったが、将軍連中の参謀として、将校たちの蹶起に備えて動き出したのである。

二十九

東京駅を離れた大阪行きの列車は、畑一面に眩しく光る雪の中を走っていた。窓際に栗原が、足元に弾薬箱を置いて座っている。隣りに愛人加代子もいた。二人の前の座席には商人風の男が、商売道具の大きな風呂敷包みを大事そうに抱えて新聞を読んでいた。栗原は蹶起に備えて、父の友人の斎藤劉を通して、実業家の石原広一郎から五千円の資金をもらっていた。

栗原は、ゆっくり動く遠くの風景を眺めながら、昨夜、磯部が「対馬が仲間に兵を使用するように説得したが、板垣徹中尉が執拗に反対して困っている」と言っていたのを思い出している。もし対馬が板垣を説得できていなかったらどうすべきか。板垣を除いてでもやらせようか。兵が足らなければ、自分の中隊から何名かを回そうか、それとも亀川が訴えるように、西園寺は中止させるべきか、まだ思い迷っていた。早く結論を出さなければならないが、とにかく対馬に会って、彼の意見を聞いてから結論を出すしかないと思った。

車内は静かだった。憲兵を油断させるために加代子を連れてきたが、加代子は豊橋に旅行に来るかと誘ったら、喜んで付いてきた。今日は加代子にとって初めての一泊旅行だった。

「まるで光の中を走っているみたい」

窓端に座った加代子は、窓硝子に額を押しつけて雪景色にみとれている。後ろの座席では時どき、物売りの女房たちが、訛のある方言で、家族に起きた出来事を話の種に、お互いに打ち開け合っては笑い興じる声が、規則的な列車の震動音と一緒に栗原の耳に入ってくる。やがて車窓に太平洋の海岸が見え、遠くに広い海が現われた。

「故郷を思い出すわ」

加代子は、重たげな鉛色の海をみつめて、呟くように言った。貧しい漁村に生まれた加代子は、妹が売られて行く時、門からバス停まで追いかけていった。日本海の荒波の見える崖っ淵を、妹の乗ったバスが小さく小石ほどになって、林に消えるまで見つめていた。あの時は吹雪で、鷗が数羽ほど冬の海上で鳴いていた。

「海を見ていると、いつも売られていった妹のことを思い出すの。あの娘、今どこでなにをしているのかしら」

吹雪のバス停で妹や他の娘たちが手荷物を持ち、かたまって売られてゆく姿が、加代子の瞼にちらついた。

「そんな話はよせよ」

栗原は前に座っている男の手前、止めさせた。加代子は黙って、窓外を見詰めている。男は新聞を読み終えると、隣りの空席の上にそれを置いた。見ると、第一面に真崎大将の顔写真が載っており、「第九回公判開かれる。次回は真崎大将出廷の予定」という見出しが目に入る。

男は栗原の好奇心に満ちた目付きをみてとり、栗原に話しかける。

「相沢中佐は、上官を殺害したのですから、当然、死刑はまぬがれないでしょうね。噂では狂人だというではありませんか」

栗原は、その男をジロリと睨んだ。

「私は相沢中佐を、個人的によく知っております」

男は栗原の激しい視線に、少し驚いて顔を赤くした。

「それは失礼しました」

男はすぐに謝り、今度は好奇心に満ちた目を向けてくる。

「失礼ですが、現役の軍人さんですね」

栗原の出で立ちは背広に外套、中折帽子をかぶっている。短く刈った髪や浅黒い顔色や物腰動作から、軍人と判断されたのであろう。

「そうです」

栗原は不満げに答えたが、相沢中佐を知っているなどと言ったことを後悔している。しかし、いくら噂だと言っても、相沢中佐を狂人だとは絶対に許せないと気分がよくない。

「私の息子は、今年、歩三に入隊しました」

男が言った。

「歩三？」

栗原は険しくしていた表情を、目立たぬように平常に戻そうとする。

「私らのような者には、軍のなかの事情は、こう言う記事を通じてしか判りませんが、相沢事件には本当にびっくりしました。軍の内部で今、いったい何が起こっているのですか」

栗原は、民間人に思いがけずに正面からこう訊かれて、内心どぎまぎした。答えるべきか、黙殺すべきか。政界の腐敗が表面化して、一方で満州事変以後、次第に軍の力が大きくなった。議会でも、だんだん発言力を増す陸軍からの圧力を、国民はいくらかの期待をまじえながらも、何かしら不安な感じで受け取っていた。

「相沢中佐は、信念のために行動したのです。狂人なんかではありません」

「信念のために？」

「そうです。相沢中佐は、国軍を私物化し、統帥権を干犯した君側の奸を斬ったのです」

「君側の奸」

ふだん聞き慣れぬ用語に面喰らったのか、男は栗原の言葉を、おうむ返しに繰り返した。

「陛下の大権をないがしろにし、財閥と結託して私腹を肥やし、勝手気ままに振舞う者たちを、自分らは、いや私たちは『君側の奸』と呼んでいます」

実際、いまの政党政治家どもの拝金主義、利益追求は、農民の餓死する中で目にあまるほどひどい。その彼らと陰で結託した重臣や軍閥も、私利私欲の追及しかしていないと、栗原は思っている。

「なるほど。すると、永田鉄山軍務局長はその張本人だということに」

「そうです。永田は三井財閥から別荘を贈られていました」

「別荘を。それはどうも。しかしその、あなたがたがこの人物を君側の奸であると判断したら、たとえ上官であったとしても、殺してよいのかと……」

「それでは言う。軍にあって重要な地位につきながら、国家を憂えず、私の利益ばかりを企てるような連中を、黙って見ているわけにはいかんでしょう」

栗原は、この男に自分の考えを理解させようとしても、どうしてもうまく話せないのを、もどかしく思った。同志間では一も二もなくわかり合え、通じ合う事柄でさえ、見知らぬ人間には、なかなか容易に通じない気がした。

もともと栗原たちの計画には、民衆を味方にしようとする意欲は、大岸や渋川のようにはなかった。いや、なかったというより、五・一五事件のように、自分たちが蹶起すれば、当然、民衆は、自分たちの行動を支持してくれるものと決めてかかっていた。

「自分の信念に忠実であるなら、相手がたとえ上官であっても、殺すことが正しいということになると、軍隊の秩序は、いったいどうなるのでしょうか」

男は、窓の外に目をやった栗原に向かって、丁寧ではあるが、引き下がらない感じで訊ねてくる。

「もうやめたら」

加代子が見かねて栗原の腕をつねる。栗原は民間人を相手に、列車の中で議論などしたくはなかった。だが、この男の息子は、歩三に入隊したばかりの兵士であるという。あるいは、安藤が引率して蹶起する一人であるかもしれないのだ。栗原は、この男を説得できなければ蹶起はできないし、仮に蹶起ができたとしても、成功はしないかもしれないと思い、何を馬鹿なとムキになって、それを打ち消そうと懸命になった。

元老を斬り、重臣を斬り、中央幕僚を斬って、粛軍、維新革命を完遂するわれわれが、軍隊の秩序はむろんのこと、国家全体の真の秩序を打ちたてるというのに、それを同志でない、軍人でもない人間に理解できるように話せないのだ。

「あなたは今の日本をどう思うのか。こんな日本で良いと思うのか。あなたに、もし国を憂うる心が少しでもあるならば、相沢中佐の精神がわかるはずだ」

栗原はそう言うと、腕を組んで、口を固く結んだ。至誠天に通ず、議論より実行だ。軍は強靭な精神と戦闘力を鍛えなければ、日本は危うい。われわれのこの灼けるような焦りにも似た心情を、大御心はかならず諒とされる。栗原の思いは、国民の心より天皇の心の方に向いていた。車内は突然、暗くなり、列車は轟音を立てて長いトンネルに入った。

三十

歩三の営庭の積雪が、窓硝子から漏れる灯りに照らされて白く浮かんで見える。部屋のスチームの温かさで、窓硝子の水滴がふくらんで、糸をひいて下へ細く流れる。

安藤の週番司令室では、警視庁占拠の任にあたる野中大尉が、村中とふたりで、兵の配置について議論している。そのふたりの話し合いに、磯部と香田と安藤の三人が耳を傾けていたが、安藤だけがひとり、椅子からそっと立ち上がり、窓の外を眺めた。歩一より準備が遅れてしまったのは、決断が遅れた自分の責任だ。安藤はそう思いながら、曇った窓硝子の被膜をぬぐった。

硝子の向こうに兵舎の電灯がにじんで見え、その向こうに村中と野中が議論に夢中になっている姿が重なって見えた。安藤は、兵舎の灯りの中に、外出許可を得た初年兵たちが、連隊に戻り、今日一日の「戦果」を仲間たちと話し合っている情景を思った。

「それにしても」

安藤は今朝、野中と一緒に訪ねた山下少将の態度を思っていた。いざとなると、やはり自己保身に気を使って、

頼りになりそうにない。安藤が物思いにふけっていると、野中隊の四百名と坂井隊の百五十名の行動計画を確認し終えた村中が、

「安藤、つぎは貴様の作戦を聞かせてくれ」

と安藤に声をかけた。安藤は壁に掛けた宮城周辺図の前に立った。

「鈴木侍従長の襲撃には百五十名を使うが、襲撃目標をもうひとりふたり増やすときのために、百名ぐらいすぐ使えるようにしておきたい。装備は重機四梃と軽機五梃その他……進行順路は……」

安藤は背後の地図に顔を向け、持っていた指揮棒の先で、歩三の位置から鈴木侍従長官邸へのコースを指し示した。

「交番のある通りは避け、乃木坂→赤坂見附→弁慶橋→清水谷を抜けて、麹町三番町の鈴木官邸に至る。その間約一時間」

皆は安藤の説明を、思い思いの姿勢で聞いている。

「襲撃は、第一小隊長の永田曹長の重・軽機を官邸東側と北側道路に配置し、中村伍長の第一分隊と共に警戒にあたらせる。大木伍長と山田伍長の第二、第五分隊を邸内に入らせて、屋外と裏門付近の警戒にあたらせる。表門外側とその付近には、第二小隊長の堂込曹長の重・軽機を配置し、相沢伍長の小銃分隊と一緒に警戒にあたらせる」

安藤は、侍従長官邸の略図を壁に貼って、要所要所を棒で示した。

「俺は第一分隊長門脇軍曹と第三分隊長小河軍曹の分隊を率いて表門より入り、侍従長を捜索する」

「安藤、では護衛の警官はどうする気だ」

香田が訊く。

「即座に包囲、拳銃を取り上げ、行動できないように拘束する。もし抵抗する者があれば、その場で撃つ」

「安藤、今夜のように雪がふったら、赤穂浪士の討ち入りだな。そうなると、野中の方は場所柄から、井伊大老を倒した桜田門外の変か」

磯部が、緊張した雰囲気を柔らげるように笑って言った。

「忠臣蔵か。では、合言葉を決めるか」

村中が受けた。

「それなら君側―討伐でどうだ」

磯部がいった。

「いや、それより尊皇―討奸だな」

「なるほど。では、味方の目印に三銭切手というのはどうだ」

「三銭切手。何だ、それは」

香田が磯部に理由を聞くと、磯部は、得たりといった笑みを見せて、

「高杉晋作の戯れ唄に、『神武興リシヨリ二千年、億万心魂散ジテ咽トナル』というのがあるのだ。『愚者モ英雄モ皆白骨タリ。マツコト浮世ハ値三銭』だ」

磯部は、出身地の毛利藩が好きだった。それは藩が実力のある若者に活動の場を与えていたからである。高杉晋作の奇兵隊がそれで、吉田松陰や高杉晋作たちの活躍の話に、磯部は胸をおどらせて育った。だから当然、晋作の詩が大好きで、今でもいくつも諳《そら》んじている。

「ふうん……生死を達観すれば、浮世の人間の値打ちなど、皆三銭だというわけか」

安藤は仲間たちの軽口には加わらず、自分の席に戻った。兵を率いて起つのに、一挙の大義をどう語るか。演習あるいは靖国神社参拝を名目とするか。はたまた侍従長と顔を合わせた時はどうするべきか。安藤は思案の中にいたが、ときどき緊張をほぐそうと誰かが口にするうまくない冗談に、お互いにぎこちなく笑い合ってみせながら、それでもそれぞれの部署と行動計画は、確実なテンポで点検されていった。

「今晩はひとまずこれでやめよう。あまり遅くなると、憲兵に警戒される。襲撃後の部隊配置は明日にしよう」

村中はそう言って立ち上がり、外套の袖に腕を通した。磯部も立ち上がる。香田も野中も立ち上がり、安藤につぎつぎに声をかけて部屋を出ていく。外の雪は厚味を増している。営庭のどこからか、消灯ラッパの音が聞こえ、やがて兵舎の灯が一つひとつ消えていく。磯部と村中が肩を並べて営門を出ると、後から出てきた野中と香田に手を振って別れた。

「安藤も必死だが、香田にも気合いが入ってきたな。それにしても、香田がムキになって、細かいところまで突っ込んで説明を求めてくるのにはまいったよ」

磯部は、苦情まがいに訴えたが、村中は今朝、訪れた香田の家と、幼い女の子の顔を思い浮かべていた。

「村中、ここへ来る前、和尚に会ったのだろう。和尚は俺たちの計画に、何か意見があるようじゃなかったか」

磯部は思い出したように訊いた。村中は北先生に宮城占拠のことを訊かれたと言おうとしたが、黙ってしまった。磯部と議論をぶり返したくなかったのだ。

「先生は毎日、蹶起が成功するように祈ってくださるそうだ」

「うむ」

「俺は趣意書が出来上がったら、先生に目を通してもら

うつもりだ」

　村中はそう答えて、話をそらせた。

「……なあ磯部。問題は俺たちの真意が大御心に通じるかどうかだが。磯部、もし通じなかったらどうする？」

　磯部は、村中の真剣な横顔をちらっと見た。

「そうなりゃ、俺たちが統帥権の干犯者だな」

　磯部は、あっけらかんと言ってのける。

「俺たちが統帥権の干犯者か。そうなるとこっちの方が、反逆罪に問われるのか」

「なあに心配するな。統帥権の干犯者は、俺たちが撃つのじゃないか。革命は超法規だ。非常危急の際は、独断専行せねばならぬ。俺たちの実力次第だ」

　磯部は、石コロを思いきり蹴とばした。

「村中、恐れることはない。そんなことより趣意書の方をたのむぞ」

　遠くから、二つの光の固まりが近づいてくる。

　村中は雪を舞わせる円タクのヘッドライトに向かって手をあげた。

三十一

　真崎邸の応接間では、亀川がひとり、電話に立った真崎が戻ってくるのを待っている。やがて部屋に戻ってきた真崎の表情は渋かった。

「やっぱり勅許は、二十五日までには下りぬそうだ」

　真崎は、亀川の前に座ると言った。

「統制派の口封じですか」

「うむ」真崎は、むずかしい顔をして考え込んだ。真崎は、盟友の荒木大将や海軍の加藤寛治大将と、三月事件や十月事件の統制派たちの陰謀を暴露して統制派を追い落とすことを話し合ったが、彼らは勅許を下さぬように工作するだろうし、勅許を得ずに発言すれば、軍機保護法にかかる。それにひっかからぬまでも、連中に皇道派攻撃の絶好の口実を与えることになるだろう。やはり、はかばかしい結論は出なかった。

「閣下、私は将校たちが、閣下の出廷と証言を睨んで、行動を起こすとの確かな情報を得ております」

　じれた亀川が、さあどうするつもりだ、といわんばかりに詰めよった。

「まあ待て。今のわしは誤解を生じやすい立場にある。だから慎重にならざるを得んのだ。そのくらいのことは、君にも判っとるだろう。もし彼らに連絡できる機会があったら、決して無茶はするなと、わしが言っとったと伝えてくれたまえ」

亀川は不満気にうなずいた。暴露証言をやめると言うのなら、二十五日の法廷で、真崎は何を証言するつもりなのか。真崎が陸軍軍法会議法を顧慮して勅許にこだわり、この相沢公判というまたとない檜舞台で、統制派への打撃を与えるせっかくの機会を逸するのは、返すがえすも残念だが、やむを得ない。その役目を、特別弁護人の満井中佐にでもやってもらうしかない。さっそく満井に相談せねばならないが。

「久原先生は、情報如何で、閣下の首班上奏を西園寺公に手をまわすつもりのようですが……」

亀川は、それとなく真崎の気を引いてみた。

「うむ」腕を組んで考え込む真崎の顔を、亀川は意地の悪い目で見返した。

青年将校たちは、真崎の出廷の成り行きに注目している。そこで自分が統制派に向けて、なんの攻撃姿勢もしなければ、彼らは自分の態度に失望する。真崎は、自分が青年将校たちに人望があり、そのうえ将校たちに大きな影響力を持つ人間であるという位置や世評は、やはり失いたくないのだ。だからこそ真崎は、将校たちが、公判への出廷の結果に、公然と失望の態度を示して実力行動に出るのを恐れているのだ。

だがもし、彼らの蹶起が、中央を握る統制派の連中に打撃を与えることができれば、将校たちは事態の収拾に、結局、自分を頼りにしてくるにちがいないし、そうなれば成功の公算は大である。現に政界では嗅覚の鋭い久原のような男が、早くも首班構想を画策して、亀川なる男をさし向けて接近してきている。久原は自分に何を求めているのか、いずれは閣僚のポストであり、利権であろうが、なに、恐れるほどのことはない。

真崎は、正体の知れぬところのある亀川の目に、自分を観察されるのを拒もうと、強く眉をひそめて、口をへの字に結んだ。天皇が、参謀次長当時からの自分を、ひどく嫌っているのを、西園寺公はむろん、知っているだろう。そう考えると真崎は、また自信が揺れ動くのを覚える。

この亀川の話を、西園寺とは仲が悪い平沼に、どこまで知らせておくべきか。その得失も考えて、早急に的確な答えを出さなければならない。なかなか返事のない真崎の態度に嫌気がさした亀川は、応接間の置時計に目をやった。次に寄る家があるのだ。

「では、これで」時間のない亀川は、真崎に丁寧に頭を下げて、部屋を出て行った。

亀川が帰っても、真崎はまだ応接間に残って煙草を吸っていた。蹶起する時期が近いのは実感するのだが、その日が何日であるのかは判らない。公判出廷日が近づくにつれて、皇道派の頭領としての自分に、各方面から情報が集まってくるのだ。磯部を代表とする将校たちや、将校運動を影で支える北一輝や、それに政界の裏情報にくわしい森伝や久原から、そして自分の部下で皇道派の参謀格の山下からも連絡が入り、それがどんどん増えてくる。真崎は、いつ起つかと問題にするのではなく、蹶起した後の対応の検討の方が重要だと、山下と相談し、戒厳令の布告に関する手続き上の研究に手をつけさせていた。

二、三日前、磯部と会った感触では、すでに将校たちは自分を首班に、維新内閣を希望しているようだし、森伝からの話でも、それは間違いはないようだ。皇道派の頭領としての面子にかけても真崎は、軍の組織と機能を最大限に利用して、蹶起を成功に導かねばならない責任もあるのだ。統制派の参謀の永田を殺れ《や》、とつい口がすべって相沢を唆《そそのか》した結果だと思っている。そして今や自分の教育総監罷免への憤りが、将校たちの蹶起意志となって、統制派の連中を恫喝してきたのだ。

真崎はしてやったりと思う反面、思いのほかの効果に、末恐ろしさをも感じていた。相沢は、神の意志にもとずいて永田を殺ったと主張しているが、真崎は自分が唆した結果だと思っているし、将校たちは自分が殺らねばならぬことを、代わりに殺ってくれたと思い、栗原や磯部などは、相沢さんには本当に申しわけないと、自責の念にさいなまれていたのである。

永田殺害の意志がどこにあったかはともかく、相沢事件の皇道派内に与えた衝撃は、想像をはるかに越えたものであった。真崎は熟慮のすえ、蹶起の成否は天皇の意志にあると考えついた。そうなると、蹶起前にそれとなく打診しておくのが本筋なのだが、天皇に敬遠されているると気づいている真崎には、それは出来ない相談だ。そこで皇室内の根回しを、伏見宮殿下と本庄繁武官長にお願いすることに決めた。あとは戒厳令下、皇道派の力で有無をいわせず、維新政府の断行に邁進するのみだ。山下は皇道派の参謀を意識して、警備司令官の香椎と戒厳令布告について先手を打つべく張り切っている。今から山下の、蹶起後のお手並みを拝見したいものだと、真崎は愁眉を開いて満足気に笑った。

三十二

歩一の週番司令室では、山口大尉が、舅の本庄侍従武官長宛に書いた手紙を読み返した後で封をした。奴らの夜の会合までには、まだしばらく時間がある。昨夜、村中から、週番司令室を貸してくれと電話があったのである。山口はその時、いよいよ最終的な行動計画の打ち合わせだなと思った。

落ち着かないまま山口は、机の抽出から、昨夜、ひとりで謄写版で二百枚ほど刷った地図のうち、一枚を取り出して眺めた。その地図は、首相官邸から陸軍省、参謀本部など、宮城を中心とした要所要所が刷り込んである。これを奴らにやれば、蹶起部隊の下士官まで手渡されるであろう。山口は頼まれたからとも、自分からとも、いずれともいえない形で、昨夜、これを刷ったのだ。奴らに何かしてやりたい。そんな山口の思いから出た行為だった。今晩、これを奴らに渡してやれば、連中は大いに喜ぶだろう。

山口は風邪で休んだとき、村中たちから聞いた人物たちの家を指先でたどっていた。実際にどれくらいの兵を動かすつもりなのか、襲撃目標は、占拠地点は、どことどこに変わったのか。「別格、別格」などと奉られて、俺はいつの間にか磯部や栗原のペースにはめられたという気がないでもないが、とにかく俺は奴らの役に立ってやりたいのだ、と山口は自分に言い聞かせている。もうここまで来れば、足を抜くわけにはいかないのだ。

入口の方で物音がした。山口は時計を見た。入口から栗原が顔を出して山口に会釈し、それから後ろを振り向く。栗原の後ろから香田が姿を見せ、部屋に入ってきた。

「何だ、貴様か」

「久し振りです」

香田は、なつかし気に山口に挨拶をする。

「香田も参加するのか」

山口は栗原に言う。栗原は黙っている。

「村中に説得されました」

香田が、山口からすすめられた椅子に引き寄せて座りながら言った。

「で、何をするのだ」

「陸相の説得係というところかな」

香田は、言ってもいいのか迷ったが、正直に答えた。

山口が香田に何か言いかけた時、「やあ」と言って、磯部と村中が、部屋に入ってきた。

「別格、部屋を借ります」

村中が外套を脱いでから挨拶した。

「皆そろって、今夜は何の相談だ」

「蹶起後の兵の配置をどうするか、最終計画案の研究です」

磯部は、部屋の貸主への借りを返すつもりなのか、ズバリと答えた。

「歩一から、どれだけ動かすのだ？」

「……………」

「香田、栗原……歩一からほかに誰を参加させる気だ。丹生中尉か……林少尉もか」

矢つぎばやに訊き出そうとする山口に、

「まあ、まあ」磯部がちょっと手をあげて、押しとどめるような動作をしながら言った。

「別格、いいじゃないですか。お聞きにならない方がよい話もあるかもしれません。巡回でもしていてもらえませんか」

「外は寒いぞ。そう邪険に扱うなよ」

山口は笑ってみせたが、誰も笑わなかった。

「それでは話の聞こえないところで、これでも読んでいて下さい」

磯部が持ってきた新聞を山口に渡す。山口はむっとした顔付きで、皆から離れた。遅れてきた野中大尉が、息を弾《はず》ませて部屋に入ってきて、山口に敬礼する。

「こっちだ」磯部の声に振り向き、野中は、ストーブを囲んで輪になっている磯部たちの方に進み寄った。

「すまん、遅くなった」

皆は、野中を加えて肩を寄せ合うようにして、抑えた声で打ち合わせを始める。山口は面白くない表情で、時々ちらっと目をやりながら、わざと新聞のページをめくる音をたてたりした。

「豊橋は、板垣が兵を使うのを渋っているのだ」

栗原が報告している。

「よし、豊橋が駄目なら、俺が殺るか」

磯部の声が、山口の耳に届いた。

「興津には手が回らんかもしれんな」

栗原の声が山口の耳に入った。山口は、拡げた新聞をテーブルに置いたまま立ち上がった。

「西園寺は止めた方がいいぞ。悪いことは言わんぞ」

山口の声に驚いた皆が、声のした山口に視線を向けた。

「貴様たち、本庄武官長の手腕に期待をかけているようだが、思い通りにいくかどうか判らんぞ。それよりも西園寺を残して、逆に利用することも考えたらどうだ」

「別格、やっぱり聞かれたくないので、連隊内の見回りに行って下さい」

磯部が山口の方に歩み寄って言った。山口は苦笑いをして皆の顔を見た。それから机の抽出《ひきだし》から謄写刷りをした地図をとり出して机の上に置き、掌でポンと叩いた。

「貴様たち、まず俺の部屋を占拠したようだ」

山口は磯部に言った。

「すまん」磯部は、赤いタスキを肩から掛けて部屋を出て行く山口に敬礼した。

「西園寺の件は、対馬中尉からの連絡を待ってからにしよう」

栗原が言った。

「その前に村中、あの趣意書、あれを皆に見せてくれ」

磯部が言った。

「野中さんのお書きになった決意書を下敷きにして作成しました。さらに推敲してから浄書するつもりです」

村中はそう言い、最初に野中大尉に渡した。

村中の考えでは、北先生に見てもらって決定稿にしたいと思っているが、皆には言わなかった。

「野中大尉、声を出して読んでみてくれませんか」

磯部が頼んだ。

野中はうなずき、ゆっくり椅子に歩み寄る。皆も、ストーブから離れてテーブルについた。

「蹶起趣意書

謹ンデ惟《おもんみ》ルニ我ガ神州タル所以ハ、万世一神タル天皇陛下御統帥ノ下、挙国一体生々化育ヲ遂ゲ、終ニ八紘一宇ヲ完フスルノ国体ニ存ス。此ノ国体ノ尊厳秀絶ハ天祖肇国・神武建国ヨリ明治維新ヲ経テ益々体制ヲ整ヘ、今ヤ方《まさ》ニ万邦ニ向ッテ開顕進展ヲ遂グベキノ秋ナリ。

然ルニ頃来《けいらい》遂ニ不逞兇悪ノ徒簇出シテ、私心我欲ヲ恣《ほしいまま》ニシ、随《したが》ッテ外侮外患日ヲ逐フテ激化ス。所謂《いわゆる》元老重臣軍閥財閥官僚政党等ハ此ノ国体破壊ノ元兇ナリ。倫敦《ロンドン》海軍条約並ニ教育総監更迭ニ於ケル統帥権干犯、至尊兵馬大権ノ僭窃ヲ図リタル三月事件或ハ学匪共匪大逆教団等利害相結ンデ陰謀至ラザルナキ等ハ最モ著シキ事例ニシテ、其ノ滔天ノ罪悪ハ流血憤怒真ニ譬《たと》ヘ難キ所ナリ。中岡、佐郷屋、血盟団、先駆捨身、五・一五事件ノ噴騰、相沢中佐ノ閃発トナル。寔《まこと》ニ故ナキニ非ズ。

而モ幾度カ頸血ヲ濺《そそぎ》来ッテ今尚些《いささか》モ懺悔反省ナク、然モ依然トシテ私権自恣ニ居ッテ苟且《こうしょ》偸安ヲ事トセリ。露支英米トノ間、一触即発シテ祖宗遺垂ノ此ノ神洲ヲ一擲破滅ニ堕ラシムルハ火ヲ睹《み》ルヨリ明カナリ。

内外真ニ重大危急、今ニシテ国体破壊ノ不義不臣ノ誅戮シテ、稜威ヲ遮リ御維新ヲ阻止シ来レル奸賊ヲ芟除《せんじょ》スルニ非ズンバ、皇謨ヲ一空セン。宛《あたか》モ第一師団出動ノ大命渙発セラレ、年来御維新翼賛ヲ誓ヒ、殉国捨身ノ奉公ヲ期シ来リシ帝都衛戍ノ我等同志ハ、将《まさ》ニ万里征途ニ上ラントシテ、而モ顧ミテ内ノ世状ニ憂心転々禁ズル能ハズ。君側ノ奸臣軍賊ヲ斬除シテ、彼ノ中枢ヲ粉砕スルハ我等ノ任トシテ能ク為スベシ、臣子タリ股肱タルノ絶対道ヲ今ニシテ盡《つく》サズンバ、破滅沈淪ヲ翻スニ由ナシ。

茲ニ同憂同志ハ機ヲ一ニシテ蹶起シ、奸賊ヲ誅滅シテ大義ヲ正シ、国体ノ擁護開顕ニ神洲赤子ノ微衷ヲ献ゼントス。

皇祖皇宗ノ神霊冀《ねがわ》クハ照覧冥助ヲ垂レ給ハンコトヲ。

昭和十一年　二月二十六日

陸軍歩兵大尉　野中四郎　外同志一同」

読み終えた野中が、感嘆の声をあげた。

「実に見事なものだ。村中さん、さすがに格調がある。これなら間違いなく、陛下は私たちの真意を汲みとっていただけるはずだ」

「なかなかうまいぞ」

香田もうなずく。

「ちょっと待ってくれ」

野中が言う。

「この私の名前だが、これはほとんど村中君の文字どおり彫心鏤骨《るこつ》の名文だ。村中君の名前にしてくれないか」

「いや、それはいけません。俺と磯部は不当なことですが、軍籍を剝奪されている身です。趣意書の代表は、現役で同志の信頼の篤い、年長の野中大尉になってもらいたい」

村中がきっぱりといい、

「野中さん、私からもお願いします」

磯部も一緒に頭を下げた。寡黙な野中は多くを語らない。もう一度黙読をし、皆の顔を見回したあと、

「わかりました」

といい、持っていた趣意書を、ゆっくり村中に返した。

歩三の野中が蹶起趣意書の代表者になったことに、歩一の栗原は内心、大いに不満であった。もともと歩一には歩三への対抗意識がある。栗原には、今度の蹶起をここまで引っ張ってきたのは自分の力だ、という自負がある。俺が機関銃中隊を率いて起つからこそ、これまでの少数有志による要人襲撃とは桁ちがいの軍事行動として、元老や軍臣、とりわけ軍の中央幕僚どもを震え上がらせることができるのだ。俺は相沢公判の会合に参加しては、かならず蹶起すべきだ、と主張をくり返した、そんな俺を、皆が「ヤルヤルの栗原」だとか「あわて者の栗原」だと陰口を言っているのを知っていた。ときには面と向かって俺に、同志間の統制を紊《みだ》す奴だ、とまで批判する者もいた。

だが、俺に言わせれば、なぜ、皆が俺のように熱くならないのか、奸賊を斬るのは最高の道徳だというのに、不思議でしようがないのだ。永田鉄山を斬るのだってそうだ。相沢さんのような人ではなく、本当はもっと若い

われわれ将校がやるべきことではなかったか。俺は相沢さんには、本当に済まないと思っている。武士道においては、「分別出来ればはや後《おく》るるなり」と「葉隠」にもいうではないか。武士道においては死狂ひなり、と。

それに俺は、ただ激情にかられて、口先だけでヤルヤルと口走っていたのではない。丹生を同志に引き入れて共に部隊を動かす準備をすすめたり、実弾確保の手段を講ずるのに四苦八苦を重ねてきたのだ。実行力のある所沢飛行学校の河野寿大尉を磯部に結びつける役目も、俺が果たしたのだ。こうして俺が苦労している間に、歩三の方は一体、何をしていたのか。安藤にしても、新井にしたってそうだ。歩三もいよいよ準備をするか、などといいながら、なんだかんだと理屈をこねてばかりいて、なかなか参加を決めなかったではないか。

だが、だからと言って栗原は、野中大尉の名で蹶起趣意書が書かれたことに、異議を申し立てることができない。歩三の安藤を、怯懦《きょうだ》と批判することもできない。いや野中でなくて安藤であったら、自分の不満も起こらずに納得できる。安藤は誠実重厚、部下思いで、おのずから指導者としての力量をそなえた人物であることを、栗原自身もよく承知している。だから、野中が代表者になるのに、異議ありと声高に言えず、しかも釈然としない。

そんな不服そうな栗原の顔に、磯部は気づいていたが、何もいわない。

「さて、趣意書の件はこれでよし」

香田は謄写刷りの地図を手に、それを見ながら言った。

「安藤の参加で、兵の数に余裕ができたのではないか」

「うん」歩三を代表して野中がうなずく。

「では、攻撃目標は増やしてもよいな」

香田は、皆に同意を求める。やる以上はもっと踏み込んだ方がよいと思っている。

「その必要はないだろう。あまり人数を増やすと、焦点がボケてくるし、それに国民に恐怖心を起こさせても、かえって不利になる」

村中は西田に、人数はあまり増やさない方がよいと言われていたので、そう訴えた。しかし、磯部は香田の意見に賛成する。

「在宅していない場合も考えて、もうふたりぐらいならいいのではないか」

「俺も賛成だ」

栗原が同意する。

「わかった」

村中は、皆の意見にあえて反対しなかった。

「まず、三長官会議で、真崎閣下を罷免させて統制派に寝返った林銑十郎だな」

香田が前陸相の林の名をあげる。

「いや、林は永田事件ですでにみそをつけている。一般の人気もないし、殺っても効果はない。今や単なる軍事参議官にすぎない。それより渡辺教育総監の方が問題だ。こいつは同志を弾圧したばかりでなく、三長官の一人として、われわれの行動に反対しそうな人物の筆頭でもある。永田鉄山のなきあと、天皇機関説の軍部における本尊だ。渡辺を殺ろう」

磯部が主張した。

「それなら、高橋蔵相はどうだ」

香田が磯部に言う。

「参謀本部の廃止論などを唱え、昨年冬の軍事予算問題のさいには、国会において反軍的言辞を弄している、いやな奴だ」

「そうだ」

磯部は、香田の意見に同調して、村中に賛意を求める。

「村中、渡辺と高橋を殺ろう」

「誰がやるのだ」

「渡辺の住所は上荻窪だ。それほどの人数はいらないな。歩三から三十名か四十名は出せるだろう。それに高橋の方は、中橋に頼むつもりだ。すでに中橋には、それとなく話してはある。決定次第、今晩帰りに立ち寄って、確認しておこう」

村中は皆の顔を見た。皆、磯部の意見に同意しているようだった。

「よし、林はいいだろう。渡辺と高橋のふたりを追加しよう」

村中は言った。ここでちょっと一息ついた空気が流れたが、それはつかのまで、磯部の次の言葉で、またピンと張りつめた空気に変わった。

「宮城の衛門警備のことだが……」

磯部は、慎重に言葉を選んで説明する。

「二十六日未明、中橋の中隊は、衛兵司令に明治神宮に参拝する、と告げて近歩三を出る。途中で兵力を二手に分け、一隊は正規の半蔵門で衛門交代の控兵配置につき、別の一隊で高橋蔵相を殺る。これも目的を達成すれば、直ちに半蔵門に向かい、前の一隊と合流する。無事に衛門交代が終了したら、中橋が宮城内より、野中隊が占拠した警視庁の屋上に手旗信号を送る。それを合図に、野中隊の一部が坂下門から宮城に入って内より、重臣どもの参内を阻止する。こうしてわれわれの部隊は、宮城の全部の門を閉鎖し、君側の奸を宮城に近づけず、陛下をお守りするのだ。これが実現すれば、自分たちが直接天皇に上奏せずとも、自分たちを支援する将軍たちが、自分たちに代わって天皇に対して強い要求が出来る。うまく玉をわが方へ抱き取れるはずだ」

磯部はいつになく慎重な面持ちで話しつづける。なに、無事に衛門交代が終了したらだと……。営門守備控えの中橋中隊が、守備隊司令官指揮下の部隊と、どうやって交代するのか。仮にしかるべき口実が設けられたとしても、それを怪しまれたらどうするか。磯部と中橋の間では当然、そんな場合の措置は確認ずみなのか。

村中は、説明している磯部から、野中大尉の方に視線を移した。もし野中が、そのような作戦は陛下を人質にするものではないかと疑問を抱き、磯部の案に反対したら、蹶起直前に団結が崩れて、仲間割れから蹶起不能になりかねない。天皇をわれわれが奪還するのではなく、君側の奸から奪還するのだ。そう考えてくれ。村中は、固唾をのんで野中の顔色をうかがう。野中は腕を組んで瞑目したままで、何も言わなかった。

「われわれ維新部隊は、衛門を占拠し、守衛したあとで、香田、村中、俺の三人が、この趣意書を持って川島陸相と一緒に宮城に参内する、そして控えの間で、陸相が帷幄上奏するのに立ち会うのだ。その間、全維新部隊は宮城をあおぎ、陛下からのお言葉を賜わるまで、占拠地点を動かずに、ひたすら待つのだ」

磯部の声には、誰にも有無を言わせぬ気迫がこもっていた。磯部が描き上げた最高の美学がここにあった。至福の部が求め続けてきた最高の至福がここにあった。至福の中で、誰も一語も発しなかった。

「われわれの制止を押し破って、無理にでも宮城に入る者があれば、たとえ相手が味方だと名乗ろうとも、直ちにその場で射殺する」

大切なものに傷を付けられる場面を思い描いた磯部の言葉に、閉じていた野中の目が開いた。野中はゆっくりと腕組みを解き、自分にきびしい目を向けている磯部の目と合った。

村中は息をのむようにして、野中が何を言うのか待った。野中は沈黙したままだったが、自分の重大な任務に納得したのか、静かに微笑んで、かすかにうなずいた。

磯部はホッとして姿勢を正した。誰もが身近に見たこともない、その声さえ聴いたことのない天皇の実在が、ありありと実感された。彼らは軍人になって初めて、天皇との一体感をもったのである。これこそ皇道精神であり絶対精神であり、軍人が必要とする最高美の世界であった。皆はその生身の天皇の意志を聴き取ろうとするかのように、深い沈黙の裡《うち》にいた。

第四章　蹶起

三十三

深更、真崎は少しも眠れないまま、上半身を布団から起こした。苦し気に咳をすると、隣りに寝ていた妻の信千代が目をさました。信千代は佐賀藩の士族中島仁之助の長女で、真崎が陸大の学生のとき結婚した。真崎は信千代がよこした羽織を肩にかけて厠《かわや》に立った。薄暗い廊下は冷えびえとしている。真崎の頭には、勅許におびえて青年将校たちを見殺しにするつもりかと訴えた亀川の顔が、浮かんでくる。消化不良の食物が胃の中にまだ残ったような感じで気分が悪い。

真崎はブルッと身震いをすると、寝室には戻らずに、書斎の襖を空けた。机の上の電器スタンドをつけて、本棚から特別弁護人の満井中佐が寄こした公判資料をとり出した。寝室に戻らない真崎に気づいた信千代は、灯りのついた書斎に入って、十能から火鉢に火を入れた。

「すまない」

真崎は掌を火にあぶってページをめくり、スタンドの灯りに照らされた文字を追いながら、覆いかぶさってくる不安を抑えかねた。真崎は、永田鉄山を相沢が斬ったと聞いた時、相沢は自分の言った言葉を本気でうけとっていたことにショックを受けた。いや、むしろ自分を教育総監の椅子からひきずり下ろした統制派の軍首脳どもを震撼させたことに、快哉の思いがあった。しかし今度は違う。動くのは一人や二人の有志将校ではない。部隊だ。磯部や村中に、部隊は動かせないとすれば、動員できる兵力はそう多くはあるまい。だが、その数が百名や二百名であろうと、それが竹橋事件以来の未曽有の重大事態にたち到ることは間違いないのだ。

国軍の一部が、将校の指揮のもとに動いて、元老、重臣あるいは軍の首脳を殺害するのを、統制派に味方する天皇はどう考えるだろうか。それが国体明徴、維新親政、憂国赤誠の念から出たものだ、と天皇に認めてもらうところへ持っていくためには、およそこれらに対して敵対的な人物は、全面的に排除しなければならない。そうでなければ、維新の大義は血なまぐさい兇行とされて、自分たちは、没落せざるを得ない。いや、重罪人にさえ転落しかねないのだ。

真崎は、林前陸相と共に自分に教育総監の辞職を迫った参謀総長の閑院宮の顔を思い浮かべた。蹶起《けっき》する連中に、閑院宮を襲撃してもらいたい、とそんな妄念に一瞬、かられた。むろん将校たちが、皇族で参謀総長の閑院宮を血祭りにあげることなどありえない。真崎は、自分を嫌悪している閑院宮の顔を重ねるようにして天皇の貌《かお》を見た。

重臣たちは、皆、自分たちに牙を剥く将校たちのクーデターを計画におそれをなして、林陸相に粛軍をすすめ、永田もその意にそって皇道派追い落としに力を入れ、天皇までも味方にしてまで、自分を落としめたのだ。亀川は自分を首班に上奏する工作として、西園寺殺害計画の中止を語っていたが、真崎首班が実現するか否かは、将校たちの軍事行動の規模と成否にかかっている。陸軍省と参謀本部の幕僚権力が、将校たちの気迫に青ざめて、右往左往する事態に到らなければ、真崎首班の声は各界からあがらず、出たとしても反対派の力に潰されてしまうだろう。

西園寺の上奏よりも、将校たちの気迫にこそ自分は賭けたいのだ。だが、と真崎は夜更けの冷気が身に沁む書斎の灯の下で、火鉢に掌をかざして呟いた。

「軍の政権」

軍がこの国の政治の実権を掌握する。陸軍大将のこの俺が動かすのだ。この千載一遇の好機を逸してはならない。鵜沢や西園寺の線も、荒木大将と相談しての軍事参議官会議の線も、海軍の加藤大将と伏見宮の線も、そして久原や平沼との繋ぎも、それぞれに手を打っておかねばならない。その上で川島陸相をこちら側に引き入れておけば、たとえ天皇の意志がどうあろうが、何とかなるはずだ。いきなり真崎内閣が無理だとしても、焦ることはない。陸相入閣の要請は確実なのだ。

先刻の恐れと不安は、熱をおびて脹《ふく》れ上がってくる野望の夢に忘れられたが、それでも事態の推移如何では逃げ込める道をつくっておかねばならぬという思案だけは頭を去らず、用心の上に用心を重ねては、公判資料に目をあてたまま、じっと眉根を寄せた。

三十四

北邸の応接間に、村中は北と対座している。

「二十五日の証人喚問の件で、私は真崎の家に意見を聞きに行ってきました」

「うむ」

「いよいよ国内革新断行の計画が着々と進みつつあり、近く閣下に対して、御出馬を乞わねばならぬ事態が生ずるかもしれません、と真崎閣下に訴えると、閣下は、日本はこのままではいかん、今後はどうしても軍が中心になって、政党財閥の覚醒と、国民の精神的指導について真剣に考えなければならん、と私に訴えました」

「軍隊を動かすことは伝えなかったのか」

北が訊く。

「それらしきことを聞くと、閣下は、『軍の実力での国内改造は革命になり、絶対にいかん』と答えていましたが、内心ではそれを期待しているようでした」

「うむ」

北は、真崎は村中の背後にいる自分を意識して発言していると思った。

「一定の場所に兵力を集結占拠した上で、目的達成のために、上部工作を持続させることは、我が国体観念上、どう解釈しますか」

「村中君、二階の仏間にいき、一緒に読経しよう」

北は村中を仏間に誘った。そして以前のように北は朗々と読誦した。やがて終わって後ろの村中に振り向くと、

「天皇陛下に大詔喚発を強要し奉るがごときことは、国体観念上、許されざるも、しからざる範囲内において上部工作を行なうことは差し支えなし。これをなす以上は、一歩も退かざる覚悟をもって、徹底的に該目的を計るべく要あるべし」と伝え、

「大内山に光射ス。暗雲ナシ」

との霊告を告げた。村中は厳粛な面持ちでそれを聴いた。鈴が村中に頼まれた巻紙と筆墨を経机の上にそろえると、北と一緒に部屋を出て行き、村中がひとりが仏間に残った。明治天皇が見詰める経机の前に正座して、蹶起趣意書を拡げ、最後の推敲《すいこう》を始める。墨壺に筆先をそろえてたっぷりふくませ、一字一画を精魂こめて書き始める。筆を止めれば、明治天皇の視線を意識し、同志と議論を繰り返してきた部屋や仲間の顔を思い浮かべる。とうとうここまでたどり着いたかと思う反面、まだ実感が湧かない。それでも自分が求め続けてきた天皇との一体化という美意識の世界に入っていく気分に襲われた。

村中は、ゆっくり書き直すと、満足気に立ち上がって仏間を出る。暗い階段を下り、ラジオの放送が聞こえてくる茶の間の障子を開ける。

「どうだ。書き上げたか」

「はい」

村中は炬燵の上に、蹶起趣意書を拡げた。北は聴いていたラジオの寄席の落語を切って、巻紙の文字に目を向けた。村中は正座をして両膝にかるく握った拳をおいて、

静かに北の読み進める横顔を見つめた。北は読み終えると、頼もし気に村中の顔を見た。

「よく書けている。すばらしい」

北はあらためて趣意書を見直す。文章力は西田も及ばないのではないか。無駄な言葉はどこにもなく、構成もしっかりしている。

「今夜はもう遅い。どうだ、泊まっていかんか」

北はすすめた。時計の針はすでに十一時を回っている。

「ありがとうございます。しかし、明日は重要な準備がありますので」

村中はちょっと頭を下げた。

北は、そんな村中にしばらく目を向けていた。

「そうか」

「村中君、上から筆をとってきてくれんか」

村中は二階の仏間に戻り、硯《すずり》と墨汁と筆をそろえて持ってきて、北の前に置いた。北は座り直して筆を持つと、趣意書の何個所かに筆を入れた。

「君の文章は気迫がこもって見事だ。ほとんどこのままでよい」

村中は、北の書き入れた語句を見た。

「至尊絶対ノ尊厳ヲ藐視《びょうし》シ僭上之レ働キ、万民ノ生々化育ヲ阻碍シテ、塗炭ノ苦痛ニ呻吟セシメ……」

村中は、「国体ノ擁護開顕ニ神洲赤子ノ微衷ヲ献ゼントス」と書いた文章に、北が「肝脳ヲ竭《つく》シ、似テ神洲赤子ノ……」と書き加えている個所に、ふっと笑った。磯部が北を「和尚、和尚」と敬愛して呼んでいたのを思い出したのだ。

「どうした」

北が訊ねた。

「いえ、何でもありません。ありがとうございました」

村中は巻紙を巻き終えてから、深々と頭を下げた。

村中が帰ると、北は浴室に入った。湯気がわく湯舟の中に、冷えた体をゆっくり沈める。熱い湯があふれ、体の芯まであたたかさが浸透していく。体を動かすたびに湯面が揺れて湯煙の中で光が乱反射した。目を閉じた北の脳裏に、降る雪をついて出動し、大きな屋敷の門前に機関銃座をつくる兵隊のたちの姿が浮かび、積雪を踏む軍靴や剣帯の響きが聴こえた。

「二十六日までは、あと二日か」

自分が作成した「日本改造法案」が、いまようやく現実を動かす力になるかもしれないというのに、心の底から激しく衝きあげてくるものがないのはどうしたことか。北は湯舟から出て立ち上がると、肉体と精気の衰えを、ふと感じて、軽い眩暈《めまい》が起きた。成り行きにまかせるしかないのかどうか。北は濡れた体を洗って、鏡の中の自分の顔を見つめた。

五・一五事件で西田が川崎長光に狙撃されて、順天堂病院に入院し、その看護に付いた時、見舞いに訪れた将校たちと知り合い、彼らに言葉をかけられる機会がふえたが、やはり五月事件以後の風向きの中で、北の改造法案の影響力に興味をもつ政友会の代議士が増えてきた。外務省を振り回す実力を持つ森恪は、支那大陸の詳しい情報を得ようと北に接近してきたが、北の背後の軍部の動きにも興味をもっていたのである。

北は政友会内の総裁選の争いで、鈴木と久原との仲裁役になってからは、政界でも政治力を発揮していた。だからといって、政界や財界の一部の人物への自分の影響力を、過大評価するほど自惚《うぬぼ》れてはいない。青年将校たちの誰彼さえ、北や西田の思想に批判的なのも知っている。彼らには改造法案の理論への疑念もあるのであろうが、それよりも現役の軍人たちは、民間人と、どうしても一線を画そうとするのだ。いずれは磯部や村中も、若い隊付き将校たちから、西田のように革命ブローカーとして蔑《さげす》まされるようになるのではないか。

そう考えると、その磯部や村中が中心になって、栗原の部隊使用をバネに、歩三の安藤までも参加をさせて蹶起しようとしている今度の計画は、いまが逸すべからざる好機なのかもしれない。宿敵の大川周明たちの五・一五事件より、はるかに大がかりな今度の蹶起が成功すれば、北一輝の存在と『日本改造法案大綱』の思想は、巨大な光と影をともなって、一挙に浮上することになるだろう。

だが、と北は思い惑う。同床異夢の状態は、いつまで可能なのか。自分の見つづけた革命の夢と、青年将校たちが見る錦旗革命の夢とが、どこまで一緒に歩いていけるのか。北はそう考えながら、冷えた体を湯舟の中に沈めた。

三十五

「本日ハ相沢中佐第十回公判ニシテ予モ証人トシテ召喚セラル。本日ハ千余年前菅公ノ薨去《こうきょ》セラレシ日ナリ。一面非常ナル凶日ノ如キモ菅公昇天至誠天ニ通ジタル日ト考フレバ又大イニ意義ナキニアラズ。本日ハ予ノ上申ヲ付ケ勅許ヲ得ズシテ出頭スルコトナレバ大体ニ於イテ咎弁セザル決意ニテ……」

真崎は日記を書き止めて、疲れた目を指で揉んだ。信千代が熱い茶を運んできた。そして雨戸を繰った。空を見上げると鉛色であったが、雀の囀《さえず》りがひとしきり朝の大気の中で賑やかであった。真崎は公判資料を机の片隅に置き、書きかけの日記帳を静かに閉じると、信千代が運んできた湯呑みを手にとった。

「お食事の支度ができていますから」

信千代の言葉にうなずいて、真崎は書斎を出た。

「目が赤い。徹夜だったのですか」

息子の秀樹が、食卓についた父に声をかける。

「いいや、君も試験勉強で遅かったようだな」

真崎はそう言い、妻の差し出す盆から茶碗を受け、黙って箸を動かした。心配した秀樹が立って、常備の薬箱から目薬をとり、父に渡す。家族団欒《だんらん》の食事が終わりかけた頃、憲兵が二名、警戒に来訪して門の両側に立った。新聞記者も数名やってきて、玄関前の方が騒がしくなった。

「近所に迷惑だから、静かにするよう言ってきなさい」

真崎は女中に命じ、仲間たちからの激励の電話に何度も応対する。それから、縁側の藤椅子に座ると、テーブルの上の電報や手紙に目を通す。その中には神戸の湊川神社の御守を送ってきたものもある。その反面、「真崎教育総監更迭事情要点」や「軍閥重臣の大逆不逞」と書かれた怪文書もある。


「帰りは華族会館に行き、その後で伏見宮殿下の宮邸へ御弔問に伺ってくる」

真崎は玄関口で見送りの家族に伝え、群がる記者たちを押し分け、カメラフラッシュの中を待たせていた陸軍省の車にのり込んだ。死去したのは伏見宮殿下の二女の敦子で、清棲幸保伯爵に嫁ぎ、二十四日朝に逝去された。その御里方である伏見宮宮邸へ御弔問に伺候するつもりである。真崎は、車中では両膝の間に軍刀を立て、顔を正面に向けた姿勢を崩さない。

「もし何かが起きたら、兄さんしか、陸軍の収拾能力はない」

海軍大湊司令の職にある弟の勝次の言葉を、真崎は思い出した。今日の法廷で、暴露発言をする気はないが、相沢事件の引金になった教育総監罷免については、少なからぬ言い分があった。真崎が青年将校を煽動して違法な企てをするとか、軍の統制を乱して困っていると、永田や南たちが軍内部でいいふらし、真崎が重臣たちにテロを仕向けていると信じた斎藤内大臣は、「真崎を切れば君の将来は保証しよう」と確かに林陸相にそう言った。宇垣が出馬すれば、次期総理の候補者として林に約束手形を切ったのである。

斎藤が閑院宮の強い主張を受けた形で、林陸相にそう嗾《けしか》けたことは判っている。だからといって、閑院宮の意志や発言には、露骨にふれるわけにはいかない。皇族としての権威を最大限に利用して自分をせめてきた閑院宮を、事件の渦中に巻き込めは、こちらが不敬よばわりをされて、かえって不利を招いてしまう。閑院宮が参謀総長であられる限り、〝革新の癌〟だと言い切った青年将校の顔を思い出した。

その閑院宮の背景には、元老や重臣、官僚や財閥の某々が控えているのだ。その宮を除外しての攻撃となれば、永田と財閥、官僚との結びつきを暴露し、軍務局という要衝を占めたあのキレ者を実質的な軸に、クーデター的な政権奪取を企図した宇垣陸相をはじめとする統制派の南次郎、寺内寿一、小磯国昭といった連中に打撃を与えるべく、三月事件の真相を証言するという、多少迂遠な戦術しかない。しかし、それも勅許がなければ、詮めは結局、こちら側にまわる危険性は大だし、非公開では、所期の効果をあげることも難しいかもしれぬ。

真崎はあれこれと湧いてくる雑念の中で、それでも法廷での訊問を想定し、腹心の菅原や牛島につくらせた答弁案を、何度も自問自答しながら復習してみたりした。

真崎の乗った車は、午前九時半に第一師団司令部に到着した。車を降りた真崎は、開廷まで時間があるのを知り、自分が以前に出入りした師団長室に足を向けた。部屋に入ると、自分の写真がかかっていた。

法廷は十時十六分から始まった。

裁判長は歩一旅団長の佐藤正三郎少将、判士は歩一連隊長小藤恵大佐ら四名、検察側は第一師団法務部長島田朋三郎、弁護人席には鵜沢、満井中佐らが座っている。鵜沢が弁護を引き受けたのは、自分が軍法会議法の生みの親であるからである。公開を禁止され、被告人の相沢中佐も出席を許されないまま、密室の中の限定された男たちの間に、緊張した空気がかもしだされている。真崎大将が法廷に入ってきた。

「全員起立」鋭い声が法廷内に響き、全員が起立して裁判長に一礼する。

「着席」全員が着席したところで、特別弁護人の満井中佐が、真崎大将に証人席で立つようにうながした。証人訊問が始まった。

「証人は、軍務局長永田鉄山少将が三月事件に深い関係を持っていた、と判断できる証拠書類を持っていますね」

満井は、のっけから本筋に切り込んだ。

「持っていましたが、今は陸軍省に返してあり、手元にはありません」

「それは、どんなものでしたか」

「当時の小磯国昭軍務局長が、軍事課長であった永田鉄山に命じてつくらせた、たぶんに政治的な策謀にみちた計画案で、それは議会を混乱させ、それに乗じて宇垣内閣を樹立させようというものでした」

このことはすでに陸軍部内では公然の秘密であり、だからこそ相沢事件も発生しているのだが、真崎は証拠書類も示さず、計画案の具体的な内容も、言葉を濁して語らない。

「永田鉄山は、なぜその時に裁かれなかったのですか」

「事件関係者は皆、処分されましたが、南陸相による、その処分が寛大すぎるとの批判は、当時からかなりありました」

「裁判長、只今の証人の発言により、宇垣大将に証人として出廷されるよう、喚問を考慮していただきたいと存じます」

満井ははっきり言わぬ真崎に対して苛立ち、それでもここから何らかの獲物を引き出そうとして、裁判長の注意を喚起することを試みる。

「ところで、証人が教育総監を更迭されるに至った原因についてお訊ねしたい」

満井からそう訊かれて、真崎はちょっと姿勢を改めた。

それについては、言いたいことがヤマほどあるというわけか。満井は真崎の発言に期待した。

「林陸相の提示する人事異動案について、私が注意する点がありましたところ、人事権は陸軍大臣に属するもので、真崎は軍の統制を紊《みだ》す者である、との誹謗《ひぼう》が行なわれました」

真崎は、巷間にはすでに明らかな経緯に多くの言葉を費やすが、満井が意図する更迭問題から統制派攻撃への一気の展開までには、なかなか嚙み合ってこない。満井は、ある皇族が中傷を受け入れて、教育総監は陸軍大臣の非常時陸軍の強化案を妨害するのか。君の勇退は、いまや軍内の世論になっている。君は派閥をつくり、その中心人物として軍の統制を乱すのを、黙認することはできないと叱責された、と真崎が泣き言めいた言い方で触れたのをとらえて、そこから参謀総長の閑院宮を抱き込んでの統制派の更迭強行、それを統帥権干犯だとする真崎の反撃を、この法廷に記録させようとわざわざ、その皇族とは誰を指すのかと訊いたりしたが、真崎は口をすべらせたと思ったのか、答えようとはしなかった。

満井は、なおも真崎に発言させようと、あれこれと策を弄して粘ったが、警戒した真崎は、次第に口数が少なくなった。問題が核心にふれそうになると、真崎は、

「私は本法廷で証言すべく、勅許の申請を陸軍省に再三に渡ってお願い致しましたが、いまだ許可は得られません。そのため、そのご質問についての答弁は控えさせていただきたい」

と予想どおりの発言で回避する。満井は咳払いをした。

「証人、あなたは相沢被告の行動をどう評価しますか」

「決して個人的な感情で引き起こされた行動ではないと思います。被告は敬神家で軍教育が全部です。被告の持つ精神世界は、今日の物質論では解決不可能でしょう」

満井は真崎の証言を、この程度でやむを得ないのかもしれない、と不満ながらうなずいた。

「そこでお聞きいたしますが、証人は被告相沢中佐とは、何度か会っていますね」

「はい。私が第八師団長の時、被告がひどい肺炎で入院して、その病院に見舞いに行ったことがあります」

「その時、被告はどんな人物だと思いましたか」

「彼は、物事を非常に純粋に考える人だと感じました」

「その時、被告に特に性格的に気にかかった点は何か気づきましたか」

「感激家にはちがいないが、その他については特別に何も思いませんでした」

「被告が証人を訪問したことがありますね」

「見舞いの礼だといって、私の家まで来たことがありました」

「その時、どんな話をしましたか」

「被告は銃剣道が得意だと言ったので、家にたまたまあった刀を一振り、快気祝いにと贈りました」

法廷内がちょっとざわめいた。満井がそれを抑えるように言う。

「裁判長殿、被告は、証人より譲り受けた刀で永田少将を斬ったのではありません。どうかこの点を、誤解のないように申し添えておきます」

真崎は、法廷内のざわめきの中、永田をどうかせぬばなるまいと、溜息まじりに相沢にいった自分の気持ちの方を批判されていると錯覚して、いやな気分になった。相沢は、永田を殺せと言うことだと解釈したのだった。満井は、執拗にこの問題を真崎の前に持ち出してくる。真崎は唇をへの字に結んだ。

「被告は、永田軍務局長が統帥権を干犯したので討ったのだと主張しておりますが、証人は、これについてはどう考えますか」

自分は、本気で相沢が行動するとは思わなかった。相沢はそれでも、自分に頼まれたとも、将校たちに訴えられたからとも言わないで、あいかわらず神の意志に従って行動したと発言しているらしい。真崎は、何と証言してよいか判らなくなった。

「今の私は、これ以上の発言はできる立場にはありません」

真崎は逃げをうった。

「閣下、永田鉄山少将を一番よく知っておいでなのは閣下です。その閣下が証言して下さらなければ、相沢被告の精神は理解されずに、ただ巷間の噂を盲信した狂人の犯行だと判断されてしまいます。これでは皇道精神は根底から葬り去られ、わが国体を蔑《ないがし》ろにする天皇機関説が正しいことになってしまうのではありませんか」

満井はたまりかねて、真崎に証言を求める。真崎は沈黙して答えない。裁判長の佐藤少将は眼鏡を下げて、満井と真崎の顔を交互に眺めていたが、進展なしとみたか、

「真崎大将、ほかに発言したいことがありますか」

真崎は、自分へ訴えるような満井の目付きをちらっと見たが、

「別にありません」と答えた。

「本日は証人、退場して下さい。御苦労さまでした」

裁判長は言った。真崎は正面に向かって頭を下げ、ゆっくり法廷を出ていった。

「午前中の公判は、これで終廷する。午後の法廷は一時からとする」

裁判長は、そう言って席を立った。

三十六

結局、真崎の証人喚問は、問題の核心に少しも触れず、一時間たらずで終わった。亀川が法廷を出た鵜沢に、真崎の発言内容を聞き、ガッカリして控室に入ると、村中がひとりでいつもの場所に座っていた。

「村中、やっぱり思ったとおりだったよ」

亀川は、村中の前の椅子に座った。

村中は、亀川から法廷での真崎の発言の様子を聞いて憮然となる。

「それでは相沢さんが、あまりにも可哀そうだ」

村中は拳を握りしめる。

「今夜、俺の家に西田が来ることになっている。どうだ、君も来ないか」

亀川がなぐさめるように言った。

「西田さんが今夜、一体、何しに。何かあるのですか」

「公判の今後の対策だよ。誰を証人喚問に呼ぶかだよ。いいじゃないか。来れば判るさ。六時ごろにどうだ」

亀川は今後の打ち合わせの相談を理由に、村中や西田

から蹶起日をいつか、聞き出そうと計画したのである。

亀川は立ち上がると、

「待ってるよ、俺は久原に報告に行ってくる」

と言い、落胆している村中の肩を叩いて控室を出ていった。

村中はおかしいと思った。今日は最後の詰めだ。西田さんも、七時には歩一に顔を出すはずだが、この大事な時に、誰を証人喚問に呼ぶかなど、どうでもいいことではないか。

村中がそう考えていると、満井と鵜沢弁護人が話し合いながら控室に入ってきて、ポツンとひとりでいる村中の姿を見つけて近づく。

「まったく話にもならん。期待はずれだ」

満井は会釈した村中に訴える。満井も鵜沢も不機嫌だった。

「俺は午後の法廷で、真崎閣下が証言しなかった分、ぶちまけてやることにした。そうでもしなければ、腹の虫はおさまらん。なあ村中、再喚問を要請してもよいぞ」

満井はそう言い、鵜沢に相槌を求めた。村中はやり切れない気分になり、この場から逃げ出そうと、急いで椅子から立ち上がる。

「失礼します」

村中は、大きな鞄を下げて逃げるように控室を出ていく。

「おい、食事を一緒に」

村中の態度に戸惑った満井と鵜沢は、声をかけ、その後ろ姿を見送った。

「奴の様子、変だとは思わんか」

満井が言う。

「うむ」

「今晩あたり、危ないのじゃないか」

「まさか」

「いや、どうも胸騒ぎがする。心配だから話を聞いてみよう」

満井は村中を追い、中廊下を駆けて建物の外に飛び出した。しかし、どこにも村中の姿はなかった。

「しまった」

満井は残念そうに舌打ちをした。

午後、真崎のいない法廷は、公開禁止が解除になり、相沢三郎が被告席に座った。

佐藤少将が裁判長席につき、公判が続行された。裁判長が次回の証人申請の有無をたずね、鵜沢は文書で、池田成彬、太田猪十二、木戸幸一、井上三郎退役少尉、下園佐吉（牧野秘書）、満井も斎藤実内大臣、大岸頼好大尉、菅波三郎大尉、赤鹿理中佐、福定無外、磯部浅一らを証人として申請したあとで、まず鵜沢が立ち上がった。

「これまでの被告の申し立てには、重要な点が三つあったと思います。その一つは、真崎教育総監の更迭にあたって統帥権干犯の事実があったと、被告が非常に強く主張している点であり、その二つには、第一点に関連して官僚や財閥等と結託し、皇軍を私兵化しようとする者が軍内部に現存していると主張する点です。そして最後の三点目は、三月事件や十月事件に対する処分が曖昧《あいまい》であった結果、現在では皇軍の建国精神はまさに末期的状態にあると主張している点であります」

鵜沢はここで言葉を切り、小さく咳払いをした。

「そこで私どもは、さらに真崎閣下の更迭を林陸相に促して、統帥権を干犯したといわれる斎藤実内大臣閣下を、本法廷に証人として喚問されるよう、只今文書で申請しましたので裁判長殿、よろしくお願い致します」

鵜沢は頭を下げた。

「被告相沢中佐の主張する第二点と第三点につきましては、特別弁護人の満井より発言させていただきます」

鵜沢が着席して、次に満井が立った。

「現在、我が日本の内外の情勢は、被告の相沢中佐が憂慮しているごとく、真に一大難関に逢着していると認めざるを得ない実状にあります。特に国内におきましては、思想方面においても、また国民生活におきましても、幾多の不安定な行き詰まりの事実があり、国民は上下を挙げて皆等しく過去を懺悔し、自らを反省すべき重大な秋《とき》を迎えつつあります。今や世界はあげて従来の個人本位から、国家本位へと転化しつつあるにもかかわらず、なかんずく大財閥方面にいたっては、自分の利益を擁護せんがために、国家本位の諸施策をさえ念頭に置かず、そのために国民生活はますます行き詰まりつつある状況にあります」

満井の声は、次第に熱を帯びてくる。裁判長は、満井の演説のような発言がどこまで続くのか心配して、そっと机の下で時計を眺めた。

「それでは具体的に申し上げましょう。今日、我が国の農村は、六十億ないし九十億の厖大な負債に四苦八苦していると報告されております。しかも都会の住民に比較すると、税金はその三倍を負担せしめられ、さらに米麦をはじめとして農家の生産物は、今日その生産に要する費用はまったく関係なく、勝手な金融資本家による建値によって売却するほかに方法がないのであります。そのため健全なる経済的均衡は保たれず、今や日本の根幹たる農村は、日に日に破壊され、疲弊困憊して、末期状態を呈しています。しかるに都市の資本家財閥が、これらの農民を収奪して……」

「ちょっと待ってくれ。特別弁護人の発言は、まだだいぶ時間がかかるのか」

裁判長がたまりかねたように、満井の発言を制して声をかけた。

「いましばらくかかります。国家興亡の重大問題と思いますので、国家のためと思《おぼ》し召して、小一時間ほど御聴きとり願いたいのですが……」

熱弁に水をさされ、満井は不満そうな表情で額の汗をふいた。

「長ければ、何か書いたものを提出するわけにはいかないかね」

「いま少しの間です」

「では、要点だけをまとめて、なるべく簡単に弁論するように」

満井は、机の上の資料を手に持った。

「農村一戸の平均家族は五・三人の割合で、それを一ヵ年百八十円だけの生活費に甘んじて暮らしているのが実態であり、このような農村の子弟が皇軍の大多数を占めているところに重大な問題があるのです。しかるに上層の為政者は、窮乏の農村の救済措置を講ずることも考えず、台湾銀行や鈴木商店など、これら個人的経営で営利本位の銀行会社の資本家のためには、政府は一億八千万円からの巨額の国費を支出して、これらを救済しているではありませんか。これでは農村出身のわが皇軍兵士たちに、果たして不平不満が起きないと、誰が保証しえましょうか」

これはまるごと青年将校たちの常套的なアジテーションではないかと、裁判長が身動きするのを、満井は負けまいと声を張り上げる。

「このような国内情勢では、当然、農村出身の兵士を預かっている純真なる青年将校たちが、その現状を憂えて昭和維新断行への気勢を昂揚せしむるに到るのは、まことにやむをえない必然であると考えます。特に地方の隊付き将校たちは、今や軍中央部にたいして、まったく信頼をなくするに到っております。わが国農村窮乏の打開と国防力の増強充実は、一日といえども遅らせることの許されない重大問題であります。しかるに三井、三菱、安田、住友の四大財閥をもって、百三十四億七千七十万五千円という莫大な富の集中が記録されています。この金額は、実にわが国の全財力の六割二部五厘にあたるという驚くべき割合を表わしており、これは文字どおり全日本の金融産業を、四大財閥でもって自由に左右できる事実を意味しています。こうして、三井財閥における池田成彬氏の存在は、あたかも徳川幕府における井伊大老に似ております。池田氏は財力にものをいわせて、重臣や官僚方面に密接なる連繫を求め、故人永田鉄山閣下とは特に深い交友関係をもっていたのであります。聞くところによりますと、永田鉄山閣下の久里浜の別荘は、太田猪十二氏の手を介して池田氏から贈られたものでありますす。ここにいたっては、およそ一を知って十を知るべきだと考える次第であります。この情勢下において、純真なる青年将校たちが、昭和維新の実現を企画する、いや、祈念するにいたるのは当然のことであります。今やわが国は維新絶対必要の秋にいたり、まさに断崖上に立っている状態にほかならぬのであります」

顔を紅潮させた満井の声が、狭い法廷内に響きつづけた。

三十七

九段にある東京憲兵隊本部では、分隊長会議が開かれていた。定期の会合ではあったが、ここに来て、将校たちの言動が活発になってきた。歩一の山口大尉が週番司令になる二十二日から、真崎大将が公判に出廷する二十五日にかけてが危ないという警戒感が強くなり、会議室はおのずと緊迫感がただよっている。歩一と歩三を担当地区に抱える赤坂地区憲兵隊からは、分隊長の諏訪少佐が真崎出廷による公判警備に出ているため、今日は代理の准尉が出席している。

「当分隊では、歩一の栗原中尉と歩三の安藤大尉、それに私どもの担当区域外でありますが、村中孝次と磯部浅一の動きにも充分に注意し、今日も幾人かを尾行と張り込みに当たらせております。只今、さまざまな情報が錯綜しており、その処理に難儀しておりますが、歩一の山口大尉と歩三の安藤大尉が週番司令になっている今週、それも真崎大将が出廷する本日が危ないと思われ、今朝は早くから、他地区より増員した要員を、指定場所に配置強化して警戒にあたらせております」

代理の准尉は、赤坂地域の地図を指示棒で要所要所を一つひとつ指し示しながら、警戒態勢を説明した。

「要注意の将校の中で、特に目立った動きをする者は」

東京憲兵隊長の坂本大佐が、准尉に声をかける。

「はい、彼らは最近になって、我々の行動に用心深くなり、栗原中尉の自宅や連隊内部に会合場所を変えてきております。ので、詳しい内容が摑みにくくなっています。

ただ磯部と栗原が、十九日と二十三日に豊橋の教導学校の仲間に会いに行っております」

「栗原の同期というと、対馬中尉か。そうか対馬は幼なじみだったな。それがなんで豊橋まで……対馬は西田派だったのか」

坂本隊長は、東京から外れた対馬の存在が気になって考え込む。

「それより不思議なのは、最近の傾向として、どこから耳に入れるのか、財界や政界から頻繁に情報が流れてくることです。特に昨日の午後に、三井本社から、一部将校の名前まであげて、『今日はかならず決行するはずだ』と連絡があり、当隊では手分けして、その確認に全力を挙げております」

三井はテロから身を守るため、毎月十五万円を支出して情報網を設けたり、三千万円を資金とする「報恩会」を設立し、三百万円を農民救済に、十万円を軍人会館に使ったりしていたが、その意図する方向は、将校たちの矛先《ほこさき》を、国内改革から国際侵略に転移させることにあった。

「一部将校とは、誰のことだ」

坂本が訊く。

「栗原中尉です」

「うむ、歩一と歩三の両連隊長に、無理にも張り込み許可を頼む必要がありそうだな」

坂本は言った。歩三の渋谷連隊長は赴任してきたばかりで、革新運動の実態に疎《うと》いが、歩一の小藤連隊長は皇道派に親近感を持ち、憲兵隊の依頼には非協力的なのだ。

「当隊でも、その件につき検討はしたのですが、恰好の張り込み場所を捜すのが困難でもあり、万が一、連隊内でこの処置が漏れたら、連隊を刺激して今後の張り込みを拒否され、当隊との関係が悪化する恐れもあります。そのため、張り込みは実行し難いと、隊長殿に進言しておくように、諏訪分隊長より頼まれてきました」

「判った。その問題については後刻、改めて指示する」

統制派の坂本隊長は、皇道派の諏訪の態度に苦り切った顔をした。諏訪は連中の動きを軽視しているのではないか。

「他の地域で、彼らの動きに関連した人物を抱えているところはないか」

坂本隊長は出席者の顔を見回す。特高課長の福本亀治少佐が発言する。

「北一輝と西田税の動きですが、西田の方がここにきて毎晩、北邸に出向くようになり、あれだけ熱心だった相沢公判に顔を見せなくなっております」

「なるほど、将校と西田との接触はどうか」

「今のところはないようです」

「ない？」

坂本隊長は腕を組んで考え込む。

「それに北の動きですが」

「うむ」

「村中がひとりで北邸に二度ほど姿を現わしたほかは、普段より人の出入りは少なくなってきております」

「選挙は終わっている。当然、人の出入りは多くっていいはずだが」

坂本は首をかしげる。

「北自身もこの一週間、外出はしていないようです。日課の朝の散歩も中止しています」

「外出しない？」

福本は、東京警備司令部の安井参謀長が、軍隊を動かしての蹶起など考えられないと、東京憲兵隊からの警戒要請を一笑に付されたことをも坂本に訴えた。東京警備司令官の香椎浩平中将は皇道派の将軍だ。自派の可愛い将校たちを批判されれば、やはりいい顔はしない。派閥のいがみ合いは本当に職務にまで気を使うことになり、何事もやりにくくしている。坂本は福本の訴えを聞いて、大きな溜息をついた。

「隊長、歩三内部の雰囲気が変化しているとの情報があります」

赤坂分隊の准尉が、また坂本に言った。

「どう言うことだ？」

「安藤大尉の態度が、急に変化してきたというのです」

「誰からの情報だ」

「安藤の中隊の初年兵から聞き出したのです」

「うむ」

「安藤大尉には、当分隊を注意はしていたのですが、こちらの動きを察知して、軽率な行動を見せませんでした。それでも安藤は、相沢公判の会合には時おり顔を出すぐらいでした。それが初年兵からの聞き込みで、安藤を集中的に注意してみますと、それがここ四、五日、ずいぶん動いていました」

「動いている？」

「はい、二十日は西田の家に、磯部が安藤の家に二度、それに週番司令中の軍規を無視して四谷の山下少将の家に、野中大尉とふたりで出向いております。二十三日には歩三の安藤の部屋で、会合が開かれたようです」

諏訪分隊長の、若い将校の三人や五人が集まって何ができるか、とたかをくくった調子の発言にくらべて、その代理として出席した古参の憲兵は、将校たちの行動にはかなり神経を使っているようだ。坂本は、満足気にその発言内容を日誌に書きとめた。

「ほかには」

書き終えた坂本は、他の者に発言を求めたが、あとの内容は、それほどめぼしいものはない。

坂本隊長は、腕時計を見てから言った。

「本日は真崎大将の出廷日である。巷間の噂を信じるわけではないが、彼らはかならず起つ。私の判断に間違いない。問題はその時期だが、相沢公判の終末期、すなわち結審の前後だと思う。そしてその規模は五・一五事件程度のものだろう。しかし本日は大丈夫だと断言は出来ない。万が一ということもある。会議をこれ以上長びかせることはできない。第一師団の満州派遣が三月中旬とせまっている。それまで毎日、寒い中を御苦労であるが、諸君は体を充分に気をつけて、これからも気をゆるめることなく、情報収集にいっそう骨を折ってもらいたい」

分隊長会議は終わった。各地区分隊長たちは、それぞれ席を立つ。机上の資料をまとめて小脇にかかえ、急いで会議室を飛び出す。

会議室から自室に戻った坂本隊長は、かかってきた電話の途中で、受話器を握ったまま大声で部下を呼び、

「赤坂部隊の准尉を呼び戻してくれ」と命じた。

「お呼びですか」

部屋に顔を出した准尉に、坂本は手短かに指示を与える。

「いま歩一の第五中隊が、早朝から妙な動きをしていると連絡が入った。連隊には無断でよい。注意して見張ってもらいたい。問題が起きたら、責任は憲兵隊本部でもつ。本部から応援を赤坂分隊にまわすことにする。麻布、赤坂、六本木を中心に、夜間視察を厳重にしてくれたまえ」

憲兵司令部には皇道派寄りの幹部が多数いて、情報伝達や分析を故意に遅らせたり、曖昧になっていた。だがともあれ、万が一にそなえて警戒だけは怠ってはいけない。坂本は、何度も自分にそう言いきかせていた。

三十八

磯部の家に、豊橋教導学校の対馬中尉が、兵を使用することについて仲間を説得できなかったと、栗原から連絡をうけた。結局、西園寺襲撃は中止せざるを得なくなったが、栗原の話では、対馬と竹嶌中尉は、上京しても栗原らと共に行動を共にしたいと訴えているらしい。困ったものだ。もう少し早くその事態の変更が判れば、自

分がひとりでも西園寺を襲撃したかったのにと、計画変更を無念に思った。磯部は牧野伸顕への計画変更があっては君側の三悪人のうち、二名も中止になってしまうと、さっきから、湯河原へ出かけた渋川からの、牧野の動静についての報告を、じりじりしながら待っていた。

　約束の時間はとうに過ぎている。磯部は苛立しげに、本棚から目に入った偕行社名簿を取り出し、ページをめくった。ふとした思いつきだったが、いつのまにか、蹶起後にこちら側が関わり合う人物の名前を見つけ出すと、鉛筆で○印、×印をつけるのに熱中し始めた。

「×印の連中は、陸軍省を占拠後、のこのこ出勤してきたら、叩き斬ってやる」

　磯部は、名簿の中に武藤章中佐と、片倉少佐の名前を見つけると、その上に思い切り強く×印を大きく書きなぐった。渋川はなかなかやって来ない。何の連絡もない。蹶起を直前に控え、時間がいくらあっても足りないようでいて、間がもてない。きのう会った時に和尚が、

「革命というやつは、計画した通りにすべてが運ぶものではない。だから、どんな人間だって周章《あわ》てるものだ」

　と言った言葉が頭に甦《よみがえ》り、磯部は自分に、焦るな、落ち着け、と言い聞かせていた。

「そうだ。西園寺の中止を西田さんに知らせなければ」

　磯部はそう考えると、

「これから西田さんの家に行ってくる。ここに渋川が来たら、そっちに来るように言ってくれ」

　磯部は妻の登美子にそう伝えると、襟巻を首に巻きつけて家を飛び出した。道すがら思いついて、わざと前陸相林銑十郎大将の家に寄り道をする。門の前に憲兵が三名、警備に立っている。心配するな、お前なんぞの命は、こっちが握っている。いまに見ていろ。磯部はジロリと憲兵の顔を睨みつけて通り過ぎた。

　西田の家の玄関の戸を叩くと、妻の初子が戸を開けた。背後のどこかに、闇にまぎれて特高がいるように感じた。

「西田さんは?」

　磯部は走ってきたので、肩で息をしながら言う。

「昨夜、同期の岩崎大尉と遅くまで飲んだと言って、上でまだ寝ているわ」

「そうですか」

　磯部はそう言うと、勝手に階段を駆けのぼる。部屋は雨戸が閉まったままで暗かった。声をかけて障子を開けると、

「どうした、磯部か」

　西田が布団の上に、半身を起こした。

「西園寺襲撃は中止した」

磯部が自分で雨戸を開けながら言った。部屋の中はさすがに酒くさい。

「そうか」

西田は、まぶし気に目の前に手をかざした。

「いままで家で、渋川が連絡に来るのを待っていたが、なかなか来ないので、ちょっとじれてね」

磯部は汗を拭って、西田の枕元にドッカと胡座《あぐら》をかいた。西田は夜具を重ねて、部屋の隅に押しやった。

「君は、初子に蹶起日をいったのか」

「ええ、西田さんが留守だったので、つい」

「駄目だ。これは女には荷が重すぎる話だ。注意をしろよ」

西田は不機嫌そうな顔をした。

「すみません……今日の真崎の証言内容が知りたくて」

謝ると、すぐ磯部は訊く。公判廷に行かなかった西田は、会う約束をした亀川から聞くつもりであったが、そのことは磯部には黙っている。

「傍聴には行っていない。真崎は証言をつっぱねたのではないか。勅許がおりなかったからな」

「西田さんも村中も、過大に真崎の証言に期待していましたが、どうです。閣下は我々の期待に応えてくれましたか」

西田は苦い顔をする。

「まあな、それより渋川を参加させる気か」

西田が話題を変えてそう言った時、初子が階段を上がってきた。

「あなた、磯部さんと、渋川さんの奥様が見えられましたよ」

初子は、夫の西田にそう伝えると、手早く夜具を押入に片づけた。磯部が階段を下りると、渋川の妻君の絹子が、玄関に頼りなげに佇《たたず》んでいた。

「奥さん、よく来てくれた。待っていたよ。で、渋川さんはどうした?」

「遅くなりまして。渋川は湯河原にいます」

絹子はすまなそうに頭を下げる。

「ひとりで向こうに……。一緒に帰ってこなかったのですか」

「はい」

「それは大変でしたね、まあ、上にあがりたまえ」

磯部は、茶の間の炬燵に絹子を案内する。初子がすぐ、熱い茶を運んできた。絹子は帯の間から小さな封筒を出して、炬燵の上に置いた。

「これを渋川が、間違いなく磯部さんにお届けするように頼まれました」

磯部はうなずいて、それを手にすると、

「ゆっくりしていらっしゃい」

と言い、二階の西田の部屋に戻った。

「西田さん、渋川からの手紙が届きました」

磯部は、西田の前で封を切った。

—湯河原の山の彼方の奥深く梅はほころび鶯の鳴く—

渋川の特徴のある字体で和歌が書き込んであり、添え書きとして、牧野は間違いなく伊藤屋別館に滞在しており、常時数名の警官の護衛つきで、時々、伊藤屋本館に滞在中の徳大寺のところへ碁を打ちに行き、その時も警戒態勢は厳しくスキがない、とあった。

「やっぱりいたか」

磯部は安堵すると、渋川の、牧野を鶯に見たてた彼に似合わぬ風流に苦笑しながら、それを西田に渡した。

「伊藤屋とは懐かしい。手術後の傷跡を治すために、この本館に、一ヵ月ほど療養で滞在したよ」

西田はそう言い、渋川の手紙に目を通し終えると、

「渋川を参加させるつもりか」

と、また同じ質問を繰り返した。磯部は、何も知らずに手紙を届けに来た絹子のことを、ちらっと考えた。

「民間人は参加させないというのが、皆の意見なのだし……。俺は止めさせたいが」

軍の上層部には、北や西田が参加するのは不純だという雰囲気があるし、五・一五事件の時には民間人は統制が難しく秘密を維持するのが下手であると証明されていた。磯部は、やはり西田の意向を聞くべきだと思った。

「そうだ。渋川は後のために残した方がいい」

西田が言うと、磯部はうなずいた。

「よし、渋川に手紙を書こう。奥さんには悪いが、また湯河原へ戻って、手紙を渡してもらおう」

西田はさっそく大きな机の前に座った。磯部は、牧野襲撃の担当者の河野大尉が現地の伊藤屋を視察後、一度歩一連隊に戻り、そこで深夜、栗原が集めた仲間五人を連れて自動車で湯河原に向かう。途中の横浜で渋川と落ち合い、渋川の口から河野が、伊藤屋の建物の配置や警備状況を直接聞けるよう、その段取りを西田と打ち合わせた。磯部は、自分に無断で河野隊が参加せぬよう、西田に強調して書くように訴えた。そうだ、河野の方にもそのことをよく言っておかねばならぬと磯部は思った。

三十九

亀川の家は、麻布竜土町七十四番地にある。その場所は歩一と歩三のほぼ中間点にあって、法廷へは歩いてい

けるほど近かった。亀川は法廷を出た時、若い新聞記者と一緒になった。亀川は訊かれるままに、真崎の証言内容や青年将校の動向などを説明したり、記者の話に相槌を打ちながら家に戻った。記者はなんとか亀川から記事になりそうな材料を得ようと、亀川にまとい付き、家の中まで入ってくる気配を見せた。今日はまずい。亀川は無理にもその記者を帰らせて、西田が来るのを待つことにした。西田は北の側近第一の高弟をもって任じているようだが、蹶起した後、政界や財界の上層部への工作に、有力な伝手《つて》も手腕も持ってはおるまい。この面ではいやでも、俺を頼らざるをえまい。亀川はそう読んで、前もって西園寺襲撃中止の手配と確認をするために、栗原と西田に声をかけておいたのである。

鵜沢から西園寺の線で、首班上奏を真崎と柳川のどちらにするかはともかく、蹶起将校たちが暴走を始めて予測のつかぬ事態にならぬうちに、蹶起の趣旨は判ったとなだめて収拾せねばならぬのだ。むろんその過程で、久原先生も自分も、少なからぬ利益をおさめてだ。西田は将校たちの先輩あるいは代弁者の気でいるから、俺には反撥している。しかし、そのくせ縁故がないから、こちらの線に乗るしかないはずだ。亀川が思いめぐらせていると、玄関の方で人の気配がした。立ち上がって玄関に行くと、髭を落とした西田が立っていた。

「北先生は、さぞかし要所要所に手をお打ちでしょうな」

西田が炬燵の中に足を延ばした時、亀川がいった。

「いや、将校たちは、先生には絶対に御迷惑をかけないつもりでいます」

「ほう、それはそれは。先生は今度はまったく動かれない。工作などは必要ないと、まったく静観ですか」

亀川は薄笑いを浮かべて、西田の顔色を見る。

「いや、それはちがう。真意が陛下に達するようにと、毎日祈念しています」

「法華経の勤行《ごんぎょう》ですか。それはそれは」

亀川は、北のまたなんと神がかりな、と言いかけて止めた。神だか仏だか知らないが、魔王とも呼ばれて恐れられている男が、ここにきて一心不乱に読経している。噂では憑きものが憑いてから霊告とやらが下るのだとか。亀川には不可解な話だが、それだけに北の像がひどくぼやけて、ひどく不気味にも感じられる時もある。

西田が、大御心に添うとか添わぬとか、北のような支那じこみの手練手管を使う男の手を使いかねて、事態を大御心にゆだねるなどと言うことは、絶対にありえないと亀川は思った。それが将校たちならば、自分たちの行為は大御心の体現だと信じ込んで、維新だの天皇親政だのと熱をあげて、あげくの果ては、清水の舞台から飛び降りれば、潔い志士だと顕彰されるかもしらんが、北はそんな思いではないはずだ。

亀川は、宮中某重大事件だの、統帥権干犯だのと、隠然公然の北の言動の中に、怪文書が錯綜してカネが動き、恐喝の匂いを嗅ぐ。だがそれはともかく、目前の西田が、北の意を多少なりと介しているのなら、それを正確に読みとらねばならぬと亀川は考える。それにもかかわらず、西田の話は要領を得ないのである。蹶起後の組閣工作にも、亀川がちらっと見せた閣僚名簿にも、西田は案外に乗ってこないのだ。西田が蹶起後の収拾策を、磯部や村中や安藤のように、大権を私議するものだと潔癖にしりぞけているとはどうしても思えないのだが、まだよくわからないところがある。亀川は首をひねった。

西田と話をしていると、また玄関の方で人の気配がした。村中が家人に案内されて、茶の間にやってきた。

「村中君……どうした」

思いがけない来訪者に、西田はおもわず声をかけた。

「ここで、何の打ち合わせですか?」

村中の言葉は穏やかだが、西田の挨拶を突き放した恰好で、亀川のすすめる座布団に腰を下ろし、炬燵に足を入れた。

「真崎の証言の検討と、栗原からの西園寺中止の連絡待ちなのだ」

亀川が、西田の代わりに答える。西田がいまさら、蹶起中止の相談を亀川に持ちかけているとは思えないが、一沫の疑念もあって、その辺りを確かめたいと、気がすまぬのを押して、亀川宅に来たのだった。

「君も公判に行っていたのか」

西田が村中に訊く。

「ええ、でも真崎証言は非公開ですから、私は内容は判りません。午後の法廷で満井さんが、一度激しいのをぶち上げるとは言っていましたが」

村中は、満井がやる大演説が、蹶起直前のこちらの動きを感づかれる切っ掛けになってはまずいと、むしろ危惧していた。真崎の証言内容も、もっと詳しく聞きたいと思ってやってきたが、それでも村中は、亀川や西田と三人で膝つき合わせて話し込むのは、やはり気乗りがしなかった。

「それで、栗原もここへ来るのですか」

村中が亀川に顔を向けて訊く。

「うーん、来るはずなのだが」

亀川が時計に目をやる。

「いずれにせよ、電話が入ることになっている」

なんだ、そう言うことか、と村中は思った。

「それなら私は引き揚げます」

村中は立ち上がった。

「なんだ、いいじゃないか。せっかく来たんだ。めしでも食っていけよ。すぐ用意させるから」

亀川が引きとめるのを振り切って、村中は玄関に出た。西田も曖昧な感じで、村中の後ろからついて出る。あれ、西田さんは亀川と話が残っていないのかな、と村中は思った。

「明日の朝か、それとも明後日か？」

靴を履く村中の背中に、亀川はカマをかけるように訊いた。靴紐を結び終えて顔を上げた村中は、亀川の目を鋭く一瞥するが、西田の方は見なかった。

「いや、いいんだ。いいんだ」

亀川は、なんでもないというように、磊落《らいらく》に笑って見せた。

「ちょっと待ってくれ」

亀川は、そそくさと奥の部屋に戻り、やがて紙袋を手にして現われた。

「これを、何かのたしにしてくれ」

「何です」

村中は手を出さず、西田の顔を見てから訊《き》いた。

「カネだよ」

「ちょっと待って下さい。地方人は参加させない約束です。北先生からも受け取っていないのです。それは必要ありません」

村中は拒否した。

「亀川さん、皆の意見を聞かないで、勝手にカネは受け取れないのだ」

西田も村中に加勢した。

「栗原だったら、俺の方から話しておくよ。いいじゃないか。何に必要になるか判らんぞ。とにかく持っていってくれ」

村中は、亀川のしつっこさに当惑して、西田と顔を見合わせた。

「いくらあるのです」

西田が根負けして訊く。亀川は西田の目前で、久原から貰《もら》った紙袋の封を切り、中から中味をつまみ出して見せる。

「五千円ある。どうせ足らんだろうが、きっと役に立つこともあるぞ」

亀川はこのあたりの呼吸はよく飲み込んでいる。そのやり方に、村中の固い姿勢をほぐすような調子があった。

「俺も、そろそろ引き揚げなければ」

西田が時間を気にして、茶の間に戻り、外套を手に玄関におりて、靴を履きはじめる。亀川が見かねて西田の手に、厚い紙袋を渡そうとする。西田は観念して紙袋を受け取り、中から札束を取り出し、黙ったままの村中に渡し、自分もその一部を、自分のポケットに入れた。

「磯部が家に、西園寺は中止したと言っていたようですが、正確な話は、ここに来る栗原から聞いて下さい。これはお返しします」

西田は紙袋を亀川の手に返した。

「それではよろしく」

西田は意味あり気に頭を下げ、村中は挙手の敬礼をした。ふたりを送り出して玄関の戸を閉めた亀川は、何やら安堵した表情を見せた、目的の一半は果たせように思った。あのとき、久原からカネを貰っておいてよかったと思った。茶の間に戻った亀川は、さっそく久原の家に電話をかけた。

四十

北邸の庭の灯りが、早い夕闇の中に灯《とも》った。車庫の方から、車のエンジン音が、静けさを破って聞こえてきた。北が二階の自分の部屋でその音を聞きながら、外出の支度をしている。蹶起をいよいよ明日にひかえて、さすがに部屋でじっと待っているのは息苦しかった。

鈴は背後から外套を着せると、車の準備が出来たことを北に告げた。

「西田が来たら、待たせておくように。夕飯までには帰る」

和服姿の北は玄関で、雪下駄に白足袋を滑り込ませてから鈴に言う。北は久し振りに車に乗った。車は新宿方面にゆっくりと、雪道にタイヤの跡を残して走り出す。

北は、書籍や歴史だけでは解することが出来ない革命の真髄を体験して支那大陸から帰国した。それ以来、北はずっと天皇裕仁と革命家としての自分を対峙させてきた。国家改造法案を書き上げたのも、虐《しいた》げられた人びとを無視する重臣連中や財閥を恐喝したのも、統帥権干犯という言葉をひねり出したのも、みんな天皇との死にものぐるいの、この対峙の決意から生まれたものであった。革命家を自負する北は、この緊張感を持続させるべく日夜、法華経を読誦をしつづけてきたのである。

車はやがて明治神宮に入り、玉砂利を踏んで停まった。ドアがあき、北が降りた。周辺を見渡してから、ゆっくり杖を曳いて本殿に向かう。拝殿につくと姿勢を正し、何事かを念ずるように瞑目する。北の脳裏に、誰かが光の中に消えていく、四日前に見た夢が現われた。北はハッとして目を開けた。誰だ。黒い輪郭の後ろ姿だけが見えた。神か天皇か、それとも他の何者なのか。判断が出来なかった。

明治神宮を後にした車は、表参道から青山通りを赤坂方面に向けた。車中の北が、宮城に行くよう、命じたからである。運転手は走りながら、バックミラーを注意深くうかがったが、尾行車はいないようだった。車は桜田濠に沿って宮城前に入り、闇を通して二重橋がのぞめる場所に停めた。

北は車の中で、黒々と闇の中にうずくまる雪を被った宮城の一角を凝視している。運転手はライトのスイッチを切った。そして後部シートで腕を組み、凝然として闇の中の宮城に目を注ぎつづけている北の気配を、ひっそりと身じろぎもせずに感じていた。

不意にドアが開き、後ろの北が車から降りた。北が羽織っているインバネスが風で翻《ひるがえ》っている。運転手も外に降り、北が乗り込む時、すぐにドアが開けられる位置に佇んだ。自分が乗せてきたこの男は、今自分の前で何を考えているのか知らないが、誰かから、「魔王」とよばれていて、本当にそれにふさわしいと思った。

北は、裕仁を神だとは思っていない。北は、宮中という密室の中の天皇の権威を傷つけられぬようひたすら願う、神の仮面を被った裕仁が、外堀も内堀も埋めて自分の前に現われた将校に対して、どんな人間の顔をむき出しにするだろうか。その時の裕仁の顔が見たい。北は裕仁を想いながら、天皇の権利を守る伊藤の憲法をつき破って、自分の法案に入ろうとしている軍隊の行進の靴音を聞いていたのである。

四十一

麻布の歩一連隊は、すでに闇に包まれていた。山口大尉は週番司令室でひとり、暗い営庭を眺めていたが、急に不安な気持ちに駆られて部屋を出た。薄暗い廊下で急ぎ足に走り回る下士官が、山口の姿を見ると、避けるように敬礼をして足早に通り過ぎる。山口は営門に足を運び、直立敬礼する衛兵に答礼しながら、通門名簿のページをめくった。最後のページは磯部と村中、それに西田の名まで書き込んであった。

「やっぱり来ていたか」

兵舎に戻った山口は、途中の丹生中尉の部屋の前を通ると、灯りがもれているのに気づいて、そっとドアを開けた。部屋の真ん中に大きなテーブルがおいてあり、片隅のストーブが盛んに燃えている。ドアの入口側には、軍服や沢山の巻ゲートル靴が並んでいる。ストーブの傍らで栗原が椅子に腰をかけて、機関銃隊の下士官に、盛んに何事かを命じていたが、入ってきた山口に気づいて立ち上がった。

「それでは頼むぞ」

栗原は下士官にそう言い、すぐに部屋を出るように手振りで知らせた。山口は、そそくさと部屋を飛び出した下士官の緊張した動作に、じっと目を向けていた。栗原は、今まで飲んでいたウィスキーの瓶をテーブルの上から取りあげ、手にもったまま新しいコップをさがしている。

「いや栗原、俺はいらん。それよりどうした」

山口は、思わず咎《とが》める口調になった。

「今晩は何も起きませんよ」

栗原はそう言い、自分のコップにウィスキーを注いで一息に飲み込んだ。磯部、村中、香田、それに西田たちは皆、丹生の部屋から少し離れた栗原の部屋にいた。中では西田が、香田が清書して持って行く陸相宛の要求事項を、覗き込むように読んでいる。要望書の内容は多岐にわたっているが、問題を軍の範囲内に限定しており、四人の打ち合わせにより決めたものだ。

(1)陸軍大臣ハスミヤカニ決行ノ趣旨ヲ天聴ニ達セシムルコト

(2)皇軍相撃ノ事態ヲ生ジセシメヌヨウ、急速ナル措置ヲ講ズルコト

(3)兵馬ノ大権ヲ干犯セル宇垣一成、小磯国昭、建川美次ノ即時逮捕

(4)軍権ヲ私物化セル中心人物、根本博、武藤章、片倉衷ノ即時罷免

(5)関東軍司令官ニ荒木貞夫大将ヲ任命スルコト

(6)各地ノ同志将校ヲ上京セシメ、事態収拾ニ当タラシメルコト

(7)前記各項ガ実行サレ、事態ノ安定ヲ見ルマデ蹶起部隊ヲ警備ノ任ニアタラシメ、占拠位置ヨリ移動セシメザルコト

(8)陸相官邸ニ招致スベキ人名、真崎甚三郎、山下奉文……

書き終えた香田が、大きく背伸びして椅子から立ち上がって言う。

「おい出来たぞ」

「よし、次はこっちだ。手伝ってくれ」

村中と蹶起趣意書の謄写版を刷り始めようとしていた磯部が、香田に声をかける。

「俺は、やはり斬奸リストの方をつくる」

磯部はうれし気に大声を出した。

「陸軍大臣への要望だけでは生ぬるい。俺たちの実力でやらねば革命にはならんぞ。よし、俺が叩き斬るべき奴らの人名表を作る。林銑十郎、石原莞爾、根本博……」

だが、西田だけは、謄写版を刷っている磯部の顔に殺気の漲《みなぎ》っているのを、無言で見つめていた。香田は手伝いを止め、部屋を出て丹生中尉の部屋に足を向けた。丹生の部屋に入ろうとすると、中から出てきた山口週番司令と対面した。お互いに顔を見合わせたが、いうべき言葉がなかった。香田の方から体を開いて場所を譲った。心持ち顔が蒼ざめた山口が、どういう意味か、もういいというように手を振って歩き去るのを、香田はしばらく見送った。山口は、もう改めて香田に訊く必要はなかったのである。栗原は、テーブルの上からウィスキーの瓶とコップを片づけた。

「さあ、忙しくなるぞ」

栗原は自分に気合いを入れる。さっそく林少尉に命じて、連隊兵器係の下士官と一緒に、弾薬庫から機関銃、小銃の実包を運び出させなければならない重要な任務がある。もし倉庫係が従わなければ、拳銃を突きつけてでも、弾薬庫を開けさせなければならない。西園寺襲撃を中止した対馬と竹嶌は、今頃は東京に向かう車中だろう。明朝未明、ここに来るはずになったが、ふたりをどこの部隊に配属させようかと、栗原は香田が部屋に入ってくる前まで、そんなことを考えていた。

「栗原、陸軍大臣への要望書、書き上げたぞ」

香田が声をかける。栗原は段取りが順調に進んでいるのに満足したのか、白い歯を見せてうなずいた。自室に戻った山口は、食器棚の奥から日本酒の瓶をとり出そうとした。中に磯部から貰《もら》った「雄叫」の瓶があった。川島陸相から貰った酒だ。まだ少し残っている。山口はそれをコップに注いで呷《あお》った。熱いものが咽喉から胃へと滲み、拡がるのに大きく息をついた。これを持って来た磯部が村中と現われた時、栗原も呼んで、四人で飲み合い、気勢を上げた。その時の磯部の自信に満ちた顔を、山口は思い浮かべた。

「川島陸相は、絶対に弾圧はしない」

磯部は、賛意を求めて村中に言っていた。彼らが蹶起に向かって着々と準備を重ねていたことは当然予期していたが、その姿を目の当たりに見て、山口は夢の中に自分がいるようで、まだ現実感が生まれてこない。今、丹生や栗原の部屋に集まった彼らには、自分が感じているような動揺や逡巡はないのだろうか。自分は何をしてよいか判らずに、ただおろおろしているばかりで、こんなにも動転しているのに……。

「そうだ。俺にだってやることがある」

山口は舅の本庄繁大将に宛てた手紙を、また机の抽出から取り出して読み直した。

「仲間が兵を率いて今、営門を出ていった。自分は彼らの志を生かしてやりたい。どうか陛下に伝えて下さい。切に切によろしく頼みます……」

と侍従武官長の袖に縋《すが》る内容のもので、それは美濃紙を縦に細かく折った結文で、西田と約束した山口の上層部工作であり、当然、自分の身柄の保全の願いも込められている。山口は覚悟を決めると、机上の電話で伊藤少尉を呼び出し、厳重に封緘《ふうかん》した封書を渡してから言った。

「貴様に頼みがある。いいか、何事かの事態が発生したら、すぐにこの書状を本庄大将宅に届けてもらいたい。場所は中野区上ノ原町八番地だ。今からよく地図で道順を調べておけ」

封書を受け取ったが、まだ怪訝な表情の伊藤少尉に、山口はゆっくりと言葉をつないだ。

「栗原中尉から何か聞いていないか」

「いいえ」

「それならよい。もし栗原が誘っても、かならず断われ」

「…………？」

「断わるのだ！」

ようやく意味がのみ込めたのか、伊藤は何か言いかける。

「判ったか。そうだ、その時は山口週番司令より断わるように厳命されたと言うのだ。よいか」

「はい」

伊藤の返事に、山口は大きくうなずき、もう一度、封書のことを念を押してから退かせた。週番司令室でひとりになった山口は、机の上で両手の指を組み、じっと営内の気配に耳を澄ませる。闇の中に身をひそめている怪獣が静かに目をさまして、今まさに獲物を狙って動き出そうとする気配があった。

「別格、今夜ではありません。どうぞ安眠してください」

そう言って笑った栗原の顔が浮かぶ。今夜でなかったら明朝ではないか。安心して眠れだと。山口はまた磯部に会いに行こうかと立ちかけて、また腰を下ろした。この期に及んで、今さら何が出来るというのだ。連中が自分に期待しているのは、週番士官、下士官、それに衛兵司令たちを掌握して、仲間たちの行動の自由を保証し、歩一の維新部隊が営門を無事に出て、出動するまで黙認することだ。それを駄目だと、今から変更することはもう出来ない。もし中止を命じたら、まず自分を撃って前進していくだろう。

では、蹶起が失敗したら、自分はどうなるのか、山口はそれを考えようとしたが、いっこうに今夜の動きが奇妙に現実感がないのと同じように、いっこうに切実なものが迫ってこないのだ。山口は椅子から立ち上がると、檻《おり》の中の猛獣のように、部屋の中を往きつ戻りつしはじめた。

四十二

赤坂憲兵隊本部を出た非常警備班は、指定場所に向かったが、途中で二組に分かれた。その一組は歩一、歩三周辺の張り込みと尾行、そして他の一組は六本木と新宿などの密行である。どの街灯にもすでに灯が灯り、青山一丁目から第一師団司令部をへて、歩三と歩一に通ずる歩道上にも、夕闇に紛れて周辺を窺《うかが》う男たちが配置についていた。歩三の正門が見通せる商店の二階にも、憲兵特高が三人で張り込みを続けている。ここで営門を出入する人物を、徹底的にマークするのだ。

夜が更《ふ》けていくにつれて冷え込みがきびしくなり、寒風がカタカタと窓硝子の音を立てる。窓の傍らに順番に一人を立て、残り二人は寒そうに小さな火鉢にかざした手を、せわし気に揉んだ。いくら待っても何事も起こらず、時間だけが経過する。

「今晩は不審な動きはないようだな」

新聞を読み終わった男が、それを畳みながら、窓外を窺っている男に声をかけた。

「うん、今晩も普段と変わらないようです。連隊長の渋谷大佐も、定刻どおりに帰宅しました」

見張りを続ける男は、欠伸《あくび》を半分嚙み殺しながら言った。

「あれは？」見張りの男が何を見たのか、声を出す。

「何だ」火鉢の傍らで横になった男も起き上がって、三人一緒に外を見る。

「ああ、あれか、あれは公判のある夜に『大眼目』を運んでくる男だ。今日は真崎大将が証人だったから、特別に号外でも出したかな」

消灯ラッパが鳴り、やがて連隊本部の窓明かりがひとつまたひとつと消える。何人かの事務職員が、営門より足早に出てきた。

「九時過ぎだな。もう帰る将校はいないか。中にまだ残っている者は誰だ」

「おい野中も坂井も、まだ出てこないな」

また消灯ラッパが聞こえる。その音色には哀感がこめられている。やがて兵舎の窓の明かりが次々に消えて、建物の輪郭だけが黒くうずくまってみえ、営門の周辺だけが明るくなった。

「また雪か」外を眺めていた男が、降り出した雪を見てそう言い、腕時計をのぞいた。

「今日は何も起きそうにありませんね」

「いったん引き揚げるか」

九時に分隊本部に帰って報告するように指示されていた彼らは、もう一度、営門に視線をやってから、狭い階段をおりた。家主の家族はすでに寝てしまったのか、玄関だけは明るかった。

四十三

蹶起準備が進む歩一を、取りあえず八時過ぎに出た西田は、円タクを拾って北宅へ向かう。来るところまで来てしまった。維新回天の夢か。西田は、今別れてきた磯部や栗原の、さすがに昂《たかぶ》った顔を思い浮かべ、肩をすくめるように、車中で腕を組んだ。北宅で西田が、明朝に向けての磯部たちの動きや覚悟のほどを報告したあとも、北は黙っていた。広い座卓をへだてて、黙念と向き合う時間の重さに、西田の方が耐えきれず、外に出かけようとする。

「千坂中将の通夜には、あるいは海軍の艦隊派の連中が集まっているかもしれません」

「……………」

「これから行ってみようと思います」

「そうか」

北は鈴を呼び、西田に持たせる香奠《こうでん》を包むように言った。

「小笠原中将閣下に会えるとよいのですが……。先生からのお言伝《ことづて》はありますか」

西田は、亀川との協議のことを考えながら言った。

「いや別にない。君のよいようにやりなさい」

北は西田に、今夜ここに戻るようなら、車を使うようにすすめた。西田はお礼を言い、さっきから気にしていた件を口にした。

「さきほど亀川の家で、亀川が村中に、無理矢理、三千円ばかり寄越しました」

「さきほど？」

「きょうの夕方、です」

「その男、蹶起のことを知っているのか」

北が暗く目を光らせた。

「いえ、明朝とは知るまいと思います。知っていれば、もっと動いているはずですから」
「そのカネは、久原に先を越されたような気がした。久原は勘のよい男だ。あちこちにアンテナを立てている、と北は思った。渋谷区幡ヶ谷の千坂家の門には、米沢上杉の家老職だった由緒ある旧家の大きな定紋入りの提燈が出され、長い塀に沿って通夜に訪れた客が乗ってきた黒塗りの車が数台、並んで停めてある。西田が門の前で降りると、運転手は車をその最後尾にまわした。型通りに焼香をすませた西田は、弔問客の顔をひとわたり見回したが、知った顔はなかった。来た時間が遅すぎたようだと、読経と鐘が聞こえる中で考えた。

北は久原から出ている」

四十四

虎ノ門にあるアメリカ大使館の広い厨房《ちゅうぼう》では、今晩、招待する客に差し出す食材を選別しては包丁を入れ、調理用具を磨いたり温めなどして、数名の料理人が、せわし気に動き回っている。先日、ジョセフ・G・グルー大使が子爵斎藤実内大臣夫妻と男爵鈴木貫太郎侍従長夫妻を、晩餐会に映画鑑賞もかねて、招待していたからである。中央に食卓が置かれた大広間には、広い天井から吊り下げられたシャンデリアに灯りがともされ、卓上には、皿の両側にフォークとナイフがきちんと並べられ、日本の枢要な地位にある両将軍の到着を待っている。

すでに正装したグルー大使夫妻は、三階の自室の窓から暗い外を見詰めている。窓から漏れる灯りの中に、粉雪が絶え間なく舞い落ちている。その雪の向こう側に正門が、傍らの街灯に照らされて浮かんで見える。一台の自動車が右側から鉄柵ごしに現われ、ヘッドライトをこちらに向けて、正門から入ってきた。大使は部屋の柱時計を見た。時計の針は、六時を少し回っている。

「最初のお客様はどちらだ」

大使は部屋を出て階段を下りると、息を弾ませて玄関の前に立った。やがて車を降りた斎藤夫妻が玄関に入ってきた。

「オー、ウェルカム、サイトウ」

「アイムグラッド、トウシーユー」

英語の得意な春子夫人が、大使夫人のアリスに手を差し出して軽く握手をすると、膝を折って会釈した。

「グッドイブニング」

今度は、斎藤が大使に近づいて腕を差し出した。

「よくいらっしゃいました。どうぞこちらへ」

アリスは玄関前の広間を抜けて、奥の控えの間に斎藤夫妻を案内する。

「七時まではまだ少し時間がありますので、ここでしばらくお待ち下さい」

アリスはそう言い、部屋を出ていく。控えの間は壁にそって左側に椅子があり、右側にはマホガニーの褐色に統一された調度品が、天井のシャンデリアに照らされて輝いている。春子夫人はその光の中で、室内を見渡してからドレスの袖をつまんで優雅に座った。

「今晩、食事の後で、トーキー映画を見せてくれるそうだ」

映画の題名は「ノーティーマリエッタ」といい、ジャネット・マクドナルドとネルソン・エディーの共演によるMGM配給の感傷的な恋愛映画である。

「本当にしゃべるのかしら。不思議なことね。早く見てみたいわ」

夫妻はこれまで無声映画しか見たことがない。それも恋愛映画だと聞いて春子は、胸をときめかせてはしゃいでいる。

「さすがにアメリカだ。やはり文化はアメリカからか」

斎藤はそう言い、さっそく煙草に火をつけて一服吸い始めた。

「やはり英語で話すのかしら」

英語の得意な春子は、誇らしげに話す。

「大使の話では、画面の隅に日本語が入るらしい」

「そうなの」

春子が少しがっかりする。

「一般公開する前に、私たちにということらしい」

斎藤は、顔に渋味を浮かべて煙を吐いた。

「やあ、君たちの方が早かったか」

執事に案内されて、鈴木貫太郎侍従長夫妻が部屋に入ってきた。挨拶が交わされ、部屋の中がひとしきり賑やかになった。斎藤と鈴木は握手を交わし、夫人たちは、夫たちと少し離れて座ると話し始める。

「真崎は法廷で、何も証言せんかったそうだが」

鈴木が挨拶がわりに斎藤に知らせる。

「陸軍内部の派閥争いには、本当に困ったものだ。憲兵隊本部からわしの家に、将校たちが何かしでかすにちがいないとの話が、ここに来て頻繁に入ってくるのだ」

「わしの家にも、警備兵を数人ほど置かせてくれと言ってきた。仕方なく言うとおりにはしているが」

鈴木も憂鬱な表情を見せる。

「本庄も誘ったが、今晩は行かれないと断わられたよ」

斎藤がいう。

「たしか本庄は、真崎と同期だったな」

「九期だ。荒木も同期で、荒木の推薦で侍従武官になった。宮中の諸事情は筒抜けになった」

「本庄には困ったものだ。美濃部の理論をめぐって、陛下とたえずいさかいがあるようだ」

「うん」

「陛下が機関説の理論に賛同して軍人を嫌うと、軍部にしめしがつかなくなり、統帥権も崩壊して、日本軍隊は消滅してしまいますと、訴えているようだ」

「彼の婿は歩一の革新将校だ。要危険人物だと言うじゃないか」

今年一月に入隊した初年兵に向かって過激なアジ演説をしたと新聞記事になったことを指して、斎藤が言ったのである。

「本庄はわしに、憲兵の福本亀治課長が自分の部屋に、婿の情報を伝えに来るのだと、こぼしていたが」

「そうですか。遂にわしにも相沢公判の証人喚問の順番がきましたよ」

「ほう、真崎の次に、召喚状が届きましたか」

「ええ、今晩ここへ来るために正装の準備の最中に、陸軍省から電話で連絡がありました」

斎藤は、そう言って顔を曇らせる。

「陸軍の派閥争いは熾烈きわまるものがある」

「やはり永田君のやり方が強引だったのかな。永田の考えはよく判っていたが、もう少しソフトにやればよかった」

新時代に即する軍備を再調整するには、政財界方面の理解がなければ何一つできない。ところが、当時の日本の政治家は、軍の内情に無関心、無知無能で、軍のことは軍にまかせておけばよいと考えていた。永田はそういうことではいけないと、軍の実態を各方面に伝えようと軍を代表して森恪に話し、その結果、近衛と木戸との関係ができ、たまたま原田の家が三宅坂にあったため、そこに皆が集まることになる。これが朝会会の発端だった。

「真崎を罷免することは、側近や重臣、それに軍上層部はもちろんのこと、すべての合意のもとで、仕方のないことだった」

鈴木が言った。ふたりは顔を見合わせて、溜息を吐いた。隣りでは春子夫人とたか夫人が、細々とした家庭内の出来事や、これから観賞する映画の話に花が咲いており、傍らの男たちの話には無関心であったが、ただ鈴木が、警備兵が数人やってきて警戒に当たっている、という夫の会話を耳にはさんだ時、たか夫人は、

「寒い夜に、外で警備に当たっている兵には大変お気の毒で、私どもはいつも体を暖めることに心を砕いている

のよ」と斎藤に訴えていた。

「問題は将校たちの動きだが、彼らは何を考えているのか判らない」

斎藤は、証人喚問でどう発言しようかと考えながら言った。

「大丈夫、将校たちは口先だけだ。度胸がないよ。たいしたことはできん」

鈴木は、断定的に言っては見たが、

「そう言えば、ひとり歩三の将校がわしの家にやってきた。たしか安藤大尉だと言っていたが」

と思い出したように付け加えた。

「ほう」

「その将校はよい青年であった。秩父宮殿下とは親しい間柄だと自慢しておった」

「秩父宮と」

「そうです。会った後で、永田に、安藤大尉とはどんな青年だ、と訊くと、『評判のよい男だ』といい、『是非こちらに手なづけたい』と、青木とかいう人物をとおして二千円ほど安藤大尉に渡したそうだ」

「永田が」

「そうだ。なにせわしと君はまっ先に、彼らの襲撃目標にあがる人物、ということだ」

「それもこれもみんな、ロンドン軍縮条約のときの混乱から生じたものだ」

「あのときは大変だった。陛下は機関説でよいと言うし、軍部の攻撃に、決断を迫られた浜口総理が、憲法解釈の権威である東大の美濃部に意見をうかがうと、現憲法では、統帥部を代表する軍令部よりも、議会を代表する海軍省の権利の方が正しいとの解釈を得て、混乱を修めようと、強引に西園寺公の意見を汲んで、浜口と一緒に私と君は、調印に努力をしたのだが」

「そうだった。今晩の我々の招待は、その条約の契約継続の意図をこめての、挨拶がわりなのかもしれないな」

昭和十年十二月九日、ロンドンで形式的な海軍軍縮会議が開かれ、日本からは永野修身海軍大将と永井松三英国大使が出席し、「日本はこの会議から脱退する」と宣言、これをもって軍縮条約ゼロの時代に突入していた。

斎藤がそう言ったとき、グルー大使夫妻が部屋に入ってきた。

「食事の用意が出来ました」

大使は両将軍を大広間に案内する。

「日本の軍部では、昭和十年、十一年の危機が叫ばれて、陸軍がソ連を、海軍は私の国アメリカを仮想敵国として、軍備予算を組んでおりますが」

日本海軍が対米・英建艦比率を決めたワシントン・ロンドン軍縮条約が、この二年のうちにあいついで期限切れとなり、条約を継続して破綻に瀕する国内経済の建て直しに力をふり向けるか、条約を脱退して対米・英関係を悪化させても軍備拡張を優先させるかの選択に迫られていた。

大使は、ワインを一口飲んだあとで言った。

「いや、私個人は親米派ですよ、グルーさん」

斎藤は、汚れた口元をハンカチで拭ってから言った。

「それは、それは。この国では個人的にはすべての人がアメリカに対して友好的なのに、集団になると、不信や敵意を抱いている。そのギャップが大きすぎる」

グルーは手に持ったグラスを斎藤に向けて愛想笑いをし、それを自分の口にもっていき、一息に飲んだ。

「私の考えでは、今の日本には、あなたの国と敵対関係になる理由はないと思っています」

「といいますと」

グルーは、斎藤の話に耳を傾ける。

「当面、我が国の重要なのは国内問題です」

「国内問題？」

「そうです。今の日本の現状は、軍の貴重なエネルギーを、派閥争いに無駄に使用されています」

「ああ、相沢公判のことですね」

「ええ、この争いはまだまだ続きそうです。その後でしよう、国外の問題は」

「関東軍が北進するか、南進するか、ですか」

「うむ」グルーの鋭い質問に、斎藤は二の句がつけずに絶句する。

「これは国の重要機密で、ここでは話せませんよ」

「いやいや、日本を取り巻く世界状勢は、日増しに緊迫の度をあげています。アメリカ本国でも、これからの日本の出方に、注目しています」

「注目？」

「国際連盟を脱退し、ドイツと同盟を結んで、満州に関東軍を増援している」

「……………」

「今度の第一師団の満州派遣は、その一環でしょう」

グルーは断言する。

「なるほど、対外問題として満州派遣を考えましたか。そういう意味より、革新将校の温床となった連隊を、大陸に追いやると解釈した方が正しい」

鈴木は、ニヤリと笑って口をはさむ。

「さあ、どちらが真実でしょうか」

グルーがからかい気味に笑った。

「やはり両方でしょう」

斎藤は慎重に言う。

「聞いた話では、陸軍内部の派閥争いの原因は、対国際問題の解釈にあったと」

グルーは酒が回ってきたのか、饒舌《じょうぜつ》になっている。

「満州鉄道の買収に当面し、永田は対支戦に重点を置き、小畑敏四郎大佐は対ソ戦を頭に置いての論争から始まったと」

「大使はそう理解されているのですか」

「ええ」大使はうなずく。

「日本国内では、軍の矛先をソ連に向けようとするスパイと、中国に向けようとするスパイが、闇世界で烈しいスパイ合戦をくりひろげているとか」

大使の鋭い解釈に、斎藤と鈴木は顔を見合わせた。

「今の状況では、南進論が主流のようですね。華北に軍をどんどん集結させている。万里の長城を越えるのは、時間の問題でしょう。わが国アメリカのペンタゴンでは、南進すれば中国問題で日本とアメリカの利害がぶつかり、やがて敵対関係が生ずる。この解釈は米国では常識です」

「日本軍部の行く先は読まれていますね。本当に注意しなければいけない」

鈴木は呟くように言った。


「その通り」耳が少し遠いグルーは、鈴木の言葉をやっとの思いで聞き取って言った。

「アメリカとしては、日本はどうすればよいと考えますか」

「対ソ連に備えて、軍を方向転換することです」

「対ソ連へ、ドイツも我が国にそう言ってきている」

斎藤が言う。

「そうでしょう。ヒトラーは欧州へ攻め込もうにも、後方のソ連軍の動きがこわい。そこで日本軍が北進し、ソ連国境に兵力を増強すれば、ソ連軍は動けなくなる。それを利用してヒトラーは欧州へ……」

「アメリカは、そう読んでいる」

「ええ、だからドイツがもし欧州へ軍を進めたら、ドイツは日本と密約があったと考えて間違いはない」

斎藤はグルーの話を聞き、日本は国際関係の中で、ひどく難しい立場にあるのを実感した。

「相沢公判で内輪もめをしている時ではないぞ」

斎藤は、鈴木の耳元にそっと囁《ささや》いた。

「永田は、よくこう言っていた。八方が敵に囲まれた小さな島国の日本が生き抜いていくためには、真崎を叩いて将校運動を一掃して、軍内部の派閥争いを解消させ、軍部を中心とした国家総動員体制を早急に敷かなければ、世界の動きに対応できないと。それは真剣であった」

統制派では、その実験をひとまず満州で行なうため、伊沢や後藤や岸信介らの新官僚を育てて送り込み、その結果を見定めてから、本土で実施すべく計画していた。

「天皇はなんと」グルーが斎藤に訊く。

「陛下は親米派で、議会主義と憲法を尊守することに、自分の立場をつらぬいていらっしゃる」

「親米派ですか」

「そうです。ですから、軍部が政治に口を出すことを非常に嫌がっておられる」

斎藤が言った。

「でも、御両人は軍人ですね」

「ええ、私が内大臣になって、陛下のおそばに御仕えするのも、政党の腐敗によるからです」

「腐敗？」

「その通りです。汚職にまみれた政治家に、国民はあいそをつかし、軍人の方に期待するようになってしまった。元老の西園寺公は、そんな政党政治を憂えて、早く政治を浄化させて、議会主義による民主主義の実施により、国民の声を政治に反映させたい、と努力してはいるのですが。それに、親英米主義による国際関係の平和外交も考えています。それでも最近の政界の腐敗ぶりには、さすがに手を焼いて、重臣会議を開催させ、議会に代わって総理を決定する機関にしました。、盛んに元老を辞めたいと訴えていて、われわれは困っています」

西園寺はこの頃、政治の中枢に参画を狙う軍部が、新官僚と組んで政党を追い落とし、天皇を味方にひき入れ、世界征服を考える目論見に警鐘を鳴らしていた。

「なるほど」

「アメリカでは、政党政治はうまく機能していますか」

斎藤が訊く。

「アメリカは独立したばかりで若く、異民族が集まって出来た国です。だから、草の根の民主主義が必要であり、当然、現在も生きております」

「いいですね」鈴木の方が口をはさむ。

「まだまだアメリカは、政治も経済も文化も、日本のように腐敗するまではいっていないようです」

グルーは、得意気にそう言って笑った。

「映写の準備が出来ました」

執事が大広間にやってきて、食事中のグルーの耳元に口を近づけて知らせた。

「では、映写室に行きましょう」

アリス夫人は席を立って四人を誘った。

第五章　襲撃

四十五

二月二十六日午前零時――

歩三の週番司令、安藤大尉は行動を開始する。かねて用意していた旗差物ふうにつくった白布に、たっぷり墨汁を含ませた筆で、「尊皇討奸」の文字を書く。そして週番士官坂井直中尉、鈴木金次郎少尉、清原康平少尉を週番司令室に集め、歩三蹶起の最後の打ち合わせのあと、一部を除く連隊各中隊、機関銃各中隊に非常呼集、弾薬庫、武器庫の扉が開けられた。重・軽機関銃四十数梃、実弾二万数千発、小銃実包、催涙弾、発煙筒などが、各兵員に配られた。外套着用、背嚢、消毒面携行の軍装のまま待機、次の命令までの間の仮眠を許される。むろん兵隊の全員、下士官の大半は、この非常呼集を演習としか知らない。

前日、二十五日の終列車で湯河原から帰京した河野大尉は、東京駅から円タクを走らせて、代々木の磯部宅に向かった。磯部の家で仮眠してふたたび背広を軍服に着替え、磯部のマントを借用し、夫人の差し出すお茶を一呑みして辞去、武器をマントの下に包んで、外に待たせた円タクに乗って、深更の赤坂歩一に向かった。

午前零時三十分――

河野大尉が率いる一隊八名は湯河原に向けて、ハイヤー二台に分乗して歩一を出発した。軽機、小銃と実弾は山口大尉と栗原中尉が調達していた。また車代の百円は栗原が河野に渡した。斎藤劉少将を通して石原広一郎から貰《もら》った金の一部である。磯部は河野を送り出すと、右の拳で強く左の掌を搏《う》った。遂に決行した。賽《さい》は投げられた。磯部は、村中と一緒に栗原の部屋で軍服に着替えた。俺はこれから自分を免官処分した幕僚どものクビを掻き切って、真正面から軍に復帰してやるのだ。磯部は自分に気合いを入れた。

午前三時――

栗原は、丹生中尉の到着を待って、下士官を週番司令室に呼び、蹶起趣意書を読み上げた。下士官たちは、どこで何をやるのか、昂《たかぶ》った声で栗原が読み上げた文章が、ひどく難しくて判らない。しかし彼らは、いつも「ヤルヤル」と聞かされてきた維新断行の檄文《げきぶん》であることは理解できた。その後に受け取った拳銃と実弾の重みに手応えを感じた。さて、誰を相手にこれで撃ち合うのだろうか。栗原中尉が指揮する部隊は約三百名、西園寺襲撃を中止して上京中の対馬と竹嶌も編入させるつもりだ。

「道順は、師団長官舎前より氷川神社、赤坂福吉町、溜池を経て、首相官邸に向かう。同目標、同編成の演習の際と同じ」

栗原は命令する。

「やっぱり目標は首相官邸か」

具体的な目標を指示されて、下士官たちは緊張した顔をした。武器庫、弾薬庫は抵抗なく開けることができた。中から重・軽機関銃、小銃、弾薬のほか、催涙弾、発煙筒、それにマサカリ、梯子などを運び出した。これで近歩三の中橋隊にも支給できるぞ。栗原はやっと安堵の息をついた。そのうえ、武器弾薬を手配して、さて、あと二時間で一千名を超える部隊が動き出すのだ。もう引き返せない。前へ前へ進むだけだ。栗原は自分を励ます。

「皆、俺の命令に従って行動してくれ。万が一、誤った場合、責任は一切自分にある。その時は、腹を切って諸君にお詫びする。判ったか。異議のある者は不参加でよい。前に出ろ」

栗原の気迫に押されてか、指揮に従って動くことが任務と考えてか、誰も前に出る者はない。

「よし、非常呼集だ。さあ行け」

下士官たちを送り出した栗原の顔は、二月の未明でも、すでに汗をかいていた。陸相官邸に向かう一隊は、丹生中尉が指揮し、兵約二百五十名が出動する。この隊に磯部、村中、香田たちが加わり、占拠後、陸相官邸はおのずと維新部隊の司令部とする予定だ。田中勝中尉も、千葉鴻之台の野戦重砲兵第七連隊からここへ合流するはずだ。

午前三時——

安藤大尉は、当番兵の前島上等兵に、柳下中尉を呼んで来るように命じた。すでに兵舎内は非常呼集と出動待機で、異常な雰囲気であった。週番司令室に現われた柳下中尉は、すでに事態がどんなものか、はっきり認識していた。安藤大尉はいつもと変わらぬ口調で言った。

「きのうの真崎閣下の証言で、永田軍務局長らの統帥権干犯の大罪は明白となった。相沢中佐の赤誠至情の行動を無にすることはできない。本隊は、この機会に主力を率いて出動し、首都要所の警備の位置につく」

安藤は言い終わると、無言で自分に目を注ぐ柳下中尉を穏やかに見返す。

「はい」

「よし。週番司令は、先任の春日中尉と交代する。貴様には営門の取り締まりを命ずる」

「はい」

「それから主力が出動後、連隊の幹部と協議連絡し、糧食補給の任にあたってくれ」

「はい」

安藤は、さっきまで再確認していた部隊編成、部署配置の命令書を柳下中尉に渡して、

「各隊の下士官に伝達してくれ」

と命じる。柳下中尉は部屋を出ていった。やがて待機中の兵は、すぐに動き出すだろう。安藤は、兵を率いて歩三の門から出動していく前に、野中大尉や坂井中尉と会って落ち着いて話し合いたいと思った。しかし、もうその時間はないようだ。安藤は、週番司令室から出るのを止めて窓外の闇をみつめた。

三階建て兵舎の窓に、つぎつぎに灯りがつき始めた。

「事ニ臨ミテ多ク滞《とどこお》ル。然リト雖《いえど》モ終《つい》ニ義ニ背カザルナリ」

安藤の胸に、ふと、吉田松陰が松下村塾の愛弟子佐世八十郎（前原一誠）を評した言葉がよぎった。最後まで迷い、滞った。だが今暁に起つ。終に義に背かざるなり。目を閉じると、幼子のあどけない眸《ひとみ》が笑った。営庭では、中隊ごとに整列しはじめる完全武装の下士官や兵たちが騒然とざわめき、彼らの吐く息が寒気の中、湯気のようにたちのぼる。

「安藤大尉」

坂井中尉が、窓の外に目をやっていた安藤に歩み寄って静かに声をかける。

「出動準備が完了しました」

「よし」安藤は坂井中尉と肩を並べて週番司令室を出て、営庭に集結した約一千名の部隊に出動を告げるべく、指揮台に向かって歩いた。

午前四時――

坂井中尉が約二百名を率いて出発。四谷仲町の斎藤実内大臣邸に向かう。続いて野中大尉が率いる約四百名が警視庁占拠に出発。大部隊であるのは、警察権の発動を阻止する際、場合によっては衝突が予想されることと、いまひとつは、近歩三の中橋中尉からの連絡があり次第、すぐに宮城に兵力を回すためであった。

午前四時半――

近歩三では中橋中尉が非常呼集、衛兵司令に明治神宮参拝であると告げて、一気に出動準備を開始する。隊を二分し、中橋は高橋蔵相襲撃の指揮をとり、宮城守衛隊控兵の一隊指揮は、今泉義道少尉に命じた。高橋邸は近歩三からすぐ目と鼻の先にある。中橋は、午前五時を期

しての各目標一斉襲撃に合わせて、落ち着きなく、何度も腕時計をのぞき込む。同じ時刻、首相官邸へ向けて栗原隊、陸相宮邸に向けて丹生隊が、歩一の営門を出はじめる。そして最後に機関銃六基を持した安藤大尉が率いる第六中隊百五十名は、まさに麴町三番町をめざして、歩三の営門を出ようとしていた。

四十六

　夕方おそくに伊藤屋旅館に戻ってきた妻の絹子から、西田の手紙を受け取った渋川善助は、やっとの思いで横浜駅まで戻ると一息ついた。もう零時に近い。渋川は絹子とホームに降り、人気のない改札口を出て、手紙の中に指定してある旅館を捜す。その旅館は国道に面した場所にあった。河野隊の一行が、二台の自動車でやってくる時間まで、まだしばらく時間がある。ふたりは西田の知人の女将に、時間が来たら起こすように頼んで、服のまましばらく横になったが、なかなか眠れなかった。絹子は、渋川の行動に不審な点を数多く感じてはいたが、夫を信じて目を閉じていた。

　西田は、民間同志は蹶起から外すといっているが、牧野襲撃の河野隊には、日大生の水上源一ら数名が参加している。俺だって参加したい。しかし、西田先輩の意見には従わなければならない。でも周章《あわ》てることはない。磯部や村中が、安藤や栗原たちの部隊を引っ張り込んでの蹶起だとなれば、これは未曽有の大事件になる。尊皇維新の義軍を、警察や軍隊が弾圧することは、そう簡単にはできないはずだ。血盟団や五・一五事件とは全然、規模の大きさがちがうのだ。今度こそ、元老や重臣だの財閥や政党だの、この国を腐敗させている連中の屋台骨を揺るがすのだ。俺の仕事は、これから山ほどでてくる。当然、農民青年同盟を参加させるのもその一つだ。牧野の襲撃は河野に任せるぞ。

　あれこれ考えているうちに、うたた寝をしたらしい。渋川は女将に声をかけられて、ハッとして跳ね起きた。時計を見た。大丈夫だ。まだ約束の二時にはなっていない。渋川は絹子を部屋に残し、外套の襟を立て、襟巻にあごを深々と埋めて旅館の外に出た。通り過ぎてしまったとか、判らなかったとかで、時間を失うことはできないのだ。渋川は外套のポケットの中で、懐中電灯を握りしめた。二月下旬の午前二時は、歯の根が合わぬほど冷え込む。今頃、国道を通る車はまったくない。と、遠くの闇の中で小さなライトが光った。

「来たな」

渋川は懐中電灯をつけて腕時計を見た。

「間違いない、彼らだ」

渋川は緊張して、次第に大きくなっていく四つの光るものを凝視した。やがて二台の車が渋川の懐中電灯の光の合図に応えてライトを消し、国道の端に寄せて停まった。前の車のドアが開き、背の高い軍人が降りてきた。

「河野大尉ですか」

「そうです。渋川さん、昨日はお世話になりました」

河野は手を差しのべ、渋川とがっちり握手をした。河野のほかには、誰も車の中から降りてこない。六人か七人か、彼らは闇の中から現われた男と、隊長の河野が握手をするのを、車中でながめているのだろうか。

「すぐ戻る」

河野は車中の仲間にそう伝え、水上源一と渋川にさそわれて、小さな軒灯が灯った旅館の玄関から、手探りしながら部屋にあがった。電灯をつけた部屋で、渋川は河野隊長に、伊藤屋別館の図面を拡げ、湯河原町上橋の所在、玄関、勝手口、庭と建物周辺、内部の間取りなど、手短かに説明した。

「よく判った。ありがとう」

河野は図面を折り畳んでポケットにしまうと立ち上がった。

「奥さん、ご苦労さんでした。帰りは気をつけて下さい」

密談を終えた水上が、灯りの付いた隣りの部屋の絹子に声をかけた。渋川の耳には、遠くで波の音が聴こえていた。

「成功を祈ります。河野隊長、またお目にかかりましょう」

渋川は敬礼をした。河野は、自信あり気に笑ってうなずいた。ふたりは旅館を出る。河野は待たせていた前の車に乗り込む。

「では」河野は、ひとり見送る渋川に向かって、車中からちょっと手をあげた。車は湯河原をめざして走り去った。渋川はすぐ千駄ヶ谷の西田宅に電話をかけ報告した。西田は起きていた。西田は、渋川に直ちに東京の歩三に戻り、午前五時に予定された襲撃への出動状況を確認し、これから北邸に行くから北邸の自分に報告して、その後で亀川にも連絡してほしいと依頼した。渋川は返事をすると、旅館の女将に心づけを渡し、すぐに車を呼んでもらう。やっと車に乗り込んだ渋川と絹子は、心を急がせながら、寝静まった町並みを疾駆する。

「その先を左へ曲がってから停めてくれ」

渋川は運転手に声をあげる。車はタイヤを軋《きし》ませながら交差点を曲がり、すぐに急停車した。運転手に金を払うと、絹子を乗せたまま、路地の奥で待つように言う。午前四時、間に合ったか。渋川は歩三に向けて雪に足をとられながら急いだ。前方に営門が灯の中に見える。渋川は息を弾ませながら、電柱の影に身をひそめた。渋川の姿を見た野中大尉が、営門の中から、完全武装のまま飛び出してきた。

「準備完了、これから出動する」

「はい」

「西園寺襲撃は中止したと、西田さんに伝えて下さい」

「すでに知っておると思いますが、伝えておきます」

野中は栗原に頼まれていたのか、責任を果たしたとでもいうように、駆け足で門内に戻っていく。やがて営門内から微かに、重い軍靴の足音が聴こえてくる。

「来るぞ」

渋川は耳を澄ます。粉雪が舞う未明の闇の中から、部隊が隊列を組んで営門を出てきた。完全武装の大部隊だ。次々に現われ、途切れることなく続々と、歩三の営門から出てくる。渋川は目を見張って、その隊列を見送る。下士官の何人かは、雪道で滑らぬように軍靴に荒縄を巻きつけている。

「そうだ。安藤はどこにいる」

渋川は安藤の姿を捜したが、暗くて判らない。七、八百名の隊列が通り過ぎたあとは途絶えた。

「しまった。安藤の姿を見落としたか」

渋川が落胆していると、また部隊が門より出てきた。先頭にいるのが安藤らしい。

「安藤」渋川は、電柱の影から飛び出して声をかける。

「おう、渋川か」

渋川の顔を認めた安藤は、すぐに隊列から離れた。

「成功を祈る」

「ありがとう。あとのことは頼んだぞ」

ふたりはお互いに声をかけ合う。安藤はすぐ隊列を追った。夜明けにはまだ早い。渋川は公衆電話ボックスを探す。ようやく表通りに見つけた電話ボックスから、北の家にかける。

「西田だ、どうした」

渋川は自分自信に、落ち着け、落ち着けと言い聞かせるが、昂ってくるものと寒さで、歯がガチガチと音を立てて止められない。

「安藤隊が、最後に……最後に営門を出ました。総員約一千、大部隊です」

「わかった。君はすぐこっちに来てくれ」

渋川は、心の底から衝きあげてくるものを抑えきれず、ゆっくりと受話器をかけた。

渋川から報告を受けた西田は、二階への階段をのぼり、そっと仏間の襖を開けた。仏壇に向かい読経する北の後ろに座って声をかける。

「蹶起部隊が今、営門を出たとの報告が入りました」

北は読経を止めた。北の頭蓋の内部に閃光が走る。天井に雷鳴が轟《とどろ》く。さあ始まった。これは神なんぞではない、人間裕仁と私との戦いが始まった。伊藤博文の作った明治憲法から抜け出した蹶起部隊が、次々に自分の作った法案の中に入っていく情景が、北の脳裏に映し出された。一つの思想体系が、もう一つの思想体系と触れ合って長い間きしんでいたが、突然、一方の思想に亀裂が生じて、もう一方の思想体系の方に行進していくのだ。

西田は、ゆっくりと振り向いた北の顔に、ついぞこれまで見せたことのない恍惚と不安の入り混じった表情を見た。北はまた正面に向き直り、今度は腹の底からしぼり出すような声で読経しはじめた。西田は立ち上がると仏間を出て、そっと襖を閉めた。

四十七

西田は下の応接間に戻るため、仄暗い階段を降りた。北の読経する声が襖を突き抜けて聴こえる。西田は足を止めて、声の方角に振り仰ぐ。西田の固い顔が、上からの電灯の光の中に浮かび上がる。その瞳は異様に光っていた。北は法華経の勧持品十三章を誦じている。西田は、また冷たく光る階段を降り始めた。応接間は十畳ほどの広さで、庭側の板の間に達磨ストーブが燃えている。部屋の中央には、北が家具店に特別注文して作らせた大きな赤茶色のテーブルと椅子がある。そのテーブルの上に、さっきまで西田が北と呑み合った老酒の瓶とコップが、無造作に載っている。西田は椅子に座ると、深い雪道を黙々と行軍する実直な安藤の顔を想った。

突撃まであと何分なのか。西田は生唾をのんで柱時計の針を追う。五時十分前を指している。西田は丸めた地図を、またテーブルに拡げる。一本の赤い線が麻布の歩三から麴町の鈴木侍従長邸まで繫《つな》がっている。西田はその線に視線を走らせたが、もう一本の赤線に乗り替わった。その線は近歩三から蔵相私邸と半蔵門を結び、坂下門に向かっている。よく見るとその赤線は太くて濃く、幾重にも重なっている。北が作戦上、重要性を強調した拠点だ。

「この作戦に、磯部は噛んでないのか」

説明した西田に、北は不満げに口を歪めた。北は磯部を、将校の中で一番胆力のある男だと評価していた。たとえ天皇が、大詔渙発に反対しようとも、磯部なら、強引に幽閉させてでも、維新を断行させる力を持っていると思っているのだろうか。西田は以前、北が岩田と、宮城占拠と天皇幽閉の覚悟が、革命成功の絶対条件だ、と議論していたのを盗み聴きして驚いたことがあった。軍人であった西田にとって、それは決して踏み越えられぬ危険な考えで、北と岩田との距離を感じたものだ。西田は、村中からもこんな話を聞いていた。

「磯部は誰の入れ知恵か知らぬが、盛んに宮城の完全占拠を口に出すようになった。あるいは磯部の作戦は、政治的勝利を得るかもしれない。しかし、陛下の前に平伏して拝謁することなど、気が狂ったら別だが、自分では良心が許さない」

と磯部に主張した。すると磯部は、

「俺たちがここまで踏み込めば、きっと俺たちの決意に感動して、飛電により全国の同志が続々と上京してくるのは間違いない」

と村中に同意を求めた。そこで村中が、

「磯部、貴様の意見は少数意見だ。他の将校が反対するし、分裂も始まる。貴様の気持は判るが、それより無難な陸相の説得による天皇への上奏に作戦を代えよう」

と説得した。磯部はなかなかウンと言ってくれなかったが、自分ひとりではどうにもならないと観念したのか、大権私議は決してしないということを条件に、やっと磯部と合意したと聞いたのだ。磯部の意見は、あるいは北先生の受け売りかもしれない。先生は日本歴史上、最高の偉人だ、と公言してはばからない磯部のことなのだから、と西田は思った。

「中橋では、宮城の閉鎖がやっとだな。あとは彼らがどこまでやれるか。私は成功するようにお祈りしよう」

北はそう言い、二階の仏間に上がっていったのだった。耳を澄ますと、二階で北がまだ読誦している。柱時計が五つ鳴った。心臓の鼓動が激しくなる。西田は拡げた地図を元に戻し、書棚の上にあるラジオのスイッチをひねった。ラジオは五時の時報を伝え、石垣島の低気圧が今朝、南方に移動したため、東京の天気は今日一日、雪が降り続くと予報した。

西田は硝子戸越しに雪を眺め、仲間たちの成功を祈り、宮城に向かって黙禱した。すると、瞼の裏に馬上姿の男が浮かび上がった。誰だろう。西田は判別しようと努めるが、草原のなか、濃霧に遮《さえぎ》られて判らない。秩父宮か、それとも天皇か。迷っていると、背後で襖の開く音がした。西田は目を開けた。読経を終えた北が、目の前に立っていた。

「山口から連絡があったか」

「いいえ、渋川を呼んでおきました」

「うむ」

北は柱時計を見てから、西田の前にゆったりと座った。

「第十三章にある勧持品を読誦《うた》していましたね」

「後の悪世の衆生は、善根転た少なくして増上慢多く、利供養を貪り、不善根を増し、解脱を遠離せん。教化すべきこと難しと言えども、我等当《まさ》に大忍力を起こし、この経を読唱し、持説し、書写し、種々に供養し、身命を惜しまざるべし、と誦じたのだ」

「日蓮は、じつにうまいことを言っていますね」

「君もそう思うか」

「あの重臣たちの増上慢を解脱させるためには、彼らの頭上に鉄槌を下し、その頭蓋骨を粉々に粉砕しなければ、決して日本の国は良くならない、と日蓮がわれわれに教えていますね」

「うむ」北の顔に赤味がさす。西田は北の顔付きを見て、先生は自分を日蓮に模していると思った。

門の方で盛んに犬が吠えた。

「渋川が来たようです。ここで彼と民間同志と連絡し、外廓運動を起こす打ち合わせをするつもりです。先生はこれからどうしますか」

「ここにいるつもりだ」

「私がここにいると、特高に見張られて、先生に御迷惑をおかけするので、赤沢と渋川を連れ、とりあえず自宅に戻ります」

西田は家に帰って、杉田省吾を呼んで改造法案の実施に向けて、事態をすすませたいと思った。

「ちょっと待て」

北は二階の自室に戻り、カネの入った封筒を持ってきた。

「すみません」

西田はそのままポケットに入れ、渋川を迎えに外に飛び出す。北は二階の寝室に戻った。

四十八

下の部屋で密談が終わったのか、北の耳元に、門の方から車のエンジン音が聞こえた。下の三人が西田の家に向かうのだろう。寝具の中で北は想った。未明の静寂の中、爆音に驚いた犬が盛んに吠え、車が出ていった後でもなかなか止まらない。あちこちから犬たちの遠吠えが起きた。その声は北の頭の中で、南京城に攻め込む革命軍の歓声に重なった。将校たちは、真崎や秩父宮に自らの命を託す戦略をとった。このふたりは果たして、天皇の意志を味方の望む方向に、うまく導けるであろうか。日本の国民は、国家権力を背景にした天皇の威光に、いかに無気力か。国民の本来もっている自由意志をまで、身動きできぬほど締めつけられている。そんな国民が、将校たちが起こした蹶起に、どんな態度をとるのか、そのうえ、重臣に守られた天皇の反応も読み取れない。そう考えて北は、なかなか寝つけない。

　結局、蹶起は誰が仕掛けたものか。自分ではない。法案が仕掛けたのか。将校たちは、真崎やその仲間に唆《そその》かされたのか。相沢精神に続けとばかりに飛び出したのか。自分たちの意志で突っ走ったのか。はたまた統制派の陰謀にのせられたのか。それとも……それとも自分が仕掛けたのか、いや違う。病んだ軍部を治そうと、磯部が命をかけて起ち上がったのだ。北はそう思った。革命とは、人知を超越したものを必要とする思想と思想との戦いだ。それは神仏だけが生み出す力だ。この力が、彼らを革命へと衝き動かしたのだ。北は、ハムレットの中の台詞を思い出した。

「ホレイショウよ、世には賢者の夢の中にさえ入らざりし、多くの不思議あり」と。世にはカントやニュートンの頭脳でも、はるかに及ばない未知の世界がまだまだある。人間の知識など、ちっぽけなものだから、いざという時には決して当てにはならぬ。謎に満ちた大洋の波にもてあそばれ、やがては沈んでしまう一帆船のようなものだ。そうだ、仏だ。これは仏が仕掛けた蹶起だ。

　北は矢も盾もいられず、夜具から抜け出すと、また仏壇の前に正座をして読経する。すると、北の目前に不思議な現象がおきた。仏壇の蠟燭の炎の中から、小さな無数の仏が、光の粒となって溢れ出てきた。仏の顔はどれも、生まれたばかりの幼子たちだ。皆あどけなく笑っている。幼子の光粒はぶつかっては光を増し、仏間に満ち始めた。地涌《じゅ》の菩薩たちである。仏の世界から衆生救済のため、この世に派遣された仏の使徒たちであり、「如来使」たちである。法悦だ。北は読経を続けながら思った。これは初体験だ。北の目から涙が溢れ出た。北は燦然と輝く光の中で、熱い涙を流し続けていた。

四十九

　亀川は寝つけない。帰りがけに見せた村中の決意に満ちた視線が、瞼に焼きついて、気になっては何度も寝返りをうつ。あの時間では、村中の立ち寄り先は歩一か歩三の仲間のところにちがいない。村中が玄関で持ち上げた重たげな靴の中味だが、あれはどう考えても、蹶起に必要な軍服や長靴のはずだ。だとすれば、蹶起日は今晩か、それとも早朝か。出動する時は非常呼集のラッパを鳴らすはずだ。亀川は、ラッパの音を聴きのがすまいと、歩一、歩三の方角へ耳を澄ます。しかし、聴こえてくるのは隣りの妻の寝息と、頭上にある柱時計の振り子の音だけである。村中が帰った後も気になった亀川は、そっと歩一に様子を見に行ったが、栗原も山口も、ただニヤニヤ笑ってごまかすばかりで、肝心なことは教えてくれなかった。

夜具の中で待ち草臥《くたび》れて、亀川は厠《かわや》に起きる。用をたしながら、上の小窓を開けた。急に外の寒気が流れ込む。隣りの家の屋根だけが見え、たっぷり雪が積もっている。亀川は身震いをした。待てよ、奴らは逆に警戒してラッパは吹かぬかもしれぬ。そう思い直すと、周章《あわ》てて用をすませ、その足で玄関に向かう。玄関の硝子戸を開けて外を見ると、門まで続く敷石が、降る雪で沈んで見えない。亀川は敷石の位置を確認しながら門を開けた。

「あっ」亀川は声をあげた。真夜中なのに表通りは無数の足跡で、積雪は汚れている。普段は見慣れた夜間演習のものとは違うのだ。歩一と歩三の間を、何度も往復した伝令のものだ。亀川の心臓は早鐘を打ち始める。久原の顔が浮かんだ。すぐに知らせようと家に戻りかけた時、亀川の頭に、「それは演習の足跡だろう」という久原の顔が浮かんだ。どうもこれぐらいの証拠では、久原は相手にしてくれそうにない。亀川は思い直して、もう少し足跡を追うことにした。歩一に向かってしばらく行くと、背後で人声がした。亀川は周章てて狭い路地に隠れる。誰かが話しながらこちらに近づいてくる。板塀から姿を見せたふたりを見て、亀川は驚いた。ふたりは村中と磯部で、見慣れない軍服を着ている。

「私邸と官邸がある場合、大変だと言っていたが、在宅はどうして判ったのだ」

「それが判るのだ。どうしてだか判るか」

磯部が村中に訊いている。

「…………？」

「簡単なことさ。正門に警備兵が立ったからさ」

「なるほど。そう言えば昨夜、真崎閣下の私邸に、公判の証言内容を聞きに行った。留守で会えなかった。確かに警備兵はいなかった」

村中が感心したようにうなずく。

「それを聞いた栗原があわてて、当番兵をもう一度、偵察に走らせたらしい」

「栗原にも、安藤ほどの慎重さがあれば」

磯部の声である。亀川はふたりに声をかけようとした。しかし、なぜか出来なかった。奴らが重臣たちの在宅の有無を調べたとすれば、蹶起は当然早朝だ。亀川はふたりを追うのを止めた。家に戻ってしばらくすると、玄関にある電話が鳴った。歩三連隊前で出動部隊を見送った渋川善助からの電話である。

「やっぱりそうか」

亀川は歓喜すると渋川に礼をいい、直ちに久原に電話を入れた。

「どうした」

久原は真夜中だというのに、すぐに電話口に出てきた。

「蹶起は間違いなく早朝です。大部隊が出動しました」

「うむ」

「昨夜、彼らは重臣たちの在宅を確認しました。それに村中と磯部が軍服を着たのも、出動部隊を見送った者からの通報も受けました」

「判った」

猜疑心の強い久原らしくない返事である。亀川はもう一度、歩三に確認に行こうかと思ったが、拍子抜けして考える。やはり久原の背後に、もう一つの情報ルートがある。それとこれとの符号が合って久原は納得したのだ。相手は誰で、どんな情報を伝えたのか、亀川が考えていると、

「なにをグズグズしている、早く真崎に知らせて対応を協議しろ」

「はい」亀川は久原にフイを突かれてうろたえる。

「蹶起の成否は、真崎首班の成立如何にかかっている。もたもたしていると、将校たちを無駄死にさせるだけだ」

「はい。計画どおりにすすめます」

亀川は電話の向こうで、久原が乱暴に受話器を置いたのを聞いた。

自動車屋に頼んだ車が、門の前で停まる音がした。亀川は玄関をとび出し、直ちに後ろの座席に乗り込み、大至急、真崎大将宅へ行くように運転手に命じた。

「はい」道順を覚えている運転手は返事をする。

「なにかあったのですか」

深更である、運転手は目をこすり、不思議に思って聞く。

「大事件が起きる。いやもう起きているかもしれんぞ」

「大事件？」

「まあ、そのうちに判るさ」

亀川は車窓から、通り過ぎる歩三の営門の上を凝視した。兵舎の窓には灯りがともっていた。午前四時前、部

隊は行進中で、襲撃する現場の様子を見たいが、時間がない。亀川は明るい営門が見えなくなるまで見送った。

敵の閑院宮がどれほど真崎を嫌っても、領袖《りょうしゅう》の真崎には、平沼や伏見宮らを中心とした皇道派の面々が頑張っている。なに、西園寺に真崎を首班に上奏する意志がなくとも、武力で脅し、鵜沢を使って説得させれば、相手は耄碌《もうろく》している。何とかなるぞ。それにこちらには潤沢な財力がある久原先生がついている。大丈夫、真崎を維新政府の首班にする。何はともあれ、我々は真崎大将を首班に決めたのだ。この場に及んで、何を好きこのんで悩む必要があるのだ。亀川はそう思いながら、疾走する車のヘッドライトに照らされた前方の闇の奥を睨んだ。

車は人気のない渋谷駅の横を走り抜け、道玄坂をのぼり、三軒茶屋から陸軍自動車通りを走り、やっと見覚えのある真崎邸の門前で停まった。真崎邸は、闇の中で柔らかい雪を被って静かにうずくまっている。亀川はボタンを押す。かじかんだ手をもみながら、屋敷内の反応を待つ。反応がない。ボタンを何度も押す。留守なのか。背後の車のエンジン音だけが聴こえる。やっと二階の窓に灯りがともった。懐中時計を見ると、四時少し過ぎである。玄関が明るくなり、中で鍵を外す小さな音がする。寝巻姿の女中が門を開けた。女中を押しのけ、亀川は玄関に走る。女中は悲鳴をあげて亀川の後を追う。

「どうした」

亀川が玄関に入ると、前に、寝巻に羽織をひっかけた真崎が立っている。

「閣下、将校たちがついに……ついに蹶起しました」

亀川はやっと言った。言い終わると、亀川の目に涙が溢れて、頬を伝って流れ始めた。

「おい、本当か」

真崎は殺気を感じながら、泣きつづける亀川の顔を凝視する。

「止めたのですが……抑え切れませんでした」

「……いつ蹶起した」

「すでに蹶起したと思います。それも部隊を率いて」

「何、もう一度言ってみろ」

「部隊を率いて……」

亀川はやっと繰り返した。真崎は戸惑った表情をした。いずれは血を見なければ納まるまいとは思っていたが、部隊が出動となれば、統帥権の干犯問題にかかわってくる。これは行き過ぎだ。困ったことになった。

「出動したのは、歩一と歩三の部隊です」

「ちょっと待て」

嘘はないと思うが、確認してみるか。真崎はそう思い、奥の部屋に消える。

「麻布の歩一か」

真崎が電話をかけると、電話口に週番司令の山口大尉が出た。

「真崎閣下ですか。山口です」

真崎が自分の名前を言う前に、山口が言った。

「部隊が出動したと、今、知らせを受けたが、本当か」

「兵舎は裳抜けのカラです。部隊は閣下の敵討《かたき》ちに出陣しました。将校たちを見殺しにしないで下さい」

「間違いないか」

「はい」

山口はこの秋とばかり、知り得る情報のすべてを真崎に打ち明け、

「閣下、皇道派の反撃のチャンスです。このままでは奴らに抹殺されるばかりです。どうか閣下、皇道派の頭領として、堂々と行動して下さい」

と訴えた。裳抜けのカラだとすれば、これは大部隊だ。

「今、ここに亀川が来ているが」

「亀川さんが?」

山口は情報を漏らした覚えがない。亀川の嗅覚の鋭さに驚嘆した。

「閣下、事後処理は、是非とも将校たちの意を汲んで下さい」

「よく判った」

真崎は、まだ言いたげな山口に礼をいい、玄関に待つ亀川の前に戻った。

「あがってくれ」

真崎は、今度は丁重に亀川を応接間に案内する、亀川はまだ放心状態で、さっきの女中がストーブに火を入れているのにも気づかない。

「歩一に電話を入れたら、山口が出た。山口に事後処理を頼まれた」

泣き顔の亀川は、やっと落ち着いたのか、正面の真崎に顔をあげた。

「将校たちを決して見殺しには……」

「うむ。山口の話の中に、閑院宮と西園寺の名前はなかったが」

「宮様は恐れ多くて。それに陛下を敵に回す可能性もありますので。西園寺の方も襲撃を中止させ、逆に味方にする手を打ってあります」

「ほう」真崎は目を輝かせ、亀川の話に身を乗り出す。

「西園寺の顧問弁護士の鵜沢先生が今朝、閣下を首班に上奏するように説得に行く手筈になっております」

「わしを総理に」

「そうです」

「鵜沢には、すでに伝えてあるのか」

「久原先生が、多分」

「久原が鵜沢に会ってか」

「は、はい」

「電話では駄目だ。重要な用件は直接会って伝えなければいかん。君の持ってくる話は、いつもあやふやだ」

「…………」

「それでは危なくて、わしは動けん」

「判りました。これから鵜沢に会い、閣下の意志を伝えます。首班の件は受けていただけますね」

「慎重にたのむ。久原にそう伝えてくれ」

「判りました」

亀川は、真崎が御神輿《おみこし》に乗ったと確信し、胸を撫でおろす。

「真崎首班成立のおりは、政友会の久原先生に、組閣人事の采配を振わせて下さい」

「政界の問題は、そちらでまとめてくれ。軍部はわしの方でまとめよう」

「久原先生は商工大臣を是非、そして鵜沢には司法大臣を、そして政友会の……」

「ちょっと待て。わしはこれから仲間とすぐ作戦を協議せねばならん。緊急を要するのだ」

「判りました。これから必要な資金は、久原に遠慮なく請求して下さい。きっと頼りになると思います」

「うむ」

「では、私はこれから鵜沢の家に急ぎます」

亀川は周章《あわ》てて応接間を出た。

五十

安藤が率いる二個小隊と予備隊を編成した二百四名は雪の中、麴町三番町の鈴木貫太郎侍従長邸に向かった。途中から、三宅坂の陸相官邸に向かう歩一の丹生隊と一緒になった。安藤隊は丹生隊と溜池で分かれて靖国神社に向かった。雪がまた激しく降り始め、前方に宮城の石垣が見えてきた。先頭の安藤は、兵たちに遙拝させようと、見晴らしの良い場所まで行軍させる。粉雪は広い視界の中で強い寒風に舞いながら、深い濠の水面へ落ち、消えていく。

「遙拝、頭、右」

安藤の号令に、宮城の一角に視線を向ける兵たちの軍帽や肩に、雪が白く積もってゆく。

安藤隊は、また右手に濠を見ながら、ひたすら九段の靖国神社に向かう。その途中の左手に、鉄柵門の鈴木邸がある。

「隊列、止まれ」

鈴木邸の守衛官が、止まった隊列に視線を向ける。

「ご苦労さまです」

門に近づいた安藤に、守衛官のひとりが声をかける。安藤は返礼し、演習を装っては、守衛官の配置と人数を確認する。なるほど、前島上等兵が自分に報告したとおりである。安藤は頷《うなず》くと隊列に戻り、神社に向かった。

「いたぞ」

安藤は行軍しながら、前島に近づいて声をかける。

「はい」前島は、得意気にニヤリと笑った。安藤隊は正面の大鳥居をくぐった。玉砂利を踏む音が森林の中、静けさの中で、一際《ひときわ》高くひびいた。その音は安藤の心中に、神との不思議な一体感を醸《かも》し出した。安藤は、部隊を本殿前に進める。

「止まれ」

玉砂利の音は足元から消え、境内はまた元の静寂に戻った。

「よく聞け。これより部隊は君側の奸を討つ」

安藤は告白した。

「反対する者、風邪気味の者は、一歩前に出ろ」

日頃から人柄を良く知る兵たちは、安藤を信頼して動揺する者がいなかった。

「そうか、ありがとう」

安藤の目に光るものがあった。安藤は告白してよかったと思った。

「目標は奸賊、鈴木侍従長だ。戦闘準備開始だ」

安藤は命令する。兵士たちは厳しい眼付きで銃に実弾を込め、安全装置をこわごわ外す。

準備完了を見届けた安藤は、また元来た道を戻る。鈴木邸の前で止まった、ふたりの守衛官が不安気に、安藤隊の様子を窺《うかが》っている。

「完全武装になったが、どこの連隊だ」

「さっきの大尉は、歩三の襟章を付けていたが」

安藤は、分隊長を自分の周囲に集める。安藤を囲んで全員しゃがんだ。中央に地図を拡げて、しきりに話し合っている。

「何をしているのだ」

守衛官は気になって、もう一人の守衛官に訊いた。よく見ると、隊長が指揮棒で図面を指して、ひとりひとりに指示している。

「何だろう」

守衛官が理解できぬうちに、集会は終わってしまった。

るか」

「どうも演習とはちがうようだ。上官から何か聞いてい

「さあ、何の通知もなかったが」

守衛官のふたりは、顔を見合わせては首をひねった。

「演習ですね」

守衛官が、また近づいてきた安藤に念を押す。しかし、安藤は返事をせず、背後の兵たちに指揮棒を振る。隊列から数名が飛び出して正門の左右に散る。左側のふたりの兵は梯子《はしご》をかかえ、鉄柵に立て掛ける。

「おい、何をする」

それを見た守衛官は怒鳴る。兵は黙殺して梯子を登る。守衛官は呆然と立ちすくむ。敵は正面から攻めてきたため、まさかと気をゆるめてしまった。我に返った守衛官は、あわてて詰所に逃げ込む。

「入ると撃つぞ」

残った守衛官が、梯子の上の兵に銃を向けたが、兵はかまわずに邸内に飛び下りる。

「何しにきた」

邸内に下りた兵は、守衛官の銃を奪い取り、逆に銃口を相手に突きつける。その間、他の兵たちは次々に梯子から飛び下りる。守衛官は、拳銃とサーベルを巻きあげられた。

外の物音に女中が目を覚ました。乱れた寝巻の胸元と乱れ髪を整えながら、硝子窓を開けた。雪明かりのなかで、塀を越えて邸内に下りる兵たちを目撃する。

「大変だ」

女中は血相を変えて奥座敷の寝室に、睡眠中の侍従長へ知らせに走る。鈴木は昨夜、米国大使館主催の晩餐会に招待されて帰宅が遅かった。そのために寝室に入ったのが遅く、疲れて熟睡中であった。鈴木侍従長は、女中の再三再四の揺り起こしに、やっと目を開けた。

「どうした」

「兵隊さんが、兵隊さんが塀を越えて侵入してきます。沢山、沢山です」

「本当か」

鈴木は体を起こして耳を澄ます。微かに門の方から人の声が聴こえる。

「きたか」

「どうしますか」

「よし、電気はつけるな」

鈴木は布団の上に跳び起き、仁王立ちになる。

「よし、どこからでも来い」

鈴木は気合いを入れると、暗闇のなかを手探りで、床

の間にある白鞘の剣を取った。

「これは駄目だ」

薄明かりに透かして調べると、剣ではなく槍の穂先である。鈴木は舌打ちした。雨戸の外で、

「そっちじゃない、こっちだ」

と、兵たちの言い合う声が聴こえる。

「そうだ、納戸の中に長刀があるはずだ」

鈴木は隣りの納戸に入る。慌てているせいか、なかなか見つからない。そのうちに外が騒しくなり、玄関から兵たちが入ってくる音がする。突然、どこかで銃声がして瀬戸物の割れた音がした。銃声に驚いたのか、女の悲鳴が続いた。鈴木は納戸の簞笥の抽出に、やっと拳銃を一丁見つけた。銃声に押し出されたように若い書生がふたり、寝巻のままで玄関から飛び出した。

「侍従長はどこにおる」

兵たちは、ふたりを雪の上に正座させて怒鳴る。

「一階の奥にある十畳ほどの寝室にいるはずです」

書生のひとりが、寒さと恐ろしさで小刻みに震えながら、いやいや答える。

「それゆけ」

兵たちは、次々に玄関から軍靴で家に上がり込む。奥に進むほど殺気が満ちている。兵たちは闇の中で耳をそばだてる。一歩また一歩、軍靴が廊下を軋《きし》ませる。欄間から微光が漏れている。その光を頼りに兵たちは、押入や襖を銃剣で突き、手探りで前進する。

鈴木は、隣りの部屋に兵たちが侵入してきたのを知った。もう逃げ場を塞がれた鈴木は、兵たちと正面で立ち向かう覚悟を決めた。やがてくる兵たちが開ける襖に向け、銃を構えて待つ。侵入した部屋は、ひどく静かで生暖かい。兵たちは殺気を感じて、正面の襖を睨む。一枚の襖を間にして、鈴木と兵たちは睨み合った。兵たちの足が釘付けになる。軍曹が一歩前に出た。他の兵を後方に退かせる。銃の具合を確認してから足音を忍ばせ、襖に近づく。兵たちは固唾をのみ、軍曹の行動を見守る。

軍曹は気合いを入れると、銃先で襖の中央を突いた。後方の兵たちは怯《ひる》んで一歩後退する。反応がない。また刺す。やはり反応がない。部屋中に漲《みなぎ》っていた緊迫感は消えた。軍曹は剣先でそっと襖を開けた。前に薄暗い部屋がある。

「誰だ。侍従長殿ですか」

部屋の奥に白っぽい寝巻姿の老人が立っている。軍曹が声をかけたが、老人は黙っている。軍曹は兵のひとりに、部屋の電灯のスイッチを付けさせる。部屋が明るくなった。

「侍従長殿か。こっちに来い」

部屋の奥から老人が、明るい電灯の真下に立った。その顔色は蒼白で、下げた右手に拳銃を持っている。

「私が侍従長の鈴木だ。君たちはどこの部隊のものだ」

鈴木の声は、少し震えている。

「おい、隊長を呼んで来い」

軍曹は背後の兵に命じる。その時、表門組の永田露曹長と堂込喜市曹長が、あたふたと部屋に入ってきた。堂込曹長は、兵たちに銃の安全装置をかけさせてから後退させた。

「問答無用」

永田が最初の一発を撃つ。弾丸は鈴木の左をかすめた。二発目を撃つ。今度は股に当たる。三発目は隣りの堂込が撃つ。弾丸は鈴木の心臓部辺りに命中し、前面に倒れかかる。堂込はまた、一発ずつ頭と肩に命中させた。やっと立っていた鈴木は、胸を押さえ、足元に崩れる。兵たちは倒れた鈴木の元に群がる。天井から垂れ下がった電灯の傘がゆれている。

安藤は五発の銃声を、裏庭できいた。

「やったな」

安藤は急ぎ、銃声が聞こえた方向に走る。一番奥の明るい部屋にきた。大勢の兵が詰めている。安藤は兵たちを掻き分けて中を見た。寝室なのか、紺色の布団が敷いてある。その布団から、上半身をはみ出し、うつ伏せになった老人が倒れている。安藤は、その老人を抱き起こし、苦痛に歪む顔を覗き込む。面長で髭をはやした色白の見覚えのある顔である。侍従長は片手に銃を握って虫の息である。傷口を調べると、胸の辺りの寝巻が血で赤く染まっている。安藤は傷口を一つひとつ点検する。

「どいて下さい」

背後で女の声がした。

「どいてやれ」

安藤は命じる。女は倒れた老人の枕元に裾を払って正座する。

「どなたです」

安藤は聞く。

「貫太郎の女房です」

毅然とした態度でたかが言う。

「整列」安藤は抜刀し、姿勢を正す。

「私は麻布歩兵三連隊第六中隊長、安藤輝三です。昭和維新の断行のため、鈴木貫太郎侍従長閣下の命を頂きに参りました」

安藤は報告するが、たかは無言で正座し続ける。

「隊長殿、まだ脈があります」

軍曹が傷口を調べて、安藤の耳元にささやく。

「うむ」

「隊長殿、武士の掟により、閣下に止めを」

兵たちは、微動だにせぬたかの態度に圧倒されている。

「よし、ごめん」

安藤はしゃがみ、鋭く光る軍刀の先を、侍従長の喉元に近づける。

「それだけは止めて下さい」

たかが口を開いた。安藤は軍刀を構えたまま、ひたむきなたかの目を見た。

「止めて下さい」

たかはまた言った。安藤は迷った。傷口の出血の多さを考え、侍従長は助かることはないと判断した。

「止めを中止する」

安藤は立ち上がると兵たちに告げ、侍従長に挙手の礼をする。

たかはうつむいたまま、動かない。

「侍従長閣下に対して一分間黙禱」

安藤は兵たちに命じた。兵たちが引き揚げるとたかは、直ちに病院に電話をかけて医者を呼び、医者が来る間、宮中に宿直中の徳永侍従に、事の次第を詳細に報告した。その中に安藤の名前を伝えるのを忘れなかった。

五十一

二百八十名を率いる栗原安秀中尉は、午前四時五十分、作戦通り、首相官邸を包囲した。

官邸の各門は鉄格子造りの観音開きの扉で、脇に小さな扉の通用口がある。正門の内側に、コンクリート平家建ての、警官詰所が見える。彼らは非番の時、この中で休憩したり仮眠をする。また各門の外側には小さな移動交番があり、常時、警官が立っている。西方入口の交番も、赤い軒灯がついて周辺を照らしている。

「兵五名を率いて中の様子を調べて、私に報告しろ」

栗原隊の参謀格林八郎少尉が林軍曹を呼び、交番を指差した。林は兵を掻き集めて交番に走る。雪を蹴る足音が辺りに響く。足音に驚いた警官がひとり、交番の中から飛び出し、六名の兵が走ってくるのを目を擦《こす》ってみる。

「朝早く、御苦労様です」

駆けてきた兵たちに、警官は敬礼する。

「こっちへ来い」

軍曹は急停止し、まだ演習だと早合点する警官に銃先を向ける。仰天した警官は、交番の中に逃げ込み、仲間に助けを呼ぶ。五名の警官が、銃を持って交番から飛び出した。

「なんだ、どうした」

包囲した軍隊を、警官たちは雪明かりの中で目撃した。

「大変だ、軍隊の叛乱だ」

警官たちは邸内に逃げ込もうと、通用口に向かう。軍曹が逃げる警官たちを、兵を率いて追う。通用口は閉ざされていた。逃げ場を失った警官と、追う軍隊の間で撃ち合いとなった。実弾の発射音が、官邸周辺の静かな空気をズタズタに裂く。後方で待機する兵たちに緊迫感が漂う。ついに警官のひとりが兵に狙撃された。白雪の上に赤い血が飛び散った。兵のほとんどが二十歳前後の初年兵で、実戦の体験がない。初めて目撃した光景に直面し、動揺が潮のように伝播した。

「持ち場を離れるな」

雰囲気を摑んで栗原は、兵たちに号令する。交戦中に邸内に逃げ込んだ警官がいるのを、栗原は目撃した。

「電話線を切れ」

栗原は、邸内から外部へ、援軍を要請されるのを恐れて兵に命ずる。グズグス出来ない。早く決着させなければと、行動を開始する。栗原は五人の兵を引きつれて官邸裏の非常門に向かう。途中で、銃声に驚いてオロオロする警官に会う。「しめた」と思い、栗原は拳銃をマントの下に隠し、その警官に近づく。

「表門を開けろ」

栗原は、警官の胸元に拳銃を突きつける。警官は恐怖でひきつった表情で、栗原の目を見る。

「必要以上の口は聞くな」

栗原は冷たく言い放す。警官は観念して表門の方へ歩み始める。

「さあ、開けろ」

栗原は銃先で胸元をこづく。官邸を包囲した兵たちは、ふたりの仕草を遠まきで見詰める。警官は震える指で、鍵穴にカギを差し込む。栗原は門を押す。正門は雪が舞うなかで、音を軋しませて、ゆっくり開いた。兵たちが雪崩《なだれ》を打って邸内に入ると、建物の中から非常ベルの音が聴こえてきた。

首相官邸では、以前より、急進将校たちに不穏な動きが報告されて、何度も攻撃目標にあげられた。政府はその対応策として、警備の警官を増やしたり、窓に鉄格子を取り付けた。そのうえ予備として、官邸と警視庁の特別警備隊との間に、直通の非常ベルを設置していた。今、その非常ベルが鳴っているのである。

「突撃」栗原は背後の兵たちに指揮棒を振った。先発隊が、表門右角にある警官詰所に突進し、手際よく、なかの全員を武装解除させた。栗原は満足げに、兵たちの健闘ぶりを見ている。

「監視兵、一個分隊、そこへ残しておけ」

栗原は分隊長を呼んで任務を与えた。

松尾伝蔵大佐は、福田耕秘書官の衆議院立候補の応援をするために福井県で東奔西走し、当選の喜びに胸躍らせて昨日の夕方、この首相官邸に戻ってきたばかりだった。松尾は総理の岡田啓介とは、従兄弟の関係にあり、総理の秘書官、事務嘱託の職についたばかりだった。今朝は本邸の寝室でひとりで寝ていた。

松尾は、当然、以前よりこの官邸が、革新将校たちの襲撃目標になっているのを知っていた。それを承知で松尾は、勇気を出して自らすすんで、この職についたのである。

松尾は外の銃声で目を覚ました。不吉な予感におそわれ、小窓を開けて音の方向を窺《うかが》った。門の近くにふたりの兵がいる。警官でない、銃剣を持っている。

「兵たちに違いない。ついにきたか」

松尾は生唾を呑み、窓をそっと閉める。松尾はすぐに非常ベルを鳴らして特別警備隊に知らせ、邸内の者にも、今、非常事態になったことを知らせた。それから官邸内を走り回り、各部屋の電灯を消しながら、鍵の掛け忘れをチェックして回った。そして最後に自分の部屋に戻ると、抽出から拳銃を取り出し、実弾を込めた。

栗原は、兵を引きつれて正面玄関に向かう。軒灯が消えた。硝子戸越しに内の様子を窺う。人のいる気配がない。栗原は中へ入ろうと、扉を押したり引いたりした。扉は頑丈でビクともしない。諦《あきら》めて他の入口を捜す。玄関の左手に出入口がある。栗原は銃の台尻でそこを叩く。硝子は厚くて割れない。

「これでどうだ」

栗原は、斧を力いっぱい振り降ろす。いくら叩いても、斧を持つ手が痺《しび》れるだけである。栗原は斧を捨てて玄関の右手に回った。入口を捜していると、日本間の玄関があった。その右脇の上に小さな窓があった。栗原はしめたと思い、そっと窓を押し上げる。窓は難なく開いた。中からけたたましいベルの音が聞こえる。栗原は中の様子を窺い、人の気配がないのを知り、度胸を決めて入ることにした。狭い窓から、兵のひとりを踏み台に、後ろから押し上げられて、やっとの思いで屋内に飛び降りた。中は思いのほか暗い。軍曹と上等兵がその後に続いた。

「バシッ」銃弾が突然、どこからか飛んで来る。部屋の電灯がつく。栗原の前方に、扉を盾にふたりの男が銃を構えているのが見える。

「殺られた」

栗原の背後で、誰かが唸《うな》っている。

「どうした、軍曹か」

栗原は後ろを向く。部屋はまた暗くなる。

「腕を、やられた」

軍曹は暗闇で腕を押さえて訴える。

「畜生」脇の上等兵が、同情して悔やしがる。栗原は血糊がついた手の指を膝に擦りつけ、軍曹の傷口は深いと思い、窓外の兵に、傷の手当を頼む。それから懐中電灯を照らしながら、奥の部屋に踏み込む。部屋に入ってライトを当てると布団が敷いてあり、あちこちに寝巻が脱ぎ捨ててある。警官の寝室だ。栗原は銃を構えて警戒する。しかし、警官の姿はどこにもない。寝室を出て隣りの部屋に移る。そこは更衣室なのか、誰もいない。栗原は岡田首相の居場所を求めて、なおも奥へ進む。足元は畳廊下のようだ。壁のスイッチを見つけて電灯をつけた。目前が明るくなる。また誰かが暗闇に戻した。

「注意しろ」

敵は物陰に潜んで、こちらの動きを窺っている。危険を感じた栗原は、味方に知らせて自分は柱の影に隠れる。物音ひとつしなくなった。栗原はまた電灯をつける。光の中を黒い布を被った人影が廊下を横切る。栗原はとっさに引金をひく。硝子の割れる音がした。また誰かが電灯を消す。そのうちに乱射戦になった。壁に弾がめり込む音や鉄板に跳ね返る甲高い金属音が響く。いつの間にか屋内に硝煙がたち込め、目と喉が痛くなる。栗原は、敵は催涙弾を使っていると思った。

しばらくして銃音が止んで、屋内が静かになった。暗闇の中で、誰かが小さな呻《うめ》き声をあげている。撃たれたのは敵か味方か。栗原は姿を見せない敵に向かって、銃を構えつづけた。

栗原たちと撃ち合った松尾と土井巡査は、銃丸を撃ち尽くして岡田首相の寝室に駆け込む。岡田は敷布団の上に正座し、遠くから聴こえてくる銃音を聞いていた。岡田はその銃声を聴きながら、政党や財閥に対する国民の反感が、将校たちへの期待になっているのだろうかと不安になった。いや、そんなことはないと呟《つぶや》いた。

「来ました、来ました」

松尾は障子戸越しに、岡田に訴える。

「将校たちか」

「いえ、軍隊です。叛乱です」

「どこの連隊だ」

「判りません」

「今になって慌《あわ》てても、見苦しいだけだ」

覚悟を決めた岡田の声は、落ち着いている。

「総理、左様なことを言っている場合ではありません」

総理の返事がない。松尾は気を取り直して、廊下の雨戸を外す。そこは非常口になっている。そこを出て庭を横切り、築山の裏の階段を下りると、非常門がある。その地下道から、赤坂溜池のダンスホールに出られる。この通路は、犬養毅前首相が五・一五事件で兇弾に倒れた後に作られたものである。その雨戸を開けると中庭があり、厚く積もった雪の白さが目にしみる。

「御苦労」

降る雪の中で警官がひとり、首相を守って立っていた。清水巡査である。松尾は清水に声をかけて、庭に降りた。積雪は思ったより深く、松尾の足首まであった。

「奴らはどこだ」

「あそこです」

清水は雪を被った柘植《つげ》の木陰からそっと指を指す。重装備をした兵たちが、表玄関付近に散兵線を敷いている。

「脱出路は塞がれた」

松尾は舌打ちし、清水から拳銃を借りると、兵たちがいる方へ飛び出す。しかし数分後、腕を撃たれて戻ってきた。

「出口はありません」

松尾は岡田に報告する。

「どこへ逃げても同じことだ」

「総理、諦めるのは早すぎます」

「犬養総理はたしか、この場所で暗殺されたな」

「最後の最後まで、決して諦めてはいけません」

半ば諦めている岡田に、松尾は発破をかける。

遠くでまた銃声が聴こえた。銃声に追い立てられてきたのか、村上巡査が拳銃の弾丸がつきて戻ってきた。松尾、土井、清水、村上の四人が岡田の寝室に集まった。

「さあ」四人が岡田を無理矢理に布団から起こし、背中を押す。そして暗い廊下を通って、食器が沢山ある炊事場に入る。その奥に湯沸かし用ボイラー室があった。

「ここは隠れるのによさそうだ」

松尾は、みんなをボイラー室に入れる。

「拳銃を持っているか」

岡田が土井に訊く。

「弾丸がありません」

「そうか」

岡田は落胆する。

「大丈夫です。非常ベルを押してあるので、もうそろそろ警視庁の特別警備隊が来るはずです」

松尾が時計を見ていう。

「本当か」

岡田の顔に安堵の色が浮かぶ。しかし、特別警備隊は二台のトラックに分乗して首相官邸に駆けつけたが、途中で蹶起部隊の警戒線にひっかかり、直ちに武装解除されたあと、追い返されていた。

「来た、来た」

兵たちが窓を破って乱入してくる。足音がこちらに、近づいてくる。進路を示すように、電灯が一つひとつ灯っく。四人は息をひそめて耳を澄ます。

「十二、三名はいるな」

松尾は、足音の数をかぞえて息を殺す。

「もっと奥に」

五人は重なって左廊下を退却する。土井と村上が、岡田を挟むようにして大浴場にたどりつく。五人の身を隠せる場所がない。松尾は途方にくれる。村上が大浴場の前に、六畳ほどの洗面室があるのを見つけた。

「総理、こちらへ」

岡田は硝子戸を開けて中に入る。酒の臭いが鼻につく。それでも村上は、岡田を洗面室に押し込んで戸を閉める。中で瓶と瓶が当たる音がする。岡田は林立する酒瓶の中央で、よろめきながら立っている。

「動いてはいけません」

村上はそっと囁く。暗闇になれた目で足元を見ると、和洋の空瓶が所狭しと置いてある。

「出てはいけません」

松尾は、空瓶が触れ合う音にヒヤヒヤしながら、兵たちの足音に耳を澄ます。

官邸の庭では池田少尉が、雪に伏せて屋内からの逃亡を防止する任務にあたっていた。屋内での撃ち合いは、外で聞くと、ボコボコと奇妙な音に聴こえる。伏せている池田の顔面に、ときたま流れ弾が、風を切って飛んでくる。

「動くな、伏せろ」

泥で汚れた顔の池田が、背後の初年兵に怒鳴る。正面玄関から栗原が、負傷した軍曹と一緒に出てきた。

「撃つな、栗原隊長だ」

池田は立ち上がって、栗原に向かって走る。

「医官はどこにおる」

「呼んできます」

池田は軍曹に自分の肩を貸す。

「屋内から、誰か出てこなかったか」

「誰もでてきません」

「総理は、まだあの中か」

栗原は、見取り図をポケットから取り出し、官邸内の配置を調べる。屋内でまた、激しい銃撃戦が始まった。

「そうか」

栗原は図面を見て屋内に入る。栗原と入れちがいに、三人の警官が飛び出した。

「伏せろ」

池田は怒鳴る。三人の警官は池田の声に驚き、周囲を見回す。兵たちが、銃口を自分たちに向けている。

「いかん」

三人は血相を変えて邸内に逃げ戻る。血や銃声に興奮した初年兵の数名が、池田の前に飛び出し、屋内に逃げた警官の後を追う。

「持ち場を離れるな」

池田は、飛び出した兵を呼び戻そうとする。しかし、彼らは命令を聞かずに屋内に消えた。

「動くな。絶対に動くな」

浮き足だつ兵たちに、池田は何度も怒鳴る。初年兵たちは銃声が烈しくなった官邸を、生唾を呑んで見詰める。窓硝子の割れる音がしたと思うまもなく、窓のすべての硝子が壊れ落ちた。裸になった窓枠から硝煙が吹き出る。今度は機関銃の連続音が、ハッキリ聞こえてきた。

総理を捜していた林少尉のもとに、ふたりの警官を捕らえたと兵が、報告にきた。林はその兵に案内させて、倒れた家具を避け、器物が散乱し、拳銃が床に放置されている部屋を抜けて廊下を走る。ふたりはやっと炊事場にたどりつく。そこに五人の兵が銃剣を突きつけて、ふたりの警官を包囲していた。林はふたりの顔に懐中電灯を照らす。恐怖でひきつった顔が、光の中に浮かび上がった。林は強そうな警官の方の胸に銃先を近づけ、即座に銃弾を撃ち込む。警官の胸から血が吹き出て倒れる。即死である。林は、もう一人の気の弱そうな警官に視線を移す。

「総理はどこにいる」

林は銃口を胸に押しつける。必死の警官は、林に跳びかかって羽交い締めにする。驚いた兵は、手に持った斧を、警官の背中に打ち込む。血飛沫《しぶき》が、打った兵の顔や服に飛び散った。警官は林の前でのけぞり、のたうって呻き声をあげる。

「駄目だ」

林は兵から斧を取りあげる。警官は先に即死した警官の脇で七転八倒し、やがて動かなくなった。

「総理の居場所が訊《き》けなくなった」

胸に血をあびた林は、斧を放り投げて部屋を出ていった。

松尾大佐は、もう逃げられぬと観念した。あとは特別警備隊の到着まで時間を稼いで、岡田総理を守ることにした。しかし、思いのほか警備隊の到着が遅い。待ち切れず、ぬっと顔を出した松尾の鼻先に、銃剣を構えた兵が突然に姿を現わす。松尾は背広を着ている。

「動くな」

兵は改めて老人の顔を窺った。どこかで見た記憶がある。「あっ」兵の目に歓喜の色が走った。

「おい、総理を見つけたぞ」

兵は銃先を突きつけたまま、大声で味方を呼ぶ。松尾は相手に弱味を見せまいと、襟元と裾をととのえる。ふたりの兵が駆け寄ってきた。そのふたりも松尾を見て、岡田総理だと早合点し、慌てて林小隊長を呼びに走る。

松尾と岡田は六十歳と六十六歳、と年齢も近く、そのうえ顔付きも体型もよく似ている。だから、兵たちが間違えるのも無理もなかった。兵が林小隊長を連れて来た時、松尾の周辺には、もう八名の兵が取り囲んでいた。松尾は雨戸を背に恐怖で引き攣《つ》った目を剝いている。林もその老人を岡田総理と誤認した。

「総理、覚悟！」

林は松尾に近寄るなり、顔と腹に二発を撃ち込む。肉に弾丸がめり込む音がした。松尾は腹を押さえて、顔から前に倒れた。下の白雪が見るみる赤く染まる。

栗原は、呼びに来た兵と一緒に中庭に向かう。そこに満身創痍の老人が、顔面を血だらけにして血達磨になり、敷居に腰を落として断末魔の呻きをあげている。それでも端然として姿勢を正そうとしている。壮絶きわまりない。兵たちは押し黙ったまま、それ以上は手を下そうとしない。

「おい倉友上等兵、貴様が止めをやれ」

栗原は命じた。倉友は二六式拳銃しかもっていない。その銃の引金をひく。弾丸が出ない。

「おい、これでやれ」

栗原は、自分のブローニング銃をわたす。倉友は的を絞って一発を胸に、もう一発を眉間に定めて撃った。弾丸をまともに受けた松尾は、急に力を失い、頭から前に倒れてそのまま動かない。その場は水を打ったように静かになった。

「日本間にある総理の顔写真を持ってこい」

沈黙を破って栗原が命じる。軍曹は兵たちを手伝わせて遺体を寝室に運び、汚れた松尾の顔を丁寧に拭く。兵が日本間から額縁に収まった絵を持ってくる。その似顔絵はドイツ人のエルンスト・リネンカップが総理をモデルにスケッチしたもので、岡田を七三の斜めから描いてあるが、本人とはあまり似ておらず、首実検の手本としてはきわめて不適切なものであった。

「ここへ」

栗原は、それを遺体の枕元に置く。電灯の光が額縁の硝子に反射して顔が見えにくい。

「見えんぞ」

栗原は、銃の台尻で硝子を叩き割る。

「よし、間違いない」

栗原は、死顔と絵を見比べてから宣言した。兵たちから歓声と拍手が沸き上がった。この時、岡田総理は女中部屋の押入に逃げのび、苦渋の思いで、兵たちの歓声を聞きながら、身を縮めていた。兵たちはもうこれ以上、探索する必要がなくなったのである。栗原は斎藤劉に電話をした。

五十二

中橋基明中尉は、突入隊の六十三名を率いて高橋是清蔵相の私邸に向かった。高橋は「ダルマさん」と国民の愛称で呼ばれて人気者であった。特に五・一五事件の後では、維新反対勢力の旗手として財界人にも人気を得ていた。しかし軍部からは、参謀本部の廃止論や軍事予算の削減を常々口にし、経済理論に疎《うと》い軍部に、予算を多くやるとすぐ戦争をしたがるからと閣議において、陸・海軍大臣を子供扱いした。その態度に怒った将校たちは、暗殺の対象に、高橋の名をあげるようになった。

昭和十一年度の国家予算は総額二十二億七千二百万円で、そのうち陸軍五億八百万円、海軍五億五千百万円、陸軍と海軍の合計十億五千九百万円にのぼる国防費と総予算との比率は、じつに四割七分という高率で、この国防費は作戦資材整備費に当てるためである。高橋は頑張って公債漸減の方針を貫徹させ、公債発行額を六億八千万円で食い止め、昨年度に比べ、六千九百万円を減らしていたのである。

高橋邸は青山通りに面していて、すぐ前は青山御所、東側に三笠宮、秩父宮と皇族の邸宅が続き、南側はシャム公使館、カナダ公使館、ペルー公使館と、高橋邸の近距離の中に固まってある。その高橋邸の前に到着した中橋は、銃声が周辺に漏れぬように細心の注意を払い、直ちに兵の配置を指揮する。まず中橋は、突入隊を小銃隊と機関銃隊に二分し、小銃隊の指揮を中島莞爾少尉に任せて邸内に入らせ、蔵相を殺害する役割を与える。そして自分は機関銃隊を指揮し、邸外の憲兵や警官に対処するため、電車通りに二梃の軽機関銃を据えつけた。

兵の配置を終えた中橋は、中島に東門から塀に梯子をかけさせ、自分は表門から兵を三名率いて邸内に入った。中庭の植え込みはたっぷり雪を被っている。中の正門左の守衛の控室を覗く。控室には三人の守衛がストーブに当たっていた。守衛の人数は全部で六人で、半分ずつ交代で警備に当たっていた。中橋は守衛に聞こえぬように、内から正門の閂《かんぬき》を外した。守衛はすぐ包囲された。

足音が廊下を駆けて近づき、障子の向こう側で止まった。

「旦那様、兵隊が来ました」

障子に影が映り、女中の声がする。高橋は上半身を起こし、綿入れのチャンチャンコを羽織る。

「きたか。あなたは向こうの部屋に行きなさい」

高橋は妻の志なと女中を別の部屋に控えさせ、自分は兵たちと寝室で会う決意をする。高橋は目を閉じて耳を澄ます。階段を上がってくる足音が聴こえる。四人はいると高橋は推測して覚悟する。やはり予感が現実になったと思った瞬間、心臓が激しく鼓動し始めた。足音はもう障子の向こう側まで来た。

「ここか」

障子が開いた。中橋が顔を見せた。

「何しに来た」

暗い部屋の中から、老人の声がする。

「高橋蔵相ですね」

中橋は電灯をつけた。

「私は高橋だ。君は誰だ」

「国賊」中橋は叫んで拳銃を撃った。

「刺せ」

銃声を気にした中橋は、背後の兵に、銃剣を使うように命じる。兵たちが胸を狙って刺した。勢いよく吹き出した血潮が、敷布団に落ちて真っ赤に染まる。高橋は即死に近い。兵たちは電灯を付けたまま引き揚げていった。妻の志なと女中は、まだ揺れている電灯の傘の明かりの下で、凄惨な高橋蔵相の変わり果てた姿を、呆然と見詰めていた。

中橋は高橋蔵相を暗殺した後、突入隊を中島莞爾少尉に引き渡し、首相官邸を襲撃中の栗原隊の援軍に向かわせ、自分は、突入隊から引き抜いた斎藤特務曹長をつれ、シャム公使館付近に待機させていた今泉義道少尉が指揮する守衛隊控兵の八十名と合流し、半蔵門に向けて出発した。夜の帳《とば》りはいつの間にかあがって、周囲は仄明るくなっていた。雪は止んでいる。先頭の中橋は隊列を止めた。

「伝令、前に」

伝令が中橋の前に走る。

「すぐに連隊本部に戻り、日直司令に、『帝都に突発事件が発生した。中橋中隊は直ちに宮城に向かう』と報告せよ」

呼吸を整えてから、中橋は命令する。伝令は復誦する。

「よし、頼むぞ」

中橋は腕時計を覗く。伝令が連隊に着く頃合を計ったのだ。伝令は走り去る。二十分ほど待機してから、中橋は半蔵門に出発した。宮城の守護は、近衛師団の一連隊から四連隊までが担当している。守衛隊は一個大隊が輪番であたり、宮城に入って警備に任ずる上番兵と、非常の時に上番兵の増援隊として派遣される控兵との、二班に構成されている。控兵は一個中隊がこれに当たり、宮城内ではなく連隊内で待機している。中橋はこの控兵を率いて六時二十分、半蔵門に到着したのである。

「門を開けてもらって来い」

中橋は今泉少尉に命令する。今泉は皇居警手に声をかけ、開門と命ずると、警手は返礼し、何の疑いもなく、門を開けてくれた。中橋はしたり顔で入門するとすぐ、坂下門の衛兵所に向かう。衛兵所で小谷に会った。

「明治神宮に参拝の途中、突発事件に遭遇し、緊急事態と判断。直ちに派遣隊として援軍に来ました」

「それは御苦労」

小谷は、不審を持たずに敬礼する。中橋は控兵を率いて奥にある守衛司令部に向かった。司令部は、司令官室と司令室、副司令室と各個室がある。門間司令官は司令官室で、警備司令部より緊急通報を受けた近衛師団の日直士官から、たった今、急報電話を受けた直後だった。

その通報とは、歩一と歩三の一部が、首相官邸と鈴木侍従長邸を襲ったというもので、その中に、近衛師団の連隊の名は入っていなかった。

「只今、到着しました」

「おお、増援隊か。ご苦労、ご苦労。今の電話は師団本部からの通報だ。貴様はさすがに早いな」

門間は、頼もし気に中橋の顔を見た。

「ちょっと待て」

門間は、それでも確認のために近歩三の日直司令に電話を入れる。中橋は、しめたと思った。

「第七中隊は明治神宮参拝の途中、高橋邸に異変を認め、目下、付近を警戒中です」

門間は、近歩三の日直司令から報告を受ける。

「来援、本当にご苦労」

受話器を置いた門間の顔に、さっきまでの不信感は消えた。

「司令官、坂下門の警備許可を頼みます」

「よし、許可する。大溝大尉と一緒に行ってくれ」

中橋は返礼し、部屋を出る。

坂下門は宮城の南側にあって、二重橋とは隣り合っている。宮城の出入はそれぞれ決まりがあり、二重橋は天皇が使い、坂下門は臣下が正門と決まっている。ただ儀典に限っては、皇族も臣下も二重橋より出入が許されていた。そう言う意味で、守衛の赴援部隊は、坂下門が定位置なのである。中橋は衛兵所に戻るとすぐ、長野上等兵を呼んで、

「これから警視庁の屋上がよく見渡せる場所を見つけ、そこから屋上の旗手と受信し、終わったらすぐ俺に報告しろ。俺は桜田門付近で待っている」

と命じた。長野は手旗を抱えて走る。中橋は赴援隊を率いて坂下門に向かう。警視庁を占拠した野中隊に、中橋は坂下門を占拠した後で、手旗信号で通報する。通報を受けた野中隊は、半数の二百余名が坂下門より宮城に入る。そして今度は内側より、半蔵門、桜田門、大手門を閉鎖させて宮城を占拠するつもりなのだ。この四つの門の中で坂下門だけは、近衛師団の非常配備の場所で、極秘中の極秘の配備方式が設置されている。

門間司令官に命令された大溝大尉は、規約どおりに、機関銃を手際よく設置する。大溝の指示振りを観察した中橋は、さすがに良く考えてある、と感心した。大溝は、中橋の見ている前で、ふだん警手のいる部署を、ものの見事に非常配備に組み替えてしまった。中橋はさっそく、下士官が持参した君側の奸賊たちの顔写真を、歩哨兵の一人ひとりに渡し、

「こいつらが来たら、絶対に通すな」

と命令し、目を警視庁の方角に向けた。長野が、屋上の野中隊と連絡がとれたか、気になったからである。

「何、近歩三の第七中隊が蹶起部隊に参加しているって、それは事実か」

司令室の門間に、近衛師団本部から外線電話が入ってきた。

「今、第七中隊はわしの指揮下にあり、坂下門の配備に入っておるが」

「それは変だ。今、こちらには、第七中隊は首相官邸にいると情報が入ったが」

「首相官邸にか」

門間の受話器を握っている手が震えてきた。

「中隊長は誰だ」

「中橋中尉です」

「そいつだ、間違いない。そいつは革新将校で、要注意人物だ。知らんのか」

門間は返事につまる。そう言えば予想外に早く赴援隊がやってきた。妙なことだったと、やっと合点がいった。

「了解しました。直ちに中橋を逮捕します」

門間は受話器を置くと、片岡を呼ぶ。部屋には副司令の片岡特務曹長のほかに、大隊本部から派遣されてきた書記と軍曹のふたりもいた。

「片岡、至急、坂下門に行き、そこにいる中橋中尉を連れて来い」

門間はそう命じたが、顔色は蒼白であった。片岡は書記と軍曹を連れて部屋を飛び出し、坂下門に向かう。途中で三人はバラバラになった、人がひとり、午砲台の石垣の上に佇んでいる。片岡は胸騒ぎがして、そっとその男の後ろから近づく。やはり見覚えのある中橋であった。

「中橋中尉殿、門間司令官が至急お呼びです」

中橋は振り返りもせず、真向かいの警視庁の屋上を凝視している。

「中尉殿、ここで何をしておられるのですか」

片岡は両手に信号手旗を持っている中橋を見て言う。

片岡は中橋の視線の先を見た。蹶起部隊が警視庁を包囲している。中橋は、あの部隊に信号を送ろうとしているのか。そうであるなら、中橋は奴らの仲間にちがいない。そう直感した片岡は、突然、中橋の後ろから羽交い締めの行動に出た。そのいさかいを遠くの方から目撃した書記と軍曹は、片岡の助太刀に駆けつけてきた。

野中四郎大尉は、下士官以下五百名を率いて警視庁を占拠し、その屋上に第三中隊の兵四十名と機関銃二個分隊を編成して駐屯させ、清原少尉に指揮をとらせた。清原は宮城が雪に烟《けぶ》る風景を眺めては、桜田門付近からあるはずの手旗信号を、今か今かと待っていた。

「まだ連絡はないか」

隊長の野中が、しびれを切らせて屋上に上がってきた。

「まったく人の気配がありません」

清原が報告する。

「うむ」野中は無念な思いがこみ上げる。

「清原、屋内駐屯が路上駐屯に変更になった。全員、屋上から引き揚げた」

野中は、警視庁の岡崎英城隊長と話合いの結果を清原に伝え、心残りなのか、雪化粧をした宮城に向かって黙禱した後も、見惜しむように見詰めていた。

門間は片岡たちと一緒に戻ってきた中橋を見た。

「これから情報確認をとる。それまで貴様は、隣りの部屋で待機していろ」

門間は厳令する。中橋は、しぶしぶ衛兵副司令の部屋に入ると、巡察から帰ってきた大高少尉が、ストーブの前で煙草を吸っていた。

「中橋中尉殿、司令官より、あなたを監視するように命じられました」

大高は敬礼してから伝えた。中橋は黙ってうなずき、肩を落として大高の前の椅子に座った。

「おい、もう少し警視庁の建物がみたい。俺をここから出してくれ」

「駄目です、司令官の命令です」

大高は言い、中橋が警視庁と何の関係があるのか考えた。そう言えば、さっき今泉少尉に合った時、「俺は大変なことを仕出かしてしまった」と口走っていた。それに歩一の同期の林少尉からも、三日前、「後のことはよろしく頼む」と意味不明な電話を受けていた。中橋中尉は、きっと重大な事件を仕出かしたのにちがいない。大高はそう思い至ると、全身に強い電流が走った。この男を決して部屋から出しては駄目だ。大高は、苦悩でうなだれる中橋の様子を窺いながら、そっと隣りの控室に待機する六名の兵を連れてきて、中橋に向かい着剣させた。

中橋は作戦の失敗を悔いていた。俺は計画どおり手旗信号を送ろうとしていたのに、なぜ、屋上に旗手がいないのか。自分が悪いのではない。途中で作戦を変更したのかもしれない。そう考えると、中橋は急に気が楽になった。野中大尉は、自分の部隊を入城させて宮城を占拠しなくても、真崎と本庄閣下からの上奏への依頼に成功すると読んで、作戦を中止したのだ。中橋がそう思っていた時、六名の兵が部屋に入ってきて、自分に向けて着剣した。

「おい貴様、なんでこんなことをさせる」

中橋は詰問する。

「司令官より、監視を命ぜられております」

「こんなようにか」

「逃げ出さないようにと」

「俺は逃げはせん。こいつらは目障《ざわ》りだ」

「判りました」

大高は、中橋は自分がとった処置だけに怒ったと知り、兵たちを控室に戻した。部屋の中はまた、大高と中橋のふたりだけになった。お互いが何を話してよいのか判らない。気まずい雰囲気が漂う。時間がたつにつれて中橋は、いつまでここに監視されているのか不安になり、イライラしてくる。仲間はみんなどうしているのか。作戦どおりに成功しているのか。監視する大高を殺してでも、早く仲間に会いたい。そんな思いの中橋の心理が作用したのか、部屋に殺気がたち込め始めた。危険を感じた大高は、中橋の心中を探るように拳銃を取り出した。見ると中型のモーゼルだ。

「俺も持っている」

中橋は大型のブローニング銃を、腰のサックから引抜いて、これみよがしに大高の眼前でもてあそぶ。

「これは何だ」

大高の鼻孔に、硝煙の臭いがツンときた。これは死の臭いだ。中橋は誰かを殺ってきたな。拳銃を使用してまだ時間が過《た》っていないはずだ。大高は中橋に警戒を強める。中橋はそんな大高の心境も知らず、深刻な表情で、銃をもち替えては何か考え込んでいる。大高は、そっと銃の安全装置を外した。相手が不穏な行動に出たら射殺しようと、少しずつ体勢を整えていった。

「便所に行きたい」

中橋はそう言い、拳銃をサックに収めて立ち上がった。

「部屋を出ては困ります」

「司令官に断わる」

中橋は、大高に背を見せて部屋を出る。

「中橋中尉殿」

大高は呼び止めようと声をかける。中橋は隣りの司令官室に入らず、黙ったままで二重橋の方向に歩いてゆく。大高は、今が中橋を射殺する好機だと思った。しかし、皇居は神聖な場所である。血で汚すわけにはいかない。大高は、任務を自ら放棄した中橋を射つ気も起きなかった。中橋は二重橋を渡って宮城を脱出、午前八時半、丹生隊が占拠した陸相官邸にやっとたどりついた。

五十三

河野寿大尉らが乗った二台のハイヤーは、牧野伸顕前内大臣の逗留する湯河原温泉に向けて疾走している。午前三時すぎ、淡い電灯の光の小田原を通過する、車中はさすがに寒い。こらえ切れずに根府川付近で全員、車を降りて焚火で煖をとった。

四十分ほど休みをとった後、また走り出す。小半時で雪の山道を登る。下方には人家の灯がチラホラ見える、やがて車は町を抜けて海岸通りを走り始めた。左手に鉛色の広大な海が見え、波のどよめきが聴こえている。

河野はスピードを変えては、時間を調整しながら、湯河原温泉の歓迎アーチの下を潜った。車は獲物を狙う獣のように、牧野が宿泊する伊藤屋旅館を目指す。

「あれだ」

車内の四人は、河野が指差す方向を見た。目指す建物は、川向こうの小高い丘にひっそりと佇んで見えた。二台の車はその旅館前の橋の手前で停まった。河野は二人の運転手に、栗原から貰った金を支払って遠ざけると、全員を自分の車の中に集める。宇治野時参、黒沢鶴一、宮田晃、黒田あきら、中島清治、綿引正三、水上源一らである。彼らはすべて部隊を持たない河野のために、栗原が集めた同じ志を持った者たちである。狭い車中でお互いに顔を近づけあった。河野は懐中電灯で、渋川が描いた絵図面を照らして、皆に討ち入りの要領を説明する。

牧野は老人なので見つけ次第、すぐ殺すこと。婦女子は決して傷付けぬこと。他の者も抵抗せぬものは殺さぬこと。目的の終了後は直ちに引き上げること。西園寺の襲撃後に豊橋隊が来る手筈になっており、応援に見えたら外を守ってもらうこと。そして最後に、地元警察の駐在所の場所と距離を報告することを忘れなかった。

車から出ると、橋下からせせらぎの音が聴こえ、目の前を地元の住民が三人、未明から意気込んだ彼らを、うさん臭げに眺めて通り過ぎる。温泉町の窓の灯が、あちこちの建物から漏れている。

「気合いを入れろ」

河野は全員に覚悟を求めると、二人の運転手に事情を説明し、少しの間、車内に縛り上げて置くことにした。

「さあ、準備開始だ」

河野は車のトランクから全員の武器を取り出す。軽機と小銃と拳銃は、栗原が調達したものだが、実包はさすがの栗原にも手が回らず、週番司令の山口に入手を依頼して得たものだ。彼らは自分の役割に応じた武器を、河野から受け取って次々に身につける。現役の宇治野と黒沢が自分の軍服に着替え、他の五人は歩兵少尉、黒田と中島、綿引、水上は軍曹の軍服と、被服係の黒沢が調達した服を着て討ち入りの準備を完了する。

牧野が逗留する伊藤屋別館は、持ち主の父の隠居所として新築したもので、牧野の秘書が是非貸してくれと頼み込み、一ヵ月前から宿泊していた。牧野伸顕は、明治の元勲大久保利通の次男として生まれ、十一歳で父利通に従って米国に留学し、帰国後オーストリア公使を経て第一次西園寺内閣で文相、第二次西公内閣で農商務相、第一次山本内閣で外相を歴任し、パリ講和会議には外相として西園寺公と一緒に全権大使として出席。その後、宮内大臣から大正十四年に内大臣にと、常にエリートコースを登りつめた人物で、総理の経験はなかったが、元老の西園寺に次いで、准元老的な存在であった。

しかし昭和十年の十二月、持病の神経痛が悪化したからと辞意を表明し、内大臣を斎藤実に譲って隠居していた。隠居した真相は、革新将校に狙われて、恐くなったからだとも巷間では囁かれていた。牧野は天皇には敬われていたが、国民には批判されていた人物であった。特に右翼からは、宮城の林の中で皇后と戯《たわむ》れていたといったたぐいの、いいかげんな噂の種にされ続けていた。

「さあ、行くぞ」

銃に実弾を詰めて準備を完了した河野は、七名を整列させ、軍刀を腰に差す。河野隊は、八間ほどの橋を渡って旅館の正面に来た。その旅館は平屋建てで崖上にあり、片方が山で、その石垣の下には川が流れている。河野は偵察をして得た作戦どおり、建物の裏手に回った。石垣の高さは五尺ほどある。河野は雪を払い、五尺の石垣を跨《また》いで向こう側に飛び降りる。他の七名も次々に河野に従った。勝手口に向かう河野には、黒田、黒沢、宮田、中島の四人を従え、表玄関には綿引、水上、宇治野の三人を回して部隊を二手に分け、黒沢と中島に軽機関銃を持たせて屋外の警備をまかせる。

ふたりの準備の完了を見届けた河野は、思い切り強く通用門を蹴とばした。扉は鈍い音をたてて開いた。

「それ!」河野は、宮田と黒田を両脇に従えて勝手口に進む。家の中は静かで、屋外の異変にはまだ気づいていない。居間に牧野と森看護婦、玄関の間に皆川巡査、奥の部屋には峰子夫人と吉田茂の娘和子、それに二人の女中が泊まっていた。

「電報、電報」河野は硝子戸を叩いて叫ぶ。その声が表玄関で待機中の水上たちの耳に届いた。

「いよいよ始まったぞ」

水上は、綿引の言葉に上気した顔でうなずく。河野の声を聞いたのか、勝手口の硝子戸の向こうで人の気配があった。電灯がついた。生唾を呑み込む河野の顔に、その灯りが当たった。家の中の皆川義孝巡査が、何事かと硝子戸を細目に開ける。

「電報です」

河野はまた叫ぶ。皆川は、瞬時に郵便配達夫を襲撃者と見破って戸を閉める。そうはさせじと、河野は足を挟んでこじあけ、拳銃を抜いて安全装置を外し、屋内に踏み込む。表玄関組も、水上にけしかけられた綿引が、伊藤屋と書かれた硝子戸を足で蹴る。しかし、なかなか破れない。焦れた綿引が、錠を狙って拳銃をぶっ放す。銃声が静寂を破って轟く。旅館本館の部屋の窓硝子に、次々と明かりがともる。銃声は連続して起こり、やがて相互に撃ち合う。各旅館は雪の中から浮かび上がった。

館内は銃撃戦になった。銃声の合間に女の悲鳴が聴こえる。綿引は表玄関はガードが固いと判断し、自分だけが裏の勝手口に回る。勝手口はすでに河野組が侵入した後で、屋内に簡単に入れた。奥の四畳半の部屋に人が倒れている。綿引は抱き起こし、微かに射し込む明かりに透かせて顔を覗《のぞ》く。宮田だ。首から血が流れている。

「おい、大丈夫か。畜生、やりやがったな」

綿引は、敵討ちだと勇んで奥へ奥へと進む。やがて銃声が止んで静寂が戻った。泊まり客に弾が当たるのを恐れた河野は、いっぺん外に出ることにした。綿引は、負傷した宮田を肩に担いで勝手口から外に出た。外は人だかりがしていた。

「これはまずい」

河野は野次馬を見て、黒田と中島に外の警備を厳重にさせ、自分は早く牧野を始末させようと、慌てて館内に戻った。廊下の隅に警官が待ち伏せしているのに気づく。河野はしばらく様子をみたが、なかなか攻撃してこない。相手は銃弾を撃ち尽くしたようだ。河野はしめたと思い、その警官に近づく。

「牧野の部屋に案内しろ」

河野は銃先で背中を威嚇《いかく》する。皆川はしぶしぶ歩き始めた。廊下の曲がり角で、皆川は足を止める。河野は迷う警官の背中を突っつく。右を曲がれば牧野の部屋なのに、左に曲がった。

「この部屋は何だ」

物置のような部屋に、河野は一瞬、気をゆるめる。その隙をつかんだ皆川は、河野の銃をうばい、即座に河野の胸に銃弾を撃ち込む。皆川の術策にはまった河野は、胸を抑えて倒れた。弾玉は軍服の二つ目と三つ目のボタンの間を射っている。

また遠くで銃撃戦が始まった。皆川が銃声に気を取られている。今度は河野がその隙に逃げ出す。気づいた皆川が、逃げる河野の背中を狙ったが、気づくのが遅すぎたため弾は当たらない。やっとの思いで屋外に逃げのびた河野は、玄関のそばの崖下に腰を落としてあぐらをかいた。河野の顔は蒼白で、唇に色はなかった。綿引があぐらをかいた河野を見つけて、周章てて駆け寄ってきた。

「撃たれた。ここだ」河野は苦し気に胸を抑える。

「痛みますか」河野は黙ってうなずく。

「傷は深いな」綿引は、河野の顔色を見て思った。

屋外では軽機関銃を配備した水上が、混乱する旅館の中から、牧野が飛び出してくるのをじっと待っていた。しかし、それらしき男はなかなか出てこない。

「屋根瓦を狙って撃て」

業をにやした水上は、黒沢と中島に威嚇射撃を命じる。機関銃の連続音が、周辺の山々に轟く。木霊《こだま》が遠い山から反射して聴こえた。黒瓦が白雪から露出し、踊って飛散して落ちる。

「隊長が撃たれて重傷だ」

綿引が、射撃中の水上に知らせにきた。

「愚図愚図できんな」

野次馬たちを見て、水上がいう。

「河野隊長が、指揮を水上さんにと」

「判った。それでは旅館に火を放とう。中に隠れた牧野を追い出すには、もうこれしかない」

水上は綿引を誘って館内に駆け込み、部屋の障子を全部外して重ねると、その下に火をつけた。障子紙はみるみる燃えさかる。それを確認したふたりは外に飛び出す。旅館の窓という窓から、煙と赤い炎が出てきた。煤《すす》が火の勢いで上空に舞いあがり、旅館の内庭の白雪の上に舞い降りる。旅館が燃え上がるのを目撃した消防服の男が、櫓《やぐら》の梯子を登って半鐘を打ち鳴らす。ますます人だかりが脹らむ。

カラフルな一団が、燃え盛る建物の中からいぶり出されてきた。一団は逃げ場を求めて庭の隅に向かう。よく見ると女の一団だ。華やいだ着物の色が、白い雪に映えている。綿引が、その一団に向かって駆け出す。中に牧野が紛れ込んでいないか、銃先を向けて目を凝らす。しかし、綿引の目には女しか映らなかった。黒沢は山側から機関銃を撃ちつづけ、中島は裏手の崖上に登って銃を乱射している。やがてふたりは撃ち疲れてやめた。銃声は途絶え、炎だけが旅館の窓から長い舌を出している。

「バン、バン、バン」

燃え盛る建物の中から、三発の銃声が聴こえた。

「牧野だな。自決をしたか」

あぐらをかき、傷口を押さえて見ていた河野は、脇に立っている綿引に言った。しかし、河野のこの判断は間違っていた。三発の銃声は、警官が打ち捨てた拳銃が、燃え盛る火熱で暴発した音であった。花模様の柄の着物に足をとられながら、雪中を逃げ回る女の一団に、ひとりの老婆がいるのを、黒沢は見逃さなかった。

「兵隊さん、助けて下さい」

女たちは口々に訴える。黒沢はかまわずに一人ひとりの顔を覗き込む。中にはひとりだけ、男だか女だか判らぬ老人がいる。黒沢の目がその顔に釘づけになる。老人は袖を顔に当てて、黒沢の鋭い視線をかわしている。よく見ると、唇に紅をさしている。黒沢は撃とうかどうか迷った。牧野は自決したと判断した河野隊長の言葉が、心にひっかかって引金がひけない。

黒沢の疑惑から解放された女たちは、山の斜面に添った壁に向かって、一斉に避難し始める。ひとり残された老人も、やっと黒沢の視線から逃れて、女たちの一団に紛れ込む。裏手に待機中の黒田は、高すぎる壁の下で、ただオロオロして避難できずにいる女たちを助けに向かった。中に老人がひとり混じっているのに気づく。

黒田は、老人を牧野だと見破った。牧野が逃げ切れたと油断して顔を隠すことを怠った隙を、黒田につかれたのである。黒田は即座に銃を牧野に向けて発射した。銃の型は旧式のもので、今日初めて使ったため、弾丸はまっすぐに飛ばず、牧野の横にいた白衣の森鈴枝看護婦の手首に当たった。

「しまった」

河野隊長に、女や民間人は決して撃つなと命令されている。黒田は狼狽し、我を忘れて、女と一緒に失神した牧野本人までも救助する破目になってしまった。

「女が撃たれたようだ。すまんが、助けてやってくれ」

河野は、一緒に見ていた消防夫に頼む。消防夫は雪を蹴って走る。石垣塀と建物の間の狭い足場を伝って、滑りやすい山の斜面にたどりつく。見ると塀の内側は便所で、その先は行き止まりである。消防夫は塀を乗り越えて、山の斜面に飛び下りる。そこへ女物の羽織を頭から被った牧野を先頭に、女たちの一団が、消防夫がいる塀の下までやってきた。

「助けてくれ」牧野は上の消防夫に訴える。

牧野だと知った消防夫は、牧野の襟首を摑んで力まかせに引き揚げる。その時、追ってきた黒田が牧野を狙って撃った。弾玉は間違って、消防夫の左脚に当たった。

「痛い」消防夫は悲鳴を上げたが、摑んだ手を放さず、牧野を塀の外に落とした。

「大丈夫か」消防夫は撃たれた足の傷口を押さえて、牧野の体を気遣う。

「ありがとう」

土色をした牧野の顔に、やっと安堵の表情が浮かんだ。黒田が立ち去るのを、チラッと見たからである。牧野の元に、旅館の従業員や警防団が集まってきた。内庭に残されていた女たちも、次々に塀の外に引き揚げられた。

「撤収、用意」警防団が最後の一人を塀の外に引き揚げている時に、水上の号令の声が聴こえた。伊藤屋別館は、輪郭を微かに留めて残った。主柱だけが無惨に黒くただれて、チラチラ降る雪の下でくすぶっている。

「撤収」水上が大声をあげる。牧野は塀の外でその声を聴いて、ニヤリと笑った。そして泥で汚れた着物を正すと、また威厳のある顔付きに戻った。そしてぐっと背筋をのばして、一つ大きな欠伸《あくび》をした。

第六章　叛乱

五十四

蹶起《けっき》の知らせを亀川から受けた真崎大将は、北多摩郡喜多見に住む皇道旅の盟友荒木貞夫大将に電話をかけて事後策を協議した。皇道派の頭領は、本来ならば荒木大将の方なのだが、この頃の荒木は革新将校たちにまったく人気がなかった。

陸軍大臣のとき荒木は、五・一五事件の実行者の恩赦を陛下から取るべく将校たちと約束したが、西園寺公に軽く突っぱねられたり、埼玉挺身隊事件や神兵隊事件では高橋蔵相に、「陸相である君が軍部の不始末の責任を取らぬばかりか、予算に関しては政治や経済にも悪影響を与えてばかりいる」と批判されて、経済問題に疎い弱点を攻め込まれ、まったく子供扱いをされていた。そのうえ、統制派幕僚たちからは、特別な人間を支持して閥を持ち、軍内部をまとめるよりも、分裂させるだけだと悪口をいわれ、ついに神経衰弱になって陸相を辞めてしまった。そんな荒木は、自分は一歩退いて、盟友の真崎を皇道派の頭領と推していた。当然、将校たちはそんな荒木の心境を知って、真崎を自分たちの頭領だとあがめていた。

その荒木が二十六日の未明、突然、真崎から将校たちの蹶起を知らされて息を呑んだ。十月事件の時は自分を担いで蹶起するというものであったが、今度は真崎を担いで将校たちが蹶起したと言う。よく聞くと、歩一と歩三の部隊が動いたとも言った。この事態は荒木にとって、まったく寝耳に水であった。襲ったのは誰だと聞くと、岡田啓介首相、斎藤実内大臣、鈴木貫太郎侍従長、牧野伸顕前内大臣、高橋是清大蔵大臣、それに渡辺錠太郎教育総監、だと言う。

「これは、統制派の奴らが皇族を味方にして露骨に皇道派を追い落としたのに怒った将校たちが、ついに反撃に入ったのだ。よくやった。若いもんに度胸はあったのか。ういやつだ」

荒木は将校たちの意気を感じて、電話の相手の真崎に向かって歓声をあげた。

「しかし荒木殿、統帥権の問題ですが」

天皇絶対と統帥権を軍人に伝える教育畑を歩んできた真崎にとって、将校たちが天皇の許可を得ずに部隊を使用したことを正当化させるのは難問であり、その解釈にひどく戸惑っている。

「真崎、心配するな。それは陛下の一言で決まるが、君が皇道派の頭領として、陛下を説得すればすむ問題だ」

「そうは言うが、私にとっては……」

陛下を説得させる自信は、さすがに真崎にはない。

「陛下に疎《うと》まれている君の立場を知らないわけではない。だからと言って、命を懸けて蹶起した将校たちの精神を、見捨てるわけにはいかない。君と私とは仲間のはずだ。どんな難しい問題でも、私は相談にのらせてもらう。わしに遠慮なく言ってくれ」

「あい済まぬ。ところでいわせてもらうが、彼らは私に首班を希望して昭和維新の断行を求めているらしい。でも私は、荒木殿と同様の閑職にある軍事参議官にすぎない。そんな私が」

「そうも言えまい。軍内部に重大事件が起これば、参議官会議を開いて、これの解決に当たる責任もあるし、また軍事参議官を代表して陸相を味方につければ、全軍の意志をこちら側にたって出来るぞ」

「その点は、北一輝が強調していました」

「何、北が将校たちの背後にいるのか」

荒木は渋い顔をした。北に将校の純粋性を汚されたように感じた。

「いえ、北は自分に関係はない。自分は手を引くと」

真崎は、電話から伝わってくる荒木の心理をよんで言った。

「確かにそう言ったのか。北は名うての謀略家だからな。言葉をそのままは信用できんぞ」

荒木は受話器を握ったまま、考え込む。

「そろそろ警備司令官の香椎から、事件の第一報が届くと思います。その前に至急に仲間の皇道派の内部を固めておかなくては」

「第一師団長は堀丈夫中将でこちら側だが、問題は近衛師団長の橋本虎之助だ。これからは面倒な相手になるな。君が首班になったら、すぐ解任させた方がよい」

「そのつもりです。海軍にも働きかけ、親友の加藤寛治大将に協力してもらうつもりです」

「そうか、それは良い考えだ。加藤なら伏見宮殿下にお願いして、将校たちの意志を、陛下に上奏してもらえそうだ」

「北も、私にそう薦《すす》めているのです」

「北がか」

荒木は、自分たちの先の先を読んで指示する北の戦略の確かさに舌を巻いた。

「善は急げだ。すぐ加藤に電話してくれ。まず海軍を味方にせねば事態が難しくなる。味方は多くなればなるほどよい」

荒木は真崎にそう言い、自分から電話を切った。真崎は自分が直接、陛下に上奏するよりも、制度上で陛下に上奏でき、そのうえ海軍を代表する軍令部長の伏見宮殿下を味方に出来れば、陛下は伏見宮の上奏を無視は出来ないはずだ。川島が陸軍を、伏見宮が海軍を、それぞれ代表して帷幄《いあく》上奏すれば、その内容がどうであれ、裁可しなければならない。

真崎と加藤との関係は、加藤の子息と武藤信義元帥の子女との縁談の媒酌に、真崎の実弟勝次少将が依頼されて以後、実兄の真崎にも往来を重ねるようになり、それからふたりは親密な交際を続けてきた。その加藤大将と伏見宮博恭親王軍令部長との関係は、明治四十年、伏見宮が英国皇帝への謁見のため、明治天皇の名代として訪英する際、当時中佐だった加藤が随行者として伏見宮と行動を共にして以後、ずっとお互いに親交を深め合ってきたのである。

「それは、困ったことをしてくれた」

加藤は、真崎から通報を受けたとき、思わぬ事態に驚いて言った。

「将校たちの蹶起は、松陰の言う『やむにやまれぬ大和魂』が引き起こしたものです。統制派へのわが派の反撃のチャンスが来ました。これまでの統制派の仕打ちは、目にあまるものでした。この際、将校たちの精神を認めてやらなければ、皇道派のこちら側は完全につぶされ、我々の明日はありません」

「うむ」

加藤は考え込む。

「貴殿に電話をかける前、荒木と相談したのです」

「…………？」

「この際は将校の行動を責めるのは正しくない。彼らの精神を汲んでやり、陛下を説得すべきが正義との結論を得たのです。協力していただけませんか。我々老人が、彼ら若者が望む昭和維新の実現に手助けしようではありませんか」

「しかし、側近を殺《や》られた陛下はどう思われるでしょう。そんな気持ちの陛下を、誰が説得できるでしょう」

「将校たちは、維新の断行を決意して殺ったのです。彼らの真意を理解せずに、見殺しには出来ません」

「貴殿の気持ちは判らなくはない。しかし、これは陸軍内部の問題ではないか」

「その通りです。陸軍内部で起きたこの事態は、私と荒木が力を合わせて、将校たちの意に添った方向で収拾させたいのです。しかし、難問が我々の前に立ちはだかっています。陛下に、将校の真意を納得して頂く方法です」

「陛下への説得か。おっしゃる通り、陛下の賛成が得られなければどうにもならぬ」

真崎と陛下との関係をよく知る加藤も、真崎の苦悩がよく判る。

「陸軍の方は、川島陸相を説得して陛下に上奏してもらう。そこで海軍の方を、閣下から伏見宮に、陛下への上奏をお願い出来ないでしょうか」

「海軍からもか」

加藤は考え込む。陸軍に、統制派と皇道派の二つの派閥があるように、海軍側にも、ロンドン軍縮条約の締結をめぐって、条約派と艦隊派があい争った。加藤の艦隊派と真崎の皇道派とは、国体明徴運動を通じてずっと盟友関係を継続してきた。

「判りました。私から伏見宮にお願いしてみましょう。しばらく待って下さい」

加藤は、真崎の申し入れを承諾した。皇道派に有利な政治的な展開を企てないと、海軍側もその影響を受けて、条約派から、大弾圧を受けるかもしれない。加藤はさっそく、伏見宮邸に電話をかけ、蹶起の事実を伝えて、その対応を考えた。

「おい、どうした」

真崎が受話器を耳に当てると、荒木の催促の電話だった。

「加藤大将は今頃、伏見宮に事態の状況を説明申し上げているところです」

「そうか。私のところへ警備司令官の香椎から、電話で通報があった。君の通報は正しかった、そちらにはなかったか」

「電話中でしたから」

「そうか、そうか。ところで香椎の話だが、やっぱり狙われたのは岡田、鈴木、斎藤、それに高橋だと名前をあげていた」

「うむ」真崎は蹶起の裏付けをとり、改めて実感した。

「これからは絶対に統制派に対して弱味を見せては大変なことになる。皇道派として後にはひけない」

「こうなったら、戒厳令を布くことも考えなければ」

「そうだ。香椎も言っとった。全国に戒厳令布告となれば、統制派の参謀総長の閑院宮が戒厳司令官だが、地域を東京市内に限れば当然、皇道派の香椎が司令官になる。香椎が司令官になれば、こちらに有利な展開が可能だ」

「そうです」

真崎は、すでにこの件については山下に研究させてある。

「岡田が殺られたのであれば、内閣は総辞職をするか、衆議院を解散するしかない。維新内閣として、君を首班に伏見宮に上奏してもらったらどうだ。将校たちの精神を陛下に認めさせるより、こっちの方が先決ではないか」

「それは、少し強引すぎないか」

真崎は、荒木のすすめに尻込みする。

「我々仲間が応援する。今は君しかこの事態を収拾できる人間はいないのだ。君は自信を持って、総理になるべきだ。後のことはすべて、私に任せておけばよい」

「考えさせて下さい」

慎重な真崎はそう言い、荒木は加藤からの電話を待っていることを伝えて電話を切った。

五十五

溜池で安藤隊と分かれた丹生隊は、午前五時六分に三宅坂の陸相官邸前に到着した。陸相官邸と同じ構内には、陸軍省と参謀本部もあって、三宅坂周辺は軍の中枢部にあたる。丹生部隊は、この陸相官廷を占拠後は、ここを占拠軍司令部に決めていた。昭和維新成立に向けて、陸軍首脳部の幕僚たちと交渉する本部だと、この場所を重要視していた。

「開門、開門」

丹生中尉が、何事かと、門のそばに現われた憲兵に叫ぶ。憲兵は丹生の襟章を確認する。

「陸軍大臣閣下に、重要な進言があります。門を開けて下さい」

「はい」

憲兵は疑うことなく正門の閂を抜いた。丹生の後から香田、磯部、村中、竹嶌、山本又、それに下士官以下百七十名が、次々に官邸内に入る。控所で門衛兵が本部に開門の報告をするために受話器を耳に当てた。香田はそれを目撃し、その兵に拳銃を向けて通報を止めさせた。丹生は直ちに、表門には機関銃を、裏門も道路を遮断し、作戦どおり各門に重機と軽機を配置し終えた。

蹶起部隊の幹部たちが帯同して官邸の玄関に向かう。表玄関への階段を駆け登って、強く扉を叩く。屋内から私服の憲兵が姿を現わし、こちらの様子をうかがって、なかなか扉を開けてくれない。

「我々が面会に来たと、大臣にお伝え下さい」

香田が訴える。

「大臣は風邪で会えません」

大臣より面会の約束した覚えがないと聞いた憲兵は、追い返すしかない。

「国家の非常時です」

「駄目です。閣下は会えないとおっしゃっております」

「あなたと話し合う時間がない」

磯部が見かねて口を挟む。

「何とおっしゃっても駄目です。どうぞそのままお引き取り下さい」

「早く連れてこないと、人を余計に殺さんとならんぞ」

磯部の態度は、恐喝的にかわる。

「今日はどうしても会わないそうです」

「これでは埒があかんな」

憲兵を説得するのは無理だと判断した村中は、香田と磯部を誘って裏側に回る。植え込みを踏んで雨戸を開けた。中に入ると、目前に廊下があった。奥は畳敷きの和室のようで、障子の向こう側に陸相が寝ている気配がある。

「川島陸相殿」

香田が障子の内側に声をかける。

「しばらく待たれ」

奥からさっきの男の声がした。そのあと女の囁《ささや》く声が重なる。男と女がいい争いを始める。

「奥様」

香田が女の方に声をかける。

「困ります」

女のはっきりした声がした。その声はやけに若い。川島は若い後妻をもらったばかりと聞いている。

「奥様、どうか閣下に会わせて下さい」

「今朝は……風邪気味で」

女はあいかわらず、ためらっている。

「閣下に危害を加えるために参ったのではありません。我々はお願いに参ったのです」

「………」

兵たちは夫に対して、「閣下、閣下!」と敬語を使って呼んでいる。その言葉の中に、敵意はないと妻は直感した。

「ちょっと待って下さい」

女の気配が遠のく。しばらくして戻ったのか、急に障子が開いた。和服を着た若い女が香田の前に現われて、立て膝で片手をついた。陸相の妻節子である。

「主人が、寝室で会いたいと申しております」

「それは失礼です。我々は大広間で待たせていただきます。陸相閣下にそうお伝え下さい」

香田は相手に恐怖心を起こさぬように恐縮して言い、取り次ぎを秘書官に依頼した。さっそく、秘書官の小松少佐が現われて、香田たちを応接間に案内する。

「おい」

香田は、部屋に向かう前に通信兵を呼び、秘書官に聴こえないように、官邸内にある電話室の通信線を一本だけにして、あとの全部を切断させた。奥の応接間に入ると、正面に横山大観の富岳図が壁にかけてある。墨絵の富士山の絵である。部屋の中央には、大きな会議机が設置されてある。寝室を出た川島は、事態の状況が判らない。どこからも通報がないのである。そのため、彼らにどう対応すればよいのか茫然自失としており、居間の椅子に座って時間稼ぎをするしか術《すべ》がない。

お互いに面会をせぬまま、刻々と貴重な時間が過ぎてゆく。高橋邸から中島少尉が来邸し、大広間の香田に向かって目的達成を報告、斎藤私邸からは麦屋少尉が襲撃成功の報告をしにやってきた。すでにここは占拠本部になっている。香田たちは、二時間ほど待たされた後で、やっと川島に面会することになった。

大広間で蹶起部隊幹部たちは、机を挟んで川島陸相と向かい合った。緊張気味の香田が、代表して襲撃状況を説明する。それから蹶起趣意書を朗読し、趣意書の主旨を全国民に周知させ、国民の動揺を防ぐように訴えた。

しかし、川島陸相はまだ狼狽自失して、視線が定まっていない。その後、要望事項を読み上げる香田を見ることもせず、力なくキョロキョロ周辺を見回す。そんな態度を見た香田は、不安になって、自分の言う事柄を手帖に書き移すことを命じた。

「渡辺教育総監を、撃ちとりました」

栗原が目的達成の報告に、会見室に入ってくるなり、香田に伝える。

「皇軍同志、撃ち合ってはいかん」

川島は、要望事項を手帖に書きながら口を挟む。

「渡辺は皇軍ではない」

川島の言葉に、栗原は憤然として主張する。

「……そうか、皇軍ではないか」

川島は言葉に詰まって、その言葉を呑み込んだ。

「君たちは、本当に困ったことをしてくれた。行動を起こす前に、前もって意のあるところを知らせてくれれば、なんとか出来たのだが……」

統帥権の干犯を心配する川島は、独り言のように呟いた。川島陸相に手渡された要望事項は、次のようなものである。

一、この事態を速やかに収拾して、昭和維新に邁進していただきたい
二、皇軍相撃つような事態にならぬよう、深甚の御配慮をお願いしたい
三、憲兵司令官を呼び、この状況を話して憲兵の活動を統一していただきたい
四、香椎東京警備司令官、橋本近衛師団長、堀第一師団長を呼んで、皇軍相撃とならぬよう厳命していただきたい
五、南次郎、宇垣一成大将、小磯国昭、建川美次中将を逮捕、または保護、検束していただきたい。理由は十月・三月事件関係者であり、皇軍の統制を乱した元兇である。そうしなければ、襲撃等の不祥事が発生します
六、速やかに陛下に奏上して御裁断を仰いでいただきたい
七、根本博大佐、武藤章中佐、片倉衷少佐を罷免していただきたい。理由は軍の中央部に在る軍閥の中心人物で、従来の行動から見て、皇軍の統制上、害がある
八、林銑十郎大将、橋本虎之助中将を、即時罷免させていただきたい
九、荒木貞夫大将を、関東軍司令官に任命していただきたい
十、造詣深い同志の意見を聞かれることは、全国的叛乱の防止に役立つと思われるので、次の同志を東京に招致して、意見を聞いていただきたい。羅南の大蔵栄一大尉、鹿児島の菅波三郎大尉、和歌山の大岸頼好大尉、青森の末松太平大尉、善通寺の小川三郎大尉です
十一、同志部隊は事態の安定するまで、現在の場所、態勢のままにおいていただきたい
十二、報道を統制するため、山下奉文少将を呼んでいただきたい

要望事項は十二項目にわたっていた。

「この中には、私に出来るものと出来ないものがある。もちろん、陛下からの勅許を得なければならないが」

川島は、通信紙に目を通してから言った。

「法規に拘泥せぬよう、大局的見地で処理して下さい」

「うむ」

「閣下、至急取りかかって下さい。緊急事態です」

「よう」この時、会見室に斎藤瀏少将が入ってきた。

斎藤は、首相官邸を占拠した栗原から、電話で官邸に来るように報告を受けて駆けつけたが、栗原は陸相官邸

にいると知らされ、周章《あわ》てて栗原の自動車でやってきたのだ。斎藤は、卓上に「蹶起趣意書」と「要望事項」を見つけ、手に持って読み出した。

「川島閣下、将校たちの言う通りだ。どうか蹶起の主旨を活《い》かしてやってくれ」

読み終わった斎藤が、同期の川島に訴える。

「誰か呼ぼうか。我輩一人ではどうにもならん。荒木大将はどうだ」

川島は同席する小松秘書官に、声をかけて意見を求める。

「ヒゲでは駄目です。是非、真崎大将を呼んで下さい」

荒木は「ヒゲ」と綽名《あだな》されていた。村中が口を入れる。

「そうか。真崎大将の方がよいか」

川島は何度もうなずく。

「真崎大将のほか、山下奉文少将、古荘幹郎陸軍次官、今井清中将軍務局長、村上啓作大佐軍事課長、それに満井佐吉中佐と鈴木貞一大佐内閣調査局調査官も招致して下さい」

香田が、念を押すように数名の名前をあげた。

「よし判った。では、まず真崎大将を呼ぼう」

川島はさっそく、真崎宅に電話をして大将をここに来るように秘書官に命じた。小松は、すぐに真崎宅に電話を入れた。しかし、なかなか繋《つな》がらない。やっと通じても、「只今、来客中です」との応えで、当人の真崎が電話口に出てこない。小松は、そんな返事を聞くたびに、真崎宅にあちこちから通報が続々と入ってきて、その対応に追われ、きっと真崎大将は、事後対策の検討に入っているのかと思った。

川島は将校たちの態度への対応に慣れてきて、もうこれで彼らは自分を襲わないだろう、真崎大将がきてくれればどんなに心強いか。自分ひとりでは対応できずにいた川島は、そう思うと、少しずつ気分が落ち着いてきた。

五十六

山口週番司令は、高橋蔵相私邸の方向から線香花火に似た音が、小雪が降る未明の寒気の中を突き抜けて聴こえてきて、心臓が高鳴った。高橋邸から山口のいる歩一連隊まで、直線距離で四百メートルはない。

「あれは間違いなく銃声の音だ。周辺の住民が騒ぎ出さなければよいが」

山口はヒヤヒヤしながら、それでも逸《はや》る心を抑えて、頃合を計っている。連隊長の小藤恵大佐への自宅に通報する時間を考えているのである。

「連隊長、ついに我が連隊から、一部中隊が蹶起に出動しました」

「何、本当か、夜間演習ではないのか」

小藤大佐は、突然の山口の通報を、なかなか信用しようとしない。

「兵器庫は空です。実弾箱はありません」

「よし判った。俺から師団長殿に報告しておく。貴様は直ちに大隊長によく状況を説明し、それがすんだら、中隊長以上に徴集をかけておいてくれ。俺は師団長に報告が済み次第、すぐそっちに行く」

「待っております」

山口はそう伝えると、受話器を置く。そして自室に週番士官を呼んで、今、事件が発生したことを告げ、

「至急、各中隊長に電話をかけて、連隊に戻るように命令せよ」

と要請した。命令された週番士官は、直ちに隊員名簿を捜すがなかなか見つからない。

「名簿はここだ」

山口は、机の下から名簿を出した。蹶起部隊が営門を出る前に通報されるのを恐れた山口が、それを自分の机の下に隠していたのだ。週番士官は周章《あわ》てて名簿を繰《く》って、各中隊長に電話をかけている。山口はその様子を見ながら、出動していった仲間たちの無事を願っていた。

週番士官が通報を終えて受話器を置くと、待っていたように電話が鳴った。山口は週番士官を部屋から出した。岳父本庄武官長からの電話だと直感したからである。

「山口か。今、君からの伝令文を読ませてもらった。間違いないな」

「その通りです」

「止められなかったのか」

「…………」

「そうか、ついにやったか」

本庄は考え込む。ふたりの間に長い沈黙があった。

「やってしまったら、仕方がない。各方面には連絡してあるな」

本庄はやっと口を開いた。

「連隊長殿にはすでに連絡しました」

「よし判った。わしは警備司令官の香椎浩平中将と警視総監、それに宿直の侍従武官に連絡してから、宮城に参内するつもりだ」

「それで」

山口は催促する。

「判っている。努力はしてみるが、君は充分に自分の本分をわきまえ、自分の不利になる行動は慎むように。こ

れは私の親心だ」

「充分に気をつけます」

本庄の温情ある心遣いに、山口は目頭が涙でにじんできた。

営庭で非常ラッパが鳴った。兵舎の窓に次々と灯りがともり、兵舎の出口から武装を終えた兵士たちが、雪が舞う営庭に飛び出してくる。兵士たちは、異常事態に遭遇して不安気な表情を見せる。兵舎の窓に電灯がつかぬままの部屋が幾つかあり、整列場所に集まらぬ中隊もあった。初年兵たちは、何が起きたのか知らされぬまま、中隊長が来るまで営庭に待機させられた。小一時間もすると、通報を受けた各中隊長は、連隊本部にある連隊長室に次々と集まってきた。

「誰と誰が参加したのだ」

まだ姿を現わさない連隊長の椅子に陣取った山口の前に、各中隊長が事件の内容を聞き出そうと騒ぎ立てる。

「参加したのは栗原、丹生、それに林と池田たちだ」

「口先だけの男だと思っていた栗原が。そうか、やはり機関銃隊を連れ出したか。林を引っぱり出してか。誰を狙ったのか」

「判らん。警備司令部からも、憲兵司令部からも、警視庁からさえも、まだ連絡がないのだ」

山口は、慎重な受け応えに終始する。

「貴様は奴らの仲間だと思っていたよ」

「貴様なら、すべて知っているはずだ」

「それはない。貴様の買いかぶりだ」

「おい、歩一だけじゃない。今、歩三に伝令を走らせたら、ほとんどの中隊が出動したとの報告を受けたが」

「なんだ他の連隊もか。おい山口、参加した兵はどれぐらいの数だ」

「一千名はいるかもしれん」

「なに一千名も。まさか俺たちを出し抜いて、全国の将校団が呼応しているのじゃないだろうな」

歩一や歩三の将校たちの朝礼では、「軍人勅諭」のほかに『日本改造法案大綱』を読みあげていた。

「誰か、すぐ他の連隊に電話で確認してみろ」

「あーあ、俺たちは残留組か」

他の者が溜息まじりに言った。将校たちの中には、参加将校に羨望の気分も混じっている。歩三から山口が命じた伝令が戻ってきた。伝令は、安藤隊を中心に半分以上の中隊が出陣したと、山口に報告する。

「おい伝令、歩三は裳抜けのカラか」

将校のひとりが唸《うな》る。

「俺を誘えば応援したものを。昭和維新に参加したかった。残念だ」

　山口は将校たちの立場が、傍観者の姿勢から参加者の姿勢に、少しずつ変化するのに満足している。

「おお、集まっておるな」

　ドアが開いて、小藤連隊長がやっと姿を現わした。

「週番司令の任務ご苦労、あれから通報があったか」

　小藤は山口を立たせ、自分の椅子に座ると、額の汗を拭きながら訊く。

「ありません」

　山口が答えた時、机上の電話が鳴った。部屋の全員は固唾を呑んで、受話器を耳に当てた小藤の顔付きを見詰める。

「おお、林少尉か。どうした、今どこにおる」

「首相官邸です。現在、占拠を完了し、全員で祝杯を上げているところです」

「隊長はおるか」

「栗原隊長は、占拠本部になった陸相官邸に出かけて留守です。陸相官邸に、電話を入れてみて下さい」

「判った。君たちは他も占拠したのか」

「他の部隊のことは知りません」

「判らんか。食糧や防寒服は大丈夫か」

「心配ありません。皆、携帯しております」

「そうか。何か情報を得たら、報告してくれ」

　小藤は受話器を置くと、今度は陸相官邸にかけ直したが、繋がらない。そこで林からの通報内容を、将校たちに伝える。「万歳、万歳」と、数名の将校が歓声を上げる。他の将校たちも、連られて歓声をあげた。その歓声の中を、山本少尉と江口少尉が、占拠部隊の偵察から戻ってきた。

「蹶起部隊は、平河門と半蔵門、桜田門と溜池地域を占拠し、その周辺の交通はすべて遮断され、彼らに近づくことは出来ませんでした」

　山本が小藤に通報する。

「ご苦労。どうやら計画どおりにいっているようだな」

　山口は、山本の報告を聞いて心が踊った。第一師団は皇道派の拠点である。蹶起部隊の行動が、いかに突然の事態だとはいえ、敵意はそれほどないはずだ。今、ここで小藤連隊長の考えを聞いておきたいと、山口は思った。

「連隊長殿、歩一連隊として、この事態にどう対応する考えですか」

　山口は、将校団を代表して訊いた。

「まだ全体像が摑めない。情報をもっと多く集め、師団長とよく協議をした上で、当連隊の態度を決めたい」

「当将校団が、他連隊の将校団に連絡してよいでしょうか」

「待ってくれ。まだ、その時期ではない。それは早すぎる」

「おい、師団長殿のお出ましだ」

窓外を見ていた将校が、師団長の自動車が営門を入ってきたのを目撃して叫ぶ。将校たちは緊張して、堀丈夫師団長が部屋に入ってくるのを待った。堀は部屋に入ると、すぐに山口大尉の姿を捜す。山口は名前を呼ばれて、堀の前に立った。

「山口週番司令、貴様の知っている限りの情報をすべて教えてくれ」

堀は小藤の椅子に座ると、山口の顔を見上げた。山口は、参加した歩一と歩三の中隊と人数と名前、占拠地域、それに推測だと断わった上で、襲撃目標の人名を、ついさっき林少尉から小藤へ、首相官邸を占拠したとの報告を含めて伝え、偵察から帰った山本少尉が持参した蹶起趣意書の用紙も渡し、君側の奸である重臣たちを除いて、天皇親政を実現する昭和維新の断行が蹶起の意図ですと、最後に付け加えた。

「えらいことを仕でかしたな」

堀は趣意書に目を通してから、小藤を見て言い、腕を組んで考え込む。その顔は目付きが鋭く紅潮している。

なにせ蹶起部隊は、第一師団から出ているのだ。師団長としては当然、行動部隊を原隊に復帰させるべきなのだが……。

「自宅の電話で、警備司令部と憲兵司令部に再三にわたり連絡をとったが、各方面からの通報が多いためか、混線して繫がらんのだ」

堀が小藤に愚痴を言った。

「どうか維新部隊の精神に賛同して、出来うれば支援していただきたい」

山口は真剣に訴える。

「彼らは岡田総理を殺ったのだろう。維新内閣の首班は誰にと望んでおるのだ」

「大権私議を恐れて、彼らは誰をとは主張しておりませんが、彼らの真情としては真崎閣下を望んでいると思います」

「真崎閣下か」

堀は山口の話を聞き、これは皇道派の、統制派への襲撃だなと判断した。とはいっても、まだ事態が起きたばかり。状況がはっきり見えてきたわけではない。軽率な断定は出来ない。それに純真な将校たちの維新への思いを、派閥争いの次元へスリ替えては、怒り出す将校もでてこよう。問題は、蹶起部隊と真崎大将との間に、事前に連絡があったかどうかだが、仮にあったのであれば、自分のところにもそれらしい連絡があっておかしくないはずだと、あれこれ考えてみるが、将校たちの視線が気になって落ち着かず、まとまらない。

堀は椅子から立ち上がり、窓に近づくと、営庭に目をやった。白い営庭に雪が舞い落ちるなか、兵士たちが中隊ごとに固まって下士官の話を聞いているのが見えた。

「堀師団長殿、今後の対応は」

小藤が指示を催促する。

「歩三の連隊長はおるか」

堀は思い出したように言う。

「呼びます」

小藤は、電話で渋谷三郎連隊長を呼ぶ。渋谷は十分ほどで息せき切ってやってきた。

「どうだった」

堀は肩で息をして、額の汗を拭う渋谷の顔を見上げる。

「このような事態を招いて、まことに申しわけありません」

「かまわん。歩三は、これまでどんな連絡が入っているか」

堀は、この事態を渋谷の責任だとは毛頭考えていない。歩三に赴任して日がまだ浅く、戸惑っている渋谷を、むしろ気の毒に思っている。

「安藤大尉からは、鈴木侍従長に天誅を加え、只今、三宅坂周辺を占拠中との連絡がありました。また野中大尉からは、警視庁を占拠したと、坂井中尉からは斎藤実内大臣を殺害したとの報告がありました」

「うむ」堀は唸った。

「歩三では、自分の中隊を安藤に連れ出された将校たちが憤慨して、大隊長の伊集院が宥《なだ》めるのに大変苦労しております」

「それはご苦労。歩一と歩三の両隊長、どうだ、第一師団の他の連隊を東京に呼ぼうか」

「佐倉と宇都宮の連隊ですか」

「そうだ」

佐倉連隊長の山口直人大佐は皇道派である。

堀は両連隊長の顔色をうかがう。近衛師団の動きが恐いのである。統制派の橋本が指揮しているからだ。

「対応を考えるのは、もう少し様子を見てからでよいのではないですか」

慎重に渋谷は訴える。

「様子を見てからか」

堀は黙考する。そのうち真崎閣下から連絡があるかもしれない。状況が不利なら不利で、参謀本部から命令があるはずだ。いずれにしても、もう少し待機しておこう。参謀本部は統帥権の守り神なのだ。

「よし、第一師団はもうしばらく静観する」

堀は、蹶起部隊を帰隊させず、静観の構えをとることに決め、山口を自分の前に呼び出すと、改めて命令する。

「山口、斥候として、小藤連隊長と一緒に占拠地帯を偵察しに行ってくれ」

堀は、歩三の渋谷連隊長では病み上がりで、この大任に向かないと思った。それより蹶起将校たちと親しい山口と小藤ならば、彼らは喜んで胸襟を開き、腹を割って話してくれるにちがいないと判断したのである。

「判りました」

山口は、小藤と一緒に堀師団長に敬礼した。

「中隊長に是非お願いしたい。蹶起した兵たちを、飢寒より保護するため、薪炭《しんたん》・糧食の準備と発送に遺憾なきを期してほしい。特に歩三の方は、出動した兵は歩一より多いので、その点大変であると思うが、渋谷連隊長より残った中隊長に、くれぐれも混乱なく宥《なだ》めて今後の対応をしてくれ」

「はい」

渋谷も敬礼する。将校団は全員、師団長の好意的な取り計らいに満足して、連隊長室を飛び出す。小藤と山口は偵察に、渋谷は歩三にと部屋を出て、中には堀と参謀のふたりだけが残った。

「さあ、視察に行こう」

堀はふたりの師団参謀を引きつれ、空になった中隊の兵舎の様子と兵器庫の視察に回った。兵舎の窓から営庭を眺めている堀のところに、伝令が走ってきた。

「宮中において、陸軍参議官会議が開かれそうだとの連絡がありました」

「ご苦労。そうか、そうか」

堀は何度もうなずき、両脇の参謀には、

「俺はこの際、悪いものはみんな直してしまえばよいと思っている」

と本音を吐いた。

五十七

田中中尉が、幕僚たちがやってきて大変ですと、応接間に駆け込んできた。

磯部は、外の様子が気になった。応接間を出て官邸の玄関に立った。空は鉛色で、小雪が止みそうにない。正門の方に目を向けると、人だかりがして騒がしい。出勤してきた陸軍省と参謀本部の幕僚たちが、門の中に入れずに、歩哨に立っている兵と言い争っている。

「しまった」

磯部は、幕僚たちの控え場所を準備して置くのをすっかり忘れていた。磯部は正門に向かって走る。

「おい磯部、門を開けてくれ」

幕僚たちに混じって、山口の顔があった。

「おお、ワンタか」

見ると、山口の隣りに小藤連隊長の顔もある。磯部は兵に、ふたりを中に入れるように命じた。

「どうだ」

「順調にいっている。今、真崎大将と山下少将を電話で呼んだところで、本格的な交渉はこれからだ」

磯部は満足気にニヤリと笑った。

「彼らをどうするつもりだ」

小藤が心配して磯部に忠告するが、周囲がザワザワして言葉が聞き取りにくい。

「うるさい、静かにしろ」

磯部は怒鳴る。少し静かになった。上官連中に命令して気分がよい。

「すっかり忘れていました」

磯部は小藤に敬礼し、ふたりを案内して邸内の談話室に入れた。部屋には斎藤少将がいる。磯部は、さっそくふたりを卓上前に呼び、地図を拡げて占拠地点と部隊編成を知らせ、その後で、真崎閣下が来たら、川島陸相との協議を準備して待機中であると打ち開け、小藤連隊長には、川島に渡した「要望事項」を見せた。小藤はそれを見ると、何度もうなずいていた。

「磯部、あの幕僚たちをどうするのだ」

心配して山口が催促する。柱時計を見ると、午前八時を過ぎている。

「奴らの出勤時間だな。判った。ここで待っていて下さい」

磯部は外に飛び出した。内庭を眺めると、肩章とモールを着けた将官がひとり、堂々と取り囲んだ将校たちを従えて、玄関に立った磯部の方に歩いてくる。

「山下少将だ」

磯部の目が輝いた。取り囲む将校たちから拍手と歓声が起きた。磯部は将校たちを掻き分けて、山下に近づく。

「磯部です」

「おお、貴様か。川島陸相はどこにいる」

山下の顔には、来るべきものが来たという決意を感じさせる表情が見えた。山下の顔付きを見た磯部は、気合いを感じて満足した。

「こちらです」

磯部は、嬉しさを噛みしめて山下を、川島の控えている応接間に案内する。部屋では、川島が山口を相手に机上に地図を拡げ、幕僚たちの移動場所を検討中であった。

「おお、山下か」

顔を起こした川島は、磯部に案内されて部屋に入ってきた山下を見た。

「幕僚たちの移動場所は、九段の軍人会館がいいと思う。普段閉じている大手門を開ければ、宮城内の出入りが便利になるはずだ」

山下は川島陸相に敬礼すると、即座に意見を述べる。山下は正門の混乱ぶりを見て、この部屋に来るまでの間にその解決策を考えていた。

「なるほど」

川島は、山下の鋭い指摘に満足気にうなずく。

「さっそく、貼紙を作ります」

磯部は、すぐ川島が山下と意見交換し始めたのを見て、安堵して部屋を出た。隣りの部屋で案内図を仕上げ、それを持って正門に走る。群がる幕僚たちの背後で、一台の自動車が停まった。車に乗っているのは誰だろう。磯部は目を凝らす。幕僚たちは、車に気づいて両側にどいた。自動車の前面に、「陸軍参議官、真崎甚三郎」の貼紙が見える。

「車を通せ」

正門の柱に貼紙をすると、磯部は歩哨兵に叫ぶ。門が開く。車が磯部の脇を通って、正面玄関に向かった。磯部は車を追う。車は玄関前でゆっくり停まった。車から真崎大将が出てきた。

「閣下、お待ちしておりました」

磯部は、真崎に走り寄って挙手の礼をする。

「おお、お前か」

真崎の顔は自信満々で、堂々としている。磯部は、真崎大将が勲一等旭日大綬章の副章を佩用《はいよう》しているのを見た。

「閣下、我々は……」

「そうか、そうか。お前たちの気持ちはよおく判っとる。よう判っとるぞ」

真崎は、胸を張ってうなずいて見せる。

「閣下、ついに蹶起しました。ついに……」

磯部は、嬉しさのあまりに絶句する。真崎大将に気づいて、将校たちが集まってきた。

「昭和維新の断行を、よろしくお願いします」

将校たちが口々に訴える。

「よう判っとる」

伏見宮の支援を確約した真崎は、胸を張ってひと垣を掻き分け、官邸内に入っていく。香田は部屋に入ってきた真崎閣下を最初に見つけ、協議中の川島と小松、山下、山口、それに村中にと順に知らせた。部屋の中にいた全員が、真崎に視線を向けた。

「真崎殿、待っておりました」

川島が敬礼する。

「ついにやったようだな」

「はい、これが蹶起趣意書と私への要望事項です」

「どれ」真崎は目を通す。

「なるほど。それで君はこの事態に、どんな方針で解決に臨むのか」

「参謀総長とは連絡が取れず、教育総監の渡辺は殺され、三長官のうちのひとりとして、相談すべき相手もなく、これからどう対応すべきか、途方に暮れております」

「陸相、ちょっと」

真崎は、隣りの談話室に川島をさそう。

「君がひとりでは対応策を打ち出せないのなら、私が軍の長老である軍事参議官会議を召集して援護してもよいが」

真崎は、困惑している川島に助け舟を出す。

「閣下は、どのように収拾すればよいとお考えですか」

川島は蹶起将校たちが、自分より真崎を頼りにするのに不満だったが、でもこの際は真崎の力量に任せるしか方法がない。

「海軍の加藤閣下と伏見宮殿下と協議した結果、事態収拾は私が適任であると推薦されたが、どうだ、ここはひとつ私に任せてくれぬか。私は将校たちの意を汲んでやりたいのだ」

「私はどうすれば」

「将校たちの行動はともかく、真意は認めてやり、陛下にはその趣旨を、君が代表して帷幄上奏してほしい。後のことは心配せんでよい。私と伏見宮でなんとかまとめて、昭和維新を実現化させるつもりだ。どうだ、これでいこう」

「判りました。お願いします」

川島は、大きな重荷を降ろした気分になった。自分ひとりでは解決手段が見出せなかった。

「任せてくれるか。では、私はこれから紀尾井町の伏見宮邸に打ち合わせに行く。上奏の件はよろしく頼むぞ」

真崎は、川島を説得し終わると、談話室を出た。官邸の玄関に立った時、内庭の中央で人だかりがしていたが、真崎の目には入っていない。目前で何が起きているか理解しようとするより、戻って川島にもう一度会い、陛下に至急上奏するよう頼むべきだと談話室に戻りかけた時、突然、真崎の背後で銃声が轟《とどろ》いた。

「あっ」

真崎は驚いて振り向く。銃声を耳にした山口と山下も、慌てて部屋を飛び出して内庭に向かう、内庭に面した建物の窓硝子が、次々と開いて顔を出した。どの顔も不安気で、何が起きたのか覗いている。時間は止まり、周辺は静まり返る。真崎は事件現場に走る。足元に少佐の肩章を付けた男が、頭を抑えて雪の上に倒れていた。

「皇軍同志、皇軍同志、撃ち合ってはいかん」

真崎は怒鳴る。見ると磯部が、倒れた男の前で銃を手にして立っている。

「誰を撃った」

厳しい表情で、真崎は磯部に訊く。

「奸賊の片倉少佐です」

磯部は言った。倒れた片倉は、自分の力でヨロヨロと起き上がる。頭を抑えた指の間から、血が流れている。危険を感じた磯部は、抜力して身構える。

「兵を、兵を動かすなら、陛下の、陛下の許可を得て、得てからやれ」

片倉は絞り出すように言い、また雪の上に崩れるように倒れた。

「奴は死なんぞ」

野次馬のひとりが磯部に聞こえるように言う。磯部は止めを刺そうと、片倉の体に刀の先を近づける。

「止めろ」

真崎は叫ぶ。片倉はまたヨロヨロと起き上がる。片倉の同僚が見かねて、両脇から抱えた。磯部は抜刀したまま、立ち去る片倉の後ろ姿を見送る。真崎は、磯部が撃った一発が、蹶起部隊の覚悟のほどを、内庭で騒ぐ幕僚たちに思い知らせたと思った。内庭は急に静かになった。

「陸軍省の関係者は偕行社、参謀本部のひとは軍人会館に、それぞれ移動するようお願いします」

山口は、幕僚たちに催促する。幕僚たちはしぶしぶ正門を去っていく。重傷を負った片倉は車に乗せられ、人だかりの消えた正門を出て、病院に向かった。その後、川島陸相は皇居へ、真崎は伏見宮邸へと、それぞれの自分の車で陸相官邸を出て行った。

五十八

天皇は、古代から万世一神としての伝統的な役割と、江戸時代の封建領主としての役割と、近代より欧米から学んだ立憲君主としての役割、という三つの機能を持ち、宮中の外からのどんな刺激に対しても、即反応してはならない。すなわち「天皇は超越性」を維持するべき者であるというのが元老、西園寺公望の希望であった。

この天皇は、総理を推薦する元老、総理との仲立ちをする内大臣、皇室の財産を管理する宮内大臣、政府との間を取りもつ侍従長、軍部の意見をそのつど伝える侍従武官長、そして憲法問題の顧問としての枢密院議長、という重臣や側近たちに守られていた。

宮内大臣によって管理された天皇の財産は、宮内省在籍職員数が六千人近くおり、国から国庫予算として四百五十万円、帝室林野庁から三百万円、株式で四百五十万円、公債ほかの債券類から四百万円、その他を含めて年間三千万円、国に対して報告する義務はない。そのうえ、宮中を政治上、実質的に仕切っていたのは、西園寺であった。彼の考え方は天皇機関説論で、親英米論者でもあり、できるだけ議会制民主制度を維持して、日本の国際的地位を高めようと考えていた。だから、自分と同じ考えを持つ牧野伸顕、一木喜徳郎、鈴木貫太郎、斎藤実らを使って、軍部の引き起こした張作霖事件やロンドン海軍条約問題を、どうにか乗り切ってきた。天皇裕仁も、そんな西園寺の手腕を評価し、最近の軍部の台頭には、西園寺と同様に頭を痛めていた。


「陛下……」甘露寺受長侍従は、陛下の御寝所に走り、襖を通して声をかけた。

「どうした、甘露寺か」

裕仁は目を開けた。

「鈴木侍従長が軍隊に襲撃されて重体だと、夫人のたか様から只今、報告がありました」

「本当か。とうとうやったか。開けてよいぞ」

裕仁は、床の上に上半身を起こした。

「どこの部隊だ」

「麻布歩三の第六中隊長の安藤輝三大尉だと訴えておりました」

「何、安藤大尉」

裕仁は弟の秩父宮から、安藤の名前を聞いていた。裕仁は、秩父宮の所在が気になる。

「弟はどこにおる。宮城は大丈夫か」

「弘前三十一連隊に配属されて青森に」

「すぐ確認してくれ」

裕仁は、安藤にフイに急所を突かれた気がした。

「朕は政務室に行く。内大臣と宮内大臣を至急に呼んでくれ」

裕仁は直ちに軍服に着替え、官舎の政務室に向かう。

裕仁の脳裏に、弟が将校たちを指揮する幻影がチラつく。

その一方に、北や西田の姿も脳裏に浮かんできた。裕仁はそんな幻影を振り払うように、足早にリンカーン、ダーウィン、ナポレオンの胸像が置かれた政務室に着く。すでに、宿泊していた者たちが集まっていた。各部署へあちこちから通報があり、椅子に座った裕仁に、次々に伝奏した。

「西園寺はどこにおる。重臣たちを至急呼んでくれ」

宮城を軍部に包囲される恐怖の中で、裕仁は、蹶起部隊に激しい敵意を持っていた。重臣たちを倒し、宮城を占拠されれば、二重三重に囲繞《いにょう》されて存続してきた天皇制のタガがはずれて崩壊してしまうのだ。密室化した宮中において、アウトサイダーの参入は天皇の権威を傷つけ、生命までも危険にさらしてしまうのだ。

裕仁は側近たちに、自分は機関説論を正しいと思うと訴えていた。天皇親政など、自分の能力を超えている。自分にはそんな才能はない。だから裕仁は、自分の地位を利用したり、悪用する者が出現するのは覚悟していた。自分が皇太子の時に、法華経の経典を送ってきた北の存在が気にかかる。北は、自分を最大限に利用しようとしているのだろう。

内大臣秘書官の市川寿一は、裕仁に命じられて内大臣室に戻ると、裕仁の弟、高松宮の電話番号を捜した。

坂下門に向かう雪道を、一台の自動車がゆっくり走っている。黒い車体の側面に赤線が一本引いてあり、前のナンバープレートには、菊の御紋がついた宮内省用のフォード車である。車は雪道のためタイヤが空回りして、何度もハンドルを取られていた。車窓から、舞い落ちる雪を、不安気に見詰めている男の顔が見える。顔は丸く、眼鏡をかけ、口元には髭《ひげ》を蓄え、帽子を被っている。この男の名前は、内大臣書記官長兼宗秩寮総裁木戸幸一である。

幸一の実父は、宮中顧問官の孝正であり、川村純義の死後に裕仁の幼時の養育係の後任になった人物で、その関係からか、裕仁の木戸に対する親しみ方は格別なものがあった。その子幸一は、大久保利通の二世牧野伸顕前内大臣に仕えた。その後に現内大臣斎藤実の秘書官長を務め、その大邸宅は赤坂の乃木坂上にあった。木戸の弟和田小六は航空工学の権威で、長女田喜子は阿部信行の長男に、妹の八重子は児玉源太郎の四男に嫁ぎ、木戸の妻は児玉の五女であった。

木戸は、電話で書生の市川から、斎藤内大臣の暗殺を知らされ、直ちに友人近衛文麿と原田熊雄に通報した後、小野秘書官に電話し、菊の紋のついた宮内省の自動車を無理にまわしてもらい、その車で日比谷から外苑内を通って、皇居内の官舎に向かう途中であった。上司が殺されたとなれば、斎藤に代わって木戸が、内大臣の執務を代行する義務が生ずる。

車が坂下門に近づくにつれて、歩哨兵の数が増えてきた。兵たちは降る雪のなか、着剣して立哨している。皇居に近づくと、外の緊迫した気配が少しずつ車内の木戸にも伝わってくる。将校たちは一体、何を考えて叛乱を起こしたのか。朝食会や十一会や六日会に出席していた木戸は、鈴木貞一中佐、犬養健、谷正之、藤沼庄平と親しく、各方面から情報を得ていたし、永田鉄山の暗殺から四十五分で情報を知らせてくれた右翼ゴロの松井成勲もその中にいた。その木戸にとってさえ、突然の事態であった。

満州事変では、内閣が国の内外に、不拡大方針を声明していたのにもかかわらず、現地の関東軍がこの声明文に従わず、勝手に戦《いくさ》を拡大したものだが、その原因は陸軍が内閣の力に勝る大権の統帥権を楯にとったためだった。この統帥権を、重臣や内閣のものに奪い返すには、陛下を第三者的立場に立たせず、味方につけ、叛乱軍と対決しなければ勝てぬ。木戸は車窓から、雪を軍帽と肩の上に載せた兵たちの顔を眺めながら考えた。

二十五日の相沢公判で、木戸は斎藤実と一緒に喚問申請を受けていた。理由を訊いてみると、鵜沢は朝食会の実態を知るためだと言った。将校たちが貴族や特権階級に敵意を持っているのは知っている。だから木戸は斎藤内大臣が暗殺されたと知ると、すぐに原田に電話を入れて、西園寺公の身柄を至急他所に移すように伝えた。原田は直ちに西園寺公に伝え、友人の近衛公にも避難させていた。自分も襲撃の的になっているに違いないのだ。

前方の歩哨兵が、両腕を拡げて、木戸の車の進行を遮《さえぎ》った。木戸は不安げに兵を見る。兵は車を止めて、車内を覗いた。

「どこへ行く」

「坂下門から宮城に入ります」

運転手が答える。

「ここは占拠しておる。これより先はいけぬ」

兵は運転手に命じ、それから後ろの座席の木戸に視線を移す。

「この男は」

兵は、木戸の目に視線を当てて言う。

「木戸幸一です」

木戸は、外套の襟を立てて自分からすすんで答える。

「役職は」

「内大臣書記官長です」

「書記官長」

兵はポケットから手配写真を取り出し、木戸の名前を捜す。写真と眼前の顔を見比べては何度も頁をめくるが、自分の手配写真はないようだ。木戸は兵の態度を観察して、そっと胸を撫でおろす。

「尊皇」

兵は合言葉を訊《き》く。「討奸」との返答を知らぬ木戸は、黙って前方を見ている。

「戻れ」

兵は、木戸の頑《かたく》なな態度を見ると首をひっこめ、銃を構え直してから怒鳴る。運転手は困って、後ろの木戸を見た。木戸は進退きわまる。兵は動けぬ車の回りを一巡する。遠くの方でもう一人の兵が、この様子を見ていた。何をしているのか気になって、木戸の車に近づいてきた。ふたりの兵は、前のナンバープレートに「菊の御紋」を発見した。雪がこびりついて見えにくかったのである。それを発見した兵同志が何か言い争っている。やがて後からきた兵の方が改めて運転手に訊く。

「この車は」

「天皇陛下の御車です。陛下に呼ばれて、これから謁見に行くところです」

「ハッ、お通り下さい」

兵は、車に向かって直立不動になった。木戸はしめたと思った。宮城に入るには、自分の車を使うより宮内省の車が必要だと判断したが、やっぱり正しかったのだ。木戸の乗った車は、二人の兵に見守られて、ゆっくり坂下門を入っていった。官舎の玄関を入って廊下を走った。御殿の常侍官室に行くと、湯浅倉平宮内大臣と侍従次長の広幡忠隆が話し込んでいるのが木戸の目に入った。

「よくここまで入ってこられましたね」

ふたりは部屋に入ってきた木戸を見ると、驚いて話を止めて声をかける。

「市川から知らせを受けて、飛んできました。斎藤さんが暗殺されたと聞き、陛下の御身が心配で」

「木戸さん、鈴木侍従長も襲撃されて重体で、陛下は大変心配されておられます」

広幡が、上司の容態を気遣って訊ねる。

「陛下は」

「陛下は政務室で軍服に着替えて、これからこの事態をどう対処すべきか、考慮されておられます。陛下は暴徒の矛先は、自分に向けられているとお思いのようです」

陛下は、各機関の意見聴取も、会議決定もまたずに、はじめから即刻鎮圧の意志決定をしていると、湯浅が木戸に知らせる。

「木戸さんは、彼らに狙われませんでしたか」

「自分のことよりも、友人の方の安否が心配で、原田に電話を入れましたら、家人より、すでに隣りの青地邸に避難していると知らされ安堵し、近衛公にも電話をすると、永田町の本邸を抜け出して府立一中前の坂を下り、裏の赤坂通りに回しておいた車で、目白の別邸に避難したと聞き、本当によかったと思っております」

「やっぱりそうでしたか」

湯浅は、落胆したようにつぶやく。

「やっぱりとは、どういうことです」

「木戸さんとは違い、みんな陛下の身を守ることを忘れて、自分のことだけを考え、どこか逃げ場所を捜すことだけに夢中になっているのです」

「そうは言っても、岡田首相も、高橋蔵相も、渡辺教育総監も殺されたのですよ。今度は自分だと恐がるのは、当然のことでしょう」

広幡が言った。

「西園寺公は無事、伊豆県警本部の一室に避難したと原田から再三の知らせがありました。それに、牧野前内大臣も襲撃を受けましたが、九死に一生を得て、今、ある場所に避難しているとの報告を受けました」

木戸が湯浅に報告する。

「叛乱軍は、次々に老人を殺して一体、何をどうしようと考えているのでしょうか」

広幡が木戸に訊く。

「昭和維新でしょう。そのための必要な手段として、岡田の後継内閣を狙っていると思います」

「岡田総理の後の政権獲得を」

「そうです。それにはまず戒厳令を布き、青年将校の威圧の下で、側近政治を解体、天皇の財産を没収、財閥を解体して、農地を解放するつもりなのでしょう」

「北一輝の改造法案の実施ですか」

「いや、彼らが狙っているのは、明治憲法の停止でしょう。陛下はその点を強く心配しておられ、自分は伊藤博文が作った明治憲法を遵守《じゅんしゅ》すると、西園寺公につねづねおっしゃっていたそうです」

「陛下は、この軍の叛乱をよく御存知でおられるのですか」

広幡が湯浅に訊く。

「陛下は西園寺公を、実の父のように敬っています。その西公を襲撃する軍の暴走を、決して許しにはならないでしょう」

湯浅は、語気を強めて訴える。

「甘露寺侍従から聞いた話では、侍従長夫人から襲撃の知らせを受けたので、甘露寺さんは、直ちに御寝所の陛下にお伝えしたそうです。すると陛下は、重体に陥った侍従長の安否を気遣って、目に一杯涙を浮かべ、お怒りで唇を震わされたそうです」

「陛下が目に涙を浮かべて、ですか」

木戸は驚いて聞き返す。

「陛下はその時、なんとおっしゃいましたか」

「早く事態を終熄せしめ、禍いを転じて福となせと。宮城を包囲されぬよう全力を尽くせと」

「情報が不足するなかで、御相談する側近の生死が判らない状況では、陛下にとって大変心細い御心境だと思います」

木戸は同情する。

「私も何とか状況を知って、陛下にお知らせしようと、警備司令部や警視総監や憲兵司令部に電話で問い合わせましたが、混線してなかなか繋がらないのです」

湯浅が嘆いた。

「事態が難しくなる前に、陛下より、叛乱軍を原隊に帰隊させるように御諚《ごじょう》くだされるのが、一番よい対応策だと思います。もし陸軍が、天皇の名を使って偽命令を全国に出されては大変ですから」

軍部を信用できない木戸は、一つの案を出す。

「奉勅命令ですか」

「そうです。統帥権は議会でも軍部でもなく、天皇自身にあるのです」

「でも、軍部は陛下の指揮権から離れつつある」

湯浅は、三月事件や十月事件を思い出し、軍部が陛下の統率力を無視して暴走し始めているのを、苦々しく思っていた。三月事件では、軍部が宇垣一成を首班とする軍事政権を樹立させ、天皇を秩父宮に交替させようと意図していたのである。

「秩父宮はどうしています」

湯浅は、裕仁の危惧を代弁していった。裕仁は重臣たちのすすめもあって、弟の秩父宮を過激な思想を持つ革新将校から隔離させることを狙って、青森の第三十一連隊に転属させていた。宇垣大将は、文弱なイメージを拭い切れぬ裕仁より、軍部での成績が優秀で俊敏、そのうえ豪気な気性をもつ秩父宮を、次期天皇にと画策していた。天皇らしくない天皇は、天皇の名に価しないと、宇垣は広言してはばからなかった。裕仁は、そんな軍部を恐れてもいた。

「高松宮殿下に電話を入れさせて確認したところ、叛乱軍には参加してないと知らされ、陛下は大変、安堵されたとのことです」

広幡が木戸に伝える。

「それはよかった。秩父宮は、上京する意志はあるのだろうか」

木戸が広幡に訊く。

「歩三連隊が主力と聞いております。もし上京すれば、軍内部に無用な刺激を与えて、混乱するばかりです。陛下も、快く思わないでしょう。秩父宮は、叛乱軍と相通じているとの噂もあり、叛乱軍の将校が殿下と同行して宮中に参内する状況にでもなったら、そら恐ろしい事態になりますから」

学者肌の陛下と軍人肌の秩父宮は、仲が良くないのを知っている広幡は気遣った。北一輝の法案の影響を受けた秩父宮は、数年前、裕仁と憲法停止や戒厳令の公布について激論を闘わせ、天皇親政の実施の是非の意見の違いから兄弟喧嘩に発展した。宮中の側近たちは、手のほどこしようもなく、兄弟の言い争いを、ただハラハラしながら傍観するばかりであった。大陸からの脅威に敏感な軍部の台頭は、甲殻類の収集に熱心で、顕微鏡ばかり覗き込んでいる天皇が態度を変えないのなら、戦場で命を賭ける兵たちに示しがつかないので、皇位から下りるべきであるとし、そんな裕仁に日本の命運を託すよりも、弟の秩父宮に期待をもつのは仕方がなかった。

元老の西園寺は、日本の古代史には天皇の継承権をめぐって兄弟の醜い戦いが頻繁にあったと心配し、親英米派で民主主義派の陛下を支持して、軍人で革新派で、貞明皇太后の溺愛《できあい》を受けた秩父宮を批判し、軍部が秩父宮を担いで宮中に内紛を起こすことを禁忌とした。だから西園寺は、裕仁が敵意を示す軍部に対抗するために、重臣や側近や閣僚を固めて、しっかり味方につけておくべきだと心を砕いていた。西園寺公は、住友財閥より百万円の資金を受け取り、軍部の台頭に対して、宮中と天皇が手を取り合って対抗すべく準備していた。

「西園寺公が陛下のお側におられるかぎり、陛下はどんなに心強くお感じになるかもしれません」

「原田の電話によると、西園寺公は、『私はもう老いて何も出来なくなった。陛下のことは君たちに頼む』とおっしゃったと聞きました」

木戸が伝える。木戸は西公より、死後の諮問システムづくりを命じられ、重臣会議によって首相任命を奉答する案を作成し採用され、信頼されていた。

「我々に頼むと」

湯浅が聞き返す。

「はい、秘書の中川君と女中頭の綾さんに守られて、今、伊豆警察署の一室におられ、しきりに『ここでは陛下からの連絡をお受け出来ないから、早く坐魚荘の自宅に戻りたい』と訴えておいでです」

木戸はそう伝えてから、考え込む。この事態は誰が収拾させるかで、勝負が決まる。これは軍部が起こした事件である。それも陸軍内部の紛争である、当然、陸軍三長官である川島陸軍大臣と閑院宮載仁《ことひと》親王参謀総長、それに渡辺錠太郎教育総監が協議をして、事態の収拾の対策を決め、その結果を陛下に上奏して裁可を得るものなのだ。しかし、三長官のひとり、渡辺教育総監は暗殺され、閑院宮参謀総長は、この事件の原因は真崎を罷免させたからだと思い込んでおり、転地療養と称して御殿場にひきこもって、いっこうに東京に出て来ようとしない。残るは陸軍大臣の川島だが、そうだ、すっかり忘れていた。川島陸軍大臣はどこにいるのだ。

木戸は、やっとそのことに思い至り、直ちに陸相官邸に電話を入れた。だが、電話は蹶起部隊に占拠された後で、どうしても繋がらない。そこで木戸は、川島の居場所を湯浅と広幡にたずねる。

「本庄武官長は陸軍ですから、本庄に聞けば、何か情報を摑んでいるかもしれません」

広幡は本庄を捜しに、武官長室に走る。木戸は、本庄が荒木や真崎と同期で、皇道派寄りなので警戒していた。そう言えば今年の正月、歩一の入隊式に、本庄の婿が、初年兵を前にして過激な発言をしたのが新聞に載り、陛下がその記事に目を止められ、本庄に話をされたあとで、その話を自分にうれしげに語っていたが……。

「本庄武官長をお連れしました」

木戸が思い悩んでいたとき、広幡が戻ってきて伝えた。

「本庄閣下、閣下はよく宮中に入られましたね。さすがに軍人ですね」

木戸は嫌味とも取れる言い方で、本庄に声をかけた。本庄は、宮中において、軍人を嫌う裕仁の影響を受けて四面楚歌の中にあった。

「私は警備司令部からの急報で、あわてて飛んできました」

本庄は、まさか婿の山口からとは言えない。

「それはそれは、大変でした。今、私と湯浅宮内大臣と広幡侍従次長と三人で、この事態をどう収拾させれば、陛下の御心配をおなくし出来るか相談していたのです。これは、どう考えても陸軍内部の問題ですので、責任者の代表である陸相にお伺いしようかと思いましたが、陸相官邸に電話をしても繋がらず、どこにおいでか判らずに困っております」

「川島陸相ですか。今、陸相官邸においでです」

「さきほど電話をしましたが」

「電話が混線しているのです。川島陸相は今、官邸内で蹶起将校たちと、事態の打開のために打ち合わせの最中だと思います」

「陸相と叛乱軍とですか」

「ちがいます。維新部隊とです」

本庄は、叛乱軍という言葉を意地でも使おうとしない。

「本庄武官長は、この事態をどう収拾すべきと考えますか」

「今の日本の現状を観察すると、政治家や重臣たちの腐敗ぶりは、じつに目にあまるものがある。それを考えますと、彼らの行動は批判されこそすれ、その真意を理解することも、決してやぶさかではないと思います」

「陸下は、早く事件を終熄せしめよと、おっしゃっております」

重臣たちの腐敗ぶりがどうのと言われ、気分を害した湯浅が、陛下の意見を知らせる。

「私もその御言葉を、何度も直接聞きました。そこで私は陛下に、『側近を味方にして、国民の大半を敵に回すことは誤りです。皇軍相撃して軍のモラルを破壊させては、それこそ日本軍隊の汚点を後世に残すことになります。もうしばらく事態の行く末を見守って下さい』とお話し申し上げました」

「将校たちの行動は、天皇の許可なくして天皇の軍隊を私用した、はっきり言えば、統帥権の干犯ではありませんか。これは重罪に相当します」

「…………」

本庄は、木戸の主張に黙ってしまった。一番弱い点を衝かれたからである。

「あなたは、蹶起軍とか維新軍とか、彼らの部隊を呼んでいますが、陛下は叛乱軍と、いや暴徒とさえおっしゃっておいでです。私はこの事態を収拾するには、天皇の御命令で、とりあえず行動部隊を原隊に復帰させるしか方法はないと考えます」

「待って下さい。これは軍部内の問題です。外部の者が口を出すべきものではありません、我が軍内部には、以前より維新の到来を希求する人々が沢山いるのです」

「彼らは総理大臣を暗殺して国会を混乱に陥れ、そのうえ、陸軍ばかりでなく、宮中の中まで掻き回しています。それでも陛下には、見守っていろと言うのですか」

「もう一度、くり返していいます。これは軍内部の問題です。じきに軍の代表のものが、事態収拾の名案を持って参内してくるはずです。それまで周章《あわ》てずに、軍部に任せて下さい」

本庄はそう訴えると、さっさと自室に戻っていった。

「本庄の話を聞くと、軍部は何か企《たくら》んでおるようですね。まさか宮城占拠では……」

湯浅が木戸に言う。

「軍の代表が参内するとすれば、政府の閣僚の方だが、全員、何をしているのだ。すぐに各閣僚に電話をかけて至急、参内させねばならぬ。そうだ、陛下が西園寺や鈴木侍従長に次いで信頼する枢密院議長一木喜徳郎を、宮中に呼ぼうではないか。軍部に対抗するには閣僚で」

木戸が言う。

「皇族では誰を」

広幡が言いかけたとき、廊下で参謀本部の杉山元次長が、近衛師団長の橋本虎之助中将を帯同してやってきた。

「どうしたのです」

木戸は軍の代表が参内したのかと思い、部屋の中にふたりを招く。

「叛乱軍の中に『宮城占拠の計画』があったことを、陛下に報告に参内したのです」

杉山が木戸に伝える。

「えっ、やっぱり」

木戸は驚き、顔色が変わった。

「安心して下さい。当事者はすでに逮捕しております」

杉山が言う。

「陛下をお守りする近衛師団が、とんだことを仕出かして、陛下に何とお詫びしてよいか。面目ない」

橋本は、ひたすら恐縮している。木戸は橋本の態度を見て、橋本は叛乱軍を批判している、近衛師団は、間違いなく味方だと直感し、百万の味方を得た気分になって、安堵した。

「兵が宮城に進入したのですか」

「進入したのは一個小隊ですが、作戦では一個大隊を考えていたようです」

木戸の質問に、杉山が答える。

「それは危険な計画でした。もし叛乱軍の一個大隊が宮城を占拠したら、近衛師団は、どう対応する所存でしたか」

「もちろん、近衛師団は命をかけて、兵をひとり残らず宮城の外に追い出し、陛下をお守り致します」

橋本師団長が即座に答えた。

「陛下がその答えを聞けば、どんなにお喜びになられるか」

木戸は頭から、軍のすべてが陛下の敵に回っていると思い込んでいたが、近衛師団だけは陛下の味方であると、胸を撫でおろした。

「軍の大半は状況がつかめず、各師団はどっちつかずの洞が峠を決め込んでいます。そんななか、第一師団は蹶起部隊に同情的で、そのことが事態の解決を難しくしています」

「橋本師団長、近衛師団で宮城を守り切れますか」

「大丈夫です。全国の師団が動かぬうちは」

「参謀本部としても、東京近県から包囲軍を徴集する計画でおります」

「我々はあなたの意見を聞き、心強く思います。早く陛下に御報告申し上げ、勇気づけて下さい」

木戸は言った。杉山と橋本は、陛下への取り次ぎのお願いに、本庄のいる常侍官室に向かった。ふたりを迎えた本庄は、手強い敵方が乗り込んできたと思い、緊張しながら、ふたりを陛下が執務する政務室へ案内した。扉を開けると、中で陛下が何事か独言《ひとりごと》をいいながら、行ったり来たりしていたが、ふたりの姿を見ると、すぐ椅子に座った。

「陛下、神聖なる宮城に叛乱軍を進入させて、まことに申しわけなく、只今、お詫びに参上致しました」

「侵入者は、城外に追い出したのだな」

「はい」

「もしも宮城内に暴徒が攻め込んできたら、近衛師団はどうするつもりだ」

裕仁は、軍隊が自分を攻撃目標にしているかもしれぬと思っている。

「近衛師団は、陛下を守護する部隊です。命がけで叛乱軍と戦います」

「それを聞いて、大変心強い。杉山、軍の責任者はどこにいる。なぜ叛乱軍を鎮圧しないのか。早く責任者を呼べ。本庄に鎮圧しろと催促しても、将校に同情ばかりして、少しも朕の言うことを聞いてくれぬ。朕の許可を得ずして兵を動かすとは、何たる無礼か。一体、朕の軍隊を、何者が指揮をとっているのだ。陸軍大臣を呼べ」

「陸相官邸に、電話が繋がりません」

「近衛師団長の考えは判った。第一師団長は、叛乱軍に同情的だと聞いた。秩父宮は大丈夫なのか。叛乱軍が、弟を担いで動くようなことはないのか」

「高松宮に確認させましたところ、蹶起軍には参加してないことが判明しております」

本庄が伝える。

「杉山、参謀本部として今後、どうする気でおるのだ」

「石原参謀と検討した結果、まず包囲軍を増援する。そして戒厳令を公布したところで、奉勅命令を出し、圧倒的優勢の立場に立って、彼らを原隊に復帰させる所存です。もしそれでも反撥する態度を示せば、徹底的に叩く覚悟です」

「判った。今の言葉、大変心強く思うぞ」

裕仁の顔に、やっと安堵の表情が浮かんだ。

「では」

杉山は、紅潮した顔で政務室を退出する。統制派の杉山は、天皇が自身の意志を主張するのを禁じられているはずなのに、直接命令を自分に発していることにひどく驚いたのである。

「本庄」

ふたりを案内して戻ってきた本庄に、陛下が声をかける。

「本庄、これまでの未遂の叛乱事件には、決まって元老や重臣が襲撃の目標にされているが、これはどういう意味なのだ。朕には西園寺や鈴木がおらなければ生きていけぬのに、軍部はなぜ知らないのだ。朕は大元帥なのだ。統帥権の発動者でもある。なのに、軍部はなぜ朕の命令を聞かぬのだ。軍部は、朕にどうしろと言うのだ。まさか朕に矢を放つのでは」

「陛下、軍の責任者は、事件の解決に真剣に取り組んでおります。もうしばらく時間を下さい。やがて軍の代表が参内して、陛下に収拾策を上奏することと思われます」

本庄は、仲間の真崎と荒木が、この事態をきっとうまく収拾してくれると期待している。あわよくば昭和維新が成就すれば、皇道派にとって願ったり叶ったりである。西園寺公の欧米風思想に感化された陛下が、荒々しく無骨さをもつ軍部が嫌いであったとしても、事態の動向は、こちら側に有利に展開しているのだ。

「うむ」

裕仁は自分の軍隊を、自分で指揮できずに悶々としている。

「本庄、朕は襲撃された家に、お悔やみの言葉をかけたい。鈴木侍従長は重体だと聞いたが、その後、容体はどうなったか知りたい」

「陛下が直接にですか」

「朕自らが電話をかけてはいけないか」

陛下が自ら私用の電話をかけたという前例はない。宮中の密室化こそ、天皇の権威を維持しつづける鍵で、それは西園寺たちの戦略であり理念であった。だから外界に通じ、情報が流れ込む電話は、天皇にとっては必要がなかった。密室化された社会にとって、デマやウワサはつきもので、それゆえ流れ込みがこわいのである。

本庄はどうしたものか、迷った。陛下は心底、襲撃された家族を心配している。本庄は湯浅に相談しようと、宮内大臣室に向かった。

「陛下が直接にか」

湯浅は本庄の話を、目を丸くして聞いた。

「本庄さん、陛下のお心遣いを大切に致しましょう」

本庄と湯浅は、お互いに目を潤ませて頷《うなず》き合った。相談の結果を報告するために、ふたりは陛下のおられる政務室に向かった。陛下はふたりの相談の結果を聞かされて、ほっとした表情を見せた。陛下の政務室には、電話器がない。湯浅は陛下を自分の執務室にお連れして、鈴木邸へ電話を繋ぎ、受話器をお渡しする。

「侍従長の容体は、いかがですか」

裕仁は、おぼつかない手付きで受話器を握って言う。

「どちら様で。こちら鈴木邸です」

鈴木邸にまわされた大串憲兵は、突然、目前で鳴り出した受話器を耳に当てて言った。

「…………」

「どちら様で」

裕仁は、相手にどう答えてよいか判らない。

「…………」

電話の相手は一瞬、言葉に詰まったようだ。

「今、ひどく立て込んでおりますので」

大串はそう言い、電話を切ろうとしたとき、

「朕は裕仁である」

裕仁はやっと言った。裕仁は普段、重臣や側近や親族たちと言葉をかわしても、改まって国民と直接、言葉を交わしたことはない。そのため、自分をどう表現したらよいのか判らないのである。裕仁は、重臣や側近あっての天皇であった。側近なくして生きていけぬのだ。

大串は「チン」と聞いて、何のことか考え、それからすぐ、全身に電流が走った。

「鈴木閣下は、奥の部屋で治療中です」

大串は、受話器を握ったまま、直立不動になった。

「重体だと聞いたが、夫人のたかはおるか」

「はい、しばらくお待ち下さい」

大串は、たか夫人を呼びに走る。

「陛下ですか。たかです。ご心配をおかけして申し分けありません」

「傷口の方はどうですか」

幼児の時の養育係であったたかの声を聞き、急に懐かしさをおぼえ、流暢に言葉が口から出てくる。裕仁は天皇の立場を忘れている。

「今、医師に容態を訊きますと、弾丸は心臓を外れて、

命はなんとかとりとめそうだと、おっしゃっていただきました」

「それはよかった」

「陛下の方はいかがですか」

「侍従長がそばにいなくて、心細い思いをしている。仕方がないので、一木を呼んだ。そのうち参内してくるはずだ。侍従長には、だからこちらのことは心配しないで、ゆっくり静養して早く治して下さい。朕はたかの元気な声を聞いて、大変安心しました」

裕仁は、鈴木の命はとりとめたと聞き、安堵して受話器を置いた。そして、側に控えていた湯浅に、

「広幡次長と一緒に、鈴木邸に見舞いに行くように」

と伝え、ひとりで自分の政務室に戻った。情報不足なのか、ひとりで部屋にいるのは、やはり落ち着かぬ。また裕仁は木戸を呼んだ。

「木戸、木戸だったら、この事態をどう収拾すべきか」

「はい、私は軍人ではありませんので、軍内部の事情は判りませんが、陛下のお考えのように、叛乱軍を占拠地点から速やかに帰隊させ、事態を収拾させることがもっとも最善な方法だと考えます。ただ、よく注意しなければならない点が多くあるように思われます。そのひとつは、時局収拾のためと称して、叛乱軍に同情的な軍幹部に、強力内閣を成立させてはいけないことです。叛乱軍の将校たちは、昭和維新の断行を希求して、どうやら宮廷改革を考えているようです。そのうえで天皇親政を……」

「宮廷改革を、そのうえで天皇親政か」

「はい、その意図するところは、皇室財産の国家への下付です」

「……………」

「彼らが狙っているのは、元老や側近の掃蕩です。将校たちは、貴族院と華族制度を廃止し、宮廷財産を没収して、陛下自らの親政を目標に叛乱を起こしたようです」

「うむ」裕仁は絶句する。

無法者や右翼が宮中に口を出し、頭山満を総理にしろというゴロツキや井上日召たちがいるのでこまると、西公はよく嘆いていた。アウトサイダーが宮中に参入するのを恐れて、自分たちの密室化した宮中の権威を維持しようと努めているからである。

「将校たちが何を考えているか理解するためには、北一輝の法案を読めば判るはずです」

「北一輝の法案を実践するために、行動を起こしたのか……無法者の……」

「そうです」

「うむ」裕仁は考え込む。

「そんな将校たちの意図に対抗するためには、我々は、出来るだけ早く閣議を催し、宮城内に政治の中心を確立することです。そのうえで政府側に叛乱軍を鎮圧する義務を与えて、即刻遂行することです。そのため、岡田首相が亡くなった今、直ちに内務大臣の後藤文夫を臨時首相代理に任命して、議会の機能を取り戻すことです」

後藤文夫は新官僚のボスで、民政党を与党にし、政友会を野党にして重臣たちを味方にし、岡田内閣をしっかり支える陰の参謀であった。

「なるほど、次期総理の名前まで考えていてくれたのか。木戸の言う通りだ。軍部の横暴は、目にあまるものがある」

裕仁の顔に、少し余裕が生まれた。

「しかし陛下、残念なことに、我が頼りの政府閣僚は、まだ誰も参内しておりません」

「もう招聘《しょうへい》をかけたのか」

「はい。閣僚の誰も、自分へのテロを恐がって、皆、友人や親戚の家を頼って逃げ回り、自分の職務を完全に放棄しているのです」

「放棄している？」

「はい。電話をかけても、当人はどこにいるか連絡がとれないのです」

「うむ」

「問題は、閣僚ばかりではありません。じつは軍内部においても、叛乱軍の鎮圧へ向け、命を賭けて立ち向かう部隊が出現してこないのです」

「そんなことはない。さきほど近衛師団長が参内して、朕に味方すると言ってくれた」

「それは心強い。近衛師団を核にして、部隊を増援すればよい。そのうちに、閣僚たちが参内してくるでしょう。軍部への対応は、それからです。陛下」

「朕は木戸の話をきき、千万の味方を得たように思うぞ」

裕仁は、次期元老は木戸になってほしいと思った。

五十九

杉山元参謀次長は、橋本近衛師団長と一緒に皇居を引き揚げると、現場の状況を視察するため、近衛師団本部に立ち寄った。師団本部では、当師団から叛乱軍に参加した中隊が、宮城占拠を狙っていたことは、他の中隊には秘密にしている。橋本師団長が自室に戻ると、各大隊長が、現況報告に、次々にやってくる。

大隊長たちの報告を、応接室の椅子でじっと聞いていた杉山は、伝達が終わったのを見届けると、統制派の橋本を応接間に呼んだ。

「順調にいっているようだな」

「陛下に何かあったら、大変です」

「陛下が貴様を叱らず、近衛師団を率いて叛乱軍を撃ちたいとおっしゃったときは、本当にホッとしたぞ」

「私は陛下の前で、切腹の覚悟でした」

橋本は安堵して、前に座っている杉山に言った。

「しかし橋本、今のところ、軍の大半は叛乱軍に同情的だぞ。統帥権を守る参謀本部としては、彼らのやった行動を、絶対に認めるわけにはいかん。直ちに攻撃をかけたいのだが、皇軍相撃で、ただでさえ国民に不人気な軍隊に対し、徴兵忌避の風潮が拡大するのを恐れるのだ。そうなれば、国軍そのものが崩壊するやもしれない」

満州事変以来、日蔭の身であった軍隊に、やっと陽が射すようになっていた。それだけに、国民の期待に背《そむ》くことは出来ないのだ。

「これ以上、問題が大きくならない前に、叛乱軍を説得して、原隊に復帰させねばならないが、全国の師団の動きが無気味だな」

杉山は考え込む。

「第一師団の動きは」

統制派の橋本は、不安げに言う。

「奴らは、軍の派閥騒動をうまく巻き込んで利用していると推測するのだが、第一師団を指揮しているのが、皇道派の堀だからなあ」

「うむ」

「今後、中橋中尉のような将校が出んように、充分注意してくれ」

杉山は念を押す。

「陛下には、近衛師団は命を賭けて宮城を叛乱軍からお守りすることを誓いました。各大隊長の報告通り、四つの門の守衛隊への控兵を、非常時の倍に増援させ、非常配備態勢を完了させました。もう第一師団が、どこから攻撃をかけても、宮城占拠は出来ないでしょう」

「油断は禁物だ。そのうえで陛下より、近衛師団を指揮したいと御命令があったら、直ちに行動できるよう、今から手配を怠るな」

「判りました」

橋本は、額や首筋に吹き出した汗を拭いた。

「それにしても、参謀本部として、第一師団の動きには大いに腹が立つ。奴らは、そっくり叛乱軍師団だ。真崎も山下も、叛乱軍の占拠本部に呼ばれて行ったというではないか。参謀本部のうちの若いもんは、全員、怒っているぞ」

「真崎大将が」

「そうだ。真崎の奴、統帥権を干犯した部隊将校と、何を密約しているのだ」

杉山は、渋い顔で煙草を灰皿にもみ消した。

「陸軍代表の川島陸相を相手側に奪われてしまった以上、こちらとしては、もう傍観するしかない。ただ川島は、奴らに利用されるだけだ。参謀総長の閑院宮殿下を、なぜ東京に呼ばないのです」

橋本は訴える。

「こっちに呼ぶと相手を刺激して危ないので、御殿場の別荘に避難させてほしいと、宮中より連絡を受けているのだ。だから次長の私が、その代理を引き受けている」

「秩父宮殿下は」

「師団長の下元熊弥中将が、殿下に上京をすすめているらしいが、殿下は今のところ、態度を決めかねているというのだが」

「殿下が上京するとなれば、叛乱軍の将校たちの火に油を注ぐようなもの。絶対に止めるべきだ」

「宮中としても、当然その意見なのだ。この事態に陛下と殿下が巻き込まれては、参謀本部を代表する私の立場は、非常に難しいものになり、身動きが出来なくなる」

「統帥権を干犯したのは、事実です。陛下がお怒りになっているのも事実です。それなのに、杉山次長はなぜ、陛下の意志を、全軍に知らせる勅命を出さないのです」

「我々はまだ現状がはっきりせぬうちに、ヘタに動けないのです。慎重に行動しないと、陛下に御迷惑をかけることになりかねない」

統制派の杉山は、天皇の意志を全軍に知らせても、こちらに勝ち目がないと判断している。

「これは、おそらく皇道派の反撃が根にあると思う。となれば、真崎大将が指揮をとってくるだろう」

「うむ」

「真崎は、事態の収拾を引き受けようが、陛下の怒りをどう沈めるか」

「真崎の仲間の本庄武官長の態度だが」

「本庄は、陛下への説得役を任せられているはずだ」

「その間に真崎たちは、戦況を有利に展開させようと、各要所要所に手を打ってくる」

「要所要所と言えば、第一師団長の堀丈夫中将も、東京警備司令官の香椎浩平中将も、侍従武官長の本庄繁大将も、みんな皇道派の一派だ」

「真崎の狙いは、維新内閣の首班だろう。そのためには仲間の荒木大将の協力を得て、参謀格に山下少将を使うはずだ」

「この四人が中心になって、事態はこれからどう動いていくかだな。うむ」

杉山は、腕を組んで考え込む。橋本の机上の電話が鳴った。橋本は、応接室を出て自分の机に向かう。

「杉山次長が、そちらに伺っていませんか」

参謀本部の作戦課長石原莞爾大佐からの電話である。

「どうした？」

杉山が受話器を取ると訊く。

「包囲軍の前軍に、第一師団の連隊が配置につくのを嫌がっております」

援軍の手配を検討している石原が訊く。

「第一師団は、参謀本部の命令を訊かんのか」

「はい。宇都宮と佐倉の連隊が到着するまで待ってくれと」

「判った。時間稼ぎだな」

「皇軍相撃を覚悟して、占拠地区住民の移動先も決めなければなりませんし、次長」

「ちょっと待ってくれ」

杉山は石原に待たせて、

「近衛師団を、占拠部隊の前面に配置してよろしいか」

と橋本に訊く。

「結構です」

橋本は即答すると、直ちに別室の師団参謀を呼び、残留部隊の連隊長に召集をかけさせる。師団長室が慌しくなってきた。

「よし、私は参謀本部に戻る」

杉山は石原に伝えると、周章て師団長室を出て、臨時の参謀本部を設置した憲兵司令部に戻った。

六十

陸相官邸内にある控室の前の廊下で、石原莞爾大佐が、ひとりで長椅子に座っている。

「やあ、石原閣下」

控室の中から出てきた斎藤少将は、石原をみつけて歩み寄り、味方だと判断して親し気に笑いかける。石原は、関東軍参謀のとき、満州事変を計画し成功させた立役者である。その後、仙台の連隊長に赴任したが、その折り軍内部はもちろんのこと、民間のどこからも英雄視され、石原の連隊長室は、いつも訪れる客で一杯であった。

仙台から参謀本部の作戦課長として、軍の中央部に引き上げられた裏には、そんな石原の名声を利用した軍当局が、統制派と皇道派の激しい派閥抗争を調整させたいという配慮があった。軍当局は、この石原と永田鉄山の両雄を二本柱として派閥を解消させ、すさんだ軍部の建て直しを狙ったのだが、軍令の雄石原が参謀本部に初登庁したその日に、一方の軍政の雄永田鉄山が、相沢三郎中佐に暗殺されてしまったのだ。

石原は、近衛師団にいる杉山に電話をしたあと、同じ敷地内の参謀本部から、占拠部隊の本拠地になった陸相官邸に、ひとり乗りこんだ。その目的は蹶起部隊の力量の調査である。石原は蹶起軍の様子に鋭い観察眼でのぞみ、控室の出入口にある長椅子に腰を下ろしたのであった。敵方の自分が、簡単に本拠地に侵入できる。歩哨兵の姿も見えない。これでは憲兵の出入りは自由であり、当然、情報もつつ抜けになる。蹶起軍はなぜ、陸相官邸なんかでなく、宮城の方を占拠し、直ちに天皇を手に入れようとしなかったのか理解できない。

石原は、蹶起軍のあまりの杜撰な計画にあきれてしまった。これは作戦の失敗だな。石原は軍部が何か起こすのを待っていた。それが皇道派でも統制派でも清軍派でもよかった。とにかく、度胸のある奴が出てくるのを持ち望んでいたのだ。彼らの手口を色々と検討した結果、石原は討伐側に回る覚悟を決めた。

「石原閣下、将校たちは、自分の私服を肥やすとか、偉くなるとかいう邪念はまったくなくして蹶起したのです。決して実利が目的ではない。純粋な理念から行動を起こしたのです。どうか、彼らの真情を汲み取って、御支援をよろしくお願い致します」

斎藤は哀願する。

「何を馬鹿なことを言う。こんな叛乱は児戯に等しい。これは、紛れもなく統帥権の干犯だ」

石原は怒鳴る。

「満州で統帥権を干犯して独断専行したのは、どこの誰ですか。貴様ではないのか」

斎藤も負けてはいない。

「あれは、勅令を得る時間がなかったための作戦だ。何をいうか、予備役ごときが」

石原は、顔を真っ赤にして怒鳴った。石原の大声を耳にして、栗原と磯部が、談話室から飛び出してきた。

「この野郎が、君たちの行動を、統帥権の干犯だから、直ちに討伐するといいやがるのだ」

斎藤が、石原を指差して栗原に訴える。

「石原閣下、統帥権を干犯しているかいないかを決めるのは、あなたではなく天皇陛下です」

栗原は石原に弱点を突かれ、統制派が早くも弾圧に来たのかと思った。

「俺は、統帥権を守る参謀本部の作戦課長だ。許可なく陛下の軍隊を動かした貴様たちを、黙って見逃すことはできんぞ。俺は軍旗を奉じて断乎、討伐する」

「石原閣下、外敵を討つばかりが、皇軍の務めではないはずです。内敵の重臣、政党、財閥や特権階級の芟除《せんじょ》を行ない、皇国に大御心を輝き増すため、我々は決行したのです」

「俺はそんなものが、昭和維新だとは思っておらん。兵器を近代化させて、日本を世界最終戦に備えることが、昭和維新だと思っている。今、国内で内輪もめをしている秋《とき》ではない」

「石原閣下」

今度は磯部が訴える。

「どうか、全国に戒厳令を公布して下さい。そして直ちに軍政内閣を成立させ、天皇親政の下で旧体制を打破し、国家改造内閣をつくって下さい」

磯部は、北の法案を頭において訴える。

「皇軍を私兵化した貴様らを、俺は決して認めるわけにはいかん」

「なにを」

栗原は、銃口を石原の胸元に近づける。

「直ちに原隊に復帰しろ。今の貴様たちは、維新部隊でなく叛乱部隊だ。これでは竹橋事件と同じだぞ」

「もどる意志はない」

栗原は石原の目を睨み、銃の引金に力を入れる。

「判った。貴様たちに帰隊する意志がないなら、俺が軍旗の下に兵たちを集めて、各連隊本部に戻してやる。これでは貴様たちは、天皇に弓を引いたも同じだ」

「何だと、もう一遍言ってみろ」

栗原は目を剥いた。

「本気で維新内閣を望むなら、兵たちを帰して、貴様ら将校だけでやれ」

「殺《や》りますか」

栗原は、石原の胸元に銃口を向けたまま、磯部に訊く。

「閣下は満州事変で統帥権を干犯し、自ら独断専行をなさいました。俺たちは、その輝かしい閣下の戦功を見習い、今朝、奸賊を征伐したところです」

磯部が敬礼して訴える。

「俺は絶対に貴様たちの行動は認めんぞ」

石原は、椅子から立ち上がる。そして磯部の顔に、自分の顔を近づける。ふたりはお互いに睨み合う。しばらく睨み合っていたが、磯部の方が先に石原の豪胆さに位負けして引き下がると、栗原の銃を仕舞わせた。

「妙な真似をしやがったら、ぶっ殺してやるぞ」

栗原は銃を仕舞い、談話室に戻った。

「磯部さん、なぜあんな石原を、閣下呼ばわりして殺さんのです」

栗原は不満げに訴える。

「石原は統制派ではない。相沢さんの特別弁護人になるはずだったが、なぜか真崎閣下が、石原さんをひどく嫌ってね」

「しかし、ああ言われては」

「栗原、俺はなあ、石原さんのように、上官の顔色を見ずにズケズケ物を言う人間が好きなのだよ」

「でも」

「俺には殺れん。殺りたければ貴様がやれ。石原さんを敵に回せば、手ごわい相手になるぞ」

「よし」

栗原は部屋を出る、廊下でまだ斎藤少将と石原が言い争いをしている。栗原は、すぐさま斎藤少将の助太刀に入った。

「どうしたのです」

「栗原君。ここから立ち去れと命令しても、石原は動かんのだ」

斎藤は訴える。

「俺は、川島の尻を叩きにきた。奴が戻るまで、ここに居させてもらう」

「いい加減にせい」

栗原は銃の引金を引こうとした。だが、磯部の言葉を思い出して怖《お》じ気づく。それでも、何度も引金をひきかけたが、結局、自分では殺れないと悟り、その場を離れて玄関に向かった。内庭を見ると、ちょうど目前に山本又が歩いていた。奴なら自分より胆がありそうだ。

「山本、石原を殺ってくれぬか。控室の前の椅子に座っているが」

「あの満州事変の立役者の石原閣下ですか」

山本は驚いて聞き返す。

「そうだ」

占拠地点を視察して戻った山本は、急に頼まれ、何のことかわけが判らない。山本はこれまで銃撃戦に参加していない。だから蹶起への参加意識が希薄で、中途半端な気分で、意気込んできた気分をもてあましていた。

「よし、殺りましょう」

山本は二つ返事で引き受けた。栗原は、さっそく山本に拳銃を渡し、石原のいる場所に案内する。控室の前につくと、石原の姿がない。栗原は周章てて控室に入る。中に斎藤少将がひとりでいた。斎藤に聞くと、参謀本部の建物に戻っていったと教えてくれた。

「よし」山本は気合いを入れ、参謀本部の建物に向かった。

石原はこの頃、古今東西の世界戦史から世界最終戦論を独自に導き出して、理論づけていた。その実践のため、清軍派の橋本欣五郎や皇道派の陸大教官の満井佐吉中佐と連絡し合っては検討していたのである。その主旨は、二十世紀末になると、世界人類は大戦乱に陥り、その結果、人類の大半が消滅すると予言し、その時に備えて、まずわが日本を革命しなければならぬと訴え、そのために資本主義を打倒して、一君万民の国家社会主義体制を築くべきだと考えていた。その一環として、まず満州を侵略奪取し、食糧資源を確保して、日本民族を世界大乱から生き残らせ、その後、壊滅した地球上に建設される人類史に参加させる、というものだった。

石原は作戦課の部屋でひとり、電話の応答に格闘していた。

「石原閣下ですね」

石原は受話器を耳に当てたまま、開いた扉に目を向ける。

「石原閣下、閣下のお命を頂戴にまいりました」

「何を言っている。馬鹿野郎。奴らは統帥権を干犯しているのだ。そうだ、軍旗を持っていけ。集まらん奴はぶっ殺してもよい。うん、参謀本部のこの俺が許可する」

石原は山本の存在を無視して、電話の応答に熱中している。それでも、拳銃を見せびらかすように近づいてくる山本の心理を読んで、山本の殺気に巻き込まれぬように用心もしている。山本は、石原の長電話にイライラしながら待っている。石原はやっと受話器を戻した。山本は銃を構えて身構える。また電話が鳴った。

「ああ杉山次長ですか」

石原は、憲兵司令部にいる杉山と話し始める。

「そっちに行きたいが、なかなか入れないのだ。閑院宮総長から、電話が入らなかったか」

「まだ連絡はありません」

「うむ」

「次長、ここにかかってくる電話は、叛乱軍への対応が判らず混乱して、ここに指示を求める電話ばかりです。このままでは、ますます混乱するばかりです」

「どうしたらよいか」

「すぐに戒厳令を布くことです。誰かが混乱を収拾するために力を入れて動いたら、大勢はそっちに動き出してしまいます。今は大変危険な状態です。さらに全国の師団にでも飛び火をしたら、それこそ重大です。早目に原隊復帰させ、正規軍に戻るよう、陛下が奉勅命令を公布することとです」

「皇軍相撃になったら、どうする」

「大丈夫。近県から部隊の支援をあおぎ、圧倒的な兵数の集中を策して、数の力で、相手に抵抗することの馬鹿らしさを、思い知らせるのです。そうすれば、流血することなく鎮圧できます」

「判った。閑院宮参謀総長と連絡を取りたい。そこに電話がかかってきたら、憲兵司令部の方にたのむ。ひとりで大変だと思うが、頑張ってくれ」

「判りました」

石原は、やっと受話器を置き、正面から山本と向き合った。山本は撃つタイミングを何度も外されて、戦意を失ってしまった。

「貴様は誰だ」

山本は、返事をする気力がなくなった。銃をポケットに仕舞って部屋を出て行った。山本は狂信的な日蓮宗の信者で、石原も同じ法華経を信仰している。石原も北も山本も、法華経から、日本の変革の情熱を汲みあげている。山本は石原に好意を持ちこそすれ、敵意を燃やし続けることが出来なかった。

「気違いどもめ」

石原は、山本が出ていったドアに向かって怒鳴った。

六十一

紀尾井町の伏見宮邸では、一足先に駆けつけた加藤寛治予備役大将と伏見宮殿下が、応接間で真崎がやってくるのを持っている。真崎は陸軍官邸で、川島や蹶起将校に会った後、周章ててここへ車で乗りつけた。

「様子はどうだった。蹶起軍を、取り鎮めることは出来ぬか」

加藤は、真崎が自分の横に座ると、直ちに訊いた。加藤は薩摩雄次からも、蹶起軍の精神を認め、陸軍の真崎を起用して時局を収拾することと、海軍の協力も頼まれ、小笠原子爵とも相談し、軍令部総長宮殿下に意見を申し上げに来たのであった。小笠原は、西田からも同じ依頼を受けていた。

「将校たちは本気です。将校が撃った一発の銃声が、正門前で騒いでいた幕僚たちを、瞬時に黙らせました。撃たれた男は、即死でしょう」

真崎は挨拶も早々に、磯部が自分の面前で片倉少佐を撃った現場の状況を、まず報告する。

「うむ、陸軍の有力者である貴殿でも、彼らを鎮圧するのは難しいか」

伏見宮が思慮深げにうなずく。

「全国陸軍の七割近くが、蹶起部隊側についていると思われます。私の力では、どうにもなりません」

真崎はそう訴え、陸相官邸から持参した蹶起趣意書と陸軍大臣への要望事項を、ふたりに提出した。

「将校たちが陸相に、早く自分たちの行動を義軍と認めて、蹶起の主旨を陛下に上奏し、昭和維新をすみやかに断行されたい、と盛んに訴えておりました」

「それで陸相は何と」

加藤が意気込んで、脇から口を挟む。

「寝耳に水の事態で、自分ひとりでは判断がつかず、参議官である自分を官邸に呼び出して、意見を聞くつもりだったようです」

「渡辺も閑院宮も、相談しようにも相手がいないのでは仕方がない」

加藤は言った。

「それで貴殿は、陸相に何と言ったのか」

伏見宮が、真崎の心中をさぐるように訊く。

「はい、こうなった以上は、陸相である君が、陸軍を代表して将校たちの主旨を上奏するしかないだろう、と話しました」

真崎の話に、伏見宮と加藤のふたりは、真剣な眼差《まなざし》を向ける。

「すると陸相は、陸軍はそれでよいとしても、海軍側はどう考えるだろう、と私に聞いてきたので、では海軍の伏見宮をよく知っている、さっそくその件を頼んであげよう、と応えると、陸相は、それは大変心強いことです、すぐにこちらの気持ちを、参議官より充分に伝えてほしい、と頼まれました」

真崎は、伏見宮の顔の反応を見た。

「陸相はそう言ったか。うむ、どうしたものか」

伏見宮は、加藤の顔を見て考え込む。これは皇道派と呼ばれる自分の仲間と、閑院宮を中心とした統制派の連中の内輪もめと見る連中も多いはずだ。自分は陸軍の皇道派真崎の同調者として、真崎に何とかしてくれと頼まれれば、嫌だとは言えない。さんざん閑院宮にいびられ、陛下からも疎まれた真崎の宮中での立場を、加藤から何度も打ち開けられ、そんな真崎に、大いに同情していた。

とはいっても、襲撃されたのは、岡田や鈴木や斎藤など、海軍の重臣たちである。海軍と陸軍とは、軍事費の奪い合いばかりでなく、五・一五事件以来、普段でもあまり仲が良いとは言えぬのに、自分が蹶起軍に同調して動いたら、何と言われるか。伏見宮は、加藤大将が駆け込んでくる前に、次長の嶋田繁太郎から、「陸戦隊を乗せた巡洋艦木曽を、救援に芝浦に出航させたい」と承認を求める緊急の電話を受けていたが、周章てて駆けつけた加藤と相談のうえ、ストップさせ、取りあえず嶋田を自邸に呼び寄せた。

海軍では事件が起きる以前から、きっと陸軍は、何か事を起こすにちがいないと予測して、最初から弾圧すべきだと決めていた。だから横須賀鎮守府長官米内光政中将は、参謀長と謀《はか》って、陛下を蹶起軍から奪って巡洋艦に乗せて逃げ出そうと、何度もそのための演習までして、その準備を整えていた。それにもかかわらず伏見宮は、皇道派の真崎のために力になってやりたいと思っている。もし自分が黙認すれば、陸軍の皇道派は潰滅するだけだと思った。伏見宮にとって大問題は、陛下がこの蹶起をどう判断しているかであった。

「真崎大将、陛下は、私と前侍従長の奈良とふたりで、鈴木貫太郎を侍従長に推薦した時、私に向かって、素晴らしい人物を選んでくれたと大変によろこんでくれた」

「…………」

「将校たちは、その鈴木を襲撃したと聞くが、これはまずかったな」

伏見宮は、その時の陛下の顔を思い出して、困ったという表情をした。

「しかし、鈴木がいなくなれば、こちらの上奏を阻止する人物がいなくなる」

ロンドン軍縮条約締結のとき、陛下に反対の上奏をしようとして、条約派の鈴木に阻止された嫌な思い出をもつ加藤が不満げに言う。

「そう言えば真崎大将、貴殿は本庄とは同期だったな」

「第九期で一緒でした」

「本庄武官長が味方につけば心強いが、最大の敵は閑院宮だな。閑院宮を参謀総長の椅子に座らせたのが、貴殿の親友の荒木大将だ。今になって思えば、この人事は失敗であった」

加藤が溜息をついた。

「私が軍令部長になったのは、閑院宮のせいだと聞いた。陸軍が皇族を重要ポストに座らせたので、海軍側もということで、自分が選ばれたが」

西園寺は、皇族の宮たるものは責任ある地位につくべきでないと、政府機関に、皇族をかつぐのを禁止しつづけていた。何か問題が生じたら、天皇の聖徳に傷がつくし、権威が危うくなると恐れたからであった。

「荒木はよく、人事の失敗で『悪かった本当にすまん』と私に謝ったが、熱河作戦の時は、一番険悪な状態になった。閑院宮とはもう御免こうむりたい」

真崎は、顔も思い出したくないとでも言うように言い放った。

「よし判った。雑談している時ではない。私が海軍を代表して陛下に上奏すればよいのだな。それでどういえばよいのだ」

「まず殿下より、将校たちの真情を申し上げていただきたい。そして、事態がこうなった以上は、強力な内閣を成立させて事態を収拾し、大詔渙発により、昭和維新を直ちに断行するように伝奏していただきたい」

「うむ」

「一刻も猶予すれば、それだけ事態は危険な状態になります」

「強力内閣の首班を誰にするかと言われたら、どう応えるのだ」

「この事態は陸軍内部から生じたもので、陸軍の有力者にしか解決できないと訴え、殿下の口から、真崎大将の名前をあげて下さい」

加藤が訴える。

「将校たちと打ち合わせ済みか」

「その点は大丈夫です。問題は戒厳令です」

真崎が答える。

「うむ」

「戒厳令の布告は、私が首班にならなかった場合だけにしていただきたい。もし布告すれば、事件処理のすべては、戒厳司令官の許可証が必要になり、後始末が面倒になりますから」

「戒厳司令官は、全国なら参謀総長が、東京市内だけなら東京警備司令官がなるが」

「東京警備司令官は、去年の人事で荒木大将が、熊本第八師団から香椎浩平中将を転任させたばかりで、東京ではまだ頼りにならない。香椎に事態の収拾を任せば、かえって敵にスキを与えて、足手まといになるだけです。出来れば自分の力で、この事態を収拾したい」

真崎は主張する。

「その意見は、貴殿が荒木と相談して得たものだな、よし承知した。さあ、これから登城だ。しばらく待ってくれ。正装してくる」

伏見宮は椅子から立ち上がり、登城することを隣室に待機中の嶋田次官に知らせてから自室に向かった。伏見宮が応接間を出た時、加藤が真崎の耳元にそっと囁く。

「君が来るまで伏見宮は、秩父宮の立場を心配していたよ」

「…………」

「殿下の話では、皇族の仲間内では、秩父宮の問題について、ひどく神経質になっているそうだ。事件の内容は、弟の高松宮が電話で知らせたそうだが、電話口に出たのは勢津子妃で、秩父宮殿下は睡眠中であったらしいぞ」

「蹶起軍と通じていなかったのか」

「秩父宮は、蹶起軍の主流は歩三だと知らされた時、絶句したそうだ」

「うむ。陛下は当然、その報告を、高松宮から受けているな」

「そう思う。陛下は秩父宮は、蹶起軍を指揮していないと確信したと思う」

「やっぱり陛下は、秩父宮の動向を気にしているな。秩父宮の支援を期待できるだろうか」

真崎も、秩父宮の動きが気になる。ロンドン軍縮条約のおりに発生した統帥権の主体を、天皇におくか、政府におくか迷って紛糾した時、元老の西園寺に、慎重に政治的発言をひかえさせられていたが、裕仁自身は天皇機関説の立場に立ったのを加藤が知らされ愕然とした。だから、今度こそ陸軍を代表して川島が、海軍を代表して伏見宮が、それぞれ公的手続きを踏んだ上で上奏すれば、天皇はそれに反対できないと読んでいる。

加藤は、条約締結の時のあの大騒動以来、海軍部内で冷や飯を喰い、予備役に甘んじてきた。だからこの蹶起を、真崎から通報を受けたとき、弔合戦だと、真崎と作戦を練ったのである。正装をした伏見宮が、嶋田を従えて応接室に戻ってきた。

「さあ、出発だ」

真崎は満足げに、気合いを入れ、椅子から立ち上がる。玄関にはすでに自動車が待っていた。前の車には伏見宮と嶋田が乗り、後の車には真崎と加藤が乗り込んだ。二台の車は宮城に向かって走り出した。

六十二

裕仁の弟である秩父宮雍仁《やすひと》大隊長は、昨年の夏、陸軍省から弘前三十一連隊に異動した。殿下の仮邸は、連隊本部から数キロはなれた紺屋町にある菊地長之氏の屋敷内にある。妻の勢津子妃と一緒に住んで、半年が過ぎた。表向きは、一度地方に転任してみてはいかがかと薦められて、スキーの得意な秩父宮はよろこんで対ソ戦の前線基地、厳寒の地の勤務を望み、宮中や参謀本部の意向を汲んで、陸軍省の命令をうけ、弘前連隊に決まったことになっている。しかし、本当は、天皇が陸軍大臣に相談して決定されたものだ。親王は首都付近の連隊に勤務するという慣習を破ったものである。

　昭和七年の九月、心配した近衛文磨が秩父宮を内大臣へと西園寺公に相談した。その時、西園寺は秩父宮が皇位継承者で、なおかつ内大臣までなっては、あまりに大きな権力を振うようになる。右翼に利用されては大変だと、歩三から参謀本部に転任させていた経緯があった。裕仁と秩父宮は五・一五事件以来、意見の衝突を繰り返した。宮中の西園寺や重臣たちは、秩父宮が盛んに特権階級への批判的見解を、口にする態度を見て、これはきっと北一輝の法案の影響を受けたからにちがいないと頭を悩ませた。当時、軍部は宮廷に対して反感を持っていた。

　秩父宮は、兄裕仁が国民の窮状と現実に、あまりに疎いのに驚き、自分は貧しい農民を救済するために何かしたいと訴えた。その秩父宮の言葉を、裕仁は逆用し、それならと軍部に働きかけて秩父宮を革新将校たちから遠ざける目的もかね、弘前連隊に転任させたのである。そのため、殿下に付ける副官の人選に気を遣い、将校運動にまったく興味を示さない歩兵学校教官の桜井強二大尉を選び出した。赴任した当初、秩父宮は仮邸から馬で連隊本部まで通ったが、殿下への接触を狙う不届き者から守る警護の都合から、今では自動車に替えさせられた。

　二十六日の早朝、品川高輪台にある弟の高松宮から、秩父宮の仮邸に突然の電話があった。事件から二時間が過ぎていた。秩父宮の動向を早く知りたい兄裕仁の差し金である。

「第一師団の歩一と歩三の一部が蹶起して、三宅坂周辺を占拠しています。兄貴は、彼らから何か連絡を受けておりませんでしたか」

「受けてはいない。そうか、ついにやったか」

　秩父宮は、高松宮の蹶起内容を、遠い春雷のように聞いた。

「彼らが襲撃したのは、鈴木侍従長、斎藤内大臣、岡田首相、高橋蔵相のようで、侍従長の妻たかさんからの通報によれば、侍従長を襲ったのは、安藤輝三大尉と、自ら名を名乗ったそうです」

「何、安藤と言ったのか」

　秩父宮は、安藤の名が、弟の高松宮の口から飛び出して、思わず絶句した。秩父宮は弘前に立つ前、安藤を呼んで、蹶起する前に、かならず自分に連絡してくれ、決して早まったことはするな、と言いきかせてきたのだが。あれから半年も過ぎてしまった。それでも安藤のことは気になって、片時も忘れることはなかった。

　東京から遠く隔たった弘前においても、相沢公判の記事は詳しく報道され、新聞紙上を賑わせていた。昨日の新聞にも、「真崎大将が出廷する」と公判廷に出廷するため、玄関前に待たせた車に乗り込む軍服姿の真崎の写真が載っていた。すべては順調に展開していた。衆議院選挙の投票結果も出揃い、国内がやっと落ち着きを取り戻した矢先のこと。秩父宮は、まさか安藤たちが蹶起するとは夢にも思わなかった。安藤が鈴木侍従長を、本当に自分の手で殺ったのだろうか。考えれば考えるほど、秩父宮は安藤の心が見えなくなった。

「どのくらい、兵は動いたのか」

「三宅坂や首相官邸、警視庁周辺を占拠しており、先ほどまでは各方面から、襲撃を受けている、との連絡が頻繁に入って、宮中では大騒ぎでした。なかにはデマや誤報もあって対応に手間どり、正確な実態が握めないのが現状で」

「うむ、兄貴はどうしている」

「相談相手だった重臣や側近たちが、次々に暗殺されて、途方にくれております。とくに鈴木侍従長が襲われたのが、ひどくショックのようです」

「そうか、うむ」

秩父宮は、安藤の行動を理解しかねた。それがたとえ維新のためだとしても、やはり自分の理解している安藤でないと感じていた。秩父宮も、温和でやさしく、実直で、豪胆な神経をもった武人の鈴木侍従長を、敬愛していたのである。

「西園寺公はどうしているか」

「坐魚荘から無事避難して、今は某所に待機中で、とても宮中には参内できないと訴えております」

「兄貴は俺に、何か言っていなかったか」

「状況がはっきりせぬうちは上京は考えず、そちらで待機してほしい、との意見で、これは宮中でも同じ意見のようです」

「判った。君も兄の側にいて、力になってやってくれ。何か事態が判明したら、また報告してくれ」

秩父宮は高松宮に礼を言うと、寝室に戻った。電話を夫に取り継いでから、なかなか戻って来ない。気になった妻の勢津子が、布団から起きかけた。その時、秩父宮が戻ってきた。

「何かあったのですか」

「いや、何でもない」

秩父宮は平静を装った。黙って自分に背を向けて寝る夫に、勢津子は少し不安を感じたが、話の内容はきかなかった。

秩父宮は普段どおり朝食を済ませる。八時十五分、仮邸の裏門から副官の桜井が運転する自動車に乗って出勤した。雪一色の田圃道を通り、遠くに見える連隊本部に向かった。車窓から、激しく降る雪が見える。秩父宮は、師団本部から正式な通知が来るまでは誰にも口にするまいと、運転手の桜井にも黙っていた。定時に連隊本部に着いた。中は平常通りに閑散として、事件の一報はまだ入っていないようだ。

第三大隊長室は、連隊本部建物の二階南側にある。秩父宮は、階段をのぼって自分の部屋に入る。隣りは副官と書記の部屋である。秩父宮の部屋は、皇族のものとしては質素な飾り付けで、日の丸旗と壁には世界地図と御真影だけがある。秩父宮は、部屋に過剰に装飾品を置くのが嫌いである。それは乃木大将の影響を強く受けてのものである。

秩父宮は、外套を脱いで自分の椅子に座った。机のガラス下には日程表がある。二十六日は中・少尉兵棋、下士官教育となっており、二十八、二十九日は一泊行軍と記入されている。今日は下士官暗号教育の日である。目前にボタンがある。一度押すと副官室に、二度押すと大隊書記の熊谷留吉にと、隣りの二つの部屋に通じている。ここでいつもの秩父宮であるなら、自分の部屋に落ち着く前に馬場に行き、愛馬「五勲号」に乗ってひと汗をかいてから仕事にかかるのだが、さすがに今朝は中止した。安藤の安否と第六中隊の行く末が気になって、歩三の連隊本部の情景が頭に浮かぶのだ。参加したであろう将校たちの顔も、つぎつぎに思い出される。

事件発生から三時間も過ぎたというのに、まだ連隊本部には平穏な時間が流れている。東京に戻って事件の状況を把握したい。時計の針を気にしながら、秩父宮は居ても立ってもいられず、気はせくばかりである。

「連隊長殿は出勤してきたか」

秩父宮は二度ボタンを押して、隣りの熊谷に何度も催促する。そのたびに、熊谷は少し離れた連隊書記千葉二郎の部屋に確かめに走った。やっと熊谷は、連隊長の出勤を告げた。秩父宮は部屋を飛び出して階段を駆け下りる。連隊長室のドアを開けた。

「どうした、殿下」

倉茂周蔵連隊長は、息を弾ませて飛び込んできた秩父宮の顔を見た。秩父宮第三大隊長は、高松宮からの電話の内容を、一気に倉茂に語って聞かせた。

「蹶起した。で、東京に行きたいと？」

倉茂は、思いがけぬ事態に絶句する。

「歩三の第六中隊も参加しているようです」

「うむ、殿下には蹶起軍から連絡はあったのですか」

「ありません」

「それで殿下は、何を目的で東京へ」

「皇軍相撃にならぬように協力したい」

秩父宮は兄の、上京せずに待機しろと言う言葉が気になっている。

「そうか」

倉茂は考え込む。さすがに自分で判断がつかない。連隊副官代理を呼んで、事件の勃発を伝え、連隊内には極秘にするように命じ、下元師団長に報告するために、一キロ離れた師団司令部へ向かった。師団司令部では、下元師団長が、飯野旅団長と高木師団参謀を相手に、事件の実態を把握すべく、沈痛な表情で協議していた。倉茂は師団長室に入ると、直ちに秩父宮上京の件を、下元師団長に進言した。

「秩父宮が勤務する師団として、ここは軽率には判断してはならぬが、全国の師団に、何か目だった動きはあるか」

下元は高木師団参謀に聞く。

「どの師団も、実態が正確に把握できずに静観しており、動けないのが実情で、仙台の第二師団も同じです」

革新運動が盛んな師団は、第二師団のほかは第一師団(東京)、第八師団(弘前)、第十二師団(久留米)であった。

「殿下の気持ちは」

「皇軍同志で内戦に発展しては大変だと、御上京を願っております」

倉茂は、慎重に答えた。

「困ったなあ、上京させてやりたいのだが」

下元は、理由付けが必要だと考え込む。

「でも規則によれば、身内の死などの際には請願休暇がとれます。殿下がそれを利用すれば、休暇願いは有効です」

「身内の死が理由なのだろう」

「陛下のお体が心配で、ということにして」

「うむ。そうだ。それに決めよう」

下元師団長は即断した。

倉茂は、師団司令部から連隊に戻った。

「許可が降りた。東京に二週間ほど戻ってよい」

倉茂は秩父宮に報告する。秩父宮は喜び勇んで二階に駆け上がり、書記の熊谷から休暇願いの用紙をもらい、自室で書き終えた。用紙を持って連隊長室に戻ると、中に将校たち全員が集合していた。

「殿下、歩三の殿下の中隊も、蹶起に参加しているようですね。耳に入っておいでですか」

休暇願いを倉茂に提出した秩父宮に、将校のひとりが目を輝かせて声をかける。

「彼らからは連絡がなかったが」

秩父宮は打ち開ける。

「師団本部に、仙台第二師団の将校団の一部から、東京組と一緒に参加しようとの連絡がありました。殿下はどうお考えですか」

「他の師団は」

秩父宮は倉茂にきく。

「どの師団も静観のようです」

倉茂は、秩父宮が持ってきた用紙の中味を確認しながら言う。

「殿下、上京するつもりですか」

将校のひとりが皆を代表してきく。

「かつての部下の安藤大尉が参加していると知った以上、ここでじっとしていられない。それに陛下の安否も心配で、今、休暇願いを提出したところです」

「万歳」

将校たちから拍手が起きた。連隊長の机上の電話が鳴った。全員に緊張感が走る。倉茂が受話器を取って話し始める。秩父宮も、倉茂の顔の表情を見詰める。やっと倉茂は受話器を置いた。

「師団本部からだ」

倉茂は、話の内容を伝える。

「事態は膠着状態で、参謀本部では目下、蹶起軍の帰隊を検討中、とのことだ。全師団の具体的な動きはまだないが、第二師団長の梅津中将は、全師団の先陣を切って、蹶起軍を討伐すべきだと、杉山次長に気合いを入れたそうだ」

「我が師団は」

将校のひとりが訊く。

「うん、第二師団に対抗して支援の意志を参謀本部に出そうか思案中だと、下元師団長が言っていた」

倉茂は話し終えると、すぐ秩父宮を隣りの誰もいない部屋にさそった。

「鈴木侍従長を襲撃した将校は、安藤大尉と断定されました」

倉茂は、秩父宮の顔色をうかがいながら伝えた。

「覚悟しています」

秩父宮は公式に知らされ、目に涙があふれてきた。やっと実感されたのである。そうだったのか。安藤はそこまで思い詰めていたのか。他人に思えた安藤の心が、はっきり自分のことのように身近に思えた。自分は東京から弘前のこの僻地に来たが、安藤のために良かったのか、悪かったのか。そう思うと、秩父宮の両眼から熱い涙が止めどなく流れてきた。

「弘前と東京では、遠いなあ」

秩父宮は震える声で訴える。

「当師団では極力、否定していますが……」

「…………」

「蹶起部隊の黒幕は、殿下であるとの噂が立っているそうです」

「こんなに離れた場所にいる私が、なんで黒幕なのだ」

秩父宮の顔は、今度は怒りで赤くなった。

「目下のところ、殿下の動向が注目の的になっておりますが。それでも上京しますか」

「うむ。軽はずみな言動はとれませんね」

秩父宮は考え込む。高松宮は、できたら上京は差し控えてほしいと言った。やはり宮中の意見に従うべきか。いや兄裕仁の本音であろう。重臣や側近たちに仲間意識を強く持つ反面、軍部には敵愾心ばかりが先に立つ裕仁の性向。それは、軍部に人気のある弟の自分に対する警戒心から出ているのだ。

「へんな噂が立っては、皆様に迷惑がかかります。中止するのが礼儀でしょう。休暇願いは取り下げます」

秩父宮は、兄裕仁の気持ちを思って言った。

「判りました」

倉茂は、秩父宮を連れて将校たちが待つ自分の部屋に戻り、皆に上京中止の意志を伝える。

「殿下、悪い噂を気にしているのですか。どうか噂を恐れずに是非上京して下さい。我が連隊は署名を集めて殿下を応援します。決して迷惑だと考えないで下さい。我々将校団が魁《さきがけ》にならなければ、全師団は動き出さないでしょう」

ひとりの将校の熱の入った発言に、賛同の拍手が沸きあがった。

「待ってくれ。殿下は難しいお立場にあるのだ。よく状況を見ずに即断するのは危険だ」

倉茂も自分で決断ができない。もう一度、師団長に判断をあおいだ。

「そうか。殿下も迷っておるか」

下元師団長も、上京の許可を与えた後でも、さすがに迷っていた。

「一応、殿下の上京は事前に報告すべきだと思い、参謀本部にも陸軍省にも電話をかけたが、どうしても繋がらんのだ。そこで思い切って宮内省に電話をかけてみた」

「エッ、宮内省へ。それで通じたのですか」

「そうだ。そうしたら、岩波総務課長が電話に出て、お見舞いの御帰京というのであれば、御止め申し上げる筋合いではない、との返事を得たが、その話し振りはあまり色よいものではなかった」

「反対はしなかったのですね」

「こうなると、師団としては何とも言えん。殿下が御自分で御判断するしかないな」

「休暇願いはどうしましょうか」

「殿下はそこにいるか。電話口に出してくれ」

倉茂は秩父宮に受話器を渡す。

「殿下、噂は御存知か」

「はい。私が黒幕であると」

「それだけでない。殿下はこれを機に玉座を狙っていると。それに駿河大納言だと陰口をいうものも」

駿河大納言とは、兄の徳川家光将軍に対する陰謀の共謀者として非難された徳川忠長のことである。

「知っています」

「それでも、御帰京されたいか」

「師団に御迷惑を及ぼさなければ」

秩父宮は、安藤のために何か手助けしてやりたい。ただそれだけを一心に思っていた。

「よし判った。ここを何時に発つか」

下元は、秩父宮の言葉に強い意志を感じ、自分の迷いを断ち、上京を認める決断をした。

「午前中、下士官の暗号教育があり、その後、今晩、山形県知事と会食の約束があります。それらが終わってから上京します」

「そうか。御帰京となれば、特別車輛が必要だ。弘前駅長に電話をかけて準備をさせよう。それに殿下の随行者を数名ほど決めたい。発車時間が決まったらすぐに知らせよう」

「ありがとうございます」

「発つ前に一度、高木参謀長と御仮邸に訪問したいが、よろしいか」

「はい、お待ちしております」

下元は秩父宮の返事を聞くと、電話を切った。

「どうでしたか」

倉茂が心配げに秩父宮に訊く。

「師団長は、列車の準備をして下さるそうです」

将校たちから、歓声が沸き起こった。

「この大雪で列車は走れますか」

雪が激しく降り続くのを見て、秩父宮はいう。

「東北本線が駄目なら奥羽、羽越線回りでも通れます。殿下、御心配する必要はありません」

倉茂はうれしげに答えた。

六十三

伏見宮は、真崎と加藤を帯同して、皇居に参内した。まず、富士山の絵のかかった溜の間に入った。この部屋は江戸時代、老中が将軍に謁見するために待機した場所で、すでに本庄侍従武官長と寺内寿一軍事参議官の二人が、部屋の隅にある椅子に座っていた。

「これはお早い御出勤で、真崎大将」

「おお、寺内大将か。ずいぶん早いじゃないか。こんなに早くに何しにきた」

真崎は、寺内に先手を打たれた気分でおもしろくない。寺内は宇垣派の大将で、真崎は宇垣派に反感を持っている。まさしく寺内は真崎の敵方。その敵が宮城内にいてはまずい。

「早朝に宮中へ参内して馬術をするのが私の日課ですから、朝早いのです」

寺内は、不機嫌そうな先輩の真崎の顔を見て言う。

「陛下は」

真崎が本庄に近づいて声をかける。

「只今、侍従長夫人たかと面会中です」

「たか夫人とか。それはまずいな。陛下の御様子はどうです」

「ひどく悩んでおいでです」

「悩んでいる」

真崎は考え込む。伏見宮と加藤は海軍なので、本庄にも寺内にも面識がない。ふたりの会話に耳を傾けている。

「真崎大将、ちょっと」

本庄は、寺内に聞こえぬように真崎の耳元で囁く。

「湯浅さんの話では、近衛師団の一部の部隊が飛び出して、宮城占拠を狙ったと」

「えっ、それは間違いないか」

真崎の顔色が変わった。奴の入れ知恵だな。将校たちには、宮城占拠は発想だにできぬもののはずだ。北一輝の思いつきに決まっている。数日前に電話をかけてきた北の声が、真崎の耳に甦ってきた。

「陛下はこの蹶起にひどく御不満のようですが、私が陛下を説得してみます。真崎大将は公的手続きを踏んで、昭和維新の断行のために頑張って下さい。私は応援します」

「かたじけない。この事件には我ら皇道派仲間の存続がかかっている。よろしくたのむ」

真崎は本庄と固く握手した。

たかが陛下と面会を終えた。隣りの謁見の間を出て行く姿が、部屋の出入口から見えた。

「ではどうぞ」

本庄は伏見宮に謁見を催促する。

伏見宮は、陛下から当然に賛同を得るものと確信して、それでも少し緊張気味で、陛下の待つ部屋に向かった。

天皇の執務室は、隣りが内大臣室で、他の侍臣の部屋より一段高くなっている。庭に面して廊下があって、テーブルをはさんで椅子が二脚ある。伏見宮は、天皇の前の椅子にすわった。

「よく来た」

陛下の声には、皇族仲間から生ずるある気安さが感じとれる。伏見宮は、返事をするかわりにうやうやしく頭をさげた。天皇は、伏見宮が単なる事件見舞いに来たと思っている。

「陛下」

顔を上げると、伏見宮は訴え始める。

「陛下もすでにご承知のとおり、市内において大きな事件が発生しました。これは世が乱れて人心が荒んできた結果によるものと思われます。これを機会に内閣は総辞職をして、改めて国民の意見を……」

「ちょっと待て。それは政治家から聞く話であって、軍令部長の貴殿から、聞く話ではない。筋ちがいである」

天皇には司という考えがある。自分の職務以外の上奏をしてきたら、絶対に受けないことにしている。

「しかし」

「いや、その件は貴殿に言われなくても、宮内大臣の湯浅と打ち合わせてある。総理の職務は総理から、陸軍の職務は陸軍の責任者からうかがおう」

「といいますと」

「岡田総理も斎藤内大臣も西園寺もいないので、宮内大臣の湯浅と木戸と相談のうえ、内閣は総辞職をせずに内務大臣の後藤文夫を臨時代理にして、事態の収拾に当たることに決定した。貴殿は、政治の問題に口を出す必要はない」

「では、湯浅宮内大臣に伺ってもよろしいですか」

伏見宮は、湯浅を説得しようと椅子から立ち上がる。

「会ってどうするのだ」

「陸軍の有力者である真崎大将を首班に推薦し、真崎に事態の収拾を任せねば、この混乱は治まりそうにありませんと、湯浅大臣にお伝え申し上げたい」

「それは止めてほしい。貴殿はそれよりも、海軍内部の意志を固め、動揺が起こらぬように意志統一を図るのが本筋ではないか。軍令部長として、貴殿にはその責任があるはずだ」

「…………」

「陸軍の本庄は、朕に盛んに将校たちの真意を汲みとってほしいと訴えてくる。しかし、朕はこの暴徒に反対である。占拠部隊はすみやかに原隊に復帰させ、直ちに占拠地域を開放するよう、海軍側からも支援してほしい」

「しかし」

伏見宮は真崎に、陛下より大詔渙発を得て昭和維新にと説得されて、意気込んできたが、その思惑はあやしくなった。意志表示をしてはいけない天皇が「速やかに鎮圧せよ」と自己主張する。これはまずいことになった。陛下の統制派寄りの発言を変えさせなければ、皇道派の立場が危ない。真崎から依頼を受けてきた伏見宮は、これから反撃しようとしたとき、

「もうよい。貴殿の話はよく判った。事件見舞いではないのか。引き下がってくれ」

陛下は、伏見宮の思惑を即座に読み取って言った。伏見宮にはもうなす術がない。仕方なく肩を落として、部屋を出て行った。

「どうでしたか」

戻ってきた伏見宮に、まず加藤が声をかけた。部屋には湯浅も寺内もいない。加藤と真崎のふたりだけが待っていた。

「駄目だった。陛下の意志はすでに固まっている」

「…………」

「先に手を回した者がいる。陛下は少しも私の話を聞こうとしないのだ」

「誰でしょう」

「湯浅と木戸だとは言っていたが、本当のところが判らない。申しわけない。私の力ではどうにもならなかった」

「うむ」

加藤は考え込む。

「真崎殿、陛下は蹶起部隊をはっきりと『暴徒たち』とおっしゃったぞ」

「暴徒だと」

真崎は絶句する。

「真崎殿、もう彼らを原隊に戻すしかないな」

「陛下は、私にも『暴徒』とおっしゃっています」

本庄も伏見宮の言葉にあいづちをうつ。

「誰が先に手を回したのだ」

伏見宮は本庄に、宮中務めが長く、内部の事情にくわしいはずだと判断して聞く。しかし、軍人嫌いの裕仁の性格もあって、本庄の立場は仲間はずれの状態にあった。

「陛下のまわりには、湯浅を中心に一木や木戸や広幡た

ちが集まって、何か対策を練っているようですが、私はその中に入れず、陛下に呼ばれてはお話を申し上げるだけのことで」

「陛下は怒っておられるな、本庄殿」

「そうです」

「真崎殿、陛下を宥《なだ》めるのは大変だぞ」

伏見宮は、思案顔の真崎に思い切っていう。

「陛下は御自分の側近たちが殺られ、激怒されてしまわれたのか」

加藤が言う。

「とはいっても、占拠部隊は、とうてい解散はしないでしょう」

真崎は強調して訴える。陛下は反対しておられようが、陛下の意志を除けば、全体の流れは、確実にこちら側に流れており、奔流に間違いなく変わると読んでいる。そうなれば、たとえ陛下であっても反対は出来なくなるはずだ。それには、早く反対出来なくなる既成事実を作り上げることが必要だ。

「こうなった以上、陸軍の代表者である川島殿の上奏に期待するしかないな。海軍の私が陸軍の問題で意見を上奏するのは、陛下のおっしゃる通りに筋違いであった。どうだ、川島殿はこちらの思い通りに、陛下に詔勅の大詔渙発をあおいでくれるだろうか」

「憲法の解釈手続きから言えば、陛下は陸軍を代表する川島の意見に反対はできぬはずです。もし陛下が反対意見を主張なさった場合には、私が陛下を御説得する所存です」

本庄が励ますように言った。真崎は、皇道派の頭領として、重大な責任がある。もう一歩もあとには引けない。今度こそ川島の上奏に期待をかけようと思った。

「お役に立てずに本当にすまなかった。私はこれから軍令部に出勤せねばならぬ。東京と大阪の第一艦隊と第二艦隊が、私の指示を持っているのだ」

伏見宮は、控室に待たせていた嶋田次長と一緒に宮中を出ていった。自分の用がなくなった加藤も、この事件は陸軍の力で処理するべきだと考え、暇乞いをして伏見宮の後を追って宮中を去っていった。近衛師団長の橋本中将が、伏見宮たちと入れちがいに参内してきた。

「君か。何をしにきた」

皇道派の真崎が、溜の間に入ってきた統制派の橋本に声をかける。

「陛下に呼ばれました」

橋本は言いにくそうに言う。その時、橋本の後から川島陸相が、額の汗を拭きながら駆け込んできた。

「橋本か。私の許可なく何をしにここに来たのか」

川島は橋本を睨みつける。

「参謀本部からです。直ちに陛下に伝奏するようにと」

「参謀本部の誰だ」

「作戦課長石原大佐です」

「あいつか」

川島は渋い顔をした。参謀本部からでは仕方がない。

「川島君、ちょっと」

本庄に促されて謁見の間に向かおうとした川島の腕を引っぱり、川島の耳元に口を近づけて、伏見宮の上奏した経緯を伝え、

「こうなった以上は、陸軍を代表する君が、一刻も早く事態を収拾しなければならない。それには将校たちの意志を、よく御説明申し上げ、どうしたら陛下より大詔渙発を仰げるか、そこのところをよく考えてお話し申し上げ、すみやかに御維新に進むようにしてくれ」

と訴える。

「承知しました」

「陛下は維新部隊を『暴徒』と呼んでおられるが、でも陛下の御発言は個人的な意見であり、なんら憲法上の効力はない。そのところを君は陛下によく申し上げ、陸相としての意見を、全陸軍の総意として『真崎首班でこの混乱を収拾するように決定しました』と上奏してくれ。あとのことは私に任せてくれ」

「判りました」

「よし頼むぞ。大詔渙発を。絶対だぞ」

真崎は、満足げに川島の肩を叩いた。川島は本庄に案内されて部屋を出た。もう川島はすべて真崎の言いなりになっていた。もうここに至っては嫌だとは言えないのだ。

謁見の間では、陛下が帷幄上奏に来るのを待っている。陛下は側近を次々に殺害して維新気取りでいる将校たちを、認める気も許す気も毛頭ない。今すぐにでも、命を賭けて自分を守ると誓ってくれた近衛師団長に命じて『暴徒』を討伐したい。いや、自分みずから近衛師団を指揮してでも征伐したい。しかし参謀本部では、皇軍相撃は輝かしい皇軍の歴史に汚点を残すので、絶対に避けるべきだと主張している。側近の湯浅や木戸の話では、叛乱軍の狙いは、内閣の首班の椅子を奪って、軍部独裁による昭和維新の断行にあると言っていた。そうだと以前の十月事件のスケジュールに似ている。また軍部が弟秩父宮を担いで、自分に天皇の交代を狙ってくるのであろうか。裕仁は軍部が事件を起こすたびに、文弱な天皇は日本にはいらない、明治天皇は秀れた武人であった、

とあからさまに言う軍人たちが大嫌いであった。

昭和九年から台頭する軍部に手を焼いた牧野と鈴木は、天皇の聖断が欲しいと、御前会議の召集を考えたが、もし事態の進展が御前会議の決定と異なってくれば聖徳に傷がつくと、西園寺が反対した。それで裕仁は、西園寺公と組んで、西欧民主主義を引き継いで議会主義を守って、政党政治を正しく機能させたいと努力し、軍部の暴力に対抗して理論武装をしてきたのだ。軍部独裁を阻止するには、閣僚たちの力で東京市内の秩序を回復させ、軍部につけ入るスキを与えぬことだ。そのために、内閣の機能を早く回復させて、軍部に首班の座を渡さないことだ。もし奪われてしまうと、軍部はどんどん自分の都合が良いように事後処理をおし進めてこようし、下手をすれば混乱が混乱を呼び、やがては収拾不能な状態になる。自分の天皇としての力量を問われて、そのうち自分の立場は、軍人の秩父宮に奪われかねないのだ。

その弟の陰にいる、北の存在を裕仁はおそれた。この時、裕仁は北の存在を意識し、北は裕仁の存在を意識していた。真の主役同士が、事態を中心にしてお互いに向き合おうとしていた。慣れない軍服を着た裕仁は、真の相談相手のいない状況下で、自分なりの解決策を考えていた。天皇機関説を信じる裕仁は、自分は利用される存在だと自覚している。だから伊藤が作った憲法にしがみつくしかなかった。

「陛下、川島陸軍大臣が上奏のため、参内しました」

本庄が陛下に伝える。川島は所定の位置で立ち止まり、陛下に一礼する。

「よく来た。ご苦労である。待っていたぞ」

「はい」

川島は、恐縮してまた頭を下げる。そして顔を上げてから上奏し始める。

「このたびはかかる事態を起こして宸襟《しんきん》をお悩ませたこと、ひとえに手前の不徳のいたすところ。まことに申しわけありません。彼らの行動は否とするも、その国を想う真情は純粋にして、決して否定すべきものではありません。近年の政党の腐敗振りは目にあまるものがあり、国民のすべては明日の生活にさえ不安を感じて、この寒空の下で震えております。こうなった以上、現内閣はその責任を取り、総辞職をして新たな……」

「川島陸軍大臣、ちょっと待ってくれ。先ほど伏見宮も貴殿と同じ意見を言った」

「………」

「貴殿もそこまで言わなくてよい。今回のことは精神の如何を問わず、はなはだ不本意である。国体の精華を傷つけるものである。それよりも、軍の中枢部を占拠している叛乱軍を出来るだけ早く、原隊に復帰させる手続きを取る方が先決ではないのか」

陛下は、川島の伏見宮と口裏を合わせたような訴えに、声を荒げて怒った。

「はっ」

川島は、怒った陛下の声を聞いてうろたえる。たとえ天皇がはなはだ好ましくないと考えていても、合法的手続きをつくして天皇のもとにさしだされたものについては、結局裁可するしかないはずである。川島にとっては、思ってもみない天皇の反応であった。天皇機関説を支持する天皇が、自分の意志を主張したからである。もう陛下に対して、「彼らは叛乱軍ではなく維新軍だ」と説得する自信を失った。もしそう訴えれば、天皇は烈火のごとく怒るのが判ったからである。

川島に、無念の思いがこみ上げてきた。いかつい顔が涙でグシャグシャになった。引くに引けずに口を封じられた川島は、立ち往生をしたまま、ただ泣くにまかせていた。天皇はみずから憲法を破壊している。これは大変なことだ。

「朕の股肱を次々に襲った叛乱軍を、速やかに鎮圧する方法を講ぜよ。朕はすでに近衛師団に、そうするよう了解を得ているぞ」

「彼らは決して叛乱軍ではありません。陛下の御ためを思って蹶起した正義軍で、その」

「もうよい。そのような話は聞きたくはないから、引き下がってくれ」

陛下は冷たく言い放して、謁見の間をさっさと出ていってしまった。川島は部屋にひとり残されたまま、棒立ちになって泣きつづける。主張してはいけない天皇の強硬な意志に、まだ動転している。かれは天皇と将校たちの間に挟まれて、にっちもさっちもいかなくなったのだ。

本庄が部屋に入ってきて、泣き続ける川島を慰める。

「君が悪いのではない。陛下にああ発言させている者がいるのだ。軍人を嫌う重臣や側近の言いなりになって、君につらく当たるのだ。これからは、君と真崎と私の三人で、陛下を説得させるために、よく検討してみようではないか」

本庄は川島を励ましながら、自分の武官長室に連れていく。

「どうした」

部屋には、真崎がひとりで待っていた。

「やはり陛下は、川島の上奏を少しも聞こうとしない」

本庄が真崎に伝える。

「陛下に怒られました」

川島は蒼い顔をしてうつむく。これは単に天皇の個人的意向を示す言葉の上だけの指示であり、国務大臣の副署のある勅令ではない。川島は、この天皇の指示を受け入れられないまま、政治情勢がはっきりするまで成り行きをみようとするしかなかった。

「我慢ならん」

真崎は、陛下の人間感情の露骨な表出に、憎しみが込み上がってきた。

「いや待て。我々が決して敗けたわけではない。これから時間稼ぎをしよう。結論をだすのはまだ早い。第一師団は手を打ってある。当面の敵は、参謀本部と近衛師団だ。私は絶対にこのままでは引き下がらんぞ」

真崎は、正規の方法で「輔弼《ほひつ》の臣」の進言を斥け通すことは、たとえ天皇が反対であったとしても出来ないはずだと、後へは引き下がらぬ覚悟をした。

「真崎殿、先ほど参謀本部の杉山次長が参内して、近郊の甲府や佐倉から演習名義で東京に兵力を集中し、人心の危惧を避けるために招致するとの上奏がありました」

本庄が参謀本部の動きを、真崎に知らせる。

「奴らが動き始める前に、こっちは次なる作戦として、軍事参議官を召集し、事後処理の権利を敵側に奪われないようにしなければ」

「参議官会議を徴集する権利は誰が……」

川島が不安げに真崎に言おうとすると、真崎は、

「陛下が握っているが、非常時の場合は陛下に代わって陸軍大臣である君が徴集すればよいと思う」

「なるほど。参議官が集まって会議をしている間、この私が陛下を説得し続ければよいのだな」

「皇道派としては、陛下の背後で策謀するヤカラを早く見つけ出して、そいつらを徹底的に叩くのだ」

真崎は、追いつめられて最後の作戦を実行すべく力説する。本庄と川島は、真崎の意見に同意するしかない。

賛同を得た真崎は、川島に参議官会議を宮中の東溜の間で開くことを要請し、川島の補佐役として山下少将を使うように推薦した。山下は小一時間ほどで、太った体をゆすって武官長室に姿を現わした。

「よく来た。ご苦労」

真崎は山下をさっそく、部屋の隅の応接室に呼び、軍の大勢の七割ほどはこちら側に有利に動いているが、陛下は蹶起に反対していると打ち明け、これから本庄と川島が時間をかけて陛下を説得し、自分と荒木は陸軍の意見をこちらに有利にまとめるために、参議官会議を徴集することにしたことを山下に説明して、手伝うように命

令した。

「よく判りました。それで戒厳令の方は」

「待て。それはまだ早い。参議官会議の成り行きを見てから考えよう。山下、さっそく陸軍の参議官全員を、宮中に電話で呼びだしてくれ」

「これから参謀本部と対決ですね」

山下は、真崎の腹を即座に読み、真崎から渡された偕行社名簿から名前をさがしだし、参議官たちを、次々に電話で呼び始める。東久邇宮、朝香宮、梨本宮、林銑十郎、荒木貞夫、真崎甚三郎、阿部信行、西義之、植田謙吉、寺内寿一の十人である。

山下は電話をかけながら、参議官の顔ぶれを敵と味方に区分する。東久邇宮と朝香宮、それに梨本宮は皇族で皇道派に近い。荒木と真崎は当然、皇道派、林と寺内は敵側だと分類した。問題は阿部と西と植田の三人だが、この三人は中間派だろう。でも、この中に、自分の意見を強調して会議の進行をリードする強引な人物はいそうにない。となると、やはり手強い相手は、林と寺内になる。林は襲撃目標にあげられて動転し、出席するのしないのと、先ほどの電話の感じでひどくビクついていた。ひょっとしたら、宮中にこない可能性もある。また寺内の方だが、最近参議官になったばかりの新参ものである。


会議の中では、先輩たちを相手に大きな顔は出来ないだろう。このような連中のなかでなら、真崎と荒木が手を組み、ひと頑張りすれば、有利に展開できる。山下はそう読んだ。

山下の電話で呼び出された参議官がやってくる間、東溜の間は会議室用に準備したり、各自の座席の位置を決め、これまでに得た情報をまとめた報告書を、蹶起趣意書と要望事項と一緒にして机の上に配った。参議官たちは、なかなか集まって来ない。きっと自分も襲撃目標にあがっていると早合点をして、どこか安全な場所に逃げ出してしまったのだろうか。山下はそう考えながら、時計の針を睨んだ。時間のあまった山下は、真崎と川島を東溜の間に呼び出して、会議のすすめ方と事態の収拾策について、細部にわたって協議をした。

「皇軍相撃の惨事だけは、絶対に避けねばならん。もしそうでもなったら、私は切腹ものだ」

川島は、念を押して山下に訴える。

「しかし、参謀本部の指揮の下、近衛師団がすでに包囲軍を出動させている」

山下が訴える。

「増軍を要請している馬鹿ものは、作戦課長の石原のようだ。奴は蹶起軍の討伐を狙っている」

真崎が憎々しげに言う。

「討伐派の勢力が拡大せぬうちに、軍当局の意見を一本化しなければならぬのに、参議官の連中は、一体どこで何をして参内を遅らせているのだ」

山下は、イライラして誰も出てこない空席を見回していた。本庄が部屋に入ってきた。山下を見つけると、東京警備司令官の香椎浩平中将から電話がかかっていると告げる。山下は武官長室に走る。

「おい、参謀本部から警備司令部に、第一師団と近衛師団の一部を包囲軍として増援したいと盛んに許可を求める電話が入るようになってきたが、このままほっといてよいのか」

香椎が山下に訴える。

「俺は今、参議官会議の徴集をかけ、集まってくるのを待っている。真崎閣下としては、この会議ではっきりした陸軍の見解を発表して、混乱を避けるつもりだ。貴殿の言いたいのは戒厳令の催促か」

「そうだ。このまま包囲軍を増やしたら、占拠中の蹶起軍を刺激して逆に危険になる。直ちに戒厳令を布告すれば、東京市内だけの戒厳令になる」

香椎は、電話口で憲法十四条の条文を読み上げては、関東大震災時の戒厳令の解説をする。それから、これ以上包囲軍が増えるならば、警備司令官の自分の立場が難しくなり、皇軍相撃の事態に突入したら、もう対応不能になる。全国に飛び火をしないうちに、至急、戒厳令を公布するよう、山下を通じて真崎閣下に伝えてほしいと再度にわたって訴える。

「真崎閣下は、戒厳令の問題は参議官会議で事態収拾策が決まった後からだと決めている。もう少し待てんか」

「この状態では無理です。それよりも参謀本部の権限を弱めるために、早目に戒厳令を布いた方がよいと思う」

「俺もそう思うのだが、御大《おんたい》が駄目だと」

山下も考え込む。香椎の狙いはこうだ。包囲軍を増援させて蹶起軍の神経を逆なでしている参謀本部の権限を、戒厳司令官になった香椎が第一師団と近衛師団の上に立ち、参謀本部から奪ってしまおうというものである。

「君の言う狙いは、よく判った。川島閣下にも頼んでみる」

山下は電話を切ると、部屋に戻って、川島と真崎に、香椎の考えを伝える。

「近衛師団の動きが無気味だな」

真崎は呟いた。真崎には、今はまだ少数派である陛下―参謀本部―近衛師団の線を、ズタズタに切り離す必要があると思っている。陛下は蹶起軍の行動を「暴徒」と呼んで反対している。いや、反対というより怒っているのだ。この事実を知っているのは、自分のほかでは川島と本庄である。敵側としては杉山と橋本ぐらいであろう。この事実が今、もし陸軍内部に拡がれば、勢力の大勢は一気に敵側に有利になっていく。そうならぬうちに、出来るだけ早く陸軍内部の統一見解を出すことだ。香椎が、至急、戒厳令を公布するようにせかせても、決定を下すのは川島や自分でなく、議会であり、枢密院であり、陛下なのだ。

「戒厳令の公布については、参議官会議が統一見解を発表した後に改めて検討をする」

真崎はそう言うと、腕を組んでまだ現われない参議官の円陣になった空席を睨んだ。山下は真崎の真意を香椎に伝えるために、また武官長室の電話を借りに行き、伝えた後で香椎に、こっちに来て会議の様子を見に来た方がよい、できたら立会人になるように誘った。

二時間ほどしてやっと、正装姿の将軍たちが、不安げな表情で駆け込んできた。参議官たちは東溜の間が判らず、侍従武官長室の方に集まってきた。そのうち部屋が狭くなり、荒木が準備し終わった東溜の間に皆を案内した。皇族や皇道派の将軍は、さすがに早目に姿を見せたが、相沢事件の責任をとって陸相をやめ、川島に陸相をバトンタッチをして参議官の仲間入りした林銑十郎大将は、やはり遅かった。林は皆の注目する冷たい視線の中、荒木と真崎の間に一つ空いた席に、皆の視線を避けるように座るとうつむいた。

「今の若いもんは、なかなかやるではないか」

朝香宮は、机上の趣意書を読み終えると、隣りの梨本宮に話しかける。朝香宮の会話を耳にした真崎は、気を良くした。

「貴殿は、斬奸リストに載っていたそうだな」

西が、空席越しに林に声をかける。

「そうかね」

林はとぼけたが、顔色は血を引いて蒼白になった。

「冗談だ、冗談だよ」

西は林の顔色を見て、キツイ冗談だったと、林を慰めるのに四苦八苦する。まだ一つ空席がある。東久邇宮の席である。真崎は最後の宮様が来るのを待つ間、集まった面々の腹の内をさぐろうと、雑談する将軍たちの会話と顔色をうかがう。この様子では、会議の主導権は握れそうだと胸算用をした。川島が、山下を従えて部屋に入ってきた。出席者の顔を見回してから、自分の席に座った。

「東久邇宮殿下は、少し遅れるとの電話をいただきましたので、これから会議を始めたいと思います」

　川島は、時間をみてから開会を宣言する。

「本日、皆様方を徴集させていただいたのは、すでに御存知のとおり、将校の一部が国を憂えて本日の未明に蹶起し、現在三宅坂の軍中枢部を占拠し、昭和維新を希求している件に関してであります。参謀総長と教育総監の協力を得られぬなか、私ひとりではさすがに力不足で、なかなか的確な対策が打ち出せずに進退きわまって、ここに皆様の御協力を得たいと考えたからであります」

「この会議は、陛下の勅許を得てのものか」

　寺内が口を挟む。川島が困ったように真崎の顔を見る。

「私の独断ではありません。先ほど、手元に渡しました趣意書の主旨を、陛下に上奏申し上げましたところ、陛下は、至急、事件処理をするように命じられました。私はさっそく本庄武官長と真崎閣下にご相談申し上げましたところ、三長官のうち、二人も欠けているのならば、本来の用はなさないと言われました。しからば陸軍大臣の権限で、軍の長老を集めて、その御意見を充分に伺った上で事後処理をすれば、陛下もきっと御納得せられるし、後に問題を残すこともなくなるとの忠告をいただき、ここに皆様をお呼び申し上げました」

　川島は、陛下が叛乱軍を鎮圧する意志が強いのを報告するのは避けた。

「そうか」

　寺内は、陛下に事後処理の責任が及ばぬように、参議官が責任を負うのだという川島の話に納得して頷いた。

「陛下は、貴殿に何とお応えになったのですか」

「災い転じて福となせと」

　川島はそう言ったが、額から汗が吹き出る。川島の答を聞いた参議官たちは、隣り同志で感想を求め合って意見交換が始まった。会議室はざわめき出した。この様子を眺めていた荒木が、発言を求めて椅子から立ち上がり、多弁な口調で語り始めた。

「現在の軍内部の派閥抗争や政治の腐敗振り、それに農村の貧困状態には目にあまるものがある。純真な将校たちが義憤を感じてこのような行動を起こすのも、当然の結果だと大いに納得できる。我々老輩も、これを機会に彼らを弾圧せずに意を汲んで、彼らの希求する昭和維新に邁進しようではないか。将校たちの真意は、趣意書に書かれているように純情である。こうなったのも、我々の方に非がなかったとは断言できない。この際、我々も心機一転して、将来のために一肌ぬいで、彼らの目的に協力しようではないか」

「そうは言うが、荒木閣下」

寺内が口を挟む。

「彼らは、陛下の御信頼しておられる側近たちを殺害した。そんな将校たちの行動を、陛下はお認めになるだろうか。私にはどうしてもそうは思えんが」

寺内は、将校たちにあからさまに肩をもつ荒木に反撥して主張する。

「なるほど、貴殿のおっしゃる通り、将校たちのやり方に問題がなかったとは言えない。しかし、これまでの事件経過から判断しても、将校たちの真意は、大半の兵たちの心情を代弁していると思わんか」

荒木は、得意の髭の先をつまんだ。

「私はもうしばらく成り行きを見きわめてから、自分の意見を述べたい」

寺内はそう言い、出席者の顔を一人ひとり見つめた。

部屋の扉が突然、開いた。東久邇宮殿下が入ってきた。円陣を組んで座っていた参議官たちは全員、席から立ち上がって立席礼をする。東久邇宮は、白手袋を脱いで挨拶をし、自分の席に座った。

「着席」

東久邇宮が着席したのを確認した川島は、他のものに号令した。それから東久邇宮に会議の経緯を説明し、山下を手前に呼ぶと、地図の用意を頼む。そして地図を前に拡げさせ、現在の蹶起軍の占拠状況とその推移を山下に報告させた。山下は、地図を指揮棒で示しながら、蹶起に参加した連隊と部隊の兵数、殺害された高官の氏名と邸宅場所、それに占拠中の地域と建物、さらに将校たちの要望事項と趣意書などを手際よくまとめ、出席者に説明した。

「山下君、よく判った」

荒木は山下に感謝を述べ、また話し続ける。

「今、将校たちは我々の決意を求めて、昭和維新への道が開かれるのを待っておる。我々は彼らの命をかけた行動に応えてやらなければならない。さもないと、左翼団体がこの混乱を利用して暴動を起こさんとも限らない」

「私も、荒木閣下の意見に賛成する」

真崎が同意する。これで会議の進行は、荒木が主導権を握って進むことがはっきりしてきた。中間派の西や阿部や植田さえ、荒木の饒舌に、ひとりまたひとりと乗せられていく。真崎は荒木が発言している間、皆の反応を調べて勝利への胸算用をしている。陛下が暴徒を鎮圧して事件を速やかに処理せよ、との発言した事実は、盟友の荒木にさえ知らせていない。もし知ったならば、あんな調子で発言できるはずがない。真崎は、口が裂けても他の誰にも口外しないで腹の中に押し込み、本庄の陛下への説得に期待することにした。

荒木は反対意見が出ないのに気をよくして、皆を完全に説得できたと慢心して山下を自分の席に呼び、『勅語集』を卓上に開いて、小声で耳打ちする。山下は、太った体を縮めては恐縮してうなずく。寺内は八百長のような会議の進行に不機嫌になって、彼らの態度を見て見ぬ振りをする。荒木は、山下との打ち合わせをすませると、皆の顔に視線を戻した。

「グズグズ解決を延ばしていては、皇軍相撃つという不祥事が発生してしまう。そうならぬうちに、我々は彼らの意を汲んで、大詔渙発を発令できるように陛下にお願いしようではないか」

「占拠部隊を原隊に復帰させる方が、先決ではないか」

寺内が文句を言う。

「それはまずい。左翼団体が暴動を企んでいるかもしれん。そのために維新部隊を、その警備につけさせるように取り扱った方がよい」

真崎は、閉じていた目を急に開いてここぞとばかり、山下が香椎から聞いた考えを、参議官たちに披露した。山下は、真崎と寺内が言い争っている間に部屋を抜け出し、隣室で待機中の村上啓作軍事課長を呼ぶ。中には岡村寧次もいた。山下は軍事課で大至急、大詔渙発の文書を作成するように命じ、三人でおおまかな草案を考え始める。村上は山下の話から、蹶起軍側が有利に展開していると判断して、部下の岩畔豪雄と河村参郎と相談のすえ、『維新大詔』の草案の起草作りを決断する。村上を説得し終えた山下は、また会議中の東溜の間に戻った。

会議は、荒木と寺内の言い合いを軸に、真崎と西が意見を加えるという形で進行していた。

「山下、どこに行っていた。大筋で話がまとまったぞ。こう書いてくれ」

荒木が山下を見つけて側によぶと、メモ帖をめくりながら、まとめた文案をゆっくり読み上げる。山下は、これで次期軍務局長は自分のものだと計算しながら、荒木の読み上げる文を、筆先を整えては、陸軍罫紙に一字一字と文字をうめてゆく。

一、蹶起ノ趣旨ニ就テハ天聴ニ達セラレアリ
二、諸子ノ行動ハ国体顕現ノ至情ニ基クモノト認ム
三、国体ノ真姿顕現（弊風ヲ含ム）ニ就テハ恐懼ニ堪エズ
四、各軍事参議官モ一致シテ右ノ趣旨ニ依リ邁進スルコトヲ申合セタリ
五、之レ以外ハ一ニ大御心ニ待ツ

参議官一同

「どれどれ、見せてみろ」

荒木は、山下の原稿用紙を取り上げて目を通し、納得してうなずくと、それを出席者に回す。

「諸子ノ行動とあるが、まずくないか。至誠か真意に直した方がいいように思う」

阿部と植田両参議官がお互いに話し合ったあとで、正式に発言する。

「それに、参議官一同もどうかと思う。この席には皇族の方々もおられる。後日に迷惑が及ばんとは断言できない」

寺内は、あいかわらずカタキ役に回っている。

「うむ」

荒木は、皇族云々といわれると弱い。

「では、私が責任を持ちます。『陸軍大臣告示』として下さい」

陸軍大臣の川島が助け舟を出す。

「そうですか」

東久邇宮が、朝香宮と顔を見合わせてからうなずく。

「それでは『参議官一同』を『陸軍大臣』に替えますが、行動を真意に替えることには問題はないと思うが、寺内殿、どうですか」

寺内は、また議論をぶり返すのも面倒だと思って黙ってしまった。

「そこでさっそくですが、これを占拠中の彼らに持って行き、伝えてやりたい。彼らは我々の返事を待ち望んでいると思うのだ」

荒木は強引に話を先にすすめる。参議官たちは、他の出席者の顔色を窺《うかが》ってはうなずき合っている。真崎が、皇軍の撃ち合いになるのを心配して発言する。

「荒木大将、第一師団と近衛師団にも伝達しておいた方がよいと思う。皇軍相撃したら、大変なことになる」

「そうだな。第一師団と近衛師団には警備司令官に頼み、占拠本部の将校たちには山下に頼もう」

荒木は控室にいる香椎と山下を呼び、告示用紙を渡す。香椎はその用紙を受け取ると、隣室へ電話をかけに部屋を飛び出し、山下の方は緊張して厠《かわや》に走る。用をたした後で手洗いの鏡を覗くと、顔が紅潮している。山下は冷水を顔にかけて部屋に戻ると、告示の用紙を黒の桐箱に入れて風呂敷に包んだ。

「若いもんを決して叱るでないぞ」

真崎は、部屋を出ていく山下に注意を与える。

「承知しました」

山下は、包みをかかえて部屋を飛び出ていった。

第七章　鬼火

六十四

「中野署の方が見えましたので、応接間に通しておきました」

鈴が二階の書斎に上がって、椅子に座っている北に伝えた。北はフランス革命の文献に目を通していた。鈴の声にうなずき、栞《しおり》を挟んで本を閉じ、下の応接間に降りた。北は、もしこの蹶起が成功すれば、法案の実現化は可能かどうか、誰が首班になるか考えていた。

「北先生、久し振りです」

大橋は北の顔を見ると、丁寧に頭を下げた。

「しばらく顔を見せなかったね」

「選挙違反が続出して、検挙と取り調べで多忙をきわめ、やっと落ち着いたところです」

大橋は中野地区の選挙粛正委員をまかされていた。その中野区では麻生久と加藤勘十の両候補が激しく競り合い、そのうえ、社大党の分裂騒ぎも起き、その影響で加藤派に違反者が続出した。大橋は、その対応に手間どって、なかなか北邸を訪問する機会がなかった。

「先生。今、宮城周辺で軍隊が占拠中なのをご存知ですか」

「ああ、あれですか。西田から聞いている」

「将校たちは皆、西田一派だと聞いてきましたが、本当ですか」

「たしかなことは知らないが、そうだと思う」

「やっぱり」

「うん。今になって思えば、いくつか思い当たることがあるが」

「西田さんは今、どこにおられるのですか。まさか、あの蹶起軍の中におるのではないでしょうね」

「西田は、今は軍人ではなく地方人だ。天皇の軍隊は指揮できない」

「では、どこに居るのですか。署では情況が皆目分からず、西田さんから情報を仕入れるよう指示されましたが」

北は西田が西巣鴨の木村病院に隠れて、逐一情報を報告してくることは黙っていた。

「彼らは重臣たちを殺害して宮城周辺を占拠していますが、これから何をどうしようと考えているのですか」

「彼らは、自らを維新部隊と呼んでいる」

「維新部隊ですか」

「そうです。彼らは、昭和維新が実現するまで占拠地域を維持し、大詔渙発の詔勅が下されるのを、祈願している」

「維新部隊の魁ですか」

「そうだ。維新部隊の狙いを一言でいえば、この事態を収拾する強力内閣を応援し、この強力内閣の主導によって昭和維新を断行するつもりなのだ」

「なるほど」

「彼らはそれまで、現位置を占拠し続けるでしょう」

「維新部隊を攻撃する部隊は出現しないですか」

「他の師団や連隊は、様子を窺っている。軍当局も、情況が流動的で、なかなか決断がつかないのが実状ではないか」

「占拠部隊を攻撃する部隊が出てきたらどうなります」

「そんなことはないと思うが、攻撃されたら、彼らは死を覚悟して反撃するだろう。場合によっては、全国の諸部隊が、昭和維新の中核を守ろうと蜂起せんとも限らんぞ」

「へえ、そうなれば、飛行機や戦車も使用するようになりますね」

「さあ、何とも言えんが」

「先生、我々警察では、軍内部の情報集めにやっきになっております。どうか、我々の知り得ない情報を御存知でしたら、ぜひ教えていただきたい」

大橋は頭を低く下げる。北は、警察は勅命が発表されるまで事件に介入しない方がよいと言い、それから、

「さあ、詳しい内容は、私にだって判っているわけではない。私は支那服を着たただの浪人の身で、軍人ではない」といった。

「軍隊は天皇の命令で動くのでしょう。だとすれば、叛乱軍、いや維新軍の相手の敵はどこにいるのです」

「敵は重臣であり、側近であり、財閥でしょう。まさか天皇ではないはずだ」

北が天皇と言った時、片方の生きた眼が光った。この蹶起の成否の鍵は、天皇が握っている。だが北は、軍部を嫌って文官に頼るひ弱な天皇が、軍内部の騒乱に毅然とした態度で采配がとれると思っていない。将校たちと天皇とでは気合いが違うのだ。温室で育った裕仁とでは比較にならない。難をのがれた重臣や側近でさえ、軍の銃剣の前では、やはり軍の一部を味方につけなければ反撃は出来ないはずだ。

「彼らには、思想的な背景があるのですか」

「私の法案の影響を受けた将校は多いと思う」

北は天皇に対峙する自分を意識して言った。維新軍は伊藤憲法から抜け、自分の法案の中に入ったのだ。北は、維新軍は自分の軍隊だと言いたい。しかし、それは心で思っても、口に出して絶対に言ってはいけない言葉なのだ。

北は自分の人格と思想を切り離していることを、大橋に自覚させたいと思う。そこで言った。

「私は最近、軍人の誰にも会ってはいない。高天原《たかまがはら》と呼ばれ、この事件にはまったく関係がない。蹶起の日時も内容も知らされず、大変驚いている」

これまで西田が暗殺の対象になってきた。そのつど問題が大川対西田、西田対井上の問題でかたづけられた。北には「絶対的位置」があり、超然とした立場があった。

「将校たちの狙いは」

「天皇の意志をないがしろにして好き勝手にふるまう重臣ブロックと、その重臣ブロックと結託する財閥と軍部の幕僚連中の一掃でしょう」

「五・一五事件と同じですか」

「ちがうな。これは軍人だけの事件だよ」

「皇道派が中心ですね」

「というと……」

「西田派が動いたのだから」

「でしょう」

「それならば、反対派の宇垣や南大将は狙われますね」

「こんな事態では、東京には戻れんでしょう。特に特権階段の恐怖心は、計り知れんものがあるようだ」

「この混乱の責任は、やはり陸軍大臣にあると」

「陸軍の事件である。当然、陸軍大臣に責任がある」

「川島陸軍大臣に、事態収拾の能力がありますかね」

「将校たちに暗君と呼ばれている。やっぱり川島には、強力内閣の首班は無理でしょう。そんな器でない。将校たちの意志にひきずられるのが、オチでしょう」

「維新軍から、こちらに電話は」

北の語り口に乗って、大橋は、突っ込んだ言い方をした。

「民間人は参加していない。私は、突然の蹶起に驚いている。前もって知らせてくれていたら、言ってやりたいことがあった。今は非常に残念に思っている」

「…………?」

「誰と誰が参加しているのか、総指揮は誰がとっているのか全然、判らない。君から詳しい情報を知りたいくらいだ」

「早く解決されて、また元の静かな街になってほしいものですね」

大橋は、かしこまって言った。急に応接間の入口にある電話が鳴った。

「ちょっと失礼」

北は受話器を耳に当てる。

「おお、佐久間君か。どうした」

北が電話の相手と話すのを、大橋は行動部隊からの電話かと聞き耳を立てる。

「今、東京に戻ったって」

北は、遊び仲間としばらく話し相手になった。

「うん。今、お客さんが見えている。うん。ではまた」

北は、やっと受話器を置いた。

「佐久間という大阪に出張した遊び仲間だ。金が出来たので、酒を飲もうと誘われた」

話を中断した北は、誤解を避けるように大橋に説明した。

「そうですか」

大橋は半信半疑である。

「私は軍内部の派閥闘争には門外漢で、よく判らぬ問題が少なくないが、相沢は永田鉄山に辞職を勧告して台湾に左遷されたという。柳川は硬骨の士で使いにくいと、台湾に追いやっている。そんな馬鹿な人事ばかりやっていては、軍人は、いざというときに戦いが出来るものでない。そんなだから、頻繁にこのような事件が発生するのだ」

「どう言う意味ですか」

「行動を起こした将校たちは、永田を斬って台湾に赴任しようとした相沢にならって、国内改革を成し遂げてから満州に行くつもりなのだ」

「なるほど、相沢精神に続けという意味ですか」

「その通り。彼らの精神の中に、相沢精神が息づいている」

「そうですね」

大橋は何か思い当たることがあったのか、北の話に大きく頷いた。

「相沢さんは、公判廷において、自分の行動の一部に認識不足の点があったと懺悔したようだが、今回の彼らの行動は、絶対に認識不足に終わることはないだろう」

「…………」

「その意味では、天皇の意志を最大限に行動に表出したものと思う。だから出動した彼らの軍隊により、事実上、戒厳令が布かれたも同然である」

「北先生の話を拝聴して、蹶起の意味内容がよく理解でき、ありがとうございました」

「うむ」

「西田さんからも話を聞きたい。もし連絡がとれましたら、中野署の私にお電話をいただきたい」

大橋は、天皇の意志を体現した軍隊が占拠部隊だと北に話され、判った気になって、満足して帰っていった。岩田が差し向けた若いもんが、大橋と入れ違いに、北邸の警護にやってきた。

「寒かったろう。こちらに上がってくれ」

北は彼らに声をかけると、鈴を呼び、暖かい店屋ものを注文させ、空部屋のストーブに火を入れた。

「岩田君は」

「寄るところがあると言って、どこかへ出かけていきました」

「そうか」

北は若者の返事を聞き、岩田は金集めに行ったな、どこへ行ったのだろうと思った。

六十五

北邸を出た西田は、検束をおそれて西巣鴨の木村病院に隠れた。そこで、小笠原中将に、電話で仲間たちの蹶起の主旨を説明し、事態収拾に力を貸していただきたいと依頼した。その後、出動した村中からの報告を今か今かと待ったが、何の連絡もなかった。そのうち、風のたよりで警視庁が、完全に占拠されたという情報が耳に入った。西田は、警視庁の機能が停止されれば、もうこちらの弾圧はないと判断し、赤沢を呼んで現地の視察に出した。

小一時間ほどして赤沢から、首相官邸の栗原と連絡がとれたと、電話が入り、栗原本人から、襲撃の模様を電話で聞いた。西田は、さっそく栗原から聞いた内容を北に報告し、蹶起は順調に行ったと付け加えた。北に、これからどうすると聞かれた西田は、薩摩にも報告し、占拠した現場を視察してから、薩摩と北邸で落ち合うつもりだと、伝えた。

占拠本部が陸相官邸だと聞き、本部に足を向けた。市電に乗ると、三宅坂の手前で停まってしまった。その先のレールは降る雪で埋まって、陸相官邸はずっと先に孤立して見えた。西田は仕方なく、市電を降りて円タクを探した。ここまで来ると見物人もまばらで、何事が起きたのかと不安げな表情をしている。

拾った円タクの車窓から見る風景は、白一色で、外堀通りを回って先を進もうとすると、車は歩哨兵に止められた。西田は合言葉を言って、官邸内にいる村中たちに会い、詳しく様子を聞こうかとも思ったが、なぜかいい知れぬ不安に襲われて尻込みした。天皇の意志の体現だと自負する兵たちと見物人たちとの間に、よそよそしさがあって、一体感が感じられないのだ。国民の支援がない革命は、果たして成功するのだろうか。うさん臭げに見詰める見物人たちを見て、西田は村中に会うのを止めた。この不安を払拭してくれるのは、官邸内の仲間ではなく、支那大陸で革命の実体験をもつ北先生の方だと思いいたった。西田は運転手に、中野の北邸に行くように頼んだ。

占拠地域を離れると住宅街は静かで、どこの通りにも、どこの路地の片隅にも、殺気は感じられない。三宅坂付近の物々しさはウソのようで、閑散としている。西田が乗った車はいつの間にか、雪を被った北邸の小門前まで来ていた。西田の気分はやっと落ちついてきた。自分の居場所は、やっぱりここだと思う。薩摩はもう来ているかと考えながら、ベルを押す。岩田が寄こした若いもんが顔を出す。応接間では、北が煙草をくわえて、西田が来るのを待っていた。

「来客はありましたか」

西田は、北の前に座ると訊いた。

「陛下が来たよ。もう騒動を起こすのは止めてくれと頭を下げられた」

「そんな」

「冗談だ」

北は嬉しそうに笑っている。

「午前中、中野正剛から、『大変なことが起きましたが、そちらは大丈夫ですか』と電話があったよ。そこで私が、『よかったら、そちらに兵を差し向けますか』とふざけてやった」

北ははしゃいでいると、西田は思った。

「薩摩さんはまだのようですが、こちらに連絡はなかったですか」

「ないが、そのうちに来るだろう。そう言えば午前中に、特高の大橋が情報を取りにやってきたよ」

「先生、気をつけた方がよいですよ」

「なに、軍部と仲が悪い警察のことだ。事件の実態が摑めずに大変苦労しているようだ。君の方には問い合わせはなかったか。大橋君も、君から情報を得たいと訴えていたが」

「大岸や末松や菅波から、なぜ自分たちに事前に連絡がなかったのかとの苦情や、蹶起軍の現況や狙いはなにか知らせてくれ、という電話が次々にかかってきて、そのつど、自宅の初子から、木村病院の私のところへ知らせて寄こしました」

「奥さんひとりで大丈夫か」

「渋川と杉田に手伝ってもらっております」

「そうか」

「大岸たちへ知らせてやりたいが、肝心の蹶起軍からは何も連絡がないので、報告する情報がなく困っておりました。すると、入院中の岩田さんが私の様子を見て、早目に上部工作の手を打った方がよいと指示を受けましたので、すぐに小笠原中将に電話をかけ、『蹶起軍の将校たちの精神を認めて、事態収拾のために支援をお願いし、さらに出来うれば維新政府の樹立への協力をもかさねてお願いしたい』と申し上げると、『君たち若もののひたむきな真情に敬服いたした。老人の身で非力ながら、お手伝いいたしたい』との快諾を得ました」

「うむ。東郷元帥が生きていたら、どんなにか頼みになる存在であったろうに。小笠原さんも、きっとそう思っておるに違いない」

「占拠地点を視察しようと、ここに来る前に陸相官邸と首相官邸の近くまで行ってみました。首相官邸は栗原が占拠したと聞いていたので、電話をすると、本人と連絡がとれました」

「うむ」

「栗原は、予定通り総理を倒し、部隊も意気軒昂として前途好望である、と満足げでありました」

「直接、会ったのか」

「歩哨兵に伝えておくから、官邸に入ってこないか、と誘われましたが、入る気は起きませんでした」

「会わなかったのか」

北は、西田の顔色をうかがった。

「ええ、栗原の話では、宮中で参議官会議が開かれ、その内容が伝達されるのを待機している最中だとのことでした」

「参議官会議から、どんな答えが出てくるかだな」

北は腕を組んで考え込む。部屋の出入口の電話が鳴った。

「おお、磯部か」

西田が受話器を耳に当てると、磯部の元気な声がした。

「今、どこだ」

「陸相官邸です」

「順調に行っているそうじゃないか。安藤と村中は、どうしている」

「安藤は鈴木侍従長を襲撃した後、海軍省周辺を占拠して散兵線を布いています。村中はここで私と一緒に、各占拠地点の部隊へ指令を飛ばしています。村中なら近くにおりますから、呼んできましょうか」

「いい、判った。ところで、何の電話だ」

「宮城占拠に失敗しました。中橋がぶるったようです」

「何、ぶるった」

「宮城内には入ったのですが」

磯部は、中橋が坂下門は占拠したが、野中隊に入場指示を出すために手旗信号を送ろうとして、警備兵に見つかって捕まってしまった経緯を説明した。

「まずいな。中橋は近衛師団だろう。問題はこれからの近衛師団の動きだな」

「今のところ、真崎と荒木の両参議官が参謀本部の勢力を押さえているが、味方の第一師団に、近衛師団が参謀本部の手足となって攻撃してきたら大変です。何と言っても、近衛師団長は統制派の橋本ですから」

「うむ」

西田はうなずく。

「宮城占拠の失敗は、結果としてかえって良かったと思います」

「…………？」

「真崎閣下は、いちはやく陸相官邸に馳せ参上してくれ、さらに参議官会議も開催して、我々の意図に協力してくれました。もし宮城占拠が成功していたら、真崎閣下はきっと怒って、このようには協力してくれなかったと思います」

「君がそう思うのなら、それで良いのだが」

「中橋の宮城占拠の失敗は、誰にも口外せずに秘密にすることにしました」

「そうだな」

「我々は今、参議官会議の結果がどうなるか待っているのですが、そちらには小笠原か加藤閣下から、連絡は何か入ってきませんか」

磯部は、蹶起したあとの反応がないので、不安なのである。

「宮中で新たな動きがあったら、小笠原や本庄から、連絡してくる手筈になっている。加藤大将宅から、大将は参内していると聞いたが、まだその結果の連絡がないのだ」

「参議官会議は、どうやら小田原評定のようですね」

磯部は不満げである。

「全国の連隊に目立った動きはなく、おおむね静観のようだ」

「大岸さんや菅波さんから、電話は」

「あったぞ。みんなは君たちに大権私議のないよう、くれぐれもよろしくと念を押されたぞ」

「そうですか」

磯部の声は考え深げであった。

「宮中の様子が判明したら、連絡して下さい」

磯部は電話を切った。西田は受話器を置くと、また北の前に座って言った。

「宮城占拠は失敗しました」

「………」

「磯部は、失敗はかえって、今後の部隊の展開に良い影響を与えてくれそうだと言いましたが」

「秩父宮がどう判断するか、問題だ。長引けば近衛師団長を核に、敵の勢力が強くなりそうだ。それにしても、天皇はさぞかし驚いたことだろう」

北はそう言い、厳しい目付きで外で降る雪を眺めながら、秩父宮の心境を想いやっていた。

六十六

陸相官邸に灯りがついた。村中は、正門が見渡せる控室で、硝子越しに降る雪を眺めながら、真崎と川島が宮中から戻ってくるのを待っている。

「夜襲はただの噂だったよ」

各部隊の間を走り回って態勢の維持にひとり頑張る磯部が、窓の外を見て背中を見せる村中に言った。

「それはよかった」

村中はこちらに顔を向けた。新選組が夜襲をかけてくるとの情報を受け、蹶起部隊に緊張感が漲《みなぎ》った。磯部はあわてて兵たちに実弾を装塡させ、赤坂見附と大蔵省付近を重点的に厳重な警戒に当たらせ、陣地を築き直させた。磯部には最高指揮官の風情がある。

「真崎閣下から、連絡はないか」

磯部はそう言い、片隅のストーブに近づくと、巡察で冷えた手を暖める。

「電話は各方面から引っ切りなしにかかってくるが、その大半は支援者たちの耐寒服や衣料、食糧や病人などの有無の問い合わせで、肝心の真崎閣下からの報告がないのだ」

「対応がにぶいな」

磯部の声は少し沈んできた。

「宮中から参議官たち全員に徴集がかかって、目下、会議中だと聞いたが」

「村中、俺も山口から聞いた。でも、真崎と荒木の二人がいるから、会議の進行ペースはこちらに有利になるので大丈夫だと話していたが、その山口の話の中で、聞き捨てならぬ内容のものがあった」

「どんな内容のものだ」

「参謀本部が、高崎と宇都宮、それに水戸の部隊の一部から徴集をかけ、近々それらの部隊を、永田町界隈に配備する計画があるというものだ」

「なるほど。夜襲の噂はここから出たとなれば、本当の相手は新選組ではなく、参謀本部になるなあ。敵は本能寺でなくて、参謀本部にありだ」

磯部は、自分に言い聞かせるように言った。しかし、高崎連隊は皇道派である。

「昭和維新の中核が今、やっと卵からヨチヨチ歩きのヒヨコにかえったばかりだ。我々はこのヒヨコを鶏に育てて行かなければならないのだ」

「その通りだ。本当の天皇の軍隊は我々の軍隊なのだ。天皇の真の意志を体現した我々の部隊なのだ。重臣や幕僚たちの軍隊では絶対にない。そう考えれば、何事も恐れるものはないはずだ。なあ、村中」

磯部は、先行きの不安を打ち消すように言った。村中と磯部では、待つ姿勢が違っている。村中は天皇の意志がどうなっているか、天皇の顔色を窺っているのに対して、磯部は味方の上層部がどう動き回っているかを気にして待っているのである。村中には「大御心に待つ」態度がある。

しかし、どこからも反応がない情報不足の中で、裏付けのない噂ばかりが飛び交い、不安感はなかなか拭えない。中橋は宮中からの返事に待ちくたびれて、新聞社に襲撃をかけたり、後藤文夫内相宅を襲ったりしていた。

「後藤宅を襲ったら、屋敷内は、裳抜けの空だったそうだ」

村中は、電話連絡を受けた内容の一部を磯部に伝える。

「外の冷え込みが、夜になって厳しくなってきた。今晩の兵たちの寝床の確保は大丈夫か」

「兵たちの疲労が目立ってきたのは、俺だって承知している」

「交代要員を確保すべきだったな。兵の一部を官邸内に入営させたいが」

「便所が少ないのも、今頃になって気づいたよ。官邸の裏に穴を掘って、急場を凌《しの》いでいるが」

「どうりで、官邸の周辺が臭くなったと思っていた」

「これからは便所ばかりではないぞ。食糧の調達や配給方法が重要な課題になってくる。栗原からさっそく、八百円ほど手渡されたが、今後、運搬手段としての乗用車や貨物車が必要になりそうだな」

村中が考え込む。

「なにせ維新部隊は大世帯だ。これからどんな難問が飛び出すか判らん。それにしても、宮中からの連絡は遅いな」

蹶起部隊は、宮中からの返事で、義軍か賊軍かがはっきり決まる。磯部も村中も、イライラするのは仕方がなかった。

「きた、きた」

村中が叫ぶ。ヘッドライトを灯けた車が一台、正門から入ってきて玄関前に止まった。磯部と村中は、周章てて控室を飛び出して玄関に向かった。ふたりが玄関口に立つと、車のドアが開き、見覚えのある顔が現われた。

「山下少将、お待ちしておりました」

磯部と村中は大喜びで、山下に敬礼する。

「貴様たちに大臣から告示が出たぞ。ここに幹部たちを大至急に集めてくれ」

「まずはこちらへ」

村中が山下を大広間に案内し、磯部の方は仲間を呼びに走った。案内された山下は、部屋の隅にある椅子に重い腰を下ろすと、額の汗を拭った。

「山下閣下、天皇陛下は、我々の行動をどう評価しましたか」

「陛下の返事は後回しだ。あわてるな。とにかく幹部を集めろ。そうだ、式台を準備してくれ。その上に白い布を敷くのだ」

山下は膝の上に、いかにも大切そうに風呂敷包みを抱え込んでいる。磯部に呼ばれた将校たちが、次々に大広間に入ってきた。隣りの控室にいた鈴木大佐と真奈木大佐が、何事が始まるのかと、騒がしくなった大広間に顔を出す。山下の姿を見つけたふたりは、山下と親しげに話し始める。

「これで全員か」

村中は、最後に磯部が入ったときに言った。

「安藤だけが来ない」

磯部が村中に伝える。

「安藤は、交渉などは全部俺たちに任せてくれている。安藤はよい。これで全員だな」

村中は、集めた将校の顔をひとりひとり確認してから言った。

「準備が出来ました」

鈴木大佐と話し込んでいる山下に、村中が伝える。

「よし」

山下は、話を止めて式台に立った。台の上に風呂敷包みを解いてその上に拡げると、中から黒い漆塗りの木箱が出てきた。将校たちは固唾を飲んで見詰める。山下は箱の中から一枚の紙を取り出して、目前に拡げて持った。

「それでは読み上げる。よく聞け」

村中と磯部は固唾を飲む。村中は天皇が反対したら切腹の覚悟をしており、磯部は反対した天皇を何としても説得してやろうと思っている。山下は、将校たちの顔を見回すと、ゆっくり読み始めた。

「山下閣下」

山下が読み終えると、まず香田が手を挙げた。

「どうも良く判らんのですが」

うかぬ顔をした香田が訴える。

「何だ」

山下は、香田の顔をにらんで身構える。

「その文章では、参議官と陸軍大臣は、我々の行動を認めて下さったようですが、肝心の天皇陛下のお返事が判りません。陛下は我々の部隊を、義軍と判断しているのか、賊軍と考えているのか、どちらなのでしょうか。それに陸軍大臣より、要望事項の回答があるものと大いに期待していましたが、その文の中には何の返事も書いてないようですが」

「よう聞け。これが軍の責任者の返事である。もう一度読むぞ」

山下は一回目よりもっと大きな声で、それも「行動」という言葉をはっきりと読み上げた。

「判ったか」

山下は、皆の反応を確かめてから言った。香田はまだ納得しない。隣りの栗原は、喜びの色を満面に浮かべている。

「山下閣下、用紙を読み上げるだけでなく、彼らの質問にも答えてやったらどうですか」

鈴木大佐が、不満顔の香田を見て助太刀をする。

「俺は、自分の意見を貴様たちに伝えに来たのではない。俺は川島陸相のこの大臣告示を一字一句、間違いのないように伝えるためにやってきたのだ」

陛下の怒りをすでに知っている山下は、苦しげに応える。この文章は、そんな天皇の意志を伏せて作成されたものだと知っているからである。これは陛下の怒りを宥めている間に、早急にこちら側に有利な既成事実を作ってしまおうという、真崎大将の魂胆なのである。真崎は、天皇の怒りを知って、自分の強力内閣の首班になる道を断たれると、次なる手として、戒厳令の公布に期待を持って、自分と香椎にその検討を命じてきた。山下はそんな内情を知っているから、本音は口が裂けても絶対に言えない。三度読み終えた山下は、自分の役目は終わったとでも言うように、用紙を箱に仕舞い込んで帰り支度を始める。

「御同行してよろしいですか」

香田がきく。出来たら山下と一緒に参内して、天皇に直訴したいのだ。

「まあ、ここで待て」

山下は風呂敷包みをかかえて、大広間を出ていく。

「これでいよいよ維新へ突入だ」

栗原は、喜び勇んで首相官邸に戻って行く。香田はまだ半信半疑な面持ちで、

「山下閣下の後を追わないか」

と、村中と磯部をさそう。

山下は、真崎と荒木が待つ宮中へ、自動車で戻って行く。天皇が怒って、苦しい立場にある皇道派領袖の真崎の心境はよく承知している。真崎は、本庄の陛下への説得に希望を繋いでいるのだ。宮中への参内は通常、坂下門を使用するのだが、山下の車は東御苑の北方に向かった。そこには平河門がある。この門は平素は閉じたままだが、この事件をきっかけに開けられた。山下の車は、その門を入っていった。

「平河門は開いていたのか」

香田はびっくりして、磯部に言った。

「ああ、陸軍省と参謀本部が三宅坂から九段の憲兵司令部に移っただろう。そのため、軍首脳の参内の便を考えて、臨時に開門したのだ」

磯部は得意げに伝える。

「そうだったのか、畜生。幕僚たちは、自分の都合で勝手なことをする。陛下は、そんな幕僚どもに何もおっしゃらないのか」

村中が怒った。香田たちが乗った車は、警備兵がたむろする門についた。

「その車、停止」

警備兵は運転手に命じる。

「入れてくれ」

「許可証がなければ、駄目だ」

警備兵の対応を見た磯部は、中橋の宮城占拠の失敗を悔やんだ。

「誰が俺たちの入門を阻止するのだ。そいつらこそ、本当の君側の奸賊だ。出てこい。俺が叩き斬ってやる。出てこい」

磯部は車の中でいきまく。

「やっぱり貴様が疑うのが本当だ。あの大臣告示は変だよ。あれは便宜主義で、本音はまったく別のところにあるな」

村中が香田に言う。

「貴様もそう思ったか。俺たちは、素直によろこべんだろう」

香田が村中に言ったとき、頭に来た磯部が車を降りて、守衛の兵に文句を言いに行く。

「やっぱり駄目だったよ。守衛に訴えたら、元総理の清浦も参内に来たが、許可証を持っていなかったため、入門を断わったそうだ。清浦が駄目なら仕方ないな」

磯部は車に戻るなり、皆に伝えた。磯部はその清浦に、森伝を通して、陛下への真崎内閣首班の推薦を頼んでおいたのであったが、どうやら清浦からの上奏は失敗だったと悔やんだ。磯部は、清浦も自分たちをも拒否する見えない相手の顔を見たいと思った。

六十七

「大臣告示が、今、発表されたそうです」

磯部からの電話から戻った西田は、北に伝えた。

「ずいぶん手間取った軍当局の反応だな」

北はそう言い、西田が書き取ったメモ用紙を読む。

「なるほど。軍部は蹶起軍の行動は認めてやろう、しかし、陛下はどう答えるかは判らぬぞ、と陛下に下駄をあずけた形になっておる。この中には強力内閣を狙うはずの真崎の意志がない」

「…………」

「伏見宮も川島陸相も、ふたりとも上奏したのだろう。その内容がさっぱり判らんなあ」

北はメモ用紙を読み終わると、テーブルの上に置いて考え込む。

「山口に聞いてみましょうか。本庄閣下から、あるいは何か情報を得ているかも知れません」

本庄は、皇道派の意見を天皇に伝える、唯一のかけ橋である。

「伏見宮の上奏と、この大臣告示の発表は、どちらが先だ」

「当然、伏見宮の上奏の方が先でしょう」

「そうか」

北は、腕を組んで目をつぶった。午前中で伏見宮の上奏はすんでいる。そうなら陛下の側近の本庄は、その時の陛下の反応は知っているはずだ。それなのに後から出た大臣告示には、陛下の意志が封印されて判らなくされている。北は陛下の心境を忖度《そんたく》したが、どうにも読み切れない。もし宮城を占拠していたら、天皇の意志がどうあろうと強力内閣によって、天皇の意志をどうにも利用でき、気をもむ必要がなかったはずだったが。

「山口に連絡がつくのなら、聞いてみてくれ」

北は目を開けると、西田に言う。西田は、歩一の山口に電話をかけた。しかし、どこを飛び回っているのか、なかなか摑まらない。

「やはり連絡が取れんか。上奏した模様を知っているはずの真崎や川島からも報告がないのは、やはり天皇は将校たちの蹶起に反対しているとしか考えられんな」

北は呟いた。

「真崎は今どこにいるのかと磯部に聞いたら、まったく判らんと言うし、川島は陸相官邸にまだ戻ってこないと訴え、将校たちは、この二人に不満を持っているようです」

「ふたりは、蹶起部隊から逃げ回っているのだろうか」

北はまた読み直す。

『各軍事参議官モ一致シテ右ノ趣旨ニ依リ邁進スルコトヲ申合セタリ。之レ以外ハ一ニ大御心ニ待ツ』

「いずれにせよ、この言葉の中に、真崎と川島の意志は含まれているはずだが、君はどう思う」

「陛下は、おそらく伏見宮や川島の上奏により、参議官会議を御下問になり、その会議の結果、大臣告示が作成されたと考えられませんか。その後で陛下がこれを読めば、当然、参議官たちの意見に賛同することになると」

西田は楽観して答える。

「いや、まったく反対だな。陛下は伏見宮と川島の上奏は無視している。はっきり言えば、無かったことにしている。やっぱり陛下は、蹶起に反対したのだ」

「……………？」

「真崎や荒木たちはそれに驚き、あわてて参議官会議を開いて、陛下への軍部の意見を統一した。陛下の御下問によって、会議が開かれたのではないな。真崎は維新内閣の夢は捨てて、自分の身の安全を考え、参議官会議を強引に開かせると、その中に逃げ込んだのだ」

「なぜですか？」

「陛下は、軍部を信用していないからだ」

「信用していない？」

「いや、激怒したのかな」

「怒っている」

西田は、北から陛下が怒っていると聞いた時、棍棒で頭を叩かれたような衝撃を受けた。幼年学校から天皇絶対という教育を受けてきた西田にとって、怒った天皇の顔は、想像力をはるかに越えるものであった。西田には、想像するだけで恐ろしいことだ。

「真崎は天皇の意志を知って、敵側が反撃の体勢を固める前に、次なる手を、どこかに隠れて練っているにちがいない。失敗すれば、皇道派は壊滅するのだ。真崎にとっては、このままでは素直に引き下がれない。ボスの責任がある」

「………」

「どうした、西田君」

北は、溢れ出る涙を拭いもせずに泣く西田の顔を見た。

「安藤が……、安藤がかわいそうで……」

「これは推測であって、確証を得たわけではない。仮に当を得ているとしても、こちら側には陛下の側近の本庄武官長がいるではないか。本庄なら、陛下のお怒りをうまく宥めて下さる。確実に軍当局は、将校たちの行動を是認したのだぞ。これからは本庄の説得に期待しようではないか」

北の励ましに、西田は幾分、心が落ち着いたのか、顔を上げて濡れた目をみせた。

「蹶起部隊に刃向かう真の敵はどこになるかだが……」

「統帥権を守護する参謀本部でしょう。でも、総長の閑院宮は御殿場で静養中と聞いています」

西田は北に知らせる。

「だとすると」

「現在は、次長の杉山元中将が、事件の対応に追われて走り回っているとのことです。山口の電話では、杉山は近衛師団長の橋本とふたりで参内しては、陛下に何事かを上奏し、そっと引き揚げていくと、本庄から聞いたと教えてくれました」

西田はうるみ声で訴える。

「杉山元中将が相手か」

「でも中将では、真崎や荒木の大将たちにくらべれば、何をするにも遠慮が出てくるはずです。手ごわい相手にはなれないでしょう」

「なるほど」

「それよりも、敵に回して恐いのは、杉山の部下の石原作戦課長でしょう。満州事変の立役者で、数々の修羅場を体験してきたつわもの。たとえ相手が上官でも、頓着せずにズケズケ歯に衣を着せずに言える男ですから」

「ずいぶん頼りになりそうな者のようだが、味方には出来んのか」

「陸相官邸を占拠した直後、乗り込んできた石原さんを、磯部と栗原が協力して味方につけようと説得したが、石原さんは、どうしてもウンと言ってくれなかったということです」

「駄目だったのか」

北が残念そうに言った。その時、薩摩雄次が部屋に入ってきた。

「ついにやりましたね。やあ西田さん、あなたの方が早かったですね」

薩摩はそう言ってから、北と西田の顔を見比べ、西田の脇に座った。

「小川平吉さんのお宅に落選の挨拶に寄ったが、先生は外出しておらず、ついでに様子を見てみようと、宮城付近に寄り道してきました」

「私も、占拠地付近の様子を視察に行ってきました」

西田が口を挟む。

「歩哨兵が銃を持って散兵線を布いており、少しも宮城に近づけませんでした」

「私は栗原より、中に入ってこないかと誘われました。『尊皇─討奸』が合言葉なのです。言えば、中へ通してくれたのですが、止めて帰ってきました」

「忠臣蔵の『山と川』のあれですか」

薩摩が聞く。

「そうです。市電は動いていなかったでしょう」

「ええ、仕方がないので、円タクを拾いました」

薩摩と西田は、ひとしきり占拠地域の様子に話題の花を咲かせた。

「首相がいなければ、内閣は総辞職か、首班を決めなければなりませんが、西田さん、首班を誰にと考えているのですか」

薩摩は、軍部の実情に詳しいのは西田だが、政界の内情に詳しいのは自分の方だと思っている。

「蹶起軍は維新の成立が目的であって、首班を誰にしたいとは考えてはいません。大権を私議するのを恐れるからです。でも、希望はあります。それは維新を実行する人物であれば誰でもよいと、彼らは考えています」

「これは？」

薩摩は、卓上にメモ用紙があるのに気づいた。

「つい先ほど、軍当局から『大臣告示』が出たのをメモしたのです」

「反応があったのですか」

薩摩はメモに目を通す。

「この告示文で、天皇はどう感じているか、推理ができますか」

「うむ」

薩摩は考え込む。

「天皇に下駄を履かせた形にはなっており、どう反応されたのかの肝心な記述がない」

「いや、告示そのものの内容よりも、この告示が出た状況から判断しなければならないのです」

西田はそう言って、薩摩が来るまで北と話し合って得た結論を伝えた。

「天皇が怒っているって」

薩摩も考え込んでしまった。

「いずれにしても、事態を収拾できる首相は、政党の中から選ぶのは無理でしょう。当然、軍内部から選ぶべきだと思いますが、小川さんの家で聞いた話ですと、全閣僚が宮中に呼ばれているということです」

薩摩が西田に言う。

「誰が宮中に徴集をかけたのだ。そんな権限を持つ人物が、あの中にいるのか。まさか、殺された岡田総理ではあるまい。まてよ、西園寺かもしれんな。なにせ西園寺は、議会政治の牙城を死守する守護神さまだから」

北が言う。

「いや、西園寺は坐魚荘におるはずです。東京にいなければ、閣僚へのリーダーシップはとれないでしょう」

西田が言う。

「相手が誰だか判らんが、宮中内に軍の勢力と対抗できる勢力を作ろうとしているな」

そう言って、北は考え込んだ。

「将校たちは、天皇大権を私議することにひどく神経質になって、自ら強力内閣の首班を決めることを、極力避けていると言いますが、かつての三月事件では宇垣を、十月事件では荒木を、それぞれ首班にあげていたではないか。今度の事件では、それはなしですか」

薩摩は軍人ではない。だから、将校たちの大権私議に対する心情が、もう一つ判らない。北はそんな西田と薩摩の会話を耳にしながら、少し不安な気持ちになってきた。だからといって、将校たちは本当に上部工作はしなかったのだろうか。蹶起する前、北は磯部から、軍上層部にそれとなく打診して回ったと聞いていた。真崎からは金の融通さえ受けてきたと、うれしげに語っていた。磯部のことだ、それなりの手応えを持って蹶起したはずだが……。

「以前、どうも宮中の経営内容がよく摑めぬので、皇室財産を調査してみようと、牧野伸顕をゆすってみたが、結局、大山鳴動してネズミ一匹で、自分は刑務所に入れられたがね、西田君」

皇室財産の年収三千万円は宮内大臣が管理し、台湾銀行、台湾精糖、朝鮮銀行、南満州鉄道、住友銀行などに投資していた。皇室は十五銀行という独自の銀行を持っていた。

この皇室の財政運営がベールに被われていたということは、皇室の資金が厳密な意味で、宮廷費のみに用いられたとは考えられない。皇室の資金が国に報告する義務がなく、独立していたという事実こそ、長州閥や薩摩閥の政治的資金に乱用される潜在的可能性を秘めていた。

北はその点を狙ったのである。

「あの宮城は、こちらからどんな衝撃波を発しても、どこかに吸収されて消滅してしまう。まったく内側が読めないのです」

西田が訴える。

「彼らは、この寒い中で、宮城周辺を占拠してどうしようと言うのです」

薩摩が西田に訊く。

「当然、彼らの最終目標は、天皇の大詔渙発の詔勅による昭和維新の断行です。それにはまず、この事態収拾のために、彼らの趣旨に賛同する総理が強力内閣を成立させ、その総理が天皇の勅許を得たあとで維新政府の樹立を宣言し、北先生の法案の実施を断言する。村中も磯部も、大権私議をしない程度のところで、こう考え蹶起したのです。蹶起部隊は戦術として、絶対純粋性の理念を持って天皇に審問する姿勢を現わさねばならないのです。最高美を持って天皇に平伏するのです。薩摩さんは、将校たちの肝心なところが判っていない」

西田は、薩摩に怒った顔を見せた。

「おい西田君、兄弟喧嘩は良くないぞ」

北の意味不明な言葉に、西田は怪訝な顔付きをした。兄弟喧嘩とはどういう意味なのか。

「君には、薩摩君の血が体内に流れているではないか」

西田は五・一五事件で川崎長光に撃たれて順天堂病院に運ばれた時、見舞いにいち早く駆けつけた薩摩より輸血を受けていた。

「でも」

「西田君、怒るな。せっかく薩摩君が来てくれたのだ。もう一度、小笠原閣下に電話してもらい、軍上層部の動きを探ってみよう」

北の意見を聞いた薩摩は、すぐに受話器を持って小笠原を呼ぶ。小笠原はいたのか、薩摩はさかんに電話の相手に相槌をうっている。薩摩の電話はいつも長い。北と西田は、受話器を握りながらうなずく薩摩の顔の表情を、椅子に座ったままで見つめている。北も将校たちの純粋性に賭けたのだ。あとはこちらの根回しが成功の鍵になる。

「どうだった」

西田は、新しい情報でも得たのかと期待して、戻ってきた薩摩に訊く。

「小笠原閣下が、宮中から戻った加藤大将から聞いた話として、伏見宮邸で自分は真崎と待ち合わせ、伏見宮と三人で参内し、三人を代表して宮様より陛下へ、真崎大将を事態収拾の首班に推すように上奏したが、陛下は、

『軍令部長である貴殿は、海軍の任務だけに励めばよろしい。この事態については、すでに宮中のものと対応を検討しておるので、そちが心配する必要はない』と言われ、殿下は仕方なく退出した、と言っていました」

「宮中のものとは、誰だろう」

北は考え込む。

「宮中では、東溜の間に陸軍参議官たちが、西溜の間には政府閣僚たちが会同して、事件の解決策を練る手筈のようだったようです」

「真崎は東溜の間にいるのか。川島も同席しているな。連絡がとれないわけだ」

北は、困ったように溜息をつく。

「皇道派のボスが宮中にこもっては、こちらは動きようがない」

西田も溜息を吐く。

「真崎への働きかけは、亀川の担当になっている。亀川が真崎との連絡方法を知っているかもしれません。亀川をここに呼んで聞いてみますか」

西田が北に訊く。

「仕方ないな」

北は不満げにうなずいた。

西田は、北の顔色を見てから電話口に向かった。

六十八

安藤部隊は鈴木邸を引き上げて、三宅坂にある寺内元帥の銅像わきに天幕を張っていた。安藤が他部隊の安否を気にしていると、磯部が勇んでやってきた。安藤の顔を見るなり、どうだったかと訊く。安藤は、すべて計画通りに順調に行っていると答えた。磯部は満足げにうなずくと、他の部隊もおおむね計画通りにいっているが、中橋の宮城占拠だけは失敗したと報告して、その事実は誰にも口外せずに秘密にすることと念を押した。そして今、宮中では真崎大将を中心に、徴集を受けた陸軍参議官たちが、事態収拾のために会議中で、その結果が出るまで、占拠地点でそれぞれ待機するようにと、命令をした。

安藤は磯部が引き揚げると、散兵線を組み直しながら、兵たちの心境を思った。彼らの顔の表情には、上官を殺害した悔恨の情が読みとれるのだ。やはり位の高い将軍を暗殺してしまったという罪の意識が拭い切れないようだ。安藤は、そんな兵たちの憂いを何とか払い除きたいと考えていた時、東京警備司令部の安井参謀長の命令を受けた新井参謀が「陸軍大臣告示」を口頭で伝達するためにやってきた。

　安藤はそれを聞くと、それまでもやもやしていた気分が、一瞬にして晴々としてきた。小雪が降る宮城が、急にまばゆいほどに明るくなったような錯覚をおぼえた。自分の行動したことが、軍上層部に公に認められた。決して間違いではなかったのだ。そう思うと、目頭が熱くなった。安藤はこの朗報を、早く兵たちに伝えて、共に喜びを分かち合いたいと思った。

「前島、兵たち全員を、ここに集合させろ」

　安藤は、上等兵を呼ぶとそう命令し、天幕の片隅の蜜柑箱を拾って指揮台にする。やがて何事かと、各部署に散っていた兵たちが、安藤の前に集まってきた。

「諸君へ朗報がある」

　安藤は静かになったところで、一同を見渡してから言った。

「只今、軍当局より待ちに待った『大臣告示』が届いたのである。これから読み上げる」

　安藤は二度、ゆっくり読み返した。

「これは、わが日本陸軍を代表する陸軍大臣が、我々の起こした行動を善しとお認め下さった、大変ありがたいお言葉だ。諸君はこれからも大いに自信を持って、兵としての任務に励んでもらいたい」

　安藤の弾んだ声に、兵たちのあちこちから軽いざわめきが起きた。緊張感がほぐれて、安堵感が発生し、囁《ささや》き合う兵たちの顔に笑みまで現われ始めた。

「おい、あの大内山が、急に明るくなって見えてこないか」

　兵のひとりが叫ぶ。

「本当だ」

　もう一人の兵が、感慨深げに答える。兵の全員が宮城の方に視線を向けた。粉雪が濠を隔てた石垣の上にある松林に、引っ切りなしに舞い落ちている。周辺は暗くなっているのに、兵たちの目には、真昼間のように白く浮き上がって見えた。

「大内山が輝いているぞ」

　兵の囁く声が、あちこちから沸き上がった。そしてその声が、水面の波紋のように幾重にも拡がった。

「諸君、これからは連隊本部より、防寒用具や食糧が届くことになる。今の我々は、日本国家の貴重な歴史的瞬間に身を置いているのである。この寒い雪の中を大変だと思うが、昭和維新が実現されるまで頑張ってほしい」

　安藤はいい知れぬ感動の中で、英雄気分に浸った。

「よし、各小隊。担当部署に戻れ」

　安藤は解散を命じる。整列していた兵たちは、昭和維新の歌をうたいながら、担当部署に戻っていく。天幕の中では、空罐に詰めた薪が音を立てて燃えている。時おり燃え残りの煤が立ち昇る火の勢いで、天幕を越えて暗空に舞い上がる。安藤は、煙をさけて火で手の平を暖めながら、兵たちに活気が出てきたのを、嬉しく思った。行動部隊が占拠部隊に、そして蹶起部隊が維新部隊にと、部隊の名前はコロコロ変わったが、それは軍当局の部隊に対する心の動揺を現わしていた。

大臣告示が公布されて、安藤もやっと気持ちに余裕が出てきた。我が部隊は維新部隊であり、天皇の意志を体現した行動部隊でもある。昭和維新のために、早く真崎大将が動き出してほしい。天皇より大詔渙発の詔勅をいただき、維新政府の首班として、これまでの重臣や側近たちの悪弊を絶ってほしい。それまで我が部隊は、この占拠地点を死守するのだ。余裕が出てきた安藤の心の隙間から、吹き出すように秩父宮殿下の御顔が浮かんだ。

「安藤、ついにやったな」

殿下の声がした。安藤はびっくりして周辺を見回す。焚火の灯りが拡がる空間の内で、雪が絶え間なく落ちているだけである。

「蹶起する前になぜ俺に一言、声をかけなかったのだ」

安藤の頭の中の殿下が言った。

「殿下は、この蹶起に反対ですか」

「貴様の趣旨には反対せぬが、ただ、そのやり方が問題だ」

「…………？」

「兄貴の信頼する側近たちを殺害して、それがたとえ軍当局が貴様たちの行動を認めたとしても、兄貴はきっと許さないだろう」

「でも、側近たちの悪事を除かねば、天皇は絶対にお気づきにならないでしょうし、日本の将来は……」

「待ってくれ。俺だって、兄貴の権威を利用して、陰で悪事を働く者がいるのは知っている。だから以前、兄貴に訴えたことがあった」

「…………？」

「兄貴はなぜ、側近たちの意見だけに耳を傾けて、一般国民の呻吟する声を聞こうとしないのです。兄貴は政治を重臣や側近にまかせず、かつての日本の歴史にあったように、天皇親政をとって、自ら政治を行なったらどうですか。一般国民は、みんなそう望んでおると思いますと」

「…………」

「すると、兄貴はこう言ったぞ。『お前は何を理由に、そんなことを吹き込むのだ。お前は誰かに利用されておるな。お前の意見は絶対に受け入れぬ』と怒って、それ以後、兄貴は私の助言に少しも耳を傾けなくなった」

　裕仁は、秩父宮の背後にいる北や西田を、無法者とかヤクザ者とひどく嫌っていたのである。軍部ばかりか、宮中まで振り回されてはたまらないと思っている。

「どうか殿下、殿下から天皇に、大詔渙発の詔を発令するようにお願い申し上げて下さいませんか」

「無理だな。まだ兄貴は、俺と口をきくつもりはないようだ」

「…………？」

「俺が弘前三十一連隊に配属になった遠因も、兄貴との『兄弟喧嘩』からだった。兄貴の取り巻き連中が、俺と兄貴の確執をひどく心配しての処置であった。そんな兄貴が、俺の進言を聞くと思うか。それよりお前のやり方だが、どこか間違ってはいないか」

「間違っていますか」

　安藤は聞き返す。

「それは」

　殿下が理由を言おうとした時、

「安藤隊長殿」

　安藤の耳に、大きな声が飛び込んできた。安藤はハッとして目を醒ました。目の前に前島が立っている。

「大臣告示の内容を知った人々が、次々と隊長に面会を求めて沢山やってきました。どうしますか」

　前島はそう言い、天幕の中にあるテーブルの上に、支援者からの救援物資の食糧や義援金をのせた。

「それに、これもです」

　前島は、号外新聞を渡して安藤の顔色をうかがった。一面トップには、重臣たちの顔写真とその死亡記事が載っている。高橋是清大蔵大臣と鈴木貫太郎侍従長は重傷と載っている。高橋の死亡を載せなかったのは、国際市場関係の即時影響をおそれてのものである。ラジオでも放送が再開された。

「エッ、鈴木侍従長はまだ生きているのか」

　侍従長は重傷だと記載されている。安藤は、抱き起こした侍従長の顔が蒼白で、色を失った唇が震えていたのを思い出した。

「手応えは確かにあったが」

　その時、天幕の前にトラック二台が止まった。連隊本部から、食糧と防寒衣を運んできたのである。安藤は炊事当番を呼ぶ。天幕の下に集まった当番の調理が始まる。ナメコ汁の大鍋から湯気が立ち登ると、香りが周辺に漂い、食器の当たる音が響き、活気が出てきた。各班に集合をかけた。大鍋の前に兵たちが飯盒《はんごう》を持って、列を作った。

「旨《うま》い」

湯気を溢びながら啜《すす》る兵たちは、どの顔も笑顔で、久し振りの熱い食事に歓声がわきあがる。兵たちは皆、小さな湯気をあびて満足げである。この頃、首相官邸を占拠していた栗原中尉の部屋に、田中国重大尉たちが陣中見舞いに訪れてひとしきり沸いていた。

「諸君、これは天皇陛下からの贈り物だぞ」

安藤は兵たちの喜びように、声を張り上げる。天幕の周辺はやけに明るい。村祭の時の屋台の賑わいのもつ懐かしさが漂っている。安藤は、兵たちの立食する様子を、天幕の隅にある小さな椅子に腰を下ろして眺めていた。

六十九

久原邸の応接間にある暖炉は、赤々と燃えている。

「この蹶起は、うまく行っているのか」

久原は大臣告示を読み終えると、葉巻を唇から外して、吸口を親指で撫でながら、前に座っている亀川に聞く。

「もちろんです。そこに書いてある通りです」

「鵜沢は西園寺に会えなかったそうだが、真崎はどうしている。奴から直接に話を聞きたい」

「まだ宮中におるはずで、こちらから連絡がとれません」

久原は渋い顔をして、また葉巻をくわえた。

「先生、じつはここだけの話ですが」

亀川は、自分の顔を久原の顔に近づけ、声を落として囁く。

「上奏した川島は、陛下に怒鳴られて、どうも泣き出したらしいのです」

「怒鳴られた。どうしてだ。それはまずいな」

久原の眼鏡の中の目が光った。軍人の持っている尊皇心は、政治家とはちがって狂信的なものがある。久原は終生、同郷の田中義一首相の後援者であった。亀川の話を聞いて、張作霖事件で軍部の対応を上奏して苦しんだ時の田中の経緯を思い出した。田中はその時に陛下より、「もうよい。いい加減にしろ。お前の顔は見たくない」と叱られ、それ以後は悶々と悩み抜き、苦しんだ末、一カ月後に死んでしまった。軍人にとって、陛下の言葉は絶対なのだ。

「川島はどんな上奏をしたのだ」

「真崎でなければ、この事態は収拾できません、と上奏したら、陛下は川島に」

「うむ」

「お前は、そこまで言わんでよい、とたしなめたと。川島は這々《ほうほう》の体で引き下がるしかなかったとの話でした」

「うむ。誰から仕入れた話だ」

「満井中佐です。満井が話すには、この話は絶対に誰にも他言するなと、真崎御大より強く口止めされたようです」

「真崎の首班はないということか」

「可能性はまだあります。陛下の反対を考慮に入れても、『半々』です。軍全体の中で誰がどう動き出すか、両陣営がお互いの様子を窺っているのが本当のところです。軍当局としても、事態への対応が難しく、当面は現状のまま凍結させ、まず戒厳令を布いて、今後の打開策を打ち出す時間かせぎの策をとるつもりでしょう」

「占拠部隊の原隊復帰の予定はないか」

「ないでしょう。彼らは維新の曙光が見えるまで、断じて撤退はしないと言っています」

「撤退はなしか」

「久原先生、彼らが撤退するかしないかはどうでもよいのです。問題は、誰が陛下の怒りを静めて、こちら側に有利になるように説得するかです。この大臣告示をよく読むと、真崎の意図が判ります。俺は蹶起部隊のために精一杯よかれと努力したぞ、あとは陛下がどう御判断されるかだと」

「同感だ。となると、真崎の仲間に、殿下の御機嫌がとれる人物がいるかどうかが鍵だな」

「おります」

「誰だ」

久原の目に力が入る。

「伏見宮と本庄武官長です」

「なるほど」

「ですが……やはり無理でしょう。それより将校たちの中に」

「秩父宮だろう」

久原はズバリと言った。

「そうです。真崎たちは口には出しませんが、殿下に期待していると思います」

「秩父宮は味方になるか」

「まだ判りません」

「これからの焦点は、秩父宮だな」

「軍の情報は任せて下さい。ところで、政友会の方はどうなっているのですか」

亀川は、政治の方へ話題をかえた。

「真崎が首班になれば、俺が組閣人事の指揮をとるつもりだった。俺が商工、陸相が柳川、海相が山本、蔵相が勝田、だ。もし軍部が政党人を必要とするのであれば、政友会としては無条件で軍部に協力したいと思っていた。当然、俺が首班になってもよいが。しかし、軍部は我々政党人より、平沼のような重臣たちと仲良くなる可能性の方が強いと思っていた。でも、真崎の首班の目がなくなれば、俺は組閣人事に口出しできなくなる」

「真崎以外の軍部が政権をとったら、誰が閣僚にはいるか。主な椅子はすべて軍人だけになるでしょう。建川、板垣、小畑、石原、柳川の五人は、何とか入閣させてやりたい。この中で、柳川と建川は、絶対的なものだと思います」

「お前の持論だな。ところで今日、党役員の代表として、鈴木総裁の自宅に選挙の惨敗報告に行ってきた」

「どうでしたか」

「落選のショックで、何を相談しても、まったく上の空だった」

「鈴木さんは当然、政友会総裁を辞任するのでしょう」

「本人はそのつもりで、かつての親分の平沼と宇垣のふたりに声をかけたが、きっぱりと断わられたそうだ。それではと、党内部から人選しようにも、また内輪もめが起きて、国民の政友会への批判がますますエスカレートするばかりだ。悪くすれば、解党に発展しかねなくなる。軍が大きな事件を起こしているこの時期に、肝心の党内部までゴタゴタしては、国民に申し訳が立たない。総裁選は政友会内部の問題だから、軍の成り行きを静観し、事態が収拾した後で、その状況に即した人物を選任するという合意を、俺と鈴木との間で得たが」

「党の人選は、軍の指導権を誰が握るかで決めたいということですね」

「軍内部の混乱は、政党人の力ではどうにも収拾がつかんよ。傍観するしかないが、俺は解党派だ。民政党や党内部で喧嘩をしているときではない」

「この事態の収拾は、政治家でも軍人でも出来ない。統帥権を持つ天皇の意志で、簡単に決まるが、しかしそれは制度上だけのことで、実際にはその実効が難しい仕組みになっています」

　亀川は、西田から聞いた話の受け売りをする。

「その点が憲法を作った伊藤博文の苦心した点で、もし天皇が意志を持って命令を下せば憲法違反になるように考えた。命令が間違っている場合を考えた伊藤は、命令を下した天皇に責任が及ばないですむように仕組みをあらためたのです」

「というと」

　久原は、亀川の話を感心して聞いている。

「天皇が仮にどんな意志を持ったとしても、時の権力者が上奏して、天皇が押印した内容のものしか、天皇の命令は下達されないのです」

「では、天皇の存在とは」

「そうです。時の権力者の道具でしかないのです。天皇の名は、あらゆる法令を正当化するために利用され、まさに政府の権威の源泉であり、民衆の恭順の源泉であり、まさに重臣や側近たちの『財産』です。この辺のことを一番良く知っているのは、北一輝です。北の法案には、『天皇の大権の発動により憲法を三年間停止し、全国に戒厳令を公布する』と唱われている所以《ゆえん》です」

「天皇制を逆手にとって、天皇制を打倒する。北の解釈か」

「西田が言うには、『今の憲法では、この厳しい国際環境の中をうまく乗り切れない。俺は、世界列強から蚕食され、呻吟する中国大陸の動乱の真っ只中にいて、粟粒のような日本の島に向けての危機意識を、一日たりとも忘れることはなかった。インド、中国、そして次に日本が列強の餌食になると確信して、法案を作成したのだ。明治・大正は明治の憲法でよいが、昭和の今の時代では合わなくなっている。昭和維新を断行し、北の法案で日本を改造しようとするものです。しかし、法案を実現化するには、北にとって天皇の存在が邪魔であった。今の憲法では、全日本国民の命よりも、天皇個人の命の方が大切だと書いてある。今の日本では、草木の一本一本まででも、天皇への信仰に染まっている。そこで北は、日本から天皇を取り除くことを考えるよりも逆に、天皇の大権を利用することに考え方を改めたのだ』と、北の法案の骨子を教えてくれました」

「なるほど、北は明治憲法を読み破り、代案として法案を作ったわけだ。すると将校たちの目標は、北の法案の実現化か」

「将校たちがどう考えようが、客観的に見れば、当然そう判断されても仕方がないとも言っていました」

「とすると、誰が天皇の大権を利用して、この事態を収拾させるかが大きな問題になるな」

「その通りです。だから、早く首班の席を取った方が勝ちなのです」

「天皇大権は、首班の席を奪った者のものか。うむ……北は今、どうしている」

「西田は私に、『高みの見物だ』と、北の心境を話していましたが。どうも北は、このような事件が頻発すればするほど、その分だけ自分の法案の効力が増すと考えているようです」

「将校たちは」

「北に迷惑をかけぬように、ずいぶん気を使っているようです」

「北と将校たちの関係は、微妙だな」

久原は、また葉巻を口にくわえた。

「お前はさっき、真崎の次なる作戦として戒厳令を布くつもりだと言ったな」

「はい」

「ということは、強力内閣の首班の力で、この事態を収拾するのではなくて、日本を戒厳司令官の指揮下に置くということだな」

「その通りです」

「戒厳司令官は誰になるのだ」

「全国が対象になれば、参謀総長の閑院宮ですが、東京市内だけなら、東京警備司令官の香椎浩平中将になるはずです。でも、閑院宮はこの事件の原因は、自分が真崎を辞任させたからだと思って逃げており、戒厳司令官にはならないでしょう」

「香椎とは知らんが、どんな男だ」

「私は一度も会ったことがないので判りませんが、山口大尉の話では、熊本師団から引き抜いたのが荒木前陸相で、香椎は皇道派の将軍だと聞いています」

「首班になれぬと決まれば、真崎は香椎をロボットにして裏で操るつもりか」

「その間、皇道派の考えられる作戦は、本庄の天皇への説得に全力をあげることだと思われます」

「東京市内に戒厳令が布かれると、集会の自由も司令官の許可が必要となれば、私のような代議士は身動きができなくなる。今のうちにうちの派の議員を集めて、今後の対応を検討しておかなければならんなあ」

久原は秘書を呼ぶ。さっそく隣室で、自派の集会を持つ段取りを打ち合わせている。亀川はその間、岡田総理が殺られて次の総理は誰になるかを考えていた。真崎の総理は、今の情況では危ないのだ。真崎が駄目となれば、当然統制派に不満がなくて、海軍にも抵抗がない人物になる。亀川は山本英輔大将の顔を思い出していた。山本は軍内部の派閥抗争に非常なる危機意識を感じ、その解消に真剣に取り組んでいる人物で、亀川は何度も山本の自宅を訪問して知っている。この男なら、次期総理にはよいかもしれぬ。どこからも苦情が入らずに、首班に選ばれる可能性があるかも知れない。もし真崎が駄目になっても、山本に代えれば、久原先生を閣僚の椅子に座らせることが出来るはずだと。

亀川がそんなことを考えていると、久原が隣室から戻ってきた。

「先生、真崎の首班の目がなくなった場合を考えて、山本大将を考えました。これから山本宅に出向いて相談してみます」

亀川は善は急げだと久原に言い、周章《あわ》てて応接間を飛び出して行った。亀川が西田と違う点は、青年将校の動きを政治的に利用するだけで革命家ではなかった。

七十

麹町憲兵分隊に、東京憲兵隊本部から、首相官邸が占拠されているようだ、どうなっているか状況調査をするようにとの命令の電話が入った。青柳軍曹、萩原曹長、篠田上等兵、佐々木上等兵の四人は、半信半疑のまま自動車に乗り込んで官邸に出発した。三宅坂まで来ると、安藤隊が散兵線を引いていて、先には進めない。青柳が車を降りて、警戒中の伍長を見つけ、何が起きたのか聞く。伍長は、三宅坂は歩三の安藤隊が、陸相官邸は歩一の丹生隊が、首相官邸は歩一の栗原隊がそれぞれ占拠中で、ここから先には進めぬから帰れと怒鳴られた。青柳は後には引けない。

「栗原中尉をよく知っている。是非会いたい」と強引に頼むと、丹生中尉に取り次いでくれ、その丹生中尉から合言葉を教えてもらった。四人は首相官邸に向かう。車の前後左右には、銃剣を持った重装備の兵たちが目に付く。占拠地域の中である。物々しい警備の中、青柳たちの車を見つけた特務曹長が飛んできた。青柳は合言葉を言った。鋭い特務曹長の目が急にやわらいだ。

「栗原中尉に会いたい」

「よし通れ」

四人の乗った車は、散兵線の中を通って、首相官邸の門の前まできた。

「栗原中尉に会いたい」

青柳がまた、門の衛兵に伝える。

「ここで待っていろ」

衛兵は、栗原を呼びに官邸内に入る。しばらくすると、栗原中尉がやってきた。両脇に対馬中尉と池田少尉を従えている。

「憲兵か、何しに来た」

栗原が訊く。

「我々は状況調査に参りました」

「よし、判った」

栗原はそう答えると、蹶起部隊は今暁五時を期してこの趣意書に基づいて行動したこと。岡田総理をはじめ、高橋蔵相、斎藤内大臣、鈴木侍従長、渡辺教育総監を血祭りにしてその目的を達したこと。そして今、この首相官邸は、昭和維新発祥の地と考えている、と演説し、この話をすぐ帰隊して憲兵隊長に伝えてくれと訴え、青柳にはポケットから趣意書を出して渡した。

　青柳は、栗原の話に度肝を抜かれた。大変なことになった。さっそく帰って隊長に報告しようと帰りかけたとき、篠田上等兵が官邸内の様子を知りたいと、機転をきかせて栗原に申し入れる。栗原は反対したが、対馬のとりなしで、四人のうち、萩原を報告のため戻らせて、三人が残って官邸内を調査することになった。

「そこの三人、ここでは我々の命令以外、勝手な行動は許さないぞ」

　栗原はそう命じ、三人を正門脇にある巡査詰所に押し込めると、官邸内に引き揚げていった。詰所の中に入ると、拳銃が散乱し、剣も紐で束ねて放ってある。三人は中で待ち続けたが、いつまで経っても何の命令もない。さすがに青柳は嫌気がさし、命令を無視して詰所を出て、玄関脇にある部屋をそっと覗く。中に顔見知りの野中大尉がいた。

「野中隊長、巡察中、異常ありません」

　報告にかこつけて、青柳が野中に声をかける。

「おお、青柳か。中に入れ」

　野中が呼んだ。青柳が中で野中と蹶起の主旨をきいていると、林少尉が巡回から帰ってきた。

「お前も来たか。この刀はよく切れるぞ」

　実戦で使った刀は、少し曲がっていて、鞘からなかなか抜けずに苦労している。林は刀をやっと抜いて、自慢げに話す。青柳が林の胸のあたりを見ると、返り血を浴びたのか、黒ずんでいる。

「総理を殺ったのですか」

「巡査だよ。こうしてだ」

　林は、動作を加えて説明する。

「さすがです。刃こぼれがない。どう切ったのか、死体を見たいものですね」

　青柳は刀を受け取って調べると、懐紙で拭いてみせた。

「よし、貴様に見せてやろう」

「しめた、宮廷内に入れるぞ」

　青柳は雀躍した。林は青柳を殺した現場に案内する。巡査の死体は、廊下の長椅子に横たわっていた。それは村上巡査部長の死体で、よく見ると背中から貫通銃創を受けていた。林は死体を裏返して、切口を青柳に見せてから、今度は斬った時の状況を、刀を振り回しながら説明する。青柳は、もう一人の死体が安楽椅子に横たわっているのに気がつき、この屋敷には死体がいくつあるのか気になってきた。

「この死体は、どうするのですか」

「じつは処理に困っている」

林は渋い表情をした。

「あと片づけは憲兵がやります。ひとつまかせてくれませんか」

「栗原隊長に聞いてみよう」

林は、青柳を日本間に残して出て行った。

「よし今だぞ」

青柳は林少尉がいなくなっている間に、あわてて官邸内を調べて回った。総理の寝室を覗くと、布団が敷いてあるが、泥だらけである。青柳はそっと白布をとって総理の顔を見た。当然、岡田総理の顔だと判断した。青柳はさすがに興奮して、ふたりが待つ詰所に戻った。

「大丈夫だ。きてみろ」

青柳は、退屈していたふたりを引っぱり出して官邸内に入れた。南天の木のわきに、うつぶせになった清水巡査、林が案内した安楽椅子に土井巡査、長椅子に村上巡査、日本間の玄関と裏門の中間に小館巡査と、四人の巡査の死体を確認した。

「おい、女中部屋に、女中がふたり逃げずに残っているぞ」

篠田が佐々木から報告を受けた。

「こっちだ」

佐々木に案内されて、篠田がそっと女中部屋を覗いた。押入の襖の前で、ふたりの女中が頭を下げて泣いている。誰が見ても、襖の中に誰かが入っているように見える。篠田は中に入るなり、無理矢理、襖を開けた。見ると、中に和服姿の総理が座っている。

「失礼しました」

篠田は青くなった。あわてて青柳のところに飛んでゆく。

「馬鹿野郎、何を寝ぼけておる。総理は寝室にいるだろう」

青柳はそう言いながらも、もしやと考えて女中部屋に向かう。

「ここか」

青柳が中を覗く。女中がふたり、押入の前でまだ泣いている。青柳は中に入ろうとしたとき、折り悪く巡察の兵がやってきて、眼前で立哨する。

「ちくしょう」

兵は立ったまま動こうとしない。三人は女中部屋に入ることを諦めて、麹町の憲兵分隊に引き揚げると、さっそく岡田総理の生存を、森分隊長と小坂曹長に報告した。

「これは重大な問題だ。他にもらすのは止めることにする。処置については、これから検討する。大変御苦労であった」

森分隊長は、とりあえず三人を家に帰し、小坂と今後の対応を検討する。森の考えは、本部には報告できないと判断した。その理由は、もし生存が間違っていたら、もの笑いの種になるし、もし事実なら、憲兵将校の中に蹶起軍に内通する者が出てこないとは断言できないというのだ。

「そうなれば、せっかく生きていた総理を、結果において殺すことになる。やっぱり黙殺するしかないな」

森は、さんざん考え抜いた末に言った。

「なんとか誰にも知られずに、救い出す方法はないでしょうか」

小坂は訴える。

「無理だな。三百名の蹶起軍に包囲されている官邸に、我々はどうやって入るのだ」

「あの四人は一度、入っております」

「たとえば入れたとして、誰にも気づかれずに総理を外に連れ出すのは、とうてい不可能なことだ。無理をすれば、もっと犠牲者を増やすだけだ」

森は、やっかいな問題を抱え込んでしまったと嘆く。

「よく考えてみます」

小坂はあきらめ切れず、そう言い部屋を出ようとする。

「止めろ、総理の救出は無謀だ。成算のない仕事には絶対に手を出すな」

森は、小坂に救出を断念させようと命令する。

「はい」

小坂は生返事で敬礼すると、部屋を出て行った。

七十一

首相官邸の裏門に秘書官舎がある。その官舎に、総理秘書官の福田耕と大蔵省から出向し、総理秘書官になった迫水久常が住んでいた。福田と迫水は、官邸内の銃声と警官の呼子の音で目が醒めた。迫水は二階から蹶起部隊の襲撃現場を目撃し、直ちに警視庁に電話で通報した。

「総理官邸から非常ベルで通報があり、すでに一箇小隊がそちらに出発しました。これから後続部隊をどんどん出します。それまで頑張って、見張っていて下さい」

警視庁から、迫水にすぐに返事をくれた。迫水はその応対に安心して、二階の窓からしばらく蹶起軍の動き回る様子を窺っていた。幾つかの群に分かれた兵たちは、号令を受けると、鉄門や塀を乗り越えて官邸内になだれ込んでいく。剝き出しの銃剣が、街灯の光に動くたびに反射してキラキラ光った。

どこからか銃声がして、そのうちに持続するようになった。窓硝子が破れ、その窓から官邸内の器具の壊れる音が聴こえてくる。迫水は総理の身が心配で、落ち着いて見物ができなくなる。もうそろそろ応援部隊が到着する時間だと判断して、洋服に着替えると、官舎を出ようと玄関の硝子戸を開ける。

「外に出てはいかん」

玄関前に兵が三人ほどいて、外に出ようとする迫水に銃剣を突きつけた。隣りの官舎の福田秘書も、玄関で兵に銃剣を突きつけられ、家族全員が軟禁状態になった。怒った福田は、憲兵隊に電話を入れ、何回も憲兵の派遣を要請したが、とり合ってもらえない。

時間がすぎて、うっすらと夜が明けた頃、官邸の日本間のあたりで「万歳」という叫び声と拍手が沸き上がった。官邸の玄関から重装備をした一人の将校が飛び出て、迫水の官舎にやってきた。

「まことにお気の毒ですが、国家の将来のために総理のお命を頂戴いたしました」

その将校は、玄関に立った迫水に敬礼し、丁重に挨拶をして帰っていった。迫水は呆然として、隣りの官舎の福田に会いに行った。

「ああ迫水さん。総理は殺されてしまいましたね。これは只事ではありません」

福田は、血相を変えて飛び込んできた迫水の顔色を見ながら訴える。

「家族全員が軟禁状態で外に出られず、方々に電話をかけても話し中で、相手に繫がらないのです。ラジオの放送も中断されて、事件の実態が全然、判らないのです」

「今、あなたが来られる前、拓務大臣の児玉秀雄さんから電話があって」

「ええ」

「高橋蔵相、斎藤内大臣、鈴木侍従長、渡辺教育総監、牧野前内大臣、それに三井と三菱の財閥の番頭に、西園寺公たちが、次々に殺されたらしいとの報告を受けました」

「福田さん、それは本当ですか」

迫水は愕然とした。福田と迫水は、事の異常さに、急に言葉少なになった。福田は秘書として、閣僚のひとりひとりに総理の死亡を知らせようと電話を入れるが、やっぱりどの家にも、本人とは繫がらない。

「きっと自分も狙われていると思い込み、逃げ回っているのかもしれない」

迫水は福田の言葉を聞いて、そう推量した。

「何はともあれ、総理の遺骸に香華を供えなければなりません」

福田はそう言い、麴町の憲兵分隊に電話で再三、官邸内に入れるように斡旋と保護を依頼する。

「ああ今、憲兵が官邸内にいます。その者と連絡をとってほしい」

やっと相手と繋がると、冷たく言い放す。

「こちらも兵に踏み込まれて、家族全員が軟禁状態で身動きが出来ません」

「そこから官邸内は見下ろせるか」

「はい、二階の窓から」

「それでは、憲兵が官邸内から外に出てくるのを待ちかまえて声をかけてくれ」

森分隊長は、憲兵の服装の特徴を福田に知らせた。二人は命じられるままに、裏門から憲兵が出てくるのを待った。数時間待って、やっと憲兵がひとり出てきた。福田は、あわてて階段を駆け降りた。玄関に番兵がいない。福田はしめたと思い、憲兵を追って背後から、「総理は」と声をかけた。憲兵は相手が秘書だと判ると、急に声を落として、気の毒そうに、「殺されました」と伝えた。

憲兵は、まだ総理の生存を知らなかった。

「総理の遺骸に、香華を供えたいのですが」

福田は頼み込む。

「官邸を占領した指揮官に、電話で交渉してみてください」

「軟禁の身の私で、大丈夫ですか」

「もう撃ち合いは終了しました。相手は今、戦勝気分に酔っています。今なら大丈夫でしょう」

「ありがとうございます」

福田は憲兵にお礼を言うと、すぐに官舎に戻って電話をかけた。

「あなたの主張はよく判ります。秘書官二人に限り、遺骸の検分を許可する」

「はい」

「これから、そちらに案内者を差し向ける。その兵の指示に従ってくれ」

栗原は伝えた。福田と迫水は、花とあり合わせの香炉と花立てを用意して、やってきた案内兵の後に従った。案内兵の軍服には、よく見ると、あちこちに血痕がついている。

「それは血の痕ですか」

迫水が訊くと、案内兵は得意げに、襲撃の模様を手とり足とり話し出す。ふたりはこの兵の武勇伝を聞きながら、日本間の玄関から邸内に入った。室内は泥靴で踏み荒らされ、器物は散乱している。拳銃さえ、あちこちに放置されたままになっている。

「どうぞ、こちらです」

案内兵が隣りの寝室を指差して、ふたりを中にうながす。ふたりは寝室に入ると同時に、無意識に襖を閉めた。部屋の中央に、布団が敷いてある。掛け布団は遺骸の顔まで、すっぽりと被せてある。迫水が顔までかかった布団を持ち上げた。その瞬間、迫水は息を飲んだ。ふたりは顔を見合わせた。遺骸は岡田総理ではない。昨夜、福井から戻ったばかりの松尾伝蔵大佐であった。ふたりは我が目を疑った。寝室の中は、福田と迫水のふたりだけである。

「まてよ」

そうなると、総理はどこかに殺されて、ころがっているのだろうか。それともどこかで生きているのだろうか。ここはともかく、松尾の遺骸を総理だと押し通すことだ。ふたりは口に出さずに以心伝心、目と目で合図をして布団をまた顔に、以前より深く被せた。居間に戻ると、案内兵が待っていた。

「総理に間違いありませんね」

「はい」

念を押す将校に、ふたりは同時に答えた。

「総理は天皇陛下万歳を唱えて、まことに御立派な最後でした。武人として面目躍如たるものがあり、心から敬意を表しました」

「ありがとうございます」

そうは言っても、迫水の頭には、もう総理の安否しかない。さあ、このままでは官舎に戻れない。さてさてだ。迫水は、これからどうしたものかと考える。そうだ、総理にはたしか二人の女中がいたはずだ。名前は作と絹といい、総理や松尾の身の回りの世話をしていた。

「将校どの、女中に会いたいのですが。今、どこにいるのか、御存知ですか」

迫水は、女中に聞けば総理の居場所が判るかもしれないと思った。

「女中部屋に、まだいるはずです」

「案内してもらえませんか」

「どうぞ」

将校は簡単に同意してくれ、さっきの案内兵を付けてくれた。問題の女中部屋は、台所に近い場所にあった。迫水は、その部屋の襖を開けた。見覚えのある作と絹が、強ばった表情で、押入を守るように背中をあてて迫水の顔を睨む。

「うむ」

迫水は咄嗟に、総理は押入の中だと直感した。だが、まずいことに、案内兵が迫水の後で監視していて、押入を開けて中を確認できない。

「怪我はなかったか」

迫水は作に声をかける。

「はい、お怪我はございません」

年上の作が答えた。女中たちは言葉遣いを厳しく教育されており、間違っても、自分のことを「お」をつけて言う躾《しつけ》は受けさせていない。迫水は作のこの一言で、総理は押入にいると確信した。もう長居は無用である。迫水はさっさと官舎に戻り、参内の準備をするためにモーニングに着替える。五・一五事件後、秘書官にも配られていた防弾チョッキを着て官舎を出た。そして、平河門から深雪を踏みしめて宮内省に入った。

七十二

「岡田総理は生存しております」

迫水は宮内大臣室の応接間で、湯浅倉平宮内大臣に、総理の生存を事細かに説明した。

「すぐ陛下に上奏しましょう」

湯浅は迫水の話を聞くとすぐ、御殿の方へ走るように部屋を出て行った。間もなくひき返してきた湯浅は、

「陛下は、それはよかった、と非常にお喜びになり、一刻も早く、総理を安全な場所に救い出すように、と仰せられました」

と迫水に、謹厳な口調で伝えた。迫水はさっそく陛下の御言葉を福田に知らせようと、官舎に電話をかけた。すると興奮気味の福田の声が、迫水の耳に飛び込んできた。

「岡田総理に会ったぞ。元気でおられたよ。三人分の弁当を持参して、今、戻ってきたところだ」

「本当か、それはよかった」

迫水はそう言い、陛下の御言葉を伝える。

「陛下が、陛下がそうおっしゃってくれたのか」

福田は感激して声をうるませる。

この時、宮中では内閣官房が、各閣僚に参内を呼びかけ、こちらで陛下をお守りするように要請していたため、すでに数名の大臣が西溜の間に参集していた。迫水は救出方法を考えながら、西溜の間と反対側の東溜の間を覗いた。東溜の間は全員が揃っているようで、軍服姿の参議官たちが声高に議論している。迫水は部屋の中に、近

衛師団長の橋本中将の姿を見つけた。

「湯浅さん、近衛師団長の兵力をお借りして、総理をうまく救出できないでしょうか」

迫水は湯浅宮内相に訴える。

「近衛師団が味方であっても、独断では措置がとれず、かならず上官に指揮を求めなければならない。ここにいる上官の将軍たちは、私たちにはいったい、どちらを向いているのか判らないのです。その考えは、やはり非常に危険です」

湯浅はそう言って、迫水の安易な提案をいさめる。迫水は、軍人に頼めないのならば、誰か文官の大臣に救出をお願いできないかと、西溜の間を覗いた。首相と蔵相が殺され、筆頭閣僚の後藤文夫内務大臣がまだ参内していないので、閣議が開けない。各大臣たちは、お互いに声をひそめて、ヒソヒソと情報交換しては一喜一憂していた。

「よお、迫水君ではないか。生きておったか」

閣僚の中で最長老の商工大臣の町田忠治が、迫水の姿を見つけて声をかけてきた。

「総理は殺されたと聞いたが、官邸内の様子はどうなっておる」

「現在、占拠され、中に入れないで、大変困っております」

迫水は総理が生きているなどと、うっかりしたことは言えない。

「岡田総理も斎藤内大臣も、鈴木侍従長も皆、海軍の出身のようだが、この事件は一面、陸軍と海軍の喧嘩のようにも見えるが」

内田鉄道大臣が、川島陸相と大角海相の顔を交互に見てから、勇気を出して言った。

「そんなことはない。たまたま海軍の大将が多かっただけだ」

陸軍代表の川島が、即座に内田の意見を否定する。

「海軍としては、この事件を批判的に受け取っている」

大角は不満げに強調する。

「海軍だけではない。陸軍の渡辺だって殺されているし、民間の高橋蔵相もおる」

川島は弁明する。迫水は大角海相の、蹶起部隊に批判的な発言を耳にした。大角海軍大臣ならば、同じ海軍の総理の救出の手助けを頼めるかもしれないと思い、大角に声をかける機会を待った。

「『斬奸リスト』に、君の名前があったらしいぞ」

小原司法大臣が、隣りの児玉拓務大臣をからかう。

「おい、悪い冗談はよしてくれよ」

児玉はからかわれて、青い顔になった。

「総理がいないとなれば、内閣は総辞職しかないな」

町田商工大臣が訴える。

「いいえ、陛下は総辞職は考えておりません。とりあえず次席の後藤文夫内務大臣を首相臨時代理として、審議承認するようにとのお考えです」

湯浅宮内大臣は皇族を代表して、陛下の意志を、それとなく参集した閣僚たちに伝える。迫水はヒヤヒヤして、湯浅の発言を聞く。「代理」を「臨時代理」と湯浅が言った理由を、閣僚の誰かから質問されたら、その質問者に、岡田の生存を暴露しなければならなくなるからだ。

突然、後藤内務大臣が部屋に入ってきた。皆の視線が後藤に集まる。

「遅くなって済まない。軍部に襲撃されて、逃げ回っていたもので」

後藤は新官僚の代表者として、将校たちから目の敵にされていた。後藤は額の汗を拭い、やっとの思いで自分の席に座ろうとする。

「後藤総理、君の席はそこでない。その隣りだよ」

町田が注意する。

「えっ」

後藤は空席を見る。一つは岡田総理、もう一つは高橋蔵相の席である。

「からかわんでくれ」

後藤は自分の椅子に座ると、卓上に用意されたコップの水をぐいと飲む。岡田と高橋がいないとなれば、次席筆頭は後藤である。閣僚の筆頭としての後藤は、一息つくと、会議を進めようとした。突然、閉めた扉が開いて、軍服の男が、ガチャガチャとサーベルを鳴らせて飛び込んできた。

「何事だ」

閣僚たちは、蹶起将校が宮中まで襲ってきたのかと早合点をして、逃げ出そうと半分、腰を浮かす。

「川島陸相」

男は、川島を見つけて声をかける。見ると、参謀本部の石原作戦課長である。

「事態の収拾を国会の力で頼ってみても、解決策は出てこない。不可能です。閣下、陸軍で戒厳令を公布しましょう。全国戒厳です」

石原は、川島の腕を引っ張る。

「待ってくれ。わしは閣僚たちに事件報告をせねばならんのだ」

将校たちから逃げている川島は、ここから離れると自分の居所がなくなると、オロオロしては言い訳を言う。

「軍部は、ついに暴力団になったか」

鉄道大臣の内田は、軍部に国会を侮辱されたと思い、石原の態度に怒った。

「こうなってしまったのは、貴様らのような政治家や重臣たちが、国を憂えずに私腹ばかりを肥やして、こんなところに避難してのうのうとしているからだ。悪いのは軍部ではない。貴様のような薄汚い奴らだ。皆、戒厳令を布いてぶった斬ってやる」

石原は、内田に近づいてサーベルに手をかける。

「石原、まあ待て」

川島は、石原を内田から遠ざける。迫水は、内田と石原の喧嘩をよそに、そっと大角海相に近づく。

「ちょっと」

迫水は、大角を連れ出して別室に呼ぶ。そして総理の生存をそっと知らせて、その救出のために、海軍の陸戦隊を出動させてほしいと頼み込む。大角は、総理の生存をなかなか信じなかったが、やっと納得すると、

「君、僕はこの話は聞かなかったことにするよ」

大角は、そそくさと自分の席に戻っていった。そんなことをしたら、陸軍と海軍との内戦に発展しかねないと脅えて、大角は、迫水の相談に乗ろうとしないのである。

「まったく軍人は頼りにならん」

迫水は政治家に頼むことにした。ひとりは、日頃から小原司法大臣、もう一人は総理と仲が良かった内田鉄道大臣である。迫水は、小さな声でそっと二人の耳元に、

「総理は生きておられます」

と打ち明けた。ふたりは驚いて呆然となる。

「しっ、救出が難しくて困っています。何とか良い知恵を出して下さい」

「うむ、大変なことになったものだ」

ふたりは、他の閣僚から離れて話し合う。

「それにしても、大角海相の野郎、同じ海軍の岡田総理を見殺しにするつもりか。まったく頼りにならん男だ」

内田は、大角の顔を遠くから探しながら嘆いた。だからと言って、三人で一生懸命に知恵を絞っては脱出案を考えてみるが、どの案も現実味に乏しく、結局、良い解決策は一つも出てこなかった。

迫水がこうして宮中で脱出計画を練っている間にも、福田の官舎には海軍省から、

「いつまで総理の遺骸を放置しておくつもりか。一刻も早く引き取りたいが」

と再三に渡って、電話がかかってくる。そのたびに福

田は、遺骸を動かすには各閣僚の許可が必要であるが、当人に連絡がとれないので困っていると、時間かせぎのいい加減な返事を繰り返した。総理の遺骸ではないと誰にも知られぬうちに、何とか総理を救出させたいからである。

「岡田閣下は一国の総理であるとともに、我が海軍の大将でもある」

海軍省の平出中佐からの電話である。

「その大将の遺骸を、たとえしばらくではあっても、叛乱軍の包囲の中に放置することは、絶対に許されることではない」

「…………」

「聞いとるか。そのうえだ、海軍の軍人が弔問に行っても、官邸内に入れんとは、何という不届き千万なことだ。これは私ひとりの意見ではないぞ。今、海軍の総意を君に伝えているのだ」

平出は、本気で怒っている。

「もうしばらく待って下さい」

「しばらくというが、具体的にいつまでのことだ。こっちは海軍関係者から、弔問に伺いたいと、次から次へと電話がかかってきて、その返事に本当に困っているのだ。官邸内に電話をしても、まったく取り合ってくれんのだぞ」

平出は引き下がらない。

「明日の晩まで待ってほしい。その間には何とか、閣僚たちと連絡を取りたい」

福田は、苦しまぎれに答える。

「判った。約束だぞ。では、明日の晩まで待つことにする」

平出はやっと納得して、受話器を置いてくれた。

「さあどうしよう」

福田は、苦し紛れに明日の晩までと時間を決めてしまった。これは何とかせねばならぬと、福田は宮中にいる迫水に電話をかける。福田は、迫水と電話で脱出方法をいろいろと検討してみる。夜陰に乗じて総理を我々の官舎に連れ出したらどうだろうと、変装方法まであれこれと考えて、その段取りを検討してみたが、やはり危険がともない、安易にはなかなか踏み切れない。

「そう言えば」

ふたりが一晩中、電話で連絡し合っていた時に、福田の頭にある考えがひらめいた。

「なにか思いついたか」

「うん、首相官邸の中は軍人だけだな」

「たしかに」

迫水は、電話の向こうの福田が何を言い出すのか、固唾をのんで待つ。

「背広を着た人は誰もいない。軍に頼ることが出来ないならば、逆に官邸内に、背広を着た人を相当数入れることが出来れば」

「それに紛れて」

「うんうん。総理を引っぱり出せないか」

「そうだ、そうだ。うんうん、それは名案だ。弔問客を装って紛れ込んで、脱出すればよい」

「名案だ。やっと解けた。これでいこう」

福田は、前途に光明が見えてほっとした。

「さっそく、総理と年格好が同じ弔問客を四、五人ほど集めておいて下さい。私はこちらで参内中の陸軍のひとに、弔問の許可を何とかもらってみます」

迫水は、そう伝えて受話器を置くと、顔見知りの軍人を探す。ちょうど西溜の間に、川島陸相に従って付き添ってきた小松秘書官の懐かしい顔を見つけた。

「小松さん。我々は武士の情けを知らない占拠部隊に困っています」

迫水は、さっそく小松に訴える。

「どうしたのです」

「我々はいっさい官邸内に入れず、総理の遺体が今、どうなっているのかさっぱり判らないのです」

「そうなのですか」

「総理には友人や遺族や親族も多く、彼らから弔問をしたいと催促されて困っております。どうか小松秘書官から是非、占拠部隊に対して、せめて総理ともっとも親しい人たちだけでも、官邸内に弔問に行けるように話して下さいませんか」

小松は、当然のことだと何度もうなずいて、迫水の話を聞いていた。

「君の言うのは、もっともだ。よく判りました。あの部隊の将校をよく知っている陸軍省の千葉少佐を、君に斡旋してあげよう」

小松は、迫水の申し出を理解して、快く約束してくれた。迫水は小松の好意ある返事を聞き、これでやっと救出の足がかりが出来たと、胸をなで下ろした。

七十三

山下奉文少将は、蹶起将校たちに大臣告示を伝達すると、陸相官邸を引き揚げ、参議官たちが待機している偕行社新館に戻った。階段を下りて地下食堂にいる真崎大将を捜すと、真崎は皆から離れ、ひとり食堂の片隅でこちらを向いて座っていた。山下は真崎に近づき、敬礼してから、空いている前の椅子に座った。

真崎たちは、陸軍大臣告示を下達させた後も、議論を続けていた。

「本当にあれでよかったのか、陸軍大臣」

林は心配して訴える。

「今さら仕方のないことだが、天聴に達せられありとは、じつに畏れ多いことだ」

「もう一度、陛下の御真意をお伺いしようではないか」

寺内が言うと、天皇の怒りを知っている川島は、うつむいてしまった。

「それは畏れ多いことだ」

荒木は、川島に同情して言う。

「しかし……」

寺内は、荒木が止めるのを振り切って、本庄のいる侍従武官長室に向かった。二十分後に寺内は、興奮して戻ってきた。

「本庄武官長の話では、陛下は叛乱軍に対してひどくお怒りになっておられるそうだ。それに、畏れ多くも近衛師団を率いて御自ら叛乱軍を討つとおっしゃっておられるそうだ」

寺内は、川島に向かって訴える。寺内の言葉を聞いた川島はうなだれ、荒木と真崎の顔色は、サーッと蒼くなった。

「これは荒木と真崎の責任だ」

林と植田は訴える。

「今さら君は、何を言っているのだ。こうなったら、我々軍事参議官が責任を持って、彼らを説得しようではないか」

真崎が訴えた。

「川島陸軍大臣のご意見は……」

寺内が聞くと、

「私はこれから西溜の間で閣議がありますので……」

と、川島は逃げるように部屋を出て行った。

「とにかく、ここにこうしていても仕方がない。御聖旨を正確に、将校たちに伝えるのも、我々の義務かもしれぬ」

阿部が意見を言う。

「もうすぐ、下達しに行った山下が戻ってくる。それまで待とう」

荒木の意見で、軍事参議官たちは、東溜の間から靖国通りの向かい側にある偕行社新館に戻って行ったのである。

山下は真崎に「大臣告示」を伝達したことを告げ、将校たちに、告示の内容が不明瞭だと指摘されて困ったことを伝えた。真崎はうなずくと、重い腰を上げた。真崎から少し離れた席に、荒木が西と談笑している。真崎は荒木の前に立った。

「どうした」

荒木は、話を止めて真崎に顔を向けた。

「将校たちは、あの告示文では納得できないので、直接に説明に来てくれというのだが」

真崎が荒木に近寄ってから言う。

「山下、本当か」

真崎の脇に立った山下に、念を押すように声をかける。

「はい」山下は敬礼する。

「どうも陛下は御軫念《しんねん》になっておるようなのだ。そこで参議官たちが、揃って陸相官邸に乗り込み、彼らに伝えたいと、意見が一致した」

「参議官がですか」

山下がびっくりして聞き返す。これは前代未聞の事態である。隊付き将校が上官である大将連中を、事もあろうに、自分たちの占拠本部に呼びつけ、それに参議官が応えるというのである。将校たちはどんなに喜ぶことだろうと山下は思った。

「真崎閣下と荒木閣下が行くのですか」

山下がいう。

「いや、ちがう。全員で行くように、皆で決めたのだ」

中間派の西大将が、三人の話し合いの中に割って入る。

「そうですか」

山下の顔はうれしげである。

「そうだ。今は非常時だ。面子の問題にかかずらわっているときではない。これから参議官たちに、将校たちの意見を伝えよう」

荒木は、椅子から立ち上がる。参議官たちはすでに食事を終えて、食堂には誰もいない。荒木は、真崎と西を誘って食堂を出て、皆が集まっている広間に入った。

「諸君」

真崎に代わって、いつも目立とうとするのは荒木の方である。その荒木が、談笑中の長老の参議官たちを見回して、声を張り上げる。皆は荒木に視線を向ける。

「私の話を聞いて下さい。先ほど、蹶起軍の占拠本部から戻った山下少将から報告をうけたが、我々が策定した『大臣告示』に対して、将校たち全員が納得せずに不満なのだそうだ。このままでは第二、第三の襲撃も考えられて、今後、何をするか判らぬとの山下の報告を受けました。そこで陛下の御聖旨を伝えるために、全員で占拠本部に乗り込み、占拠地域を引き上げ、原隊に復帰するよう説得しよう」

林大将は、荒木の話に脅えた表情で、皆の反応を窺う。第二、第三の襲撃もあり得ると聞き、居ても立ってもいられぬ恐怖心におそわれたのである。

「陛下の意志を伝えれば、これ以上無謀な行動はせんだろうし、将校たちが今、何を考えているかということもよく判ろうというものだし、そのうえ我々の意見も伝えられるではないか」

「いや、全員で行く必要はない。誰か代表が行けば充分ではないか」

林は蒼白な表情をして訴える。宮中への参内も、宮中から九段の偕行社会館までも、林は死にものぐるいの覚悟でやってきたのだ。今度は叛乱軍の真っ只中に乗り込むなど、とんでもない話である。将校たちの斬奸リストに載っていると思う林にとっては、この発言は当然の行為であった。

「しかし林大将、あの告示文は全員の合意に基づいて作成したものだから、代表者を決めていくのはまずい。それに皆の賛成も得ている」

荒木は、林の心情を無視して他の者の意見を求める。


統制派の寺内大将は、蹶起軍に好意を示す荒木の一方的な発言に、「何を言う、この野郎。陛下のお怒りをどう思っているのか」と怒鳴りたい気持ちをグッと押さえ、他の者たちの出方をうかがう。真崎は、荒木の饒舌な話術に乗せられて、大勢がこちら側が目指す方向にまとまっていく雰囲気に、自分の責任が回避できると、満足げにうなずいている。

「全員といっても、皇族の方々は遠慮してもらうのは当然である」

荒木は言うべきことはそつなく言い、不満げな統制派の寺内の顔色を見る。寺内は、反対しても多勢に無勢で勝ち目がないと思い黙っている。

「反対する者がいないようですので、全員、これから占拠本部に行く段取りをします。ここで待機していて下さい」

荒木は勝ち誇ったように言った。これで何とかなる、真崎と荒木だけで行動すれば、後で責任問題が発生すると重大な落度になるが、参議官全員ならば、いざとなれば逃げ込めるのだ、と山下は荒木の作戦を見守った。

時計の針は午後九時を回った。陸相官邸の内庭は暗いが、参議官たちを招待する準備が終わった正面玄関前は、軒灯の灯りがことのほかに明るい。この玄関前に次々に三台の車が停まった。待っていた将校たちが玄関から出てくる。車のドアが開く。中から荒木を先頭に、次々に姿を現わした、参議官たちは、将校たちに、宮中に逃避して竜神の袖に隠れていると噂されていた。その参議官たちが、将校たちの前に姿を見せたのである。香田と村中はさすがに興奮した面持ちだ。厳しい目付きであたりを見回す参議官たちを、準備した会見場所に案内する。

部屋には、出席する将校幹部がすでに待機している。入ってきた参議官たちに全員が立席し、挙手をして迎える。参議官は、普段はめったに会えない雲の上にいる将軍たちである。将校たちは上気した顔で、将軍たちが席に着くのを見詰める。山下、小藤、鈴木、満井たちの立会人が大広間の隅で見守る中、長いテーブルを隔てて、蹶起将校側は香田、村中、磯部、栗原、対馬の五人が座る。彼らに対面するように参議官側は、荒木、真崎、寺内、西、阿部、林が座って、林の前に山下が席をとった。

さすがに緊張しているのか、中には便所に立つ者もいる。真崎も席を立って廊下に出るとき、満井を呼んで言った。

「宮中に参内して、いろいろ努力してみたが、なかなか思うように運ばないのだ。本庄には、陛下を何とか宥めるように頼んでおいた。もう少し頑張ってみるが、思ったより難しいので困っている」

「陛下はなんと」

「うん、よい返事ではないのだ」

真崎は陛下の怒りを、はっきり満井に伝えない。

「君の方は、若いもんをよく宥めておいてくれ」

真崎はそう言い、便所に急いだ。

出席者が全員、落ち着いて席に戻ったのを確認した世話役の山下は、席を立って開会を宣言し、会見の席を設けた理由を説明し終わると、将校たちに向けて発言を求めた。まず香田が、将校たちを代表して席を立った。

香田は卓上に配布した「蹶起趣意書」と「大臣に対する要望事項」を読み上げ、その細部に説明を加えて、すでに川島陸相に提供してあるのに、これまで何の回答もないことへの不満を述べた。各参議官は、うつむいて香田の発言を聞いているが、林だけは何度も体を動かして妙に落ち着きがない。

「どうかこれを機会に、我々の要望を受け入れて、奸賊の中心人物の西園寺と牧野を保護検束し、昭和維新を断行していただきたい」

香田は訴えた。参議官たちは、改めて前に座っている将校たちの顔を見た。どの顔も年齢でいえば、自分の息子の歳くらいである。今その息子たちに、意見を聞かされている立場にあるのだ。蹶起を認めない寺内は、真っ赤な顔をして、不満な気持ちを剝き出しにしている。陛下は怒っているのだぞと一言、やつらに言ってやりたいのだが、それが出来ない自分にいらだっているのだ。陛下の意志より、全軍の意志の方がこわいのである。

「我々は、君たちの主張をよく承知している」

荒木が席を立って口火をきる。

「陸相も、君たちの希望をよく理解しており、陛下にも上奏してあるので安心してほしい。今はこれ以上のことを陛下に申し上げるのは、かえって陛下に強要を強いる結果になり、臣下道に反することにならないか。陛下は君たちの今度の事態に対して、非常に御軫念になっておられるのだ」

さすがに怒っているとは言えない。

「何、御軫念だって」

将校たちは荒木の口から、陛下の反応の一端を知って動揺する。隣りの同志に、荒木の言った意味を知ろうと私話が囁かれては飛び交った。陛下は我々の行動に反対したというのか。将校たちの顔は、みんな不安げに変わった。しかし、怒っているという陛下の顔は、想像するまでにはいたっていない。もし陛下が怒っていると聞かされたら、将校たちの誰もが狂い死してしまうであろう。怒った天皇の顔は、将校たちの想像力をはるかに越えた世界なのである。

荒木は、将校たちの心の動揺を見てとり、しばらく様子を窺うため発言を止めていたが、また話し始める。

「そうだ。陛下は御軫念になっておられるのだ。このうえは大義に反さぬよう、諸君は十分に自重して、今後のことはこの我々に任せなさい。我々一同は、命を賭けて善処するよう努力する。だから諸君は、速やかに兵を原隊に帰しなさい」

荒木は親心を発揮する。

「ちょっと待って下さい」

栗原が、発言を求めて立ち上がる。

「我々は昭和維新を熱望して血を被ってきた者です。その我々のただ一つのお願いは、我々の趣旨を汲み取って昭和維新を完遂してほしいのです。清潔で立派な内閣をつくって、日本の危急を救ってほしいのです。我々は私利私欲で蹶起したのではありません。我々は要望を貫徹されぬままで、兵を解散するなどはもってのほかです。兵を解散する時は、大詔渙発が下されて、維新内閣が樹立した時です」

荒木は、栗原の発言を立ったままで聴いていたが、栗原が発言を終えて席に座ると、今度は子供にでも諭《さと》して聞かせるように言う。

「すでに君たちに伝えてあるように、君たちの趣旨は天聴に達している。もうこれ以上、聖慮を悩ませて、大権を私議しようとせずに、この際、兵を解散させるべきである」

荒木は主張した。磯部は、荒木と栗原の「解散しろ」「しない」という意見の衝突に、だんだん不機嫌になってきた。

荒木の奴、いったいどちらの味方になっているのだ。このまま兵を引けば、敵の思うつぼではないか。それでは我々の殺害だけが目立ってしまい、維新の燭光を見ることもなく、ただの暴徒として処罰されてしまうだけだ。荒木は陛下、陛下と、陛下の権威を盾にして兵の解散を主張しているが、我々の行動が本当に陛下の聖慮を悩ませているのか。それはおかしい。我々が命をかけてまで日本の将来を思い、陛下の将来を想っているのに。この熱い想いが、少しも陛下に伝わっていかないのは、貴様ら参議官たちの陛下への説明の仕方が悪いからだ。陛下が悩んでいるだと。そんな馬鹿なことがあってたまるか。そんなことは絶対にない。それは我々への荒木の脅しの何ものでもない。我々の真意を全然判っていない荒木が、この大事な席で、我々を説得する権利がどこにあるのだ。我々を説得することに努力するよりも、我々の趣旨をよく理解して、貫徹すべく動き回る方が本筋ではないのか。荒木がこの席にいるのが間違っているのだ。

磯部はそう考えつくと、憤然と席を立って発言する。

「荒木閣下のお諭しはごもっともです。しかし、今の閣下の御発言には、絶対に聞き捨てにならない言葉がありました。我々が大権私議しているとは、どういうことですか。この国家の重大なる時局に、我々が国家のために真崎大将の御出馬を希望するという赤誠国民の願いが、なぜ大権私議になるのですか。君国のためにと、国民が真人間を推すことは、赤子の真の道ではありませんか」

真崎は、磯部に急に真人間と言われて顔を赤くしてうつむいたが、将校たちの元気の良いのに酔っているのだ。

「なのになぜ、閣下たちは、当の荒木の方は満足げにうなずいて聞いている。我々の希望どおりに正面切って動いてくれないのですか。我々は閣下たちを信頼しているのです」

磯部は伏し目がちの真崎の顔を見る。真崎は、熱い磯部の視線を感じながらも、陛下の不満げな表情を重ね合わせる。磯部の主張は、なおも続く。

「噂では、参謀本部の幕僚たちの間に、皇族内閣説があって、目下検討中であると聞きました。この案は我々の意志を無視した中で台頭してきました。もしもこの皇族内閣説が一歩たりとも踏み誤れば、皇族家に深く傷がつき、まかり間違えば、国体をも傷つけて大問題に発展しかねません」

この案は、参謀本部の土井騎兵少佐が中心になって立案したもので、磯部は、敵側から出た案はどれでも絶対につぶさなければいかんと、直ちに予防線を張ったのである。

「我々はこれまで、欺され続けてきました。我々はもう決して欺されない覚悟をしました。軍長老の閣下たちが、こうした我々のような若輩ものに懇切丁寧にお話し下さるのは、今、我々が武力を行使して占拠しているからです。お説のように、一度でも我々が兵を解散しようものならば、また君側の奸賊が我々の弱体化に付け込んで勃興し、前以上に悪事を重ねるにちがいありません」

磯部の主張に、参議官たちはいっせいに渋い顔付きをした。

「我々が武力を握っている間に、閣下たちがどうか我々の趣旨を実現して下さい。それさえ出来れば我々は、何の心残りもなく、立派にその責を負う覚悟でおります」

磯部の発言は終わった。参議官たちは、みんな腕を組んで目を閉じた。そしておのおのが、奴らを説得するのは難しいぞと考えていた。山下は、そんな参議官たちの様子を見て、休憩を入れることにした。

「村中、ちょっと来てくれ」

一息ついている村中のところへ、山口がやってきて背中をつっつく。村中は席を立った。

「隣りの部屋に橋本欣五郎大佐が来ている。貴様を蹶起軍の代表と見込んで、特別に話し合いたいそうだ」

「私に、何の話し合いだ」

村中は不審な顔をした。

「次期首班を誰にしたらよいか、相談したいと言っている」

「判った」

村中は、山口に案内されて隣室に入る。

「よう、村中君。老頭児《ロートル》を相手に何を議論している。こうなっては、真の相手は時間の方だぞ。早く首班を決めなければ、君らの蹶起は失敗するぞ」

橋本は、村中の顔を見るなり、敬意を払って言った。自分がやりたかったことを、年下の若者がやってのけたからである。

「それで、相談とは何ですか」

村中は橋本に敬礼してから、橋本の前の椅子に座った。何事かと、磯部も部屋に入ってきた。

「もう派閥争いは無意味だから、止めようではないか」

「…………」

「君たちの腹は真崎首班だろう。それもいいだろう。どうだ、真崎首班、建川陸相で」

「駄目だ。陸相は柳川と考えている」

磯部が、村中に代わって橋本に伝える。

「清軍派だから、建川は使えんと言うのか」

橋本としては自分の親分を、何とか陸相の椅子に座らせてやりたいのだ。

「駄目だ」

村中も反対する。

「考え直す余地はないか」

「駄目だ」

「皇族や参謀本部では、真崎大将を毛嫌いする者が多い。彼らを説得できるのは、俺しかいない。君たちの力では無理だ。どうだ、俺が真崎を首班にさせてやるから、建川を陸相にたのむ。あんな参議官たちに頼っても、埒があかんぞ」

「建川か」

村中は、前に座って黙考する真崎の顔を思い浮かべた。

「こんな会議はあてにせず、俺たちで維新内閣の首班を決めようではないか」

「しかし」

「何を言っている、緊急を要するのだ。帝国ホテルに参謀本部を代表して石原作戦課長、皇道派の真崎大将の代理として満井中佐、そして清軍派を代表してこの俺、それに蹶起軍を代表して貴様の全四人で、具体的な人物を挙げて事態の収拾を検討しよう」

橋本は力を入れて訴える。

「磯部、どうする」

村中は意見を求める。

「いいだろう。俺はこっちの会議をまとめるよ」

「そうか、そうしてくれるか」

橋本はうれしげにうなずくと、他の三人に連絡を取って帝国ホテルで会う時間を決めるから、決まったら電話で知らせると、村中に伝えた。休憩が終わって、また会議が再開された。今度は寺内が前に座っている磯部に質問する。

「では、我々はどうすればよいのだ」

「こうです」

磯部は、卓上の紙片に書き込み、それを寺内に渡す。

「うーん」

読み終わった寺内は唸った。紙片には、「軍ハ自体ノ粛正ヲスルト共ニ、維新ニ突入スルを要ス」と書かれてあった。寺内は紙片から目を離して、前の磯部の顔を見た。奴らは英雄気取りで鼻もちがならない。この青二才めが、と思う。寺内は不機嫌になったが、仕方なく、内ポケットから手帖を出してその文を書きとめ、隣りの西大将に回覧させる。

磯部が書いた用紙が一巡したのを見届けた真崎が、やっと発言を求めて席を立った。将校たちは、真崎の発言に固唾を飲んだ。

「これまでの君たちの発言によると、自分を首班にと期待をしているようだが、自分はその任ではない。それに、このような不祥事があったあとで、君たちの推挙で首班になることは、御上に強要することになり、臣下の道に反しており、おそれ多い限りである。私は断じて引き受けることは出来ない」

真崎は、厳しい表情で心情を伝えた。将校たちは首班を断わるという真崎の言葉を聞いて、失望の色を濃くした。だが磯部だけは、まだ真崎に期待している。真崎の発言は本意ではないのだ。真崎は事態の混乱に戸惑っており、どこから手を付けてよいのか判らずに自分の処理能力を疑問視して、今まさに怖じ気づいているのだ、と磯部は思っていた。

「ほかに意見は」

山下は将校たちに声をかける。しかし、誰も発言しようとしない。

「これ以上意見がないようなので、打ち切っては」

立会人の鈴木が、山下に終了をうながす。

「では、今日の会見はこれで終わります」

山下は会談を終わらせた。

参議官たちが引き揚げて席にひとり残った磯部は、会談の意義を考えていた。肝心な解決に必要な具体的な対応策は、何ひとつ出なかった。単なる顔合わせだけで終わってしまった。お互いにもっと本音で言い合って、実のある会談にしたかったが、あの荒木の発言はなんだったのだ。なにか奥歯に物が挟まった言い回しで終始していた。その点を指摘して責めると、「御上が、御上が」と大上段からやられて、こちら側は口もきけない状態になって、言いたいことの半分も言えなくなってしまった。もっと和やかな雰囲気の中で、何の腹蔵もなく語り合えたら、もっと良い解決策が出るはずだった。

天井のシャンデリアの灯りが急に消えた。それでも磯部は、席を立とうとしなかった。官邸の内庭にいる部隊は、天幕を張って露営する徹宵警戒に入った。焚火で暖をとっている明かりが、庭のあちこちで鬼火のように見えた。

第八章　討伐

七十四

二十七日午前三時、雪の東京市内に戒厳令が布かれた。

この戒厳令は第九条と第十四条のみの適用として、参謀本部の杉山元次長が石原作戦課長の強引な主張に振り回されて天皇に上奏し、それを受けた天皇は、直ちに閣議に諮問した。その閣議の席上で、陸軍大臣の川島が戒厳令の内容を説明すると、政党側は、行政権を軍部に掌握されると恐れて抵抗したが、この事態の収拾にはやはり軍部の力を借りねば覚束ないと悟って、軍の意見を飲み、可決されたのである。その後、この決議案は枢密院に回され、形式的な手続きをへて十分後に可決された。時に午後十一時三十分であった。

枢密院の平沼騏一郎から、可決の報告を受けた参謀本部の杉山次長は、明けて二十七日午前一時二十分に参内し、天皇に戒厳司令部の長官名とその編成人名を上奏した。戒厳司令部の長官は東京警備司令官の香椎浩平中将が拝任、参謀長は安井藤治少将が、そして作戦参謀には輝かしい実戦体験を持つ参謀本部の石原莞爾作戦課長を引き抜いて決定された。戒厳司令本部は、人数が増えるため、三宅坂の警備司令部から、九段の軍人会館の一階と二階に引っ越しすることとし、参謀本部、陸軍省、憲兵司令部から優秀なスタッフを引き抜いて送り込むことに決めた。天皇は杉山の上奏に対して、

「暴徒は徹底的に始末せよ。戒厳令を悪用することのないように」

との御言葉を、杉山に伝えることを忘れなかった。

戒厳令とは、国家行政と司法の一部を軍部にゆだねるもので、内務大臣からは警視総監の権力と裁判官や検察官の権力を、陸軍大臣からは師団長や憲兵司令官の権力を、それぞれ代行でき、それらの権利を戒厳司令官が握るものであった。

「やっと貴様たちの目標としていた一部が達せられたなあ」

真夜中に戒厳令公布の号外が出て、それを手に持った山口が占拠本部に駆けつけ、官邸内でまだ起きていた香田を見つけて言った。

「我が占拠部隊は、戒厳軍に編入されて小藤部隊の一部となった。完全な正規軍になったわけだ」

戒厳警備隊本部は、蹶起部隊の陸相官邸と並び、鉄相官邸になった。

「占拠部隊から、維新部隊に移ったか」

「ワン太の言う通りだ」

「天皇陛下が、貴様たちの行動をお認めになったのだ」

山口の声はうれしさで弾んでいる。

「その通りだ。これから我が部隊は天皇の意志を体現すべく、手足となり、東京市内の暴動を封じて、維新に向けて突っ走るのだ」

香田も、顔一面に笑みを浮かべて言った。

「よう、別格」

磯部が軍人会館の様子を見に行って戻ってくると、香田と山口を見つけて声をかけた。

「どこへ行っていた」

山口が訊く。

「軍人会館だよ。警備司令部が三宅坂から九段に引っ越して、各新聞社の記者たちも一緒になってトラックに机や椅子を積んでくる。今軍人会館では、部屋割りで大騒ぎだったよ」

磯部も、戒厳令が布かれて得意満面である。深夜だというのに、外では号外の鈴が鳴っている。

「これが人事異動の通知だ」

山口は、連隊長の小藤から受けた報告書を香田に渡す。香田はその用紙に目を通す。磯部も横からメモ用紙を覗いて、石原の名前を見つけた。

「ああ、いたいた。石原課長が部屋割りの指揮をとっていたよ。一息ついたら、帝国ホテルへ行くつもりだと言っていた」

「石原課長は、戒厳本部の作戦課長になっている」

「そうだよ。俺は参謀本部の作戦課長から戒厳本部の作戦参謀に格下げになった、と笑っていたよ」

「石原さんが参謀とは心強いな」

香田は言った。

「いや、まだ味方か敵か判らんぞ」

磯部は、陸相官邸での石原の態度を思い出して言う。

「ここに来る前、歩一の連隊本部に堀師団長が見えられて、維新部隊の貴様たちに、食糧や防寒着を輸送するよう指示して帰ったぞ」

「そうか」

香田はうれしげに言う。

「あとは早く首班を決めて、維新を完遂することだ」

山口が気負って言う。

「ワン太、応援を頼むぞ」

磯部が言う。

「でも、喜んでばかりはいられないぞ」

「どういう意味だ」

香田の顔色が一瞬、曇った。

「噂によると、戒厳令が公布されてすぐ、秘密裏に作戦図が作成されたらしいのだ」

山口は慎重に言う。

「作戦図か」

香田の目付きが変わる。

「うん、その配置図を見たものが言うには、討伐作戦図だと解釈する硬派と、いや帰順勧告工作だと解釈する軟派の二通りに分かれているそうだ」

「おかしいな。俺たちの部隊は、正規軍に編入になったのだろう」

香田は、理解ができぬと不安な顔付きをする。

「そう言えば、佐倉や高崎らの連隊が参謀本部の命令で東京に呼び出されて、近衛師団の一部の連隊と一緒になって妙な動きをしはじめていて……」

佐倉の山口連隊長や高崎の佐藤連隊長は、皇道派といわれている。

「うん」

「どこでどうなっているのか。占拠地域を囲む兵の数が少しずつ増えてきているそうだ」

山口が柴有時大尉から仕入れた情報を、ふたりに披露する。大臣告示に対し大いに不満があった香田は、待ちこがれていた戒厳令の公布にやっと素直に喜んだのに、また山口の不吉な情報を聞かされて、まだ気を緩めてはいけないと考え直した。

「そう言えば、山口、歩一と歩三の営庭に、大砲の砲台が設置されたと聞くが本当か」

香田が山口に訊く。

「本当だ」

山口は、香田に指摘されてハッと気がつく。

「どこからか戦車も現われて、その数を増やしてきたと各占拠地域から通報が入ってくるが、その砲先がみんなこちらに向けられているそうだ」

そう言う香田の顔は、どんどん暗くなっていく。

「早く首班を決めて維新を断行しなければいかんな。また奸賊どもが息を吹き返して、何をするかわからん」

磯部はきっぱりと言った。官邸の外では、深夜だというのに降る雪の中で兵たちが、戒厳予備隊に編入されて正規軍になったと知らされ、差し入れの振舞い酒を飲んで歓声をあげて騒いでいる。磯部は窓越しに、兵たちの騒ぎ振りを見詰めながら、戒厳司令官になった香椎中将は皇道派だと聞いているが、真崎はこの香椎をうまく動かして、我々の積年の夢である昭和維新の実現に努力してほしい。それなのになぜ、真崎は首班になるのを尻込みするのだ。磯部の疑問は、またもやここに戻ってしまう。先に進まないのである。

部屋の電話が鳴った。側にいた磯部が受話器をとった。首相官邸の中橋からの電話である。

「どうした」

「磯部さんか。今、情報を得たので報告する」

「うん」

「今夜、近衛師団が我々の部隊の武装解除を決行するために夜襲をかけるというものだが、宮城占拠を狙った俺に怒ってのものだろうか」

「何を言っている。近衛師団は戒厳司令官の配下になったのだ。司令官の指示に従わねば動けないはずだ」

磯部から電話の内容を聞いた山口が、怒って言った。

「そうだよ。香椎がそんな馬鹿な命令を下すはずがない。本当なら、こちらから先制攻撃をかけてやる。中橋、判った。こちらでよく調べてみる」

磯部は、受話器を置くといきまいた。

「デマだ。デマだよ。俺はそんなバカバカしい情報は信用せんぞ」

山口は、いきまく磯部を宥《なだ》める。

「参謀本部の馬鹿野郎だな。よし、向こうがその気なら、敵の総本部の閑院宮を襲撃して壊滅させてやる」

「磯部、落ち着け。こうなると、戒厳司令部と維新部隊との連絡係が必要になってくるな。こうわけの判らん噂が飛び交っては、噂に惑わされて暴走しかねない。そうだ、柴大尉にその連絡係になってもらうか。どうだ」

「うむ」

「俺が香椎司令官にかけ合ってやろう」

「それはいい考えだ」

香田は賛成した。柴は皇道派の幹部に顔が広い。

「それにしても、首班を誰にするか決まっているのか」

山口は心配していう。

「うん」

「早く手を打てよ。まごまご出来んぞ」

「村中が、帝国ホテルに行っている。そこで決まるはずだ」

磯部はそう言って、窓の外に視線を移した。

七十五

二十七日の午前二時、降り止まない小雪の下で、薄化粧の日比谷公園は雪明かりの中で浮かんで見える。その公園を外堀通りを隔てた向かい側に、瀟洒な佇《たたず》まいを見せる帝国ホテルがある。よく見ると、二階の窓硝子に灯りがついている。正面の玄関から建物の中に入ると、左側に二階への階段がある。その階段を登ると上は大広間で、天井のシャンデリアに灯りがついている。広間は奥行きが二十メートルもあって広く、その天井を支える太い柱の陰から男の囁き声が聞こえてくる。近寄ってみると、軍服を着た男がふたり、向かい合って椅子に座っている。ひとりは橋本欣五郎大佐で、もう一人は満井中佐である。

「蹶起軍の守りは乱れておるぞ。もう少し歩哨線を、厳しく布かなければいかんな。将校たちの兵への訓練がまずいぞ。何せ、この俺が簡単に中に入れたのだから」

橋本は、将校たちの兵の訓練の未熟さをまず指摘する。

橋本欣五郎大佐は、三月事件や十月事件などの裏の立役者で、暴れん坊であった。彼はそのため、軍の秩序を乱す者と軍当局に睨まれ、今では謹慎処分を受けたかたちで、三島の野戦重砲第二連隊長へ配属されていた。この橋本に事件を通報したのは、東京方面の情報係を任じる東京日日新聞記者の林広一である。林より通報を受けた橋本は、状況視察と称して上官の旅団長より東京出張の許可をもらい、二十六日午後五時に品川駅に到着した。

到着した橋本は、さっそく赤坂四丁目に住む知人の柳原義光伯爵邸に立ち寄り、宮中内の状況をさぐる。柳原は宮中の麝香《じゃこう》間が控室となる公卿で、橋本とはとくに親しい。義光の伯母は天皇の祖母で、二位の局柳原愛子という、その関係で柳原邸に立ち寄って、天皇の消息を知ろうとしたのである。その後、軍人会館に顔を出し、軍当局の反応を調べた。

おおよその情報を把握し終えた橋本は、蹶起部隊の占拠本部である陸相官邸に乗り込んで、参議官たちと会談中の幹部将校たちと会った。将校たちは大権私議を恐れて、自分たちの熱望する首班の名前をあからさまに口にするのを嫌がっている。それは、臣下が口に出して要望するものではないと、本気で思っている。橋本は、若者らしい考え方に付き合ってはいられぬ、この非常時に何をグズグズして、老人を相手に話し合っているのだと思い、香田の紹介を得て村中と帝国ホテルで会合を持つ約束をしたのである。すでに三人の間で、「まず天皇に大権の行使を仰いで維新を断行する。蹶起部隊は原隊に撤退する」という基本線では一致していた。問題は首班を誰にするかであった。

「参議官たちを呼んでみたが、要領を得んので参っている、と村中が怒っていたよ。俺は、今、老人を相手にする時ではないと注意してやったがね」

橋本は笑って満井に言う。

「村中が怒るのも判るのだ。真崎御大が、どうも逃げ腰なのだ」

立会人として会議に出席していた満井は、将校たちの要望を、虚ろな表情で聞いていた真崎を思い出しながら言う。

「真崎が駄目なら、ほかに誰かいるか」

「将校たちの真意をよく理解できて賛成してくれる人物ならば、誰でもよいと言っている」

「具体的な名前を挙げないのか」

「腹の中では、やはり真崎なのだが、一部に柳川平助中将を希望するものもいる」

「うむ」

「ただ、軽はずみな発言は出来ないので、慎重に発言している」

「俺が参謀本部を説得して、真崎を首班にしてやる」

「うむ」

「その見返りに陸相を建川にしてくれ」

橋本は官邸で磯部に反対された話を、今度は満井にぶつける。

「無理だな。建川を毛嫌いする連中が多い」


橋本の発言には、荒木人事によって地方に飛ばされたボスの建川を中央に連れもどし、橋本自らも中央に打って出ようとの野心が見え見えである。

「だがなあ、俺の案を飲まんと、蹶起の成功の目はないぞ」

「目がない」

「じつはなあ、俺が上京してすぐに柳原伯に会って、皇族たちの反応をさぐってみたのだ」

柳原伯家は貞明皇后の実家である。

「………?」

「陛下は、ひどく御立腹だと言うではないか」

「本当ですか」

「本当だ。この事実は、将校たちは知らんだろう」

橋本は、そう打ち明けて満井の目を凝視する。

「そう言えば」

満井は、参議官会議が始まる前に、真崎が自分を廊下の隅に呼んで、「宮中の方が、なかなか思うようにいかなくて弱っておる」と言っていた時の困り切った表情を思い出した。

「うむ……御立腹か」

満井は、自分に言い聞かせるように呟く。

「俺はその後、参謀本部に行って対応策を聞いてみたが、真崎の評判は良くなかったぞ」

「それは当然なことで、気にはしていないが」

満井は考え込んでしまった。参謀本部の連中が真崎御大を目の敵にしているのは、当面の敵であるから当たり前のことであって少しも驚かないが、陛下のお怒りについてはうそかまことか、それとはなしに満井の耳にも届いていた。しかし、仮に本当だとしても、誰が告げ口をしたのか。真崎は寺内ではないかとちらっと言っていたが、陛下の誤解から生じたもので、こちらが真心をもって説得すれば、簡単にその誤解は解けるものと思っていたし、将校たちにその話をすれば、そんな話は君側の奸賊どもの流す作戦の反映であると本気にもしないだろう。かえって興奮させてしまって暴走しないとも限らない。

しかし、改めて橋本にその秘密を打ち明けられた満井は、これまでの自分の判断に迷いが生じ始めた。

「参謀本部の連中は、真崎をぶった斬ってやろうといきまいているぞ。真崎は事もあろうに、いの一番に叛乱軍の占拠本部に、颯爽と姿を現わしたと言うじゃないか。参謀本部では、叛乱軍の黒幕は、真崎だと決めつけている」

「…………」

「村中たちが可愛いなら、真崎は敵が多すぎる。よした方がいい」

「でも、村中は承知はすまい。彼らは真崎御大を頼り切っている」

「真崎閣下だって、馬鹿じゃない。陛下や参謀本部に嫌われてまで、自分が首班になろうとは思っていないよ」

「うむ」

「なあ満井、建川を陸相にするなら、俺と建川で参謀本部の怒りを鎮め、真崎の反対勢力をくい止めてやるよ」

「建川か」

満井はなおも考え込む。陛下が誤解していようと、参謀本部は陛下の意思を尊重して、蹶起部隊に反撃のエネルギーを強化してくるはずだ。建川なら、橋本が強調するようにそんな参謀本部の矛先をうまくかわして、事態をこちら側に有利に展開させてくれるかもしれない。何せ陛下を敵に回して勝てる戦ではないのだ。しかし、あの潔癖な村中は、この折衷案を呑んでくれるだろうか。満井には村中を説得させる自信がない。

「やっぱり無理だ。そんな話を持っていったら怒りだし、私の命もあなたの命も、共に危うくなります」

満井は、悲愴な顔付きで訴える。

窓外でオートバイのエンジン音が近づいてくる。

「きたな」橋本が椅子から立ち上がり、硝子窓の被膜を拭って下を見下ろすと、玄関口で石原がサイドカーボックスから降りるのが見えた。

「石原が来た」

橋本が満井に伝える。石原は肩をいからせ、サーベルをガチャつかせて、大広間に上がってきた。

「参謀」

橋本が横柄な石原に声をかける。

「陛下を宥《なだ》めるのは難しいぞ。それで遅くなった、すまん」

石原は、白くなった軍帽と手袋を脱ぐと、橋本の脇に座った。

「本庄が陛下を宥めるのに懸命だが、あれでは陛下に大権を仰いで維新を断行するのはあやしいな、満井」

石原はふたりに訴える。この事態を利用して国家総動員的な革新体制に持ち込む意図を持っている石原は、皇道派と統制派のどちらから首班を選んでも決してまとまらぬと判断して、中間派の皇族で自分にとって扱い易い東久邇宮殿下を首班にして、事態を収拾したいと考えをまとめてきたのである。

「満井に、建川を陸相にすれば俺が真崎を首班にするよう説得してみせると訴えたのですが、断わられました」

「真崎は無理だ。参謀本部は絶対認めんよ。ところで、説得してみせると言ったが、橋本さん、誰を説得するのですか」

「陛下を」

「何を言う。あなたにそんな大それたことが出来るわけがない」

石原は怒り出す。

「いや、柳原伯にお願いし、貞明皇太后から陛下にと」

「何を言う、駄目だ。真崎も建川も、この二人では絶対に収拾がつかん」

「石原さん、それではあなたは誰が適任だと考えているのですか」

「俺の意見を言う。参謀本部の中ではここに来て、急速に武力解決論が主流になって固まってきた。宮廷内でも陸軍の内輪もめに愛想がつきて、軍部には任せられないと、皇族の首班説が浮上してきている」

「皇族の誰ですか」

満井が訊く。

「東久邇宮殿下です」

「駄目です。無理です。磯部が反対だ」

満井は、話にならんと即座に否定する。

「うむ」石原は唸った。

「では、誰にすればよいのだ」

石原は不満げに聞く。

「海軍の山本大将ではどうか」

満井は亀川と相談した結論として、真崎に決まらない場合として腹の中に温めていた名前を言って、石原と橋本の顔色を窺う。山本は、二大政党の政友会と民政党が国家の存在や国民の窮乏に心を向けず、二大財閥の三井と三菱の意を伺うことだけに兢々として党利党略に明け暮れる無為無策ぶりが、日本国家の危機を招いたと考え、ただ傍観するだけの上官だけを見ては、頼むに足らずと将校たちが決行しようとテロに走るのだと判断し、これでは何年かかっても、彼らの革新将校運動はおさまらないと主張して、その解決策を事あるごとに宮中や政界内部に訴え続けていた、特異な提督であった。

「あの山本か」

石原は、満井の意外な人物の名を聞いて絶句し、改めて考え直してみる。

山本なら皇道派はもちろんのこと、宮廷内部でも、統制派でも、陸軍へ反対表明している海軍側にも、また、参謀本部でさえ受けがよさそうだ。自分もうまく使える。

「無難かもしれん。山本か。うん、いいだろう」

石原は、めずらしく素直に結論をだす。

「そうだなあ」

橋本も、シブシブ次案で納得する気持ちになる。

「ただし条件がある」

石原が言う。

「…………?」

「部隊を直ちに原隊に復帰させてくれ」

「うむ」満井は腕を組んで考え込む。石原と橋本は、満井の顔色をうかがう。満井は蹶起将校を代表してきているが、さすがに自分ひとりでは決断がつかない。

「村中に電話をしてみる」

満井は、大広間の隅にある電話をかける。

「おい、村中か」

会議中の村中が呼び出されて、電話口に出てきた。

「会議中か。こっちでは真崎では話がまとまらない。橋本が言う建川の線と、石原が主張する東久邇宮の線は断わっておいたよ」

「もちろんです。それで」

「うん。三人でまとまったのは、海軍の山本英輔大将だが、どうだ」

「…………」

「それも条件がある……直ちに部隊を原隊に戻すことだ」

「駄目です」

村中は、条件を聞いて声を荒げた。

「首班が誰になっても、我々の真の目的は、昭和維新の断行です。だから維新が成るまで、我々は絶対に占拠地域を引き揚げるつもりはありません」

「条件は呑めんか」

満井は哀願する。

「電話では話になりません。これから、そちらに伺います」

村中は電話を切った。村中は、指定された帝国ホテルに徒歩で向かった。その時、雪は横なぐりに激しく振っていた。やっとの思いでホテルに着くと、サイドカーに乗った男が、入れ違いに爆音をたてて村中の横を通り過ぎて行った。村中は、その男は石原だと気付かずに、ひたすら灯りのともった二階への階段をのぼっていった。

「遅いぞ。今、石原がかえったところだ」

雪まみれの村中を見て、満井が言った。

「村中君」

橋本が声をかける。

「蹶起して十七時間も過ぎている。解決を遅らせていると、成功のチャンスはどんどん無くなっていくぞ。君は陛下が御立腹になっておられるのを知っておるか」

「それはウソだ。それは奸賊の残党が、陛下にそうさせているのだ」

村中は少しも取り合わない。

「本当の話だ。橋本さんが、柳原伯から聞いた話だそうだ」

「柳原伯は貞明皇太后の……本当か」

村中の顔色が変わった。

「村中」

満井が言う。

「ちょっと休ませてくれ」

次々にやってくる難題が未解決のまま、頭の中に山積してくる。村中はそのうえ、まだ一睡もしていないのだ。さすがに疲れて考えがまとまらないまま、村中はふたりの前で腕を組んで目を閉じた。村中にとっては、やっぱり陛下の御立腹は衝撃なのである。

「村中」

満井が今度は小声で諭すように、目を閉じた村中に声をかける。

「引いてくれ。頼むから引いてくれ」

満井の声はうるんでいる。

「………」

「どうしても引けないか」

「駄目です」

村中は、目を閉じたまま言う。

「我が部隊は昭和維新の魁です。まだ誕生したばかりです。それこそ産みの苦しみを味わって、やっとここまでこぎつけたのです。赤児のままで引き揚げるわけにはいきません」

「山本首班で任せられんか」

「任せられません」

「村中」

満井は、目を閉じている村中の両肩に手を置いて訴える。

「貴様の気持ちは、軍人であるならば、誰だってよく判る。心配するな。後のことはこの俺に任せて、引いてくれ」

「村中、満井の言う通りだ。そうしろ。それが一番よい方法だぞ。俺たちは、君たちの悪いようには絶対にしない」

橋本も目をうるませて言う。

「でも……でも」

村中の声は嗚咽《おえつ》で、後は言葉にならない。

「俺と橋本では力不足かもしれないが、君たちには本庄や堀や、香椎だって川島だって、真崎御大だって、頼れる相手が沢山いるではないか。頼む。君たちが困るようなことはしないよ」

「……北先生に相談したい」

涙を拭くと、村中が呟く。

「何、あの北一輝か」

橋本が満井の耳元で囁く。

「そうだ」

満井はうなずく。橋本は不機嫌になった。将校たちの背後に北がいて、指揮をとっていると思ったからである。

「貴様は、俺たちよりも北の言うことを聞くのか」

「ちがいます。北先生はこの蹶起に関係はありません」

「では、自分で判断しろ」

橋本は北と村中の間に楔《くさび》を打ち込む。村中は満井から身を離した。

「北は軍人ではないぞ。そんな奴の意見を聞こうというのか」

満井も批判する。

「うむ」村中はひるむ。

「判りました」

村中は決心した。陛下の御立腹という言葉が、村中の意欲を弱気にさせた。

「そうこなくちゃ」

橋本の硬い表情が、急にゆるんだ。

「ありがとう」

満井の目元がまたにじんだ。

「善は急げだ。至急に仲間を説得してくれ、俺はこれから山本大将の説得だ」

満井は、さっそく亀川に電話をして、亀川に山本の家に報告に行ってもらうつもりなのだ。村中は階段を下りて陸相官邸に向かった。磯部を説得できるか不安を抱きながら、雪が激しく降る雪道を歩き続けた。村中が陸相官邸に戻ると、すでに大広間の机と椅子は片隅に積み上げられ、空いた広間には敷き布団が敷かれている。寝息を立てている顔を覗くと皆、将校たちだ。中に大の字になって鼾《いびき》をかいて寝ている磯部の顔を見つけた。村中は磯部の顔を叩く。

「どうした」

磯部は眠い目をこすり、掛け布団をめくって起き上がる。

「磯部、こっちで話そう」

村中は、磯部を誰もいない隣りの部屋に連れ出すと、ホテルの会合での内容を報告した。磯部は参議官との会談の内容を報告して、ただの顔見せだったと感想を述べた。村中は首班は山本大将に決まったと伝えると、

「山本か。山本のことは、亀川からよく聞かされたよ。これは亀川と久原のふたりで絞り出した第二案だ。駄目だな。山本では弱いな。軍上層部を動かせんぞ。貴様はホテルまで出向いて、そんなつまらん話をしてきたのか」

と、磯部は村中に初めて怒った。

「目的は達成したことだし」

「何を言っているのだ。どうしたのだ。貴様、変だぞ」

「………」

「勝負はこれからだぞ。宮城占拠は失敗しているのだ。君側の奸賊どもが、勢力を盛り返して反撃してくる。我々は絶対に兵を引いてはいかん。畜生、敵の本陣は戒厳司令部だ。あそこを転覆させようではないか」

磯部は、目をギラギラさせて訴える。

「しかし、陛下が……」

村中は陛下が怒っていると、磯部に打ち明けようとしたが、今そう言っても、本気に聞いてくれそうにない、と思って、言うのを止めた。

「敵はさるもの。俺たちの弱点を見つけようと、虎視タンタンと攻撃のチャンスを摑もうと狙いをつけてくる。ここで兵を引いたら、奴らの思う壺だ。そうなったら、奴らのいいなりになるしかない。おい、見ろよ」

磯部はそう言うと、村中を二階の窓側に引っぱってい

く。

「ホテルから戻ってくる途中で見ただろう。この占拠本部を、あの包囲軍が少しずつ狭めてくるのだ」

「でも、我々の部隊は戒厳令下の予備軍だ。彼らと一緒に共産ゲリラの暴動に備えているのではないか」

「何を馬鹿なことを言っている。あの戦車の砲先は、どっちを向いている。こっちだぞ」

路地の物陰にひそむ戦車の砲先は、どれもみんなこっちを向いている。

「だがなあ磯部、陛下のおぼしめしが良くないらしいのだ」

「貴様は、そんなことで悩んでいたのか」

磯部は、村中の悩んでいた原因が判ると、

「そんな話は、敵の謀略に決まっている。つまらん噂に惑わされては、これから先、何が起きるか判らんのに、今から神経がすり切れて使いものにならなくなるぞ。しっかりしろよ。陛下は我々の陛下だぞ。決して奸賊の陛下ではないのだ。もっと自信を持ってくれ」

磯部は村中を励ますと、豪快に笑った。だが、村中の顔色はさえない。

「そんなに不安ならば、北先生に相談してみたらどうだ。先生は支那革命の実体験者だ。机上の革命理論を吹聴して悦に入る評論家ではない。言語を絶する修羅場を幾度もくぐり抜けてきた本物の革命家だ」

磯部は蹶起する数日前、北宅で話し込んだ時の北の言葉を思い出した。革命とは予測不能な不条理な世界だから、結局、最後に頼れるものは他者の存在ではなく、自分自身の強い信念だけである。その信念を持って冷静な目を養い、噂などには惑わされない意志を貫き通さなければならない。北は支那大陸での体験を例にとって、磯部に話したのである。

「よし、夜陰に乗じ、報告を兼ねて直接にあって聞いてみる」

村中は言った。

顔がはっきり見えぬ男が、部屋の出入口でふたりの会話に聞き耳をたてていた。フト磯部の視線に合うと、スッと姿を隠す。気になった磯部は、隠れた男を追ったが、見つけられなかった。

七十六

煙のこもった北邸の応接間に、北と西田が亀川と話し合っていた。テーブルには酒の瓶が載っている。

「西田君、村中も同意した意見なのだ」

山本大将宅に首班を依頼してから、北邸にやってきた亀川が、しきりに弁解する。

「奴らは兵を引かせることばかりを強調するが、兵を引けば、こっちの主張は何も通らなくなる。そのくらいのことは、亀川さん、判っているはずだ」

「西田君、じつは」

「じつは……何だ」

西田は、躊躇する亀川に催促する。

「じつは……じつは陛下のお考えがよくないのだ」

亀川はやっと言った。

「どういうことだ」

「……陛下は御立腹しているのだ」

「誰から聞いた」

「橋本欣五郎大佐だ。柳原伯の筋から、聞き込んだらしい」

西田は、煙草の灰を灰皿に落としながら考え込む。

「それは脅しだな」

北は、腕を組んで目を閉じると、言った。

「真崎が首班になるのを嫌がっている理由はこれか」

西田は北の顔を見ていう。

「こうなってはもう、山本閣下をおいては誰もいなくなった」

「うむ。しかし、兵を引くわけにはいかない。もうしばらく待って様子を見るべきだ」

西田は後に引けない。真崎の器量にすべてを任せて、うまく行くものだろうか。もう少し熟慮したい。なにせ皇道派のボスなのだから。一方、亀川の方は、満井に山本の首班を条件に兵を引かせる約束を引き受けた手前、何としても反対する西田を説得しなければならない。

「北先生、どうしたものでしょう」

亀川は、コップの酒を口に流し込んでから言う。

「うむ」北は生返事をする。

「村中たちは真崎に命を預けて兵を連れ出し、昭和維新をめざしたのだ。ここに来て急に不利な状況になったからといって、他の者に勝手に変更してよいのか」

「しかし」

亀川が口を挟む。

「いや、どんなことがあっても動揺しないで、真崎を首班に維新内閣成立のために、このまま頑張って占拠を続行させるべきだ」

西田は亀川の発言を抑えて、勢いづいて言う。

「うむ」北は、陛下と真崎の力関係を測った。

「判りました」

亀川は、西田の剣幕に驚いて引き下がった。満井からの電話で、すぐに山本に会って首班を依頼し、その足で北の家に飛んできた亀川は、山本の意見を報告するつもりであったが、こう西田にはっきり反対されては、伝える理由がなくなった。仕方なく煙草を灰皿に捨てる。

「満井と再度、検討してみます」

亀川は、そろそろ村中がやってくるという西田のすすめを振り切って、這々《ほうほう》の体で北邸を引き揚げる。亀川が帰ってしばらくすると、軍服姿の村中が、北邸の応接間に姿を現わした。

「とうとうやりました」

「村中君か、御苦労」

北は、部屋に入ってきた村中の少しやつれた顔を見て言った。村中は北の前の椅子に座ると、北の妻鈴が取り寄せた店屋物を平らげながら、

「君側の奸賊に天誅を加えました」と話す。

「宮城占拠が失敗したのは残念だったが、他の作戦はすべて成功したようですね」

「かえって失敗したのが、よかったと思っております」

「でも村中君、今朝の新聞では、鈴木侍従長と高橋蔵相は重傷であると報告されているが」

「新聞が出たのですか」

箸を止めて、村中は顔を上げる。

「ああ、それに牧野の名がなかったが」

西田が聞く。

「中橋は、確かに殺ったと言っていますが、牧野と鈴木はどうも失敗したようです」

「牧野はうまく逃げられたか」

北は残念そうに煙を吐く。村中は食べ終わって箸を置くと、陸相官邸を占拠して川島と面会した経緯と、参議官たちを呼んで会談した時の大将たちの様子と発言内容を、細部にわたって報告した。

「さっき、ここへ亀川が、山本を首班にする条件で部隊を原隊に復帰させたいと相談にやって来たが、断わっておいたぞ」

西田が伝える。

「磯部にも、駄目だと言って叱られました」

「兵の帰隊は止めた方がよい」

北も言った。

「それはいいのですが、どうも陛下が」

「亀川も言っていた。陛下が怒っていることだろう」

「ええ」

「それは脅しだ。心配することはない。こちらには殿下がいるではないか」

北は、裕仁の反応を無視するように言った。

「秩父宮ですか」

西田が驚いてきく。

「そうだ。秩父宮の動きが、これからは鍵になる。右にひねれば開くが、左にひねれば閉じる」

「どう言う意味ですか」

西田は、意味が判らずに聞き返す。

「別に意味はない。もう少し相手の様子を見た方がよいと言うことだ」

北は西田の追求をはぐらかせた。じつはこの時、安藤が自分の家に秩父宮を連れてきた時のことを思い出したのである。殿下は国防方針は米・ソの順になっているが、ソ連極東軍を第一の仮想敵とすべきで、統制派の「中国一撃論」は間違いであると主張し、対ソ戦ではソ連の機甲部隊やガス部隊にどう対処するのか、その戦略が明確になっていない。参謀本部では、対ソ戦の具体的な戦闘をどのように想定するか、それに対抗できる軍事力をもっているか、報告書を作成してみたいと語った後で、幼少の頃の裕仁が運動オンチで、木馬にも乗れなかったとか、猫背で近眼な自分の醜い姿に肩身の狭い思いを持って、弟の秩父宮には、相撲を取って負けると、

「弟は、生まれながらに帝王学を身につけていてうらやましい。自分はこんな姿で国民の前に立つのは嫌だ」

とよく母親の貞明皇太后に泣きついていた。それで体力に自信のない裕仁は、部屋にこもって生物などに興味をもって書物を漁るようになったと、裕仁の欠点を次々に暴露した。北は、それとなく、

「殿下は天皇になりたいと思ったことは、これまで一度もなかったか」

と聞くと、殿下は、

「なかったと言えばウソになる。兄には弟の自分より、天皇としての素質はないと思う」

と笑っていった。その時、北は、兄の裕仁には国政の一切を司ることなど絶対不可能であり、秩父宮はその点を強調して、自分なら「天皇親政」の政治に挑戦できるとの意志の現われだと解釈した。北は、そう言った秩父宮の負けん気の強い目付きを見逃さなかった。

そこで、もし宮中内で何かが起きたら、殿下はどういう態度をとるだろうと思いついて、

「殿下、もしいざと言う事態になったら、裕仁をやれますか」

と聞いてみた。明仁が生まれた昭和八年十二月まで、秩父宮は第一皇位継承権をもっていたのである。すると秩父宮は、

「やれるとは……?」

と意味が判らないと言う視線を北に向け、それから、北の言う意味が判ったのか、

「この鰻重は旨いですね。兄貴も大好きですよ」

と言って、北の狙いを外した。この人物は一体、何を考えているのだろうと、秩父宮はこの時、北が自分の深層心理の中にくい込んでくる恐ろしさを知って度胆を抜かされた。安藤と西田は、北と秩父宮との間にこのようなやり取りがあったのも知らず、買物から戻ってスポーツの好きな殿下に頼まれたスキー道具の部品を渡していた……。裕仁は上京する秩父宮を、どんな思いで迎えるのだろうか。もし秩父宮が裕仁に対して出来る精一杯のことは幽閉までであろう。北は、そんなことを考えていたのである。

「今、味方として動いている軍上層部の人物は誰だ」

西田が村中に、不安げに訊く。

「真崎、荒木は当然として、香椎、山下、堀、古荘、小藤、満井、鈴木たちです」

「ほう、そうか。敵と味方の区別を、しっかりつけておくことは大切なことだ」

北は急所を村中に知らせる。

「首班をなぜ、真崎でなく山本に決めたのだ」

西田が村中に訊く。

「参謀本部にウケがよくないのです。参謀本部を実質的に牛耳っているのは石原課長で、石原は真崎を毛嫌いしていますから」

「石原は、参謀本部から戒厳司令部に引き抜かれたのだろう」

「ええ」

「だったら、戒厳司令官の香椎の下に配属されたわけだから、そう自分の思うようには」

「でも、石原参謀の腹は、『原隊復帰』で、参謀本部から戒厳司令部に変わっても、決して作戦は変更しないでしょう」

「味方にはならんか」

西田は、石原の力量を買っている。残念そうな表情にかわった。

「香椎が、石原をどこまでうまく押さえられるかです」

村中は言った。石原は参謀本部の事件対策会議の席上で、真崎が将校たちを甘やかすから、こんな馬鹿な事件を起こすのだ、と議長の杉山に喰いついていたし、荒木に対しても、陛下からの御下問もないのに、勝手に参議官会議を開いて、大臣告示まで公布し、本来やるべき参謀本部の任務を邪魔をして横車をひく不届きな奴だと息巻いていると批判していた。

「石原さんは真崎が嫌いだからな」

西田は溜息をついた。

「西田さん、各連隊に散った仲間たちから、何か言ってきませんでしたか」

「菅波と大蔵からは、自宅の方に連絡があったようで、電話を受けた妻の話だと、突然のことで君たちの意図や情況が判らず、自分の連隊の将校団に、どう報告すればよいのか、説明すべき内容がないので、自分たちは東京組の成り行きを見守っているしかない、と訴えていたそうだ」

鹿児島では菅波が部下を率いて、その地の憲兵隊本部を襲撃して逮捕され、四国の丸亀では、小川が連隊長に蹶起軍を武力で鎮圧しないように陸軍大臣に警告するように申し入れ、朝鮮の羅南では大蔵の起草による決議案が緊急会議で可決されてはいたが……。

「静観ですか」

「そのようだ。今朝の新聞を読んだか」

西田が言う。

もし西田が放送局を占領し、全国民に向かって「蹶起趣意書」と「陸軍大臣告示」の内容を放送する作戦を思いついていたら、全国の革新派将校の起爆剤になったかもしれない。西田はそのことに少しも気づかなかった。

「まだです」

「そうか。さっきも北先生が、秩父宮殿下のことを話したが、殿下は弘前を発って、今こちらに向かっているという記事が載っている」

「えっ本当ですか。それは朗報です。さっそく安藤に知らせなくては」

「とうに電話で伝えておいたよ」

西田はいかにも嬉しそうだ。

「真崎に頼れない閉塞状況での秩父宮殿下の上京は、大変心強い。安藤は、何と言っていましたか」

「うん、そうですかと」

「たったそれだけ」

村中は拍子抜けがした。

「上京を本人からでなく、他人から聞いたので御機嫌が悪いのだろう」

西田は、安藤の心境をそう読んだ。

「ついに山が動いた。これで味方も増えるでしょう」

村中は有頂天になる。

「真崎が君たちの前に姿を見せなくなったのは、本庄が陛下への説得に大変な苦労を重ねているのを見たからであろう。秩父宮が上京したとなれば、陛下はそうそう御自分の自我を通す気はなくなるだろう。真崎は、その辺りの状況を読んで、目下静観しているはずだ」

北は言った。西田と村中は、雪が舞う谷間を疾走する列車の中の殿下を思い描いた。それはふたりにとって、熱い太陽が、寒い雪国の朝に山際から顔を出す瞬間にどこか似ている。しかし北は違う。北の聴く音は、西田や村中が聴くような疾走する列車の汽笛とかレールの継ぎ目を車輪が叩く規則的な音ではない。支那の革命軍が南京城を攻め込んだ時、革命軍の背後から、農民や大衆がドラや鐘を打ち鳴らして鬨《とき》の声をあげる、あの希望と夢と明るさに溢れた、地の底から浮き上がるような命の音が聞こえてこないのだ。支那の革命は、地方軍閥の一部の反政府運動が、農民の参加によって革命運動に発展したものだが、でも農民や大衆でなくてもよい、全国の連隊だけでも、蹶起軍の主張に賛同して蜂起してくれたら、成功するかもしれない。だが、その気配すら感じられないのだ。今、宮城の中から姿を現わさない敵の出現を待っているしかないのだ。

北の頭の中では、真の敵は天皇もあり得ると考えるのに対して、西田と村中は、天皇は絶対に自分たちの味方であるべきで、もし天皇が自分たちの前に敵として出現した場合、それは天皇ではなく、側近たちの意見に従った間違った存在で、天皇はやがては目覚めるものだと信じていた。だから、天皇が自分たちの起こした蹶起に御立腹だと聞けば、きっと秩父宮が天皇の誤解をといてくれるし、大詔換発も自分たちに代わって要請してくれると期待するのである。

「本庄が陛下を宥めることが出来なければ、やっぱり秩父宮に頼るほかない」

西田がそう言ってから、コップ酒を呑んだ。

「本庄と秩父宮のふたりで説得すれば、陛下はお認め下さる」

村中も、西田の意見に賛成する。

「小笠原さんに、宮中の様子が気になって聞き出してはいるのだが、なかなか判り難いのだ。もしまだ東郷元帥が生きていたら、小笠原閣下の宮中での立場は、もっと強いもののはずでしたが、予備役の今の立場では」

「戒厳司令本部の予備隊に編入されている我が部隊は、今のところは安全ですが、宮城占拠の失敗が、これからどう表面化してくるか、警戒はしています」

村中は気をひきしめた。

「ひょっとしたら」

北は、天皇の御立腹の原因をあれこれ考えていた時、ある思いにとらわれた。裕仁は、人間は誰でも自分の弱点を攻められれば怒り出す。裕仁は、自分よりも軍人としての資質を充分に備えた秩父宮の上京が、やはりおもしろくないのだ。弟の秩父宮は、軍部を味方につけて、兄である自分を皇位から追放する意図があると、裕仁はそう思って、御立腹しているかもしれない。北は、村中が宮城占拠の失敗を口にした時にそう思った。

「ジリジリ。ジリジリ。ジリジリ」

突然に応接間の電話が鳴った。西田がすぐ受話器を耳に当てた。小笠原からの電話だった。北と村中が心配深げに、西田の応答振りを見詰めた。

「何だって」

やっと話し終えた西田の顔色を見ながら、北が聞く。

「陛下は叛乱軍を攻撃するように、近衛師団長に訴えたそうです」

「陛下には困ったものだ。戒厳司令部を無視して、参謀本部とグルになったな」

北は不満げに言った。

「それに殿下の上京は、宮中ばかりでなく、今や各家庭で息をひそめて、その成り行きを見つめていると」

「どうして判るのです」

村中が、不思議そうに煙草をくわえた西田にいう。

「小笠原さんが情報を得ようと、あちこちの家に電話を入れると、今朝の新聞を読んだかと、この話題でもち切りなのだそうです」

「上京した秩父宮と裕仁の間に、可能性として、兄弟喧嘩の線もあるな」

北がそう言ったとき、門の方で犬が吠えた。

「薩摩さんでしょう」

西田が時計を見て言った。

「やあ、やりましたね」

薩摩は部屋に入ってきて、軍服姿の村中を見て声をかける。

「頑張っております」

村中は、立ち上がって敬礼する。

「外の様子はどうだ」

北は薩摩が椅子に座ると、コップを渡す。

「右翼団体や政治団体に電話を入れて、反応を聞いてみたのですが、もう一つ手応えがないのです」

薩摩は頭を下げてから応える。

「醒めているのか」

「いいえ、蹶起の目的は何なのか。首謀者は誰であるか。今、戦況はどうなっているのか。天皇はどう反応しているのか。応援しようにも実態が判らず、様子を窺《うかが》っているのが本当のところです」

「でも」村中ははっきりと説明する。

「戒厳予備隊に編入してからは、成功を確信した幕僚たちの一部が、面会に占拠本部に次々に現われて、激励して帰ります」

「殿下の上京が、あちこちで囁かれているが、呼んだのは君たちか」

「いいえ、秩父宮殿下本人の意志だと思います」

「陛下が呼び寄せたとは思えない」

西田が真剣な目付きで言う。

「政界では、皇道派の秩父宮殿下の性格からして、只の傍観者ではいられないと囁かれておりましたし、蹶起軍に賛同して動くだろうと思っている」

「殿下の御到着の時間は聞いておるか」

「午後だと」

「午後」

「ええ、午後に殿下が戻ったところで皇族会議を開き、この事態にどう対応すべきか協議をするそうです」

「村中、安藤に、上野駅に殿下を出迎へに行くように手配しておけよ」

西田がきっぱりと言う。

「占拠地域の様子はどうだ」

北が聞く。

「佐倉や宇都宮の連隊から動員されてその数が増えていますが、佐倉の山口連隊長は皇道派だと聞いており、少しも心配してはおりません」

特に佐倉連隊は、日比谷から虎ノ門にかけて布陣し、連隊本部を内幸町の大阪ビルにおいたが、いつ蹶起軍と合流するかわからない気配にあった。

「この寒空の下、兵隊は大丈夫か」

西田が訊く。

「満州への予行演習だと思えば、よい体験です。でも、山王ホテルや幸楽に宿泊できるように手配はしておりますが、なかなかよい宿がなくて困っています。交替要員を決めておれば、よかったのですが」

「金はあるか」

北が心配してきく。

「栗原が都合をつけてくれました」

「栗原君か」

この事態がいつまで続くか判らぬが、千名以上の食糧費や宿泊費は、たとえ正規軍になったからと言っても、少なくとも万単位の金は必要である。栗原は斎藤少将を通して、石原広一郎から蹶起以前に数千円の軍資金を受け取っていた。

「栗原に、誰からの金だと聞くと、天から金が降ってきた、ととぼけていました」

「うむ」

「北先生、我々は大権私議をおそれて、維新の首班には口を出さず、軍当局で早く決めるように待っているのですが、思うように行きません。我々の真意を汲み取ったと、大臣告示で表明されましたが、次の動きがないのです」

「真崎は皇道派の領袖だ。彼にお願いするしかない」

「でも、どうも逃げ腰なのです。それではと、海軍の山本大将を担ぐようにすすめられたのですが、磯部に反対されました。この際、柳川平助中将を首班に、各方面の同意を得ようと思うのですが」

「柳川か。今、台湾におるのだろう」

「ええ」

「緊急事態の時に、遠くの台湾におる男をあてにするとはどう言うことだ」

「でも真崎は」

「台湾では呼び寄せるのに、遠すぎないか。蹶起前に真崎と連絡をとったのだろう」

「いえ」

「何、連絡はなかったのか」

北は村中の返事を聞いて、「しまった」と思った。村中は当面の敵はともかく、味方は誰でもあるのかさえ見失っている。今、蹶起部隊を援護する味方は、陸軍大臣の川島であり、戒厳司令官の香椎であり、参議官を代表し皇道派の領袖である真崎大将であるのに、この三人をないがしろにして、台湾にいる柳川を首班にすえ替えるとは、村中は一体、何を考えているのだ。これではまるで、戦況の様子が判断できなくなった戦場で、味方のいる場所を見失って彷徨《さまよ》う、敗残兵と同じではないか、これは戦略の初歩的なミスだと、北は考え込む。逃げ回る真崎を諦めて、村中は上京中の秩父宮にすがりつこうとしているのだろうか。

「私は疲れた」

北は煙草を灰皿にもみ消してから立ち上がり、二階の寝室に向かった。心境が皆目、判らぬ秩父宮に頼り切ってよいのだろうか。どうすれば村中が熱望する維新が到来するのか。北は床に入っても考え続けて、なかなか寝られない。真崎が逃げている状況の中で、皇族であっても一少佐にすぎない秩父宮に頼って、彼らはこれからどこまで軍当局を相手に戦えるというのか。自分は指揮権も命令権もない一浪人の身であって軍人ではない。そんな自分が、真崎が逃げ回っているからといってその代役はできない。まして蹶起部隊は戒厳予備軍に編入されているのだ。彼らを指揮するのは軍人でなければならないのだ。そう言えば閑院宮が療養先の御殿場から自宅に戻ったとの噂を耳にしたが、秩父宮の上京に対抗しての天皇の作戦ではないのか。北にはそう思えてならない。

秩父宮は皇道派の将校たちに同情を持っているとしても、命を懸けてまで、蹶起部隊に自分の身を投ずる胆はあるとは思えない。もしそこまで踏み込めば、完全に天皇を敵に回すことになる。安藤が秩父宮に蹶起前に意志を伝えてあれば、秩父宮もそれなりの覚悟をもったであろうが。やはり殿下に期待を持つのは、ある程度、限定されるだろう。陛下の御立腹を沈め、皇軍相撃させることなく、昭和維新の断行を支援してもらうことなのだが。もしも秩父宮の上京が、天皇の意図に反して、敵対する皇道派への支持者を増やしでもしたら、天皇は御殿場から呼び寄せた閑院宮参謀総長に命じて、秩父宮と蹶起部隊との関係を断ち、蹶起部隊を孤立無援の立場へと追い込むにちがいない。

北は、この際は早急に事態を収拾することが何を置いても先決だ。それには、将校たちを有利に保護するものの内閣でなければならない。たとえ真崎が逃げ腰であっても、真崎と心中する覚悟で、真崎の領袖としての器量にかけようと決心した。門の方から犬の鳴く声が聞こえた。薩摩と村中が帰ったなと思いながら、北はやがて深い眠りの中に入っていった。

七十七

弘前三十一連隊の兵たちは、二十七日零時二十三分発上野行きの特別列車の到着を、激しく雪の舞う弘前駅のホームで、秩父宮大隊長と一緒に待っている。

警笛が鋭く鳴った。やがて機関車が蒸気を吐きながら、明るいホームに入ってきて、秩父宮や兵たちの前で重々しく止まった。すると、引込線に待機していた一輛の特別客車が動き出し、列車の最後尾に連結された。

「では殿下、お体に気をつけて下さい」

第八師団長下元熊弥中将が、タラップに乗り込んだ秩父宮に、ホームから声をかける。

「ありがとう」

殿下は握手を下元に求める。

「殿下に敬礼」

下元が兵たちに号令する。殿下の後から四人の随行者が従った。その四人とは御付武官寺垣忠雄中佐と水谷一生大尉、それに師団本部から真野五郎中佐参謀と連隊付きの今村重孝大尉である。列車は点検に手間どって、一時間ほど遅れて、雪の舞う闇の中に消えていった。殿下はすぐには寝室には入らず、机と椅子がある部屋でひとり、雪明かりでうっすら見える車窓の外を眺めていた。随分厚く雪に埋もれた景色が、硝子窓の水滴の向こう側で、左へ左へと瞬時に流れて行く。

自分は安藤の性格を熟知していたつもりだった。その安藤が自分に連絡もなしに実力行使に出た。安藤は、自分の目の届かない別の側面を持っていたのか。その見えない側面から吹き出した情念の激しさに、秩父宮はまだ戸惑っていた。戸惑いながらも秩父宮は、思い詰めた安藤の心情を理解しようと、上京する直前に、山形県知事に会い、農村の経済事情の実態をたずねてもみた。知事の話はどれも悲惨で、都会で流行のエログロナンセンスの風潮は、東北農村の婦女子がその供給地で、カフェ女給や娼妓たちの急増した原因によるものだと打ち開けてくれた。このような実情は、宮中から外に気軽に出られぬ兄の裕仁には、決して理解できぬ話である。

安藤たちが訴えていた貧困にあえぐ農村の現状は、決してウソではなかった。兄の裕仁は、新聞紙面をこの記事が再三にわたって賑わすので、農林大臣の町田忠治を呼んで農村の窮状を知ろうと御下問し、その結果、六万円の救恤金《きゅうじゅっきん》を下賜したことがあったが、そんな金額では困窮する農村がどうなるものでもなかった。

秩父宮は、庶民の心情を理解できるただひとりの皇族であると、国民から人気を得ていた。殿下はそれを意識してか、皇族でない平民の娘勢津子と結婚した。世間は殿下の口先だけではない革新的な行為に注目し、軍内部では、国民の皇族への批判的な動きが起きるたびに、裕仁天皇でなく秩父宮であったらと、秘かに殿下の名前をあげて期待する空気が生まれてきていた。特に宇垣一成大将などは、平然と、文弱な天皇は日本に必要はないと公言してはばからなかった。そのたびに軍部の言動に恐怖を覚えた裕仁は、元老の西園寺や侍従長と相談しては、軍部の横暴に手を焼いて、秩父宮を呼び出しては、「軽はずみな言動は慎むように」と一本、釘を刺していたのである。だから、このたびの秩父宮の上京に対しても、裕仁は極度に神経質になって、上京を思いとどまらせようとしたが、秩父宮の意志が強いのを知り、ここで兄弟喧嘩を国民の前にさらしてはかえって軍部につけ入られてよくないと、木戸と相談した結果、新聞紙上を利用して、秩父宮は天皇の安否を気遣ってという理由で発表したのである。

しかし、この新聞による発表は、殿下の平常からの革新的な態度を、よりいっそう国民に鮮明にするものだった。宮中と対峙する軍部から見ると、秩父宮の上京は、まさに蹶起部隊の先頭に立とうとするもののような印象を国民に与えた。この思いも寄らぬ効果に驚いた宮内省では、その印象を打ち消そうと、参謀本部と相談して、将校運動が盛んな歩兵五連隊と第二師団のある仙台へのコースを取り止め、羽越線↓信越線↓上越線↓上野駅という、弘前駅から奥羽線にコースを替えた。そのうえ、秩父宮を蹶起軍と合流させぬように、終点上野駅で宮内省が先回りして歓迎車を待機させていた。

秩父宮が乗り込んだ特別車輛は、中央を木の壁で仕切った最後尾の車輛で、前部の部屋は御付武官たちが控えている。殿下は用意されたベッドに横になったが、湧き上がってくる想念に悩まされて眠れない。列車は雪の草原を行く。時々思い出したように、レールの継ぎ目を叩く規則正しい響きの伴奏に合わせて警笛が鳴る。

「この列車は、東北本線が大雪で不通になったため、奥羽本線から羽越線回りに変更されます」

突然に車内放送が入った。列車はひたすら闇を突き抜けて、午前九時五十分に長岡駅のホームに到着した。

「殿下、只今、東京に戒厳令が布かれたとの電報が届きました」

御付武官の水谷大尉が、電報を持って殿下の個室を叩く。秩父宮は電報を読むと、それは蹶起趣意書と行動部隊が戒厳令部隊に編入されたとの戒厳命令書であった。

「万歳、万歳」駅のホームで、殿下を見送りにきたどこかの中隊が、特別車輛に向かって、歓声を上げている。

「軍部はこれで、やっと混乱から収拾への目途がついたか」

秩父宮はそう言って、車窓の窓枠を落として顔を出し、ホームの兵たちに返礼をした。発車のベルが鳴る。列車はゆっくりとホームを離れた。兄はこの事件をどう処理するつもりであろう。自分の上京で、宮中ではそれぞれの思惑が入り乱れて、兄の周辺でも賛否両説が争ったと聞いた。皇族の間でも、兄の裕仁と閑院宮と高松宮は統制派で、自分と朝香宮、伏見宮、それに東久邇宮は皇道派だと色分けをする者もいる。母の貞明皇太后は、長男の裕仁を嫌って次男の秩父宮を溺愛した。貞明皇太后と裕仁は気が合わないのである。その秩父宮が、東北の僻地に赴任すると聞くと、皇太后は長男の裕仁を呼んで、なぜ弟をいじめるのかと難詰した。その母上は上京する自分に、どんな思いを寄せているのだろう。秩父宮は上京した後、当然、敵対する兄や閑院宮の顔を思い出し、どう対応すべきか思索していた。

列車は、やがて温泉町の水上駅に到着した。この駅はさすがに乗降客が多いからなのか、拡声器が大声で駅名を連呼している。駅のホームは、降りた客や乗り込む客で込んでいる。列車の窓を開けて大きな声で駅弁売りを呼んでいたり、幟《のぼ》りを持った旅館の番頭が、降りた客を自分の宿に泊まらせようと、目の色を変えて狙いをつけている。秩父宮は、そんな水上駅のホームの雑踏を眺めていた。すると、毛皮の帽子に毛の襟のついた分厚い外套をまとったひとりの老人が、特別車輛の隣りの車輛に乗り込んだのを見た。発車のベルが鳴り、列車は動き出す。

「誰だ」特別車輛に、乗り移ろうとする老人を見つけた御付武官の水谷は誰何《すいか》する。

「私は平泉澄というものです。殿下に御通知下さい」

水谷は平泉を観察し、上官の寺垣中佐に報告する。

「平泉先生か。よく知っているが、また何の目的でこの温泉町まで来たのだろう」

寺垣は言った。平泉は昭和七年三月から同九年七月まで、赤坂表町の御殿で「日本政治史」を殿下に進講した者で、特に「建武の中興」の講義は大変に評判が良かった。

「やあ、平泉先生」

寺垣は平泉を見て挨拶する。

「是非、殿下に会わせていただきたい」

「それは禁じられております」

寺垣は第八師団長から、殿下が他人に会ってその相手から誤った判断を受けては良くないと注意を受けていた。

「私がきたと、殿下に伝えてくれないか」

平泉は強い調子で申し出る。

「ちょっと待って下さい」

寺垣は平泉に押しきられて、殿下の車輛の中に消える。

「そうか、来ているのか。是非逢いたい。通してくれ」

平泉の名前を聞いた秩父宮は、懐かしさを感じて言った。

「殿下、お久し振りです」

「よくこんなところまで」

「私は、事件をみるに見かねてやってきました」

平泉は単刀直入に言った。平泉史学は東大や史学界では少数派であった。満州事変を契機として軍部の台頭により、彼は次第に「時代の寵児」にのし上がっていった。赤化学生の増加に手を焼く文部省では、この平泉教授の人気に目をつけ、全国を講演にまわらせて学生の善導に起用していた。

「赤坂表町の殿下の私邸にお伺い申しましたら、弘前より夜行で御上京中との動静を知らされ、上野駅より九時十分発の急行に飛び乗って、この水上駅でお待ちしておりました」

「それは大変でした。私は列車の中に閉じ込められて動こうにも動けず、情報不足でおります」

平泉は、殿下が蹶起将校からの通報を受けての上京かを確認し、そうではないと知らされ、がっかりした表情を見せたあとで言う。

「殿下、壬申の乱をよく御存知ですね。日本の皇室の歴史の中には、王位継承権をめぐって、さまざまな戦いがありました。もし蹶起軍が望む昭和維新の断行を、殿下もお望みでしたら、『建武の中興』の研究者として、私は出来るだけ殿下の協力者として参加したいと思っております」

「宮内省からの要請ですか」

「自主的にです。軍部は殿下の上京を、一日千秋の思いで待っております」

秩父宮はうなずいて立ち上がる。秩父宮は自分の意志を強調して、兄から王位を奪おうとは思っていないが、軍部から秩父宮に王位を、という声があがったら、王位を継ごうと考えていた。北一輝が囁いていた方法は、とるべきではないと決めていたのである。この時、列車は新前橋駅に到着し、群馬県知事以下が拝謁を願い出たので、平泉は御付武官の部屋に下がって控えていた。平泉は蹶起部隊に肩入れしていた。それは、平泉のもとに日頃から皇道派に近い軍人が出入りしていたからである。

「では」意志が通じたと判断した平泉は、殿下が戻ってくると長居は無用と席を立ち、隣りの車輌に戻っていった。列車は白雪の山肌を滑るように走っている。殿下に会見した後、窓外を眺めていた平泉の頭に、一句閃めいた。平泉は、手帖と万年筆を取り出して、

「みちのくの　積もる白雪踏み分けて
　今　日の皇子は　登りますなり」

としたためた。昇るは陽がのぼるで、登ると使用したのは、王位を継ぐの隠喩である。

列車はやがて沼田駅に到着した。御付武官の水谷大尉が平泉澄を見送った。数人の将校が軍服姿の水谷を見つけ、殿下に是非面会したいと訴える。東京から近いこの辺りまでくると、秩父宮の周辺に、殺気のようなものが漂ってくる。水谷は将校たちを見て、蹶起部隊の一部が殿下を奪取にきたのかと胸騒ぎがした。

「貴様たちはどこの連隊のものか」

「高崎歩兵十五連隊の中尉以下、兵十数名。殿下に昭和維新の断行を、是非お願いしたいと思い、参りました」

代表として、将校のひとり川島が発言した。高崎の歩兵十五連隊の連隊長は佐藤鉄馬大佐、西田派で、川島中

尉に命じて兵十名を率いさせ、沼田駅より護衛と称して同乗を命じたのである。

「面会は出来んぞ」

「殿下にお伝えいただければ、それで結構です」

「判った。伝えておこう」

水谷は、そう言ってさっさと列車に乗り込むと、将校たちも一般車輛の方に乗り込んだ。

水谷が将校たちの言葉を伝えると、殿下は言った。

「何を血迷っておる。大詔渙発は兄の権限だ。一少佐にすぎない私に、何が出来るというのだ。余計な期待をかけんでほしい」

秩父宮は軍部に人気のない兄が、この事態収拾に手を焼いて、自分に助けを求めてきたら、大詔渙発を兄に頼む手助けぐらいはしなければならぬとは思っている。

「どう伝えましょうか」

「大それた考えは持っていないと伝えてくれ」

秩父宮は、水谷にそう言った。水谷は一般車輛に乗り込んで、殿下の御言葉を部隊に伝える。

「頭、右、敬礼」

水谷から伝言を受けた川島は、特別車輛の秩父宮殿下に、抜刀して兵たちに号令をかける。列車は部隊を乗せたまま発車した。水谷は、秩父宮殿下が奪取されたら大変だと、彼らへの対応を憂慮していた。

七十八

二十七日午前七時、福田秘書官の官舎前に、陸軍用自動車が停まった。

「陸軍省の千葉という者ですが」

軍服を着た男が車から降りて、玄関口に出た福田に、小松秘書官の名刺を差し出した。その名刺の裏を見ると、役立つことがあったら使うようにと書かれてある。

「まず、総理の遺骸の引き取りを、お手伝いでも致しましょうか」

千葉少佐は、名刺を渡してから言う。

「それはかたじけない。遺骸を引きとる前に、弔問客を官邸内に入れたいのですが、占拠隊長にお願いできませんか」

福田は、昨夜から考えあぐねていたことを言った。

「栗原隊長をよく知っております。私が彼に談判して、許可を取ってきてあげましょう」

千葉は福田を誘って、官邸内の栗原の部屋に案内する。

「十人ぐらいならよい」

栗原は、福田の申し入れに簡単に同意した。福田は、弔問客に紛れて岡田総理を脱出させるには、人数はもっと多い方が目立たないで良いと思われたが、ここでゴタゴタして相手を怒らせては元も子もなくなる。言われるままに、栗原に礼を言って官舎に戻った。

福田が官舎に戻ると、角筈の岡田私邸から、遺骸を早く引きとってくれとの電話が、ジャンジャンかかってくる。今、遺骸を引き取ったら、総理の脱出の目途が立たなくなる。まず弔問客の手配が先決である。

「判りました。とりあえず総理と同年輩の友人を十人ほど、モーニングを着せて、いつでも官邸に来られるように、待機させてくれ」

福田は岡田の私邸に伝えた。


先に目覚めた青柳軍曹は、隣りに寝ている小坂曹長を揺り起こす。ふたりは小倉伍長をつれて、麹町憲兵分隊を車で出発し、総理が生存している首相官邸に向かった。官邸の門に着くと、

「栗原隊長に会いたい」

と、青柳が正門の衛兵に伝える。

「只今、外出中です。しばらく待って下さい」

衛兵は、三人を正門脇の巡査詰所に案内した。中は顎紐が切れた制帽や佩剣や弾がない拳銃などが、泥靴に踏まれたまま床に散乱している。詰所は倉庫代わりに使用しているようだ。待つ間もなく伝令が飛んできて、

「栗原隊長が戻ったので、面会する」

と三人に伝える。正面の車寄せに入ると、中の受付に三人の将校が椅子を並べて火針を囲んでいる。真ん中に栗原隊長、左に林少尉、右に池田少尉がいる。彼らの足元には祝杯を重ねていたのか、空になった一升瓶が四、五本と湯呑み茶碗が散乱していた。

「今さら憲兵に頼みはないが、何の用か」

昭和維新を断行した喜びと誇りが、栗原の顔にあふれている。

「岡田総理の遺骸に対して、勅使が御差遣になるというので、その準備と打ち合わせに参りました」

青柳が応える。

「ここは我々の本部だ。勅使は私邸の方で受けるように、帰ってそう伝えろ」

「しかし、御差遣になるということですから、それまで官邸内で待たせていただきます」

「憲兵など用はない。早く帰ってくれ」

栗原は言う。青柳は途方にくれる。

「どうだ憲兵。今度は完全に裏をかいたな」

「こんなに見事に実行されるとは、思ってもいませんで

した」

「ヘマはせんぞ」

「本当に面喰らいました」

「我々は大臣告示により軍当局に認められ、さらに戒厳令の公布と同時に警備部隊に編入されたのだ。あとは維新内閣が樹立されるまで、ここを占拠するつもりだ。貴様たちも俺たちに協力してくれ」

「せっかくここまできた以上、大いに頑張って下さい。今の政治が良いと思っている国民は、ひとりもいないでしょう」

この場は御機嫌とりに限ると判断した小坂が言う。

「曹長殿。お前、なかなか話せるではないか」

若い池田少尉が口を挟む。

小坂は雰囲気が好転したと判断し、度胸がすわってきた。

「隊長殿。間違いはないとは思いますが、官邸内には若い女中もおりますし、貴重品もいろいろあります。数多い兵たちの中には、ちょっとした出来心で、万が一でも事を起こす場合だってないとは限りません。これまでせっかくの輝かしい行動に、汚点を残すことがあっては大変でしょう。どうかこの点だけは、憲兵である我々にお任せ下さい」


「うむ」栗原は考え込む。

「斎藤、高橋の両家では、すでに我々の手で御差遣も済んで、今日か明日中にも遺骸を茶毘《だび》に付すつもりです。こちらも岡田総理の遺骸を引き取りたいのです。いかがですか」

小坂は、栗原の顔色をうかがいながら、必死で訴える。

栗原の目付きが鋭くなった。

「おい、憲兵」

「はい」

「我々の兵の中には、不心得者は誰ひとりとしていないはずだ。あまり憲兵根性を出すな」

「いえ」

「しかし、俺たちには総理には何の私怨もない。よし、判った。貴様たちの申し出は受けよう」

「はい」

小坂の目は輝いた。

「ただし条件がある。これから言うことを厳守しろ。

第一、下士官ニ対シ、ミダリニ話シカケヌコト
第二、外部トノ連絡ヲ禁止スル
第三、憲兵ノ行動ハ、官邸内ダケトスル
第四、ソノ他ハ栗原隊長、モシクハ将校ノ許可ヲ要ス
以上だ。判ったか」

「はい。御命令は、命をかけて厳守します」

小坂は一装用の敬礼をした。三人はおどる胸を押さえて官邸の表玄関から入った。赤絨緞《じゆうたん》は、兵たちの軍靴で泥にまみれて変色している。正面玄関の脇の記者倶楽部の部屋は、新聞記者ならぬ兵隊たちに占領されて一杯である。しかし、ざわついているのは玄関とその部屋だけで、一歩奥に入るとほとんど人気がなくて、シーンとしている。小坂は、脱出に必要な官邸内の警戒状況を直ちに調査する。屋内の歩哨の配置と人数、交代時間、控兵の待機場所と人数、それに裏門の警戒状況などである。

小坂はそれらの調査を青柳と小倉に命じて、自分は一番気がかりな総理がいるという女中部屋の様子を見に急いだ。小坂は、あたりに人気がないのを充分に確かめてから、女中部屋の襖をそっと開け、後ろ手でそっと閉める。

「しっ、私は味方の憲兵です。心配しないでくれ」

小坂は小声で、ふたりの女中に伝え、軽く押入の襖を開ける。中に羽織をつけた岡田総理が、押入の下段に敷布団を二つ折りした上に端座して、体をこちらに向けていた。

「総理。只今、救出に参りました。もうしばらく御辛抱下さい」

小坂は声を殺して言う。

「あいすまん」

総理は軽くうなずく。ひと通り邸内を偵察し終わった三人は、裏玄関正面にある、誰もいない応接間に集合した。まず青柳が小坂に報告する。

「日本間の中は屍歩哨《しかばね》だけがおり、下士官以下の巡察が一時間ごとにあり、そのうえ、臨時に将校が巡察に現われます。その屍歩哨の控所は、裏門脇にある衛兵所です。屋外の立哨兵は、庭の芝生と、表の日本間の境のところにいます」

「よし、小倉の方は」

「はい。裏門は巡査詰所は衛兵所になっており、歩一の軍曹がボスで、控兵は二十五名おります。また外回りの交代は、表玄関内の記者倶楽部が本部になっています」

「よし」

小坂はふたりの報告で、脱出方法を考える。現在、官邸の出入口は正面と裏門の二つだけである。敵ばかりの官邸内で、どうやって脱出すればよいのか。うむ。誰かひとりでも味方に加わる人物はいないものか。まてよ。そう言えば、昨日、福田秘書官が、憲兵分隊本部に何回も電話をかけてきたな。福田さんは、まだ官舎に寝泊まりしているのだろうか。

「よし」

小坂は思い立つと、ふたりを応接間に残こして裏門に向かった。探すと、福田の官舎は裏門から三十メートルのところにあった。小坂が、裏門の衛兵に外出の許可を得るために声をかけようとすると、海軍服を着た山田法務局長と平出海軍中佐とその属官が、花束と風呂敷包みを持ってやってきた。

「これはまずいぞ」

小坂は、三人が遺骸を見て、総理でないと騒がれたら大変なことになると思った。

「海軍の方ですか」

小坂は平出に声をかける。

「ああ憲兵殿。我々は総理の遺骸に焼香にきたので、是非、取り次いでくれ」

平出は訴える。

「難しいでしょう」

「でも、斎藤内府邸では、もう葬儀の準備が入っているのに、岡田総理の方はまだ何の準備もしてないので、官邸の将校に何度も交渉したら、今朝になってやっと焼香の許可が出たから、こうしてやってきたのだが」

平出は残念そうに訴える。叛乱軍の将校が許可しても、何か口実をつくって平出たちを追い払わねばいけない。

「遺骸の部屋は、屍歩哨が頑張っていて、誰も中には入れてもらえません」

「焼香だけでも出来んか」

「はい。間違いでもあったら大変です。早々にお引き取り下さい」

「しかし、せっかくここまできて、これを」

平出は手に持った花束を、小坂の前に突き出す。

「それは、憲兵の私が、あなた方の代わりに責任を持ってお供え致します」

小坂は、平出たちを官邸内に入れまいと、無理矢理、花束を取ってしまう。

「中の将校は良いと言ったのだが」

「駄目です。これは私がお預かり致します」

「どうしても駄目か」

「はい」

「判った。それでは、それを間違いなく供えてやって下さい」

平出は、属官が持っていた風呂敷包みも小坂に渡して、不満そうに帰っていった。まごまごしていたら、各界の弔問客が次々とやってくる。バレないうちに早く総理の脱出方法を見つけ出さなければと、小坂はあせった。

「秘書官舎まで行きたい」

小坂はさっそく衛兵に頼むと、今度は意外に簡単に許可してくれた。福田と表札のある門のベルを押すと、書生が玄関口に姿を現わした。

「秘書官は御在宅ですか」

書生は小坂から名刺を受けとると、二階に上がっていった。しばらくして、書生の後ろから福田が下りてきた。

「何の用ですか」

「重大な話があって参りました」

「重大な話と申しますと」

「それは……ここではちょっと」

小坂は警戒して、いいよどむ。

「では、こちらへどうぞ」

福田は、小坂の顔色を観察してから、小坂を二階の応接間に招き入れた。

「さてと」

小坂と福田は向かい合って腰を下ろした。小坂は総理の生存を、どう相手に切り出したものかと考える。

「ええと……」

小坂は言いにくそうで、言葉が出ない。福田の方も、小坂とまったく同じことを考えているが、お互いに吐き出せないでいる。相手が敵になるのか味方なのか。相手の気持ちが摑めずに、お互いの顔付きがどんどん硬直してくる。

「じつは……」

小坂の方が先に切り出す。

「何でしょうか」

福田は身構える。

「あの、官邸の……女中部屋の……」

女中部屋と聞いた福田は、さてはバレたかと、顔色が蒼白になる。

「あの老人ですが、どうするつもりですか」

「老人って、老人って何のことですか。どこにいるのですか」

福田は、女中部屋にいる老人はと相手が言っているのに、トンチンカンな返事をする。

「私はその老人を救出したいと思って相談にきました」

言うべきことは言ったと、胆が座った小坂は、今度は動揺する福田の目をじっと見すえる。

「救出……ですか」

福田の顔にさっと赤味がさす。その目がにわかに輝き出す。

「そう、そうだったのですか」

感きわまった福田は、前の小坂の手を取り合った。福田の両眼に熱い涙が流れていた。

「その脱出方法ですが」

興奮が収まったところで、福田は言った。

「それが判らないので、その御相談に伺ったのです」

小坂が訴える。

「じつは、ただ一つあるのです」

今度は福田が自信あり気に話す。

「弔問客の中に紛れ込んで脱出するというのはどうですか」

「ほう」

小坂は感心する。

「親族の弔問は、栗原隊長に諒解を得ております。今、岡田総理の自宅に連絡して、弔問客を集めて待機するように指示したところです」

「それだ、それそれ。それをどうしてこっちが思いつかなかったのか。本当にうまい考えです」

官邸内に弔問客を入れるという考えは、まったく思い付かなかった。さっきの平出への仕打ちのように、小坂は、弔問客を中に入れないことだけを考えていたのだ。

「弔問客に紛れて総理を脱出させる。これは本当に素晴らしい発想です」

小坂は感動している。

「今、私の腹心のふたりの憲兵が、邸内で私が戻るのを待っています。こちらに連れてくると、かえって目立ちますので、こちらから官邸に行った方がよいでしょう。あちらで、四人で脱出方法の詳細を検討しましょう」

小坂は、福田を連れ出して官邸内に戻ると、応接間で待っていた青柳と小倉に福田を紹介した。四人はさっそく脱出の打ち合わせに入った。まず四人の役割を分担することにして、それぞれの手筈を決めた。福田は、官舎に到着した弔問客を、小坂の合図で官邸内に誘導する。そして彼らが乗ってきた空の自動車を、裏門のすぐ脇に待機させ、運転手には車外に出ぬように厳重に注意しておく。福田は、弔問客を日本間の玄関まで案内し、そこで待機する青柳に引き渡す。弔問客の一行が居間に入ったら、福田はすぐに襖を閉めて女中部屋に走る。女中部屋で小坂と協力して総理を連れ出し、裏門に待機していた車に総理と一緒に乗り込んで脱出する。小坂は、総理を弔問客と同じモーニングに着替えさせ、いつでも脱出できる状態に準備させておく。弔問客が居間に入ったら、福田と協力して総理を玄関に連れ出し、「病人だ。すぐ車に乗せろ」と怒鳴る。自動車が来たら、総理と福田を車の中に押し込んで裏門を突破する、という段取りである。

青柳は、遺骸のある寝室付近に待機して屍歩哨を懐柔し、小坂が総理の着替えを運びやすいように考えて行動する。また弔問客が玄関に到着したら、彼らを居間に誘導する。特に弔問客が焼香をする時には、彼らが遺骸に近づけぬように注意して絶対に死顔を見せないこと。さらに焼香は時間かせぎに努めてひとりひとり、時間の間隔をあけるように考えることにした。最後に小倉は、表の警戒本部に行き、巡察の時間割を探し出して、衛兵司令、歩哨、控兵たちの一日の動きを掌握し、その後で裏門付近に位置して待機する。小坂の「病人だ。病人だ」と怒鳴る声にうまく呼応できるように歩哨兵を懐柔しておき、福田が裏門に待機させた車を玄関寄せに呼び入れるべく直ちに行動をとれるようにしておくことと、詳細にわたって四人の役割を決めたのである。

この脱出計画は、どこか一つタイミングを外しても、どこか一つ怪しまれても、重大な結末を招くと、それぞれが心して思った。

七十九

決行の失敗後に来る弾圧に悩んだ北は、時局収拾は青年将校を有利に保護する内閣でなければならぬ、それには軍事参議官側と青年将校側が一致する後継内閣と考えれば真崎以外にない、と結論づける。北は一晩考えた末、日課の読経を終えた後、朝食を終えて応接間に入ってきた西田に言う。

「西田君。朝のお告げで『国家人なし。勇将真崎あり』と出たぞ」

「真崎大将ですか」

「そうだ。これから将校たちに、真崎にすべて一任するように、彼らの意見をまとめてくれないか」

「判りました」

西田は答えた。西田はよく北のお告げを自宅で受けては、各界の名士に報告していた。さっそく占拠本部に西田がそのお告げを伝えようと電話を入れた。しかし、なかなか本部に繋がらない。そこで、電話先を首相官邸に変えてみた。やっと栗原が電話口に出た。

「占拠本部に電話をしてもかからんのだが、どうしたのだ。栗原君」

「我が部隊が警備隊に編入されてからは、軍需物資が次々運び込まれ、野営から宿営に代わったりして、その問い合わせで、頻繁に電話を使用するようになりましたが、その影響でしょう」

「そのためか」

「それに、各界からも激励の電話が多くかかってくるようになりました」

「そうか。順調に行っているのか」

「はい。それで……」

「北先生が、君たちに話があるそうだ」

西田は、後ろに立った北に受話器を渡す。

「北だ。栗原君か」

「はい」

「今、私の言うことを良く聞いて、これからの判断を間違わないようにしてほしい。これは大切なことですから、村中君にもかならず伝えておいて下さい」

「判りました」

「では、朝のお告げを伝えます。『国家人なし。勇将真崎あり』」

「…………？」

「君たちは遠方の柳川中将を首班に考えているようだが、柳川ひとりでは、この時局の収拾は出来ないと思います。軍隊とは個人で動くものではなく、組織で動くことは、軍人である君は、私よりよく知っているはずです。そう言う意味では、今の君たちの真の味方は、軍事参議官たちです。その参議官たちの代表である真崎大将を、たとえ逃げ腰だからと言って、切って捨てることはよくない。柳川ではなく、真崎に君たちのすべてを一任し、真崎に事態の収拾を任せなさい。私は真崎以外の内閣は反対です」

「…………」

「私の言う意味が判りますか」

「ええ」

栗原は、断定的で確信にみちた北の言葉を聴き、北の強い気合いを感じた。

「判ったら、すぐ占拠本部に将校たちを集めて、真崎一任で全員の意見をまとめ、その後で参議官一同を本部に集めて、参議官たちにはっきりと、真崎閣下にすべてを一任しますと主張しなさい」

参議官側と将校側の意見が完全に一致した後の後継内閣であるならば、陸軍上下一致になる。

「よし、私の言う意味が判ったようですね。それでは結果を待っています。協議が終わり次第、すぐに私に電話を下さい」

北はそう伝えると、電話を切った。栗原は占拠本部から打ち合わせに来た村中に北の言葉を伝えて、村中から合意を得ると、林を呼んで、

「各占拠地区に駐屯する将校たちに、重要な用件で会議を開くから、至急、占拠本部に集合するように」

と伝える。そして村中と一緒に、サイド・カーで陸相官邸に向かった。ふたりが官邸に着くと、ちょうど、安

藤に会って帰ってきた磯部と玄関でかち会った。

「磯部、どこへ行っていた」

村中が車から降りると言う。

「安藤に、秩父宮の上京を知らせてきた。安藤隊は大変な盛り上がりようだったが、本人は上野駅には出迎えにはいかんと言っていた」

「いかない」

「うん。中橋に頼んでいたよ」

「安藤らしい態度だな」

「安藤に、緊急会議を徴集するとの報告が入って、俺と一緒に本部に行かんかと誘ったら、安藤は、俺は現場を守る。他のことは貴様たちに任せたので、会議には出ないと言っていた」

磯部はそう言い、ふたりの後から集合場所の第一会議場に入った。部屋には、まだ誰も来ていない。

「会議の内容は何だ」

磯部は、隅の椅子に座って言う。

「将校の中には、真崎大将の態度に不満を持つ者は多いが、柳川を担ぐより、参議官たちを代表する真崎を首班にするよう、北先生から電話で発破をかけられました」

栗原が磯部に伝える。

「ああ、そのことか。俺も西田さんから電話を受けた。『国家人なし。勇将真崎あり。国家正義軍のために号令し、正義軍速やかに一任せよ』と告げられたよ。おい、真崎で良いではないか」

「電話を受けたのは、俺たちのだいぶ前だな」

栗原は、西田があちこちに電話をかけ回している真剣な顔を思い浮かべた。会議室で三人が話し込んでいるうちに、野中、香田、丹生、坂井たちが、徴集を受けて、次々に入ってきた。

「これで全員か」

村中は、自分の席に座ると言った。将校たちのどの顔も、警備部隊に編入されて緊張感がゆるんだためか、あくびをする者が目につく。

「会議を開会する」

村中は全員の顔を見渡す。

「ここに皆を集めたのは、維新内閣の首班を誰にするかが、今、大問題になっているからである。昭和維新の魁になった我々の維新部隊の生死は、まさにこの一点にかかっている。だからと言って、我々が自主的に首班の人物を選定することは、天皇陛下の大権を私議することでもあり、厳に慎まなければならない。そのために我々は、これまで蹶起の主旨を御上に申し上げてその返事を待っておりました。その結果、我が部隊は大臣告示を受け、早朝の戒厳令の公布と同時に戒厳部隊の警備部隊に編入されました。しかし、我々の目的は君側の奸賊を討つためだけではない。主目的は昭和維新の断行なのです。我々は今、軍の中枢部をこうして占拠している間にも、また奸賊が息を吹き返し、我々の目的の前に立ちはだかって邪魔をされては迷惑である。そうなる前に、できるだけ早く我々の主旨に賛同する維新内閣を樹立しなければならないと思う。そこで大臣告示でも、戒厳令の公布にも、力添えがあったと聞く軍事参議官の代表者真崎大将に、我々のすべてを一任したいと思うが、誰か反対するものはいるか」

村中は訴えた。しかし、誰も手を挙げない。

「軍の中枢部を占拠したからと言って、そのまま座視するばかりでは、せっかくの成功の機会は失ってしまう。俺は真崎一任に賛成だ」

磯部は、村中の意見に同意する。真崎への一任という考えは北の意見だと、磯部は皆に打ち開けられない。言えば、北を嫌う仲間の反対意見が出て無用な摩擦が生じ、混乱するのを恐れるからである。しかし、北が真崎を推薦しなくても、決行前から真崎は、将校たちの意中の人物であった。なにもここにきて改めて名乗りをあげるほどのことでもなかった。大権私議を恐れて、腹では思っていても、将校たちの誰もがただ口に出さなかっただけである。

「反対するものはいないだろうが、ただただくれぐれも大権を私議せぬよう、充分に注意してほしい」

香田が手を上げて忠告する。

「では、全員の賛成を得たものとする」

村中は宣言する。

「さっそく真崎閣下をここにお呼びして、我々の意志を伝えようと思うが、今、真崎閣下はどこにおられるか」

「参議官連中は、全員自宅に帰らずに九段の偕行社に待機している」

磯部はあちこちと飛び回り、巡察して得た情報を、村中に伝える。

村中はメモ帖を取り出して、偕行社の電話番号を見つけ出し、すぐに部屋の隅にある電話をかける。

「真崎閣下とお話がしたい」

「ああ君たちか」

村中が自分の名前を言うと、電話の相手は軍務局長の今村だと言った。

「参議官たちは、陸軍省と参謀本部の首脳者に会って協議を重ねて、今こちらに戻ってきたところだ。みんな御老体で、非常に疲れておられるが」

「こちらにお呼びして、我々のすべてを一任したくお話がしたいのです」

「ちょっと待ってくれ」

今村は、村中の申し入れに驚いた。側にいた植田参議官に、村中の言葉をそのまま伝える。

「そうか。そう言ってきたか。この際だ。真崎大将に事態の収拾を一任させようではないか」

植田は今村に言う。

今村は植田の返事に頷いて、待たせた村中に、

「君たちの意見は判った。今、この席に真崎大将はおらないが、すぐそちらに向かうよう本人に伝えておこう」

今村は電話を切った。真崎は、今日も帰宅できずに地下の食堂で、荒木を相手にお茶を飲んでいた。今村は真崎を見つけると、村中からの希望を即座に伝えた。

「俺にすべてを一任するだと」

真崎は考え込む。参議官が何度も集まっては事態の収拾の協議を重ね、陸軍省や参謀本部に出向いては彼らと意見の交換をしてきた。しかし、どう考えても、兵たちを原隊に引き揚げさせる策しか名案が出せなかったが、将校たちの方は、維新の成立をみるまでは、絶対に兵は引かんと頑張っている。意見は平行線のまま、彼らは皇軍相撃はないと読んで、こちらからのどんな説得案にも応じようとはしない。そんな彼らが、自分にすべてを一任してきたのは、自分の皇道派の領袖としての立場に賭けてきたのだと、真崎は思った。

「是非、行ってやって下さい」

今村は無理にもお願いする。もう真崎の采配に頼るしかすべがない。

「どうしたものか」

難題をかかえ込んだ真崎は、盟友の荒木に相談する。

「今、彼らは何を考え、何を求めているかを理解するにはよい機会だと思うが」

「いや、彼らは私に、解決不可能な難問を押しつけてくるように思う」

真崎は、今村の視線をさけて荒木に言う。自分が彼らを説得できたとしても元々で、まかり間違って事態を混乱させて悪くすれば、後で自分を快く思わぬ連中に、どんな無責任なことを言い触らされるか判らない。それでなくても、彼らの背後には真崎がいる。黒幕は真崎なのだから当然だ、と今でもそう言い触らしている輩がいるのだ。それでもじっと我慢をして耐えているのは、本庄が陛下の御立腹を宥めるのに大いに努力していると聞いていたし、そのうえ、秩父宮がこちらに向かっていると聞いて、あわよくば事態が好転する可能性を捨て切れな

いからである。それなのに、将校たちの方から先に味方になるように意見を求められてしまった。自分としてはもう少し様子を見て、自分の意志が表面に露出しないようにじっとしていたかったのだ。

「陛下は大変心配して、早く事態が収拾されるように願っておられる」

他の参議官たちが、真崎の回りに集まってくる、その中の阿部大将が真崎に言う。

「真崎大将、毀誉褒貶はいろいろあろうが、それを度外視して、事態解決のために一肌脱いでくれぬか。我々参議官一同、是非お願いしたい」

「なあ、行ってやれよ」

荒木も、皆の意見に加勢する。

「戒厳司令本部に相談してみよう」

逃げ腰の真崎は、無責任な皆の申し入れを断わり切れず、食堂を出て軍人会館に向かった。

「よお、真崎閣下。何か御用ですか」

司令官室に入ると、香椎長官が石原と増援部隊の配備の検討していたが、真崎を見て席を立った。

「ちょっと相談したい」

真崎が応接室の椅子に座る。

「真崎閣下。奉勅命令の内示が出ましたので、あしからず」

石原が、応接室に顔を出してぶっきら棒にいう。

「石原、よせ。閣下と話し合う。貴様は部屋を出てくれ」

「うむ」

石原は、仏頂面で部屋を出ていく。

「閣下、さっき石原から、閣下が将校たちから、すべてを一任されたことを聞きました。是非行ってやって下さい。戒厳司令部としても、事態の解決の調停者として、閣下にお願いしたいのです」

「奉勅命令は、本当にあったのか」

石原の言葉が気にかかって、真崎は香椎に訊く。

「参謀次長の杉山が、こっそり上奏して決めたらしいのです」

「内示か」

「はい。それも石原参謀が、杉山の尻を叩いて強引に上奏したようです」

香椎は、内示した背後に天皇からの意志もあったらしいと感じている。

「まずいな」

「でも、奉勅命令は天皇から参謀本部に下されたもので、兵たちに下達する実質的権利は、戒厳司令官の私にあります。私が下す前に、何とか部隊を説得して下さい」

「だが、彼らは占拠地点を引き揚げようとしないのだ」

真崎は苦しげに訴える。

「そこをなんとか閣下に出向いていただき、昂《たかぶ》っている神経を沈めてなぐさめていただきたい」

「判った。よし行こう」

皇道派の領袖としての面子もある。真崎は逃げてばかりはいられない。今、自分が出来得る限りのことをしなければ、後で何を批判されるか判らないのだ。

「ただし条件として、立会人を連れて行きたい」

真崎は、悪意ある宣伝にのせられて、「真崎は将校たちに大いに関係あり」との噂を立てられる心配を除くために、阿部と西を立会人として選んだ。香椎と相談した結果を携えて、真崎は、参議官たちが待つ偕行社の応接室に戻った。阿部と西は、真崎の勇気ある申し出に、立会人になることを快く引き受けてくれた。真崎にとって個人的行動は危険であり、組織的に動いた方が安全だと自分の胆に命じていた。

「あいかわらず慎重だな」

荒木は、報告を終わって席を立った真崎に、笑って声をかけた。


陸相官邸の第一会議室では、十七名の将校たちがすでに集まっていた。双方の立会人として、山口、鈴木、山下、小藤も部屋の隅に控えている。中の山下がその代表として、真崎たちを指定された席に案内している。真崎は正面中央に、十七名の将校を相手に座り、その両側に、左に阿部、右に西と、気難しげな顔で順々に座った。部屋が静かになったところで、香田が開会を宣言する。

「では、警備部隊の代表者、野中隊長、発言お願いします」

香田は、真崎の正面に座った野中大尉に発言を促す。指名された野中は、緊張気味の顔で立ち上がった。

「只今より我々部隊は、この事態の収拾を、真崎大将にすべて一任したいと思います。この意見は、全将校の合意で決まったもので、全軍事参議官の意見と完全に一致したものとして、御上奏をお願い致します」

野中は伝える。真崎は、これに応えようと席を立った。

「君たちが左様に言ってくれることは、まことに嬉しい。しかし今、君たちは戒厳警備隊に編入されており、私の命令を受ける立場にはなく、連隊長の指揮下にあるはずだ。ここにおる小藤君の言うことを聞かねば、何の処置も出来んのだ」

「阿部閣下はどう思いますか」

進行係の香田が訊く。阿部は両手を卓上に置いて重い腰を上げる。

「真崎大将が事態の収拾に当たることに決まればもちろん、我々もこれに協力し、援助もするつもりであるし、もし他の者になったとしても、我々は協力して援助することにやぶさかではない」

阿部は、そう答えてゆっくり座った。

「西閣下はいかがですか」

香田は、阿部の発言に満足げにうなずくと、今度は西に発言を求める。

「私も阿部大将の意見に、まったく同感です」

西は、ふたりの意見に調子を合わせた。真崎は二人の発言を聞いて、なんと無責任な発言をするとイラ立った。そこで真崎は、指名される前に自らすすんで席を立った。

「諸君は今、戒厳司令官の香椎中将の指揮下にあって警備勤務に服しておる。これからは香椎司令官より各種の命令が出ると思うが、この命令の根源は当然、奉勅命令であって、天皇陛下の御命令である。くどくど言うようだが、天皇の命令はすでに香椎長官に移っておる。だから、今の自分には諸君に対して何の権利もないのだ。我々参議官は、このような非常時に際して現状を座視するに忍びなく、何らかのお役に立ちたいと、こうしてやむにやまれずに支援してきたのだ。これからは諸君の行為に対して、我々は責任ある態度はとることが出来なくなったのだ」

ここまで真崎は発言して、少し言い過ぎたと思い、将校たちの顔色を窺うために一息入れて発言を止めた。将校たちは皆、瞬《またた》き一つせずに自分の発言に聞き入っている。真崎は、今度は声の調子を落とした。

「と言っても、何もしないのではない。我々がこの事態の収拾に努力するのはもちろんであるが、もしも奉勅命令が出た場合、これは天皇陛下の御命令である。この命令には、絶対に背くことはできないのだ。それは即錦旗に背くことだ。この錦旗に背くものがあれば、今度は自分自ら陣頭に立って諸君たちを討伐するぞ」

真崎は、すでに奉勅命令の内示が出たのを知っている。しかし、秩父宮が上京すると聞けば、あるいはこちら側に有利な展開もあるかもしれぬと、一縷の望みを賭けた手前、彼らにまだはっきり意見はいわぬ方がよいと思っている。

「諸君は、まだこのような事態にどう対応すべきか、経験が少ないために良く判らないことと思うが、諸君の部隊に交替要員を考えなかったのはまずかった。今に判るが、兵卒は日を重ねるにつれて疲労を加え、その精神にも変化をきたして、諸君がその処理に対して身の起きどころのない困難な状態に至ることを恐れるのだ。諸君はすでに目的の一段を達してきたのだ。これからはよく経験を積み重ねてきた長老たちの意見を聞き入れて、事後のことは、隊長の小藤の指揮命令の通りに動くことが、時局収拾の最良の方法であると私は思う。そう考えれば、もうそろそろ諸君は原隊に復帰することが、歩一と歩三の名誉ある歴史を汚さない解決方法だと思わないか。この席ですぐ即答は出来ないとは思うが、みんなでもう一度相談して、よい返事を聞かせてくれるようお願いしたい」

真崎はやっと言い終わると、腰を下ろした。

「よく判りました。我々はこれから相談するため、隣りの部屋に移動させてもらいます」

野中はそう伝え、仲間たちと一緒に隣りの控室に消えた。真崎は、言うべきことはすべて言ったという満足感で、彼らの返事を待った。

「うまく行きそうですな」

将校たちが部屋を出ていった後、阿部が真崎の耳元に囁いた。隣りの控室では、真崎にすべてを一任するのは良いが、維新政府が成立するまでは占拠地区を放棄すべきではないとの意見が強く、まとめ役の村中は大いに苦労をした。だが、本当に蹶起の真意を理解し、我々の希望を叶えてくれる人物は真崎大将しかいないと結論づけ、真崎の言う通りにすることで、話し合いは一挙にまとまった。

「合意が出来たか」

西が、部屋に戻ってきた将校たちを見て、真崎との雑談を止め、前に座った野中に声をかける。

「はい」野中は答えて席につくと、皆を代表して言う。

「我々は只今の真崎閣下の訓戒を受け入れて、これからは小藤隊長の命令のままに動くことを約束します。もし原隊に復帰せよという命令があれば、占拠地を離れることも約束します」

野中の発言を耳にした真崎たちの顔に、安堵の色が浮かんだ。

「よし。約束したぞ」

真崎は席を立って、眼前の野中の方に手を差し延べる。真崎と野中は握手をした。玄関で見送られた後、戻る車の車中で、阿部が真崎の隣りに座っていた。

「真崎閣下は、将校たちへの説得が、なかなかうまいのう」

阿部は真崎に茶化して言う。

「なんだと」

真崎はムッとする。

「阿部大将、そうではない。真崎大将は一生懸命でした。だからこそ、その気持ちが相手に通じたのです。うまいもまずいもありません」

西が真崎に加勢する。

「奉勅命令が出る前に原隊に復帰すると言ってくれて、私は本当に生きたここちがしてきた。小藤にはあとでよく言っておかねばならない」

真崎は、言いわけがましく言った。真崎たちが偕行社に戻ると、会見の結果を早く知りたい参議官たちが、応接間に集まってきた。

「どうだった」

荒木が椅子に座り、一息ついた真崎に様子を訊く。

「野中が、御命令ならば原隊に復帰できますと、約束してくれた」

「それは良かった」

荒木は満足げにうなずく。他の参議官たちも、ホッとした顔付きで、荒木と真崎の会話を聞いている。真崎は奉勅命令がいつ出るか心配ではあるが、自分の責任はこれで充分果たしたと感じている。これから事態の焦点は、秩父宮の動きに移っていくはずである。これから後のことは、秩父宮に一任しようと考えた。

「陸軍の参議官として我々は、渡辺大将の弔問に行くが、君も一緒に行くか」

荒木が真崎を誘う。

「お願いします。これから戒厳司令部に、会見内容を報告してきますので、その後にして下さい」

真崎はそう言い、軍人会館に向かって阿部と西をつれて部屋を出ていった。

八十

参謀本部では、武力討伐論で固まった。その結果、奉勅命令の実行は、二十八日午前五時とし、下達と同時に攻撃を開始できるように準備をすすめていた。その情報を耳にした山口は、陸相官邸に周章《あわ》てて飛び込んできた。

「おい磯部、戒厳司令部が、ここへ夜襲をかけるそうだぞ」

「なんだって」

磯部は、真剣な目付きで肩で息をしている山口を見て驚く。

「奴らは、貴様たちの武装解除を狙っているらしい」

「誰から聞いた」

「柴有時だ。柴は、香椎長官から聞いたと言っている」

「うむ」

「これは確実な情報だ。参謀本部が、各地から増援部隊を掻き集め、討伐態勢が整い次第、奉勅命令を戒厳司令官の香椎に渡すつもりです」

「道理で包囲軍の締め付けが、ここへきてきつくなったはずだ」

「どうも参謀本部は、奉勅命令を出すタイミングを、真崎が貴様たちをうまく説得して、原隊に復帰できるかどうか、様子をみていたフシがある」

「何を馬鹿な。俺たちは維新が成功するまで、ここを引き揚げはせんぞ」

磯部は怒った。

「磯部、こっちへ来い」

山口は、控室から磯部を引っ張り出して、官邸の周辺の闇を指差す。重装備の部隊が雪明かりの中、路地裏の方でこちらに砲先を向けて潜んでいる。

「奴らは、貴様たちの心臓部に狙いを定めているな」

「あいつらとは味方同志ではないか。俺たちを騙《だま》し討ちにするつもりか。よし。相手がその気なら、こっちもこっちだ」

磯部は官邸内に戻ると、地図を卓上に拡げて戒厳司令部のある九段の軍人会館と偕行社を指揮棒の先で交互に叩き、

「ここを、奴らより先手を打って撃破させるには、どのくらい動員すればよい」

と山口に訴える。

「磯部。貴様、本気で言っているのか」

「本気でなくてなんだ。今のうちに敵の本拠地を叩いておかなければ、後になっては、全国の部隊を敵に回すことになる」

「待て。真崎や他の参議官たちが貴様たちのため、これまで一生懸命に骨を折ってきたのだ。その味方の彼らまで攻撃すれば」

「いやちがう。真崎は味方ではない。奴は見損《みそこ》なった。奴は国家の存亡に命を賭けて行動する男ではなかった。今までは国家を見捨て、我が身の保身に躍起になった腰抜けではないか。周辺に潜むあの部隊を見ろ。どんどん数を増やしてくるのに、真崎は、奴らを追い払うことも出来ないのだ。あの部隊と我が部隊は、同じ戒厳部隊に属しているのにだぞ」

「そう即断するな。柴大尉や松平大尉に、戒厳当局の意図はどこにあるのか、探らせてはどうだ」

山口は磯部を宥める。香椎は柴と松平を、戒厳司令部と蹶起部隊の連絡係として使っていた。

「真崎の野郎。この一大事に、今、どこで何をしていやがる」

「焦るなよ。今、秩父宮がこちらに向かっている。もうしばらく様子を見てから攻撃しても遅くはないぞ」

「俺が部隊を持っていたら、偕行社でも軍人会館でも叩き壊し、占拠してやるんだが」

磯部はそう嘆き、首相官邸の栗原を電話口に呼び出そうとする。しかし、電話口に出たのは林少尉で、栗原は仮眠中だと伝えた。

「戒厳司令部が軍を率いて夜襲を仕掛けてくるという噂が入ったが、そちらは何か聞いているか」

「今、我々の部隊は戒厳令下の予備隊に属している。同じ戒厳部隊を攻撃するはずがないと思います」

「まったく貴様の言う通りだ」

磯部は、自分の心の乱れを林に指摘されて、バツが悪くなった。しかし、磯部がそう思うほど占拠本部の周辺が騒がしくなり、包囲軍の層も厚くなってきていた。それは磯部の当然の反応であった。

「我々は真崎閣下に一任したのです。閣下の手腕に期待するしかありません」

「林、判ったよ。もし柴か松平がそっちに顔を出したら、こっちに来るように伝えてくれ」


そう言って磯部は、電話器を置いた。山口も同じ戒厳部隊同志が撃ち合うのは、やはりおかしいと思い、磯部に謝って玄関に停めていたサイドカーに乗り、鉄道相官邸内に移った戒厳警備隊本部に戻った。

「どこに行ってた。探していたぞ」

柴が部屋に戻った山口に、声をかける。

「柴か、どうした」

山口は、蒼白な柴の顔色を見て驚く。

「香椎司令官に頼まれて飛んできた」

「…………?」

「奉勅命令を下達して、直ちに占拠部隊を撤収させると言ったぞ」

「本当か」

「間違いない」

柴の悲愴的な言葉に、山口は顔色を失った。

「真崎は一体、何をしているのだ」

山口は、自分の頭から血を引くのが判った。気が遠くなり、頭がしびれて蟬が鳴き始め、口が渇いた。山口は隊長室に走った。部屋の中で、鈴木が小藤と話し込んでいた。

「小藤隊長」

「貴様か。どうした」

「奉勅命令が下達されるそうです」

「えっ、もう一度言ってみろ」

「部隊を撤収させる奉勅命令が、近く下命されるそうです」

「俺は何も聞いておらんぞ。誰から聞いた」

小藤は怒り出す。

「柴大尉です」

「柴をすぐ呼んでこい」

小藤は山口に怒鳴る。柴は山口に呼ばれて隣りの部屋から、憔悴し切った顔で隊長室に入った。

「奉勅命令が下達されるとは本当か」

小藤は、厳しい顔付きできく。

「本当です。まだ内示であって決定でないので報告しませんでした。司令部よりこれから通知があるはずです」

「判った。よし通知がくる前に司令部に行こう。自動車の準備をしろ」

小藤は、外套を着て部屋を飛び出す。

九段の戒厳司令部では、香椎司令官が「討伐すべし」という石原参謀の強引な発言に、最終的な決断を迫られていたが、さすがに自分ひとりでは断を下せず、最高責任者の意見を聞くことにして、自室に満井を呼んだ。

「石原が勝手な発言をして困っておる。参謀本部から杉山、陸軍省から川島、それに軍事参議官たちを、至急、ここに集めてくれ」

「至急に」

「そうだ。このままでは統帥系統が乱れて、今後、何が起きるか判らんので、重大な決断を下したいのだ。皆の意見を聞きたいのだ」

「判りました」

満井は、同館の三階に陣取った参謀本部の部屋に向かった。総長室では、次長の杉山が、石原参謀と何か話し合っていた。

「杉山次長殿、香椎司令官がお呼びです」

「腰抜けの香椎が呼んでいる？　何の用だ」

石原が、杉山の代わりに言った。

「最終決断を下したいので、御意見を伺いたいと」

「そんなもの、わざわざ次長が行く必要はない。総務部長が行けば、それで充分だ」

石原は冷淡に応じる。参謀本部では、すでに討伐の意志は決定しており、今さら相談するつもりはない。杉山は奉勅命令の下達の勅許を得ているし、天皇自身からも、近衛師団を率いて叛乱部隊を討伐したいと訴えられている。香椎が叛乱部隊への心情ばかりに気遣って、自分の公的任務を忘れていることに、杉山も石原も共に腹にすえかねていた。

「陸軍省では川島大臣が出席するので、杉山次長を参謀本部の代表として是非にと」

「参謀本部では、誰も出席する必要はない」

石原が答える。

「石原、黙れ。貴様は戒厳参謀だろう。戒厳司令官の命令で動くのではないのか」

満井はさすがに怒った。

「まあまあ、喧嘩は止めろ」

杉山はふたりを制する。

「判った。俺が行こう。参謀本部からも誰かが出席しなければ、片づくものも片づかんであろう。石原、貴様も来い」

杉山は石原も誘い、一階の戒厳司令室に降りる。部屋には、すでに軍事参議官の荒木と林が来室しており、入ってきた杉山たちに疲れた視線を向ける。

「よお」荒木が杉山に声をかける。

「真崎閣下は」

石原は真崎の姿が見えないので、荒木に訊く。

「偕行社に残っておる。渡辺の弔問から戻って、だいぶ疲れたようだ。それで私と林が代表してきた」

荒木は盟友の真崎をかばった。


「香椎から聞いたでしょう」

杉山は荒木に言う。

「聞いた。杉山君。もう少し討伐は待ってくれぬか」

「これは陛下が望んでおるのだ」

「そのうえでの相談です。何とか皇軍相撃は回避できぬか」

「奴らは陛下が御信頼する方々を殺害したのですぞ。そんな暴徒を討伐しないで、どうしろと言うのです」

杉山は、先輩の荒木大将に、それでも言いにくそうに恫喝する。

「そこを何とか彼らに、自分たちがした行動の非を認めさせて、真の日本帝国軍人らしい態度に出られるよう、花道を飾ってやるのが、老人である我々の役目ではないか」

荒木は、人情論を駆使して杉山に訴える。杉山はどう答えるべきか判らずに、そばの石原に助けを求める。香椎は腕を組んで黙考したまま、言い争いに加わろうとしない。

「将校たちの行く末を案じるよりも、下士官たちの身を傷つけぬように考えてやる方が、我々年寄りの親心ではないか」

荒木がそう言った途端、突然に石原が立ち上がる。

「駄目だ、駄目だ、駄目です。これ以上、彼らを甘やかせては、他の者たちに示しがつかなくなります」

石原は、上官の荒木に喰ってかかる。

「石原、黙れ。上官の私に向かって何という口を訊く」

「まあ、まあ」そばの林が荒木を宥める。

「皇軍と国民との関係が悪化せぬように、私がどれほど悩んでいるのか、私の気持ちが貴様に判らないのか」

「そこまで閣下に言われれば、私も一言いわせていただきましょう。あなた方参議官は、何の命令も権限もないのに、なぜ、この事件に口を出して来るのです。閣下たちは、陛下に口を出すように求められたのですか」

「…………」

「本来ならば参謀本部の業務であるのに、陛下からの勅許も得ずに割り込んできて、「討つ討たぬ」と偉そうな口を聞く。この事態は、参謀本部と戒厳司令部とで決める問題ではないのですか。参議官には口を出す権利はないのです。さあさあ、この部屋から出ていって下さい」

石原は満州事変の立役者として、その腕っぷしの強さで上官相手に臆せずに、平気で押し進めてきた。その本領を今、石原は、大将の荒木を相手に発揮し、あしらっている。

「上官に向かって、なんという言葉遣いをする。私と林は、この戒厳司令部である香椎の要請でここに来たのだ。貴様こそ何でここに来た」

「さんざん若い連中をおだて上げて、こんな始末におえぬ事件を起こさせ、事態が自分の方に都合が悪くなれば、今度は知らぬ存ぜぬと知らん顔の半兵衛だ。ここまで若い連中に担がれて、敗け戦となったら、なぜ潔く城山の西郷ドンのように腹を切らぬのか。閣下たちは卑怯ものだ」

「石原、止せ」

今まで黙考していた香椎が、石原と荒木の口論に割って入った。

「香椎司令官、あなたもいい加減な人だ。なぜこの席に、こんな参議官を呼ぶのです。こんな馬鹿なことをするから、指揮命令系統が乱れて混乱するのです。この攪乱分子が、勝手な行動や発言をするから、暴徒がつけ上がるのです」

「攪乱分子とは何だ。暴徒とは何だ」

「まあまあ、荒木閣下。この場は私に任せて下さい」

香椎は仕方なく、荒木と林のふたりに丁重に部屋から出てもらった。

「叛乱部隊に味方しやがって、こっちの鎮圧を妨害をする不届き千万なやつだ。さあ、これで邪魔ものがいなくなった」

石原は、杉山に笑って見せた。

「貴様は役者だのう」

杉山は、石原の手際の良さに驚く。

「遅くなってすまない」

川島陸相が、周章てて部屋に入ってきた。香椎は最高責任者が揃ったのを見届けると、決意して訴える。

「今、ここへ出席していただいたのは、ほかでもありません。討伐すべきだと主張する意見がないわけではありませんが、当戒厳司令本部としては、皇軍相撃することなく、いかに彼らを原隊に復帰させるかに思いを致しております。蹶起部隊の将校たちの意見や心情には、我々の心を強く打つものがあり、聞き捨てならぬ良い主張も多々あると考えます。自分としてはなんとか彼らの望む昭和維新を断行し、今の日本の混迷する社会を一掃するよい機会だと思いますが、両閣下のご意見を伺いたい」

香椎は、発言し終わると腕を組んだ。苦り切った表情で香椎の発言を聞いた石原は、脇に座っている杉山の横腹をつついて発言をうながす。杉山は立ち上がった。

「断じて討伐。これが参謀本部の意見です。このまま続けば、日本の軍部ばかりでなく、経済や政治にまで混乱が波及して、かならず事態は収拾不能になるのは、火を見るより明らかであります」

杉山は強調した。杉山の強気の主張の背景には、閑院官参謀総長から電話で、しっかりやれと、激励の言葉を聞いていたし、それ以上に閑院宮を通して、陛下のこの事件に対する深い憂慮を知ったからでもあった。香椎は、杉山の「断じて討伐」との主張に頭をかかえた。

「川島陸相は」

香椎はすがる思いで、今度は川島に意見を求める。

「うむ」川島は考え込む。

「陸相。鎮圧をこれ以上遅らせれば、諸銀行が外国為替が組めなくなって、銀行業務の破綻も予想されます。そうなったら、どうするのだ」

杉山は、優柔不断な川島の態度を見るにみかねて口をはさむ。株式取引所は休業し、主要産業株五十種の平均株価は、事件前の七十八円五十一銭から七十三円六十五銭と、一株四円八十六銭の低落で、値下がり総計三億五千万円に達していた。対外為替は崩壊し、横浜正金銀行は対米二十九ドルを維持するため、一億五百万円の買い支えをした。日本銀行は、二十六日から四日間で四億円の貸出しをしていたのである。

「杉山、ちょっと待て」

香椎は、杉山の強要を制して川島の発言を待つ。

「自分としては彼らの行動はともかくとして、彼らの希望は、香椎司令官と同様に叶えてやりたいのだが……」

川島は重い口を開いた。しかし、声が小さい。

「もっと大きな声で」

香椎が川島に催促した時、突然、会議中の部屋の扉が開いた。小藤、鈴木、山口、柴の四人が興奮して入ってきた。

「ようきた」

香椎は、味方を得て勢いづく。

「奉勅命令を下達する前に、是非、将校たちの代弁者の山口大尉の意見を聞いてやってくれ」

小藤は、香椎の前にすすみ出て訴える。

「よし」香椎にとって、山口の出現は渡りに舟である。

「皆に話を聞いてもらおう。部屋の扉を開けて、廊下におる参謀本部と戒厳司令部の幕僚たちを、この部屋に入れてくれ」

香椎は扉を開ける。外の廊下に屯《たむろ》していた幕僚たちが、山口の話が聞けると、司令官室に詰めかける。あっと言う間に部屋は一杯になった。やっと静かになったところで、山口は香椎にうながされて、皆の前に立った。

「私は歩一の小藤警備隊参謀の山口大尉です」

山口は、まず自己紹介をした。そして一息ついて気合いを入れ、唇をなめると、全員を見渡す。幕僚たちは、山口の次の言葉を固唾をのんで待っている。

「私はそこにいる柴大尉から、今日ここで奉勅命令が下達されるかもしれないと知らされて、周章てて小藤隊長と一緒にやってきました。私は鉄道省官邸から陸軍省脇の坂を下り、三宅坂の寺内閣下の銅像前にさしかかると、あちこちにバリケードが厳重に作ってあるのを確認しました。それを見ながら、半蔵門を抜けてイギリス大使館までできました。そこには今度は、沢山の部隊が駐屯していました。目をこらすと、物蔭に隠れるように戦車までもが何台も実見できました。皆さん、あのバリケードはなんのためのバリケードですか。あの沢山の部隊は、なにをする部隊なのですか。あの戦車の砲先は、一体、どこへ向けているのですか。みんなあなた方が仕向けた処置なのでしょう。蹶起部隊はすでに戒厳警備隊に編入され、現在は正規軍になり、治安のために駐屯中と聞いております。それなのに戒厳司令部では、明日中にも警備隊に攻撃を仕かけるために、その準備に追われていると囁かれています。警備隊は今、腐敗した日本に最後の止めを刺し、首相官邸を神聖なる聖地に再生させるために占拠して、軍当局が昭和維新の大業に加担するよう強く要望しているのに、この包囲軍の様相は、一体、何ですか。これではまるで、皇軍同志が撃ち合うのを待っているとしかいいようがないではありませんか。これは火を見るより明らかなことです。このやり方を見れば、軍当局は警備部隊を分散せしめ、彼らを、維新誕生の聖地と信じる場所から撤退せしめようと企てていると考えざるを得ません。皇軍相撃は日本の不幸であり、歴史ある我が日本にとっても、これほどの不幸はありません」

山口は同意を求めて、全員に熱い言葉を吐き続ける。

「我々は日本人である以上、みんな陛下の赤子であり、国外の皇敵を撃つべき日本の軍隊が、お互い同志で鉄砲火を相交えて殺し合うなど狂気の沙汰。このような事態はとんでもない笑止であり、日本歴史の恥になるだけではありませんか。今、必要なことは、蹶起将校たちをどう処罰すべきかと考えるよりも、この日本を如何に正しい方向に導くべきかを考慮する、もっともよい秋《とき》ではありませんか。蹶起将校たちが命を賭けてやった昭和維新の黎明が、すぐ足元まで、やっとの思いでこぎつけたというのに……あなた方は一体……」

山口は、ここまで発言して絶句した。

「何を考えて……」

もう感きわまって言葉にならない。

「最高の功労者と言うべき維新部隊を、叛乱軍とか暴徒と、何ゆえに批判するのか。このような仕打ちは、恥知らずな者のやり方以外のなにものでもありません」

山口の両眼から、熱い涙が頬を伝わって流れた。

「皆さん、お願いします。皇軍相撃という最大の不祥事は、皆さんのお力で未然に防いでいただきたい。どうか奉勅命令の実施は、無期延期としていただきたい」

山口は、涙で濡れた唇をふるわせて、一言一言、力を込めて訴えた。感涙する山口を見詰める小藤の目にも、柴の目にも、香椎の目にさえも、涙が光っていた。

「まだ攻撃すると、確定したわけではないぞ」

香椎は涙目で部屋中を見渡し、静まり返った雰囲気に満足しては何度もうなずく。そして自分の気持ちを最大限に代弁してくれた山口に感謝し、労《いたわ》ってやろうと机上の呼び鈴を押してボーイを呼ぶ。

「ご苦労であった。疲れただろう」

ボーイが持ってきた茶菓子を、山口の前に自分の手で運ぶ。山口の発言は完璧で説得力があり、聴衆の誰もが効果は絶大であったと思われた。

「戒厳司令官殿、ご決断を」

安井戒厳参謀長が、香椎に決心を迫る。安井はこの会議が始まる以前に、部下の石原から、陛下は近衛師団を率いて暴徒を撃ちたいと激怒されているが、近衛師団だけでは宮城は守り切れないと答え、増援部隊が来るまで待って下さるように上奏したことを聞いていた。陛下も今、自分の意志を主張してしまうと、後で不利な立場に追い込まれては大変なことになると悟られ、大軍をもって暴徒を威圧すれば、皇軍相撃せずとも相手は間違いなく帰隊するとの上奏も受けて同意していた。だから増援部隊が作戦どおりに集結した今、安井参謀長は、石原のすすめにより、すでに討伐の意志を固めていたのである。

包囲軍の兵力、約二万四千人に対して蹶起軍は約千四百人。包囲軍の内訳は戒厳司令部三百五十名、第十四師団四千四百九十一名、近衛師団六千九百十四名、教育総監部所属部隊千六百五十一名、第一師団七千六百十三名、憲兵隊千四百八名、第二師団千九百六十四名。

増援部隊は第十四師団（宇都宮）の歩兵五大隊、騎兵第十八連隊の一中隊、工兵十四大隊、第二師団（仙台）の歩兵四大隊を戒厳司令部官の指揮に入らしめていた。

「うむ」蹶起将校たちの心情を理解する香椎は、真崎大将の立場をも考慮して、なかなか決断がつかないでいる。

「真崎大将も、この辺が潮時であると」

安井は、苦渋の思いで香椎の耳元に囁く。ここで陸軍がはっきりと攻撃する姿勢を宣言しないと、じれた海軍が、叛乱軍に総攻撃をかけると発破をかけてきている。このまま決断を遅らせては、陸軍を、天皇と海軍とで鋏み打ちにされる形勢になりかねない。それを承知する香椎の額に、脂汗がにじむ。なんとか、香椎は将校たちが熱望する昭和維新の実現へ協力してやりたいのだ。

「司令官」

安井は声を強めて催促する。とその時、香椎の頭のすべてを占めていた真崎と将校たちと、最後の頼みの綱であった秩父宮の顔がウソのように消えた。代わって激怒する天皇の顔が大写しになった。今までこだわっていたものが、何かふっきれたのである。

「決心を変更する。もし占拠部隊が我々の説得に応じず、占拠地域を撤収しなければ、討伐する」

香椎は言い切った。

「決断が下されました。では奉勅命令を読み上げます」

安井参謀長は、香椎司令官の決意を聞くと言う。

「奉勅命令

戒厳司令官ハ、三宅坂附近ヲ占拠シアル将校以下ヲ以テ速ニ現姿勢ヲ撤シ、各所属部隊長ノ隷下ニ復帰セシムベシ

昭和十一年二月二十八日

参謀総長

載仁親王」

「これでよし」

通達を聞いた石原は、満足げに椅子から立ち上がり、大きな声で、

「只今、正式に奉勅命令は下達されました。叛乱軍が占拠地域を撤収しない時は、直ちに総攻撃を開始し、全滅せよ。命令受領者は、私の前に集合」

と各部隊の連絡者に号令し、責任者が集まると、

「爆撃隊の出動準備は早目に。重砲の砲撃の操作は慎重に。それに地上部隊の攻撃要領は的確に。みんな判っているな」

と指示を飛ばす。会場の幕僚たちは、勝ち誇った石原の顔と、山口たち四人の打ちひしがれて思い詰めた顔を見比べながら部屋を出ていく。

「あなた方も只今聞いた通り、やっと奉勅命令が下達されました。飛行機も戦車も重砲も、参加させます。直ちに降参すればよし。然らざれば殲滅《せんめつ》する旨、みんなに御伝え下さい」

石原は、蒼白な顔の山口と茫然自失した小藤に言い放つ。この事件の後、参謀本部の実権を握るのは石原であり、陸軍省を牛耳るのは武藤章にと代わっていく。

「おい石原、待て」

安井が石原に声をかけ、

「早まるな。まず第一師団長をここに呼んで伝達するのが手順だぞ」

と訴え、自ら電話口に出て堀師団長に電話を入れる。陸軍省の代表として出席していた古谷大尉が、同期の山口に力づけようと声をかける。

「真崎大将はどこにいる。まだ偕行社か」

「そのはずだ」

「真崎閣下に相談してみたら」

「うん」

山口は気を取り直し、真崎なら何らかの打開策を持っているかもしれないと期待を抱き、古谷を誘って偕行社に向かった。真崎は地下の食堂でひとり、箸を動かしていた。

「小藤より電話で聞いた。仕方あるまい」

真崎の答えは、山口の願いに対して諦観に充ちた力ないものであった。

「一介の参議官である私の力では、もうどうにもならぬ」

なおもすがりつく山口に、真崎は力なく言った。山口は疲れが一度にドッと出た。真崎の前で棒立ちになり、放心したように涙を流し続けていた。

第九章　崩壊

八十一

秩父宮は疾走する車中で、御付武官の寺垣を相手に話をしている。

「雪に埋もれた東北の寒村に生活してみて、農村は心底貧しいと知った。でも、兄の裕仁は、元老の西園寺や側近の鈴木侍従長の話ばかりに耳を傾け、庶民の生活実態は何も知らないのだ。兄は農村の悲運に同情するのはよいが、度がすぎてはいけない。農民にもそれなりの楽しみはあり、貴族にもそれなりに苦労があるといわれた」

裕仁にとって農村問題は、やはり宮城の田んぼの春の田植えの真似ごとと同様に趣味の域を出ない。家柄ばかりを重視して、決して一般国民の苦しい生活に目を向けないのだ。昭和八年に農村救済のために計上した時局匡《きょう》救《きゅう》費は、拡張されゆく軍事費に圧迫され、昭和九年に打ち切りになっていた。そこで、

「そのような態度では、そのうちに兄貴は国民から浮き上がって、しっぺ返しを受けるかもしれない、と私が諭すと、誰にそのような危険な考えを吹き込まれたのだ、と怒られました」

「陛下は神様ですから、まさかそのような」

「いや、猫背で近眼、貧弱な体格で、少しも見映えがしない自分を、兄貴は一度も神だなどと思ったことはないはずです。私は兄を鈍行馬車とからかったこともある。兄貴は国民の前で、自分の弱点を晒《さら》すのがこわいのです」

「こわい？」

「そうです。兄貴は弟の私に、『君はいいなあ。国民の中に自由に入れて、好きなことができるではないか』とよく言います。私は海外留学を許され、自分が心で思ったことを語ることを許され、みずから妃を選ぶことを許されている。兄貴は庶民との口の聞き方も知らないのです。自分の意見を言ってはいけないと、側近たちに命じられているからです。当然、調子を合わせることも出来ず、ある意味では国民の目をこわがっているのです」

「本当ですか」

寺垣は、思いがけぬ秩父宮の言葉に、聞いてはいけない話を耳にして、驚きの表情を見せた。

「憲法と側近たちに、神様とあがめられ守られて、庶民

との接点のない兄貴にとって、相談相手の側近たちが殺られることは、断崖の絶壁に立たされたほどの恐怖を感じたにちがいありません。側近たちと兄貴の感性は、そう言う意味でまったく同じ性質を持っているのです」

秩父宮はそう言うと、車窓の外に目を向けて物思いに沈んでいく。天皇は重臣や側近たちに、自由意志を完全に奪われている。自由意志の完全な喪失欠落こそが公平無私、仁慈無限の至尊の権威の絶対条件であると考えている。一個の人間は人間でなくなる。修練をつみかさねて、ついに人間と違った存在になり、そうすることによって、天皇は人間たちにとっての至上の権威として君臨する。これが重臣や側近たちに利用価値をあげる天皇の宿命であった。そのため西園寺公は、裕仁に実際政治に関与しないように、また人間としての息抜きに、政治学や歴史学より生物学をすすめたのである。

「蹶起部隊は殿下の部下の」

「そうだ。かつて中隊長をしていた歩三が参加している。その歩三に安藤という男がいて、私はよくその安藤から、兵たちの貧しい実態を教えてもらった」

「………」

「その安藤が、私に何も連絡もなしに、水臭い奴だ。まさか行動に出るとは思いもよらなかった」

「………」

「私は安藤のために何かを……」

感きわまったのか、秩父宮は突然、次の言葉が出なくなった。目から止めどなく涙がこぼれ落ちた。

「殿下」

「すまん」

秩父宮は涙を見せないと、個室に引き込もった。窓の外は相変わらず雪景色であるが、東京に近づいているのか、山間部から平野に移って高低の起伏の差が少なくなっていく。列車は汽笛を鳴らしながら、やがて家が密集する街中を縫って、駅のホームに滑り込んだ。

「熊谷、熊谷」

駅の拡声器が駅名を連呼する。列車が止まる。沼田より乗り込んできた部隊は、この駅で護衛の任務を終えたと判断して下車した。水谷はホッとして、胸をなでおろした。しばらくして、個室のドアを叩く音がした。

「何だ」

「参謀次長代理の楠木中佐が、殿下に報告したいと見えました」

「よし、入ってくれ」

秩父宮は涙を拭い、正式な報告とは何かと、覚悟を決めて、服装を整えて自ら扉を開いた。

「遠路、ご苦労である」

「参謀本部と陸軍省より、命令を受けてまいりました」

楠木は敬礼し、用紙を殿下に渡す。

「これは奉勅命令です。至急殿下に伝達するようにと命令されました」

「そうか」

秩父宮は、渡された用紙に目を通す。

「所属部隊長ノ隷下《れいか》ニ復帰セシムベシ」

秩父宮は読み終わると、安藤の顔を思い浮かべた。自分の出番は封じられたと思った。

「殿下、決して叛乱軍のためだと、軽はずみな行動をせぬよう忠告致します」

「現況はどうなっていますか。報告してください」

秩父宮は、かつての上司に訴える。

「参謀本部では香椎司令官に、事態が全国規模に飛び火せぬように東京地内だけに指揮権を委任しております」

「うむ」

「行動部隊への応急処置としては、戒厳警備隊に編入させて、とりあえず暴走するのを押さえていますが、まだまだ危険であると判断し、第一師団の宇都宮隊と佐倉隊の一部を上京させて、他の在京部隊と共に行動部隊を包囲し、地域住民の安全をも考えて、市電、バス、それに山手線の一部もストップさせて見守っております」

「なるほど」

秩父宮は、安藤らは完全に包囲されつつあると思った。

「宮中内の様子は」

「湯浅宮内相が中心になって、木戸、徳大寺、一木様たちが陛下をお守りし、なかでも一木枢密院議長殿に対しては、陛下は宮中に泊まり込んで自分を守ってほしいと、お頼みになられたそうです」

「一木にか」

「はい。でも殿下が上京なされば、西園寺公や鈴木侍従長がお側にいない今、陛下はどれだけ心強いか」

「果たしてどうかな」

秩父宮は言葉を濁した。楠木の話を聞くと、情勢は安藤たちに勝ち目はなさそうだ。それに宮中内の様子も、どうやら落ち着きを取り戻してしまったようだし、これでは兄貴に勝てないと、秩父宮は思った。

「西園寺公は上京しないのか」

「叛乱軍に居場所が洩れるのを恐れているようです」

「どこかに隠れているのか。閑院宮は……」

「叛乱軍の一部が、療養中の御殿場方面に向かったとの情報が飛び交い、宮中の皇族の方々が大変心配しております」

「すると、上京するのは私だけか」

「でも陛下はもとより、高松宮も三笠宮も、皇太后様も殿下の御上京を心待ちしております」

「判った。ところで、さしつかえなかったら、膠着状態になった対立点は何が原因なのかを教えてくれないか」

楠木は、伝えてよいものか考え込む。

「個人的な意見でもよい。情報不足のままで、混乱の渦中に入っていくのが不安なのです」

「判りました」

楠木は覚悟を決めた。不安げな殿下の顔を見るのがつらいのだ。

「対立点は、参謀本部と参議官たちの間にあります。その間で戒厳司令部が決断を迫られ、ウロウロしているのが実情だと思います」

「具体的に話してくれ」

「陛下は、参謀本部に向かって叛乱軍を直ちに討伐するように命じました。しかし、軍部を代表する参議官たちは行動部隊に同情して、彼らの昭和維新への夢に共鳴し、陛下のお怒りの板鋏みになって、にっちもさっちもいかない状況の中にあります。陛下のお怒りが解けない今、参議官たちは目下、将校たちからいかにうまく手を引くかを思案中かと考えられます」

「なるほど」

「殿下、御上京なさっても、決して軽はずみな行動も、お言葉もなさらぬように、私からもお願い致します」

「判った。安心して下さい。意見をうかがい、ありがとう」

秩父宮は、楠木と握手をした。

列車は、日の丸の旗を振る人々であふれる大宮駅に到着した。秩父宮は、ホームに降りた楠木に手を振り、旗を振る人たちにも手を振った。楠木中佐と入れ違いに、今度は宮内省の岩波武信総務課長が列車に乗り込んできた。木戸幸一が、湯浅に頼んで差し向けたものである。

「駅に列車が停まるたびに、私は面会を求められてきました。あなたで三人目になるでしょう」

「どんなお話をしましたか」

秩父宮の言葉に、岩波の目が光った。警戒しているのである。

「忠告が多かった。私は情報不足のため、ただ拝聴するばかりでした」

「陛下はこのたびの事件には、ひどく御立腹であらせられるのは御存知ですか」

「知っておる」

秩父宮はそう答えたが、兄の怒りの半分は蹶起部隊が側近を殺したことによるものだが、あとの半分は弟の自分に対する対抗心から来ていると感じている。

「陛下は統帥権を自分から奪った叛乱部隊に御立腹し、これまで御信頼なさっていた側近を殺戮したことに御立腹したのです。殿下が上野駅に到着なさいましても、宮内省じきじきの御車を回してありますので、決して叛乱軍の代表者とは会見なさらずに、その御車に御乗車下さるよう、この件は陛下と皇后さま、宮内省一同の方針でございます。このことをお伝えにまいりました」

宮内省は、皇道派と関連あるとされている朝香宮や伏見宮、東久邇宮たちに、誰とも謁見しないように通達を出していた。

「それは御苦労であった」

秩父宮は言った。兄は母上も味方につけてしまったのか。自分を受け入れるお膳立ては、すべて終わってしまったのか。もう自分のつけ入る隙もなくなったのか。

「お母上は」

「気丈夫でいらっしゃり、御所に引きこもって、早く殿下のお顔を見たいと待ち望んでおられます。他の皇族方々も、殿下の御上京を心待ちでおいでです」

「兄から何か言伝《ことづて》でも」

秩父宮は、やはり上京は遅かったと思った。岩波が木戸のすすめで来たと聞き、側近としての木戸の心遣い以上の狡知な戦略の一端を垣間見た思いがした。

「いいえ。木戸様が殿下に、兄の陛下を充分に補佐してあげるよう、伝えるように頼まれました」

「やはりそうか」

秩父宮は頷《うなず》いて、窓外に視線を向ける。列車は仄暗くなった寒気の中を、時折思い出したように汽笛を鳴らし、轟音をたてて遮断機の降りた踏切を通り過ぎる。

「もうそろそろ到着します」

「…………」

岩波は、窓外を眺め続ける秩父宮が何を想っているのか考えた。殿下が叛乱軍の黒幕だとか、第八師団を率いて上京中だとか、陛下が殿下の上京に激怒しているとか、殿下は皇位継承を望んでおり、蹶起軍と呼応して天皇に諫言《かんげん》するつもりだとか、さまざまな噂が耳に入っていたが、渦中の当の殿下があまりにも物静かな態度なので、拍子抜けをしていた。

「さあ」

秩父宮は席を立つと、鏡の前に立つ。岩波は、服装を整える殿下を見て個室を出た。列車はレールの切り換え器を幾度も横切って、やがて終点の上野駅ホームに到着した。ホームでは殿下を、近衛兵の一隊が整列して迎える。

「改札口を出た向かい側に御車を用意しております」

宮家御用掛の渡辺八郎が出迎えた。岩波も殿下を案内する。通路を制限された駅の乗降客は、遠巻きに見詰めている。三人の周辺を、護衛の御付武官の四人が守り、その後に近衛部隊が付いていく。菊の御紋のある黒のフォード車は、前後に護衛車を従え、雪の昭和通りを走って裕仁たちが待つ宮城に急ぐ。

坂下門から宮中に入った秩父宮は、まず高松宮と会見、宮中の様子を知らされた後、高松宮と一緒に兄の裕仁にお目にかかる。午後六時より午後八時半まで会見し、食卓に皇后を呼んで夕食を共にした。皇室の危機をさんざん兄から訴えられた秩父宮は、自らはそれに触れず、上京の簡単な報告をした。たかいから安藤大尉の残酷な行為を知らされた兄の裕仁は、不満げな表情を見せたが、秩父宮は兄上の身辺が心配で上京した旨を言上、蹶起軍を暴徒とは呼ばないでほしいと懇願する。その後、皇族方と、事件の現況と宮中の対応の説明を受けた。宮城占拠の計画があって、現在四つの門は近衛兵によって厳重に警戒中だと、梨本宮からこっそり知らされた秩父宮は、唖然とした思いで深夜、大宮御所を訪問、上京の挨拶を貞明皇太后にしてから、赤坂の自邸に午後十一時に戻られた。

皇太后は兄裕仁と激しく喧嘩をし、泣いていた。もう秩父宮には味方になるものが宮中にいなかった。秩父宮は四面楚歌の中で、行動軍が御殿に入り込むとの情報があって、護衛の準備が完了するまで待った。その後で自邸に戻った。しばらくすると、杉山、古荘幹郎、香椎たちが一緒に訪れ、陛下より奉勅命令の允裁《いんさい》を受けたことと情況説明を一時間ほど受けた。宮城占拠の話は、秩父宮を怒らせ、やっと安藤との決別を決意させたのである。

八十二

岡田総理を脱出させるために角筈の岡田私邸内に待機中の十一人の弔問客は、二十八日午前十一時、二台のハイヤーと自家用車一台に分乗して、福田秘書官舎の玄関前に到着した。岡田総理に年恰好《かっこう》が良く似た老人たちが、次々に車から降りて二階の応接間に通された。

「これから弔問に当たって注意する点を申しますので、間違いのないようによろしくお願い致します」

福田は、緊張して固くなって見える。

「まず第一に、皆さんはすべて憲兵の指示に従い、勝手な行動は慎んでください。第二に、焼香机の前で焼香をすませ、絶対に敷居を越えて寝室の中には入らないで下さい。それは検死がまだすんでいないので、他の者が寝室に入ったり、手を触れたり出来ないからです。そして第三に、どんなことがあっても決して声を出さないこと。特にお互いの私語は厳禁します。この三点は軍の絶対命令であり、もし破れば厳罰に処しますのでよろしくお願い致します」

福田は、喪服姿の老人たちに申し渡した。弔問客の誰かが、遺骸が岡田総理でなく松尾大佐だと騒ぎ出したら、女中部屋の岡田総理の命が危なくなるからである。

「よく判りました」

弔問客のひとりが、相槌をうった。

「では、これから憲兵を呼びますので、ここでしばらくお待ち下さい」

福田は応接間を出ると、玄関で待機する運転手を呼び、計画した注意点を伝える。そして、首相官邸裏門に目をやると、小坂が裏門で警戒しながら、こちらの合図を待っている。福田の姿を見て、準備ＯＫのサインを送ってきた。

「よし」

福田は、急いで二階の応接間に駆け上がり、部屋で待つ弔問客たちを案内して官邸裏門に導く。邸内はさすがに戦場である。周辺に緊迫した雰囲気が漂っている。よく見ると、玄関と官邸本館の屋上に、白布に菊水の紋を描き、「尊王討奸」とか「七生報国」と書かれた幟りが寒風に吹かれてひるがえっている。要所要所に立った歩哨兵たちが、よそ者たちにうさん臭げな視線を向けている。弔問客たちは、日本間の玄関までやってきた。

「弔問客十一名、通ります」

裏門で待っていた小坂が、門番の衛兵司令に伝える。

「よし」衛兵司令は、歩哨兵より員数点検を受けて確認すると、すぐに応える。入門の許可を得た一団は、玄関で待っていると、奥から青柳がやってきた。

「こっちです」

青柳は小坂から一団を引き継ぐと、皆を一列に並べて居間に案内する。弔問客たちは、緊迫する室内の様子を興味深く観察しながら、指定された部屋に入った。全員が居間に入ったのを見届けた青柳は、直ちに廊下との境の襖をピシャリと閉め、弔問客に念を押すように福田が言った注意点を再度、伝えた。伝え終わると、部屋の襖が開けられて寝室が現われた。焼香机の向こうには、布団が寝室の中央に見え、遺骸の顔まで掛け布団が被せてある。目を据えてよく見ると、少し禿頭が見え、布団を上方に引きすぎたためか、白足袋がちょっと顔を出していた。

　最初の弔問客が、やっと焼香机に向かった。福田はそれを見届けると、岡田総理が待つ女中部屋に、それっと小走りに急ぐ。女中部屋では小坂が、福田が来るのを、今か今かと待っている。

「閣下」

　小坂は、福田が部屋に入ってくるなり、押入を開けて岡田の手を取る。当の岡田は、すでにモーニングと外套に着替えて待機していた。長い間、狭い押入に無理な姿勢で入っていたためか、岡田総理の足元はおぼつかず、たびたびよろける。

「閣下、危ない。大丈夫ですか」

　小坂はそれに気づいて、総理の右脇下から自分の肩を入れ、福田の肩を左脇下に入れて、ふたりで岡田の体重を支えながら抱き込む。女中の絹はそれを見て、緊張気味の総理の頭に中折帽を被せ、作は、岡田の顔をかくすためにマスクをかけた。

「さあ、出発だ」

　福田と小坂は、両脇から病人をかかえるように部屋を出る。歩哨兵がうさん臭げに、廊下を走る三人の様子に視線を送る。

「おい小倉伍長、急病人だ。車を入れろ」

　小坂は、大声で廊下に待機していた小倉に怒鳴る。そして抱え込んだ総理にも、

「よせと言ったのに、屍体なんて見るからだ。おい、車、車、早くしろ」

　と、怒鳴りながら玄関ホールに向かう。突然の大声に、何事が起きたのかと、衛兵司令や控兵たちが声がした方へ飛び出してきて、小坂たちを見ている。

「まごまごするな。小倉、早く車を入れろ」

　小坂は、控兵たちの視線を無視して、自動車が玄関前に来るのを待った。計画通りにフォードセダンが、呆気に取られて見ている歩哨兵たちの前を通って、車寄せに横づけになる。小坂は停まった車に、総理と福田を素早く押し込んだ。

「頼むぞ」

　小坂は運転手に命じる。運転手は警戒兵たちの注視の中でエンジンをふかす。アクセルを踏んで、総理を乗せた車は、脱兎のごとく裏門を突破して去った。

八十三

　第一師団本部の参謀室では、戒厳司令部から電話で呼び出された堀師団長が戻ってくるのを、小藤や山口たち

が待っていた。部屋に当番兵が入ってきて、山口に、堀師団長が自室に戻ったと報告する。山口は小藤、村中、鈴木、竹嶌、対馬たちを引きつれて、隣りの師団長室に入る。堀は、気難しい顔で外套を脱いでいる。山口は、堀が椅子に座るのを待たずに聞く。

「どうでしたか」

「今は実施の時期ではないと言っていたぞ」

「えっ」山口は、堀の言葉を聞いて変だと思った。つい先ほど、司令官室で、石原参謀の水際立った指示命令を目撃してきたからである。

「石原参謀が、強硬論を吐いていませんでしたか」

「奴は、まったく恐いものなしの言いたい放題だ」

小藤が、山口の言葉に付け加える。

「討伐の延期を安井参謀長に訴えたら、しぶしぶ承知してくれた。司令部では、もし第一師団が同意しなければ、近衛師団を主力に使う予定のようだ」

堀が言う。

「よし。これから近衛師団と一戦を交えるか」

小藤は目を剝く。近衛師団は、東京市を守備範囲とする第一師団とちがって、宮城を護衛する任務をその目的としているために、日頃から陛下の信頼を得ている。その近衛師団は、叛乱軍の宮城占拠の失敗と大臣告示の偽善的なカラクリに対して、激しい憤りを持っていた。だから蹶起部隊に同情的な第一師団とは、日が過《た》つにつれてはっきりと剝き出しの敵対関係になってくる。

「近衛師団が攻撃してきたら、第一師団はただではおかん」

堀は、統制派の橋本師団長に敵愾心《てきがいしん》をあからさまに出す。

「頼りにしています。師団長殿」

山口は、師団長の力強い言葉を聞いて嬉しくなった。この勢いを使って本庄武官長に皇居内の様子を聞き出そうと部屋を飛び出し、隣りの部屋に電話をかけに走る。

「陛下への説得は、うまくすすんでおりますか」

「君か」

本庄の声である。

「今、皇族が集まっており、秩父宮殿下が来るのを待っているところだ」

「陛下の御様子は」

「少しも私の意見に耳を傾けようとしていただけぬ。側近たちも、私が何度も陛下に諫言するのを嫌がって止めようとする者も出てきた」

「難しいですか」

「うむ。私は四面楚歌の中におるようだ」

「武官長に、そんな仕打ちをするものは誰ですか」

「誰だか判らぬが、皇居内に残っておるのは、一木と湯浅と木戸と徳永だが、そう言えば」

本庄はそう答えた後で、ハッと気がついた。陛下が自分と話すときに時おり「木戸は、木戸は」と、盛んに木戸幸一の名前をあげていた。

天皇の背後で取り仕切っているのは、木戸書記官長かもしれない。

「そうだ、木戸だ。木戸は、殺された重臣たちの家族の方々のお悔やみに心をくばり、軍部の起こした事態に対する対応には、直ちに宮中に閣僚たちを呼び集め、皇族たちも集めては結束を強めて外敵に備えようと懸命に働く。その行為は、まるで西園寺公の代役をこなしているようだ。私が将校たちの至誠の心情をいくら訴えても、陛下はかたくなに拒むのだ。陛下のその意志の強さはひと通りではなく、私はなす術もなく途方に暮れておるのだ」

「どうか側近たちの批判に負けずに、陛下への説得に、これからも全力をかたむけて下さい。こちらでは第一師団長は、維新部隊への攻撃は絶対にしないと、いや、できないと話してくれました」

「うむ」

「こっちも必死です。それで今、師団長を含めて、事態の好転への工作を検討中です」

「秩父宮殿下も来られれば、こちらも好転する可能性も決してないわけではない。もっと努力してみよう」

本庄はそう答えて、受話器を置いた。

八十四

下達されたはずの奉勅命令は、なぜか蹶起部隊には届かずに宙に舞ってしまった。命令系統が混乱して、戒厳司令部では、あちこちから問い合わせの電話が引っ切りなしにかかってきた。石原は、その対応にきりきり舞いして、ついに奉勅命令は徹底せずと判断し、司令官室でその対応を香椎司令官と打ち合わせることとした。石原が司令官室へ入ろうとすると、廊下の椅子に、磯部が神谷憲兵少佐と一緒に座っているのを見た。

「おお、磯部か」

石原がよく見ると、武装解除されたのか、ふたりとも丸腰である。

「香椎長官に、なかなか会えない」

磯部は、敵側に身を置く石原に訴える。

「長官は中におる。どうだ、奉勅命令が下ったらどうする。貴様に腹を切る覚悟はあるか」

石原は脹れ面の磯部を見て、冷たく言い放つ。

「いいですね」

「いいですねでは判らん。俺の言う命令を聞くか、聞かぬか」

石原は、打診するように磯部の目を見詰める。

「それは問題ではありません」

磯部は、ワザと答えにならない答え方をした。

「肝心なところだ。ちゃんと答えろ」

「私に指揮権はありません。兵を持ってないので、何とも言えません」

「そんなことはどうでもよい。貴様を指導者だと見込んで聞くのだ。どうだ、聞くか聞かぬか」

石原は、磯部の指導力と行動力を高く買っている。

「でも」

「逃げるな。ちゃんと答えろ」

「俺は仮にひとりになっても、戦いは止めません」

「どうすれば、引き揚げるか」

「ああ大失敗をした。もっと奸賊を殺しておけば、もっと事態は好転していたはずだ。あの時、なぜあなたを撃っておかなかったのか」

磯部は、顔を噛みつかんばかりに、石原の顔に自分の顔を近づける。

「面あてか」

「そうだ」

「磯部、今からでも遅くない。あなたを撃てない」

「引かん。畜生、丸腰だ。引け」

磯部はくやしがる。しかし、石原と喧嘩をしにきたのではない。

「維新部隊を、もうしばらく現地に置くように、石原参謀から香椎司令官に具申していただきたい」

磯部は、潔く石原の下手に出た。

「よし、判った。貴様の意見は、みんなの代表として受けよう」

石原は、磯部を男として認めてやる。

「よろしくお願いします」

磯部は、もし一歩でも占拠区域から兵を退かせたら、現在のギリギリの防御線上で耐えている兵たちの志気が急に消沈して、そのままズルズルと敗北へと進んでしまうのを恐れるからである。

「よし、俺に任せろ」

石原は、毅然として長官室に入っていく。

「貴様も大変だな」

黙ってふたりの言い争いを聞いていた神谷少佐が、磯部に同情して言った。石原が部屋に消えると、どこにいたのか、満井中佐が、目を真っ赤にして泣き出しそうな磯部を見つけて近づいてきた。

「磯部、ここへ何をしに来た」

「満井さん。あなたは我々の顔を見るとすぐ、退《ひ》かそうとばかり言ってくる。昨日までは、そんな態度ではなかったはずなのに」

「そう言うな。俺だって、君たちのためを思って、どれだけ動き回ってきたか。俺の努力を認めてくれんのか」

「…………」

「何しにきたのだ」

「香椎司令官に相談にきましたが、今、来客中で、ここで待たされています」

磯部が言ったとき、石原が長官室から出てきた。

「磯部、長官に貴様の意見を伝えたら、長官は、もう御上を欺《あざむ》くことは出来んから、奉勅命令は実施せぬわけにはいかん、と言っとったぞ」

「御上を欺く」

「そうだ。すでに参謀本部の杉山が、上奏してしまったからだ」

「…………」

「悪いようにはせん。どうだ、俺に免じて退いてくれんか。男と男の約束だ」

「石原参謀の言う通りだ。磯部、退いた方がよいぞ」

神谷が口を挟む。

「それが一番よい。もうどうにもならんぞ」

満井も同意して、磯部を説得しようとする。磯部は石原の目を覗く。その目に涙がにじんで光っていた。満井の目にも涙が光っている。

「俺は兵を退けとは号令できぬ」

磯部は、同意を求めて差し出す満井の手を振り払う。

「磯部、たのむ」

「くどい。俺は絶対に退かん」

磯部は、絶対という言葉に力を入れたが、なぜか涙が出てきた。負けず嫌いな磯部は、涙を見せまいと軍人会館を飛び出して、悄然とひとりで占拠本部への道を歩いていた。

「磯部、どうした」

うなだれて歩いている磯部を見つけて、柴が駆け寄ってきた。

「俺が兵を持っていたら、もう一頑張りして、軍人会館を占拠するのだが」

「見ろよ。貴様ひとりが頑張ってみたって、これでは無理だよ」

包囲軍は、戦車や大砲の数を前面に目立つように増やしてくる。これは数で威圧感を与えて、戦わずに勝利を得ようとする石原の作戦である。

「無駄な抵抗だよ。退いた方がよい。兵たちが可哀そうだよ」

「…………」

「将校たちだって、あれを見れば戦意を喪失させるよ。このまま居座れば、『朝敵、国賊』とののしられ、汚名をこうむるだけだ」

「…………」

磯部は、黙って歩き続けている。ふたりは陸相官邸に戻った。

「どうしたのだ」

磯部は不安になった。どの部屋を覗いても、仲間の姿がないのだ。やっと廊下をひとりの兵が通った。

「将校たちは」

その兵に磯部は聞く。

「今、奥の第一会議室で会議を開いています」

磯部は会議室へ急ぐ。ドアを開けると、手前の椅子に村中が座っている。

「村中、何の会議だ」

磯部は、ムッとして村中に詰問する。部屋の中には、野中、香田、栗原、林たちのほか、山下少将、鈴木大佐、山口の顔もあり、何やら皆、緊迫した顔付きをして話し合っている。

「退去の賛否を討議しているところだ」

「安藤は」

「きていない。代理の清原を寄こした」

「俺や安藤の意見を聞かないで、貴様たちは何を決めようというのだ」

「磯部、兵を退こう」

村中は訴える。

「今、退いたら大変なことになる。俺は今、戒厳司令部に行って石原参謀に、『兵は絶対に引かん』と訴えてきたばかりだ」

「石原参謀は、何と答えたか」

「何も言わんかった」

磯部はウソをついた。

「あの包囲軍に勝てると思うのか」

村中が言う。

「そんな弱気でどうする。俺は湊川の戦いの楠の心境だ。安藤だって、俺と同じ意見だと思う」

「よし判った。磯部を入れて、もう一度話し合おう」

村中はみんなに言い、山下と鈴木、それに柴たちには部屋を出てもらい、山口だけは中に残ってもらった。

「俺に発言させてくれ」

栗原が席を立って言う。

「我々の維新部隊は、戒厳部隊に編入されて今は正規軍のはずだ。その正規軍になった我々の部隊に、奉勅命令が下達されるとかされぬとか、俺にはいっこうにわけが判らんのだ。どうだろう。こんな中途半端な思いに決着をつけるために、統帥権を通してもう一度、御上にお伺いを申し上げ、その後で我々の進退を決めても遅くないではないか。その結果、もし陛下より死を賜わるということにでもなれば、俺たち将校だけでも自決しようではないか」

「…………」

「自決することにでもなれば、勅使の御差遣ぐらい仰げれば幸せではないか」

栗原は、議論に決着をつけようと気負い気味に言った。自決と言う言葉を、仲間の中で栗原が初めて言った。仲間の誰もが意識してはいたが、決して口に出そうとしなかった禁句であった。それを仲間が集まった会場で、栗原が口にしたのである。自決は蹶起の敗北を意味する。

磯部は、栗原の発言に戸惑ったような表情を見せる。

「ちょっと待ってくれ」

磯部は、自決するという栗原の発言の意図を理解しかねて質問しようとした。その時、栗原の隣りに座っていた山口が、突然に声をあげて泣き出した。

「栗原、貴様はえらい」

山口は、泣きながら栗原に抱きつく。栗原も感きわまって泣く。それを見て、香田もつられて泣き出す。村中さえ泣き出した。磯部は、そんな仲間たちの剥き出しの心情を目撃して、なんと美しい光景だろうと感動し、連られて自分も泣いた。御上に我々のこの真精神を奏上して、お伺いをたてれば、かならず真心は天に通じ、共感していただける。磯部はそう考えると、今の栗原の意見はきわめて当を得たものと思って涙をぬぐった。

「よかろう、それでいこう」

磯部は、隣りの控室で待機中の山下と鈴木を呼ぶと、栗原の意見を全員の意見として開陳した。

「栗原、よく言った。ありがとう」

それを聞くと山下は、感激して言った。山下の目にも、一緒にいた鈴木や柴たちの目にも、涙があふれてきた。どの顔を見ても、涙、涙、涙の洪水である。感情が高揚して、誰の口からも言葉がきちんと出てこない。山下は泣きながら、みんなに握手を求めている。

「近く奉勅命令が下るぞ」

部屋の中の様子を知らずに小藤隊長が、突然に部屋に入ってきた。中の全員が泣いているのに気づいて理由を聞き、小藤さえも泣き出した。磯部は、泣いている皆の顔を見較べながら、何か変だと思い始めた。それが小藤が泣き出したのを見て、やっとその意味が判ったのだ。我々将校たちの涙と、山下や鈴木、小藤たちの涙の持つ意味が違うのだ。栗原と俺たちの涙は、事が成るも成らぬも死であると潔く覚悟を決した上での涙であるのに、山下や小藤たちの涙は、これでやっと幕僚としての自分の責任は何とか逃れられたという安堵の涙だったのだ。

理由がはっきりした磯部は、泣いている山下たちの顔を睨みつけ、我々は陛下の御命令に従うのであって、決して貴様ら幕僚たちの命令に従うのではないと考え直した。そう思うと磯部は、今度は決断の涙を流した。それは何と熱い涙だろう。自分はかつて、目が焼けるほど熱い涙を流したことがあっただろうか。磯部は、ひとり部屋を飛び出して、隣りの控室で泣きたいだけ泣いた。そして絶望の淵に立った思いで、黙して語らぬ陛下に対して、顔だけでなく首まで赤くした、赤鬼のように恨みを申し上げた。

「畜生、戒厳司令部、陸軍省、参謀本部を焼き打ち出来ぬ自分の非力が情けないぞ。もし私が兵を持っていたら、宮城を占拠して天皇を殺し、秩父宮殿下を次期天皇にさせたくなってどうしようもなくなってきました。当然です。陛下は一体、私に何かお応えしてくれましたか。私の至誠に絶対に目を背けないで下さい。陛下、陛下は側近たちの腹の中を良く御存知ですか。側近たちは私腹を肥やすのに熱心で、陛下の意志をないがしろにして自恣《じし》専断、ほしいままに続けています。側近をそうさせている陛下は、貧困にあえぐ国民に対して、御自身が知らぬままに大罪を犯しているのも同然なのです。なぜ陛下は、側近にだけ目を配り、民草の苦しみを御覧になろうとなさらないのですか。日本国民の九割は貧困にあえいで、怒る元気もなく萎《な》えているのに、閑院宮や湯浅のごとき側近の話をおいとおしむのですか。私は陛下の目が醒めるまで、陛下の側近の悪者どもの屍の山を、築き続けてやりますぞ」

磯部は、天地も裂けよと号泣して悲憤慷慨した。気のすむまで泣き続けて涙が涸《か》れ、やっと気を取り直す。磯部は、涙を手の甲で拭ってから部屋を出た。第一会議室に戻ると、誰もいない。村中が将校たち全員を大広間に集めていた。

「村中、今度こそ重要な会議だ。安藤を、是非呼んでくれ」

磯部は村中に訴える。

「安藤は出席しているか」

村中は出席者を見回す。

「安藤隊長の代理できました」

清原少尉が手を挙げた。

「いかんな。代理ですむ会議ではないぞ」

磯部は清原を叱り、村中は考え込んだ。

「俺が直接、話してくる」

磯部は、海軍省に陣を布く安藤隊のもとに走る。村中は玄関で磯部を見送ると、大広間に戻り、将校たちを前にして言った。

「この寒い中を昼夜、待機に務めさせて相済まん。情況は我々の意に反して困難をきわめており、今後、我々はどう動けばよいか判らぬ状況の中にある。この原因のすべては、陛下と我々との間に介在する幕僚たちや側近たちの間違った思惑から生じていると、我々は判断した。そう理解すると、今騒がれている奉勅命令は、天皇陛下の真意ではなく、幕僚どもの我々への謀略だと判断できる。その事実を、諸君たちにはっきり周知してもらうために只今、山下閣下に、改めて陛下への奏上を御依頼申し上げたところだ。奉勅命令が、もし我々の解釈に反して真の陛下の意志であったなら、その命令に従い、将校全員、自決することに決まったのだが、どうだ、誰かこの結論に反対する者がいるか。いたら手を挙げてくれ」

村中は、そう訴えて出席者を見回す。

「ちょっと待ってくれ」

清原が手をあげた。

「なぜ、自決する必要があるのか。誰がそう決断したのだ」

「陛下がお望みなら、仕方ないだろう」

村中が言う。

「そんな馬鹿な話があるものか。なんの話があるのかと勇んでここへきたが、そんな重要な問題には、俺はすぐには答えられない。安藤隊では、奉勅命令は受けていないのだ。本部は噂に惑わされて混乱しているのか。我々は正規軍であって、敵はあの包囲軍ではなく、左翼テロ団体なのだ。占拠本部では、本当に皇軍相撃があると考えているのか。我が維新部隊の指導部は、一体、何を考えているのか。俺にはさっぱり判らん」

怒った清原が、憤然として席を立って大広間を出ていった。

「清原、待て」

村中は、部屋を出た清原の後を追う。

「清原、戻ってくれ。会議はまだ始まったばかりだ」

村中は、玄関ホールで清原をつかまえて訴える。

「大臣告示と戒厳警備隊への編入は、軍当局が我々の行動を認めたものだ。俺は、村中さんのような民間人の命令で動くつもりはない。安藤隊長の命令に従うつもりだ。自決などもってのほかだ」

「ちょっと待て」

「駄目だ」

清原は、話をしてもラチがあかぬと、サッサと引き揚げていった。

八十五

菊華の間において、上京された秩父宮を混じえて皇族会議が開かれた。皇族会議は、成年以上の皇族男子で組織し、その他内大臣、枢密院議長、宮内大臣、司法大臣、大審院長が参列する。天皇は皇族会議に親臨する場合はみずから議長になり、親臨しない場合は出席者の一人に議長を命ずる。この時、裕仁三十五歳、秩父宮は三十四歳であった。出席者は、貞明皇太后、天皇裕仁、秩父宮雍仁、高松宮宣仁、朝香宮鳩彦王、東久邇宮稔彦王、竹田宮恒徳王、朝融王、伏見宮、それに議長として宮内大臣の湯浅倉平、内大臣代理木戸幸一、枢密院議長一木が出席した。梨本宮も遅れて出席したが、閑院宮だけは病気を理由に出て来なかった。

湯浅議長は、出席者が揃ったところで席を立った。

「皆様もすでに御存知のように、第一師団の歩兵第一連隊と歩兵第三連隊の一部の部隊と、近衛師団の近衛歩兵第三連隊の一部の部隊が、天皇の要人たちを次々に殺戮し、二日間にわたって軍と政治の重要拠点である三宅坂周辺を現在も占拠中であることです。叛乱将校たちの目的とする狙いは、暴利を得て平然としている財閥と、その財閥と結託して陛下の蔭に隠れて悪業を働く政治家や重臣たちを除き、強力な維新内閣を成立せしめ、陛下の大詔渙発を得て天皇親政による昭和維新を断行したいとするものであります。宮中において事件の一報は、まず二十六日早朝、鈴木侍従長のたか夫人より電話の通報がありました。電話を受けた宿直の甘露寺侍従は、たか夫人から伝えられた詳細を陛下に御報告されましたが、その後、斎藤実内大臣、高橋是清蔵相、渡辺錠太郎教育総監宅からも次々に襲撃の通報を受け、その残虐な行為を知らされるにつれ、陛下は大変に心を痛めておりました。そんなおり、宮城を守るべき近衛師団の一部隊までもが、叛乱軍に参加して宮城占拠を計ったとの通報を受け、陛下は朕をも襲撃するかもしれないと、大変お驚きになりました。陛下は、さっそく参謀本部を通して近衛師団長をお呼びになり、当人より事情をお聞きになりました。師団長の報告を聞き、謀反を起こしていないと知った陛下は、占拠地区を少しも撤退しようとしない叛乱軍に対して、近衛師団を自ら率いて討伐したいと仰せになりました」

湯浅が、叛乱軍に「宮城占拠」の計画があったと発言した時、出席者たちから驚きの声があがり、冷たい視線が秩父宮の方に集まった。しかし、秩父宮はそんな視線を無視して、湯浅の次の言葉を待っている。

「参謀本部としては、事態がどう動くのか予測が出来ぬうちに、陛下が自ら自分の意志を鮮明に打ち出して行動することは軽率であろう。もうしばらく事態の行く末を見守っていれば、そのうちよい解決策も見い出せるはずとの指示を受けて、陛下は快く参謀本部の忠告に従いました。やがて一つの動きが出てきました」

湯浅は、出席している伏見宮の顔を見た。伏見宮は目をつぶって、湯浅の発言を聞いている。

「伏見宮殿下が一番先に参内されて、陛下に事態収拾のための強力内閣の成立が必要であると上奏がありました。そうでしたね」

「そうです」

伏見宮は、目を開けて答える。

「この事件は陸軍内部で起きた事件なので、事態の収拾は、陸軍で力のある人物が必要であろうと考えて参内いたしました」

伏見宮は弁明する。

「伏見宮殿下の後、今度は陸軍を代表して川島陸相が参内してきました。川島からは、陸下に叛乱軍の蹶起趣意書の伝奏と説明がありました。しかし陛下は、側近たちへの彼らの残虐な殺戮行為を以前から聞いていたので、川島の訴えを聞く耳は持てませんでした。そうでしたね。陛下」

「うむ。その通りだ」

天皇裕仁は静かに頷《うなず》く。

「私とここに出席している木戸は、陛下より事態収拾への相談を受けました。私と木戸と議論を重ねた結果、混乱する軍部の力では、収拾は困難だと判断して、閣僚たちを宮中に徴集し、政治家の力で解決に当たるように計ったのです。しかし、閣僚たちは軍のテロを恐れるあまり、なかなか参内してこないのです。この事態を見るに見かねた参議官たちは、陛下の御下問もないまま、自らすすんで収拾に乗り出し、『大臣告示』を発表し、収拾のすべてを陛下の意志に託しました。陛下は熟慮のすえ、参謀本部と相談し、その結果、ここはひとまず戒厳令を布いて、混乱した軍部に秩序を与え、その後で叛乱軍を原隊に復帰させるべきだと考えました」

裕仁は、自分の考えを代弁して発言する湯浅を信頼し、安心して聞いている。湯浅もそれに応えようと、

「そうですね。陛下」

と、裕仁に相槌を入れるのを怠らない。

「まったく、宮内大臣の言う通りだ」

陛下は大いにうなずいては、時折、秩父宮の顔色をうかがう。

「そのうち戒厳司令部より、叛乱部隊は事態収拾を、真崎大将にすべて一任したとの報告を受けました。しかし、参謀本部では、陛下の意志を受けてすでに叛乱軍に原隊復帰を戒告する奉勅命令を作成し、実施に向けて着々と増援部隊を配備しておりましたので、『それでは真崎大将の収拾策とはどんなものか、ひとつ期待しよう』と陛下は下達せずに様子を見守ることにしました。やがて、真崎大将が叛乱軍たちと会見をすますと、陛下が宮中に大将を呼んで内容をききました。大将は、『やっと将校たちは原隊復帰に同意した』との伝奏を受け、陛下は、これで奉勅命令は実施せずに済みそうだと安堵しておりました。ところが、叛乱軍は、いつまで待っても占拠地域から引き揚げようとはしないのです」

湯浅は溜息まじりに話し、何度も秩父宮の方に視線を向けては、発言を止めたりした。そのたびに出席者の視線を受ける秩父宮は、それでも顔色ひとつ変えずにうつむいて聞いている。

「そこで秩父宮殿下、殿下にお聞きしたいのです」

秩父宮は、急に湯浅に声をかけられて顔を上げた。

「殿下はなぜ上京されたのですか。聞くところによりますと、叛乱部隊の中に、かつての部下であった数名が指揮をとっており、その中のひとりが殿下の御名前を口にして、叛乱軍を背後より支援するものは秩父宮であると、言いふらしていると伺っています」

軍人や一般人の別なく、さまざまな狂信的右翼の人々と深い関係を持つ秩父宮は、宮中において問題児であった。特に西園寺公は、そんな人物に宮中内に参入されたり、ひっかきまわされて、天皇の権威が失墜されるのを極度に恐れていたのである。

「私の部下が部隊にいるのは確かなようですが、私は誰とも連絡は受けてはいないし、支援もしていません」

秩父宮は、きっぱりと言った。

「秩父宮よ」

裕仁陛下が、急に弟の秩父宮に声をかける。秩父宮は、

兄が何を言うのかと身構える。

「弟の君が兄の私に代わって天皇になり、伊藤の憲法に代わって北一輝の法案を実施させるために、軍が中心になって昭和維新を強行させようと主張する者がいるのか。側近の中には、真崎大将がその計画の指揮にあたっているると上奏してくるものがいるのだが、私はそんなことはないと思うし、絶対にあってはならないと思うが、君はどう思うか」

裕仁は出席者の全員を味方にして、ここぞとばかりに言った。

裕仁と秩父宮の兄弟の性格の相異を、ふたりの幼少時の遊び方の違いから、いろいろと取り沙汰されることが多かった。兄弟は木馬に乗るのが好きで、弟の淳宮《あつのみや》は、幾度ころげ落ちて傷だらけになっても、最後には上手に乗りこなしてしまうのだが、兄の迪宮《みちのみや》の方は、木馬から落ちると両手をあげて、貞明皇后が抱き上げてくれるまでそのままの姿勢で、目に涙を溜めてじっと待っていたのである。

そんな兄弟の性格を見たふたりの養育係であった鈴木侍従長の妻たかは、裕仁は温厚で従順、秩父宮は豪胆で俊敏、と側近たちに話していた。兄弟は大正時代のデモクラシーの風潮の中で成育し、兄の裕仁が天皇に即位して昭和の時代に入ると、平和であった日本列島周辺にも、焦げ臭い空気が漂い始めてきた。軍部は、そんな空気を敏感に嗅ぎとって、欧米列強に従うことに熱心な西欧主義者の側近者たちに取り囲まれた、天皇の学者然とした性格では、日本を任せては危ないとの声が軍内部から沸き起こってきた。そこで、豪胆で俊敏な軍人向きの秩父宮を、裕仁の代わりに天皇にさせようとする動きが発生した。弟の秩父宮が軍部に担がれるたびに、兄の裕仁は、弟とライバル関係におかれて兄弟関係がギクシャクしてきた。

軍部は、最初から秩父宮を担ぐ意図はなかった。昭和に入って、さまざまな事件が起きては消えていったが、そのつど皇族の名前が見え隠れしていた。五・一五事件では、首謀者が首相に東久邇宮殿下を考えていたし、神兵隊事件では、主謀者の安田鉄之助の口から、東久邇宮殿下や伏見宮殿下の名前が出てきた。裕仁の次期天皇として秩父宮の名が、軍中央の幕僚たちの口に囁き始められたのは、宇垣一成を首班にしようと動き出した三月事件の頃からであった。その事実を知った裕仁の驚きは大変なもので、裕仁と秩父宮の兄弟関係は、この時を境にしてまったく異質なものに変わったのである。だから、秩父宮が上京すると聞いた裕仁は、蹶起部隊を暴徒と呼んで、直ちに討伐せよと側近の者たちに訴えたのは当然のことであった。裕仁にとって味方に出来るのは、身近の重臣や側近たちだけなのである。

「殿下が上京すると知った幕僚の中には、叛乱軍に加担すべきかどうか迷って様子を窺い、自分の身の保全ばかりに心を砕く者がいて、その結果が混乱を長びかせ、解決を難しくしていると思われます」

湯浅が言うと、木戸が席を立ち、

「陛下はすでに奉勅命令を裁下してあるのですが、混乱の中で規律が乱れて、なかなか下々に伝わっていきません。これは、誰かがどこかで、下達をおそれて揉み消しているからです」

と、秩父宮の顔を見ていう。

「まったく困ったものだ。私の許可なく兵を動かしたのだ。彼らは暴徒であり、叛乱軍以外の何ものでもない。君はまさか、彼らに味方にするつもりではないですね」

裕仁は、苦渋に歪んだ秩父宮の顔を見て、有無も言わせずにここぞと言った。

「彼らを背後で指揮をしているのが、真崎大将でも、秩父宮でもないとすれば、あの北一輝しかいないことになる。ほかに誰がおるか」

「…………」

秩父宮は黙っている。

「北の法案は、憲法を停止して全国に戒厳令を布くと謳《うた》ってあるが、これは伊藤の造った憲法を否定するもので、この憲法に守られている私に、挑戦状を突きつけたような内容である。さらに北の法案は、皇室の財産を没収して、国家の所有とするとも謳われている。また、華族制度の廃止も謳われている。これはロシアの憲法のようで、私は読むほどに首を絞めつけられてくる思いにとらわれて息苦しくなる。聞くところによれば、北という男は、明治天皇を暗殺しようとした社会主義者の仲間であったとのことだが、このような危険なものに指揮されている部隊を、私は絶対に認めるわけにはいきません」

裕仁は、自分の人間としての弱味を狙ってくる北の存在がおそろしいのだ。裕仁は、法華経の経典と枕絵を送ってくる男の意図を、自分への挑戦と感じている。

「しかし、兄上」

秩父宮は、反論しようとした。自分の部下であった安藤大尉の心情を思い、彼らの誤解をといて、弁護したい衝動にかられた。

「私は東北農村の貧しい生活の実態を、この目で見てきました。このような国民生活から切り離された宮中の中で、側近たちを相手に生活してばかりおりますと、やがて国民から浮き上がってしまいます」

兄が西園寺好みの宮廷派の天皇としてふるまい、国民の天皇であろうとしない態度に心配しているのである。

「君の考えは、少し片寄っている。その考えは、皇族のものとはまったく逆の共産主義の考えです。富む者と貧しい者がいるのは自然の摂理であり、そうなるのはそれなりに理由があるからです。君が貧しい者に同情しても、本人に努力する意志がなければ、貧しい者に、かえって仇に成ります。将校たちは皆、北一輝の心酔者だと聞いていますが、北は佐渡の罪人の末裔で、いやしい家柄の出だというではありませんか。君はそんな出自の不明な人物と、付き合ってはいけません」

裕仁は、厳しい口調で訴える。他の皇族たちは初めて見る兄弟の口論を、じっと見詰めている。西園寺公が皇族の中に、変な者に担がれて何をしでかすか判らないような分子が出てくる情勢に、平素から注意していなければならぬと言っていたのを、皇族たちは思い出している。天皇は国民のためのものではなく、あくまで宮廷派の天皇にしなければならぬのである。

「私は、次々に側近たちが殺されてゆく報告を受けた。暴徒たちは、私に弓を引いているとしか考えられない」

「裕仁、お待ちなさい」

裕仁より秩父宮を溺愛する皇道派よりの皇太后に対して、西園寺は、「賢い方だろうが、とにかくやはり婦人であり、まかり間違えば憂慮するようなことが起こりはせんか」と心配していた。その皇太后が、裕仁に始めて発言する。

「こんな時にこそ、兄弟は仲良くしなければいけません。私はふたりの生みの親として、兄弟は協力し、早くこの騒動を終結させて、元の静かな日本にしなければいけません」

「お母上のおっしゃる通りです。今、ここで兄弟が口論している場合ではありません」

末弟の高松宮が、今度は口を挟む。

「判りました。兄が望むように、かつての部下に、原隊に戻るように訴えてみます」

母に頼まれては、秩父宮も逆らえない。帰京してすぐ裕仁と約束し、その後、母と相談したことでもある。秩父宮は、もう兄の裕仁には逆らえない。兄と和解した条件に、岳父の松平恒雄を内大臣にするといったのである。

「そうです。協力してやって下さい」

皇太后は、安堵した。

「頼むぞ」

裕仁は秩父宮にそう言い、ホッとした表情で席を立つ。

出席者の立札の中、菊華の間を引き揚げていった。

八十六

「どうした」

司令室で第一師団と近衛師団の本部に、「攻撃開始が出来るように準備を完了すべし」と通告して安堵していた香椎は、息せき切って部屋に入ってきた山下少将に驚いて声をかける。

「将校たちはやっと、陛下より死を賜われば、自決を覚悟すると言ってくれたぞ」

山下はそう報告し、応接間の椅子に座ると、額の汗を拭いた。

「覚悟が出来たか」

皇軍相撃を恐れていた香椎は、これで解決できそうだと感激し、山下に抱きつかんばかりに握手を求める。

「さっそく、陛下に上奏手続きをとってくれ」

山下は、時間を惜しんでせきたてる。香椎は宮中の本庄武官長に電話を入れて、将校たちの自決の決意を伝えた。それを聞いて本庄は驚いたのか、しばらく返事がなかった。

「そうか」

本庄は我に返ると、ホッと溜息を吐いてからやっと言った。

「これから、山下を参内させたいので、手続きをお願いしたい」

「判りました。陛下に伝えておきます」

本庄は引き受けた。香椎が受話器を置くと、隣りの参謀室から石原が、奉勅命令の号外を持って長官室に入ってきた。香椎は石原に、山下の持ってきた自決の話を伝える。

「閣下のような幕僚が変に動き回るから、肝心の奉勅命令が下部まで伝達しないのです」

「何を言う」

山下は、石原の暴言に目を剝く。

「奴らに自決させ、責任のすべてを負わせて、自分たちはうまく生きのびようとしている」

石原はズバリと斬り込む。

「何を、もう一度言ってみろ」

山下は、帯刀の柄に手をかける。

「止めろ。山下君は、彼らに情をかけ過ぎたのだ。こうなってしまった以上、自決してもらうのが一番だ」

「ズバリでしょう」

香椎の発言に、石原は得意げに言う。

「そう言うな。俺も山下も、束の間の昭和維新の夢を見せてもらった。石原、貴様だってそうだ。陛下の怒りが解けぬ以上は、将校たちに責任を取ってもらうしかない。自決するとは、結構なことではないか。こちらから言い出したのでも、強制したのでもないからだ。これからどうなるかと、俺も責任者として頭を悩ましていたが、これでホッとしたよ」

香椎は本音を吐いた。

「栗原が、集まっていた仲間たちの前で自決しようと言い出した時は、これでやっと事件の解決の目途が立ったと、涙が出てきて止めどもなかった」

山下はそう告白すると、放心状態で天井を見詰めた。

正装した山下は、緊張した顔で宮中に向かった。武官長室に入ると本庄は、陛下に、自決の件は皇族会議中なのでまだお伝えしてはいけないといい、急ぐ山下には、しばらくここで待つように言った。そして時々、部屋を出ては菊華の間に様子を見に行き、徳大寺より会議の内容を仕入れては、自室に戻って山下に打ち開ける。

「どうも陛下は、秩父宮を叱ったらしい」

「なぜです」

山下がその理由を求める。

「大命なくして兵を動かしたものは暴徒ではないか。君はその暴徒に情けをかけるのか、とおっしゃり、他の皇族たちには、自分と秩父宮とではどちらが正しいかと、意見を求められたそうです」

「それで」

「全皇族が陛下の意見に同意したため、秩父宮はひとり苦戦を強いられておられるそうです」

「うむ」

「それにしても、将校たちはよく自決まで思い詰めたものだ。自分は将校たちの真意を理解していただこうと、陛下に訴えたのですが……」

「…………」

「行動はもとより、真意さえもお認めしようとはしないのです」

「私が自決の意志をお伝えしたら」

山下は、心配して本庄に聞く。

「大丈夫です。かならずお認め下さるでしょう」

本庄はそう言い、また会議の様子を見に部屋を出ていった。

「さあ、お待ちかねです」

戻ってくるなり本庄は、山下に会議が終わったことを伝え、謁見の間に案内する。部屋では、天皇が元帥の正装で中央の椅子に座って待っている。

「陛下、将校たちの言葉をお伝えするために、山下少将を参内させました」

「ご苦労」

天皇は、本庄の脇にかしこまって立っている山下に声をかける。

「はい」

山下は恐れ入ってなおも頭を低くすると、声を震わせて伝奏する。

「このたび、事を起こした将校たちの真情は、並々ならぬ熱い思いがあり、行動の非を拭っても、まだ余りある心情が溢れております」

「…………」

「どうかこのような将校たちの心情をお汲みとり下さり、陛下より死を賜わることにでもしていただけますれば、大変な幸せであります」

「彼らは、朕の側近を幾人も殺《あや》めている。それも朕より無断で使用した軍隊でである。そのような不届き千万な将校に、情けは無用である」

「しかし」

「自決するのに勅使がほしいだと。死ぬのなら勝手に死ね。そんな暴徒には、勅使などはもってのほかだ」

天皇は、面を真っ赤にして怒鳴った。


「陛下」

たまりかねて本庄が陛下に声をかける。本庄は秩父宮が帰京すると大いに気をよくして、陛下を説得しようと力を入れてきた。

「山下、そちはそのような者のために情けをかけるとは軽率である。もうよい。退ってくれ。顔も見たくない」

天皇は、さっと椅子から立ち上がると、部屋を出ていった。山下の顔色は、死人のように蒼白になった。天皇の怒った声など、山下はかつて耳にしたことはない。さすがの太っ腹の山下も、ひどくこたえたのか、唇を震わせてうつむいてしまった。見るに見かねた本庄は、山下を慰めたり、元気づけるのに大変であった。山下が元気を取り戻して皇居を引き揚げて行った後、本庄は、陛下に訴えるつもりで御政務室に向かった。

「何か用か」

本庄が扉をノックして部屋に入ると、陛下は机の書類から視線をあげて本庄を見た。

「陛下、あのような態度をなさっては、山下があまりに可哀そうです。もっと山下にも、心遣いをなさってはいかがです」

本庄は、これまで何度も天皇に対して、今の天皇の抱いている重臣の貴族的意見に染まり、反軍的見解が広く国民に知れ渡ってしまえば、皇位の超越性が危険におちいり、統帥権はこわされてしまうと訴えていた。

「………」

「山下だって、将校たちの真情に心打たれて、何とかしてやりたいと一生懸命なのです。彼らはまだ若い青年です。我々のような老人から見れば、未熟な点も多々あります。しかし、その真情は……その真情は……」

本庄はここまで言って、後が続かない。何とか陛下を説得させようと意識すればするほど、感情がこみ上げて両眼に涙があふれ、陛下のお顔がうるんで見えなくなる。次の言葉を言おうにも、熱すぎる感情が邪魔をして言葉にならないのだ。自決を決意した将校たちが切なくて、何とかしてやりたいのだ。

「将校たちは、自分の非を認めて自決を望んでおる。それで充分ではないか。秩父宮も、さっきの会議で私の意見に同意してくれた。すべては終わったのだ。それなのになぜ、本庄だけが、まだ彼らの味方になろうとしているのだ」

「陛下」

「もうよい。引き下がってくれ」

陛下は不満げに言った。

「判りました」

本庄は涙を拭い、陛下は、なぜああまではっきりと御自分の信念を持って自己主義をするようになったのかと考えながら、自分の部屋に戻っていった。それにひきかえ自分は、真崎や山口に頼まれた陛下への説得も出来ずにここにきて、完全に敗北に終わったと自覚した。将校たちが残された道は、もう勅使のない自決しかない。本庄は真崎と山口に、どう言いわけをすべきかと考えながら、自分の椅子に座った。

八十七

海軍省付近に駐屯した安藤隊の占拠地域では、薪火の灯りが、夕闇の中にあちらこちらに浮かんでいる。その灯りに、小雪が絶え間なく舞い落ちている。薪火に手をあぶる兵たちの顔は、どれも疲労の色が濃く、その目と口元には悲愴感も漂っている。

「寒いなあ。なんという冷たさだ」

煙が目に染みた兵が、火の子の行方を目を擦《こす》りながら追って呟く。

「連隊本部からの差し入れは、ストップしたそうだ。空っ腹に、この底冷えはこたえるな」

今度は真向かいの太った兵が、棒切れを空罐の火にくべて言う。

「まったくだ。それにしても臭いなあ」

「その辺を掘って、穴に野糞だもの。これではすでに敗け戦《いくさ》だ」

「そんな言い方はよせよ」

「それにしても、これからどうなるのだ。伊集院隊長が原隊に戻れと、盛んに伝令を送ってよこすが、そのたびに安藤隊長は断わっているそうだ」

「奉勅命令はすでに下達されたとの噂が流布しているが、実際に見た者は誰もいないと言っている」

「うん。でも周辺の住民はみんな避難し、屋敷の門は錠がかかって、犬だけが庭をうろついている。その犬も、やがては野犬化するのだろうか」

「そう言えば、将校たちは伝令が来るたびに幹部会議を開いて、意見のくいちがいを避けようと議論しているようだ」

暖を取っている兵たちの中にいる下士官は、上等兵たちに打ち開ける。

「どの道、帰隊するか決戦するか、二つに一つだが」

「遺言をかけと命じられたが、この分では決戦のようだな。俺はお袋に『死ぬかもしれんが、もし死んだら、後のことは弟に頼ってくれ』と書いてやったよ」

「…………」

「書きながら、お袋のシワの顔が浮かんできて、涙が出て止まらなくなった」

「俺も同じだよ。まったく同じ心境だ」

「畜生。俺はもっと遊んでおくべきだった。これでは全員玉砕だ。あれを見ろよ」

太った兵が、手に持った棒切れで暗闇を差す。ビルの合間や路地の奥に、包囲軍の動きが、露骨に見えるようになってきた。

「おい。火が消えるぞ。もっと薪を入れろ」

目を擦っていた兵が、太った兵に怒鳴る。怒鳴られた兵は、自分の後ろに置いてある束ねた薪をほぐし、数本を抱えて空罐に入れる。火の子がまた舞い上がった。罐の中の火の勢いが、また強くなった。

「おい。女を抱いてあったかい布団の中で寝たいなあ」

「本当だ」

「重装備になってきた奴らを見ていると、息苦しくなっていかんな」

「我が部隊は正規軍なのに、なぜ包囲軍が、どんどん増えていくのだ」

「まったく判らん。そんなことはもうどうでもよい。俺たちは上官の命令でしか動けんのだ。それより、早くこの寒さから開放してほしいな」

薪火を囲んでいた兵たちは、体を暖めては今後の成り行きの不安を訴えていた。

「おい。本部に集合」

前島が各地点の歩哨兵に声をかけては、集合を呼びかけた。暖をとっていた兵たちも、寺内元帥銅像下の指定場所に集まった。全員が整列し終ると、安藤隊長は蜜柑箱の上に乗った。

「この寒い中を、今日まで御苦労であった。これより野営から宿営に移るため、幸楽に向かって移動する。幸楽には畳の部屋がある。今晩はそこで休んでもらう」

安藤は兵たちを慰労した。兵たちは嬉々として後片付けを始めた。その作業に、活気があふれていた。

「よし。四列縦隊」

片付け終えた兵たちに、上官の号令が飛ぶ。安藤隊は銃を担いで、暖かい寝床が準備された幸楽に向けて行進を開始したが、さすがに足取りは軽い。二メートルもある尊皇討奸と大書した幟りを押したて、喇叭《ラッパ》の音も勇ましい。

「おい歌え。昭和維新の歌だ。それ」

上官のかけ声で全員が歌い出す。

汨羅《べきら》の淵に　浪騒ぎ
巫山《ふざん》の雲は　乱れ飛ぶ
溷濁《こんだく》の世に　我れ立てば
義憤に燃えて　血潮湧く

権門上に　傲《おご》れども
国を憂うる　誠なし
財閥富を　誇れども
社稷《しゃしょく》を思う　心なし

歌声は軍靴の響きでリズムを取り、雪の舞う闇空に吸い込まれて消えてゆく。先頭に立った安藤は、頼山陽の「川中島の戦い」の詩吟を口ずさんでいる。前方に灯りが見え、やがて幸楽の玄関前に到着した。玄関口に女中たちが姿をみせ、並んで兵たちを温かく迎えてくれた。

兵たちは部屋割を終えると、すぐに背嚢を下ろして巻脚絆《きゃはん》を取って、部屋に落ち着いた。女中たちが各部屋の兵たちにお結びや味噌汁を配膳する。腹を空かせた兵たちは、それをむさぼり喰い、腹を満たすと、直ちに毛布に潜って、死人のように眠り込んでいった。安藤は幸楽の支配人に栗原から貰《もら》った金を払い込み、割り当てられた自室に戻った。占拠本部の村中から、安藤の部屋に電話が入った。

「安藤、俺たちは自刃と決まったぞ」

「何だって」

「全員で相談した結果、決定した」

「本当か」

「本当だ。それで山下閣下に参内して、陛下に勅使を得るように上奏してもらうことにした」

「俺は誰が何と言おうと、自刃はせぬぞ」

安藤は、勝手に決めた自刃には反対だと反撥して、受話器を乱暴に叩きつけて切った。

「畜生、自刃だと」

安藤は、階段を駆け降りて玄関の外に飛び出し、抜刀して庭の柘植《つげ》の木に斬りかかる。

「えい」

雪が飛散して、小枝が切り落ちた。温厚な安藤の顔が、鬼の顔に変貌している。

「えい、えい」

安藤は狂人のように目尻をつり上げ、庭木がその形がなくなるまで斬りつけた。

「安藤隊長」

安藤の乱心振りに驚いた兵たちが、玄関から飛び出す。刀を振り回す隊長の姿を、遠まきに見詰める。


「どうした」

裸足のままで周章てて飛び出した前島上等兵が隣りの兵に聞く。

「判りません」

兵も呆然として、不可解な安藤の行動を見詰めている。

「安藤」

占拠本部から駆けつけた村中は、人垣を掻き分けて刀を振り回す安藤に声をかける。

「村中か」

安藤は、村中だと判ると、激しい息遣いのまま刀を下げて村中に近づく。

「何をしている」

「俺は自刃などはせぬ。俺は最後まで戦うぞ。決戦だ。軍閥どもを全滅させもしないで死ねるか」

「安藤」

「貴様たちが自刃するなら、勝手にしろ。俺はあの軍人会館を襲い、不純な幕僚どもを、片っ端から叩き斬ってやる」

「安藤、気は確かか。奉勅命令には逆らえんぞ」

「奉勅命令を下達する天皇なんて、そんなものは天皇でない。俺は重臣たちの言いなりになる天皇なんて、天皇だとは認めない。明日の早朝は決戦だ。戦闘の準備をしろ」

安藤は、刀を鞘に戻して、自分を取り巻いている兵たちに伝える。

「それでいいのか」

「ごらんの通りです。安藤隊は早朝、決戦準備に突入します。本部にそう伝えて下さい」

安藤は、村中の前で起立し、また抜刀して、胸の前で構えて挙手の礼をした。

「判った。そう伝えよう」

村中は返礼し、すぐに本部に戻った。秩父宮が御帰京になった、いよいよわれわれの維新部隊の指揮者として戴《いただ》き、これよりわれわれの部隊の立場も好転するのだ、と兵たちが群集に叫んでいる。

「兵たち全員が白タスキをかけ、死を決意して戦闘準備に入りました」

「断乎《だんこ》決戦だと」

控室にいた磯部は、村中から安藤の決意を聞いて驚く。磯部と村中が顔を見合わせていたとき、突然、部屋の電話が鳴った。控室にはふたりしかいない。磯部が受話器をとって耳に当てる。

「北だ」

「ああ、北先生ですか。磯部です」

「自決と決めたそうじゃないか」

「先生」

「自決は止めた方がよい。こちらで海軍の上層部を動かして支援したい。大丈夫だ、心配するな。誰がなんと言おうと、占拠地域を一歩も退くな」

「でも、奉勅命令が」

「そんなものは脅しだ。自決は止めて最後まで戦え」

北は檄《げき》を飛ばす。

「安藤もそう考えています」

「当然だ。それで真崎には、事態収拾を一任したのか」

「はい。しかし、その後なんの連絡もありません」

「うむ」北は考え込む。

「先生、どうしたらよいでしょう」

磯部は、すべての味方に背を向けられて打つ手に困った時、北から激励を受けた。またひとり強力な味方がいたと、磯部は心強く思った。磯部が北と電話で話していると、部屋の入口付近で人影が動いた。人の気配に気づいた磯部は、北との話を終えると、誰かと思って部屋の外に出た。そこには足早に去っていく鈴木大佐の後ろ姿があった。

「よし、俺も自決などしないぞ。断乎戦いだ」

磯部は、村中の両肩に手を置いて訴える。村中は、さっそく檄文をガリ版刷りで書く。

「尊皇討奸ノ義軍ハ、如何ナル大軍モ兵器モ恐レルモノデハナイ。マタ如何ナル邪智策謀ヲモ明鏡ニヨッテ照破スル。皇軍ト名ノツク軍隊ガ、我ガ義軍ヲ討テル道理ガナイ。大御心ヲ奉戴セル軍隊ハ、我ガ義軍ヲ激励シツツアル。全国軍隊ハ各地ニ蹶起サセントシ、全国民ハ万歳ヲ絶叫シツツアル。八百万ノ神々モ、我ガ至誠ニ感応シ、加護ヲ垂レ給ウ。至誠ハ天聴ニ達ス。義軍ハ飽クマデ死生ヲ共ニシ、昭和維新ノ天岩戸開キヲ待ツノミ。進メ進メ、一歩モ退クナ。一ニ勇敢、二ニモ勇敢、三ニモ勇敢。以ッテ聖業ヲ翼賛シ奉レ。

昭和十一年二月二十八日

維新義軍」

自室に戻ると、胸ポケットから北の「改造法案」のポケット版を取り出して読み始める。磯部は、この法案は完全に実施すべきもので、これ以外の道を日本が進めば、日本没落のときであると信じている。我々の部隊は、北先生がいるかぎりは絶対に敗けるはずがないのだ。歴史は血と涙で書かれるべきものだと言った北の言葉を思い出し、まだ血がたりない。磯部はそう思うと、心が落ちついてきた。

八十八

鈴木大佐は、蹶起部隊の占拠本部から戒厳司令部に戻った。司令部の中は、部隊が占拠地域を引き揚げるとの噂が流れて、落ち着いた雰囲気が漂っていた。

「やあ、君か」

鈴木が司令官室の扉を開けると、中で真崎と話していた香椎司令官が振り向いた。

「司令官、部隊は引き揚げませんぞ」

「何っ」

香椎は椅子から立ち上がる。

「奴らに外部から指揮、命令している男がいる」

「その男とは誰だ」

香椎が聞く。

「北か」

真崎が言う。

「そうです。北一輝です」

「なぜ、北だと判った」

香椎が訊く。

「奴らの占拠本部で、磯部が北と電話で話し込んでいるのを立ち聞きしたのです」

「磯部が、北、北、と言っていたのか」

真崎が口を挟む。

「そうです。そして受話器を置くと、そばにいた村中に、自刃は中止、奉勅命令は脅しだと言い、決戦だと叫んだのです」

「やっぱり、北が邪魔しておったか。これで彼らを原隊に復帰させようとした私の努力は、水の泡となったか」

真崎は、わざと落胆してみせた。本心はホッとしたのである。

「よし鈴木。隣りの参謀室から、石原を呼んでこい」

香椎は鈴木に命じる。石原は、肩をいからせてやってきた。

「引き揚げんとは本当ですか」

石原は香椎にきく。

「本当だ。北が真崎閣下の努力を台無しにした」

「あの北か。北は軍のダニだ」

石原が言う。

「北はこれでいこう」

香椎は、背後の本棚から刑法を取り出した。香椎の指差す条文は、「刑法第二十五条第一号ノ二」で、

「謀議ニ参与シ、又ハ群衆ヲ指導シタル者ハ死刑」

と書かれていた。


「いいですね。事件の首魁にするか」

石原は同意する。

「これから証拠物件が必要だ。北の電話にはもう一台、盗聴器を仕掛ける必要があるな」

「はい」

「うまく録音できたら、録音盤をすぐにもってきて、聞かせてくれ」

「判りました」

石原は香椎に敬礼すると、鈴木と一緒に部屋を出ていった。長官室には、香椎と真崎のふたりだけになった。

「真崎閣下。これでホッとしたでしょう」

真崎が蹶起の黒幕だと噂されているのをよく知っている香椎は、真崎の心理を忖度《そんたく》して言った。

「将校たちの指令本部は、陸相官邸ではなく、北邸だったわけだ」

「私はこの事件の全責任を、北に被せて処理するつもりです」

「…………」

「私にすべて任せて下さい。北の出現で、お互いに救われました」

香椎はふくみ笑いをした。真崎は、数日前に自宅に電話をかけてきた北の声を思い出していた。そのとき北は、

自分はこの事件から手を引くと言っていたが、どうも逃げられそうなのは自分の方で、北の方が危なくなったと思った。

「問題は、盗聴による証拠品の提出ができるかどうかですが、北だって、可愛い将校たちから悲痛な声を聞けば、当然に電話口に出ざるを得ないでしょう」

「うむ」真崎は苦笑いをした。

「陸軍内部には、北に軍部をかきまわされるのはもうコリゴリだと言う意見が強くなってきた。今が北を抹殺するよい機会だと思う」

香椎は、解決の目途がついた嬉しさを噛みしめていた。

八十九

秩父宮が朝香宮と東久邇宮と三人で、真崎と荒木に決行幹部へ、下士官兵の帰隊を説得させるための話合いをしていると、

「只今、蹶起軍は寝返りました」

秩父宮邸に、師団本部から電話が入った。

「戦闘が始まったのか」

秩父宮は驚いて聞き返す。

「交戦はまだです。蹶起軍は烏合の衆と化して、統帥を乱しております。やはり奉勅命令が徹底されていないようです。彼らは、裕仁天皇よりも殿下の命令を待っているのでしょうか」

秩父宮は、安藤と繋がっていた細い糸がプツンと切れたように感じた。

「誰からの電話ですか」

秩父宮が応接間に戻ると、朝香宮と東久邇宮のふたりが待っていた。そのうちの東久邇宮の方が、秩父宮に聞いた。

「師団本部からで、どうやら決戦になるようです」

「帰順せぬのか」

東久邇宮は腕を組んだ。ドアを叩く音がする。

「入れ」

御付武官が顔を見せる。

「只今、杉山次長、古荘陸軍次官と、香椎司令官が揃って見えられました」

「通してくれ」

秩父宮は言った。やがて武官に案内されて、軍服姿の三人が肩をいからせて姿を見せた。

「殿下に御報告を申し上げます」

三人は敬礼すると、香椎が代表して秩父宮に伝える。

「事件がなかなか解決できず申しわけありません。この

原因はすべて、軍人ではない地方人の村中と磯部の両人が部隊を煽動し、その両人の背後に革命ブローカーの西田と北一輝が指導していたためと、判明いたしました。これではいくら陛下が奉勅命令を下達しても、彼らにまで届かないはずです」

「うむ」

秩父宮は、北たちが自分を担いで何か企んでいるのは知っていた。だから北たちが、軍部の大半を掌握して自分を担ぐのであれば、それに乗ろうと軍務に励んで、その日の来るのを待っていた。しかし、香椎の話をきき、自分の夢は終わったと思った。

「もう直接、殿下から帰順を勧告するしか、彼らを説得するよい方法はありません。是非とも協力して下さい」

「兄の陛下からも叱られた。もう私が彼らにしてやれることは……。彼らに……彼らに死への花道を……作ってやるしかない」

秩父宮の目に涙が浮かんだ。

「それにしても」

秩父宮は、唇を噛んで呟いた。磯部と村中が悪いのだ。この二人が安藤を事件に巻き込んだのだと思って憎んだ。

「では」

軍服姿の三人は、帰っていった。


秩父宮は意を決して、第一師団本部に電話をかけた。秩父宮は安藤を救うか、天皇の言うことを聞くか、決断を迫られたが、ついに自分は天皇支持者であるという態度を、軍部に示す決心を固めたのである。本部の移転先の電話番号を教えられた秩父宮は、その場所を聞くと、赤坂表町の区役所内に第一大隊が駐屯していると知らされた。秩父宮は懐かしさを感じながら、電話をかけた。秩父宮からの電話は、第一大隊本部内を色めき立たせた。

「おい、お前が出ろ」

本江大隊長は、秩父宮に面識があり、安藤と共に弘前三十一連隊に転任する殿下を上野駅で見送った森田大尉を呼んで、殿下からの受話器を渡した。

「はい、森田です」

「貴様か。俺だ。秩父宮だ。皆、元気か」

「は、はい」

懐かしい殿下の声を聞いた森田は、感激して言葉が出ない。

「とんだ目に遭ったな。貴様の本部は、この近くではないか」

「はい」

「電話ではうまく話せない。どうだ。ちょっとこっちに来てくれぬか」

「えっ」森田は驚いた。殿下が蹶起軍に参加して動き出そうとするのかと思ったからである。

「ちょっと待って下さい」

森田は、本江大隊長に相談する。

「よし、いいだろう」

本江は、さすがに秩父宮の命令を断わるわけにもいかず、若干の注意を与えてから許可した。

「殿下、大隊長より許可を得ましたので、すぐそちらに伺います」

「よし、待っているぞ。すぐに門衛に伝えておく」

秩父宮は受話器を置いた。行く行くは秩父宮を雍立して宮廷革命をしたいという北の言葉を、遠いものとして秩父宮は切って捨てた。秩父宮の動静が注目されている中、森田は通り向こうの秩父宮邸に走った。邸宅周辺は、以前にも増して厳しい警戒体制が敷かれている。目前にあるのに、森田は何度も誰何された。森田が邸内に入って玄関に上がると、殿下はすでに玄関口で待っていた。

「よくきてくれた」

秩父宮は、森田を家に入れると、応接室に案内した。

「歩三は今、どうしているか」

「はい。今、増援部隊を受け入れる準備に追われております」

「ほう」

「残留部隊の兵を指揮して兵舎の寝台を立てかけ、床面積を広げて雑魚寝ができるようにさせたり、休養をとるようにさせたりしております」

「どこの部隊が来ているのだ」

「佐倉や宇都宮の地方部隊で、昨日の夕刻から続々と到着しました。私のいる本部では、高崎の十五連隊の中隊が配属されてきました」

「それは、毎日御苦労である。ところで、蹶起軍に参加した将校は誰だ」

「野中、坂井、高橋、清原たちで、自分の第三中隊も行使されました」

「安藤もだろう」

森田は、安藤の名前を言わなかった。

「……はい」

森田はやっと答えた。

「将校だけならともかく、下士官や兵を動員したことはよくない。主導者は当然、自決すべきであると思う。事件が遷延すればするほど、皇軍の国威を失墜することにならないか」

森田は、殿下のあまりに厳しい主張に驚かされた。

「俺は安藤が心配で、昨夜は一睡も出来なかった。貴様はどうして安藤の暴走を、くい止められなかったのだ」

「当日まで、少しもそれらしき動きは感じられませんでした」

「軍部外の者が指揮していると聞いたが」

「それは、誰のことですか」

「村中と磯部だ。安藤は、このふたりにそそのかされたのだろう。そんな安藤が不憫《ふびん》でならない」

「…………」

「安藤は、鈴木侍従長を襲ったと聞いたが、本当か」

「はい」

「やはりそうか。それはまずかった。兄は鈴木への襲撃状況をたかより聞《い》いて、なんと酷い行為をと、目に涙をいっぱい浮かべていたぞ」

「…………」

「しかし、不幸中の幸いで、鈴木の命はくい止められたそうだ。それに今朝、岡田総理も生きて参内したとも聞いた」

「ふたりとも御無事でしたか」

「今後、このような事件が起きぬよう、将校への正しい指導に留意するよう、他の将校団に伝えてくれ」

秩父宮は訴えた。

森田が秩父宮邸で殿下と会っている間、大隊本部では、森田が秩父宮に呼ばれて、どんな相談をしているのか、さまざまな臆測が乱れ飛んでいた。本江はその噂に巻き込まれぬように、将校団に集合をかけた。将校団では、野中隊と安藤隊は奉勅命令を受ければ、当然、原隊に帰順するものと高をくくっていた。しかし、意に反して決戦に変更したと知り、将校団は周章《あわ》てて集合場所を麻布の箪笥町にある寺に変え、対応策を検討した。激論のすえ、安藤と野中を殺して、全員自刃することに決まった。

そんなとき、将校団に、森田が秩父宮に呼ばれたとの情報が入った。将校団に、これで事件解決への目途が立ったとの期待が生まれ、本江の命令で大隊本部に集まってきた。

森田は秩父宮の邸宅から大隊本部に戻ると、集会室に集まった将校団の誘いをよそに、大隊長室へ急ぐ。部屋では本江が、森田はまだ帰らぬかとの問い合わせの電話で忙しく、応接間には歩三の連隊長の渋谷大佐が、そんな本江の電話の応対ぶりを見詰めていた。

「よう戻った。どうだった」

部屋に入ってきた森田を見た本江は、周章てて受話器を置くと、額の汗を拭いながら言った。森田は、秩父宮と話した内容を伝えた。

「そうか。そうか。自決スベキナリ、と話したか」

本江は、森田の話を利用できないかと考えた。

「森田、メモのようなものは書かなかったのか」

「これですか」

「おお」

本江は歓声をあげた。森田のメモにはこう書かれていた。

「森田メモ
①歩兵第三連隊ノ現況
②今次事件ノ首謀者ハ、当然自決スベキデアル
③事件ガ遷延スレバスルホド、皇軍ヘノ信頼、並ビニ国威ヲ失墜スル
④部下ヲ有セザル指揮官アルハ、マコトニ遺憾ナリ
⑤今後ノ指導ニ留意」
本江は文章の内容から、秩父宮の強い意志を感じ取った。森田は部屋の外の将校たちを、ひとり残らずに大隊長室に入れてから、殿下のメッセージを伝えた。

「安藤を殺せ」

森田が会見内容を伝えた途端、将校のひとりが絶叫する。

「野中も殺せ」

「うおー」

「ふたりを殺した後、俺たち全員は自決だ」

「うおー」

「待て、興奮するな」

本江は、両手を拡げて宥《なだ》めにかかる。

「大隊長、責任を取らんと、歩三は潰されます」

「静まれ」

本江は今度は怒鳴る。将校団はやっと騒ぐのを止めた。

「殿下の意志が判った以上、これから我々がすべきことは、決してそんなことではないはずだ」

「……………」

「まず、下士官や可愛い兵士たちを、原隊に戻すことではないか。自分のことより、兵たちの命を大事に考えてやれ」

本江は、将校たちに警告する。また机上の電話が鳴る。

「ちょっと待て」

本江は話をやめて、受話器を耳に当てる。

「森田が戻ったか。ちょっと森田を出せ」

師団本部からの電話である。本江は、森田に受話器を渡す。

「殿下は何とおっしゃったか」

堀が聞く。

森田は、秩父宮との会見内容を伝える。

「自決せよとは本当か」

「はい、メモをとってあります」

「よし、そのメモを、大至急にこっちにもって来い」

森田は受話器を置くと、周章てて師団本部へ走った。

師団長室に入ると、堀を中心に舞師団参謀長、山下、今井軍務局長のほか、海軍服姿の顔が何人か控えて待っていた。

「これです」

森田は、息をはずませながら、手に持ったメモ用紙を堀師団長に渡す。

「うむ、今次事件の首謀者は、当然、自決すべきである……か、殿下は、本当にそう言ったか」

堀は読み終えると、山下に渡す。

「これは殿下の真意です。間違いありません」

山下は歩三連隊長の時、秩父宮は第六中隊長に着任しており、森田と殿下との信頼し合った関係はよく目撃していた。

「判った。これを正式な令旨として取り扱おうと思うが、どうだろう」

師団参謀長の舞が言った。令旨とは「親王の命令」である。

今井も山下もうなずいた。舞参謀長は、さっそく軍隊用の通信紙に、令旨と称する一文を書き写した。


「よし、これを持って俺と一緒に奴らを説得に行こう」

山下が森田を誘う。

「しかし、殿下の許可が」

「構わん。殿下ものぞんでいるはずだ」

「でも」

「奴らは、殿下の命令なら絶対に反対せぬはずだ」

山下はそう言うと、自分でさっさと自動車の用意をすすめる。陛下に叱られた山下にとって、蹶起軍から維新軍に替えたい思いは、もう完全に消滅しており、ひたすら原隊に復帰させるべく方針を変えていた。

山下と今井と森田の三人が乗った車は、直ちに占拠本部に向かったが、決戦を覚悟した蹶起軍の厳戒体勢はより強化されて、本部までなかなか近づきにくくなっていた。やっとのことで、野中隊が駐屯する鉄道大臣官邸まで行きついたが、それ以上先には進めない。森田は、車から降りて大臣官邸に向かう。門に近づいて、衛兵に野中への面会を求めると、取り次いでくれ、三人を隊長室へ案内してくれた。

「野中、ここにいたのか」

森田が隊長室に入ると、野中がテーブルに拡げた地図を片づけていた。

「森田か。何をしに来た」

野中が席を立って三人に近づく。

「野中、高い踏み台はないか」

山下が、威圧的態度で言った。野中は三人が何の目的でやったのか戸惑いながら、部屋の隅にあったビールの空箱を山下の足下に置いた。

「よし、いいだろう」

山下は空箱を品定めをした後で、野中を自分の前に立たせ、もったいぶった態度で、その箱の上に乗る。野中は律儀に、山下の前にかしこまって立った。山下は紫色の風呂敷に包んだ封筒から令旨をぬき出して、野中の前に拡げる。

「よく聞け、これは秩父宮殿下の令旨である」

山下は読み始める。森田と今井は、山下の言葉を聞きながら、野中の顔色を脇からそっと窺《うかが》う。

「首謀者は、当然、自決すべきである」

山下がそう読み上げたとき、急に野中の顔色が蒼白になった。

「どうだ、判ったか」

山下は野中に聞く。殿下を最後の心の拠《よ》りどころとしていた野中は、呆然として、山下の問いに即答できない。

「それを見せて下さい」

野中はやっと言った。その声はさすがに弱々しかった。

「本物だぞ。森田が殿下から聞いた令旨だ」

山下は冷たく言う。野中は、殿下の真意を確認すると、頷いた。

「判ったか。それでは殿下の令旨の言葉を、みんなに伝えてくれ」

山下は野中の顔色を読むと、肩をいからせて満足げに部屋を出ていった。殿下は我々の期待を裏切ったか。野中は絶望にうちのめされた。寄りかかっていた柱が、急にはずされたような感じだ。やっとの思いで二本の足で立っている。一瞬、めまいがして気が遠くなる。しばらくして我に返ると、森田がいない。野中は、森田を追って部屋を飛び出す。門の前で車を乗ろうとする森田に追いついた。

「森田、殿下は、ほかに何か言っていたか」

「武士のごとく最後を美しくせよと仰せられました」

「そうか、そうか」

野中は、自分自身にいいきかせるように、何度も首を上下に振っては頷いていた。

「安藤に逢えないのが残念だ。貴様から殿下の御言葉を伝えてくれ」

「判った。約束する」

「では」

森田は車中で待つ山下にせかされて、周章てて車に乗った。車は闇の中に消えていった。

九十

北は、縁側の愛用の籐椅子に座って、久し振りに配達された新聞を読んでいる。階段の下から足音が聞こえ、やがて西田が顔を見せた。

「先生、ここの電話は、軍部に盗聴されているので注意するように、仲間が知らせてきました」

西田は、柴から電話で報告を受けていた。

「そうか」

北は新聞を読むのを止め、窓外を眺めた。雪は止んでいる。そういえば数日前、逓信省の作業員があの電柱に登っていたが、なぜこんな寒い雪の日にと思い、鈴を呼んで修理を頼んだか聞いてみると、頼んだおぼえがないと不思議そうに返事をしていた。あれは盗聴するための電話線の張り替え作業であったのか。ここへ来て特高や憲兵たちの姿が見えないので、変だとは思っていた。盗聴できれば当然、張り込みの必要はいらなくなるはずだ。北は、軍部の目はこちらにも向け始めたかと思った。

軍部は東京市に戒厳令を布告し、直ちに戒厳令第十四条を施行した。第十四条によって、戒厳地境内における通信行政監督権の一部を、戒厳司令官の権限に移したため、戒厳司令部の第三課の通信部が、作戦の一つとして、占拠部隊の電話盗聴を開始し、要人のひとりとして北邸の電話にも盗聴を仕掛けたのである。これによって東京市に住む国民のすべては、戒厳令の定めによって通信の秘密を侵されていた。

「柴が言うには、ここの電話の盗聴部隊は、麹町憲兵隊の森健太郎少佐が指揮していると言いました」

「なるほど」

「これからは先生、電話に出ないで下さい」

「うむ」

「西田さん、また電話です」

階段の下から、赤沢が二階の西田を呼ぶ。

「誰からだ」

西田が、階段の上から下の赤沢に聞く。

「栗原中尉からです」

「栗原から」

西田はどうしたのだろうと思いながら、階段を降りて、応接間の受話器を握った。

「俺だ。どうした」

「相談に乗って下さい」

「うむ」

「じつは斎藤少将から持ち込まれた話ですが、斎藤さんの話では、石原広一郎宅で決めた話だそうで、徳川侯爵が爵位の返上を覚悟で、蹶起将校を引率して宮中に参内し、陛下に再度蹶起の趣旨を上奏して、石原が陛下から勅使を賜わり、将校たちを二重橋に集めて自刃させ、最後に大川周明が後継内閣の首班を近衛公に推すべく、これから運動をしたい、というのです。どうしますか」

五・一五事件で四年の禁錮刑を受けた大川は、昭和十年十一月に仮釈放を受け、目黒の上大崎に戻っていた。

「その主張は、大川の意図だな。それで、君はどう答えたのだ」

「自分では決められない。仲間と相談してからだと」

「うむ」

「斎藤さんの話では、蹶起部隊が、奉勅命令を受けて叛乱軍として処遇されるのは忍びがたいと、みんなで話し合っての結論だと言っていました」

「君らは最後まで、真崎首班で動くと決めたのだろう」

「でも、真崎は我々の前に姿を見せません」

「ちょっと待ってくれ」

西田は二階に上がる。

「大川が、そんなことを言っているのか」

北は、大川には対抗意識を持っている。この事件は自分が指導権をもっている。北は大川が漁夫の利を狙っていると思った。

「駄目だ。大川にかき回されてはたまらん」

北は、西田の話に反対する。

「でも、彼らを味方に引き入れれば不利な状況も……」

「駄目だ。外部の者に依頼するよりも、軍内部の意見の一致をもって解決するのが一番よいのだ」

「判りました」

西田はしぶしぶ頷いた。

「西田、心配するな。将校たちは真崎にすべてを一任してあるのだ。皇道派の領袖が、そうムザムザと将校たちを見殺しにはしないはずだ」

「……………」

「そのうちに海軍の方からも、きっと支援の動きも出てくる。それまで様子を見よう」

「はい」

西田は、北の意見に納得すると、階段を駆け下りる。

「栗原、その話は断わってくれ」

西田は、盗聴を警戒して北の名を口にしない。

「でも、せっかくの話ですから」

「駄目だ。軍の外部の者に依頼をせぬ方がよい。今、海軍の援軍を画策している。もうしばらく待ってくれ。君は安心して占拠を続けてほしい」

「…………」

「聞いているか栗原。天は決して我々を見捨てはしない。これからも、自信をもって事に対処してほしい」

西田はそう言い、自分から電話を切った。栗原はまだ何か言いたそうであったが、西田はあえて自分から先に受話器を置いた。

「でも、近衛公は本当に大川たちの案に乗るつもりなのでしょうか」

西田はまた二階に上がり、北の前の椅子に座ると言った。

「どうだろう。近衛を担ごうという運動は、この選挙中にも政友会の代議士のひとりから出ていたのは知っていた。しかし、今度のこの策は大川が、西園寺の秘書の中川小十郎を動かしてのものだろう。だが、将校たちの中で、近衛公を知るものは誰もいないはずだ」

北は思慮ぶかげに話す。

「それにしても、真崎は」

西田は歯ぎしりをする。

「真崎は、一度よい夢を見たのだ。もう逃げられまい」

北は呟く。今の将校たちは、糸の切れた凧と同じであってはいけない。蹶起軍と真崎とは、しっかり糸で結んでおかないと、正規軍から叛乱軍に変わってしまうのだ。だから将校たちは、真崎にしがみついていなければならぬ。それにしても、秩父宮は何をしているのだ。北は思いをめぐらせる。

「今度は、村中さんから電話です」

二階で北と話している西田に、また赤沢が、下から大声で西田を呼ぶ。

「どうした」

「今、本部で将校全員を集めて、決戦か帰順かで激論中ですが、なかなか決着がつかず……」

「何だって」

西田は、握った受話器がガサガサして、村中の声が聞きとれない。

「何だ」

西田は、盗聴される危険をすっかり忘れて、村中が何を訴えているのか、耳に神経を集中させようとする。

「……決着が……」

西田は電話の故障かと思った。

「決戦すべきか帰順すべきか、先生の意見を聞きたい」

「判った」

やっと西田の耳に、話の内容が聞きとれた。西田は北の元に知らせに行く。

「うむ」北は村中の申し出にさすがに迷った。しばらく迷った末に、やっと腰を上げて階段を下りた。

「どうした。村中君」

北は受話器を持って言う。

「安藤と磯部が、決戦覚悟で自説を曲げないで困っています」

「やれ、最後までやれ。帰隊してはいかん。腹をくくって徹底的にやれ。でないと、私も西田も命がない」

蹶起の失敗後にかならず起きる弾圧を不安がる北は、盗聴も忘れて訴える。

中野電話局では、戒厳司令部の通信兵たちが、盗聴器を耳に当てて、北が電話口に出るのを待っていた。

「出た、出た。北の声だ。檄を飛ばしているぞ」

「お、中野五五〇八だな。間違いないな」

盗聴班の四人は、緊張して耳を澄ます。それとは知らずに、北は訴え続ける。

「君たちが軍当局に強く対抗できるのは、軍の中枢部を占拠しているからだ。そこを引き揚げてしまったら、誰も君たちの主張に耳を傾けないぞ」

「しかし、先生」

「弱気になるな。そのうちに、殿下からも連絡があるかも知れんぞ。私も仏に祈ってやるから、もう少し頑張ってくれ」

「やった、やったぞ」

北の声を録音した盗聴班は叫んだ。

「よくやった」

通信兵たちが、その録音盤を持って、九段の戒厳司令部に持っていくと、石原参謀がその労をねぎらった。

「やっぱり奴らは、軍の統帥より北一輝の統帥に服しておる。軍にたかるダニは殺せ。ダニを捕らえれば、奴らの統制は崩れて、またたくまに瓦解するはずだ。そうなれば、女王蜂のいなくなった蜂どもと同じで、用なしになる」

石原は、勝ち誇ったように言うと、すぐ中野署の大橋を電話で呼んで、西田と北をすぐに逮捕するように要請した。

九十一

安藤隊の出立を北宅の西田に報告した後で、渋川は西田に、自分の家で待機するように命じられた。西田の家に着くと、西田の妻初子が、渋川が来るのを待っていた。渋川は、さっそく各方向にバラまく檄文を書き始める。

皇軍は昭和維新へと始動し始めた。「皇民も直ちに賛同し、彼らの勇気に負けずに全国で蜂起せよ」という内容の檄文である。

窓が明るくなって雀たちが囀《さえず》り始め、豆腐屋のラッパの声や浅蜊売りの声が裏通りから聞こえてくる頃、事件に気づいた全国の仲間から、問い合わせの電話が次々にかかってきた。仲間たちは皆、突然の事態に、自分は何をしたら良いのかと途方に暮れている。そのうちに、誰が参加して誰が指導しており、何を狙っているのかという初歩的な問い合わせに変わった。

渋川は、机上の電話が鳴るたびに、「何をグズグズしている。早く将校団に働きかけて、全国同時蹶起の最初の狼煙《のろし》をあげないのか」と檄を飛ばす。しかし、仲間の誰もが「情報不足のために連隊の将校団たちに説得できる具体的な内容を把握していない」と嘆いて、「今の自分には東京隊の行方を見守ることしか方法がない」と付け加え、そして最後に、「どうして蹶起前にその計画を知らせてくれなかったのだ」と批難するのだった。なかなか同時蹶起を起こさない様子を見て、東京の西田と和歌山の大岸との間の確執は、まだやわらいではいないのだろうか、と渋川はいぶかった。大蔵や末松、菅波や大岸たちが、どうも動き出す気配がないと判った反面、民間人の志人荘の仲間たちが、次々に西田宅に様子を聞きにやってきた。

「中橋君、山形県の農民青年同盟を動かしてくれぬか」

渋川は、山形出身で男気のある中橋に、全国蜂起の魁を頼む。

「どうすればよいのか」

「中核を農民に、外側を軍隊で固めるのだ。まず山形で狼煙を挙げれば、これに呼応して、全国の同志が起ち上がるはずだ。どうだ、それを君にやってほしい」

「山形に味方の軍隊は」

「ある。山形連隊に浦野大尉という同志が待機している。もし君が賛同してくれれば、すぐに浦野宛に紹介状を書こう」

「判った。やろう」

中橋は即断する。渋川は、中橋の快い返事を聞いて直ちに紹介状を書き始める。中橋は渋川が紹介状を書いている間に、同じ仲間の長谷部清十郎に電話をかけて参加を呼びかける。長谷部は中橋の計画を聞くと、県庁を占拠すれば当然、警察が動員される。そうなれば、我々の蓆や竹槍だけでは太刀打ちが出来ない。拳銃が数丁はほしいと訴える。中橋は受話器を握ったまま、執筆中の渋川に頼む。渋川は、すぐに都合をつけることを約束する。

中橋が渋川の返事を伝えると、長谷部は仲間と相談してみると言って、中橋からの電話を切った。

「よし書けた。これを持って、浦野宅に持っていってくれ」

　渋川は紹介状を封筒に入れて、中橋に持たせる。同じ方法で、中橋のほかに加藤や佐藤たちにも頼み、青森五連隊の末松大尉へも紹介状を書いて、青森県庁占拠を呼びかけていた。だが、二十八日になると、渋川のいる西田宅の周辺をうろつく者が目立ってきた。そんな折に安藤から、渋川に電話がかかってきた。

「安藤か。どうした」

「もう駄目だ。奉勅命令が出たと騒いでいる」

「何だって」

「それに秩父宮殿下が……」

「殿下がどうした」

「武士のごとく最後を潔くせよと、仰せになった」

「判った。これからそっちに応援に行く」

　渋川は安藤の心情を思い、居ても立ってもいられない。安藤の後輩で仲の良かった渋川は、先輩が窮地に陥ったら、どんなことがあっても手助けする義務があると決めていた。安藤は磯部の情に溺れたが、渋川はその安藤の情に溺れて、蹶起軍の中に入っていった。

九十二

　氷川小学校付近を警備していた新井中尉は、伊集院大隊長より、蹶起軍に参加した坂本中尉や高橋少尉を連れて帰るように命令された。直ちに新井は、自動車で占拠本部の陸相官邸に向かった。官邸内に入ると控室に、やつれ切った表情をした香田大尉が椅子に座っていた。

「奉勅命令が出たのだ。直ちに原隊に復帰しろよ」

　新井は香田に詰めよる。

「奉勅命令が出たって。何を言う、証拠を見せろ。俺はこの目で見てないぞ」

「…………」

「俺は、そんな脅しにはのらん。あまりくだらんことは言うな」

　香田は、新井の言葉を一蹴した。香田の言葉にウソはない。蹶起部隊は小藤警備隊長から正式な下達を受けてはいないのだ。

「安藤は、どこにいる。坂井と高橋を、連れ戻しに来たのだ」

「ここにはいない。幸楽だ」

「安藤が来るまで、ここで待たせてもらう」

「邪魔だ。戻れ。俺たちは戦闘準備で忙しいのだ」

香田は新井を睨んで、帯剣に手をかける。ふたりは立ち上がって睨み合う。ふたりの殺気に気づいた将校たちが集まってきた。

「斬るなら斬れ」

新井も負けてはいない。

「新井、軍当局は、これまでどれだけいい加減な命令を下してきたか。貴様だってよく判っているはずだ。戒厳警備隊と言った舌の根が乾かぬうちに、叛乱軍だと決めつける。俺たちを呼んでいる名が幾つあるか、知っているか」

「…………」

「蹶起部隊、維新部隊、行動部隊、戒厳警備隊。それにひどいのは叛乱部隊と暴徒だ。これはどう言うことだ」

「うむ」

香田が怒るのももっともだと、新井は思う。当初、新井は参加を思い止まった自分より、行動を起こした仲間たちの方が正しいと、自分が出遅れたという後ろめたさを感じていた。そのうち、日が経つにつれて、新井は軍当局の混迷ぶりに振り回される香田たちが、可哀そうに思えてきた。軍首脳部でも、出す命令が、陸軍省、参謀本部、警備司令部、軍事参議官と足並みがバラバラで、ただ騒ぎ回るだけであった。

「そんな軍当局からの命令に、俺たちが従えると思うのか」

香田は訴える。

「そうだ。そうだ」

集まってきた将校たちが、ふたりを取り巻いて、声を合わせて叫ぶ。そのうちに叫び声が、「帰れ、帰れ」という大合唱に変わった。大合唱の中で、新井はひたすら棒立ちになった。攻める者も守る者も、お互いに説得も出来なければ、激励も出来ない。お互いに食糧や薪炭を補給しながらも、同じ部隊同志がにらみ合っている。世にこのような不条理な世界がどこにあろう。新井が大合唱の中で途方に暮れていると、

「そこにいるのは誰だ」

人だかりの向こう側から、新井の聞き覚えのある声が聞こえてきた。

「渋川さん」

新井は、人垣を掻き分けて姿を現わした渋川に声をかける。見ると、渋川は略式の礼服の背広を着て、下にはモーニング用のシマズボンを穿《は》き、頭には白鉢巻を、腰には無造作に巻いた手拭に刀を差して目を血走らせている。竜土軒で見た渋川とは違う、場違いで異様な格好を

している。

「新井、貴様も俺と一緒に応援に来たのか」

「坂井や高橋を、連れ戻しに来たのだ」

「戻りはしないよ。これはみんな幕僚どもが悪いからだ。片っ端から、幕僚どもを徹底的に叩き斬ってやる」

渋川は新井を睨みつけ、さっと腰の刀を抜いた。

「やれ、やれ」

新井はまた、怒号の嵐に包まれた。その怒号の中で新井は思った。すべては虚偽だ。みんな虚偽の上で踊っている。みんな狂ってしまったのか。急に新井は眩暈《めまい》におそわれてよろける。

また「帰れ、帰れ」と大合唱になった。その声に押し出されるように、新井は玄関を出た。

「戦争だ。戦争だ」

玄関を出る新井と入れ違いに、村中が叫びながら官邸に駆け込んできた。新井には、もう村中に声をかける気力がなくなっていた。新井は誰も連れて帰ることもせず、待たせていた自動車に乗って、連隊本部に帰っていった。

「彼らには、帰隊する意志は毛頭ありません」

新井は伊集院にそう報告すると、自室に戻った。

部屋でひとりになると、彼らの言った言葉をひとつひとつ思い出して、これまでどんなことが起きてきたかを考えてみた。どうもその成立過程を考えてみると、大臣告示も戒厳令だって奉勅命令だって信用ができない。その結果、軍当局が蹶起部隊をおだてあげて、彼らを占拠地域で頑張らせ、そのために問題をこじらせて皇軍同志が敵対するはめになってしまったのだ。ここまで混乱させた責任は、すべて軍当局にある。上が混乱すれば当然、下はもっと混乱するのだ。軍当局の不逞な幕僚たちの誤った対応の責任をとらず、蹶起部隊にすべての責任を負わせ、そのうえ、有無を言わせず奉勅命令を偽造して討伐準備をすすめているのだ。こんな幕療たちの命ずる皇軍相撃の惨劇から逃れるには、自分の部隊を神に捧げてまず一度禊《みそぎ》をし、それから自分たちの行動を起こして幕僚たちに反省させたい。

新井はやっと結論を出すと、部屋を飛び出す。当番兵を呼び、安藤と鈴木が連れ出した第十中隊の残った二年兵と第九中隊の残った二年兵と第九中隊の初年兵を合わせて百四十一名を営庭に集合させた。

「これより靖国神社に参拝に行く」

新井は、指揮台にのぼると命令を下した。

軍人会館の三階の窓から、幕僚のひとりが外を見下ろして叫んだ。

「あれは何だ」

その声に驚いた、部屋にいる幕僚たちが窓に近づく。外を見下ろすと、銃を担いだ兵士たちが隊列を組んで、九段の靖国通りから、神社の大鳥居に向かって行進しているのが目に入った。

「どこの中隊だ。奴らが九段坂を一気に駆け下りてきたら、この軍人会館はひとたまりもないな」

石原は望遠鏡を覗《のぞ》いた。

「鎮圧軍側のようだが、一応、近衛師団本部に電話をして、九段下に戦列を離れた不穏な部隊の存在を知らせ、直ちに九段交差点に土嚢を積んで陣地を造らせるように命令しろ」

「敵側に寝返ったか。関ヶ原の合戦の小早川秀秋か」

最初に見つけた幕僚が言った。

「そのようだな、その数百五十か」

「石原参謀」

電話で歩一と歩三に問い合わせた参謀が、石原に報告する。

「歩三の第九中隊ではないかとの報告を受けました」

「中隊長は誰だ」

「新井中尉だろうと」

「やはり、そうか」

石原はまた望遠鏡に目をやりながら、まごまごしていると、新井隊のほかにも、討伐軍から叛乱軍に寝返る部隊が出てこないとも限らない。これまでも海軍側からは、

「なぜ速やかに叛乱軍を、武力を使って叩きつけぬのか。陸軍が腰抜けならば、海軍が率先してやるぞ」

と参謀本部に、電話で何度も発破をかけてきていた。

「誰だ。隊長に向かって訴えている者がおるぞ」

望遠鏡の中に自動車が映り、車から降りた将校が、隊長に近づいてゆくのが目撃された。

「江上中尉でしょう。伊集院大隊長が、江上を説得に走らせたと、今、電話で知らせてきましたから」

「駄目だ。奴では説得できんな」

石原は、望遠鏡から目を離すと、参謀室の中にいる井出大佐をさがす。

「井出大佐、君はここに来る前は、確か歩三の連隊長であったな」

「はい」石原に呼ばれて窓の外を見ていた井出が、石原の前にきていった。

「新井中尉を知っているな。君が説得に行ってくれぬか」

「判りました。やってみましょう」

井出は、すぐに部屋を出ていく。

「ビルの中にふたりが入ったぞ」

石原の望遠鏡の中に井出が映り、新井を誘って、ビルのガレージに入っていくのが見えた。

ふたりはガレージの中にある事務室の椅子に机を挟んで、向かい合って座った。まず新井の方から言った。

「井出大佐殿、これまでの幕僚たちの行為は、出鱈目がひどすぎます。こんな状態で、我々は皇軍相撃は絶対に出来ません」

「君の不満は判らなくはない。しかし、ここは場所が悪い。ここは軍当局の目と鼻の先ですぞ。君の守備については交代させよう。この俺に任せなさい」

新井は自分の部隊が警備の前衛に配置されたので、憤慨しての行動だと、井出は考えて言った。

「しかし」

「新井、誤解するな。我々は皇軍相撃など望んではいない」

「では、これまでの命令の混乱はどういう意味ですか」

「出来るだけ犠牲を少なくさせようと考えているからだ。そんなことが判らんのか」

「うむ」新井は井出の説明を聞き、なるほど、そう考えれば、今までの対応策は納得できる。新井の憤懣は、ウソのように氷解した。

「判ってくれたか」

「判りました。私は誤解しておりました。新井隊は、これより元の部隊に戻ります」

「よし。頼むぞ」

井出は手を差し延べた。両者は固く握手する。新井隊は戒厳司令部が差し向けたトラックに乗って、歩三連隊に戻っていった。連隊に戻ってみると、兵たちの身の上を案じた父兄たちが兵舎に押しかけ、ごった返していた。

九十三

平べったい顔で口元にスターリン張りの髭をはやした渋川が、鍔《つば》に三銭切手を貼ったソフト帽を被って陸相官邸に飛び込んできた。軍服で身を固めた兵隊ばかりの官邸内では、この渋川の出で立ちはやはり異様である。渋川は、会議中の大広間の扉を開けた。

「渋川さん」

渋川の顔を見て、野中が声をかける。

「何の会議をしているのです」

「最後まで戦うつもりだが、兵たちだけは可哀そうだから、全員を包囲軍側に任せようと考えているのだ」

「兵たちが可哀そうだって」

渋川は、野中の両腕を摑んで詰め寄る。

「今さら何を言っているのだ。全国の農民たちは可哀そうではないのか」

「渋川」

「相沢中佐が、公判廷であれだけ訴えたにもかかわらず、幕僚や財閥、政党人などの連中は、なんら反省の色すら見受けられなかったのだぞ。そんな連中は、我が日本にはいらん。ブチ殺せ」

目に一杯、涙を溜めて、渋川は叫ぶ。

「俺が悪かった。兵たちを帰すのは止めよう」

野中は素直に謝る。

「俺たちに命があるかぎり、奴らに徹底的に攻撃をかけよう。そして、天皇陛下の方に非があると自分で気がつくまで、俺たちは戦い続けるのだ」

「そうだ、そうだ。やろう」

渋川の叫びに、将校たちが呼応する。遠くの地の底から、戦車の音が重く響いてくる。

「あの音は」

「戦車の音だ。相当の数だな」

渋川は、姿を見ようと部屋を出た。そして階段をかけ登って二階の窓を開け、外を見下ろす。遠くに敵の一団が群がって見え、その後方に戦車の砲先が、こちらに向けられている。

「来るなら来い」

渋川は、力を抜いて窓のカーテンを切り裂き、白ダスキにする。

「もたもたするな。早く戦闘準備につけ」

渋川は、高橋と坂井を叱咤激励する。

「高橋、ここは丹生に任せておけばよい」

安藤隊の様子がまた見たくなった渋川は、もたついている高橋を連れて幸楽に向かう。幸楽に着くと、安藤は二階の自室で休んでいた。

「渋川、来てくれたか」

安藤は、簡易ベッドから起き上がる。

「とてもじっとしてはいられない」

渋川は、やつれて不精髭をはやした安藤の顔を見た。

「俺はここで決戦の陣を張るつもりだが、貴様はどう考える」

「うむ」

「周辺を回って下見をしたが、なかなかよい場所がないのだ」

安藤は木造の柱を叩く。

「山王ホテルはどうです」

高橋が、窓の外に見えるビルを指差した。

「山王ホテルか。確かコンクリートの建物だったな。よし、仮眠してから行ってみるか」

安藤がそう応えた。渋川と高橋は、一睡もしていない安藤の体を気遣って、

「悪かった」

と謝って、そっと部屋を出る。

「安藤が仮眠している間、どうだ。貴様の兵を使って、参謀本部を襲撃しよう」

渋川は、高橋少尉にけしかける。高橋は渋川の気迫に押された。直ちに兵を玄関前に集めて、渋川と一緒に九段の参謀本部に向かった。しかし、戒厳令区域内は交通が一切停止されており、要所要所は包囲網で狭められ、参謀本部までの道筋は完全に遮断されていた。戒厳司令部では、一般民衆に市電三宅坂から赤坂見附、溜池、虎ノ門、桜田門、警視庁前、三宅坂を結ぶ線を立退き区域とし、その外部を交通停止区域としていた。高橋は、陸相官邸の占拠本部に合流するしかスベがなかった。渋川が参謀本部に襲撃に向かっている間に、渋谷大佐と森田大尉が自宅で仮眠中の安藤に面会に来た。

「安藤。元気か」

渋谷は部屋に入るなり、横になった安藤に声をかける。

「大変だったな」

「いいえ、連隊長殿」

安藤は、目を開けて立ち上がると、敬礼する。

「おい無理するな。貴様のような男をここまで追い詰めておきながら、それに気づかなかった俺も悪かったな」

「…………」

「これをあずかってきた」

森田が安藤に渡す。

「何だ」

「殿下の令旨だ」

令旨のことは、すでに安藤は、磯部から聞いて知っていた。

「本来なら、貴様に一番にもって来たかったが、なかなかここまで来ることが出来なかった」

渋谷が言う。安藤は改めてそれを手にして読んだ。黙ったまま読み終えると、それを森田に返して、何も言わずに窓に近づき、外を見下ろした。渋谷と森田と安藤の三人の間に、長い沈黙が続いた。安藤はふたりに隠すように目に涙を溜めていたが、唇がふるえ、やがて溢れてこぼれ始めた。安藤の背中は、小きざみに揺れている。渋谷にも森田にも、安藤が泣いているのが判った。沈黙を破って部屋に入ってきた当番兵の前島が、滑子《なめこ》汁をふたりにふるまう。

「どうぞ、食べて下さい」

安藤は、涙を拭って顔を見せると、湯気の立った滑子汁をすすめる。渋谷は、すすめられるままに滑子汁をすする。渋谷も森田も、安藤でさえ額に汗をかいている。

「うまい、うまい」

安藤は込み上げてくる感情を押さえつけ、真っ赤になった顔で鼻水をすすっては、椀から立ち登る湯気の中に顔をうずめている。死刑を宣告に来たも同然のふたりは、それでも安藤の傷口に触れまいと、懸命になって滑子汁をすすっている。

「安藤、せめて兵だけでも帰してやれ」

「駄目だ」

安藤は声を荒げた。安藤は誰が何と言おうが、戦うつもりでいる。これまでの軍上層部の欺瞞と背信に対して、我慢がならないのだ。安藤は自分の目で、大詔渙発の詔《みことのり》を目撃したのである。つい先ほど、村上軍事課長がここに訪ねてきて維新大詔の草稿を見せ、ここまで来ているのだからと、撤退を勧告したのである。なのに、今になって自決しろだと。蹶起部隊は戒厳警備隊に編入したのに叛乱部隊だと。そしてこの場に及んで殿下でさえ、最後は武士らしく潔くしろだと。今さら何を言っているのだ。


「我々の維新部隊は団結が強い。自分は最後の抗議として、中隊全員玉砕を覚悟しております」

安藤は、滑子汁を食べ終わると訴える。

「歩三の将校団は、貴様を斬った後、全員自決の覚悟だ。そうなったら、歩三はメチャメチャになる」

「………」

「頼む。そうならぬよう、仲間と共に帰隊してくれ」

「駄目と言ったら、駄目だ」

安藤は反撥する。森田は、安藤の一度決めたら絶対に引かない性格をよく知っている。今のかたくなな安藤の態度に、森田はもう説得できないと観念した。

「安藤、俺も殿下と同様、貴様の武士としての潔さを期待しているぞ」

森田はそう伝え、渋谷連隊長をうながすと、残念そうに帰っていった。

「おい、堂込」

安藤は堂込曹長を呼ぶ。堂込はあわてて飛んできた。

「これから、山王ホテルの周辺を下見に行く」

安藤は曹長を連れて、地図と指揮棒を持って幸楽を出る。空は鉛色で、道路は避難した人たちの足跡で汚れ、残雪は道の両側に除雪されている。安藤は周辺を検分しては、地図を拡げて考え込む。時折、ビルの合間から敵の布陣状況が垣間みえる。坂を登り切った場所に、ちょうど府立一中があった。

「やっぱりここだな。いろいろ考えてみたが、敵と対決するに最適な場所は、ここしかない。ここは最後のトリデだな」

「どうしてですか」

堂込が聞く。

「仮にだ、堂込、我が部隊が包囲されたとしてだ」

「…………」

「見ろ。敵は身を伏せて、隠れる建物がなくて丸裸になるだろう」

「なるほど、そうですね」

堂込は、感心して何度もうなずく。

「しかし、一つだけ死角がある。どこだか判るか」

「…………？」

「上だよ、上」

安藤は指揮棒を空に向けた。

「飛行機だよ。飛行機で上から攻め込まれたら、今度はこちらが無防備だ」

「なるほど」

堂込はうなずく。

「やっぱり山王ホテルしかないな」

府立一中かホテルか迷っていた安藤は、ホテルに決め、幸楽に戻ると、兵全員を内庭に整列させて訓示する。

「我々は今、日本の歴史を造るべく戦っている。天皇陛下は、我々の行動を見て是とされて、大詔渙発の詔を作成されたのだ。こうして我々がせっかく昭和維新に突入したのに、軍上層部では統制を乱して混乱をまねき、その影響を受けた我が部隊は今、目標と行動を失っているのだ。当然、次から次に来る幕僚たちの命令は、意味不明なものが多くなる。そこでその理由を、自分は考えた。またあの奸賊どもが、息を吹き返したのだと」

「…………」

「我々は、これより奸賊どもの計略に巻き込まれないように決戦準備に入る。しかし、ここの幸楽では、守備と防衛には不備な点が目立つので、今夜、布陣を山王ホテルに移動させる。諸君は覚悟を決めて、これから故郷の両親にあて遺書を書くように」

安藤は訓示を終えた。二十九日午前二時、安藤隊は決戦を覚悟して、幸楽の裏門を、音をたてずに山王ホテルに向かった。先頭の兵が「尊皇討奸」と染めた吹き流しを押し立てて、雪道を照らす街路灯を一つひとつ壊しながら行軍した。闇の中で前方に小さく灯りの付いた山王ホテルが見えると、ラッパを吹き、安藤隊は威風堂々とホテルに入城する。ホテル周辺は、急に騒がしくなってきた。

「第一小隊は階下の食堂、軽機分隊は表玄関、第二小隊は二階と三階、軽機銃隊は屋上、指揮班は階上、以上に配置する。よいな」

安藤は、内庭の玄関前で命令する。戒厳司令部では、戒厳区域内の交通を、東海道線は横浜駅まで、省電は川崎駅まで、東北線は大宮駅まで、中央線は八王子駅まで、それぞれ東京駅から停止させていた。

各階に配置された兵たちは、部屋に落ち着くと、景気付けに第六中隊の歌をうたい、将校たちは割り当てられた安藤の部屋に集まり、地図を拡げて作戦会議に余念がない。銃を構えて窓外を見詰める兵たちの目に、すでに戸締まりをして大八車に家財道具をのせて避難してしまった、誰もいない屋敷の庭の一角が覗けるだけである。

周辺が明るくなるにつれて、屋上から下を見下ろすと、鎮圧軍の攻撃体制が手に取るように前方に浮かび上がった。ホテルはすっかり包囲されている。上空で飛行機の爆音が近づいてきた。その爆音が大きくなって真上にきた時、遠くのどこかで鎮圧軍の進軍ラッパが鳴った。地響きが四方から小さく近づき、いつの間にか戦車がホテルの周辺に数を増して集まってくる。圧倒的な数の威圧である。

「安藤隊、直ちに原隊に復帰せよ」

早朝の静寂が破られるなか、今度は拡声器の声が山王ホテルに向かって呼びかける。安藤が屋上に上がって四方を見下ろすと、戦車がひしめき合いながら、路面電車の石畳を進んでくる。キャタピラを激しく叩いて向かってくるのが見える。屋上の兵の中には、この状況を見て戦意を喪失し、片隅で泣く者や、天を仰いで無念の涙を流すものも出てきた。この状況下で安藤は、磯部と自分の部屋で激論した。

「敗けるということは、安藤隊が敗けるという意味だけではない。生まれたばかりの昭和維新の精神が消滅し、さらには真の日本国精神が滅亡するのと同じだ」

「しかし安藤、この状況では、どう頑張ってみたところで、多くの兵を殺傷するだけだ。そのうえ国賊の汚名を冠ることになる」

「誰が何と言おうと、俺は最後までやる」

「安藤」

「俺は最後の最後まで、今回の蹶起に反対してきた。その俺が蹶起に踏み切ったのは、どこまでもやり通す決心がついたからだ。俺は今、誰も信じられなくなった。俺は自分の信念を持続させるために、自分の決意を貫徹する」

「貴様がひとりで頑張ったところで、この情況ではどうにもならん」

磯部は安藤の説得に難儀する。内庭から革命歌が沸き起こる。安藤と磯部は、議論を止めて聞き耳をたてる。

磯部は立ち上がって窓を開ける。

「ウォー」兵たちが磯部に手を振り、声を合わせて歌っている。磯部が手を振って応えると、兵たちから歓声が沸き上がる。ひたむきで真摯《しんし》な態度に感動した磯部の目に、涙があふれる。

「安藤、やっぱり部下を帰そう。貴様はこれほど立派な部下を持っているのだ。騎虎の勢い、一戦せずば止まるまいが。でもなあ安藤、あんな素晴らしい兵を、絶対に傷を付けてはいけない。やっぱり兵たちを原隊に戻そうよ」

「駄目だ。磯部、俺はやる。絶対にやる。決心は変えない」

「しかし」

「少し疲れた。休ませてくれ。四日三晩の不眠不休で、疲労した。もう牛乳か生卵しか喉を通らんのだ」

安藤はそう訴え、長椅子に横になると目をつぶる。部屋は急に静かになり、外の喧騒がふたりの耳に入ってくる。攻撃ラッパの音、飛行機の爆音、戦車のキャタピラの音、そしてこれらに負けまいと大きな声で歌う兵たちの歌声が反響し合っている。

「よし」安藤は気合いを入れて起き上がる。

「磯部、これから戒厳司令部に行って、そしてあの包囲網をといてもらってくれ。包囲網を解かねば、俺は絶対に兵を帰さんぞ」

「判った、判った。その通りにしよう」

磯部は柴大尉を呼んで、戒厳参謀の石原に、安藤からの伝言を頼む。柴は山王ホテルを飛び出して、九段の戒厳司令部に向かう。

「今となってはもう遅い。貴様たちに残されている道は、自決か脱出の二つに一つしかない」

と、司令部に着いた柴から、山王ホテルの安藤への電話があった。

「なにを、石原を血祭りにしてやる」

安藤は、柴からの受話器を叩きつける。ホテルの周辺を取り巻く戦車が本格的に動き出す。その音に驚いた安藤が、屋上に駆け上がって見下ろす。戦車が赤坂方面から二、三十輌の二列縦隊で、轟音を響かせてやってくる。潮騒のような重々しい音に驚いた安藤は、今度は階段を駆け下りて、表の電車通りに飛び出す。向かって来る戦車の正面には、「今からでも遅くない。下士官、兵卒は早く原隊に帰れ」と書かれた帰順勧告の貼紙が付いている。

「戦車に手向かうな。みんな轢殺《れきさつ》されろ」

安藤は自分と一緒に飛び出してきた下士官に命令し、自分も率先して戦車の前に横臥して叫ぶ。安藤の態度に驚いた兵たちは、安藤の命令どおりに、みんなが戦車の前に次々に横臥する。安藤は死を覚悟して目を閉じた。石畳を叩くキャタピラの音が近づいて、安藤の耳元でピタリと停まった。

「どうした」

安藤は、そっと目を開けた。先頭の戦車が止まったので、後続の戦車が次々に停まった。行き場の失った戦車は、仕方なく最後部の戦車から、また元来た赤坂方面に引き返していく。

「戦車なんかに驚くな」

起き上がった安藤は、拾ったビラを引きちぎりながら憤慨する。戦車の脅威からやっと解放され、自室に戻って休んでいる二階の安藤に向かって、下から声をかける者がいる。

「安藤。おるか。伊集院だ」

安藤は、窓を開けて庭を見下ろす。庭に伊集院が立っている。

「安藤。話がある。降りて来い」

「よし」

安藤は抜刀して階段を駆け下り、伊集院の前に立った。

「大隊長殿。俺を殺して下さい」

安藤は軍刀を伊集院に渡し、伊集院の前に座り込むと、首を落として前にさし出す。

「安藤。興奮するな。まず刀を納めてから、俺の話を聞いてくれ」

伊集院も、安藤の前にしゃがみ込む。

「こんなビラで、安藤隊は動揺するとでも思っているのですか。話があるのでしたら、この包囲網を解かれてから来て下さい」

「今さら、それは無理だ」

「安藤は間違っていました。重臣や閣僚、側近を倒せば、おのずと昭和維新は成ると思っておりました。重臣や閣僚を倒す前に、まず軍閥を倒すべきだったのです」

「安藤」

「あなた方は、盛んに自決せよと言って来られるが、この安藤は絶対に自決はしません。我々は何の野心もなく、ただただ陛下の御ために蹶起したのです。どうしても死ねというのならば、さあ私を殺して下さい」

安藤は伊集院ににじり寄って、血を吐くような絶叫をする。顔色は蒼白く、目付きは刃のように鋭くなる。

「事態がこんなになるまで、あなたはなぜ放っておかれたのですか」

「…………」

「その責任は、あなたにもあります。私は自決はしません。だから、さあ殺して下さい」

安藤はまた軍刀を渡し、伊集院に背を向けて座り直す。

「左様か。貴様がそれほど言うのなら、俺も覚悟を決めた。どうだ、貴様を斬って、俺も死のう」

伊集院は気合いを入れて立ち上がり、手にもった軍刀で、安藤の首をまさに斬り落とそうとした。

「殺《や》ってはいけません」

見ていた兵のひとりが、伊集院を背後から羽交い締めにする。

「おい放せ」

「いけません」

兵は、からめた腕を放そうとしない。

「よし解った。放せ」

伊集院はあきらめて、振り上げた刀を鞘に戻し、力なく引き上げていった。突然、各所に設置したスピーカーから、「兵に告ぐ」の放送が始まった。安藤は何ごとかと、自室の窓から下を見た。放送を聞く兵たちに、動揺の様子が見てとれた。

「もう駄目だ」

安藤は、啞然として聞き入る兵たちを見て、ついに原隊に復帰させる決意をした。各階の部屋に顔を出して、部屋に残った兵を全員、内庭に整列するように命令しながら、階段を下りて外に飛び出る。狭い庭は、兵たちで一杯になった。安藤は指揮台に上がった。

「諸君、この寒さの中を、よく私の命令に応え、今日まで固い団結を維持し続けてきてくれた。この団結力をもってすれば天下無敵、貴様たちの前には恐いものなしだ。私は大いに誇りに思う。今後いかなることが起ころうとも、決して早まってはならぬ。貴様たちの命は、満州に行くまで、この安藤が預かっておく、満州に行ったら、貴様たちは陛下の御ため、日本国のためによく働いてくれ。判ったか。よし、これから第六中隊は靖国神社に参拝し、その後で麻布の原隊に帰るのだ」

「安藤中隊長」

兵たちは、安藤の決意を知って声をあげて叫ぶ。

「中隊長、死なないで下さい」

全員が泣き出す。

「死なぬ、いや死なぬぞ。この目で維新の夜明けを見ぬうちは、俺は死なぬ」

安藤の両目から、涙があふれ出た。

「よし判った。貴様たちの気持は判ったぞ。さあ歌ってくれ。第六中隊の歌だ」

安藤は、涙を目に溜めたままで笑った。最初は途切れがちでバラバラであった歌声が一つになり、やがて大きくなった。安藤は涙をぬぐいながら、兵たちの前を左右に歩き、そのうち兵たちの視線を避けるように、整列した兵たちの脇を歩いて後ろ側に回った。兵たちの視界から消えた安藤は、兵たちの背後で拳銃を抜き、砲先を自分の喉に向けて引金を引いた。一発の銃声が周辺に響いた。兵たちは歌を止めて、音がした後ろを振り向く。

「中隊長」

兵のひとりが、雪の上に倒れた安藤を抱き起こす。銃弾は安藤の左アゴ下から左コメカミに至る盲貫銃創で、弾は右頬で止まって、傷口が高く盛り上がっている。

「安藤、貴様はえらい。大和魂を遺憾なく発揮した。これは真の武士の最後だ。殿下もきっと喜ぶぞ」

銃声を聞いて、兵たちを掻き分けて飛んできた伊集院が叫んだ。

「安藤中隊長を殺したのは誰だ」

兵たちは泣き叫ぶ。しかし、安藤は死ねなかった。銃弾は急所を外れていたのである。

「早く靖国神社に行け」

安藤は虫の息の中で、繰り返し繰り返しうわ言を繰り返していた。

九十四

中野の北邸の庭にも、雪は音もなく静かに落ちていた。北は愛用の椅子に座って、二階の縁側から外を見下ろしている。北は早朝の日記帳に、「神仏集ひ、賞賛々々、おお嬉しさの余りに涙が込み上げた。義軍勝って兜の緒を締めよ」と書きつけていた。

今日も一日、特高たちの姿が見えない。盗聴器を取り付けて張り込みの必要がなくなったからと考えながら、視線を遠くに向けた。見渡すと、どこの家にも、その屋根だけは雪がそのまま分厚く重たげに乗っている。すぐ手前に視線を転ずると、塀に沿って数本ある桜の枝には、蕾がまだ小さく寒そうに凍えて見える。生きとし生けるものすべては寒気に晒《さら》され、待ち望む恵みの太陽の光は、厚い鉛色の雲に遮《さえぎ》られ、暖かい光に変わって冷たい小雪が、桜の蕾にも音もなく舞い落ちている。それに風もなく、動くものといえば小雪だけで、これでは雲の流れは期待できず、青空を望むのは、やはり無縁のようだと北は思った。

表門の木立ちの合間から垣間見える大通りに、身を縮めて歩く少女と老婆がちらっと見えたが、景色の変化はそれっきりで、この場所から事件の喧騒は、はるかに遠い。北は、海軍の加藤や小笠原の動きに大きく期待し、伏見宮の上奏による海軍の支援と、軍事参議官たちによる陸軍側の圧力で、当然、真崎の首班選定が確実に決定できるものと思い込んでいた。といっても、真崎内閣は北にとって終局の目的ではなく、蹶起部隊の犠牲を最小限にくい止めるための中間内閣と考えていた。自分が動き出すのは、真崎の次の首班に代わってからで、意中の人物は秩父宮であった。

北が西田を弟子にしたのは、殿下との関係を重要視したからであった。北の法案の天皇とは、この時から裕仁から秩父宮に変えていた。だが、今度の蹶起には、秩父宮は動かないだろうと、安藤にも磯部にも伝えて置いてはいたのであるが……。そんなことなどを考えながら、降る雪を見ていると、北は自分が上昇していく気分になってきた。やがて自分の過ぎ去った姿が次々に思い出されて、待っていた小笠原からの電話は、もうどうでも良い気分になった。

北の脳裏には、佐渡の両津港の夕陽が海面を黄金に染めて揺れていた。佐渡中学の真新しい講堂で、アジア大陸の危機を訴えてアジ演説をする自分の姿、日本歴史の本流から弾き出された英雄たちの悲哀な末路の人生に涙を流した少年時代、初恋の感傷にひたって山道を散策中に小枝に刺されて痛めた片目の失明、その眼病を治すために東京の眼医者に通った時、汽車の窓から眺めた他県の風景、理論武装すべく通い詰めた上野図書館での毎日、自費出版後に同志関係をもった支那の革命家の宋教仁の顔、同志たちが起こした大逆事件に巻き込まれ、官憲の追求から逃れるように海を渡って、宋教仁と革命の荒波にもまれる支那大陸を走り回った青年時代、宋の非業の死による革命運動の挫折により大陸を追われ、仕方なく日本に戻った……。

北は、次々に起きる事件にもまれて、潜っては浮かび上がる自分の姿を、時の過つのも忘れて思い出に浸っていた。北は自分で築き上げた理論の兜と、支那大陸で得た体験を鎧に身を固めて、生死の境目を、激しい生命を燃やし続けながら今日まで生きのびてきたのである。

それにしても、今になってなぜ、懐古気分に浸っているのだろう。朝の読経で舞い上がった気分から、懐古気分に変化する心の動きに、我ながら戸惑い、気分転換に卓上の煙草を取って吸った。煙はゆらゆらと天井にたち昇ってゆく。西田はまだ薩摩と話し込んでいるのか、階段を上がってこない。小笠原から連絡がないが、海軍は一体、何をしているのか。北は煙の行方を追いながら、そんなことを考えていた。自動車のライトが見え、正門前で停まった。車のドアを閉める音がして、数人の男たちが自宅の様子を窺っている。

「ついに来たようだな」

北は、下の玄関のベルが鳴るのを聞いた。しばらくして、西田が階段を駆け上がってくる。

「特高がきました。どうしますか」

「裏門から逃げなさい」

西田は周章てて、また下に降り、服を取りに戻った。北も下に降りて、西田のいた部屋を覗くと、机上にサイフがある。中を調べると空である。北は妻の鈴を呼んで、有り金の全部をサイフに入れた。西田が外套を着て部屋に戻ってきた。

「出先から電話を入れます」

西田は、北からサイフを受け取ると、裏木戸から裏門を抜けて出て行った。二階の自室に戻った北のところに、下から特高が数人、薩摩に案内されて上がってきた。

「北先生ですか。西田を捜しております」

下の部屋を探して、西田のいた証拠を摑んだ特高のひとりが、椅子に座った北の前に立つと訊いた。

「下にいたようだが、いませんでしたか。ここにはおらんが」

北はとぼけて言う。

「おい、もう一度、下を探してみろ」

前に立った特高が、後ろの男に命じる。

「北先生、また来ました」

階段をゆっくり上がってきた大橋は、北の顔を見ると、挨拶をした。

「どうも西田さんは、いなくなったようですね」

「では、逃げたのか」

下に降りた男が上がってきて、大橋の耳元に囁くと、大橋は北に鋭い視線を向けたままで訊く。

「そのようです」

「先生、ちょっと電話をお借りしたい」

「下にある。どうぞ使って下さい」

大橋は、下におりて中野署に報告する。

「北はいるか」

「おります」

「ちょっと待て」

電話の相手が誰かと相談している。北の逮捕状を持っ

て来ないので、その対応を相手が上司と話し合っている
のだろうと大橋は思って、返事を待った。

「よし、北を連行しろ」

電話の相手は大橋に命じる。

「先生、参考人として聞きたいことがあるので、本署に
出頭して下さい」

「これからか」

「はい」

「ちょっと待ってくれ。私はまだ夕飯を食べていない」

「どうぞ。我々は車の中で待たせてもらいます」

大橋は、部下を連れて下に降りて行く。

「また房舎ですか」

北が下の食堂で箸を動かしていると、鈴が心配して訊く。

「なに、太って戻ってくるよ」

北は笑った。

「春までは、まだ遠い。やはり、上に重ね着をしてゆくか」

すぐには帰れそうもない。事態が収拾されてはいないのだ。北は食事を終えると、上着を鈴に頼んで先に玄関で待っている。

「では、先生」

「まて、薩摩君」

玄関に送りにきた薩摩に声をかける。

「小笠原閣下から電話があったら、よく話を聞いておいてくれ」

「判りました」

薩摩はうなずく。

「さあ」特高たちは、北を車の後部座席にすわらせる。

鈴と薩摩は、北邸を去る車を門の前で見送る。通り過ぎた車輪の跡に、雪はいつまでも音もなく、舞い落ちていた。

＊

天皇裕仁は、二十九日午前八時三十分、吹上御苑の一室に、秩父宮、高松宮、朝香宮、東久邇宮、竹田宮の五人の皇族を参内させて御会食した。その席で各皇族から各種情報を聴取のうえ、各宮の勤務評定をした。その後、陸軍大将の軍服と軍刀を佩用し、赤い帽帯の軍帽をかぶり、本庄侍従武官長を従えた裕仁は、五人の皇族と共に、吹上御苑から道灌堀にそって振天府の建物の裏側にある土塁に上がった。そこから遠方に見渡せる桜田門、半蔵門、三宅坂付近を裕仁は、双眼鏡でのぞみ、行動部隊の崩壊の状況を、二時間もたたずんで視察していた。

あとがき

沖縄の返還問題で、日本が騒然としていた頃、私は神田の古本屋街の店頭で、利根川裕の『革命の使者　北一輝』という本を見つけて買いました。「革命の使者」という文字に魅かれたのです。本には、二・二六事件の背後で指揮をとった男は、北一輝であると書かれてありました。私は当時、日本には革命家は存在しない、と勝手に決めつけていたので、北こそ、本当の革命家にちがいないと思いました。

サラリーマンの私は、それからは、寸暇を惜しんで、北に関する書物を買い漁り、読み漁りました。読む本がなくなると、図書館を渡り歩き、事件の関係者や研究者からは、貴重な話を伺ったり、国立国会図書館にも通い続けました。そのうち、北の小説を書きたい、という気持ちが強くなったので、思い切って、目標を、本を出版することに定め、これまで収集した資料を材料に、公休日を利用して書き始めました。

最初、近所の図書館に通いましたが、館内はシーンとして、性分に合わないのか、肩が凝り、すぐ疲れて長く座っていられなくなるのです。好きなバッハの音楽が聴こえて、客たちの世間話が耳に入ってくる喫茶店の方が、私には向いています。開店と同時に店に入り、朝日を浴びた窓際の席で、ほのぼのと湯気のたちのぼったコーヒーカップを口に運んで、遠くに過ぎ去った事件へ想いを馳せているとき、このときが、私の「至福の時間」でした。

あるとき、創作に没頭して、閉店まぢかに店を出ると、外は大雪で、見慣れた風景は一変して、分厚い銀世界でした。私は夢ごこちから、なかなか醒めませんでした。でも、ひとりで長時間に渡って席を占領するため、店主に煙たがられ、点々と店を替えては、ただひたすら書き続けました。書き溜めていくうちに、私の頭の中でこの事件の主役は裕仁と北一輝で、天皇制の弱点を突いた事件であると、テーマが鮮明に浮かび上がってきました。

私はさっそく二十日から二十六日までの、北一輝の心理を追った『蹶起前夜』という題名の小説を、田畑書店から出版しました。今から十八年前のことでした。私の師であった青地晨先生には、大変褒《ほ》めていただきました。しかし、表紙も題名も地味だったためか、思ったほど評判を得ることはできませんでした。そこで今回、『蹶起前夜』に少々手を加え、これに二十六日から二十九日の後半を秩父宮の心理を軸に、千三百枚の原稿用紙を使用して、小説を完結させました。

二・二六事件から、はや六十四年の歳月が流れました。毎年二月二十六日に、麻布の賢崇寺で行なう法要も、事件関係者は次々に亡くなられ、その集まりも淋しくなっています。研究者からも、この事件はもう解明すべき史実はなく、すでに風化しつつある、と嘆かれます。でも、私はそうは思いません。解明されたのは、宮中の外であり、肝心の宮中の中は、六十四年たった現在でさえ、依然として闇の中なのです。宮中を描写しない二・二六事件などは、完全な二・二六事件ではありません。

将校たちは、天皇のために蹶起しました。なのに、天皇からの反応の描写がなければ、文字どおり、画龍点睛の、目のない龍になってしまいます。私は、未だ闇の中にある裕仁の心理に、あえて創作のメスを入れました。その結果、判った点が二つあります。一つは天皇が激怒した意味は、一般に理解されているものと違う点であり、二つには、皇位継承での裕仁と秩父宮との反目です。私は私なりに推理しました。真実を突いているか、いないか、判断していただければ幸甚です。

北一輝は、天皇制という絶対権力に対して、真正面から闘いを挑んだ唯一の革命家であり、叛逆者の末路は悲劇的です。時の権力者たちは、虐げられた人々の苦しみに共感し、勇敢に闘った叛逆者を、一番おそれるのです。そこでみせしめに、叛逆者の肉体をずたずたに引き裂くのです。でも、その精神までは闇に葬り去ることは出来ません。

その精神は、何年か何十年かたつと、それはやがて地下水となり、地下水から泉となって、地表に現われます。それから一粒の麦となり、あるいは地の塩となり、ついには、歴史をつくろうとする人々の命の糧となるのです。北一輝も、事件関係者も、何十年か後には、必ず泉となって地表に現われ、圧政に苦しむ人々の命の糧となると、私は確信して、この拙い「あとがき」とさせていただきます。

平成十二年一月九日

銀座の喫茶店にて

矢部俊彦

参考図書一覧（雑誌、非売資料などを除く）

『現代史資料』第四・五巻（「国家主義運動」1・2）みすず書房／林茂他編『二・二六事件秘録』第一～三巻・別巻、小学館／『北一輝著作集』第一～三巻、みすず書房／『真崎甚三郎日記』山川出版社／松本清張編『二・二六事件研究資料Ｉ』文藝春秋／『木戸幸一日記』上巻、東大出版会／本庄繁『本庄日記』原書房／『岡田啓介回顧録』毎日新聞社／原田熊雄述『西園寺公と政局』岩波書店／内務省警保局『特高月報』昭和十一年一～七月分、三一書房／伊藤隆『昭和初期政治史研究』東大出版会／秦郁彦『軍ファシズム運動史』河出書房新社／丸山真男『現代政治の思想と行動』未来社／橋川文三『順逆の思想』勁草書房／G・M・ウィルソン『北一輝と日本の近代』勁草書房／松本清張『昭和史発掘』七～一三、文藝春秋／同上『北一輝論』講談社／田中惣五郎『北一輝』三一書房／松本健一『若き北一輝』現代評論社／同上『北一輝論』同／村上一郎『北一輝論』三一書房／長谷川義記『北一輝』紀伊国屋新書／滝村隆一『北一輝』勁草書房／宮本盛太郎編『北一輝の人間像』有斐閣／永田鉄山刊行会『秘録永田鉄山』芙蓉書房／田崎末松『評伝真崎甚三郎』同／末松太平『私の昭和史』みすず書房／河野司編『二・二六事件』河出書房新社／同上『私の二・二六事件』同／大蔵栄一『二・二六事件の挽歌』読売新聞社／モズレー『天皇ヒロヒト』毎日新聞社／利根川裕『私論天皇機関説』学芸書林／村上重良『天皇の祭祀』岩波新書／藤原彰『天皇制と軍隊』青木書店／大江志乃夫『戒厳令』岩波新書／山本勝之助『日本を亡ぼしたもの』評論社／東海林吉郎『二・二六と下級兵士』太平出版社／高橋正樹『二・二六事件』中公新書／同上『昭和の軍閥』同／斎藤道一『ゾルゲの二・二六事件』田畑書店／大谷敬二郎『憲兵秘録』原書房／高宮太平『順逆の昭和史』同／芦沢紀元『暁の戒厳令』同／同上『秩父宮と二・二六』同／松沢哲成・鈴木正節『二・二六と青年将校』三一書房／尾鍋輝彦『クーデター』中公新書／澤地久枝『妻たちの二・二六事件』中公文庫／ＮＨＫ取材班『戒厳指令交信ヲ停受セヨ』／勝田龍夫『重臣たちの昭和史』文藝春秋／立野信之『叛乱』新潮社／別役実『戒厳令・伝説北一輝』角川書店／デイビッド・Ａ・タイタス『日本の天皇政治』サイマル出版会／渡辺京二『北一輝』朝日新聞社／保阪正康『秩父宮と昭和天皇』文藝春秋／木村時夫『北一輝と二・二六事件の陰謀』恒文社／岡田貞寛『父と私の二・二六事件』講談社／高松宮宣仁親王『高松宮日記』中央公論社／澤地久枝『雪はよごれていた』日本放送出版協会／田々宮英太郎『検索！ 二・二六事件』雄山閣／伊藤隆・北博昭『新訂二・二六事件 判決と証拠』朝日新聞社／戸川猪佐武『昭和の宰相』（第二巻）講談社／池田俊彦『その後の二・二六』東林出版社／米本次郎『伝記久原房之助』リーブル出版／岡本幸治『北一輝』ミネルバ書房／野口武彦『三島由紀夫と北一輝』福村出版／山口昌男『天皇制の文化人類学』岩波書店／松本健一『昭和天皇伝説』河出書房新社

装幀――純谷祥一

【著者紹介】
矢部俊彦（やべ・としひこ）
1943年、東京に生まれる
1967年、同志社大学経済学部卒業
1982年、『蹶起前夜』（田畑書店）刊行
現住所　〒125-0052　東京都葛飾区柴又4-7-3
電　話　03-3658-7168

「二・二六」天皇裕仁と北一輝

2000年2月26日　第1刷発行

著　者　矢　部　俊　彦
発行人　浜　　　正　史
発行所　株式会社　元就《げんしゅう》出版社
〒171-0022 東京都豊島区南池袋4-20-9
サンロードビル301
電話　03-3986-7736 FAX 03-3987-2580
振替　00120-3-31078
印刷所　東洋経済印刷株式会社
※乱丁本・落丁本はお取り替えいたします。

ISBN4-906631-47-9　C0093